Leo Aldan. Abenteuerromane sind seine Leidenschaft: spannend, phantastisch, romantisch - und manchmal auch ein bisschen schräg.
Zunächst war es die Wissenschaft, die ihn rief. Er studierte Biologie und promovierte in Biochemie. Er lebte 20 Jahre in den Vereinigten Staaten, wo er sich in der AIDS-Forschung mit über 30 Publikationen profilierte. Er startete zwei Biotech-Unternehmen und patentierte zwei seiner Erfindungen.
In seiner Freizeit schrieb er Kurzgeschichten und Gedichte.
2011 kehrte er nach Deutschland zurück und vollendete seine ersten Romane, darunter den Western »Die Todesfalle am Gravel Creek« und den fantastischen Thriller »Agarax - Der Hexenfluch«.

Leo Aldan

SQUIDS

Aus der Tiefe des Alls

4. überarbeitete Auflage, April 2019
Erstveröffentlichung bei CreateSpace am 22. November 2014 unter dem Titel: »SQUIDS - Die phantastidche Reise des Jake Forrester«

ISBN-13: 978-1530282067
ISBN-10: 1530282063

Kontakt: an@leoaldan.com
www.storyecke.de

Coverdesign von Leo Aldan
Bilder von Leo Aldan und iStockphoto

Herausgegeben von: Dr. Ewald M. Wondrak, Friedhofstraße 1, 35423 Lich, (+49)152 57817712, im@storyecke.de
Verkauf durch Amazon Media EU S.à r.l. (Société à responsabilité limitée), 5 Rue Plaetis, L-2338 Luxemburg

Für die Unterstützung und vielen Anregungen danke ich den Mitgliedern der Schreibwerkstatt Oberland.

Ganz besonders möchte ich meiner Autorengruppe für ihre offene und ehrliche Kritik danken, und dem »Realitäts-Blues«, aus dem ich, wenn auch mit ein paar Federn weniger, jedes Mal gestärkt herauskam.

»Wir sind klein und unbedeutend,
solange wir wie einzelne Sandkörner im Meer treiben.
Doch vereinen wir uns,
so werden wir wie Felsen die Wogen brechen«.

1

Jake Forrester erwachte in völliger Dunkelheit. Der Hauch eines scharfen Geruchs lag in der Luft. Und Summen. Fernes Summen. Auch schien der Boden zu vibrieren. Wie auf einem Schiff. Nur höher, schriller.

Verwirrt richtete er sich im Bett auf.

Die Stimme des Expeditionsführers kam ihm wieder ins Gedächtnis. ›Geh nicht so weit an die Kante! Da geht es mindestens eine halbe Meile runter.‹ Dann hatte es einen Knall gegeben und das Eis brach. Rutschen, Panik, verzweifeltes Klammern, blutige Finger, Fallen ... Die unzähligen Eisbrocken um ihn herum schienen zu schweben, während die schäumende Meeresoberfläche rasend schnell näher kam. Der Schmerz splitternder Knochen. Dann war es dunkel geworden. Dunkel und still.

Ein Wunder, dass er noch lebte. Vorsichtig rollte er die Schultern und bewegte die Finger. Kein Problem, auch keine Schmerzen. Sein ganzer Körper fühlte sich unversehrt an. Die Ärzte in diesem Krankenhaus hatten ihn offensichtlich sehr gut zusammengeflickt.

Jake ließ sich erleichtert in die Kissen sinken. Der Bezug fühlte sich merkwürdig an ... wie menschliche Haut. Jake fuhr hoch und betastete misstrauisch den Stoff. Der war warm und weich, wie der Bauch einer Frau. Verwirrt strich er darüber – nur ein Kissen. *Eine neue Microfaser.* Beruhigt legte er sich wieder hin und starrte in die Finsternis.

›Du bist der verrückteste Vogel, der mir je begegnet ist!‹ Jake hatte nicht auf Paul gehört, hatte sich gegen den eisigen Wind gestemmt. Der ambitionierte wissenschaftliche Mitarbeiter war nur neidisch. Schon als Kind hatte Jake ein Gefühl dafür gehabt, was richtig war. Auch wenn sie ihn verlachten, er hatte den siebten Sinn. Und da vorne war etwas ... es rief ihn förmlich. Jake konnte es spüren, fast hören. Das musste es sein, der Beweis, auf den er sein ganzes Streben gerichtet hatte, das seine Karriere, sein Leben verändern würde. Diesmal würden sie ihm glauben müssen, ihm, dem verspotteten Utopisten. Er griff den Karabinerhaken, klinkte sich aus der Seilschaft aus und lief auf den Gletscherrand zu.

Jake stöhnte und wälzte sich auf die andere Seite des Betts. Noch nie zuvor hatte ihn seine Intuition im Stich gelassen. Und nun das.

Die Dunkelheit umschloss ihn wie ein Sarg. Plötzlich schoss Hitze durch seinen Körper. War er durch den Sturz erblindet? Er atmete stoßartig ein und betastete seine Augen. Sie fühlten sich unverletzt an. Aber vielleicht war der Sehnerv geschädigt – oder das Gehirn? Schweiß trat aus allen Poren. Und warum vibrierte dieses Krankenhaus?

Irgendwo fiel eine metallene Tür ins Schloss. Jake horchte auf. Und dann ertönten Schritte. Harte Sohlen auf Stahl. Sie kamen näher. Das wird die Nachtschwester sein. Jakes Linke krallte sich am Bettrahmen fest.

Die Schrittgeräusche endeten ganz in der Nähe, gleichzeitig begann gedämpftes Licht aus der Decke zu leuchten, lilafarben und milchig. Jake zwinkerte mehrmals, aber der Eindruck blieb. Er nahm einen tiefen Atemzug. Zumindest konnte er sehen.

Über seinem Bett bemerkte er einen metallischen Schirm, der einer Operationslampe ähnelte. Langsam richtete er sich auf. Dabei rutschte ihm die Decke auf den Schenkel. Er war nackt. Jake erschrak. Sollte er jetzt operiert werden? Hatte die Narkose nicht gewirkt? Entsetzt starrte er auf die fugenlose, silbrigschimmernde Wand vor ihm.

Ein leises Zischen wie von einer Bustür ließ ihn zusammenzucken. Ein Teil der Wand glitt zur Seite. In der Öffnung erschien eine rundliche Frau. Mittleres Alter. Ihr weiter, violetter Kittel und die helle Haube, die ihr Haar vollständig bedeckte, gaben ihr das Aussehen einer OP-Schwester. Aber dann doch wieder nicht. Irgendetwas war anders. »Wo bin ich?«

Die Frau lächelte, dabei schienen ihre Augen irgendwie leer zu sein, abwesend. Sie schritt auf Jake zu. Ihre Bewegungen wirkten mechanisch. Jake beobachtete sie. Sie kam herbei und hielt ihm einen Kittel entgegen. Jake streckte die Hand aus. Er erstarrte, denn im Türrahmen erschienen zwei Roboter. Sie schwebten.

Jake vergaß alles um sich herum. Verwundert betrachtete er die Maschinen – technische Wunderwerke, wie er sie noch nie gesehen hatte! Verspiegelte Halbkugeln saßen auf silberglänzenden, elliptischen Körpern, die rundum mit Armen bestückt waren. Im Gegensatz zu den Marsrobotern, für die er im Rahmen eines Forschungsprojektes Algorithmen zur Erzeugung künstlicher Intelligenz entwickelt hatte, wirkten diese hier utopisch und – bedrohlich.

Jakes Nackenmuskeln spannten sich. In was für ein merkwürdiges Krankenhaus war er gebracht worden?

Er versuchte, sich zu beruhigen, aber beim Anblick der blitzenden Werkzeuge am Ende der mechanischen Arme zog es seine Eingeweide mit eisiger Kälte zusammen. Das waren doch nicht etwa *Operationsroboter?*

Entsetzt starrte er die Maschinen an. Die Krankenschwester hielt ihm immer noch wortlos den Kittel entgegen. Die Geste war eindeutig. Er sollte sich anziehen. Erleichtert griff er nach dem Kleidungsstück, doch da schwebten die Roboter heran. Jake blickte von einem zum anderen.

Die Maschinen bauten sich in Augenhöhe vor seinem Bett auf und begannen, abwechselnd sirrende Töne auszusenden. Jake schien es, als glotzten sie ihn an und unterhielten sich dabei. Er schüttelte unwillkürlich den Kopf. Seine Fantasy ging mit ihm durch.

»Die Adjutoren beurteilen Sie als genesen, Herr Doktor Jake Dexter Forrester«, sagte die Krankenschwester mit mildem Lächeln und monotoner Stimme.

Jake runzelte die Stirn. »Reden Sie von *den* Dingern?«

»Würden Sie das bitte anziehen.«

»Gerne. Könnten Sie mir bitte sagen, wo wir sind?«

»Wenn Sie mir in Ihr Quartier folgen wollen.«

»Ma'am, würden Sie bitte meine Fragen beantworten?«

Wortlos wendete sich die Frau ab und verschwand durch die Tür. Jake starrte ihr hinterher. Auf Höflichkeit schien hier kein Wert gelegt zu werden. Aus dem Augenwinkel sah er einen Roboterarm zucken. Er fuhr herum. Lichtchen blitzten auf der Oberfläche der Maschine. Jakes Haut kribbelte, als ob er in ein Feld von Starkstrom geraten sei. Die Roboter steuerten langsam auf ihn zu. Jake spürte Panik in sich aufsteigen. Hastig streifte er den Kittel über und lief über den kalten, glatten Boden der Schwester hinterher.

Der schmale Gang, der sich hinter der Tür auftat, erinnerte Jake an ein U-Boot. Metallisch glänzende Rohre und rotschimmernde Leitungen zogen sich an den Wänden entlang. Ventile, Lampen und hydraulische Geräte spickten die Decke. Er war also auf einem Schiff! Mit den Robotern an Bord konnte er von keinem gewöhnlichen Kahn aufgefischt worden sein. Vielleicht ein Forschungsschiff? Welchem Staat gehörte es? Die Schwester sprach mit Akzent, aber das musste nichts heißen.

Das Zischen kam unerwartet. Nervös schaute er sich um. Die beiden Roboter folgten ihm auf dem Fuß und versperrten den engen Korridor. Jake beschleunigte seinen Schritt. Hinter einer Sicherheitsschleuse wartete die Krankenschwester an einer geöffneten Tür. »Hier hinein, bitte.« Ihr abwesendes Lächeln befremdete Jake und das feine Sirren der Roboter schien durch den Hinterkopf direkt in seinen Schädel zu dringen. Er warf einen flüchtigen Blick in die silbergraue Kabine jenseits der Tür, die ihm wie eine Rattenfalle vorkam. »Wenn es möglich ist, würde ich gerne zuerst mit dem Arzt sprechen.«

Als Antwort traf ihn ein Stoß wie aus einer gigantischen Pressluftpistole und katapultierte ihn vorwärts. Jake stolperte in die Kabine. Empört rappelte er sich auf, doch bevor er die Tür erreichte, fiel sie ins Schloss. Er drückte dagegen, er schob. Das Ding war wie zugeschweißt! Jake tastete den Türrahmen und die glatte Wand nach einem Öffnungsmechanismus ab. Nichts. Seine Hände begannen zu zittern. Ihm wurde heiß und ein Druck baute sich in seinem Inneren auf. »Machen Sie auf!«, schrie er und schlug mit der flachen Hand gegen die Tür. »Warum sperren Sie mich ein?«

»Du sollst dich entspannen!«, ertönte eine sanfte Stimme hinter ihm. Er fuhr herum. Auf dem einzigen Bett lag eine brünette Frau mit mädchenhaftem Gesicht.

Jake starrte sie an. Sie war mit einem dünnen Laken spärlich bedeckt und ließ ihre blauen Augen interessiert über seinen Körper wandern.

»Wer sind Sie?«

Sie richtete sich ein wenig auf, wobei die langen Haare ihre nackten Schultern freigaben.

»Ich werde dir die Reise so angenehm wie möglich machen.« Ihre Stimme war melodisch und sie sah ihn unter langen, dunklen Wimpern einladend an.

Jake zog die Brauen hoch. Das war absurd! Sein Blick glitt, wie von einer magischen Kraft gelenkt, über ihre schlanken Formen, die sich reliefhaft unter der dünnen Decke hervorhoben. Wohlgeformte Brüste und spitze Brustwarzen zeichneten sich deutlich ab. Sie mochte etwas jünger als er sein. Und sie war schön. Sein Interesse regte sich, doch kochte gleichzeitig sein Ärger hoch. »Warum werde ich eingesperrt?«

Ihre Augen leuchteten. »Weil du noch wild bist.«

Jake starrte sie entgeistert an. Was sie sagte, ergab keinen Sinn. Er straffte die Schultern. »Ich wäre Ihnen sehr dankbar, wenn Sie mich hier herausließen! Ich möchte den Kapitän sprechen«, sagte er mit fester Stimme.

Die Frau wich zurück. Für einen Moment schien sie ratlos. Nervös wanderte ihr Blick über Jakes Gesicht, versuchte darin zu lesen.

Jake stemmte die Hände in die Hüften. »Rufen Sie bitte nach der Schwester!«

»Das kann ich nicht. Das steht mir nicht zu.« Die junge Frau fasste sich wieder und versuchte ein kleines Lächeln. »Warum entspannst du dich nicht? Es ist doch alles in Ordnung.«

Jake musterte sie. Er sah ein, dass es keinen Sinn hatte zu argumentieren. Frustriert ließ er die Schultern hängen. Das war verrückt! Eingesperrt! Mit einer Frau, die wohl so etwas wie ein Lockmittel sein sollte. Er wandte sich ab und hämmerte wieder auf die Tür ein. »Lasst mich raus!«

Niemand kam. Keine Schritte im Gang. Nur das ferne Ächzen der Schiffshülle und das Stampfen von Kolben waren zu hören, überlagert vom hohen Sirren irgendwelcher Maschinen.

Jake ließ die Arme sinken. Die Wände der Kabine schienen näher zu rücken. Er konnte sich nicht vorstellen, was die Leute von ihm wollten. Er besaß doch nichts, was so einen Aufwand wert wäre. Oder waren sie scharf auf sein Wissen? Jake stieg das Blut in den Kopf. Er hatte Gerüchte gehört: Menschen verschwanden und tauchten nie wieder auf, oder sie hatten unerklärliche Unfälle.

Jake ging auf und ab. Nein. Das Militär war es nicht, sonst würde die Schwester eine Uniform tragen. Es musste jemand anderes dahinterstecken. Jake wandte sich ruckartig zu der Frau um. Sie hatte die Decke bis unters Kinn gezogen. Ihr Atem ging schnell und flach und sie taxierte ihn, als ob sie ihre Fluchtmöglichkeiten ausloten wollte. Jetzt sah sie gar nicht mehr wie eine berechnende Verführerin aus. Jake sah sie betroffen an. Sie schien Angst zu haben. Angst vor ihm. Ihm kam der Verdacht, dass sie ihre Show nicht aus freien Stücken abzog, vielleicht wurde sie gezwungen.

Beschwichtigend hob er die Hände.

Ihre Augen folgten jeder Bewegung.

Er senkte die Stimme und wechselte zu einem vertraulichen Ton. »Du brauchst dich nicht zu fürchten. Ich werde dir nichts tun.«

Sie zog die Decke noch etwas höher. »So einen wilden Mann wie dich habe ich noch nie gesehen.«

Jake betrachtete ihr seidiges, volles Haar, das in goldbraunen Wellen über ihre Schultern fiel. Eine leidvolle Erinnerung stieg in ihm auf und er musste einen Moment wegsehen, um die aufkeimende Trauer zu unterdrücken.

Er nahm einen tiefen Atemzug. »Ich wollte dich nicht ängstigen. Wie heißt du?«

Die junge Frau warf ihm wieder einen forschenden Blick zu. »Myriam«, sagte sie dann leise.

»Das ist ein schöner Name. Ich bin Jake.«

Mit behutsamen Bewegungen nahm er auf einer metallisch wirkenden Sitzbank an der rechten Wand Platz. Statt stählerner Kälte erwartete ihn angenehm warmes, überraschend nachgiebiges Material. Er nahm einen tiefen Atemzug und lehnte sich zurück. »Kannst du mir sagen, wohin sie mich bringen?«

»Beruhige dich doch erst einmal«, sagte sie, ohne ihre defensive Haltung aufzugeben.

Jake schüttelte den Kopf. Statt gerettet zu werden, war er entführt worden. Sie brachten ihm irgendwohin, mit hoher Wahrscheinlichkeit aber nicht in die Vereinigten Staaten. Sie schien nicht zu verstehen, was das für ihn bedeutete, schien sich keine Gedanken darüber zu machen. Aber das Ziel der Reise musste sie doch kennen. Er dämpfte seine Stimme. »Ich bin doch schon wieder ganz ruhig. Weißt du, wohin wir fahren?«

»Nach Njamingloh.«

Jake legte die Stirn in Falten. Davon hatte er noch nie etwas gehört. Dem Klang nach konnte es eine Ortschaft in Afrika sein. Oder vielleicht in China. Allerdings sah Myriam europäisch aus. Und sie sprach seine Sprache, mit einem leichten, fremdländischen Akzent zwar, aber fließend. Genau wie die Krankenschwester. »Wo liegt das?«, fragte er.

Ihr Blick schweifte in die Ferne. »Es ist ein reiches Land, wo es allen gut geht. Es wird dir gefallen.«

Das klang auswendig gelernt. Und sie beantwortete seine Frage nicht. Warum wich sie ihm aus? Jakes Kiefermuskeln spannten sich. Vielleicht machte sie das hier nicht freiwillig, vielleicht hatten die Entführer sie indoktriniert – oder unter Drogen gesetzt. Angst und Ärger kämpften in seinem Inneren, doch ihre ebenmäßigen Gesichtszüge nahmen ihn gefangen, besänftigten seine Gefühle. Wie bezaubernd sie aussah, mit den feinen Linien ihrer Nase und dem verträumten Blick. Und wie reizend der blaue Stein in ihrem silbernen Ohrring ihre Augen betonte.

»Ist es schön in Namiklo?«, fragte er.

»Njamingloh«, verbesserte sie. »Meine Eltern wohnen dort. Und meine Geschwister.« Ihre Züge entspannten sich und ihre Augen bekamen wieder diesen fernen Blick. »Da ist der endlose Strand, wo Kinder spielen und die langen Blätter der Bäume in der warmen Seebrise wiegen.«

»Du hast eine sehr poetische Art, dich auszudrücken. Es muss wunderschön in deiner Heimat sein.«

Sie sah ihn an. Ein schiefes Lächeln spielte über ihr Gesicht. »Das schon, aber ich empfand das Leben als eintönig und wollte etwas erleben.« Ihr Blick entfernte sich wieder. »Vielleicht bin ich wirklich ein zu wildes Kind.«

Die Idylle in Jakes Kopf zerbarst in tausend Splitter. »Was willst du damit sagen? Haben sie dich deshalb auf diesem Schiff eingesperrt?«

Myriam sah ihn erstaunt an. »Niemand wird eingesperrt. Und es ist doch schön hier. Magst du mich denn nicht?«

Jake blieb der Mund offen stehen. So eine Antwort hatte er nicht erwartet. Sie steckte doch mit drin. Er setzte sich kerzengerade auf und sah ihr direkt in die Augen. »Was willst du von mir?«

Myriam richtete sich auf und schmunzelte. »Jake, ich möchte, dass Du dich wohlfühlst. Dass du dich entspannst. Es ist meine Aufgabe, dir dabei zu helfen.« Und mit einem kecken Zwinkern fügte sie hinzu: »Du gefällst mir sehr. Auch wenn du etwas zu wild bist.« Mit diesen Worten ließ sie ihre Decke heruntergleiten. Sie war nackt. Und wunderschön. Ihre weichen Rundungen ließen sein Verlangen steigen. Verdammt! Er riss sich zusammen. Sie war der Köder in irgendeiner Falle. »Zieh das wieder hoch«, erwiderte er.

Verblüfft sah sie ihn an. »Bin ich nicht hübsch genug?«

Das klang so unschuldig. Jake wurde aus ihr nicht schlau.

Myriam senkte die Augen. »Ich habe mich schon die ganze Zeit darauf gefreut.«

Jake schoss von seinem Sitz hoch. »Was?«

Sie hob den Kopf und sah ihn mit leuchtenden Augen an. »Sie haben gesagt, ich bekomme einen Mann. Einen ganz Besonderen. Einen Wilden eben. Nicht solche, wie bei uns.«

Jake verstand überhaupt nichts mehr. Wilde Männer, zahme Männer. Seine Phantasie ließ Bilder von grell bemalten, muskelbepackten Eingeborenen entstehen, denen gefügige, hühnerbrüstige Weichlinge gegenüberstanden. Er musste lachen, als er sich Myriam vorstellte, die hüftschwingend zwischen diesen Kerlen hin- und herspazierte. Sie schaute ihn fragend an und Jake fühlte sich plötzlich sehr beschämt. Diese junge Frau, wer auch immer sie war und was auch immer ihr Job in dieser Kabine sein sollte – sie sah nicht nur blendend aus, sie war auch von entwaffnender Natürlichkeit und Offenheit und sicher weder dumm noch naiv. Ein einfaches Landmädchen, das man mit dem Versprechen auf einen Ehemann aus ihrem Dorf gelockt hatte, wäre anders aufgetreten.

»Es tut mir leid«, sagt Jake.

»Was tut dir leid?«, fragte sie zurück.

»Dass ich nicht so bin, wie sie es dir versprochen haben.« Jake stand auf und begann wieder, in der Kabine auf- und abzugehen. Was hatten sie mit ihm vor? Er war Astrophysiker, Forscher. Die unglaublichen Ergebnisse seiner letzten wissenschaftlichen Experimente kamen ihm in den Sinn.

Spionage!

Sein Blick schweifte auf der Suche nach versteckten Mikrophonen und Mikrokameras über Decke und Wände. Irgendjemand hatte Wind von seiner Forschung bekommen und nahm sie ernster als sein Chef. Na klar! Ein Element ohne Masse, das er in einer Meteoritenprobe am Massachusetts Institute of Technology entdeckt hatte, würde die gesamte Wissenschaft revolutionieren – und die Rüstungsindustrie. Jakes Magen zog sich zusammen. Er blieb stehen. Ja, das musste es sein! Die Expedition zum jüngsten Meteoriteneinschlagsort hatte ihm zum Petermann-Gletscher nach Grönland geführt. Dort war bestimmt schon jemand vor ihnen gewesen und hatte das Gleiche gesucht. Nun wollten sie ihn mundtot machen oder sein Wissen nutzen. Oder beides.

Ein leises Zischen an der Tür schreckte Jake auf. Zwei Roboter schauten durch eine Luke herein. Als ob sie in einen Karnickelstall glotzten! Jake hielt nach der Schwester Ausschau. Sie war nirgends zu sehen. Die Bewegung eines der mechanischen Arme ließ Jake zusammenzucken, aber es schwebte nur ein mit Schalen und Gläsern beladenes Tablett herein. Wie von selbst löste sich eine tischgroße Platte aus einer Wandnische.

Jake sprang zur Seite. Ein Tisch ohne Beine!

Das Servierbrett senkte sich langsam darauf. Jake beobachtete jede Bewegung. Er war beeindruckt und seine Neugier biss sich an dem Schwebeeffekt fest, wollte wissen, wie er funktionierte. Elektromagnetische Felder? Jake registrierte, dass er sich schon wieder mit den Fingern durchs Haar fuhr. Vielleicht sollte er sich wirklich erstmal entspannen. Jedenfalls verfügten die Entführer über eine erstaunliche Technologie. Das setzte Macht und Intelligenz voraus. Und mit intelligenten Leuten könnte er verhandeln.

»Essen!«, rief Myriam freudig, sprang aus dem Bett und zog den Tisch zu sich, sodass er zwischen Sitzbank und Bett schwebte. Dabei fiel ihr die Decke herunter, die sie achtlos liegen ließ. Jakes Blicke wurden unwiderstehlich von ihren straffen Brüsten angezogen. Ihm wurde heiß. Wenn Myriam ständig nackt herumlief, würde er der Versuchung nicht lange widerstehen können. »Hast du nichts anzuziehen?« Der innere Kampf zwischen Wollen und Nichtwollen ließ seinen Ton unwillkürlich schroff ausfallen.

Für einen Moment schaute ihn Myriam verdutzt an, aber dann stahl sich ein befriedigtes Lächeln über ihr Gesicht. Jake ärgerte sich darüber. So einfach würde er sich nicht manipulieren lassen! Sie schien seinen Groll zu spüren. Mit hängenden Schultern wandte sie sich einer Wandöffnung neben dem Bett zu und zog daraus ein Tuch hervor. Das schlang sie wie einen Sari um ihren Körper.

Jake setzte sich. Er ließ den Rücken gegen die Wand sinken. Was passierte mit ihm? Er war Wissenschaftler, ein rationaler Mensch. Doch hier fühlte er sich von seinen Instinkten getrieben. Er musste seinen Verstand bewahren, sonst gewannen die Entführer.

Der Duft von Gebratenem und exotischen Früchten zog ihm in die Nase. Sein Magen knurrte wie ein Kettenhund. Soweit er sich erinnern konnte, hatte er das letzte Mal im Camp auf dem Gletscher gegessen. Das war eine Ewigkeit her. Oder erst gestern? Jake schüttelte kaum merklich den Kopf und fasste die Mahlzeit ins Auge.

Auf dem Tablett lagen die verschiedensten Häppchen auf muschelförmigen Schälchen. Fleisch, Fisch, Gemüse, garniert mit Salatblättern, Kräutern und bunten Blüten. Der Geruch von Curry und Thymian stieg ihm in die Nase, darunter andere Gewürze, die er nicht benennen konnte. Eine Anzahl diverser Getränke komplettierte das Angebot. Neben einem Weinkelch stand ein Glas, gefüllt mit einer lilafarbenen Flüssigkeit. Jake beäugte das Arrangement misstrauisch. Drogen?

Myriam griff bedenkenlos zu und begann genüsslich zu kauen. Vielleicht war sie resistent? Jake angelte sich ein Schälchen mit Rindfleisch im Bratensaft und hielt es unter seine Nase. Es roch warm und würzig. Unverdächtig genug. Langsam und bedächtig zerkaute er das zarte Fleisch ... Rosmarin, Salz, Pfeffer ... er war kein Gourmet mit feiner Zunge. Sie konnten alles Mögliche beimischen, ohne dass er es bemerken würde. Er nahm einen tiefen Atemzug. Was nützte die Vorsicht? Ohne Essen würde er nicht lange durchhalten. Und wenn sie ihn umbringen wollten, hätten sie es schon früher tun können. Also bediente er sich.

Bei der Wahl des Getränks machte er sich keine großen Gedanken. Er tat es Myriam gleich und trank diesen lilafarbenen Saft. Der schmeckte süß wie die Sünde und wirkte belebend. Mit einem befriedigten Seufzer lehnte er sich zurück.

Myriam, die ihn während des Essens beobachtet hatte, machte ein zufriedenes Gesicht.

Jake musterte sie argwöhnisch. »Bin ich euch in die Falle getappt?«

Abrupt stand sie auf. »Du stellst seltsame Fragen. Ich verstehe dich einfach nicht.« Sie schob den Tisch zurück in die Nische. Das Tablett ließ sie in einer Öffnung darüber verschwinden. »Zeit zum Schlafen«, verkündete sie und wickelte sich mit verschmitztem Lächeln aus ihrem Gewand.

Jake konnte seine Blicke nicht von ihr reißen. Sein Körper war bereit und seine Sinne wollten nur eins. Aber genau das ärgerte ihn. Er war doch nicht völlig seinen Trieben ausgeliefert. Selbst wenn sie ihm ein Aphrodisiakum in sein Getränk gemischt haben sollten, wollte er die Kontrolle durch seinen Verstand nicht verlieren! So schnell sollten die ihn nicht bekommen! Und wenn er eigens auf der Sitzbank schlafen musste! Er ließ sich von Myriam eine zweite Decke geben.

Kaum hatte er sich auf dem unbequemen Möbel ausgestreckt, ging das Licht aus. Nur ein fahles Orientierungslämpchen wies den Weg zum Sanitärraum. Es war lange still in der dunklen Zelle. Doch bevor Jake einschlief, hörte er Myriam leise in ihr Kissen schluchzen. Sie tat ihm leid, und er schalt sich selbst einen unfreundlichen, groben Klotz. Aber Small Talk hatte er noch nie beherrscht und bei aller Faszination – er wollte kein Risiko eingehen. Je nachhaltiger er sich von ihr fernhielt, desto besser.

Die Zwei an den Beobachtungsmonitoren entspannten sich.

»Der Fang ...« Der Eine warf dem Anderen einen nachdenklichen Blick zu. *»Hat es schon eine Registriernummer?«*

»5830254M«

»Es verhält sich nicht normal. Soweit ich mich entsinne, lösen Weibchen triebhaftes Paarungsverhalten aus und danach beruhigen sich die Männchen ganz schnell. Aber bei dem scheint es nicht zu funktionieren. Was sagen Sie als Spezialist dazu?«

»Ich finde es höchst interessant. Mich dünkt, es verfügt über eine höhere Intelligenz, als die bisher eingefangenen Exemplare.«

»Das ist nicht gut, mein Bester. Es könnte gefährlich werden. Sollen wir es lieber einschläfern?«

»Davon rate ich vorerst ab. Was kann es hier denn anstellen? Wir sollten es erst einmal mit einem anderen Weibchen probieren. Manche dieser Böcke zeigen eine erstaunliche Selektivität. Er wird sich schon noch beruhigen.«

2

Mitten in der Nacht erwachte Jake schweißgebadet aus unruhigem Schlaf. Sein Rücken schmerzte, der linke Arm war taub und der rechte Oberschenkel verkrampft. Eine Folterbank konnte nicht schlimmer sein. Jake setzte sich und streckte sein Kreuz. Unter höllischem Kribbeln kam das Blut in den Arm zurück. Jake schlenkerte ihn, bis sich auch das Gefühl wieder einstellte. Auf die Bank wollte er sich nicht mehr legen. Resigniert ließ er sich auf den harten Boden nieder.

Doch auch dort fand er keinen Schlaf. Die Gedanken überschlugen sich. Rastlos wälzte er sich hin und her. Er musste mit seinen Entführern sprechen, musste herausbekommen, welche Bedingungen sie für seine Freilassung stellten. Immerhin hatten sie ihn bisher nicht misshandelt. Ganz im Gegenteil. Sie lockten ihn, schienen an seiner Kooperation interessiert. Die Frau im Bett war Beweis genug. Sie brauchten ihn also. Und das war seine Lebensgarantie. Hoffentlich konnte er einen Vorteil daraus ziehen. Er grübelte, bis ihn endlich der Schlaf übermannte.

Licht weckte ihn. Eine Bewegung zog seine Aufmerksamkeit an. Dunkle Mandelaugen lugten über die Bettkante zu ihm hinab. Schwarze, glatte Haare fielen um ein rundes Gesicht. Jake wischte sich über die verschlafenen Augen. »Wer bist du? Wo ist Myriam?«

Ohne zu antworten, glitt die Frau herunter zu ihm und schlüpfte pudelnackt unter seine Decke. Empört hielt er sie zurück. »Was soll das?«

»Ich bin besser als Myriam!«, schnaufte sie und stürzte sich auf ihn. Jakes Blut geriet in Wallung. »Halt!«, rief er aufgebracht, »Ich will das nicht!«

»Aber ich habe doch noch gar nicht richtig angefangen«, stieß sie unbeirrt hervor.

Hitze schoss ihm in die Adern. Was fiel diesen verdammten Kerlen ein, diese Frauen in seine Kabine zu schicken? Er sprang auf. »Hör auf damit!«

»Ich bin besser! Ich werde der Meduse zeigen, dass ich die Beste bin.« Sie packte ihn mit beiden Händen. Jake fühlte sich zwischen Lust und Zorn hin- und hergerissen. Der Zorn gewann und pulsierte wie Feuer durch seinen Körper. Mit Mühe riss er sich zusammen. »Holt diese Wahnsinnige hier raus!«, rief er zur Tür hin. Augenblicklich öffnete sie sich. Die Krankenschwester und ihre beiden Roboter standen im Gang, als ob sie darauf gewartet hätten. Verblüfft sprang Jake zurück.

»Es wäre mir lieber, ihr sagtet, was ihr von mir wollt, anstatt mir diese Frauen auf den Hals zu hetzen.« Die Schwester schaute ihn gar nicht an, sondern blickte mit ausdruckslosem Gesicht an ihm vorbei auf die Frau.

»Komm mit!«, befahl sie und schnipste mit dem Finger. Wie ein geprügelter Hund kroch die Schwarzhaarige zu ihr.

»Lasst mich hier raus!«, forderte Jake und sprang zur Tür. Doch bevor er sie erreichte, schlug ihm etwas Unsichtbares an den Kopf, dass er rücklings in die Zelle fiel. Benommen blickte er auf, nur um zu sehen, wie sich das Frühstückstablett auf den Tisch senkte und die Tür zischend zuglitt.

Erschöpft setzte er sich auf die Pritsche. Was, zum Teufel, passierte hier mit ihm? Er atmete schwer. Die wollten ihn mürbemachen! Wenigstens war er jetzt allein. Er musste einen Weg zur Flucht finden. Dazu brauchte er einen klaren Kopf. Und seine körperliche Kraft. Er musste essen, auch wenn sein Magen rebellierte. Zum Frühstück hatten sie ihm fladenähnliches Brot und Obst gebracht. Es waren auch einige sonderbare Früchte in dem Sortiment. Die rührte er nicht an.

Nach dem Essen untersuchte Jake noch einmal den Eingang. Das Material fühlte sich ungewohnt an, glatt und warm. Wenn es auch auf den ersten Blick so aussah, Metall war es nicht. Auch saß die Tür so eng im Rahmen, dass der Spalt kaum zu sehen war. Saubere Maßarbeit. Nicht einmal die Klinge des Früchtemessers konnte er dazwischen schieben. Es hätte auch nicht viel genutzt, denn es war aus Kunststoff. Er legte es auf den Tisch und suchte sein Quartier nach einem Gegenstand ab, den er als Werkzeug gebrauchen könnte. Alles war fest angebracht. Nahtlos verschweißt. Kein einziger Schraubenkopf, als wäre der ganze Raum aus einem Stück gegossen. Die Chancen aus eigener Kraft daraus zu entfliehen, waren gleich null.

Jake ließ sich auf die Sitzbank fallen. Er überlegte, ob er die Krankenschwester überwältigen konnte. Mit seiner langjährigen Taekwondo-Erfahrung sollte sie kein großes Problem sein. Sie nicht, aber die Roboter.

Er brauchte eine Waffe. Noch einmal sah er sich gründlich um. Der einzige Gegenstand, den er dazu benutzen konnte, war der Tisch. Besser als nichts. Jake wollte ihn anheben, aber er schaffte es nicht. Als ob das Ding tausend Kilo wog. Das war sonderbar, denn schieben ließ er sich mit einem Finger in jede beliebige Richtung. Jake fuhr sich durchs Haar. Wie sie das machten, konnte er sich nicht erklären, jedenfalls war auch der Tisch als Waffe unbrauchbar. Aber vielleicht könnte er ihn gegen die Schwester kicken. Das schien im Moment der einzig durchführbare Plan zu sein. Also hieß es warten und harmlos tun. Jake nahm auf der Bank Platz und verschränkte die Arme hinter seinem Nacken. Die Füße legte er auf den Tisch und schloss die Augen.

Endlich hörte er Schritte. Er blinzelte unter den Lidern hervor zur Tür. Seine Muskeln spannten sich. Als sich die Tür öffnete, gab Jake dem Tisch einen gewaltigen Tritt und sprang mit einem tigerhaften Satz hinterher. Augenblicklich prallte er an ein unsichtbares Hindernis, flexibel wie eine Gummimatte. Dann schob ihn etwas unaufhaltsam bis in die Mitte der Kabine zurück. Während er sich dagegenstemmte, fiel sein Blick auf die Krankenschwester im Gang. Sie führte eine Frau an der Hand. Jake verließ die Kraft. Er ahnte, was nun kommen würde. Die Neue betrat seine Zelle. Die unsichtbare Wand verschwand, als sich die Tür wieder schloss.

Jake blieb stehen, wo er war und musterte die Frau. Sie erschien älter als die beiden vorigen. Blonde, kurze Locken rahmten ihr volles, gutmütiges Gesicht. Ihre Hautfarbe wirkte dunkler – sonnengebräunt, hätte er unter normalen Lichtverhältnissen vermutet. Ein beigefarbenes Wickelgewand bedeckte ihre üppigen Formen. Sie sah nicht unbedingt wie eine Kurtisane aus, eher so, wie er sich seine Tante vorgestellte, hätte er eine gehabt. Eine neue Taktik der Kidnapper?

Die Frau sah Jake einen Moment lang abwägend an, dann setzte sie ein mütterliches Lächeln auf und ließ sich auf der Sitzbank nieder. »Ich bin Manulana. Setz dich doch.«

Das war zumindest eine zivilisierte Anrede. Auch machte sie keine Anstalten, Jake sofort an die Wäsche zu gehen. Ohne sie aus den Augen zu lassen, setze er sich ihr gegenüber auf das Bett. »Jake Forrester. Was möchten Sie von mir?«

»Ich soll dir Gesellschaft leisten.« Sie blieb ruhig sitzen und sah ihn aus schokoladenbraunen Augen offen an.

»Das ist sehr nett von Ihnen«, antwortete er höflich und fragte sich, was sie wirklich wollte. »Warum hält man mich gefangen?«

Sie lächelte. »Weil du dich noch nicht eingewöhnt hast.«

Jake zog die Stirn kraus. »Ich verstehe nicht, was Sie wollen. Können Sie dem Kapitän ausrichten, dass ich ihn gerne sprechen möchte?«

Sie machte ein besorgtes Gesicht. »Es soll dir doch gut gehen, bis wir zuhause sind.«

Jake deutete auf die verschlossene Tür. »Eingesperrt in diese enge Zelle?«

Sie hob beruhigend die Hände. »Du musst doch nicht die ganze Reise hier verbringen. Später darfst du in die Messe.«

Jake warf ihr einen ungläubigen Blick zu. »Sie lassen mich frei? Was ist der Zielhafen?«

»Nelantis.« Manulana machte sich auf der Sitzbank breit und lächelte Jake an. »Aber bis wir ankommen, dauert es noch eine Weile und ich werde dir helfen, die Zeit zu vertreiben. Weißt du, meine Großtante war auch einmal Eskorbine auf einem Schiff. Als sie noch jung war. Sie erzählt immer noch davon. Ununterbrochen, wenn man es genau nimmt. Eigentlich will keiner mehr zuhören. Aber mich haben ihre Erzählungen fasziniert. Es klang so aufregend, auf Reisen zu gehen. Ihren Erstgeborenen, den Anselm, hat sie nach seinem Vater benannt, der war nämlich ein Wildfang. Ich habe ihn nicht mehr kennengelernt. Da war er schon verschollen. Er hat in den Minen ...«

»Wo, bitte, ist Nelantis?«, unterbrach Jake ihren Monolog.

»In Njamingloh. Das habe ich als Kind in der Schule gelernt. Ich war Klassenbeste. Nur in Hydrotechnologie hat Rinsana mich übertrumpft. Das hat mich gewurmt, obwohl sie meine beste Freundin war. Jetzt ist sie Mutter und muss sich um ihre Kinder kümmern. Sie hat eine Menge Arbeit mit ihnen. Gerade der Kleinste. Aber vielleicht hat sie schon wieder eins ...«

Ihr Geschwätz begann Jake auf die Nerven zu gehen, auch wenn er es nur noch als Hintergrundgeräusch wahrnahm.

»... auf der Werft verunglückt. Wir haben schon gedacht, es ist aus mit ihm, aber sie nahmen ihn mit ...«

Jake begann sich zu wundern, ob sie jemals den Mund hielt.

»... noch nicht einmal eine Narbe hat man sehen können ...«

Jakes Gedankenstrom schien sich zu verlangsamen und sein Körper wurde schwer. Das Gerede zog ihn unaufhaltsam in ein schwarzes Loch. Tiefer und tiefer.

Mit Mühe fokussierte er seine Gedanken. »Halt!«, rief er.

Manulana schwieg betroffen und sah ihn an.

»Wenn es möglich wäre, hätte ich gerne für einen Moment meine Ruhe.«

Sie atmete hörbar aus. »Aber das ist doch kein Problem, Jake. Ich kannte mal einen – Korleinz. Ja. Korleinz war sein Name. Mit blauen Augen und kantigem Schädel. Ich kann mich noch ganz genau erinnern. Er war etwas behäbig und anfangs habe ich gedacht, er sei stumm ...«

Jake nahm einen tiefen Atemzug. »Ich möchte Sie nicht beleidigen, aber mir wäre es lieber, Sie würden gehen!«

Sie sah Jake erschrocken an. »Aber du kannst doch nicht allein bleiben! Wer für sich bleibt, wird verrückt.«

»Ich werde verrückt, wenn Sie hierbleiben! Bitte gehen Sie.«

Jake deutete zur Tür. Die öffnete sich, als sei sie durch seine Geste aktiviert worden. Wieder stand die Krankenschwester, flankiert von den zwei Robotern, wartend im Gang. Manulana erhob sich langsam von der Sitzbank und schlich nach draußen.

Jake wusste nun, dass er beobachtet wurde, sonst wären die Bewacher nicht so schnell zur Stelle gewesen. Er spürte ihre Augen förmlich im Nacken. Die Mikrophone und Kameras zu finden, war aussichtslos. Es gab inzwischen so kleine, dass man sie unter einem Fingernagel verstecken konnte. Auch kam ihm die Andeutung, ihn freizulassen, wie eine wohlplatzierte Finte vor. Sie wollten ihn in Sicherheit wiegen.

Jake warf sich frustriert aufs Bett und versuchte sich zu entspannen, da spürte er etwas Hartes im Rücken. Zwischen den Laken fand er einen silbernen Ohrring. Sein Herz klopfte. Der gehörte Myriam. Er nahm das Schmuckstück in die Hand. Kleine, goldfarbene Einsprengsel in dem tiefblauen Stein ließen ein Bild in ihm aufsteigen. Der Lapislazuli, der in der Antike die Wände der Königspaläste geziert hatte. Unwillkürlich musste er lächeln. Myriam, dieses zarte, kleine Wesen, hatte wirklich etwas von einer Prinzessin. Jake atmete tief. Sinnlose Gefühlsduselei! Er schaute sich nach einem Platz um, wo er den Ohrring aufbewahren konnte. Schließlich steckte er ihn in die Tasche seines Kittels.

An den Überwachungsmonitoren herrschte gespannte Stimmung. *»Wenn er seinen Widerstand nicht aufgibt, wird er unbrauchbar sein. Sie wissen, was das bedeutet?«*

Der Andere schaltete sein Gerät auf eine stärkere Vergrößerung. *»Nun gedulden Sie sich doch, mein Verehrtester. Ich habe noch ein paar probate Tricks auf Lager!«*

3

Sie kamen nur noch, um Essen zu bringen – Roboter. Die Schwester ließ sich nicht mehr sehen, auch keine Frauen. Jake war allein. Wie von selbst tastete seine Hand nach dem Ohrring in seiner Tasche, und wie jedes Mal, wenn er das Schmuckstück berührte, erschien Myriams liebreizendes Gesicht vor seinem inneren Auge. Wo war sie geblieben? Er ertappte sich dabei, dass er sich Sorgen um sie machte. Er verdrängte die Vision. Sie konnte letztlich nur ein Mädchen sein, das man angewiesen hatte, ihn zu verführen. Jake zog die Hand aus der Tasche. Er musste hier raus, bevor er wahnsinnig wurde! Er sprang auf und zum hundertsten Mal tastete er die Wände ab – nach Ritzen, lockeren Paneelen, spröden Stellen im Material, Leitungen ... irgendetwas!

Nichts. Es gab noch nicht einmal Steckdosen, um einen Kurzschluss zu verursachen. Die Verschalungen der Lampen ließen sich nicht abnehmen. Nichts, aber auch gar nichts konnte er abmontieren oder als Waffe benutzen.

Frustriert warf er sich auf das Bett in seiner Zelle und starrte die kahle Decke an. Kein Ausweg. Noch nie hatte er sich so hilflos gefühlt.

Erinnerungen stiegen in ihm auf. ›Na, jetzt wirf schon!‹ Jakes Sandkastenfreund Joey von nebenan war kaum größer als der Baseballschläger, den er schlagbereit mit beiden Händen umklammerte und dabei Jake auffordernd ansah. Sie hatten sich heimlich Dads Sachen geliehen. Seines Vaters Kappe hing Jake über die Ohren bis in den Nacken. Er presste seine Hand um den harten Ball, holte aus und warf mit aller Kraft. Joey schwang den Schläger in weitem Bogen und traf den Ball mit einem satten *Plopp.* Mit offenem Mund folgte Jake der Flugbahn, bis der Ball jenseits der Thujahecke verschwand. Das Klirren einer Scheibe im Nachbarhaus ließ ihn erstarren.

Mom sperrte Jake in seinem Zimmer ein. ›Warte, bis Dad kommt!‹ Jake hatte auf seinem Bett gelegen, unerträgliche Angst schnürte seine Eingeweide zusammen ... und die Ungewissheit, was kommen mochte. Bei seinem Vater wusste er nie. ›Bitte, lieber Gott, lass Dad nicht betrunken sein.‹

Jake zwang sich zur Ruhe und versuchte seine Gedanken wieder in die Gegenwart zu bringen. Mit Gewalt konnte er aus seiner Zelle nicht entkommen. Er könnte es höchstens mit List probieren. Aber dazu müsste er seine Kidnapper zum Verhandeln bewegen.

Entschlossen stand er auf. Wahrscheinlich gab es mehrere Kameras, die ihn permanent beobachteten. Er wandte sich zur Tür, so hatte er wenigstens das Gefühl, nicht völlig ins Leere hinein zu sprechen. Er atmete noch einmal tief durch: »Ich möchte mich hiermit an meine Entführer wenden. Ich bin bereit zu verhandeln und wünsche mit Ihnen in Kontakt zu treten, sodass wir diese Situation so schnell wie möglich zum beiderseitigen Vorteil beenden können.«

Dann setzte er sich erwartungsvoll auf die Bank. Wenn sie ihn gehört hatten, sollten sie bald reagieren. Sein Magen flatterte.

Er lauschte angespannt in die Tiefe des Schiffs, doch nur ein fernes Knacken drang an sein Ohr.

Jakes Magen knotete sich mit jeder Minute weiter zusammen. Er konnte nicht mehr still sitzen, stand auf und lief in der Zelle auf und ab. Keine Reaktion. Das hatte Methode. Fünf Schritte vor, Wenden, fünf Schritte zurück, Wenden. Wie schon zuvor wurde er einfach ignoriert. Er kam sich vor wie ein Stück Vieh!

Jake beschleunigte seinen Gang.

Endlich vernahm er Schritte. Er blieb stehen und legte lauschend den Kopf schräg. Richtig. Jemand näherte sich. In seinem Magen begannen tausend Ameisen zu krabbeln. Er holte tief Luft und stellte sich erwartungsvoll an die Tür.

Wenig später öffnete sie sich und gab den Blick auf die Krankenschwester frei. Ohne ein Wort bedeutete sie Jake, ihr zu folgen.

Jake gab sich einen Ruck und trat in den Gang. Rechts blockierten zwei Roboter den Weg. Die Schwester wendete sich nach links, führte ihn durch zwei Schleusen und bog in einen Seitengang. Er versuchte sich vorzustellen, wer seine Entführer waren. Jakes Hände wurden feucht. Vielleicht schlitzäugige Gesichter mit streng geschnittenen Uniformen oder ein hartgesichtiger Kerl im schwarzen Rollkragenpullover? Alternativ entstand vor seinem inneren Auge das Bild eines aalglatten Businesstyps im Designeranzug und im Hintergrund Bodyguards mit anschlagbereiten Maschinenpistolen.

Jake atmete schwer. Er hatte das Gefühl, auf einen Abgrund zuzulaufen, ja, dahin getrieben zu werden. Er spürte die Roboter hinter sich und zog den Kopf zwischen die Schultern.

Vor einem offenen Schott blieb die Schwester stehen und forderte Jake mit einer Handbewegung auf, hindurchzugehen.

Jake holte noch einmal tief Luft und trat steifbeinig hindurch. »Such dir eine aus«, rief sie ihm nach. Zischend schloss sich der Ausgang hinter ihm.

Vor ihm lag eine Halle, dessen linke Hälfte an die Turnhalle seiner Schule erinnerte. Bunte Linien und Markierungen verzierten den Boden. Klettergerüste überzogen die Wand und eine Nische beherbergte Sportgeräte. Der andere Teil sah aus wie das extravagant angelegte Tropenhaus in einem botanischen Garten, oder wie ein exklusives Erlebnisbad mit Schwimmteich, exotischen Pflanzen und Strandbar. Verwirrt blieb er stehen und fuhr sich mit dem Handrücken über die Augen. Jake glaubte, nicht richtig zu sehen: Um die Tische an der Bar schnatterte eine Horde – Frauen! Gute zwei Dutzend. Alle waren in Wickelgewänder gehüllt, in leuchtenden Farben, dünn wie ein Lufthauch. Gelegentlich nippten sie an langstieligen Gläsern, deren Inhalt ebenso bunt war wie ihre Garderobe.

Zu seinem Erstaunen wirkte die Atmosphäre völlig entspannt. Der schwere Duft von Parfüm in der Luft ließ ihn zu nur einem Schluss kommen: schon wieder Amüsierdamen!

Die Mädchen wurden plötzlich still und richteten ihre Blicke taxierend auf Jake.

Er gab sich einen Ruck und ging weiter. Keine Frau glich der anderen. Er musste lachen, als er an den Spruch seiner Mutter dachte: Jedes Töpfchen findet sein Deckelchen. Eine lange, vollbusige Blondine lehnte lässig an der Bar und verfolgte ihn mit ihren hellblauen Augen. Daneben erkannte er Manulana, die eher skeptisch dreinsah, wogegen die Wilde mit dem runden Gesicht bereit schien, sich wieder auf ihn zu stürzen.

Jake konnte nirgendwo Männer entdecken. Es war, als konzentrierten sich alle Frauen nur auf ihn. Aber keine machte Anstalten, auf ihn zuzugehen. Dennoch konnte Jake ihren stummen Lockruf spüren: Komm zu mir! Eine Stimme in seinem Inneren flüsterte, sich einfach gehen zu lassen, die Sorgen abzuwerfen und zu genießen. Es wäre hilfreicher, die

Frauen auszufragen, hielt eine andere dagegen. Jake schlenderte auf sie zu. Die Blonde bewegte sich als Erste. »Darf ich dir einen Drink servieren?« Sie blickte Jake in die Augen und senkte langsam ihre Lider.

Sie wirkte ... professionell. Jake räusperte sich und schaute sich nach den anderen Mädchen um. Er entdeckte ein schwarzes Augenpaar in einem dunklen Gesicht. Diese Frau schien ihn weniger einladend anzusehen. Er war nicht ihr Typ und sie war nicht versiert genug, es zu verbergen. Aus ihr konnte er vielleicht etwas herausbekommen. Kurz entschlossen ging er auf sie zu. »Hallo.«

Sie warf ihm einen Blick zu, der Bände sprach. »Möchtest du etwas trinken?«, fragte sie zögernd.

»Wenn Ihr Bier hättet?«

»Gerne«, sagte sie mechanisch. »Ich hole es dir. Wo möchtest du dich hinsetzen?«

Jake sah sich nach einem Platz um, wo sie ungestört wären. »Vielleicht dort am Teich?«

Sie senkte den Kopf in Andeutung eines Nickens. »Ich werde gleich zu dir kommen.«

Jake ließ sich auf einem geflochtenen Sessel unter einer Palme nieder. Kurze Zeit später brachte sie zwei Gläser und stellte sie auf den Beistelltisch.

Jake lächelte sie freundlich an. »Nimm doch Platz. Wie heißt du?«

Sie schlug ein Bein über und schob den Saum ihres leuchtend gelben Gewands über ihr Knie. »Ungasili.«

»Weißt du, wo wir hinfahren?«

Sie zuckte die Achseln. »Zurück nach Nelantis.«

Jake ließ den Blick durch den Saal schweifen. »Ich frage mich, wer der Chef von dem ganzen ist?«

Sie legte den Kopf schief und sah ihn befremdet an.

Was ging in ihr vor? Hatte er zu offensiv gefragt? Er nahm sein Glas. »Trink doch erst mal.«

Mit angewidertem Blick nahm sie einen Schluck.

Jake stutzte. »Du magst kein Bier?«

Sie zuckte leicht zusammen.

»Warum hast du dir nicht etwas anderes mitgebracht?«

Sie senkte den Blick. »Es ist höflich, zu trinken, was der Mann wählt.«

Er runzelte die Stirn. »Auch wenn es dir nicht schmeckt?«

Sie presste die Lippen zusammen. »Es ist der Wille der Meduse.«

Jake horchte auf. »Ist das euer Leiter?«

Sie hob das Kinn. »Es ist die Göttin.«

Jake blickte sie verdutzt an.

Sie spielte nervös mit ihren Fingern. »Willst du mich nun mitnehmen?«

Jake schaute auf. »Wohin? Ich kann hier nicht weg.«

»Zu dir«, sagte sie mit hölzernem Gesichtsausdruck.

Jake schüttelte den Kopf.

Ungasili schien verwirrt. »Warum hast du mich dann gewählt?«

»Ich wollte mit dir reden«, antwortete er wahrheitsgemäß.

Sie schaute ihn verständnislos an. Aber auch erleichtert.

Anscheinend waren die Frauen an der Bar dem Verlauf der Unterhaltung gefolgt, denn nun schoben sie sich heran.

»Du solltest eine von uns wählen«, sagte eine grazile Rothaarige, die sich geschickt vor die anderen schlängelte und ihn aufreizend von oben bis unten musterte.

Jake schüttelte ungläubig den Kopf. Wer wählte hier eigentlich wen? Unter den Frauen schien es eine Art Wettbewerb zu geben. Nicht sie standen, wie es die Schwester noch angedeutet hatte, zur Wahl – es sah ganz so aus, als ob er für die meisten von ihnen die Trophäe war. Sein Blick sprang von einer Frau zur anderen, bis er plötzlich an einem vertrauten Gesicht hängen blieb. Myriam saß verloren an einem Tisch in der hintersten Ecke. Ein Gefühl der Wärme breitete sich in ihm aus.

Sie schaute nicht herüber, betrachtete nur still ihre Hände. Sie wirkte traurig. Unwillkürlich glitt seine Hand in die Tasche seines Kittels, suchte nach dem zierlichen Ohrring. Dann stutzte er. Warum hatte sie sich isoliert? Mochte sie ihn etwa nicht? Vor ein paar Tagen hatte er in der Kabine einen völlig anderen Eindruck gewonnen. Und er hatte sich von ihr, ganz im Gegensatz zu den übrigen Frauen, respektiert gefühlt. Ob er sie verprellt hatte? Dabei war er sich auf einmal sicher, dass er sich mit ihr arrangieren konnte. Überrascht stellte er fest, dass ihn der Gedanke sogar erfreute.

Jake ging langsam zu Myriam hinüber und setzte sich ihr gegenüber. Sie blickte auf. Ein kleines Lächeln erhellte ihr Gesicht, ihre zierlichen Augenbrauen zogen sich fragend ein wenig nach oben, aber sie schwieg. Jake sah sie lange an. Dann zog er den Ohrring hervor und legte ihn auf den Tisch.

Sie begann zu strahlen. »Da ist er ja! Oh, ich hab schon alles wie verrückt nach ihm abgesucht. Paps hat ihn mir geschenkt.«

Sie legte ihre Hand auf seine und Jake spürte eine ebenso tiefe wie ungewohnte Vertrautheit. Myriam war tatsächlich der einzige Mensch auf diesem verdammten Schiff, der Herzenswärme ausstrahlte. Ihre Nähe fühlte sich so gut an. Er konnte den Blick nicht von ihr wenden.

»Danke, danke, danke!«, flüsterte sie. Ihre Augen leuchteten und Jake wäre in diesem Moment am liebsten darin versunken.

»Ich hab ihn in der Kabine gefunden«, sagte er und es irritierte ihn, dass seine Stimme heiser klang.

Myriam beugte sich über den Tisch und hauchte ihm einen Kuss auf die Wange. »Ich bin so froh, Jake. Dieser Ohrring ist etwas ganz Besonderes für mich. Ich hätte ihn nie ersetzen können.«

Jake räusperte sich. »Ich war nicht sehr nett zu dir, Myriam, es tut mir leid. Mir ging es nicht besonders gut.«

»Das habe ich mir schon gedacht«, antwortete sie. »Es macht nichts.«

Jake nahm ihre Hand. »Ehrlich gesagt, es wäre schön, wenn du mir Gesellschaft leisten würdest. Magst du mit mir kommen?«

Jake hätte schwören können, einen Anflug von Erleichterung in ihrem Gesicht zu sehen, als sie lächelte und nickte.

In der Kabine schickte sich Myriam an, ihre Kleider fallen zu lassen. Jake nahm sie bei den Händen. »Ich möchte, dass wir eine Vereinbarung treffen. Wir wollen Freunde sein, mehr nicht. Zumindest jetzt nicht. Ist das in Ordnung für dich?«

Myriam schaute ihm in die Augen, als hätte sie ein rätselhaftes Buch vor sich. Dann lief ein leises Lächeln über ihr Gesicht. »Ich glaube, ich verstehe.«

»Gut«, Jake machte es sich für die Nacht auf der Sitzbank bequem. Während er in den Schlaf sackte, spürte er ihren Blick, der ihn wie eine zärtliche Hand berührte.

Aber seine Träume waren bewegt: Um ihn herum erhoben sich schneebedeckte Gipfel. Die Gondel steckte fest und schaukelte im Wind. Dann stürzte sie. Jemand schrie. Schweißnass wachte er auf – aber das Gefühl des Fallens endete nicht. Ein Schwindelgefühl überkam ihn und die Pritsche schien sich unter ihm wegzudrehen. Dann presste es seinen Körper in die Polster. Erschrocken öffnete er die Augen. Die Zelle schien zu steigen, verharrte und kippte seitlich weg, sein Magen kribbelte. Dann wurde sein Körper schwer und es ging in einem Höllentempo nach oben. Irgendwo krachte es metallisch. Das Schiff stöhnte. Unregelmäßiges Sirren drang an sein Ohr, unterbrochen von statischem Rauschen.

Sturm.

Das musste ein mächtiger Orkan sein, dass er ein großes Schiff dermaßen beutelte. Jake krallte sich an der Pritsche fest und warf einen besorgten Blick auf das Bett neben ihm: Es war immer noch Myriam, die darin lag. Keine andere. Er atmete auf. Aber sie sah hundeelend aus. Sie hatte die Augen angstvoll aufgerissen und zitterte am ganzen Körper. Sie erinnerte ihn an ein Kaninchen, das der Fuchs in die Enge getrieben hatte.

Kurz entschlossen wartete Jake auf den nächsten Wellenberg. In dem kurzen Augenblick des Schwebens sprang er zu ihr und nahm sie in die Arme. »Es ist nur ein Sturm«, flüsterte er ihr beruhigend ins Ohr, so nah, dass seine Lippen die filigrane Silberfassung ihres Ohrrings berührten. »Er wird vergehen.«

So lagen sie, bis der Sturm abflaute, und sich ihr Zittern verlor.

»Solche Angst hatte ich noch nie«, gestand Myriam. Sie war blass und wirkte fahrig. »Bisher war die Fahrt so ruhig gewesen. Wenn ich das gewusst hätte, wäre ich nicht mitgekommen.«

Jake spürte die Wärme ihres Körpers. Sie erregte ihn. Doch so weit wollte er es nicht kommen lasen. Er setzte sich im Bett auf. »Ist das deine erste Reise?«, fragte er sanft.

Sie nickte und sah so aus, als ob es auch ihre Letzte sein würde. Jake strich ihr tröstend übers Haar. Er sog ihren süßen Duft ein und plötzlich spürte er ihre zarten Hände auf seiner Haut. *Pass auf, was du tust,* warnte eine Stimme in ihm, doch er wollte nicht hinhören.

Das Zischen der Tür ließ ihn zusammenzucken. Erschrocken schaute er auf und erblickte die Krankenschwester mit ihren Robotern. »Alles in Ordnung?«

Die Ernüchterung traf Jake wie eine kalte Dusche. Er sprang aus dem Bett und lief auf die Schwester zu. »Ich möchte ...« Das neuerliche Zischen der Tür, die sich direkt vor seiner Nase schloss, ließ ihn verstummen.

Er schlug frustriert gegen die Wand.

»Die Dienerinnen kümmern sich immer um uns«, sagte Myriam beschwichtigend. »Damit wir wissen, dass uns die Meduse nicht verlassen hat. Sie beschützt ihre Kinder.«

Schon wieder diese Meduse. Jake drehte sich herum. »Eure Göttin?«

Sie nickte.

Eine Ordensschwester also. Das erklärte wohl auch das kleine Abzeichen an der Schulter ihres Kittels, das ihn an die Silhouette eines Tintenfischs erinnerte. Sein Verdacht verdichtete sich. Hinter seiner Entführung steckte eine Sekte, die ihre Anhänger psychisch versklavte. Er schaute Myriam an. »Wie bist du nur auf dieses Schiff geraten?«

Sie lächelte. »Zu Hause war es mir langweilig geworden. Ich wollte etwas erleben. Anfangs versuchte mein Vater mich davon abzuhalten, aber schließlich hat er nachgegeben.«

Jake ging zu ihr und schlüpfte wieder unter die Decke. »Willst du mir nicht ein bisschen mehr über deinen Vater erzählen?«

Sie legte den Kopf schief und kicherte. »Weißt du, dass du meinem Paps ähnlich bist, Jake? Er ist anders, als die anderen Männer. Er kann im Handumdrehen zornig werden und wie der Donner grollen, aber bald verziehen sich die Wolken und die Sonne strahlt wieder aus seinen hellblauen Augen.«

»Er ist wohl sehr nett, dein Vater.«

»Oh ja! Und er erzählt immer seltsame Geschichten, die sich anhören, als kämen sie aus einer anderen Welt. Sie ließen mir schon als Kind keine Ruhe. ›Das wird noch einmal schlimm enden mit dir‹, hat mir meine Mutter prophezeit.«

Jake richtete sich auf dem Ellenbogen auf und sah ihr in die Augen. »So weit lag sie wohl nicht daneben.«

Myriam schmiegte sich an. »Ach was! Was soll ich mit den langweiligen Kerlen, die sie mir schickten? Kinder gebären? Ich hatte das Gefühl, etwas zu verpassen, ich wollte raus. Also meldete ich mich bei den Schiffen. Zuerst musste ich zur Ausbildung zu den Kleristen. Die waren sehr streng und vieles verwirrte mich, aber ich lernte fleißig und machte alle Tests. Schließlich bestand ich als Jüngste auch die Prüfungen.«

Jake spitzte die Ohren. Er fragte sich, was diese Kleristen ihr beigebracht hatten und was das für Tests waren. »Mussten die anderen Frauen auch eine Ausbildung machen?«

Sie nickte.

Ihre Erzählung warf eine Reihe Fragen auf. Jake fuhr sich mit den Fingern durch die Haare. Aber gleichgültig, ob er es nun mit einer Sekte oder Menschenhändlern zu tun hatte, er war sich sicher, dass Myriam nichts von deren miesen Geschäften wusste. Vielmehr musste er befürchten, dass die Entführer Myriam etwas antun würden, wenn sie sich zu unbedachten Antworten verleiten ließ. Er atmete schwer und beschloss, sie nicht weiter auszufragen.

»Das hast du großartig gemacht! Sicher sind deine Eltern sehr stolz auf dich.«

Myriams Augen begannen zu strahlen. »Ja, ich glaube schon.«

Auf den Überwachungsmonitoren war kaum eine Bewegung zu sehen. Die beiden Beobachter streckten sich auf ihren Sitzen. *»Es scheint so, als hätte es sich hinreichend beruhigt«*, stellte der eine fest.

»Ich traue ihm nicht. Wenn Sie mich fragen, verstellt es sich, um uns aus der Reserve zu locken.«

»Genau das finde ich ja so spannend, mein Bester. Dieses Männchen ist sehr intelligent. Es fasziniert mich, ihm zuzuschauen. Lassen Sie uns sehen, wie er auf den zweiten Teil des Programms reagiert.«

4

Mittags öffnete sich unerwartet die Zellentür. Myriam fuhr freudig auf: »Wir haben Ausgang.«

Jake hob ungläubig den Blick. Der Gang blieb leer. Vermutlich hatte sich seine gute Führung schon bezahlt gemacht. Neugierig stand er auf und schaute in den Korridor. Es war niemand zu sehen. Jakes Herz pochte. Während Myriam den Weg nach links einschlug, wandte er sich in die andere Richtung.

»Hier geht es entlang«, rief sie.

»Gleich«, antwortete er und lief weiter.

Er kam nicht weit. Die nächste Schleuse war verschlossen. Sackgasse. Ende. Jake unterdrückte einen Fluch. Die Entführer ließen nur einen Weg offen und der endete in der bekannten Halle. Zelle mit Freilauf.

Neben der Strandbar war diesmal ein Buffet aufgebaut. Die Frauen drehten sich um und musterten Jake. Instinktiv nahm er Myriams Hand. Der Effekt verblüffte ihn: Die Mädchen wendeten sich augenblicklich den Speisen zu und schenkten ihm keine weitere Beachtung.

Am Buffet fand er zu seiner Überraschung unter all den fremdartigen Nahrungsmitteln Ribeye-Steak, gekochte Maiskolben und gebackene Kartoffeln mit Sour Cream. Es weckte Bilder aus seiner Jugendzeit: Zum vierten Juli, dem amerikanischen Unabhängigkeitstag, war seine Familie immer zu Onkel Will nach Minnesota gefahren. Jake konnte ihn noch vor sich sehen, wie er die mächtigen Fleischstücke auf dem Grill wendete und heißes Fett in der glühenden Holzkohle zischend verdampfte.

Hitze stieg in Jake hoch. Sein Lieblingsessen hier zu finden, konnte kein Zufall sein. Man hatte ihn wohl vorher schon ausspioniert. Jake stellte seinen Teller ab. Sogleich hielt ihm Myriam eine Frucht hin, die wie eine warzige Melone aussah. Das Fruchtfleisch glich einem blauen Schwamm.

»Wamlomar«, erläuterte sie.

Das Ding sah aus wie die Kreuzung aus einem überdimensionalen Pockenvirus und einem Psychopharmakon. Jake schüttelte den Kopf.

»Etwas Süßeres gibt es in ganz Njamingloh nicht«, lockte sie.

Er sah sie zärtlich an. »Doch, dich.«

Myriam lachte und ehe er sich versah, schob sie ihm ein Stück zwischen die Zähne, dabei sah sie ihn mit kindlicher Erwartung an.

Jake seufzte und begann zu kauen. Das Fruchtfleisch prickelte auf der Zunge wie Brausepulver und schmeckte nach Marzipan.

In der Nacht hielt er es dann kaum noch aus. Mit aller Macht drängte es ihn, zu Myriam unter die Decke zu schlüpfen. Doch ein Gedanke törnte ihn ab, wie eine kalte Dusche: Wie viele Männer würden an den Monitoren der Überwachungskameras sitzen und zusehen?

Ein Roboter brachte Frühstück. Es schien Jake, als musterte er ihn einen Augenblick, bevor sich die Tür wieder schloss. Myriam erzählte von zuhause. Über Kinder, endlose Strände, Berge und die Stadt. Es schien keine Gewalt zu geben und die Göttin strahlte über einer friedlichen Kolonie. Er aber fragte sich, was wirklich in diesem Njamingloh los war. Gehirnwäsche? Massenmanipulation? Jake bekam feuchte Hände. Er würde es bald herausfinden.

Am Mittag, als er von der Halle zurückkam, die von Myriam die Messe genannt wurde, stand in seiner Zelle ein zweites Bett. Jake starrte darauf, als sei es eine Fata Morgana. Dann schlug er sich vor Freude auf die Schenkel: Das war ein Triumph über seine Entführer! Sie hatten eingesehen, dass sie ihn durch ihre Masche nicht kleinkriegen konnten! Er war standhaft geblieben! Im Überschwang riss er die überraschte Myriam in die Arme und wirbelte sie einmal fröhlich im Kreis herum.

In der Beobachtungskanzel wurden die Geräte auf Nachtlichtverstärkung gestellt. *»Das hat ja hervorragend geklappt! Es hat den Köder geschluckt.«*

»Exzellent! Dann können wir Phase drei einleiten.«

Der Andere wirkte alarmiert. *»So früh? Sie wissen, dass das seine Gefahren birgt?«*

»Ich denke, ich werde es riskieren.«

5

Die Zellentür öffnete sich früher als sonst. Jake suchte den Auslauf. In der Messe war das Buffet noch nicht aufgebaut, einige der Frauen schwammen nackt im Teich. Doch das war es nicht, was Jakes Aufmerksamkeit anzog: An einer Drückbank in der Mitte der Halle schwitzte ein muskelbepackter Südländer unter mächtigen Hanteln.

Jake blieb wie angewurzelt stehen. Er war also nicht der einzige Gefangene.

Mit klirrendem Scheppern ließ der Mann die Gewichte in die Halterung fallen. Ohne aufzusehen, rief er mit schwerem südamerikanischen Akzent: »Kannst du mir noch zwei Kilo auflegen?«

Jake sah sich um und wunderte sich, mit wem der Fremde redete.

Der hob den Kopf und entdeckte Jake. »Oh, ein Mann.« Grinsend setzte er sich auf. »Pedro. Pedro Gonzales.«

Jake runzelte die Stirn. »Angenehm. Jake Forrester.« Er schüttelte flüchtig die dargebotene, riesige Hand. »Gehören Sie hier dazu?«

Behände sprang Pedro auf. Er reichte Jake bis zum Kinn, war aber doppelt so breit wie er. »Das ist aber schön, Jake. Lass uns einen trinken.« Auf dem Weg zur Bar kam er am Teich vorbei, wo er geschwind sein Gewand abstreifte und zu den Frauen ins Wasser sprang.

Verwundert sah Jake ihm nach, wie er eine Bahn schwamm, dabei eine Frau am Kinn kraulte und eine andere neckisch am Haar zupfte. War er vielleicht ihr Bewacher? Mit seiner unbefangenen Art und seinem herzlichen Lachen passte er allerdings nicht zu dem Bild, das Jake von Mädchenhändlern hatte.

Pedro stieg wieder aus dem Becken und sogleich kam eine Frau und reichte ihm ganz selbstverständlich einen Kittel. Er warf ihn über, packte Jake am Arm und schob ihn zur Bar. »Trinkst du Tequila?« Ohne eine Antwort abzuwarten, schnipste Pedro mit dem Finger. Eine der Frauen beeilte sich, seinem Wunsch nachzukommen. Der Mann war jedenfalls der Macker hier.

Jake ließ sich auf einem Barhocker nieder und fixierte Pedro. Der kämmte sich sein nasses schwarzes Haar mit den Fingern zurück, wandte ihm sein rundes Gesicht zu und lächelte gutmütig. »Wie kommst du hier her, Jake? Americano?«

Die Frage warf Jake aus dem Konzept. Ein Entführer würde so etwas nicht fragen. »Ja, ich bin Amerikaner«, sagte er verhalten.

»Ah, bueno.« Pedro grinste und griff in eine Schale, die neben ihm auf dem Tresen stand, ließ etwas Salz daraus auf seinen Handrücken rieseln und leckte mit spitzer Zunge daran. Jake erinnerte sich an das Trinkritual, das seine Kommilitonen auf dem College gepflegt hatten. Und auch an die fette Mottenlarve, die, als Qualitätsbeweis für den Inhalt, in der Tequilaflasche schwamm. Ihm wurde flau im Magen. Pedro leerte sein

Glas in einem Zug und biss genussvoll in einen Zitronenschnitz. Jake zog es die Schleimhäute zusammen. »Ich glaube, ich hätte besser einen Manhattan bestellen sollen.«

»Ja, mein Freund, sag's der Kleinen!« Pedro nickte zu einer Frau hinüber, die sich hinter der Theke unübersehbar langweilte. »Die sorgt dafür, dass dein Heimweh weggeht.« Seine Pranke landete auf Jakes Schulter. »Und das hast du nötig, du siehst traurig aus.«

Jake schaute ihm forschend in die Augen. »Um deine Frage zu beantworten – wie ich hierher gekommen bin, weiß ich nicht. Ich bin von einem Gletscher abgestürzt, ansonsten habe ich keine Erinnerung.«

Pedro pfiff durch die Zähne: »Ja, die Gletscher sind gefährlich! Bei uns holen sie manchmal auch Eis aus den Anden herunter. Einige überleben das nicht.«

»Ich hole kein Eis«, grinste Jake. »Ich bin Astrophysiker und suche auf den Gletschern nach Meteoritenspuren.«

Pedro nickte und ließ den Blick langsam an ihm auf- und abgleiten. »Un cientifico. Dachte mir schon, dass du lieber mit dem Kopf arbeitest.«

Jake verspürte ein leises Ziehen im Magen, schluckte aber seinen aufkommenden Zorn hinunter. Er wusste, dass er in diesem Punkt etwas empfindlich war. Und Pedro schien eher zu der groben Sorte zu gehören, die es aber im Grunde gut meinte.

Er nippte an seinem Cocktail. »Wissen Sie, wo wir sind?«

Pedro winkte nach der Frau für einen zweiten Drink.

»Auf einem Schiff, denke ich. Erst hab ich gedacht, ich bin tot. Und dann kamen die Frauen. Madre Mia! Dann hab ich gedacht, ich muss versehentlich bei den Moslems im Himmel gelandet sein. Doch jetzt glaube ich, dass es nach Amerika geht. Ja, Jake, du bist sicher bald wieder zuhause.«

»Kommt es Ihnen denn hier nicht komisch vor?«, hakte Jake nach.

»Komisch? Nein! Kolumbien ist komisch. Kein Geld. Keine Arbeit. Ich bin Fischer. ›Jetzt reicht's‹, hab ich mir gesagt und bin abgehauen mit Wasser und Proviant. Dann kam der Sturm. Boot futsch, ich untergegangen. Ende. Bin dann hier wieder aufgewacht.«

Ein einfacher Mensch. Das Ganze wurde noch rätselhafter. Jake hatte bisher angenommen, wegen seiner besonderen Kenntnisse entführt worden zu sein. Und jetzt sah es so aus, als ob man auch einen schlichten Fischer eingefangen hatte – einen, der sicherlich über kein Geheimwissen verfügte. »Warum glauben Sie, dass es nach Amerika geht?«

»Ah. Roboter und schöne Señoritas!« Er zwinkerte.

Das war also das Image Amerikas im Ausland. Fortschrittliche Technologie und heiße Girls. »Wenn das Schiff nun nach China oder sonst wohin fährt?«

»Egal, alles besser als Kolumbien!« Grinsend klopfte Pedro Jake auf die Schulter. »Sie können von mir aus zum Mars fahren. Solange ich genug zu essen und Señoritas habe, ist es mir gleich.«

Brot und Spiele. Jake schüttelte den Kopf. Pedro hatten sie schon in der Hand.

»He, Americano. Warum lachst du eigentlich nie? Gefällt es dir hier nicht?«

Was sollte Jake ihm sagen? Der Mann würde es doch nicht verstehen. »Ich habe Angst, dass ich nicht mehr nachhause komme.«

Aus mitfühlenden Bernhardineraugen sah Pedro ihn an. »Hast du Familia?«

Jake starrte ins Leere. Zwei Jahre war es her. Cape Cod. Die Sonne brannte vom Nachmittagshimmel auf das windschiefe Strandvolleyballnetz. Liljas glänzendes, goldbraunes Haar flatterte wie ein Banner, als sie nach dem Ball hechtete, traf und sich abrollte. Trockener Sand heftete sich an ihre schwitzende Haut, dass sie wie ein paniertes Hühnchen aussah. Lachend sprang Jake auf sie zu, versuchte sie zu greifen. Sie warf ihm Sand entgegen und stellte ihm ein Bein. Kichernd rangen sie wie kleine Kinder. Sie waren erst wenige Wochen verheiratet.

Jake ließ den Atem gehen und schüttelte langsam den Kopf. »Nein, ich habe keine Familie. Aber ich habe ein ungutes Gefühl.«

Schon lachte Pedro wieder. »Du bist Americano und hast Geld. Genieße die Reise, egal wohin sie führt. Dann kaufst du dir eine Rückfahrkarte.«

Jake fand seine Zellentür unverriegelt. Er schien jetzt Freigänger zu sein, und als hätte dieses winzige Stückchen Freiheit ein Tor aufgestoßen, fluteten Erinnerungen von Zuhause sein Bewusstsein. Der Nachbarsjunge Ron tauchte vor seinem inneren Auge auf. Jake spürte einen Stich im Herzen. Wer würde ihm nun die Matheaufgaben nachsehen? Jake schüttelte den Kopf. Ronny käme allein zurecht, aber es wurde Jake schlagartig klar, dass er die unendlich vielen Fragen des Jungen vermisste. Er seufzte wehmütig und seine Gedanken schweiften zu der pummeligen Sekretärin Sherry, der Mutter des Forschungsinstituts. Sie machte sich sicher große Sorgen. Rivale Paul hingegen würde dem Institutsleiter Prof. Charles E. Ditherberry, III. in den Ohren liegen, um die Finger an Jakes Projekt zu bekommen. Jake knirschte mit den Zähnen. Dabei war er so kurz vor dem Durchbruch zu revolutionären Erkenntnissen gewesen! Die durften nicht in die falschen Hände geraten. Jake warf einen Blick auf die unversperrte Zellentür. Sie kam ihm wie eine Einladung vor, eine Chance zur Flucht.

Noch in derselben Nacht stand er leise auf und zog sich im Dunklen an. In den Gängen warf die dämmrige Nachtbeleuchtung lange Schatten. Jake tastete sich vorwärts, die Sinne angespannt. Nur der Weg zur Messe stand offen.

Im milchigen Licht der Funzeln wirkte der Raum nebelig, die Konturen der Einrichtungen verschwommen. In den ersten unverschlossenen Gang schlich er hinein. Er war noch nicht weit gekommen, da ließ ihn ein jähes Knacken zusammenfahren. Begleitet von leisem Zischen schob sich eine Kabinentür auf. Jake drückte sich an die kalte Wand. Gegen das blendende Licht zeichnete sich eine vollbusige Figur mit Wespentaille ab. Die Blonde aus der Messe.

Jake atmete auf.

Sie lehnte sich an den Rahmen und brachte ihr Profil zur Geltung. »Hast du endlich genug von der Kleinen?«, hauchte sie. »Komm rein.«

Dazu war er nicht gekommen. Aber Erklärungen wollte er auch nicht abgeben. »Ich suche Ungasili«, log er.

»Zu ihr kannst du nachher noch gehen. Die Nacht ist lang.«

»Du willst doch nicht, dass ich sie enttäusche? Sag mir lieber, welches ihre Kabine ist.«

»Ich zeige es dir«, sagte sie und ließ ihr Gewand heruntergleiten. »Danach.«

Jake musste an Myriam denken und wandte den Blick ab. »Ich werde es selber finden. Pass du lieber auf, dass du dich nicht erkältest.«

Sie schnurrte wie eine Katze. »Etwas Wärme könnte mir jetzt guttun.«

»Dann mach die Tür zu. Du stehst im Zug.«

Die Haare flogen, als sie ihren Kopf herumwarf und in der Kabine verschwand.

Jake wartete noch einen Moment, dann schlich er weiter, fand aber die Schleusen verschlossen. Auch hier gab es keinen Weg nach draußen.

Enttäuscht ging er zurück zur Messe und ließ sich in einen Sessel fallen. Da kam ihm eine Idee.

Am Morgen wandte er sich an Myriam. »Glaubst du, *sie* haben etwas dagegen, wenn ich in der Messe schlafe?«

Sie verzog das Gesicht. »Soll ich in meine eigene Kabine zurückgehen?«

Jake wollte Myriam nicht kränken. Aber er konnte ihr seinen Plan nicht unterbreiten, ohne dass es abgehört wurde. Er entschied sich für eine Notlüge. »Ich schlafe so gerne am Wasser.«

Ein freudiges Lächeln flog über Myriams Gesicht. »Ich auch! Oh, das ist schön! Da komme ich mit.«

Jake nahm sie in die Arme. Wie gut sie sich anfühlte. Mit ihr zusammen würde es mehr Spaß machen, gewisse Gewohnheiten auszuspionieren. Obendrein verschleierte ihre Gesellschaft seine Absicht.

Die Übernachtungen am Pool sprachen sich schnell herum. Andere Frauen gesellten sich zu ihnen. Myriam war begeistert und organisierte regelmäßige Beach-Partys. Die Frauen kicherten und giggelten die halbe Nacht, bis es Jake auf die Nerven ging. Was er wissen wollte, hatte er nach wenigen Tagen herausbekommen. Nun fehlte ihm nur noch eine günstige Gelegenheit.

Er wartete.

Die Tage wurden zur Woche. Die Schwester arrangierte Ballspiele und Sportwettkämpfe. Abends führten die Frauen Tanz- und Theaterstücke auf. Die waren meist erotischer Natur und nagten schmerzlich an Jakes

Widerstand. Pedro hatte keine Probleme. Jeden Abend kam eine andere Frau zu ihm. Das schien niemanden zu stören. Ganz im Gegenteil. Neue Frauen kamen in die Messe, dafür vermisste Jake andere.

»Warum kommen sie nicht mehr?«, fragte er Myriam eines Abends.

»Sie sind mit Kind«, antwortete sie und lächelte.

»Nehmen sie denn keine Verhütungsmittel?«

Myriam runzelte die Stirn. »Was ist denn das?«

»Na, damit eine Frau nicht schwanger wird.«

Myriam sah ihn verständnislos an. »Wozu soll das gut sein?«

Es verschlug Jake die Sprache. Das war absurd. Zugegebenermaßen konnte es ja auch bei Amüsierdamen immer mal einen ›Unfall‹ geben. Aber es fehlte mindestens ein halbes Dutzend der Frauen. »Nimmst du auch nichts, um eine Schwangerschaft zu verhindern?«

»Warum?«

»Na, ich dachte, du willst, dass ich ...«

Sie lächelte.

»Und wenn du dann ein Kind von mir bekommst?«

Sie schaute auf und sah Jake in die Augen. Die Antwort konnte ein Idiot lesen.

Jake strich ihr sanft übers Haar. Mit einem Kind wäre er gebunden. Es war höchste Zeit, seinen Fluchtplan in die Tat umzusetzen. Jake grübelte, wie er Myriam mitnehmen könnte. Die Sache war riskant. Und er wollte sie auf keinen Fall gefährden. Schweren Herzens entschied er sich, allein loszuschlagen.

Am Abend warf Jake während der Poolparty immer wieder verstohlene Blicke zur Schleuse. Bald würde die Schwester ihren Rundgang machen. Jake zog sich demonstrativ gähnend von der Gruppe am Teich zurück. Auf einem Liegestuhl in der Nähe der Schleuse stellte er sich schlafend. Sein Plan war unausgegoren, dessen war er sich bewusst. Er könnte auf Wachen treffen oder durch eine verriegelte Tür aufgehalten werden. Aber eine Vision brannte sich in seine Gedanken und ließ sich nicht vertreiben: die Rettungsboote. Vielleicht hatte es keinen Zweck, aber die waren seine einzige Chance.

Er musste nicht lange warten, bis auf der anderen Seite der Schleuse Schritte ertönten. Alle Sinne erwachten. Seine Muskeln spannten sich. Beim ersten Zischen ließ er sich vom Stuhl rollen und spurtete los. Noch bevor sich die Tür vollständig geöffnet hatte, schlüpfte er hindurch. In seinem Schwung stieß er die Schwester zur Seite und hechtete in den Korridor. Er bog in einen Seitengang ab und rannte. Noch einmal fand er einen Quergang. Der endete an einer Wand aus Glas, dahinter befand sich Wasser. Sackgasse. Zurück!

Weit kam er nicht.

Seine Nerven begannen zu brennen. Er schlug der Länge nach auf den Boden. Unfähig sich zu rühren, lag er auf dem feuchten Metall. Wie im Nebel sah er die Schwester mit den zwei Robotern auf sich zukommen.

Sie stießen ihn den Gang zurück wie einen Sack Kartoffeln. Meter um Meter. Jeder Stoß nahm ihm fast die Besinnung.

Endlich lag Jake wieder in der Messe. Sie ließen ihn mit seinen Schmerzen allein. Seine Glieder zuckten und wollten nicht gehorchen. Jake übergab sich.

Erst gegen Morgen gelang es ihm, in seine Zelle zu kriechen. Mit Mühe erklomm er sein Bett. Dort blieb er erschöpft liegen. Er spürte, wie jemand eine Decke über ihn zog, und ein warmer Körper sich an ihn schmiegte. Ganz langsam tauchte sein Hirn aus dem Meer von Schmerzen. Elektroschocks, dachte er. Dann wurde es schwarz um ihn herum.

Er erwachte mit immer noch schmerzendem Schädel. Es würgte ihn, aber er hatte schon alles von sich gegeben. Keuchend öffnete er die Augen und blickte in Myriams bleiches Gesicht. Jake erschrak. »Was ist denn los, Kleines?« Sein Rachen war rau wie Sandpapier.

»Das darfst du nicht machen.«

Jake ließ den Kopf wieder in die Kissen sinken. Sie sorgte sich um ihn. Das fühlte sich so gut an, dass er ein schiefes Lächeln zustande brachte. »Ich wollte doch nur einmal sehen, was dahinter liegt«, antwortete er matt.

»Dabei kannst du verschollen gehen«, sagte Myriam mit bebender Stimme.

Jake sah sie verständnislos an.

»Verschollene kommen nicht mehr zurück«, flüsterte sie.

»Aber ich bin doch hier.«

Sie klammerte sich fest an ihn und drückte ihr Gesicht an seine Brust: »Versprich mir, dass du das nie wieder tust.«

Jake war gerührt.

Die Beobachtungsmonitore wurden abgeschaltet. *»Das war eine absolute Meisterleistung von Ihnen!«*

»Vielen Dank für das Lob. Jahrelange Erfahrung. Am Ende werden sie immer zahm.«

6

Jake befürchtete, den Rest der Reise als Strafe für seinen Ausbruchsversuch in seiner winzigen Zelle eingesperrt verbringen zu müssen. Wider Erwarten ließ sich die Tür öffnen. Statt Erleichterung keimte Misstrauen in ihm auf. Lastende Ungewissheit trieb ihn in die Messe.

Dort saß Pedro an einem der Tische. »Amigo, was war denn das für ein Manöver gestern Nacht! Du wolltest wohl ausreißen?«

Jake knirschte mit den Zähnen. »Sie haben mich erwischt.«

Pedro leerte seinen Tequila. »Du bist verrückt, Gringo.«

»Stört es dich gar nicht, eingesperrt zu sein?«

»Wenn wir an Land sind, lassen sie uns raus. Wirst sehen. Aber warum soll ich raus? Ich muss hier nicht arbeiten, muss nichts bezahlen.« Er schnipste mit dem Finger und hielt sein leeres Glas hoch. Sofort brachte eine der Frauen ein Volles. Sie bückte sich über den Tisch und gewährte tiefe Einblicke in ihr Dekolleté. Pedro genoss es und machte sich keine Gedanken darüber. Ein glücklicher Mensch. Jake beneidete ihn.

»Macht dich das nicht stutzig? Nichts ist umsonst.«

Pedro zuckte die Achseln. »Ich werde arbeiten. Hart arbeiten. Es macht mir nichts aus. Solange sie zahlen.«

»Aber gerade hast du gesagt, dass du froh bist, nicht arbeiten zu müssen!«

»Du machst alles so kompliziert! Siesta gut. Arbeit auch gut. Alles, wenn es kommt.«

Jake seufzte. So ein Gemüt hätte er auch gerne. »Lass uns ein bisschen ringen«, schlug er vor. Dabei kam er immer auf andere Gedanken. Pedro war zwar viel stärker, aber Jake hatte den dritten Dan in Taekwondo und war flinker. Meist endeten ihre Kämpfe unentschieden.

Als Jake am Abend in seine Kabine trat, bemerkte er Myriams traurigen Blick. »Was ist los, Kleines?«

»Wir werden bald zuhause sein.«

»Freust du dich denn nicht darauf?«

Sie nickte matt.

»Würdest du denn lieber auf dem Schiff bleiben?«

Sie schüttelte den Kopf, aber ihre Augen hingen an ihm und darin war tiefe Sehnsucht zu lesen.

Jake nahm sie sanft in den Arm. Aber die drohende Ungewissheit, die vor ihm lag, zehrte an seinen Nerven. »Du hast doch deine Eltern und Geschwister. Freust du dich nicht, sie wiederzusehen?«

Sie bedachte ihn mit einem Blick, der alles sagte.

Er seufzte. »Wenn sie mich lassen, kann ich dich ja besuchen.«

Sie sah ihm tief in die Augen und was sie darin fand, schien ihr zu gefallen. Ihre Laune hellte sich sichtbar auf. »Wenn du kommst, zeige ich dir unseren schönsten Strand.« Sie lächelte verschmitzt. »Wir gehen schwimmen und danach stelle ich dich meinen Eltern vor.«

Eines Tages änderte sich das Hintergrundgeräusch. Erst nahm Jake es gar nicht wahr, so sehr hatte er sich an den Maschinenlärm gewöhnt. Zuerst vermeinte er eine merkwürdige Leere zu spüren, bis ihm bewusst wurde, dass das Sirren fehlte. Dafür stellte sich ein tiefes Brummen ein. Jake vermutete, dass die Antriebsleistung verändert worden war. Sie waren bestimmt in der Nähe des Hafens. Aufregung packte ihn – und Furcht.

Aber die übliche Routine ging weiter und er glaubte schon, sich geirrt zu haben. Doch am dritten Tag kam die Schwester mit vier Robotern nach dem Mittagessen in die Messe.

»Alle in ihre Quartiere«, befahl sie. »Du auch!« Dabei deutete sie mit spitzem Finger auf Myriam.

Wie eine Herde Schafe sammelten sich die Frauen und strebten in den Gang zu ihren Kabinen. Myriam ging als letzte und schaute Jake fragend an.

»Was ist los?«, fragte Jake die Schwester.

»Sicherheitsvorkehrungen für das Anlegemanöver. Ich bitte Sie, sich auf Ihrer Koje auszustrecken.«

Jake hob eine Braue. »Ist das nicht ein wenig übertrieben?«

»So sind die Bestimmungen. Gehen Sie unverzüglich in Ihre Kabine.«

Als ob die Roboter ihren Worten Nachdruck verleihen wollten, drängten sie Jake und Pedro bis zu ihren Zellen.

»Hinlegen«, schnarrte eine Maschine und deutete mit einem Robotarm auf das Bett.

»Du Blechdose kannst reden? Kannst du mir auch erklären, was hier vor sich geht?«

»Hinlegen«, schnarrte der Roboter noch einmal und hob einen zweiten Arm. Jake spürte eine unsichtbare Kraft, die sich wie eine Faust um ihn legte und aufs Bett drückte. Instinktiv stemmte er sich dagegen. »Was soll das, du verdammte Konserve?«

Unbeeindruckt zog sich der Roboter zurück, die Tür glitt zu. Jake lag wie in Acryl eingegossen. Er versuchte sich freizuwinden, aber dann fing das Ruckeln an. Die Schiffshülle ächzte und stöhnte, als wollte sie auseinanderbrechen. Irgendetwas lief schief. Jake stemmte sich erneut gegen die unsichtbaren Fesseln. Sein Herz raste. Die Stöße wurden zu Sprüngen. Jake wurde bewusst, dass er ohne die merkwürdige Fesselung wie ein Spielball in der Kabine herumgeschleudert worden wäre. Der Atem wurde ihm aus den Lungen gepresst und ein Gefühl des Fallens ließ ihn schwindeln. Unvermutet riss es das Schiff wieder in die Höhe wie ein Flugzeug in schweren Turbulenzen. Jake wollte es den Magen umdrehen. Nur ein einziges Mal in seinem Leben hatte es ihn so durchgeschüttelt: auf jenem denkwürdigen Flug mit seiner kleinen Cessna von Boston zum Brookhaven National Laboratoy auf Long Island. Damals hatte er sich gewünscht, nie den Pilotenschein gemacht zu haben. Als er endlich angekommen war, wollten ihn seine Beine kaum noch tragen und alles, sogar die Handschuhe, waren klatschnass geschwitzt.

Aber das hier war schlimmer.

Endlich ließ das Bocken nach, reduzierte sich zum Rütteln und ging langsam in ruhige Bewegungen über, bis auch diese aufhörten. Dann fuhren alle Geräusche runter. Die Maschinen und Aggregate erstarben. Es wurde still. Jake atmete durch. War das verdammte Schiff durch eine Monsterwelle gefahren? Jedenfalls hatten sie gewusst, dass es rau werden würde, und hatten ihn angeschnallt. Jake stemmte sich erneut gegen die unsichtbare Kraft und endlich gab sie nach, zäh zwar, als ob die Luft um ihn herum die Konsistenz von Gummi hatte, aber es gelang ihm, sich aufzusetzen.

Draußen wurden Schritte laut. Die Tür öffnete sich und die Schwester erschien, flankiert von zwei Robotern.

»Wir sind angekommen«, sagte sie und trat zur Seite.

Ein Roboter blockierte hinter ihr den Gang zur Messe. Der andere schwebte nach rechts. Mit einer Geste wies sie Jake an, diesem zu folgen. Eine Mischung aus Angst und Neugier erfasste Jake, als er hinter der Maschine durch Gänge, Schleusen und über Treppen lief. Türen öffneten sich vor dem Roboter und schlossen sich hinter ihnen.

Jake blickte sich nach Myriam und den Frauen um, konnte sie aber nirgends entdecken. Sie würden hier doch auch von Bord gehen? Oder hatten sie einen anderen Zielhafen? Auch von Pedro war nichts zu sehen. Ungewissheit legte sich wie eine Schlinge um Jakes Brust.

Frische Luft strömte herein und trug den typischen Geruch von Seeluft mit sich. Feucht, warm und salzig. Tropisch bis subtropisch, vermutete Jake. Er versuchte sich vorzustellen, wo der Hafen liegen könnte – und auf welchem Kontinent. Wellenrauschen drang an sein Ohr, lange Wellen, die sich an Pier und Schiffswand brachen.

Durch eine offene Luke stieg er auf eine metallene Gangway. Lila Licht blendete ihn, dass er die Augen schließen musste. Benommen blieb er stehen. Ihm schwindelte. Instinktiv hielt er sich mit einer Hand am Geländer fest, es fühlte sich an wie Kunststoff, schien aber schwer wie Eisen.

»Weiter!«, forderte ihn die Schwester auf. Ihre Stimme war fest, aber nicht unfreundlich.

Blinzelnd öffnete Jake die Augen und sah eine riesige Hafenanlage im Abendlicht vor sich liegen. Zumindest hatte das Licht die Farbe des Abends. Doch die Schatten waren kurz, wie am Mittag. Verwundert blickte er zum Himmel. Bevor er erneut die Augen geblendet schließen musste, erkannte er zwei Sonnen im Zenit. Eine rot, die andere blau.

7

»Welcher von ihnen ist es, Schwester Arunda?« Gura Limka schritt energisch neben der jungen Kleristina durch den langen Korridor.

»Novize Barthelm, Gura«, antwortete diese mit maskenhafter Miene. »Er lässt sich nicht fallen.«

»Hat er das volle Programm absolviert?«

»Bis zum Ende.«

»Ist er ansprechbar?«

»Ich denke, er hat sich so weit erholt. Zelle 6AL2Z. Wir sind da.«

Die Sensoren erkannten Gura Limka und entsperrten den Verschlussmechanismus der Tür.

»Danke, Schwester. Warten Sie draußen.«

Gura Limka trat in die düstere Novizenkammer. Zwei Schritte breit, vier Schritte tief. Auf dem Bett kauerte Barthelm in seiner weißen Novizenkutte und schaukelte seinen Körper vor und zurück. Vor und zurück. Rote Striemen überzogen Arme und Beine und Gura Limka wusste, dass der Rest seines Körpers mit den gleichen Zeichen der Strafe der Meduse gekennzeichnet war. Mit stumpfen Augen starrte er vor sich hin. Er blickte auch nicht auf, als sie eintrat und sich auf den einzigen Hocker am Fußende des Bettes setzte.

»Barthelm«, sprach sie ihn sanft an.

Der presste beide Fäuste an die Schläfen. »Ich kann es nicht. Ich kann es nicht«, wimmerte er und schaukelte stärker als zuvor.

»Barthelm, was ist es, dass du die Meduse nicht einlassen willst?«

»Ich will doch. Mit all meiner Kraft.«

»Irgendetwas in dir stellt sich gegen sie. Sag es mir Barthelm. Ich will dir doch helfen.«

»Ich kann nicht«, schluchzte er.

»Du musst es offenbaren. Nur so kannst du geläutert werden. Barthelm, vertraue mir.«

Barthelm schaukelte weiter. Stierte in die Leere. Endlich flüsterte er: »Es ist so widerlich. Wie schleimige Finger schlängelt sich etwas in meinen Kopf und will mich daraus vertreiben. Ich kann nicht.«

»Mach dir keine Sorgen, Barthelm. Wir haben noch ein letztes Programm für dich, dann hast du es geschafft. Es wird noch nicht einmal weh tun.« Ein Grübchen zeigte sich auf ihrer Wange, als sie ihn anlächelte.

Der junge Mann schaute auf. Hoffnung schimmerte in seinen geröteten Augen. »Wirklich?«

»Vertraue mir.« Gura Limka stand auf »Entspann dich, Barthelm. Alles wird gut«, versicherte sie ihm, verließ die Zelle und schloss die Tür.

Draußen wendete sie sich an sie Schwester. »Eliminieren Sie 6AL2Z.«

»Wie die Meduse wünscht«, antwortete diese mechanisch.

8

Jake traute seinen Augen nicht. Noch einmal blinzelte er zum Himmel. Zwei Sonnen. Unmöglich.

Alle Kraft verließ ihn. Er krallte sich an der Reling fest. Sein Herz hämmerte wie verrückt in seiner Brust.

»Wo sind wir?«, stöhnte er gepresst.

»In Njamingloh. Gehen Sie weiter«, drängte die Schwester.

Jakes Beine zitterten. Nervös wischte er sich mit der Hand über den Mund und versuchte, sich zu sammeln. Er war Wissenschaftler, verdammt noch mal! Sein Gehirn war es gewohnt, Fakten zu sammeln, zu analysieren.

Verzweifelt schüttelte er den Kopf. Ein fremder Planet? Sein Verstand weigerte sich, diesen Gedanken weiterzudenken. Unmöglich. Seine Sinne spielten ihm Streiche. Hatten sie ihm doch Drogen ins Essen gemischt?

Wie benommen tastete er sich die Gangway hinunter, auf die das Geländer unscharfe, rotblaue Doppelschatten warf. Eine Doppelsonne würde solche Schatten erklären.

Wie ein Automat spuckte seine Erinnerung die gelernten Daten in sein Bewusstsein: roter Zwerg, Spektralklasse M, Leuchtkraftklasse V. Und ein Blauer. Spektralklasse O oder A, viel kleiner als die typischen Vertreter. Jakes Magen verkrampfte sich.

»Weiter«, drängte die Schwester.

Jake biss die Zähne zusammen und lief schneller. Er roch die typische Mischung aus Salzwasser und Tang. Vögel kreischten in der Luft – aber es waren keine Möwen. Statt Federn hatten sie eine lederartige Haut. Flugechsen. Jake wischte sich fahrig über die Augen.

Wie durch einen Nebel nahm er vor sich eine riesige Hafenanlage wahr. Alles wirkte wie ausgestorben.

Hinter dem Hafen ragten im zartlila Licht der Doppelsonne die Wolkenkratzer einer Stadt wie Bleistifte aus Glas und Metall in den Himmel. In der Ferne erstreckte sich ein zerklüftetes Gebirge, dessen Gipfel flache Wolkenschichten durchstießen. Njamingloh. Es sah aus wie die Illustration in einem utopischen Sciencefictionbuch.

Fremdartig geformte Schiffe lagen im Hafenbecken. Glatt, glänzend, fensterlos. Auf dem Meer glitten einige wie überdimensionale Pfeilspitzen durchs Wasser, groß wie Ozeanriesen. Dazwischen flitzten Kleinere. Am seltsamsten erschienen die langen Düsen, die aus ihrer Basis wuchsen. Schiffe. Aber wo war der Raumhafen? Jake verstand gar nichts mehr.

Aus einer Seitenstraße zwischen den quaderförmigen Gebäuden einer Anlage, die wie eine Werft aussah, löste sich ein silbernes Gefährt, groß wie ein Autobus, und näherte sich dem Schiff. Auf seinem Dach tanzten die Spiegelungen der zwei Sonnen. Jake starrte es an – es besaß keine Räder – es schwebte eine Handbreit über dem Boden. Wenige Schritte vor ihm hielt es an.

»Steigen Sie ins Matro!«, sagte die Schwester. Ihre Stimme drang wie aus weiter Ferne in sein Bewusstsein. Die Tür des Gefährts öffnete sich wie die Klappe einer Falle. Adrenalin schoss in seine Adern. Rechts zog sich ein Strand bis an den Horizont. Einem Impuls folgend, rannte er los. Aber er kam nicht weit. Nach wenigen Schritten stieß er wieder auf diese unsichtbare Barriere. Das hätte er sich denken können.

»Zum Matro.« Die monotone Stimme der Schwester drang an sein Ohr. Jake atmete tief durch. Es würden sich sicher bessere Gelegenheiten zur Flucht ergeben.

Am anderen Ende der Anlegestelle sah Jake die Frauen das Schiff verließen. Er reckte den Hals und suchte Myriam. Er fand ihre Augen, bevor sie in einem zweiten Matro verschwand. Die Tür schloss sich und das Fahrzeug schwebte davon. Jake fühlte sich plötzlich alleingelassen, ein

Run-away-Stern, der in den extrastellaren Raum stürzte. Er brachte seine Gefühle unter Kontrolle.

»Zum Matro«, wiederholte die Schwester monoton.

Von links näherte sich Pedro in Begleitung zweier Roboter. Er warf nervöse Blicke auf die Sonnen. Seine Augen wirkten starr, das Gesicht blass. »Wo sind wir?«

»Einsteigen«, befahl die Schwester.

Hinter ihnen schloss sich die Tür wie der Deckel eines bleiernen Sargs. Sie waren allein. Jakes Herz raste. Er versuchte einen Blick nach draußen zu werfen, konnte aber in den verblendeten Fenstern nur sein eigenes Gesicht sehen, das in dem milchig-dämmrigen Licht der Innenbeleuchtung wie das eines Gespenstes aussah.

Pedro ließ sich schwerfällig auf einer der silbrigglänzenden Bänke nieder. Sie wirkten funktional und steril. Beklommen sank Jake auf den Platz gegenüber. Er spürte einen Stich im Magen, als sich das Fahrzeug in Bewegung setzte. Wie auf Luftkissen glitt es davon. Jakes Atem ging schwer. Pedro tastete nervös die Taschen seines Kittels ab. »Ich habe meinen Pass verloren«, stöhnte er leise.

»Den wirst du nicht brauchen«, murmelte Jake und starrte auf den Boden. Alles in ihm wehrte sich gegen die Vorstellung, auf einen fremden Planeten verschleppt worden zu sein. Er atmete problemlos die Luft, die Temperatur war angenehm. Er konnte sich ganz normal bewegen, die Gravitation war die gleiche wie auf der Erde. Könnte das ganze nicht auch eine ungeheuer clever gemachte Kulisse sein? Jake dachte an die beiden Sonnen und sein Hoffnungsschimmer erlosch in Sekundenbruchteilen. In diesem Ausmaß war das auf der Erde nicht möglich. Er krallte sich an seiner Sitzbank fest, als ob ihn seine Gefühlsachterbahn herausschleudern könnte. Aber noch war er nicht am Ende. Er rückte nahe an Pedro heran und flüsterte ihm ins Ohr: »Wir müssen sie überwältigen, wenn der Bus anhält.«

Pedro rührte sich nicht.

»Wir schnappen uns die Schwester. Solange sie in unserer Gewalt ist, werden sie uns nichts tun«, wisperte Jake.

Pedro wurde blass. »Aber ...«

»Pssst!« Jake legte ihm die Hand auf den Unterarm und sah sich verstohlen um. »Du setzt dich links an die Tür, ich gehe nach rechts.«

Pedro nickte kaum merklich.

Jake gab ihm einen auffordernden Stoß, nahm seine eigene Position ein und wartete.

Schließlich hielt das Fahrzeug mit einem leichten Ruck. Die Tür öffnete sich.

Jake spannte die Muskeln.

Licht und Lärm strömten herein – Stimmengewirr, wie aus einem vollbesetzten Fußballstadion.

Jake wartete.

Aber die Schwester kam nicht. Auch keine Roboter. Jakes Puls pochte in den Schläfen. Was hatte das zu bedeuten? Pedro warf ihm einen unsicheren Blick zu.

Jake zuckte mit den Achseln, trat einen Schritt vor und schaute zur Tür hinaus.

Hunderttausende Gesichter jeden Alters starrten ihm neugierig entgegen. Jake prallte zurück. Was wollten die hier? Oder besser, was sollte er hier?

Draußen wurde es still. Jake ließ den Blick über die Leute schweifen. In ihren lockeren, bunten Gewändern sahen die Menschen indisch oder orientalisch aus. Die Frauen hatten sich in grellfarbige Stoffbahnen gehüllt, Brüste und Hüften betonend. Die Kleidung der Männer erinnerte an eine Tunika. Sie rührten sich nicht und hielten einen Abstand von etwa dreißig Schritten zum Fahrzeug. Jake glaubte, Furcht in den Gesichtern der Vorderen sehen zu können. Ansonsten wirkten sie friedlich, ja gutmütig. Aber wovor hatten sie Angst? Jake steckte den Kopf weiter hinaus.

Vor ihm breitete sich ein riesiger Platz aus, der von mehrstöckigen Häusern mit goldglänzenden Kuppeldächern begrenzt wurde. Linker Hand streckten sich die gigantischen Wolkenkratzer glänzend in den lila Himmel, die er schon vom Hafen aus gesehen hatte. Rechts zischten die Fontänen eines Springbrunnens wie sich ineinander windende Schlangen zig Meter in die Höhe und brachen das Licht der Sonnen in tausend schillernde Farben. An der Peripherie winkten fiedrige Blätter von den Köpfen bambusartig segmentierter Stämme ihr Willkommen. Sie wirkten exotisch, fremd.

Jake ließ den Blick noch einmal über die Menschenmenge schweifen. Keine Roboter, keine Bewaffneten. Waren das also seine Entführer? Jake ballte die Fäuste und stieg aus. Pedro folgte auf dem Fuß.

Die Menschen wichen zurück. Jake blieb verblüfft stehen. Sie hatten Angst vor ihm! Das Zischen der Bustür ließ ihn herumwirbeln – das Matro fuhr ab. Kahlgeschorene Männer in roten Pluderhosen schlossen die Gasse. Sie wirkten kampfbereit.

»Darf ich die hochverehrten Herren um ihre Aufmerksamkeit bitten«, ertönte eine vornehme, aber gebrechliche Stimme hinter Jake.

Er fuhr herum und sah einen alten Mann mit weißen, kurzgeschorenen Haaren stolz auf sich zuschreiten. Die krumme Nase, die wohl mehrfach gebrochen gewesen war, passte nicht so recht zu dem freundlichen Lächeln, das die ledrige Gesichtshaut in tiefe Falten zwang. Bekleidet war der Mann mit einer leuchtend roten Robe, die mit goldenen Symbolen oder Schriftzeichen versehen war. Mit einem Schritt Abstand folgten zwei muskulöse Männer mittleren Alters. Beide waren kahlgeschoren, trugen glänzende Ohrringe, goldbestickte, ärmellose Westen und weite dunkelrote Hosen. Der eine hatte eine Narbe quer über der linken Wange. Die mächtigen Fäuste an ihrer Seite geballt, beobachteten sie Jake und Pedro mit wachsamen Augen.

»Willkommen in Njamingloh«, sagte der Herr, während er Jake seine knochige Hand entgegenstreckte.

Jake sah ihn an. Er war offensichtlich der Ranghöchste hier. »Warum haben Sie uns ...?« Er stockte, als die Menschen hinter dem Würdenträger mit demütig gesenkten Köpfen vor einem herannahenden Paar zurückwichen. Ein Mann und eine Frau mittleren Alters, in leuchtendem Rot gekleidet und von asketischer Statur. Wie eine einsame Insel in einem Meer glänzender Haut spross seitlich auf ihren kahlen Schädeln ein rundes Haarbüschel. Die Frau trug ein Kleid aus hauchdünnem Gewebe, der Mann eine Pluderhose und ein weites Jackett. Auf der Brust leuchtete in hellem Weiß ein kreisförmiges Emblem, von dem wellenförmige Fortsätze nach allen Seiten gingen. Ihre Gesichter wirkten entspannt, die Blicke schienen in weiter Ferne zu weilen. Sie blieben in respektvollem Abstand hinter dem alten Mann stehen und verharrten schweigend, die Hände unter ihren weiten Ärmeln verschränkt.

Jake maß sie mit den Augen. Ihre Selbstinszenierung beeindruckte die Leute. Waren sie die Drahtzieher oder dieser Stammesälteste?

»Zwei Kleristen wollen Sie auch willkommen heißen«, erläuterte der alte Mann ohne sich umzusehen.

Pedro bekreuzigte sich und senkte den Kopf. Sicher war er katholisch erzogen und erkannte in den beiden die Präsenz einer einflussreichen Kirche. Jake schüttelte unmerklich den Kopf. Er hielt sich lieber an den Würdenträger und ergriff die dargebotene Hand. »Doktor Jake Forrester. Ich würde gerne erfahren, warum Sie uns gegen unseren Willen hierhergebracht haben.«

»Ich bin Patu Zimtobwe. Ich werde Ihnen alles erklären. Aber heute ist ein Feiertag und so bitte ich, die Angelegenheit bis nach dem Fest ruhen zu lassen.«

»Wir haben eine lange Reise hinter uns. Ich möchte nicht noch länger in Ungewissheit gehalten werden.«

»Ich nehme an, Sie sind hungrig und durstig. Wir haben uns erlaubt, für Sie ein Freudenmahl vorzubereiten. Doch möchte ich Sie vorher ihren Mitmenschen vorstellen.«

Jake wollte Einspruch erheben, aber Patu Zimtobwe hob die Arme und drehte sich einmal im Kreise. Er ließ seinen Blick über die Leute gleiten und rief: »Wir begrüßen Doktor Jake Dexter Forrester und Pedro Antonio Gonzales als unsere neuen Brüder.« Seine Stimme dröhnte über den Platz, als wäre sie von hunderten von Lautsprechern verstärkt worden.

Jake tippte dem Mann auf die Schulter. »Mein Herr, das ist ja alles schön und gut, aber es würde mich viel mehr interessieren, wann Sie und wieder zur Erde bringen werden?«

Seine Worte gingen im wilden Jubel der Leute unter.

Er schaute in die Menschenmenge. Man hatte ihn und Pedro tatsächlich erwartet. Die Entführung war offensichtlich von langer Hand geplant worden. Wozu? Warum ausgerechnet er und Pedro?

Die Leute kamen in Bewegung und rollten wie ein Tsunami auf Jake und Pedro zu. Auf ihren Gesichtern zeigte sich eine Art Euphorie, die Angst schien wie weggeblasen. Jake biss die Zähne zusammen und wappnete sich für den Zusammenstoß. Aber er kam nicht. Sanft strich die Flut an ihm vorbei. Ein gehauchter Kuss auf die Wange, ein zärtliches Berühren an Arm oder Schulter. Stocksteif stand er da, nahm kaum wahr, wie sich die Menschen mit unschuldigen, naiven Gesten in seine Seele schlichen. Sie badeten ihn in einer endlosen Welle von Menschlichkeit und jeder, der ihn berührte, nahm ein kleines Stück Anspannung von ihm. Die ganze Atmosphäre hatte etwas Hypnotisches. Am Ende war sein Geist völlig leer. Er wusste nicht mehr, was er fühlte und er wusste nicht mehr, was er gewollt hatte. Ja, er spürte noch nicht einmal Widerstand gegen die führende Hand des alten Mannes.

Der schob ihn tiefer in die Woge menschlicher Leiber, die sich auf die silberne Silhouette der Stadt zubewegte. Es gab kein Drängen, nur stetiges, buntes Wuseln. Und Kinder. Ganze Scharen fröhlicher Kinder. Scharen, die sich veränderten, ausbreiteten, streckten und wieder in Individuen zerfielen, bis Jake vom Hinsehen schwindelig wurde. Er spürte keinerlei Aggression in der Menge, nur Hingabe. Er konnte nicht mehr klar denken und noch immer führte ihn der alte Mann an der Hand. Hinter sich wusste Jake die zwei Kleristen, die mit stoischen Gesichtern folgten. Er kämpfte, bis sein Bewusstsein wieder Oberhand gewann.

Hirnwäsche!

Der Gedanke brachte sein Blut in Wallung. »Empfangen Sie so ihre Gäste?«

Der alte Mann sah Jake verständnislos an. »Aber wir gehen doch nur zum Festsaal im Metrodom.«

Jake warf dem Alten einen durchdringen Blick zu. War er naiv oder spielte er den Harmlosen?

Patu Zimtobwe nickte bedächtig und schob ihn wortlos weiter.

Jake entzog sich der Berührung. Wie sollte er den Patu bewegen, irgendetwas für ihn zu tun? Zwingen konnte er ihn nicht. Rechte hatte er wohl auch keine. Er stand allein gegen eine ganze Gesellschaft. Jake blickte auf die metallisch spiegelnden Häusertürme vor sich, die mit jedem Schritt weiter in den blasslila Himmel wuchsen. Kalt und unbezwingbar.

Schließlich traten sie in den Schatten eines gigantischen Wolkenkratzers. Jake fröstelte. Aber Pedro grinste glücklich vor sich hin. Jake gab ihm einen Stoß in die Rippen.

Pedro schien es nicht zu spüren.

»Was ist los, Mann?«

»Hier ist es so viel schöner als in Kolumbien!«

»Wach auf! Du weißt nicht, was du sagst.«

Pedro deutete auf das riesige Bauwerk vor ihnen, das seitlich aus einem aufstrebenden Hochhauskomplex herauswuchs. Sein muschelförmiges Glasdach ruhte auf kristallenen Säulen, die die Seiten offen ließen und ein gigantisches Amphitheater bildeten.

Auch Jake konnte sich der imposanten Ästhetik nicht verschließen. »Das ist kein Grund, sich einlullen zu lassen«, murmelte er.

Das Metrodom. Die Menschen strebten darauf zu und verschwanden darin wie in einer überdimensionalen Auster. Der Patu führte Jake zu einem Tisch auf dem Podium am Rande einer Arena. Dort wies er Jake den rechten und Pedro den linken Platz neben sich zu. Es sollte wohl eine besondere Ehre sein. Jake lächelte. Jedenfalls konnte der Mann nun seinen Fragen nicht mehr entkommen. Jakes Zuversicht bekam einen Dämpfer, als sich die Leibwächter hinter ihm aufbauten. Er fühlte ihre Blicke im Nacken. Doch weit unangenehmer empfand er die Kleristen. Ihre Augen schienen stumpf, und doch hatte Jake das Gefühl, sie bohrten sich wie spitze Nadeln in seine Seele.

Er räusperte sich und wandte sich an den Patu. »Was haben Sie mit uns vor? Ich meine, es hat doch einen Grund, warum Sie uns hierher gebracht haben.«

»Wir wollen Sie begrüßen. Damit Sie sich bei uns wohlfühlen.«

Wieder wich er der Frage aus. Das ärgerte Jake, gleichzeitig regte sich seine Neugier. Die Chance, einen fremden Planeten zu erforschen bekam nicht jeder. Doch was war der Preis? »Sagen Sie mir wenigstens, wann Sie uns wieder zurückbringen.«

»Greifen Sie zu«, lud der Patu ein und winkte eine Schwester mit beladenem Tablett herbei. Ribeye-Steak, Maiskolben, Maismuffins, gebackene Kartoffeln und Sour Cream waren darauf nicht zu übersehen. Daneben gab es Hamburger. Jake warf einen Blick zu Pedro und bemerkte, dass er Enchiladas serviert bekam, gefüllte Maisfladen, sein Leibgericht.

In Jake regte sich ein Verdacht. »Sie wollen uns überhaupt nicht zurück zur Erde bringen lassen?«

Hinter sich hörte er einen der Bodyguards mit dem Fuß scharren. Unwillkürlich spannten sich seine Nackenmuskeln.

Der alte Mann zog sein Gesicht zu einem freundlichen Lächeln, aber seine Blicke flogen unruhig hin und her. »Ich bin der Älteste von Njamingloh, daher trage ich den Titel Patu. Nun ist es das Privileg des Patu, die Neuen zu begrüßen.«

»Und wie ist das mit Zurückfliegen? Ich möchte gelegentlich wieder nachhause.«

Der Patu machte ein betretenes Gesicht. »Sehen Sie, ich weiß nicht, welchen Ort Sie Ihr Zuhause nennen. Ich bin nie von hier fortgekommen.«

Jake fasste den Mann ins Auge. »Wollen Sie mir einreden, dass Sie nichts wissen?«

Patu Zimtobwe zuckte zusammen und warf einen unsicheren Blick auf die Kleristen. »Manchmal bringen sie uns Neue. Brüder, wie sie sagen. Wir sollen sie bei uns aufnehmen und gut behandeln, wie es die Gebote der Meduse verlangen.«

Schon wieder diese verdammte Meduse. Diese Leute schienen etwas einfältig zu sein. Schlagartig wurde ihm klar: Der Patu hatte offensichtlich nicht viel zu melden. Die Drahtzieher saßen woanders und Pedro und er waren offensichtlich nicht die einzigen Entführten.

»Wo sind diese Neuen jetzt?«

»Verschollen«, sagte der Würdenträger unsicher und fasste sich an seine schiefe Nase.

Jake sah ihn durchdringend an.

»Wir wissen nicht, wo sie sind«, fuhr der alte Mann fort und wich Jakes Blicken aus. »Wir haben die meisten von ihnen nicht mehr gesehen.«

Jake starrte den Patu entsetzt an. Das konnte doch nur heißen, dass sie eingesperrt oder ermordet worden waren. Von wem? Den Kleristen? Oder steckte noch wer anderes dahinter?

Von der Arena drang das Klappern von Tellern und Geschirr herauf. Schwestern räumten das Buffet ab und machten einen Platz vor dem Podest frei, auf dem sich eine Gruppe Leute mit merkwürdigen Instrumenten sammelte. Zuschauer scharten sich um sie. Gleichzeitig begannen sich die Emporen zu füllen, die an den Wänden in endlosen Zeilen bis unter die Kuppel liefen.

Eine Galerie im unteren Drittel fiel auf. Sie war vollständig mit verspiegeltem Glas verblendet. Dahinter, für die Menschen im Saal unsichtbar, saßen die eigentlich Mächtigen des Landes, vermutete Jake. Mit zusammengekniffenen Augen versuchte er, den Sichtschutz zu durchdringen. In diesem Moment registrierte er merkwürdige Gedankenfetzen im Strom seiner eigenen Gedanken. Sie wirkten fremdartig, kalt, als wären sie von außen in seinen Geist eingedrungen. Jake erschrak. So etwas war ihm noch nie passiert. Instinktiv legte er die Hände auf die Schläfen. Der Anfall endete so unerwartet, wie er gekommen war. Jake warf einen misstrauischen Blick auf sein Getränk und dann auf den alten Mann. Der betrachtete mit kindlicher Erwartung die Vorbereitungen der Musiker. Er war nur ein Strohmann, vermutete Jake.

Das Konzert begann. Ätherische Melodien schwebten durch das Metrodom, verträumt, sanft und in einer Qualität, als ob Instrumente aus hauchdünnem Glas sie hervorbrachten. Das Publikum lauschte still und andächtig den harmonischen Klängen. Jakes Lungen nahmen den Rhythmus auf, atmeten tief und gleichmäßig. Sein Gedankenstrom wurde ruhiger, träger, zufriedener. Die Musik trug ihn auf leichten Wogen in eine bunte Welt der Phantasie, eine schöne Welt, eine glückliche Welt.

Ein tiefes Seufzen brachte Jake zurück in die Gegenwart. Er warf einen Blick auf Pedro, der mit verklärter Miene der Darbietung folgte. Der Anblick traf Jake wie eine Ohrfeige: Irgendwer betrieb tatsächlich Gehirnwäsche und er konnte sich nur mit Mühe dagegen wehren! Er musste höllisch aufpassen. Jake straffte die Schultern und nahm einen tiefen Atemzug. »Wer sitzt dort hinter den Scheiben?«, flüsterte er dem in der Musik versunkenen Patu zu.

»Wir sollen schweigend zuhören«, wisperte der Alte.

»Ich möchte wissen, wer sich dort verbirgt!«, insistierte Jake.

Einige Zuschauer wandten die Köpfe.

»Werter Herr Jake. Seien sie doch bitte nicht so laut!«

»Ich wurde entführt, weiß nicht, wo ich bin und was man mit mir vorhat. Und da soll ich mir in Ruhe ein Konzert anhören?«

Der Patu warf Jake einen irritierten Blick zu. »Die Musik wird ihre Seele beflügeln.«

Jake platzte der Kragen. »Verdammt nochmal! Ich will endlich wissen, was hier vorgeht!«

Alle Augen richteten sich auf Jake. Mit einem langgezogenen, dissonanten Akkord brach die Musik ab.

Die Leibwache schob sich näher heran.

Jakes Rücken spannte sich. Bewusst langsam atmete er ein und wieder aus und sprach den Patu erneut an, wobei er sich um einen ruhigeren Tonfall bemühte: »Ich wünsche Erklärungen!«

»Genießen Sie doch einfach.«

Jakes Augen verengten sich.

Der Patu stockte. Hilfesuchend wandte er sich zu den Kleristen um. Die setzten sich sofort in Bewegung. Mit steinernen Mienen schritten sie auf Jake zu. Schulter an Schulter, die Hände immer noch in ihren Ärmeln verschränkt. Die Stille im Metrodom begann zu knistern. Wie eine Schlinge legte sie sich um Jakes Hals. Er schluckte.

»Sie sind sehr erregt«, sprach die Kleristina mit singender Stimme ohne die Miene zu verziehen. »Wir verstehen ihre Anspannung und möchten Ihnen gerne helfen.«

»Vielen Dank. Ich möchte gerne mit einem Verantwortlichen sprechen.«

»Sie können sich immer an uns wenden – zum persönlichen Gespräch in privater Atmosphäre.«

»Wollen Sie mich zur Beichte einladen?«

»Wenn es Ihnen Recht ist, kommen Sie doch morgen in das Kathedom und wir stellen Ihnen ein Programm zusammen, das all Ihre Fragen beantworten wird. Bis dahin könnten Sie das Fest genießen, auf das sich die Leute schon so gefreut haben. Sie wollen es Ihnen doch nicht verderben?«, sagte die Kleristina zuckersüß, ihr Gesicht blieb unbewegt, wie das einer Porzellanpuppe.

Fassungslos starrte Jake sie an.

Honigsüß fuhr sie fort: »Werden Sie sich morgen bei uns melden? Fragen Sie nach Gura Limka! Kann das Fest nun weitergehen?«

»Ich bin es leid, ständig vertröstet zu werden«, knurrte Jake.

»Sie sind sehr inquisitiv«, stellte sie freundlich und gelassen fest. »Und sehr ungeduldig.«

Jake fühlte das Pochen in seiner Halsschlagader, Hitze stieg unaufhaltsam in seinen Kopf. »Sie haben mich lange genug auf dem Schiff eingesperrt, haben mich als Gefangenen hierher gebracht.« Er stand auf. »Was soll das alles?«

Unverzüglich erwachte ein Roboter zum Leben und schwebte zielstrebig herbei. Emotionslos, kalt, effizient. Lichtreflexe spiegelten sich auf seiner glatten Oberfläche. Die Menschen wichen zurück.

Jake erstarrte.

Der Roboter baute sich neben den Kleristen auf, winkelte einen Arm an und richtete ein spitzes Instrument auf Jake.

»Kommen Sie augenblicklich mit«, sagte der Klerist kalt.

Jakes Atem stockte. Entsetzt starrte er auf die fremdartige Waffe.

»Jake!«, brach da eine vertraute Stimme durch die Stille im Metrodom. »Jake! Jake!«

Alle wandten sich um. In der Arena fegte etwas wie ein kleiner Tornado durch die Menschenmenge. Dann erreichte sie das Podest und warf sich in Jakes Arme: Myriam.

»Ich bin so froh, dass ich dich gefunden habe!« Sie presste ihren zierlichen Körper gegen seinen. »Ich hatte solche Angst um dich.«

Jake fühlte sich wie im freien Fall. Alles um ihn herum war so unwirklich, so absurd, so bedrohlich. Und jetzt war sie da. Plötzlich, wie aus dem Nichts erschienen. Ganz real. Die unerträgliche Last verschwand. Er drückte Myriam an sich, spürte ihre weiche Haut, die Wärme ihres Körpers. »Ich bin so froh, dass du hier bist«, flüsterte er und vergrub das Gesicht in ihren Haaren, die nach Sonne und Meer dufteten. Er schloss die Augen und diese ganze verrückte Welt um ihn herum schien sich aufzulösen. Alles, bis auf Myriam.

Nach einer Weile löste sie sich aus der Umarmung und wandte sich an den Kleristen: »Darf ich ihm heute mein Quartier anbieten?«

Der musterte Jake mit teilnahmslosem Gesichtsausdruck.

»Wenn du willst, natürlich«, flüsterte sie Jake zu.

Er schaute ihr zärtlich in die Augen und nickte.

Der Klerist starrte eine Weile vor sich hin. Schließlich wandte er sich an Myriam. »Antrag angenommen«, sagte er mechanisch. »Und sorgen Sie dafür, dass er morgen bei Gura Limka erscheint!«

Myriam presste die Lippen zusammen und nickte knapp. Dann wandte sie sich Jake zu. Ihr Gesicht hellte sich auf. »Wollen wir uns die Show ansehen?«

Jake schüttelte den Kopf. »Ich muss hier raus.«

Sie ließ die Schultern hängen. »Wo willst du denn hin?«

Ihre Enttäuschung war nicht zu übersehen. Wahrscheinlich gab es solche Feste nicht oft in Njamingloh. Aber er musste in Ruhe nachdenken. »Wo keine Leute sind.«

Über Myriams Gesicht legte sich ein verschmitztes Lächeln. »Dann gehen wir an den Strand.«

»Und Pedro?«

»Der sieht nicht so aus, als ob er hier weg wollte«, antwortete sie.

Jake blieb keine Zeit, sich über ihren Gesichtsausdruck zu wundern, denn der Patu erhob sich, nahm seine Hand und schüttelte sie enthusiastisch. »Ich wünsche dem Herrn einen angenehmen Nachmittag.«

Er war sichtlich froh, Jake und seine Fragen loszuwerden.

Myriam erwischte Jakes Ärmel. »Komm schon!«, sagte sie und leitete ihn zum nächsten Ausgang.

Ihre Schritte hallten über den leeren Platz. Wenn Myriam ihn da nicht rausgehauen hätte! Jake fühlte sich schwindelig. Das ungewohnte Licht der Doppelsonne machte es nicht besser. Es ließ alles unscharf erscheinen.

Im Metrodom begann die Musik erneut zu spielen. Leise drang sie heraus. Myriam wiegte ihren schlanken Körper beim Gehen sanft im Rhythmus der Melodie. Sie schien glücklich zu sein. Sie gehörte hierher. Jake sah sie gedankenverloren an, sie war für ihn eine Insel in einer sturmgepeitschten See – einer fremden See.

»Kannst du mir helfen, hier wegzukommen?«, fragte er.

»Sicher! Wir nehmen einen Gleiter.«

»Ich meine, ganz weg.«

Ihr Lächeln erstarb. »So etwas darfst du nicht sagen.« Verhalten sah sie sich um: »Die Meduse hört alles. Und wenn sie deinen Wunsch erfüllt, sehe ich dich nie wieder.«

Jake blieb wie angewuzelt stehen. Sie wurden also auch hier überwacht.

Myriam sah ihm in die Augen und über ihr Gesicht huschte ein Ausdruck der Befriedigung. Sie fühlte sich wahrscheinlich erleichtert, weil sie annahm, er wollte bei ihr bleiben. Mit einem Lächeln wandte sie sich ab und rief »Gleiter« in die Leere des Nachmittags. Augenblicke später schoss ein tropfenförmiges Gefährt von der Größe eines Sportwagens herbei, blieb stehen und öffnete die Türen. Leise sirrend schwebte es wartend eine Handbreit über dem Boden.

Jake starrte den Gleiter an. »Sind die hier alle so?«

»Sicher.« Myriam stieg ein und sah Jake auffordernd an.

Der schritt bewundernd um das Gefährt herum und strich mit der Hand über die glatte Oberfläche. Ein Maserati war ein Dreck dagegen. Und wieder ohne Räder, genau wie dieses Matro. Jake versuchte, ob er das Fahrzeug bewegen konnte, aber es stand fest wie ein Felsen. Neugierig bückte er sich und fuhr mit der Hand darunter. Er spürte nur den Nachmittagswind.

»Komm schon rein!«, rief Myriam ungeduldig. »Ich habe heute noch etwas vor.«

Ihren spitzbübischen Gesichtsausdruck nahm Jake nur am Rande wahr. »Das ist hier alles sehr merkwürdig.« Er schlüpfte auf den weichen Sitz neben ihr. Im Inneren sah es aus wie in der Gondel einer Bergbahn. Es gab weder Lenkrad oder Pedale noch Armaturen. »Wie willst du das Ding bedienen?«

Myriam warf ihm einen verständnislosen Blick zu. »Wakaluru-Strand«, sagte sie dem Fahrzeug. Das schloss die Türen und düste los. Niemand steuerte. Keine Lämpchen, keine Anzeigen, kein Motorengeräusch.

»Wie funktioniert das alles?«

Myriam zuckte die Achseln.

Jake ließ sich in die weiche Polsterung sinken. Sie wusste selten Antworten auf diese Art von Fragen.

Im Handumdrehen verließ das Fahrzeug die Stadt und fuhr durch parkähnliche Landschaften und Haine. Jake sah zum Fenster hinaus und ließ die fremdartigen Eindrücke an sich vorbeiziehen. Bäume und Sträucher waren von seltsamer Form, manche mächtig wie Affenbrotbäume, andere schlank und gertenartig mit Blattwerk, filigran wie geklöppelte Spitze. Jake kam es vor wie ein Traum – unwirklich, phantastisch.

Sachte strich Myriam mit ihren Fingerspitzen über seinen Arm. »Es ist schön hier, nicht wahr.« Ihre Augen suchten die seinen.

Jake zögerte einen Moment.« Wie schaffst du das eigentlich?«

»Was schaffe ich?«

»Ich bin in der beschissensten Situation meines Lebens, aber wenn du mich so ansiehst, dann ist es, als ob sich dieser ganze Druck in mir einfach in ein Nichts auflöst.« Sein Atem ging unwillkürlich tiefer.

Ihre Nasenflügel weiteten sich ganz leicht und sie öffnete die Lippen zu einem schelmischen Lächeln. »Ich habe dir doch gesagt, du wirst dich entspannen.«

Er hustete verlegen. »Es ist schön mit dir, Myriam.«

Gelegentlich huschten einzelne Häuser mit Flach- oder Kuppeldächern an ihnen vorbei. Dann flitzten sie durch eine Ansiedlung. Jake konnte keinen einzigen Menschen entdecken. Die ganze Gegend wirkte wie ausgestorben. Dennoch war die Landschaft gepflegt, die Ortschaften sauber und aufgeräumt.

»Die Leute sind in Nelantis«, erläuterte Myriam. »Es ist ein Festtag.«

Jake machte ein fragendes Gesicht.

»In der Stadt«, fügte sie hinzu und deutete zurück.

Als sie den Strand erreichten, neigten sich die Sonnen dem Horizont zu. Die blendend Blaue würde vor der Blutroten untergehen. Trotz des exotischen Anblicks war da etwas Vertrautes. Jake brauchte einen Moment, bis er darauf kam: Der Sonnenbogen verlief im Uhrzeigersinn.

»Ist das nicht wunderschön!«, sagte Myriam und kletterte aus dem Gleiter. Mit einer kleinen Handbewegung forderte sie Jake auf, ihr zu einer der buntgemusterten Matratzen zu folgen, die in Kniehöhe über dem Sand schwebten. Eine leichte Brise bewegte die fiedrigen Blätter der Bäume. Jake hätte sie für Palmen halten können, aber ihre Stämme waren glatt und biegsam.

Er stapfte nachdenklich durch feinen Sand hinter Myriam her. Schwebende Fahrzeuge, schwebende Liegestühle. Misstrauisch betastete er das weiche Polster. Es federte ein wenig, als er sich neben ihr niederließ. Sie streckte sich genüsslich aus.

Jake beobachtete die beiden Sonnen, sah zu, wie sie sanken, spürte ihre Strahlen auf seinem Gesicht. Obwohl noch immer Hunderte von Ameisen in seinem Bauch herumzukrabbeln schienen, ordneten sich langsam seine Sinne und Gedanken. Sein Atem ging schwer. Er befand sich auf einem fremden Planeten. Das Unvorstellbare war tatsächlich passiert.

Myriam seufzte leise. »Der Blaue ist Aro und die Rote ist Irm. Sie umtanzen sich, wie zwei ewig Verliebte.«

Jake fühlte sich unendlich müde. Jetzt erst sackte das Ungeheuerliche aus seinem Kopf in seinen Körper. Verzweiflung fraß sich wie ein Feuer durch seine Eingeweide: So schön das hier alles war, aber um zurück zur Erde zu kommen, brauchte er ein Raumschiff!

Myriam richtete sich auf. Eine sanfte Brise fuhr ihr durchs Haar, das im Licht der Doppelsonne lilafarben schimmerte. Jake kam es auf einmal vor, als sähe er sie zum ersten Mal. Sie war eine Bewohnerin dieses Planeten. Eine Außerirdische, ein Alien.

Sein Blick wanderte über die Konturen ihres Gesichts, es war ebenmäßig und schön, die zierliche Nase, der feine Mund mit den geschwungenen Lippen. Myriam war ein Mensch, kein Monster, wie die Filmindustrie Aliens so gerne darstellte. Er schüttelte kaum merklich den Kopf.

Sie suchte mit ihren Blicken seine Augen und strich ihm sanft über den Handrücken. »Hier kannst du dich nun wirklich entspannen«, flüsterte sie ihm ins Ohr.

Jake krallte die Finger um den Rand der Matte. Wie sollte er das? Um nachhause zu kommen, musste er ein Raumschiff finden. Sein Kopf fiel schwer in das Kissen.

»Was hast du, Jake?«

Ihm war schlecht. Einerseits spürte er die bohrende Angst, andererseits faszinierte ihn der Gedanke, auf einem fernen Planeten zu sein.

Myriam beobachtete ihn besorgt.

Aro versank im Meer. Nur die rote Sonne stand noch eine Handbreit über dem Horizont und zauberte feuerrote Reflexe in Myriams Haar. Sie deutete landeinwärts zu den schwarzen Silhouetten der Berge. »Marlo geht auf.«

Jake drehte sich langsam auf die andere Seite und sah einen pockennarbigen Mond von bräunlicher Farbe aus dem Gebirge steigen. Der wirkte so nah, fast bedrohlich. »Der ist ja riesig.«

»Astro und Lanlo sind kleiner. Sie gehen heute später auf.«

Jake konnte seinen Blick nicht von dem Spektakel nehmen.

Sie sah ihn alarmiert an. »Jake, was hast du?«

»Da, wo ich herkomme, gibt es nur einen Mond«, sagte er geistesabwesend. »Und eine Sonne.«

Sie richtete sich ruckartig auf: »Eine gelbe?«

Jake fuhr hoch und ließ seine Blicke fragend über ihr Gesicht wandern. »Ja. Eine gelbe.«

»Und Gleiter mit Rädern? Und Matros mit Rädern?«, fragte sie aufgeregt. »Und man muss sie selber lenken?« Sie sah ihn mit glänzenden Augen an.

Jake setzte sich kerzengerade auf. »Woher weißt du das?«

»Und Matros, die hoch in der Luft fliegen?«

Jake musterte sie eindringlich. »Flugzeuge. Sicher.«

Sie zog die Stirn kraus. »Paps erzählt immer wunderliche Geschichten. Er behauptet, er hätte alles mit eigenen Augen gesehen.«

Jakes Herz begann wild zu pochen. Es gab hier doch noch andere Entführte. Er war nicht allein! »Wo ist dein Vater?«

Myriam kniete sich vor ihn. Ihre Augen leuchteten. »Dann ist es also wahr? Er hat sich das nicht einfach so ausgedacht?« Sie rutschte ein Stück näher. »Wie ist es dort? Ich würde das so gerne einmal selbst erleben!«

Jake fühlte eine vage Freude in sich aufsteigen. Er ließ sich von der schwebenden Matte in den warmen Sand rollen. Das Gefühl der feinen Sandkörner unter seinem Körper hatte etwas Vertrautes. Er starrte in den dämmrigen Himmel, wo der erste Stern blinkte. Mit einem Verbündeten könnte er es schaffen. Verdammt, er würde es schaffen! »Wie heißt er denn? Kannst du mich zu ihm bringen?«

Sie beugte sich zu ihm herab. »Ich bring dich, wohin du willst«, flüsterte sie und biss ihm zärtlich ins Ohrläppchen. »Aber mein Vater ist gerade das Letzte, an das ich denke.« Er spürte ihren warmen Atem weiter wandern, über seine Wange zu seinem Mund, den sie mit ihren Lippen sanft streifte, nur um dann die empfindsamen Stellen seines Halses zu erkunden.

Jake seufzte, schloss die Augen und genoss für einen Moment das Gefühl absoluter Nähe. Wie lange hatte er so etwas schon vermisst? Es tat gut, so verdammt gut. Myriam ... der Strand, das Meer ... Und doch gehörte er nicht hierher, verdammt! Er öffnete die Augen. Blasse Sterne erschienen am Firmament. Jake wurde sich bewusst, wie weit er in diesem Augenblick von allem entfernt war, das er kannte. Er wusste noch nicht einmal, in welcher Richtung die Erde lag.

»Was ist los?«, fragte Myriam. Besorgnis schwang in ihrer Stimme. Sie setzte sich neben ihn und strich sanft über sein Haar.

»Myriam«, er stöhnte. Wie sollte er ihr begreiflich machen, was in ihm vorging? »Sie haben mich entführt, verstehst du? Ich bin an diesem Ort gegen meinen Willen. Alles ist so anders hier«, er unterbrach sich und warf ihr einen ratlosen Blick zu. »Fast alles. Ich will hier wieder weg, irgendwann, zurück nach Hause. Aber jetzt bist du da« er ballte eine Faust und bohrte sie in den Sand, dass es knirschte.

Myriam rollte sich zur Seite, stützte sich auf einen Ellenbogen und ließ Sand durch ihre Finger rieseln. »Ich bin oft hier«, wisperte sie. »Aber mit dir fühlt es sich anders an. Irgendwie«, sie unterbrach sich, als suchte nach dem richtigen Wort. »Ja«, sie lächelte und nickte. »Es fühlt sich wirklicher an. Ist das nicht komisch?«

Jake blickte ihr in die Augen. Seit er in diesem Schiff aufgewacht war, war ihm alles wie ein böser Traum vorgekommen. Nur Myriam nicht. Sie war – er musste nach einem Wort suchen – vertraut. Wie ein Stück Heimat.

»Nein«, antwortete er heiser, »das ist es ganz und gar nicht.«

Sie legte einen Arm um ihn und senkte ihre Wange auf seine Schulter. »Dann wird alles gut werden, Jake. Vertrau mir. Wir stehen das gemeinsam durch.« Sie hob ihren Kopf und sah ihm fest in die Augen.

Jake spürte den festen Willen in der zarten Frau. Die Anspannung fiel von ihm ab, dafür füllte eine Wärme sein Inneres und breitete sich mehr und mehr aus. Auf dem Schiff waren sie Kameraden gewesen, aber jetzt?

Er richtete sich auf. Ein sanfter Windhauch fuhr durch Myriams braunes, langes Haar und ließ einige Strähnen im Rhythmus der Wellen tanzen. Jake wollte es anfassen, wollte wissen, ob es sich genauso weich anfühlte, wie es aussah. Er schob sich näher an sie heran, suchte mit seinem Mund den ihren. Sie schien überrascht, denn es dauerte eine Sekunde, ehe sie den Kuss stürmisch erwiderte.

Als die Wellen der Leidenschaft nachließen, rollte er zur Seite. Sie schmiegte sich an ihn und legte ihren Kopf auf seine Schulter. Das Meer rauschte ruhig. Jake streichelte über ihren Rücken, fühlte den feinen Sand auf ihrer Haut, ihre Haare an seiner Wange und sog ihren süßen Duft ein. Er spürte die zarte Haut ihres Schenkels auf seinem ruhen. Warm und weich. Er zog sie enger an sich, schlang seine Arme noch fester um sie und wäre am liebsten mit ihr verschmolzen. Nichts anderes zählte, als Myriam in seinen Armen. Jetzt gehörten sie zusammen.

9

Noch immer lagen Myriam und Jake eng umschlungen im warmen Sand. Lanlo war inzwischen am schwarzlila Nachthimmel aufgegangen. Er sah aus wie eine blauschimmernde Billardkugel, die durch das funkelnde Sternenmeer hinter Marlo herzog. Die unbekannten Muster und Sternbilder faszinierten und erschreckten Jake. Irgendwo dort oben musste sich die Sonne befinden. Unendlich weit, unerreichbar. Behutsam löste er sich aus der Umarmung. Dabei knirschte der Sand leise unter seinem Rücken.

»Was hast du?«, fragte Myriam, die ihn besorgt betrachtete.

Jake fuhr sich mit der Hand über die Augen. »Ich kann es immer noch nicht fassen.«

»Ach so!«, sie lachte, gab ihm einen Kuss und sprang auf. »Schau, ob du mich fangen kannst!«, rief sie und rannte leichtfüßig zum Meer. Jake sah ihr hinterher und seine düsteren Gedanken verflogen.

»Du kriegst mich nicht!«, lockte sie.

Jake spürte ihre ansteckende Leichtigkeit, ihre Freude. Geschwind rappelte er sich auf und spurtete über den Sand. Kühles Wasser schlug über ihm zusammen und nach ein paar kräftigen Stößen holte er sie ein. Sie spritze vergnügt und versuchte, ihn in der dunklen Flut unterzutauchen. Er schnappte sie und drückte ihr einen leidenschaftlichen Kuss auf die Lippen. Dabei sanken sie und küssten sich, bis ihnen die Luft ausging. Prustend tauchten sie auf und lachten.

»Schau!« Myriam deutete nach Osten, wo sich der dritte Mond mit lila Schein über die ferne Bergkette hob.

Drei Monde am Himmel, und jeder erstrahlte in einem anderen Licht. Die Schönheit und Fremdartigkeit überwältigte Jake. Das übertraf alles, was er in seinem Leben bisher erlebt hatte. Übermütig packte er Myriam und zog sie zu sich heran. »Bist du glücklich?«

Statt einer Antwort biss sie ihm neckisch ins Ohr, lachte und schwamm davon.

»Na, warte!« Jake tauchte ab und folgte ihr unter Wasser. Doch schon nach wenigen Stößen hielt er inne. Da waren seltsame Geräusche in der schweren Stille der Unterwasserwelt: quietschender Singsang wie von Walen, metallisches Hämmern, fernes Gluckern und Brodeln. Und dort in der Tiefe des Meeres, wo es schwarz sein sollte, erblickte er einen diffusen, violetten Lichtschimmer. Jake wurde die Luft knapp und er stieg auf.

»Was machst du?« Myriams Stimme klang besorgt.

»Da ist etwas!« Jake tauchte wieder ab und ließ sich in die Tiefe sinken. Die Geräusche wurden lauter, aber das Licht blieb schwach. Er konnte es nicht klar sehen. Er wünschte sich eine Taucherbrille, um besser erkennen zu können, was dort unten war. Lauschend schwebte er in einiger Tiefe und versuchte sich vorzustellen, was die Töne erzeugte. Sie hatten eine merkwürdige Qualität.

Jake brauchte einen Moment, bis er es bemerkte: Fremde Gedanken formten sich direkt in seinem Kopf – körperlose Stimmen. Erschrocken blickte er umher. Das war nun schon das zweite Mal. Diesmal hatte ihm mit Sicherheit keiner Drogen verabreicht. War war los mit ihm? Verlor er den Verstand? Jake kämpfte gegen die aufkeimende Panik. Aber er konnte es ganz deutlich in seinem Kopf hören. Nicht einzelne Stimmen, eher ein Gemurmel wie in einem vollbesetzten Stadion. Von irgendwoher musste es kommen. Wenn nicht aus seinem Kopf, dann von etwas, das er nicht sehen konnte. Sein Puls beschleunigte sich. Jake kam sich auf einmal wie ein Würmchen im Teich vor, in dem irgendwo ein hungriger Fisch lauerte. Zeit zum Umkehren. Er paddelte eilig nach oben und fragte sich, wie tief er abgetaucht war. Die Luft in seinen Lungen wurde bereits knapp. Etwas streifte ihn. Jake zuckte zurück und schwamm aus Leibeskräften aufwärts. Dann schlang sich irgendetwas Kaltes um seinen Knöchel. Angewidert trat er danach. Gleichzeitig ruderte er wie verrückt mit den Armen. Vergeblich. Es hielt ihn fest. Seine Lungen schrien nach Luft. Ihm wurde schwindlig. Sauerstoff ...

Der ist sehr dumm!, sagte eine Stimme in seinem Kopf. Panik übermannte ihn. Ihm wurde schwarz vor Augen.

Einen Moment später löste sich der Griff. Wie ein Korken stieg Jake auf. Dann durchbrach er die Wasseroberfläche. Sein Mund öffnete sich wie von selbst und pfeifend füllten sich seine Lungen mit Luft.

»Jake! Jake! Was hast du gemacht?« Myriams Stimme zitterte. »Dort unten ist das Reich der Meduse, da dürfen wir nicht hin!«

»Körperlose Stimmen«, japste er.

»Heilige! Warst du im Land der Schatten und Toten?« Myriam sah Jake entsetzt an. »Lass uns zum Strand schwimmen. Ich möchte nachhause.«

Sie zogen sich an und gingen Hand in Hand über Sand und dann durch Gras. Stimmen im Kopf waren kein gutes Zeichen. Er vergegenwärtigte sich die Messergebnisse seines letzten Experiments. Kein Problem. Das Gedächtnis schien noch zu funktionierten. Dann nahm er sich eine schwierige Kopfrechenaufgabe vor. Auch das klappte. Jake atmete auf. Wahrscheinlich litt er an Reizüberflutung. Bei dem Stress der letzten Wochen. Das würde sich mit etwas Schlaf kurieren lassen. Erleichtert streichelte er mit dem Daumen über Myriams Handrücken. Sie antwortete mit einem zärtlichen Händedruck.

Das Rauschen der Brandung nahm langsam ab, dafür füllte sich sein Ohr mit dem Säuseln der Blätter peitschenförmiger Bäume, deren dunkle Silhouetten sich sanft im Wind wiegten.

Bald würde er Myriams Eltern kennenlernen. Allerlei Gestalten huschten durch seinen Kopf, aber er konnte sich keine richtige Vorstellung von ihnen machen. »Kann man hier irgendwo Blumen bekommen?«

Myriam schnupperte. In den salzigen Seegeruch mischte sich die Schärfe von Ozon. Sie beschleunigte ihren Schritt.

»Ich möchte deinen Eltern etwas mitbringen. Worüber würden sie sich freuen?«

»Beeil dich lieber!«

Jake warf einen Blick über die Schulter. Mit rasender Geschwindigkeit zog über dem Meer eine trübe Schicht auf und verdeckte die Sterne. »Wie weit ist es noch?«

»Ich hätte besser aufpassen sollen!«

Kurze Zeit später tauchte ein dunkler Streifen vor ihnen auf. Büsche. Dazwischen schimmerte blasslila Licht.

»Da vorne ist Lundsiel«, sagte Myriam und warf einen besorgten Blick auf den Himmel. Wetterleuchtende Wolkentürme quollen bis zur Stratosphäre empor. Sie begann zu laufen. Jake trabte neben ihr her. Eine Böe fuhr ihm ins Gesicht und fegte raschelnd durch das Laub. Gleich darauf folgte eine stärkere, und dann noch eine. Innerhalb weniger Sekunden entwickelte sich ein Sturm. Mit tiefem Tosen fuhr er zwischen die Bäume, rupfte an den Blättern und beugte die Stämme fast bis auf den Boden. Feiner Sand wirbelte umher und stach im Gesicht wie Nadeln. Jake blinzelte unter den Lidern hervor. In der aufkommenden Dunkelheit flackerte nur der matte Schimmer der Ansiedlung wie ein Irrlicht durch die windgepeitschten Büsche.

»Wir müssen uns beeilen!«, rief Myriam.

Jake nahm sie bei der Hand und stemmte sich gegen die Gewalten. Sein Kittel flatterte wie eine Fahne, die der Sturm vom Mast reißen wollte. Unerwartet endete der Wind und mit blendendem Licht fuhr der erste Blitz nieder. Ein ohrenbetäubender Schlag folgte, der Jake das Adrenalin in die Adern schießen ließ.

»Schneller!«, schrie Myriam.

Der nächste Blitz traf einen Baum keine zwanzig Meter entfernt. Flammen schlugen hoch. Ein ohrenbetäubender Knall folgte.

»Shit!«, entfuhr es Jake. »Es ist direkt über uns! Myriam, wir brauchen Deckung.«

Sie begann zu laufen.

Jake stolperte und Myriams Hand rutschte aus der Seinen.

»Komm schon!, rief sie.«

Jake hetzte hinterher. Ein Blitz nach dem anderen schlug ein. Jake zog den Kopf zwischen die Schultern.

Unvermittelt prasselte Regen hernieder und durchnässte ihn so schnell, als sei er in einen See gesprungen.

»Verdammt nochmal, Myriam! Wie weit ist es noch?«

Mit schmatzenden Schuhen preschte er hinter ihrer Silhouette her. Nasse Zweige schlugen ihm ins Gesicht. Blitze krachten in Bäume, knisterten über den Boden und kribbelten in Jakes Beinen. Er rannte schneller.

Endlich tauchten im dichten Regenschleier flache Häuser auf. Wie von einem Stroboskop beleuchtet, ruckte Myriams Gestalt den Gebäuden näher. Jake spürte befestigten Boden unter den Füßen. Vor ihm streckte sich ein röhrenförmiger Turm in den blitzenden Nachthimmel.

Myriam rannte über einen freien Platz. Bei dem Gewitter! War dieses Mädchen lebensmüde? Jake stockte der Atem, aber er jagte hinterher.

Sie hielt auf ein wuchtiges Gebäude zu. Solide Läden verschlossen die Fenster. Eine Doppeltür öffnete sich und warf ein helles Viereck sanften Lichts auf den Platz. Wenige Schritte hinter Myriam stürzte Jake in das Haus. Ein weiterer Blitz ließ den Türrahmen knistern. Schwer atmend blieb er stehen und schaute geblendet auf die Leute, die sich neugierig um ihn scharten: hauptsächlich Kinder und Frauen, dazwischen ein paar Männer.

Jake lächelte ihnen erleichtert zu. Er war in Sicherheit. Wenn er nun noch den nassen Kittel loswerden könnte, der kalt und schwer auf seiner Haut klebte.

Eine dicke Frau drängte sich durch die Menge und lief schnurstracks auf Myriam zu. »Wie kannst du nur bei den Abendgewittern draußen herumlaufen? Immer hat man Ärger mit dir und deinem wilden Temperament!« Ihr tadelnder Tonfall wollte nicht recht zu ihrem gutmütigen Gesicht passen.

Myriam blieb unbeeindruckt. Sie drückte der Frau einen Kuss auf die Wange und zog sie an der Hand zu Jake. »Mama, das ist Jake. Jake, das ist meine Mutter Roslina.«

Jake streckte ihr höflich die Hand entgegen, doch sie ignorierte ihn. Verblüfft beobachtete er die grauhaarige Frau, die sich weiter in ihren heiligen Zorn steigerte. »Was fällt dir eigentlich ein? Beim Fest in der Stadt aufs Podium zu springen wie eine wilde Bergzulkie! Vor all den Kleristen! Bist du verrückt geworden?« Sie warf Jake einen missbilligenden Seitenblick zu. »Die Meduse sei dir gnädig!«

»Mama!«

»Halt den Schnabel! Es ist besser, wenn du nichts sagst!«

Ein langer Mann, dessen blonder Haarkranz sich bis auf den Hinterkopf zurückgezogen hatte, drängte sich durch die Schaulustigen. Er war etwa sechzig Jahre alt. Die kreisrunden Narben an seinen Schläfen passten so gar nicht zu den Lachfalten um seine wasserblauen Augen. Er vermied den Blickkontakt, als er Jake die Hand entgegenstreckte. »Björn Svenkerson«, stellte er sich in singendem Tonfall vor«, ich bin Myriams Vater.«

Jake ergriff die dargebotene Hand, aber als er sich vorstellen wollte, drehte sich der Mann abrupt um. »Ich zeige Ihnen ihr Quartier.«

Jake bekam ein mulmiges Gefühl. Zwar schien der Vater nicht ganz so abweisend zu sein wie die Mutter, aber von Myriams angeblich so herzlicher Familie hatte er sich ein anderes Bild gemacht. Trotzdem, der Mann konnte ihm sicherlich helfen.

Björn nickte Jake auffordernd zu und verließ das Gebäude. Mitten auf dem Platz blieb er stehen. Blitze zuckten und das Donnerrollen riss nicht ab.

»Bei dem Wetter können sie uns hier nicht hören«, brüllte er gegen das Getöse an. Regen lief in kleinen Bächen über Stirn und Gesicht des Mannes. »Sie sind von der Erde?«

Jake nickte erwartungsvoll.

»Ich bin Schwede«, rief er. »Und Sie?«

»Amerikaner.«

»Sie wollen sicher wieder zurück.«

Jake hätte den Mann knutschen können! Endlich jemand, der ihn verstand.

»Das schaffen Sie nicht. Lassen Sie es bleiben. Und halten Sie meine Myriam da raus! Wenn ihr etwas zustößt, bringe ich Sie eigenhändig um!«

Die Narben an seinen Schläfen schienen zu zucken und gaben dem Mann etwas Aggressives. Mit kalten Augen starrte er Jake einen Moment an, drehte sich ruckartig um und verschwand wieder im Haus.

Jake schien in einen Abgrund zu fallen. Er blieb im Regen stehen und schaute Björn hinterher. Der Mann wusste definitiv mehr als dieser Patu. Aber von ihm war nichts zu erwarten. Jake nahm einen tiefen Atemzug.

Vielleicht wäre er zugänglicher, wenn er sich etwas beruhigt hatte, denn Jake hatte tausend Fragen.

Eine kleine Gestalt rannte vom Gebäude auf Jake zu. »Warum kommst du nicht?«

»Bei deinen Eltern bin ich jedenfalls nicht angekommen.«

»Ach was! Das darfst du nicht so ernst nehmen. Sie werden sich schon an dich gewöhnen. Komm endlich rein!«

Jake fror. Roslina brachte ihm trockene Kleidung, eine dunkelbraune Tunika mit gelben Borten und eine Art Hüttenschuhe aus weichem fellähnlichen Material. Anschließend zog sie sich zu einer Gruppe Frauen zurück. Gelegentlich fing er einen argwöhnischen Blick von ihr auf. Leute scharten sich um ihn und gafften ihn an. Jake fiel auf, dass sie sich erstaunlich ähnlich sahen: die Form ihrer Ohren, die zierlich gebogenen Nasen, leicht wellige Haare von brauner Farbe. Auf der Straße würde er sie nicht auseinanderhalten können. Von den wenigen anwesenden Männern waren die meisten sehr alt oder sehr jung. Jake wunderte sich darüber.

Myriam nahm ihn an der Hand und zog ihn auf eine Gruppe junger Frauen zu, aber Björn verstellte ihnen den Weg.

Er hob den Arm.

Augenblicklich wurde es still.

Höflich, aber sehr reserviert, so fand Jake, stellte er ihn den versammelten Menschen vor. Die verloren mit einem Schlag ihre Zurückhaltung und stürzten mit Fragen auf Jake ein: »Bleibst du in unserer Siedlung?« »Kannst du auch so schöne Geschichten erzählen wie Björn?« »Bist du wirklich ein Wildfang?« »Komm, spiel mit uns!«

Verwirrt suchte Jake Hilfe bei Myriam.

»Sag einfach, was du willst«, lachte sie.

»Ich würde gerne mit Björn sprechen«, sagte er.

Wie auf Kommando wendeten sich die Leute von ihm ab und gingen ihren Tätigkeiten nach. Verblüfft sah Jake ihnen nach, wie sie sich in der Halle verteilten und Gruppen formten. Einige begannen Ballspiele, andere setzten sich an Tische und hantierten mit Würfeln, Karten und bunten Steinchen, die Jake an Gesellschaftsspiele erinnerten. Die Stimmen verschmolzen zu einem Summen, durchbrochen von häufigem Lachen. In einer Ecke zogen sich etliche Paare auf Matratzen zurück und streiften die Kleider ab. Jake wollten fast die Augen aus dem Kopf fallen. Er wurde rot bis unter die Haarwurzeln. Myriam folgte seinem Blick. »Was hast du?«

»Die ...«, stotterte er.

»Ach! Die schnubbeln doch nur«, antwortete sie. »Komm, lass uns gehen.«

Eine seltsame Moral hatten die hier. Dagegen waren die Hippies reine Sonntagsschüler. Aber niemand beachtete die sich Liebenden oder störte sich gar daran. Jake wandte seine Aufmerksamkeit dem Gebäude zu. Es schien eine Art Gemeinschaftshaus zu sein. Ihr genereller Aufbau erinnerte Jake an die Messe auf dem Schiff, nur dass der exotische Garten und das Schwimmbecken fehlten. An der hinteren Wand erkannte er einen Tresen, auf dem Getränke und Snacks aufgebaut waren, davor standen etliche Tische und Stühle. Dort sah er Björn im Gespräch mit ein paar Männern.

Jake hatte noch keine Ahnung, wie er Björns Ablehnung durchbrechen konnte. Im Moment schien er ihm der einzige Mensch zu sein, der ihm helfen konnte.

Myriam führte Jake zu ihm. Die Leute rückten zusammen und einer von rundem, schwabbeligem Aussehen brachte noch zwei Stühle.

»Bitte schön«, sagte der Dicke mit hoher Knabenstimme.

Jake musterte den Mann überrascht.

Björn räusperte sich. »Wir wollen hier keinen Ärger!« Bei diesen Worten warf er einen demonstrativen Blick zur Decke.

»Aber was redest du?« Die Stimme des Sprechers war so weich wie seine Miene, das Gesicht eher ausdruckslos und passiv. Denselben Gesichtsausdruck bemerkte Jake auch bei seinem Nachbarn. Und allen andern am Tisch. Jake warf einen kurzen Blick auf Myriam. Sie hatte auf dem Schiff erzählt, dass sie die Männer in ihrer Heimat nicht mochte. Jetzt verstand er warum.

»Ich wollte mit Ihnen reden«, wandte er sich an Björn.

Der sah ihn abweisend an und knurrte: »Wüsste nicht, worüber.«

Jake holte Luft, doch bevor er etwas sagen konnte, sprang Myriam auf, lief um den Tisch herum und setzte sich neben ihren Vater. Sie lächelte und suchte seine Augen.

Björns Miene verfinsterte sich zunächst, aber dann stahl sich ein Lächeln über sein Gesicht. Er versuchte sichtlich, dagegen anzukämpfen, aber er verlor. Sein Blick wurde weich und seine Züge entspannten sich. Er hatte wohl schon hunderte Male vorher vor ihr kapitulieren müssen.

Björn wandte sich Jake zu und musterte ihn eine Zeit lang. Er wirkte ruhig, doch seine Augen funkelten und gelegentlich streunte sein Blick zur Decke. Jake war sich sicher, dass er ihm verstohlen auf Kameras und Mikrophone aufmerksam machen wollte.

Dann legte Björn die Stirn in Falten und sah Jake fest in die Augen. Er schien jedes Wort abzuwägen: »Sie sind neu hier und haben viele Fragen.« Er sprach langsam und seine Blicke bohrten sich in Jake. »Die richtigen Fragen werden Sie weit bringen. Das ist gut, denn so werden Sie sich schnell in unsere friedliche Gesellschaft einfinden. Unsere Bräuche sind anders, als Sie es gewohnt sind, aber mit etwas Geduld werden Sie ihren Sinn verstehen.«

Er machte eine Pause und sah Jake prüfend an.

Der überlegte, was Björn eigentlich hatte sagen wollen. Jedenfalls war es eine Warnung. »Ich würde mich gerne mit einem Regierungsvertreter in Verbindung setzten.«

»Die Meduse weiß alles und leitet die Menschen auf den rechten Weg.«

Jake schaute Björn entgeistert an. Diese tranigen Kleristen bildeten also die regierende Schicht? Wie sollte er mit ihnen reden? Sie hörten ja noch nicht einmal zu. Und sie hatten diese verdammten Roboter. Jake zog sich auf seinem Stuhl nach vorne, bis er ganz auf der Kante saß. »Ich werde morgen der Einladung der Kleristen folgen und mich im Kathedom melden.«

»Den Tüchtigen wird die Meduse belohnen.«

Schon wieder eine Warnung. »Ich werde mich bemühen, Ehre vor der Göttin zu erlangen.«

»Die Meduse wartet geduldig auf den Erfolg.«

Jake verstand. Erfolg also war gefragt und nicht die Bemühung. Lange zu fackeln schienen die Kleristen auch nicht. »Darf ich mich um Rat an Sie wenden?«

»Um das Glück meiner Myriam willen«, knurrte Björn.

Das war eine klare Antwort: Seine Hilfe würde nur so weit reichen, wie es Myriam dienlich war. Das war enttäuschend, aber so, wie er sich Jake gegenüber bisher verhalten hatte, nicht überraschend. Obwohl Björn in der Hierarchie der Leute hier sehr hoch zu stehen schien, kam er doch eher wie ein Beamter herüber. Jake fragte sich, wie weit ihm der Mann wirklich helfen konnte, selbst wenn er es wollte.

Eine Frage brannte Jake noch auf der Seele. »Ist es überall im Land so friedlich wie hier?« Dabei warf er einen verstohlenen Blick zur Decke.

Björn verzog die Mundwinkel und nickte. »Aber im Gewitter ist es gefährlich. Besonders auf offenen Plätzen. Am sichersten ist es im Haus.«

Jake ließ sich schwer in die Stuhllehne sinken. Die Überwachung schränkte seinen Spielraum gewaltig ein. Und er musste vorsichtig sein. Aber es gab Lücken.

Plötzlich lief ein Zittern durch die Erde, dass das Geschirr am Buffet klapperte. Erschrocken schaute Jake um sich. Erdbeben. Kalifornien war nie sein Ding gewesen, er hatte immer die stabile Ostküste vorgezogen. Aber die Mehrzahl der Anwesenden hier schien es nicht zu stören. Sie unterbrachen noch nicht einmal ihre Tätigkeiten.

»Kommt das öfters vor?«, wollte Jake wissen.

Der Dicke beugte sich vertraulich herüber. »Es heißt, der Hakulakaloa wird uns irgendwann verschlingen«, flüsterte er verschwörerisch.

Dafür bekam er von seinem Nachbarn einen derben Klaps auf den Hinterkopf. »Red keinen Unsinn!«

Myriam kam herüber und drückte ihren Kopf an Jakes Schulter. »Ich bin müde.«

Den Kleristen hatte sie gesagt, dass sie ihn unterbringen würde. Bei sich. Jake war gespannt, wo das sein mochte. Wohnte sie noch bei ihren Eltern oder hatte sie ein eigenes Haus? Letzteres hätte natürlich Vorteile.

Myriams energische Stimme brach in seine Gedanken. »Nein, Paps. Ich will ans Wasser.«

»Es wäre besser ...«

»Ich hab genug Kredits.«

»Damit hat es nichts zu tun. Du weißt ...«

»Ich bin kein Kind mehr! Sag schon, was frei ist. Ich finde es ja doch raus.«

»Lila Vier und Neun sind unbelegt«, antwortete Björn resigniert.

Myriam wandte sich lächelnd an Jake. »Lila Neun liegt wunderschön. Jake, das sehen wir uns an!« Sie hatte das Kinn vorgeschoben, ihre Wangen waren leicht gerötet und in ihren Augen brannte ein Feuer. Jake musterte Myriam mit wachsendem Interesse. Ihr Temperament törnte ihn weiter an.

Das Gewitter hatte sich verzogen. Draußen fiel nur noch leichter Regen. Kühle Tropfen trafen Jakes Nacken. Er zog die Schultern hoch und lief schneller. In der Dunkelheit konnte er anfangs nicht viel erkennen. Myriam wusste den Weg. Er spürte das Schwingen ihrer Hüften beim Gehen und zog sie noch näher an sich heran. In Gedanken war er schon im Haus, hielt sie in seinen Armen. Nur noch wenige Schritte, wenige Minuten.

Der hölzerne Weg führte eine sandige Anhöhe hinauf. Auf dem Kamm zeichnete sich die Silhouette eines kleinen Hauses mit Kuppeldach ab, um das ein kniehoher Sprossenzaun lief. Eine frische Seebrise beugte die Strandgräser und trug das Geräusch der Brandung an Jakes Ohr. Vor ihnen hob sich eine bogenförmige Pforte dunkel gegen den Himmel ab. Als sie sich näherten, sprang dezentes Licht an, das Garten und Haus beleuchtete. Ein flackernder Monitor im Pfosten erwachte zum Leben. Darauf erschienen drei Felder, zwei lila mit weißer Schrift und ein weißes mit schwarzer Schrift.

Myriam blieb erstaunt stehen. »Oh! Sie haben dir fünfzigtausend Kredits gegeben!«

Jake versuchte, die Anzeige zu verstehen. Der obere Balken leuchtete lila und zeigte ›100/P/N‹, wahrscheinlich die Kosten. Auf dem Unteren, ebenfalls lila, las er ›#5067731F, Myriam Roslina Björn Svenkerson: 41.793‹ und auf dem weißen Mittleren stand ›#5830254M, Doktor Jake Dexter Forrester: 50.000‹.

Jake lief es kalt den Rücken hinunter. »Woher weiß die Maschine, dass ich hier bin?«

Myriam zuckte mit den Achseln. »Was ist daran so merkwürdig?«

Versonnen betrachtete er das Display. Welchen Nutzen hatten sie bisher schon aus ihm herausbekommen, dass sie ihm fünfzigtausend Kredits gaben?

»Ich habe für die Reise auch sehr viel erhalten. Aber nicht so viel wie du.« Sie wickelte nachdenklich eine Strähne um ihren Zeigefinger. »Ich habe ja auch versagt«, murmelte sie kaum hörbar.

»Wer gibt euch die Kredits?«

»Die Meduse.« Sie warf dem Display einen flüchtigen Blick zu und lief dann zum Haus.

Als sie darin verschwand, erlosch Myriams Anzeige. Jake starrte auf seine, die in der Dunkelheit ominös flackerte. Mit diesem Ding wussten die Kleristen immer, wo er war und was er tat. In seinem Magen breitete sich ein flaues Gefühl aus. Vielleicht schauten sie ihm sogar im Schlafzimmer zu.

Durch die Eingangstür ging es geradewegs ins Wohnzimmer. Er blieb stehen und ließ den Blick schweifen. Das war also sein neues Zuhause. Für wie lange? Gedämpftes Licht schien direkt aus der Decke zu kommen und vermittelte das Gefühl von Wärme und Geborgenheit. Die Wände waren in dezenten Farben mit wellenförmigen Mustern bemalt und in der Luft hing ein leichter Duft, der Jake an Limonen und exotische Hölzer erinnerte. Nett, aber wesentlich kleiner, als Jake es gewohnt war. An der jenseitigen Wand öffnete sich neben einer Art Kitchenette eine Terrassentür. Jake schlängelte sich zwischen den Sitz- und Liegeelementen hindurch und gesellte sich zu Myriam. Seeblick hatte er in Lynn nicht. Er lehnte sich neben ihr ans Geländer und blickte aufs Meer hinaus, das unter dem wolkenverhangenen Himmel sanft leuchtete, als lägen darunter die Lichter einer versunkenen Stadt.

»Schön«, hauchte sie. »Nach einem Gewitter ist es immer besonders prächtig.«

»Bei uns ist das Meer dunkel«, sagte Jake versonnen. »Nur der Mond spiegelt sich in den schwarzen Wellen. Und bevor er versinkt, rollt er einen Teppich aus Licht über das Wasser.« Spiegelungen. Aber dort draußen leuchtete das Meer von innen heraus. Fasziniert beobachtete er die Erscheinung. Das war also der Lichtschimmer, den er beim Tauchen wahrgenommen hatte. Nachdenklich stützte er das Kinn auf seine Handflächen. Sicher eine Art Biolumineszenz.

Das Schicksal hatte ihn auf einen phantastischen Planeten verschlagen. Jahrelang hatten Wissenschaftler sich bemüht, bewohnbare zu entdecken. Nun stand er auf einem. Ob er jemals wieder von hier weg zur Erde kommen konnte? Sein Blick schweifte zum Himmel, aber die Wolken gewährten ihm keine Sicht auf die fernen Sterne, unter denen sich auch irgendwo die Sonne versteckte.

Myriam schob sich sachte hinter ihn. »Magst du reinkommen?« Er genoss das Gefühl ihres warmen, weichen Körpers an seinem Rücken. Sanft ließ sie ihre Hände unter seinen Armen hindurchgleiten und streichelte seine Brust. Er fühlte sich gehalten, geborgen. Seine schweifenden Gedanken fanden Ruhe und seine Seele sehnte sich nach dem einzigen Menschen, der zu ihm hielt. Myriam. Er drehte sich um und hob sie auf seine Arme. Als er sie ins Schlafzimmer trug, gab sie ihm einen zärtlichen Kuss auf die Wange und schmiegte sich eng an ihn. Das Haus schaltete diskret die Lichter aus.

Am Morgen hatte Jake hundert Kredits mehr. Verblüfft schaute er auf die Anzeige.

»Ach so.« Myriam lachte. »Jedes Mal, wenn wir uns lieben, geht der Wert hoch.«

»Äh. Das ist doch absurd! Bei dir auch?«

Sie nickte.

»Jedes Mal?«

Wieder nickte sie.

»Wir?«

»Egal, mit wem.«

Jake traf fast der Schlag. Hier ging es vogelwild durcheinander! Und alles ohne Verhütungsmittel. Das würde eine Menge Babys geben. In der Tat war Jake der Kinderreichtum aufgefallen – und der ungewöhnlich hohe Anteil schwangerer Frauen. Aber Männer hatte er nur wenige gesehen. Ein Verdacht schlich sich in seine Gedanken.

»Lass uns einen Spaziergang machen«, schlug Myriam vor. »Dann können wir auch nochmal zu meiner Familie gehen, wenn du möchtest.«

Jake ließ den Blick über diese fremde Welt schweifen, die sich im bläulichen Licht der Morgendämmerung vor ihm ausbreitete. Die sandige Anhöhe bildete einen natürlichen Deich und säumte in elegantem Schwung die weitläufige Bucht. In regelmäßigen Abständen reihten sich weiße, quadratische Häuser den schilfgrasbewachsenen Kamm entlang. Mit ihren runden Kuppeldächern erinnerten sie ihn an Bauten des Orients. Nicht alle schienen bewohnt zu sein, aber um die größeren tummelten sich trotz der frühen Stunde Kinder, die meisten unbekleidet. Dazwischen sprangen Tiere umher, die er aus der Ferne nicht identifizieren konnte: Waren es gigantische Kröten mit Fell oder Hunde mit Froschbeinen?

»Burbies«, erläuterte Myriam und führte Jake den Weg hinunter in die Senke, wo die Häuser der Siedlung im Morgenlicht zwischen Buschwerk und Bäumen hervorschimmerten. Jakes Blick blieb an den blauen Wolken am Himmel hängen. Wie bizarr das wirkte. Die blaue Sonne würde wohl zuerst aufgehen. Und als ob sie seine Vermutung bestätigen wollte, schob sie ihren gleißenden Rand über das Gebirge im Osten. Er beschattete die Augen und folgte dem Verlauf der Bergkette, die, aus den lila Nebeln des Nordens kommend, quer über sein Blickfeld lief und sich weit im Dunst des Südens verlor. Den höchsten Berg sah er im Südosten, dessen gigantischer Kegel einen Ring aus Wolken durchstieß. Die schwarze Rauchfahne am Gipfel ließ vermuten, dass es sich um einen aktiven Vulkan handelte. Dem hatten sie wohl das Rumpeln gestern Abend zu verdanken. Der Mauna Loa auf Hawaii würde neben diesem wie ein Zwerg wirken.

Im Norden erblickte Jake die schlanken Hochhäuser von Nelantis in der Schleife eines sich von den Bergen windenden Stroms. Daneben die langgestreckten Hafen- und Werftanlagen, die aus der Ferne aussahen, als hätte jemand ein Muster mit Streichhölzern in den Sand gelegt. Dahinter stieg eine weitere Bergkette an, die sich mit der im Osten vereinigte.

Im Süden breitete sich eine hügelige Ebene zwischen Bergen und Meer aus. Dort konnte er keine Anzeichen menschlicher Behausung erkennen. Das ganze Leben schien sich auf die Stadt und ihre direkte Umgebung zu konzentrieren. Der Rest wirkte wild, urweltlich, ungezähmt. Das wunderte Jake. Mit den Anreizen und Belohnungen fürs Kindermachen hätte es hier nur so von Menschen wimmeln müssen.

Die Siedlung empfing Jake und Myriam mit ausgelassenem Kindergeschrei. Unter den Spielenden sah Jake einige Frauen, die offensichtlich Aufsicht führten. Soweit er es beurteilen konnte, waren die meisten von ihnen schwanger.

»Die Männer sind arbeiten, aber Paps ist daheim. Er hat das ehrenvolle Alter erreicht.«

Die beiden gingen in eine Seitengasse und auf ein ummauertes Grundstück zu. Knorrige Bäume mit tellergroßen, fransigen Blättern verbargen das Haus fast vollständig. Das Display am Eingang blieb dunkel. Es wusste wohl, dass sie nur zu Besuch kamen.

Vor ihnen öffnete sich ein Park. Ein von Bäumen mit fiedrigem Laub gesäumter Kiesweg führte schnurstracks zu einem kastenförmigen Gebäude von der Größe eines Herrenhauses. Jake pfiff durch die Zähne. »Netter Schuppen.«

»Paps liebt es, die ganze Familie um sich zu haben.«

Jake überdachte seine Meinung über Björn. Um so ein Anwesen zu erwerben, musste man auf der Erde eine Menge Geld und Einfluss besitzen. Sicher war das hier nicht anders. Der Mann hatte es geschafft und wusste bestimmt mehr, als er herausließ. Durch Jakes Körper wallte ein Hitzeschub. Vielleicht war Björn in die ganze Sache verstrickt? Am Ende gar ein Funktionär?

Das Kinderlachen hinter dem Eingangsportal wirkte mit einem Mal nicht mehr einladend und heimelig. Eine Fassade.

Björn empfing die Beiden mit einem Kind auf dem Arm und Dreien, die sich an seine Beine klammerten. Seine Augen verengten sich, als er Jake erblickte.

»Sylka! Nimm mir doch mal die Kleinen ab!«, rief er in die Tiefen des Hauses.

Augenblicklich eilte eine blonde Frau herbei. Sie war etwas älter als Myriam und dem Gesicht nach ihre Schwester. »Hallo Myri«, sagte sie in singendem Tonfall und nickte Jake freundlich zu. Sie nahm Björn den Kleinen ab und lockte die anderen mit sich fort.

»Sie wollen also zu den Kleristen?«, fragte Björn kühl und führte die Beiden über einen langen Korridor, dessen Wände mit abstrakten Malereien und glänzenden Reliefbildern dekoriert waren, in einen kleinen Raum. Helles Tageslicht flutete durch die hohen Fenster. Aber statt klarer Schärfe brachte die Doppelsonne verschwommene Konturen. Myriam ließ sich in einen Polsterstuhl neben dem Kamin fallen und legte die Füße auf den niedrigen Tisch davor. Björn schob leise die Tür zu und wandte sich an Jake. »Hier ist alles ganz einfach«, begann er. »Sie wollen viele Kinder und gute Arbeit. Dafür versorgen sie uns großzügig und wir bekommen alles, was zu einem komfortablen Leben gehört.«

Jake legte den Kopf schief. »Wofür?«

Björns Narben liefen rot an. »Sie gehen doch anschließend zum Kathedom. Da rufen Sie sich am besten einen Gleiter. Sagen Sie der Maschine einfach, wo sie hinwollen. Myriam hat heute Kinderaufsicht und kann Sie nicht begleiten.«

Björn mauerte. Aber Jake hatte verstanden. Es war besser, das zu tun, was die Kleristen wollten. »Und wie komme ich hierher zurück?«

»Lundsiel Lila-Neun wird Sie wieder zum Haus bringen.« Björn setzte ein schiefes Grinsen auf. »Wenn Sie fertig sind.«

Die letzten Worte gefielen Jake nicht.

Björn ließ ihm keine Zeit für weitere Fragen. Zielstrebig schritt er zur Tür und hielt sie auf: »Ich wünsche Ihnen ein erfolgreiches Treffen. Guten Tag.«

Einfügen! War das alles, was ihm der Alte raten konnte? Nicht auffallen? Dazu war es zu spät. Die Kleristen hatten ihn bereits zu sich zitiert. Jakes Hände wurden feucht. *Nur nicht die Nerven verlieren!* Er straffte die Schultern.

Vor dem Haus wartete schon ein Gleiter. »Bitte steigen Sie ein, Doktor Jake Dexter Forrester«, lud eine freundlich klingende Frauenstimme ein. Hinter ihm schloss sich geräuschlos die Tür. Jake nannte sein Ziel: »Zu Gura Limka.«

10

Der Gleiter raste auf die Stadt zu. Im Inneren war nur feines Sirren zu hören. Und Jakes Atem. Der Geruch eines fremden Kunststoffs drang ihm in die Nase. Süßlich.

Jake lehnte den Kopf an die Scheibe. Sie wirkte fest und doch elastisch, wie Hartgummi. Überrascht richtete er sich auf und strich mit der Hand über das seltsame Material. Es fühlte sich warm an – organisch, als hätte es gerade noch gelebt. Jake zog die Hand zurück und wischte sie an seiner Tunika ab, eine weiße mit goldenen Borten. Die würde seine blauen Augen und schwarzen Haare so schön betonen. Das hatte jedenfalls Myriam gemeint. Jake lächelte in sich hinein.

Draußen zog eine parkähnliche Landschaft vorbei. Ferngesteuerte Maschinen irrten wie plattgedrückte Schafe über die Wiesen und schnitten das Gras. Dazwischen erstreckten sich kleine Wäldchen und Buschreihen. Felder oder Plantagen sah er nicht. Auch kein Weidevieh.

Vor ihm wuchsen die runden Türme der Stadt in den Himmel, bis sie ihn einschlossen. Nach der Weite am Meer fühlte er sich in den belebten Straßenschluchten beengt. Der Gleiter wuselte wie eine Ameise hindurch.

Das Straßenbild wirkte bizarr. Wie in einem Spiegelzimmer wurden die Sonnen von den glänzenden Fassaden hundertfach reflektiert. Und etwas fehlte. Es dauerte einen Moment, bis es Jake zu Bewusstsein kam: Es gab keine Markierungen auf den Straßen, keine Ampeln und keine Verkehrsschilder. Der ganze Verkehr wurde offensichtlich von einem Zentralrechner gesteuert. Der Effekt war verblüffend: flüssiges Fahren, keine Staus. Jake musste an die verplemperte Zeit auf dem ewig verstopften Bostoner Freeway denken. Aber dieses ferngesteuerte Reisen machte ihn unruhig. Der Verkehrsrechner bestimmte – oder der, der sich Zugriff darauf verschaffte. Jake entspannte sich. Alle reisten hier so.

Jake sah das Metrodom vor sich auftauchen, dahinter das Kathedom. Aufstrebend, kühl und funktional. Jake ließ seinen Blick an den spiegelnden Türmen emporgleiten – dort herrschten die Kleristen über ihr Imperium, die Höhle des Löwen.

Vor dem hohen Portal hielt der Gleiter und öffnete die Türen. Warme, schwüle Luft schlug ihm entgegen. Zwei Kleristen erwarteten ihn bereits. Obwohl ihre luftigen Roben eher harmlos wirkten, strahlten ihre kahlen Schädel und unbeteiligten Gesichter latente Gefahr aus. Jake straffte sich und folgte ihnen.

Das Foyer glich der Abfertigungshalle eines Superflughafens. Säulen, Böden und Wände glänzten metallisch. Ein fremder Geruch lag in der klimatisierten Luft, deren Kühle Jakes Haut zusammenzog. Wohin er blickte, eilten Menschen in den üblichen farbenprächtigen Wickelgewändern oder Tunikas umher. Unter ihnen bemerkte er eine Anzahl Kleristen und Schwestern, die durch ihre rote, uniforme Bekleidung auffielen, und dadurch, dass sie über den Boden glitten, ohne ihre Füße zu bewegen. Jake reckte den Hals, konnte in dem Treiben aber nicht ausmachen, wie sie das fertigbrachten.

»Bitte, steigen Sie auf ein Gledis«, sagte einer seiner Begleiter und deutete auf eine der frisbeegroßen Markierungen im Boden. Sie sahen harmlos genug aus. Vielleicht eine Art Scanner als Sicherheitsvorkehrung. Jake trat mit einem Schritt auf den nächstliegenden Kreis. Das Ding hob sich unvermutet ein oder zwei Zentimeter aus dem Untergrund. In seinem Schrecken wollte Jake abspringen, aber eine unsichtbare Kraft hielt ihn fest. Ihm wurde heiß. »Was soll das?«

Die beiden Kleristen stiegen wortlos auf ähnliche Scheiben. »Zu Gura Limka«, sagte einer und schon schossen sie auf einen der Gänge zu, die in die Tiefen des Gebäudes führten. Das löste das Rätsel der schwebenden Kleristen, aber dieses Tempo! Jake hielt die Luft an. Zwischen seine Begleiter geklemmt, jagte er über den Boden, fühlte weder Kurven noch Beschleunigung. Auch spürte er sein Gewicht kaum, so als säße er auf einem Stuhl. Er wagte einen Blick auf die kleine Scheibe unter seinen Füßen. Was für eine Technologie! Das Ding würde er gerne einmal auseinandernehmen und untersuchen.

Durch ein Gewirr gerader und geschwungener Korridore gelangten sie in eine hohe Halle mit unzähligen Aufzügen. Statt einer Kabine fand sich nur ein leerer Schacht hinter den Türöffnungen. Das Gledis steuerte direkt darauf zu. Jake hielt instinktiv die Luft an, aber der erwartete Sturz blieb aus. Die Scheibe schwebte stabil. Jake entspannte sich. Unter sich erblickte er zwei Kellergeschosse. Dann stiegen die Gledis. Jake spürte keine Beschleunigungskräfte, aber die Lichter der Ausgänge zu den Stockwerken flitzten mit wachsender Geschwindigkeit an ihm vorbei. Zweimal knackte es in seinen Ohren, bevor die Gledis in einer Etage hoch über der Stadt aus dem Aufzug schossen und schließlich vor einer silberglänzenden Tür stehenblieben. Die Gledis setzten auf dem Boden auf und verschmolzen augenblicklich damit. Die Tür vor ihnen schob sich auf und gab den Blick in einen weiten Raum frei.

»Kommen Sie doch herein, Doktor Jake Dexter Forrester«, begrüßte ihn eine freundliche Stimme.

Jake holte noch einmal tief Luft und trat ein.

Den einzigen Kontrast zu dem sterilen Weiß des Zimmers bildete das blutfarbene Kleid einer Kleristina. Sie saß auf einem weißgepolsterten Bürostuhl hinter einem weißen Pult, das wie ein überdimensionaler Laptop aussah. Beide Möbel schwebten beinlos in der Luft.

»Bitte verweilen Sie hier. Ich werde nachsehen, ob sich die Dienerin mit Ihnen beschäftigen möchte.« Die Empfangsdame verschwand durch eine Tür in der linken Wand, die sich lautlos schloss. Dienerin? Jake starrte ihr hinterher. Hoffentlich war diese Gura Limka nicht so ein Seelendoktor: ›Ein persönliches Gespräch in entspannter Atmosphäre‹. Jake zog die Augenbrauen hoch. Aber irgendwie hatte er das Gefühl, das ihn etwas anderes erwartete. Unruhig lief er auf und ab.

Die blinkenden Symbole und bunten Linien auf dem Monitor des Computers zogen seine Aufmerksamkeit an. Sofort schoss ihm ein Verdacht in den Kopf: Sie hatten eine Akte über ihn angelegt! Entschlossen trat er an den Bildschirm und las die Überschrift: #5830254M, Doktor Jake Dex...

Eine unerwartete Stimme hinter ihm ließ ihn zusammenfahren. »Gura Limka macht sich für Sie bereit.« Mit hölzernem Gesichtsausdruck schritt die Vorzimmerdame auf ihn zu.

Jake deutet auf den Bildschirm. »Ich möchte nicht, dass Sie Daten über mich sammeln!«

Die Dame breitete sich in aller Seelenruhe hinter ihrem Computer aus. »Das haben Sie nicht zu entscheiden«, entgegnete sie mit zuckersüßem Lächeln. Pult und Stuhl schwenkten dabei herum und verstellten Jake den Weg. Sie wies mit spitzem Finger in die hintere Zimmerecke. »Warten Sie dort!«

Für eine Vorzimmerdame nahm sie sich einiges heraus. Jake straffte die Schultern. »Wie lange wird es noch dauern, bis ich mit ihrem Chef reden kann?«

Ihr Pult hob sich etwas weiter in die Luft. »Sie wird es Sie wissen lassen. Warten Sie dort!«

Jake sah sich suchend im Zimmer um. »Haben Sie vielleicht einen Stuhl für mich?«

»Demut ist die Eigenschaft, die die Meduse am meisten schätzt.«

»Es tut mir leid. Darin bin ich leider nicht sehr gut.«

»Dann müssen Sie es lernen«, sagte die Frau.

Augenblicklich traf Jake eine unsichtbare Kraft und drückte ihn zu Boden. »Was soll das?«

Die Vorzimmerdame fuhr dicht an ihn heran. »Mit gebeugtem Haupt sollst du der Meduse begegnen. Frevel wird sie bestrafen.«

Jake stemmte sich gegen den Druck. Wie auf dem Schiff konnte er nichts dagegen tun.

In gebeugter Haltung ließ sie ihn warten. Er unterdrückte das Gefühl der Demütigung und Wut. Damit würde er nicht weiterkommen. Er musste seinen kühlen Kopf bewahren.

Endlich schob sich die Tür zum Chefzimmer auf. Jake wurde hineingerufen, gleichzeitig verschwand die Kraft, die ihn am Boden hielt. Er streckte seine verkrampften Muskeln und warf der Sekretärin einen ärgerlichen Blick zu. Sie gab ein hämisches Kichern von sich. Jake biss die Zähne zusammen und trat in das andere Zimmer.

Alle Wände und Einrichtung spiegelten wie Quecksilber. Nur der Boden wirkte milchig. An der gegenüberliegenden Wand leuchtete ein riesiges Emblem, dasselbe, das die Kleristen auf der Brust trugen: ein weißer Kreis, von dem wellenförmige Fortsätze nach allen Seiten gingen. Die rechte Wand bestand aus Glas und gab einen spektakulären Blick über die Stadt und das ferne Gebirge frei. In der Mitte des Raums saß eine Kleristina mit lässig übergeschlagenem Bein auf einem weißen Polstersessel. Sie mochte etwa in Jakes Alter sein und hatte ein helles, ovales Gesicht, das trotz ihres kahlen Schädels attraktiv wirkte. Blaugrüne Augen, tief wie das Meer, sahen ihn erwartungsvoll an.

»Es freut mich, dass Sie kommen konnten«, sagte sie mit rauchiger Stimme. Auf ihren Wink sauste ein Stuhl herbei. »Setzen Sie sich doch.« Grübchen zeigten sich auf ihren Wangen, als sie Jake anlächelte. »Ich bin Gura Limka und freue mich, Ihre Bekanntschaft zu machen.« Mit einer eleganten Bewegung ihres schlanken Arms lud sie Jake ein, Platz zu nehmen.

Jake war verwirrt. Kultiviertes Verhalten hatte er nach dem Erlebnis mit der Sekretärin am wenigsten erwartet. Mit zurückhaltender Höflichkeit nahm er Platz.

»Bestimmt haben Ihnen Myriam und Björn schon eine Einführung gegeben, aber ich bin sicher, dass Sie noch viele Fragen haben. Ich werde mein Bestes tun, um Ihre Wissbegierde zu befriedigen und Ihr Leben hier so angenehm wie möglich zu gestalten.«

Im Gegensatz zu den stumpfäugigen Kleristen, denen er bisher begegnet war, wirkte diese Frau zugänglich und intelligent. »Ich muss mich über das Verhalten Ihrer Empfangsdame wundern.«

Gura Limka verzog keine Miene. »Es tut mir außerordentlich leid. Sie haben eine Standardprozedur initiiert. Es wird nicht wieder vorkommen, denn ich glaube, Sie werden sich fortan zu benehmen wissen.«

Jake lief es eiskalt den Rücken herunter. Sie hatten ihn einschüchtern wollen. Er straffte die Schultern. »Warum haben Sie mich auf diesen Planeten entführt?«

Sie musterte ihn interessiert. »Lieber Doktor Jake Dexter Forrester! Wir haben Ihnen das Leben gerettet. Ohne uns wären Sie tot. Sie dürfen sozusagen noch einmal ganz neu anfangen. Amüsieren Sie sich doch!« Sie stand auf, und schlenderte zur Glaswand und schaute hinaus. »Eine ganze Welt liegt Ihnen zu Füßen und wartet darauf, entdeckt zu werden. Sie brauchen sich keine Sorgen zu machen. Sie können essen, schlafen und wohnen, wo Sie wollen, wie Sie wollen. Es gibt keine Armut und für Kranke ist gesorgt. Sie können sich weiterbilden, unsere Universitäten besuchen und wir haben unzählige Arten des Zeitvertreibs.« Sie wandte sich um und lächelte warm. Dabei präsentierte sie im Gegenlicht des Fensters ihre schlanke Figur.

Perfekte Formen. Jake räusperte sich. »Nennen Sie mich Jake Forrester.« Er machte eine schweifende Handbewegung. »Nun das ist ja alles gut und schön. Aber ich möchte gerne wissen, wann Sie mich zurückbringen.«

»Das geht leider nicht mehr.« Sie setzte sich wieder in ihren Sessel und sah ihm prüfend in die Augen. »Sie scheinen ein charakterstarker Mann zu sein, deshalb will ich Ihnen offen die Wahrheit sagen: Ihre Kolonie wurde von einem Erdbeben zerstört. Unsere Kapitäne konnten leider nur noch Sie und einen anderen Überlebenden retten. Sie haben alles verloren. Es tut mir leid.«

Jake schaute sie an wie eine Geistesgestörte. Das konnte doch nicht ihr Ernst sein! »Da muss ein Missverständnis vorliegen. Ich komme von keiner Ihrer Kolonien, sondern von der Erde, einem anderen Planeten.«

Nun schaute die Kleristina Jake betroffen an. »Sie haben ein Trauma, lieber Jake Forrester.«

Jake sah sie verdutzt an. »Wollen Sie mir das einreden oder glauben Sie das selbst?«

»Regen Sie sich nicht auf. Ich will Ihnen helfen.«

»Okay. Ich möchte alles über diesen Planeten erfahren, über seine Technologie, die Menschen. Und dann besorgen Sie mir ein Raumschiff und bringen Sie mich wieder zur Erde!«

Gura Limka sah ihn besorgt an. »Sie haben Halluzinationen. Vielleicht wäre es besser, ich würde Sie in eine Krankenstation einweisen lassen!«

Jake schüttelte den Kopf. »Sie versuchen, mich zu verwirren. Was wollen Sie wirklich von mir?«

Sie zuckte mit keiner Miene. »Ich verstehe Ihren Schock. Ich will Ihnen helfen, mit der neuen Situation zurechtzukommen. Sie sind doch lebenshungrig und intelligent!«

Jake sah sie fragend an.

»Unsere Kolonie braucht Männer wie Sie«, fuhr sie mit nachdrücklicher Stimme fort. Sie machte eine kurze Pause, wobei sie ihn wohlwollend musterte. »Ich denke, Sie können eine ganze Menge für uns tun.«

Ein zufriedenes Lächeln stahl sich über ihr Gesicht. »Am einfachsten wird es sein, Sie machen unseren Test, damit wir Ihre Fähigkeiten kennenlernen. Er dauert nur ein paar Tage. Mit dem Ergebnis können wir dann gemeinsam überlegen, wo wir Sie am besten einsetzen.«

Das Gespräch mit ihr brachte ihn kein Stück weiter. Sie blockierte. Wahrscheinlich hatte sie ihre Richtlinien. »Ich möchte gerne Ihren Vorgesetzten sprechen.«

Sie grinste. »Wünschen Sie sich das besser nicht. Sollten Sie ihn zu sehen bekommen, dann stecken Sie bereits bis zum Hals in Schwierigkeiten. Sie müssen vorerst mit mir vorlieb nehmen. Und glauben Sie mir, das ist ein gutes Zeichen.«

Jake musterte sie. Gura Limka hatte eine hohe Meinung von sich, aber im Vergleich zur Vorzimmerdame war sie geradezu kooperativ. Seine Optionen sahen nicht gut aus. Auf Hilfe konnte er nicht rechnen. Es blieb nur der Weg nach vorne. Ein Eignungstest also. Davon hatte er im Verlauf seiner Karriere schon etliche hinter sich gebracht. Einerseits hatte er keine Lust, seine Fähigkeiten offenzulegen, andererseits wollte er lernen, wie ihre Computer arbeiteten, wie ihre Maschinen programmiert waren und wie ihre Technologie funktionierte. Mit diesem Wissen könnte er helfen, den Fortschritt auf der Erde in Riesenschritten voranzutreiben, und falls sich die Kleristen weigerten, ihn zurückzubringen, könnte er mit dem neuerworbenen Kenntnissen einen Weg zur Flucht finden.

»Einverstanden!«, antwortete er optimistisch. »Dann komme ich wieder, wenn Sie den nächsten Test veranstalten.«

Gura Limka stand auf und streckte ihm die Hand entgegen. »Es ist schön, dass wir uns so schnell einig geworden sind.« Mit einem süffisanten Lächeln fuhr sie fort: »Sie können gleich hier bleiben. Wir fangen sofort an.«

Jake erhob sich von seinem Stuhl. »Und Myriam?«

»Die wird sich schon ein paar Tage allein amüsieren. Und für Sie finden wir sicher auch geeignete Unterhaltung.« Sie ließ ihren Blick über Jake gleiten, wandte sich aber sofort wieder ab und rief nach der Vorzimmerdame.

11

Drei Tage dauerten die Tests. Muskelreflexe, Hirnaktivität, physische und mentale Belastung. Und alles mit Maschinen. Trockenhaubenähnliche Geräte, die Jake die Gedanken aus dem Kopf saugten und eine müde Leere hinterließen, die er glaubte, nie wieder füllen zu können. In engen Röhren, Computertomographen ähnlich, brannten Hirn, Muskeln und Nerven, als ob glühende Nadeln in sie geschossen wurden. Andere projizierten Bilder in seinen Kopf und griffen die Assoziationen ab, bevor er sie selbst registrieren konnte. Er kam sich bloßgestellt vor. Hilflos. Nackt.

Warum brach er die ganze Prozedur nicht einfach ab?
Weil es nicht ging.
Noch nicht.
Immer wieder gab er sich selbst Durchhalteparolen.
Am widerlichsten war dieses enganliegende Trikot. Elektrische Ströme kitzelten seine Haut, fuhren in Muskeln und Nerven, so dass seine Glieder zuckten wie die eines Hampelmanns, an dem garstige Kinder ihre Launen ausließen.
Andere Tests beförderten ihn in einen Zustand des Schlafs. Er erwachte nackt, müde und ausgelaugt.
Bis er es endlich geschafft hatte.

An jenem Abend saß er abgespannt an einem kleinen Tisch in der hintersten Ecke einer Bar im Erdgeschoss des Kathedoms. Vor ihm stand ein Glas Bier. Auf der anderen Seite des Lokals glitzerte eine Bühne in blauem Spotlight, auf der leichtbekleidete Frauen zu heißen Rhythmen tanzten. Die Tänzer im Saal ließen sich davon ermuntern und rieben ihre Körper genüsslich aneinander. Jake sehnte sich nach Myriam. Jetzt, wo die Tests vorüber waren, konnte er sie sicher bald wiedersehen.
Verspiegelte Wände, Decke und Boden gaben dem Raum den Eindruck von Unendlichkeit. Buntes Licht, bunte Flaschen, bunte Gläser und die lachenden Menschen am Tresen wirkten unwirklich. Das Leben war nur ein Traum.
Morgen würden die Ergebnisse vorliegen, Jake hatte einen Termin mit Gura Limka.
Jemand näherte sich. »Nein danke. Ich möchte nur allein ein Bier trinken«, sagte er mechanisch, ohne aufzublicken. Die Frau sah herablassend an ihm herunter und wendete sich wieder dem Getümmel zu.
Der Trubel hier erfreute sich großer Beliebtheit. Eine Anmach-Bar. Wie Jake bereits auf dem Schiff bemerkt hatte, war das Prestige von Biertrinkern nicht sonderlich hoch. Getränke in schrillen Farben waren angesagt. Schon allein deshalb trank er Bier.
Die Tests. Was hatten die Kleristen dadurch über ihn herausbekommen?
Jake nahm einen tiefen Zug aus dem Glas.
Sicher würden sie versuchen, ihn mit dem Gelernten zu manipulieren. War es ein Fehler gewesen, sich darauf einzulassen?
Er starrte auf den Schaum.
Während der Tests hatte er fast die ganze Zeit in einer Art Koma gelegen, er konnte sich kaum erinnern, was geschehen war.
Jake drehte das beschlagene Glas mit Daumen und Zeigefinger.
Und wo wollte er sich einsetzen lassen? Am liebsten bei der Raumflotte. Aber so naiv würden die Kleristen nicht sein. Vielleicht sollte er versuchen, in ihren eigenen Reihen unterzukommen. Wenn jemand etwas wusste, dann waren sie es.

»Mein Freund Jake!«, dröhnte es durch das Etablissement. Jake blickte auf und sah Pedro freudestrahlend herbeistapfen. Dass er in jedem Arm eine üppige Dame hielt, wunderte Jake nicht.

Pedro gab der Linken einen Kuss und der anderen einen Klaps aus den runden Hintern. »Jetzt nicht.«

Die Frauen nickten liebenswürdig und entfernten sich.

Pedro grinste und setzte sich zu Jake. »Madre Mia! Ist das ein Land!!« Seine Augen lachten und er bestellte ein blauschillerndes Getränk.

Jake sah ihn misstrauisch an. »Was haben sie mit dir angestellt? Ich meine, nach dem Fest?«

»Ah«, seufzte er. »Das war das schönste Fest meines Lebens! Die Musik war wie von Engeln und die Leute so freundlich.« Pedro starrte verzückt vor sich hin.

Jake packte ihn bei der Schulter. »Haben sie komische Dinge gemacht? Rede schon!«

Pedros Augen fanden in die Gegenwart zurück. »Ich habe eine Gouvernante bekommen.« Pedro malte mit beiden Händen schwungvoll eine weibliche Figur in die Luft. »Sie sagte, sie würde mir alles zeigen.« Er grinste genießerisch. »Das hat sie getan.« Er warf sich in die Brust. »Seit gestern habe ich einen Job im Bergwerk. Gute Kredits, gute Arbeitszeit und Sozialleistungen. Hat sie mir besorgt. Bei den Kleristen. Was will ich mehr?« Er betonte die Frage und es war klar, dass er keine Antwort erwartete. Dann lehnte er sich behaglich im Stuhl zurück. »Und was machst du hier? Wie geht es dir? Und der Kleinen?«

»Wach auf, Pedro. Sie haben dich eingewickelt! Denk an die zwei Sonnen. Das ist kein Spiel.«

»Besser als Kolumbien.«

»Möchtest du denn nicht wieder zurück? Zu deiner Familie?«

»Ah. Familia.« Er sank in sich zusammen und ein wehmütiger Zug legte sich über sein Gesicht. »Bandidos haben das Dorf überfallen. Mama hat gesagt, ich soll laufen. Aber ich habe zugesehen, versteckt. Dann kamen andere. Drogenkrieg. Sie haben geschossen. Sie haben geschrien. Dann hat es gebrannt. Dann sind sie weg. Familia tot.« Mit leeren Augen stierte er eine Weile auf die Tischplatte. Schließlich gab er sich einen Ruck und straffte die Schultern. »Ich werde nie wieder fortlaufen! Lieber sterben.«

»Das tut mir leid.«

»Ist lange her. Bald habe ich selbst Familia.« Sein Gesicht hellte sich wieder auf und seine Augen begannen zu leuchten. »Große Familia. Wirst sehn. Hier ist es besser. Keine Bandidos, keine Gewalt. Ich habe gefragt. Besser als Amerika.«

»Aber stört es dich nicht, dass du hier nach ihrer Pfeife tanzen musst?«

»Wieso? Ich kann tun, was mir gefällt. Nur nicht fischen. Ich bin Fischer, hab ich ihnen gesagt. Nein, sie brauchen keine Fischer, aber das Bergwerk zahlt sowieso viel mehr. Und weil ich so stark bin, bekomme ich Prämie. Da habe ich überlegt: du weißt nie, wie viele Fische du rausziehst, aber Prämie in der Mine ist sicher.« Mit selbstzufriedenem Grinsen lehnte er sich zurück und schaute Jake strahlend an. »Und was machst du?«

»Keine Ahnung. Sie wissen noch nicht, was sie mit mir anstellen sollen.«

»Komm mit mir ins Bergwerk! Die haben bestimmt noch einen Job für dich. Das wird gut. Und abends gehen wir trinken und laden Señoritas ein!«

»Und nie wieder zurück zur Erde? Das will ich nicht.«

»Ach was! Du siehst alles so schwarz. Mach Babys mit der Kleinen. Wirst sehn, gleich hast du ein anderes Leben.«

Jake schüttelte den Kopf. Babys! Das würde ihn in der Tat binden.

»Ah!« Pedro reckte sich und winkte zu einem Mann hinüber, der fast so breit wie hoch war und ebenso muskelbepackt wie Pedro. Der Mann kam langsam herbei und musterte Jake ausgiebig.

Pedro machte sie miteinander bekannt: »Mein Boss, Grimper. Und das ist mein Freund Jake.«

Im Gegensatz zu den Gästen, die lose Gewänder trugen, war Grimper mit enganliegender Hose und derber Jacke in erdfarbenen Tönen bekleidet. Er zog sich einen Stuhl heran und nahm Jake gegenüber Platz. Er streckte ihm die Pratze entgegen, »Freut mich!«, dabei sah er Jake mit offenem Gesicht an, aber seine schwarzen Augen wirkten dabei unergründlich. »Sie sind neu hier?« Seine Frage klang mehr wie eine Feststellung.

»Ja. Ich habe gerade einen Test bei den Kleristen gemacht.«

Für einen kurzen Moment verengten sich die Augen des Mannes. »Na, dann wünsche ich ihnen viel Glück mit dem Ergebnis.« Er stand auf und wandte sich zum Gehen.

Jake kam der Aufbruch etwas abrupt vor. Er tippte Pedro an. »Was ist denn mit dem los?«

»Der? Guter Mann. Guter Boss«, erwiderte der so überschwänglich, als habe er das große Los gezogen. »Komm mit. Ich zeige dir meine Wohnung.«

Jake zog eine Braue hoch. »Du hast dich aber schnell eingerichtet!«

»Klar! Das ist ein tolles Land! Sie haben mir ein oranges Rating gegeben! Ich kann mir jede Wohnung im orangen Distrikt aussuchen. Riesenauswahl. Fast die Hälfte ist frei.«

Er bahnte sich einen Weg ins Freie und rief einen Gleiter. Sie stiegen ein. Jake sah neugierig aus dem Fenster. Bisher hatte er keine Zeit gefunden, sich in der Stadt umzusehen.

»Willst du bei mir übernachten?«, fragte Pedro. »Ich habe genug Platz. Alles ist eingerichtet. Ich musste gar nichts kaufen.«

Genau das irritierte Jake. Alles war da. Man musste sich um nichts kümmern. Nur arbeiten.

»Nehmen sie dich hart ran?«

Pedro winkte ab. »Zum ersten Mal hab ich eine Zukunft! Grimper hat gesagt, wenn ich fleißig arbeite und lerne, kann ich Vormann werden und steige zu einem gelben Rating auf!« Pedro schlug Jake voller Begeisterung auf die Schulter. »Dann bekomme ich größere Wohnung, bessere Plätze bei den Spielen und was weiß ich nicht noch alles. Welches hast du denn?«

»Keine Ahnung. Gar keins.«

»Die Kleristen werden dir schon eins geben, sobald du Arbeit hast.«

Jake ließ seinen Blick über die nächtlichen Lichter der Stadt gleiten. »Wo ist eigentlich der Raumhafen?«

Pedro schüttelte den Kopf. »Jake, ich habe hier noch nichts gesehen, was höher fliegt als ein Gleiter. Kein einziges Flugzeug am Himmel.«

Jake legte die Stirn in Falten. Kein Flugverkehr? Unmöglich. Flugzeuge gehörten für ihn dermaßen zum gewohnten Bild, dass er sie normalerweise gar nicht mehr wahrnahm. Von Lundsiel aus hätte er eigentlich welche sehen müssen. Über dem Meer oder der Stadt. Oder über den Bergen. Er schüttelte nachdenklich den Kopf. Matros, die fliegen. Myriam hatte ihn danach gefragt. Sie kannte offensichtlich keine. Jake fuhr sich gedankenverloren übers Kinn.

Der Gleiter nahm die Richtung zum Hafen. Die Häuser wurden niedriger und gingen in lange, vielstöckige Blöcke über. Auf ihren silbrigen Fassaden blitzen und tanzten die Spiegelungen der Laternen.

Nach ein oder zwei Meilen verließ das Fahrzeug die Hauptstraße und bog in eine enge, schlecht beleuchtete Straßenschlucht. Kein Mensch war zu sehen. Jake zog den Kopf zwischen die Schultern und schaute sich um.

»Was hast du?«, fragte Pedro verwundert.

»In Baltimore haben sie mich einmal in einem ähnlichen Viertel überfallen.«

Er war ein junger Student gewesen. Auf der Suche nach dem Eingang zur Johns Hopkins Universität hatte er sich in eine dieser schmuddeligen Seitenstraßen verirrt. Wie aus dem Boden gewachsen, standen mit einem Mal sechs, sieben Männer mit verschossenen Lederjacken um ihn herum. Sein Puls raste. Er sammelte den Rest seines schwindenden Muts zusammen. »Können Sie mir den Weg zur Uni zeigen?«

Ein Kahlrasierter mit goldenem Ohrring spuckte auf den Gehweg. »Fuckin Smartass, hä? Hast'n MP3-Player?«

Bevor Jake antworten konnte, spürte er eine scharfe Klinge an der Kehle.

Bedächtig schüttelte er den Kopf.

Einer der Kerle entriss ihm den Rucksack und zog Laptop, Handy und Portemonnaie daraus hervor. Dann hatte ihn jemand von hinten niedergeschlagen.

Unwillkürlich fasste sich Jake an den Hinterkopf.

Pedro legte ihm die Hand auf die Schulter. »Wir sind hier nicht in Amerika.« Er ging auf den nächstgelegenen Eingang zu. Dahinter führte ein schmaler Korridor in eine schmucklose, weißgetünchte Halle.

»Jetzt pass auf!« Pedro wandte sich einem offenen Aufzugsschacht zu. »Achter Stock«, rief er. Dann trat er mit breitem Grinsen ins Leere und schwebte nach oben.

»Hast du sowas schon mal gesehen?«, hallte seine Stimme aus dem Schacht.

Solche Lifts kannte Jake bereits aus dem Kathedom. Er lächelte. Pedro konnte sich so unbeschwert freuen.

Jake folgte dem Freund, der oben auf ihn wartete. »Ist das nicht fantastisch? Komm mit!«

Jakes Sohlen quietschten auf dem grauen, genoppten Kunststoffboden des langen, schummrig beleuchteten Korridors. Linker Hand öffnete sich automatisch eine der Eingangstüren. Pedro deutete begeistert darauf: »Sie weiß, wenn ich komme.«

Jake seufzte. »Mein Freund, sie wissen noch mehr.«

»Pessimist! Sie wollen uns lediglich das Leben angenehm machen. Setz dich. Was willst du trinken? Bier? Ach was! Probier Omlukula!«

Ohne Jakes Antwort abzuwarten, rief Pedro seinen Wunsch einem Gerät in der Kitchenette zu, das aussah wie ein Mikrowellenofen. Es brummte kurz und öffnete eine Klappe. Dann entnahm er daraus zwei Gläser mit eisgekühlten Getränken in lumineszenter, leuchtend-rosa Farbe.

»Ich weiß nicht, wie es funktioniert. Drinks, Mittagessen, Frühstück. Ich brauche nur sagen, was ich will, und aqui, da ist es. Salud!«

Jake schaute den Freund nachdenklich an. Pedro leistete den Kleristen keinerlei Widerstand, ließ sich von ihrer oberflächlichen Freundlichkeit und den gebotenen Annehmlichkeiten blenden. Solange er nicht aufwachte, war er kein Verbündeter. Aber er war ein Freund. »Chears, Pedro!« Jake nahm einen Schluck. Überrascht betrachtete er sein Glas. Das Zeug schmeckte fantastisch. Fruchtig und mit einer angenehmen Schärfe. Birne mit Rosenaroma? Jake ließ eine Reihe der fremdartigen Früchte vor seinem inneren Auge Revue passieren. Er konnte nicht entscheiden, aus welcher der Drink gebrannt worden war. Jedenfalls hob das Getränk die Stimmung.

Jake schlief am Ende auf Pedros Couch.

Am Morgen erwachte Jake mit klarem Kopf. Obschon die Drinks wie Alkohol gewirkt hatten, verursachten sie keinen Kater.

»So etwas bekommst du nicht in Kolumbien und sonst auch nirgendwo«, kommentierte Pedro und machte ein Gesicht, als ob das allein schon Grund zum Hierbleiben sei.

Nach einem kurzen Frühstück und einem herzlichen Händedruck gingen sie ihrer Wege. Pedro nahm einen Gleiter zum Gebäude der Bergwerksgesellschaft in der Stadt, wo sich die Arbeiter sammelten und per Matro zum Schacht gebracht wurden. Jake begab sich zum Kathedom. Nervös sah er dem Gesprächstermin entgegen – und den Folgen, die sich daran knüpfen würden.

Gura Limka ließ ihn nicht warten. Sie lächelte abwesend und scrollte durch die Ergebnisse.

Jake beobachtete sie angespannt.

Zwei, drei Mal verengten sich ihre Augen. »Sehr interessant«, murmelte sie.

Jake reckte den Hals, konnte aber nicht auf den Bildschirm sehen. Er wischte abwesend mit den Handflächen über seine Oberschenkel.

Schließlich kam sie zum Ende und nahm Jake mit sichtlichem Interesse in Augenschein. »Beeindruckend!«, sagte sie und wendete ihre Aufmerksamkeit wieder dem Monitor zu. »So jemanden wie Sie haben wir bisher noch nicht gehabt. Sie haben das höchste Rating erzielt.«

Jake beugte sich vor. »Und was bedeutet das?«

Sie lächelte. »Sie haben viele Privilegien bekommen. Sehr viele.« Gura Limka lehnte sich in ihrem Sessel zurück und verschränkte die Arme hinter ihrem Nacken, dabei floss ihr Kleid wie Wasser über ihren Körper. Sie ließ ihre Blicke über Jake gleiten »Sie sind ein interessanter Mann.«

Sofort erkannte Jake das Potenzial: Durch eine Liaison mit ihr würde er an interne Information herankommen. Aber es würde eine riskante Beziehung werden.

Und was ist mit Myriam?

Er räusperte sich. »Was bringt mir das für Vorteile?«

»Nun ja.« Sie stand auf und umrundete Jake wie ein Raubtier die Beute. »Sie müssten schon ihre Pflichten erfüllen. Aber Sie sind stark. Physisch und psychisch – und unberechenbar – gefährlich.« Sie schnurrte das letzte Wort wie eine Katze.

Das Attribut ›gefährlich‹ war das Letzte, was Jake in seinen Akten vermerkt haben wollte. Er setzte eine harmlose Miene auf. »Wieso sollte ich für Sie bedrohlich sein?«

»Ihre Reflexmuster zeigen, dass Sie die Kunst des Kämpfens beherrschen.«

Jake bekam einen Schreck. »Das müssen Ihre Geräte falsch interpretiert haben.«

Sie schlich mit lauerndem Blick um ihn herum. »Zu irgendetwas werden sie ja gut sein.«

Jake machte ein unschuldiges Gesicht, aber das süffisante Lächeln, das sogleich um ihren Mund spielte, wollte ihm nicht gefallen. Und schon sprang sie auf ihn zu und setzte zu einem gezielten Fausthieb ins Gesicht an. Jakes Körper reagierte instinktiv und parierte mit einem Armblock.

»Sehr schön!«, stellte sie befriedigt fest.

Jake presste die Lippen zusammen. Er ärgerte sich, dass ihn seine Reflexe verraten hatten.

»Dann sind Sie wohl so eine Art Naturtalent«, sagte sie mit sarkastischem Unterton in der Stimme. Das kurze Verengen ihrer Pupillen warnte Jake vor einem erneuten Angriff. Er duckte sich und ließ sich vom Stuhl rollen. Kaum war er auf den Beinen, explodierten ihre Bewegungen zu einer Kombination aus Fußtritt und Handkantenschlag. Jake wich blitzschnell aus.

»Und nun Sie!«, forderte sie Jake auf.

»Ausweichen ist etwas anderes. Aber geprügelt habe ich mich seit meiner Schulzeit nicht mehr.«

Sie stemmte die Fäuste in die Hüften. »Sie enttäuschen mich, Jake Forrester. Auf dem Schiff haben Sie mit Pedro Gonzales gekämpft. Kommen Sie! Halten Sie sich nicht zurück.«

»Das war nur Gerangel«, wich er aus. »Männerfreundschaft.«

»So leicht lasse ich Sie nicht davonkommen«, sagte sie und sprang auf Jake zu. Wie ein Wirbelwind kam sie über ihn und landete einen Tritt, dass er quer durch den Raum stolperte.

Was fiel dieser wildgewordenen Amazone ein, ihn wie einen Spielball herumzuschubsen? Jake spürte Ärger in sich aufsteigen.

»So ist es Recht!«, grinste Gura Limka. »Werden Sie wütend!«

Wieder stürzte sie auf Jake los. Diesmal setzte er sich energisch zur Wehr, aber er konnte ihr Bewegungsmuster nicht einschätzen. Erneut schleuderte sie ihn durch die Luft.

Sie lachte.

Jake sah sie abschätzend an. Er zügelte seine Emotionen und fühlte in die Energie der Kleristina. Dann griff er an. Sie blockte, drehte sich weg, tanzte über den Boden und erwischte ihn wieder. Sie wollte ihn demütigen. Jake konzentrierte sich auf das Feuer in seinem Inneren, fokussierte seine Kraft, sprang auf Gura Limka zu – und stieß an eine unsichtbare Wand.

Gura Limka sah ihn herablassend an. »Das genügt! Sie können nicht gewinnen. Setzen Sie sich wieder. Sie müssen kooperieren.«

Eine Art Abwehrwaffe. Gegen Technologie nutzten Muskelkraft und Reflexe wenig. Jake ließ sich auf dem Stuhl nieder. Seine Prellungen schmerzten ihn nicht so sehr wie das Gefühl der Machtlosigkeit. Er biss die Zähne zusammen.

Gura Limka wandte sich erneut ihrem Monitor zu. Für den Bruchteil einer Sekunde weiteten sich ihre Augen. »Ungewöhnliche Gehirnaktivitäten«, murmelte sie.

»Wie?« Jake bemerkte ein Feuer in ihren sonst so kalten Augen. Instinktiv rückte er von ihr ab.

»Sie sind monogam veranlagt?«

Die Frage schlug ihm ins Gesicht. »Könnten Sie mir den Zusammenhang verraten?«

Ihr Blick wurde hart wie Stahl. Sie nahm einen tiefen Atemzug und sofort zeigte ihr Gesicht wieder den geschult freundlichen Ausdruck distanzierter Effizienz. In ruhigem Ton fuhr sie fort: »Wir fördern genetische Divergenz und harmonisches Zusammenleben. Ein gesundes Wachstum der Population liegt in unserem höchsten Interesse. Daher sorgen wir dafür, dass Nachwuchs materiell abgesichert und voll versorgt ist.«

Er sah sie misstrauisch an. »Was hat das mit mir zu tun?«

Sie zog die Schultern zurück und lächelte. »Amüsieren Sie sich, Jake Forrester.«

Das war eine deutliche Einladung. Jake sah sie an und hatte den Eindruck, dass auch sie einem Schäferstündchen nicht abgeneigt wäre. »Danke, ich habe schon gewählt!«, sagte er mit eisiger Stimme.

»Das war ein guter Anfang. Machen Sie weiter. Um Myriam müssen Sie sich nicht sorgen. Sie ist hier aufgewachsen. Und hier gibt es keine Verpflichtungen, was Partnerschaft, das Liebes- oder Familienleben betrifft.«

»Sie lebt in einer Familie.«

»Lassen Sie sich nicht täuschen. Unsere ganze Kolonie ist eine große Familie.«

»Bitte, soweit ich es verstehe, hat Björn eine Familie und Myriam ist seine Tochter.«

»Björn hat seine Pflicht getan und dafür wurde ihm das Privileg einer eigenen Familie gestattet.«

Jake schüttelte den Kopf. Was sie andeutete, war absurd! »Wollen Sie, dass ich hier alle Frauen schwängere?«

»Übertreiben Sie nicht. Ich habe sie lediglich eingeladen, sich etwas umzutun.« Gura Limka lächelte ihn an. »Sie werden sehen, es hat seine Vorteile.«

Jake sprang auf. »Richtig! Kredits fürs Vögeln plus Schwangerschaftsbonus? Das ist doch pervers! Wie viel bekomme ich, wenn ich Sie flachlege?«

»Ich werde Ihnen den Hals brechen«, antwortete sie gelassen.

»Machen Sie es gleich, dann haben wir es hinter uns«, fuhr er sie an.

»Nun regen Sie sich wieder ab. Sie verurteilen etwas, das Sie nicht kennen. Mit ihrem Rating könnten Sie bequem davon leben. Aber wenn Sie stattdessen lieber arbeiten wollen ...« Ihre Augen funkelten, als sie sich erneut ihrem Monitor zuwandte. »Aufgrund ihrer Fähigkeiten schlägt der Computer ein Fortbildungsprogramm in der Schiffstechnik oder Werkzeugtechnik vor.«

Jake setzte sich wieder. »Ich hatte mir eher eine Anstellung hier im Kathedom vorgestellt. Als Klerist. Oder Anwärter.«

Sie lächelte überlegen. »Das werden nur die Auserwählten der Meduse. Und dazu gehören Sie nicht.«

»Was brauche ich dazu? Ich kann es lernen!«

Sie kniff die Augen zusammen. »Schiffstechnik oder Werkzeugtechnik. Entscheiden Sie sich!«

Sie ließ ihm keine echte Wahl. Schließlich stimmte er dem Studium des Schiffsbaus zu. Zumindest, so glaubte er, kam er damit den Raumschiffen näher.

Gura Limka schaute dem neuen Wildfang nach, als er ihren Arbeitsraum verließ.

»Hlastana, machen Sie den Bericht für Gustu Galvir fertig!«, rief sie ins Sekretariat.

Der Druck in ihrem Kopf wurde wieder stärker und wollte ihr Bewusstsein in Besitz nehmen. Sie drängte ihn zurück und ließ ihn in den tieferen Regionen ihres Gehirns wohnen. ›Die Meduse spricht zu dir‹, hatten ihr die Schwestern als Novizin erklärt, ›gib dich ihr hin, bis du die völlige Schwerelosigkeit des ewigen Friedens spürst.‹ Das hatte Gura Limka getan, aber es war immer ein Teil von ihr übrig geblieben. Ein Teil, den niemand außer ihr bemerkte. Auch nicht die Meduse. Kein anderer Klerist konnte das. Gura Limka hatte ihre Chance erkannt – und genutzt. Sie hatte Karriere gemacht und in wenigen Zyklen würde sie die Hohepriesterin sein. Dann hätte sie die Kontrolle über die Adjutoren. Sie hatte alles geplant.

Gura Limka sah sich Jakes Ergebnisse noch einmal an.

Sie hatte deutlich gespürt, wie sich eine Kraft, die in diesem Mann wohnte, mit der ihren verband und sie gegen den Willen der Meduse stärkte. Das hatte sie überrascht. Angenehm überrascht. Doktor Jake Dexter Forrester hatte eine Gabe, genau wie sie selbst. Gura Limka löschte den Eintrag. Ihr Geheimnis.

»Hlastana, ich sende Ihnen die Daten der Untersuchung auf Ihren Computer. Leiten Sie sie weiter.«

Gura Limka stand auf und schaute zum Fenster hinaus. Doktor Jake Dexter Forrester. Er würde seine besondere Fähigkeit an seinen Nachwuchs weitergeben. Das durfte nicht geschehen. Andererseits hatte sie dafür zu sorgen, dass er die Vorgaben erfüllte. Schon jetzt wusste sie, dass sie Ärger mit der Meduse bekommen würde. Aber der Mann war monogam. Das war ihre Chance.

Gura Limka schritt entschlossen zu ihrem Schreibtisch zurück. Es durfte auf Nitsituaan nur ein Kind von Jake Forrester geben. Mit ihr. Sie musste sein Kind haben.

Kleinigkeit! Auch er war am Ende nur ein Mann.

12

In einem geschützten Konferenzraum tief unter der Stadt herrschte gespannte Aufmerksamkeit.

»Sehen Sie, Hoher Minister! Die Tests an 5830254M sind ausgezeichnet ausgefallen. Das Männchen weist keinen Makel auf. Es ist fürwahr ein guter Fang.«

»Ich habe trotzdem ein ungutes Gefühl, mein Bester. Ich möchte nicht daran denken, was passieren würde, wenn es sich der Kontrolle entzöge.«

»Ihre Sorge, mit Verlaub, ist unbegründet. Unsere Überwachung hat keine Lücken. Und mit der Wahl des Alternativprogramms zeigt das Männchen

guten Willen. Mit der Zeit wird es sich auch in das Populationsprogramm einfügen. Ich habe da, wenn ich das bemerken darf, so meine Mittel.«

»Sie sind viel zu technikgläubig, Verehrtester. Ich habe Sie gewarnt. Wenn etwas schiefgeht, werden Sie sich verantworten müssen.«

»Was soll denn schiefgehen? Und wenn, dann können wir es immer noch kastrieren.«

Als sich Jake am nächsten Morgen zum Studienbeginn bei Gura Limka einfand, erwartete sie ihn in der Haltung eines Drill-Sergeants. »Im Datcom ist alles enthalten, was Sie brauchen. Es reagiert auf Sprache.«

Neugierig wog Jake das smartphoneähnliche Gerät in der Hand und betrachtete das Display. Wie nützlich mochte es sein. »Wie komme ich zum Raumhafen?«

»Zu Ihrer Anfrage liegen keine Daten vor«, antwortete es mit weicher Frauenstimme.

Jake taxierte das Datcom. Es würde ihm vermutlich nur freigeschaltete Informationen liefern. Vielleicht könnte er es umprogrammieren, wenn er genügend gelernt hatte.

Gura Limka warf ihm einen drohenden Blick zu und verschränkte die Arme vor der Brust. »Lassen Sie das. Es wäre bedauerlich, wenn Sie wegen so eines Unsinns in Schwierigkeiten geraten würden. Ihr erster Kurs ist in Hörsaal 674202«, sagte sie und ging zur Tür. »Wir werden laufen. Das hält den Körper fit.«

Die hauchdünnen Tücher, die sie umhüllten, wehten um ihre schlanken Schenkel. Mit leichten Schritten eilte sie durch die Korridore und Hallen. Jake folgte der Spur ihres Duftes, einer Mischung aus Pfirsich und Wildkräutern. Statt eines Hörsaals betrat sie einen steril wirkenden Raum, in dem auf zahllosen Pritschen Menschen lagen, die aussahen, als ob sie schliefen, ihre Köpfe von Geräten mit blinkenden Kontrolllampen umschlossen.

»Legen Sie sich in die freie Einheit dort.«

Jake betrachtete unschlüssig die regungslosen Menschen.

Gura Limka bedachte ihn mit einem strengen Blick. »Wollen Sie mir weismachen, noch nie eine Lernmaschine benutzt zu haben?«

In der Tat hatte er das noch nicht und es machte ihn neugierig. Beim Hinlegen prickelte seine Haut, als wäre er in ein elektrisches Feld gestiegen. Kaum berührte sein Kopf das Kissen, verschwammen seine Sinne.

Jake versank in einer Welt aus virtuellen Hörsälen, Labors und Professoren. Die Technologie, in die er Einblick erhielt, war faszinierend. Anti-Gravitation, Massestrahlen, elektromagnetische Schilde. Er fand Literatur über Anwendungen, Bedienung, Montage.

Aber wie funktionierte es? Wie erzeugten sie ein Anti-Gravitationsfeld? Wie generierten sie Massestrahlen? Wie programmierten sie ihre Steuereinheiten?

Jake besuchte die virtuellen Büchereien der Lernmaschinen, fragte den Professoren Löcher in den Bauch. Nichts. Keiner konnte oder wollte es ihm erklären. Er durchsuchte sein Datcom nach Hinweisen. Auch nichts.

Am nächsten Morgen erkundigte er sich bei Gura Limka. Sie zog die Stirn kraus. »Die Bibliotheken sind umfassend und vollständig. Sie enthalten alles, was Sie zum Arbeiten brauchen.« Sie setzte ein zuckersüßes Lächeln auf. »Sie vertiefen sich ja mehr in ihre Studien als die Eunuchen. Etwas Abwechslung würde Ihnen nicht schaden. Kommen Sie heute Abend in die Fakultätsbar. Es ist eine besondere Veranstaltung für die Hochbegabten mit lila Rating geplant. Ich denke, ich werde selbst hingehen.«

Es stellte sich heraus, dass es sich dabei um eine erotische Show mit vornehmlich weiblichem Publikum in der Ovulationsphase handelte. Jake flüchtete und fuhr nach Hause zu Myriam. Zu seiner Myriam.

In den nächsten Wochen nutzte Jake jede wache Stunde für seine Studien. Auch Anwendungen können zu etwas gut sein. Sie wiesen auf eine Logik, durch die er auf die Funktion schließen könnte – wenn er erst genug wüsste. Todmüde programmierte er die nächste Lerneinheit. Eine würde er noch schaffen. Aber wieder war der Lehrstoff nutzlos. Als er spät nach Hause kam, schlief Myriam bereits – wie jeden Abend.

Endlich begannen die Praktika. Ein Matro holte Jake ab. Auf dem Weg zur Werft füllte es sich bis zum letzten Platz, Arbeiter aller Ratings, muskulöse und feingliedrige Männer – und fette Eunuchen. Jake kniff unwillkürlich die Beine zusammen. Den Löwenteil der Insassen bildeten jüngere Männer mit niedrigen Bewertungsstufen. Karriereeinsteiger. Jake blickte aus dem Fenster den Werftanlagen entgegen. Schiffe oder Raumschiffe? Bald würde er es wissen und in ihre Geheimnisse eingewiesen werden: unvorstellbar fortgeschrittene Technologie. Sein Weg in die Freiheit. Was für ein aufregender Tag!

»Nimm dir 674 und komm mit.« Ernestus schwabbelte davon, ohne Jake eines Blicks zu würdigen. Er trug die Nase so hoch, dass die kahle Stelle auf seinem Hinterkopf fast im Kragen verschwand. »Du musst verstehen, wie wichtig unsere Arbeit ist«, erklärte er in der Stimmlage eines Achtjährigen. Ein Eunuch. Es gab viele von ihnen auf der Werft. Darüber wunderte sich Jake, wollte den Entmannten aber nicht daraufhin ansprechen. Einerseits war es Jake peinlich, andererseits mochte er die Arroganz des Kastraten nicht. Egal! Wichtig war einzig und allein, etwas über die Technologie zu lernen. Vielleicht konnte er sogar ein Schlupfloch entdecken und sich mit Myriam in ein Raumschiff einschleichen. Sie würden als blinde Passagiere den Planeten verlassen.

Mit Bauteil 674 in der Hand, einem klobigen, metallischen Kasten ohne ersichtliche Funktion, verließ er die Lagerhalle und folgte dem Eunuchen. Der Morgenwind fuhr ihm in die Haare und brachte den Geschmack des

Meeres, durchsetzt mit Gerüchen, die Jake an Schweißgeräte, geschmolzenes Plastik und Schaltplatinen erinnerten. In den Straßen zwischen den Industriegebäuden wimmelte es von Menschen. Jake entdeckte auch ein paar Roboter. Die Leute schienen sie nicht zu mögen, denn sie hielten Abstand zu den Maschinen. Wie Arbeitsgeräte kamen sie ihm nicht vor – eher wie Aufpasser. Seine Nackenhaare stellten sich auf. Sicher waren sie von den Kleristen zur Überwachung der Arbeit eingesetzt, zur Kontrolle der Menschen.

Ernestus bog in eine Seitenstraße. Vor Jake öffneten sich die Trockendocks, wo die Konstruktionen unfertiger Schiffe wie bizarre Kunstwerke avantgardistischer Bildhauer in den Himmel ragten. Die Luft füllte sich mit Rufen, Hämmern und markdurchdringendem Dröhnen. Muskulöse Männer montierten schwere Teile. Stählerne Gerippe, Skeletten riesiger Wale gleich, wurden mit metallisch schimmernder Haut überzogen. Laserartige Strahlen zischten und schmolzen funkensprühend die Ränder der Platten zusammen. Dabei schossen graue Dämpfe hervor, zerrissen in feine Fahnen und verbreiteten einen beißenden Geruch.

»Wozu ist 674 gut?«, brüllte Jake über das Getöse hinweg.

Ernestus verdrehte die Augen: »Um an Bauposition YK6-Gamma-78 eingesetzt zu werden.«

»Und was hat es dort für eine Funktion?«

Der Fette wendete sich um und schaute zu Jake herauf, als ob er auf ihn hinunter blickte. »Was für eine dumme, dumme Frage! Auf dumme Fragen gibt es keine Antwort. Aber von dir ist nichts anderes zu erwarten.«

»Was soll das heißen?«, brauste Jake auf.

»Wenn du intelligent wärest, hätten sie dich kastriert«, sagte der Entmannte und hob die Nase noch höher.

Darauf konnte sich Jake keinen Reim machen und musste wohl ziemlich idiotisch ausgesehen haben, denn mit befriedigtem Lächeln fuhr der Dicke fort: »Nur so werden die geistigen Fähigkeiten konserviert. Und wenn du welche hättest, wärst du einer von uns.«

»Wer redet euch denn so einen Unsinn ein?«

Nun wurde der Blick des Eunuchen weich, wie der eines Minderbemittelten, dem ein mitleidiger Nachbar einen Schnaps geschenkt hatte. »Das weiß doch jeder. Es ist die Lehre der Meduse, ein Geschenk an die Würdigen. Und nun komm mit! Ich zeig dir, was du tun musst. Und wenn du es vergessen hast, dann zeig ich dir's wieder. Ich bin geduldig.« Er wandte sich zum Gehen.

Jake schüttelte den Kopf. Der Dicke glaubte offensichtlich diesen Unsinn. Schuld an seiner Ignoranz waren die Kleristen. Ihm dämmerte, dass sie Fortpflanzungskontrollen durchführten: Wer nicht dem Zuchtziel entsprach, dem wurden die Genitalien entfernt. Empört dachte er an Gura Limka. Ihr würde er zutrauen, solche Maßnahmen zu verhängen. Und auch ihrer sadistisch veranlagten Vorzimmerdame.

Die Arbeit entwickelte sich anders, als Jake sich das vorgestellt hatte. Die Vorgesetzten behandelten ihn wie einen Trottel, dem sie beibringen mussten, bunte Klötzchen in einen Baukasten zu sortieren. Und Jake bekam immer die gleichen Teile. Nach dem dritten Arbeitsgang verlor er die Geduld. Das war reine Zeitverschwendung. Er wollte lernen, und nicht, wie ein Roboter, immer die gleichen Tätigkeiten ausführen. Wozu hatten sie denn die Maschinen? Sollten die doch diese langweiligen Arbeiten verrichten.

Der Vormann hatte sein Büro nahe dem Haupteingang im Erdgeschoss des quaderförmigen Zentralgebäudes. Entschlossen öffnete Jake die Tür und trat ein. Trockene Luft und der penetrante Geruch von Plastik schlugen ihm entgegen. Vor ihm breitete sich ein Großraumbüro aus, begrenzt nach allen Seiten von wandgroßen Bildschirmen. Auf dem Größten erkannte Jake das Layout der Werft. Bunte Lichter markierten offensichtlich Schiffe, Arbeitsvorgänge und Status. Andere zeigten die Grundrisse einzelner Schiffe. Eine Anzeigetafel, ähnlich den sich immer ändernden Informationstafeln auf Flughäfen, listete Inventar, Verbrauch, Bedarf. Den Raum selbst füllten Inseln monitorbeladener Tische.

»Zum Vormann?«, fragte Jake einen vorübereilenden Angestellten.

Der deutete zur hintersten Ecke, die ein Monstrum von Schreibtisch dominierte.

Schon von weitem erkannte Jake den Mann als einen Eunuchen. Nein, er hatte keine Vorurteile. Bestimmt war der hier ganz nett. Nicht so ein arroganter Pinsel wie dieser Ernestus. Der Vormann schaute auf und musterte Jake einen Moment. »Ach ja! Der Werkstudent. Was kann ich für Sie tun?«

»Ich möchte gerne anspruchsvollere Arbeiten zugeteilt bekommen.«

Der Vormann machte ein väterliches Gesicht. »Sie müssen erst lernen, worum es geht.« Die Kinderstimme des Kastraten spottete seiner massigen Gestalt und klang in Jakes Ohren wie Hohn.

»Entschuldigung. Aber ich habe das Vorschulalter schon überschritten und kann mit mehr als Bauklötzchen spielen«, antwortete Jake.

Der Mann richtete sich zu voller Größe auf und grinste überlegen. »*Ich* weiß, was zu tun ist. *Sie* nicht. Also tun Sie, was ich sage.« Der Eunuch warf einen Blick auf einen der Bildschirme, dann wandte er sein feistes Gesicht Jake zu. »Bauteil 674!«

In Jake schäumte Ärger hoch. »Ich bin doch kein hirnloser Arbeitsroboter.«

Das Grinsen des Anderen wurde noch breiter. »Sie bekommen, was Ihnen zusteht.«

Jake ballte die Fäuste. »Hören Sie einmal zu. Ihren Vorgesetzten wird es gar nicht gefallen, wenn Sie ...«

Der Vormann blies sich auf. »Sie sind ein ungehobelter Querulant. Ich werde Sie entfernen lassen.«

»Was? Meine Eier?«, fuhr Jake ihn an.

»*Das* habe ich nicht zu entscheiden«, sagte der Kastrat und blickte siegessicher grinsend an Jake vorbei, »das tun andere.«

Jake fuhr herum. Ein Klerist, begleitet von drei Robotern, hielt auf ihn zu. Die Adjutoren schwärmten aus, als wollten sie ihn umzingeln. Jake wich zurück und stieß gegen einen Schreibtisch. Sein Blick huschte zur Tür. Den Weg dorthin hatten sie bereits versperrt.

»Kommen Sie mit, Doktor Jake Dexter Forrester«, sagte der Klerist.

Zwei Maschinen postierten sich links und rechts von ihm. Während Jake dem breiten Rücken des bedächtig dahinschreitenden Kleristen folgte, saß ihm der dritte Adjutor im Genick. Der Ärger, der in Jakes Eingeweiden kochte, fror in dem mattglänzenden Korridor zu Eis. Massive Metalltüren in regelmäßigen Abständen riefen in ihm Erinnerungen an einen Besuch der Gefängnisinsel Alcatraz hervor. Seine Schritte hallten hart auf dem metallenen Boden.

Der Klerist schritt in ein quadratisches Zimmer mit kahlen Wänden, setzte sich in seinen Bürosessel und schaute verklärt lächelnd zu Jake auf. Jake schien es, als ob fremde Gedanken durch seinen Kopf surrten. So schnell, dass er sie nicht fassen konnte.

»Sie wollen sich nicht einfügen.«

»Meine Fähigkeiten werden verschwendet.«

»Zu unserem Bedauern setzen Sie sie gar nicht ein. Morgen ist Ruhetag. Melden Sie sich am Eintag bei Gura Limka. Sie ist für Sie zuständig und wird über Ihre weitere Zukunft entscheiden.«

Ein Gleiter brachte Jake vom Gelände. Er starrte durch das Rückfenster auf die Werftanlagen, die in der Ferne schnell kleiner wurden – genau wie seine Hoffnung. Seine Finger gruben sich tief in die weichen Polster seines Sitzes. Heute war Sechstag, der Siebentag war Ruhetag und dann ging es mit dem Eintag wieder los. Sie zählten Wochen wie auf der Erde. Er würde den ganzen Ruhetag warten müssen, bis er erfuhr, was Gura Limka mit ihm vorhatte. Er wandte sich nach vorne und blickte durch die Frontscheibe. Aber Myriam würde ihm die Zeit nicht lang werden lassen. Beim Gedanken an sie begann sich die Verzweiflung, die er in seiner Brust spürte, langsam aufzulösen.

Björn bereitete mit seiner Familie einen Ausflug vor. Jake sollte mitkommen. Björns Einladung war höflich, aber bestimmt.

Unter fröhlichem Geschnatter stiegen all seine Kinder und Kindeskinder in das wartende Matro. Als dann der letzte Erwachsene eingestiegen war, sauste das Gefährt nach Osten. Ansiedlungen wurden seltener, bis die Straße schließlich in einen dschungelartigen Wald eintauchte und sich kurvenreich in die Höhe wand. Am Ende öffnete sich ein Plateau mit einer Aussicht, die Jake den Atem raubte. Wie eine Insel ragte es über den Urwald, der sich wie ein breites Band von Nord nach Süd zog. Im Osten breitete sich eine pittoreske Mondlandschaft mit farbigem Gestein aus, die, langsam ansteigend, in eine majestätische Bergkette mit bizarr zerklüfteten Gipfeln überging. Im Westen reichte der Blick über die weite

Ebene bis zum Horizont, wo leichter Dunst über dem Meer hing. Björn ließ Jake keine Zeit zum Schauen.

»Wandern Sie?«, fragte er mürrisch und zog Jake von Myriam fort.

»Ja, warum?«

»Dann kommen Sie mit.«

»Ich verstehe nicht.«

»Halten Sie den Mund.« Mit steinernem Gesicht marschierte Björn die Straße hinunter. Verwundert lief Jake hinter ihm her. »Wo gehen wir hin?«

»Habe ich Ihnen nicht gesagt, Sie sollen den Mund halten?« Mit zornig verzogenem Gesicht stapfte Björn weiter. Er nahm einen kleinen Weg, der von der Straße abzweigte, und folgte ihm in den dschungelartigen Wald. Jake ließ Björn nicht aus den Augen. Sein Verhalten war, gelinde gesagt, merkwürdig. Ihm behagte auch die Umgebung nicht. Alles war ihm fremd: Pflanzen und Geräusche. Es zischte, quäkte und fiepte überall im dichten Gebüsch. Kein Vogelgezwitscher. Jake zuckte zusammen, als eine gelbschillernde Kreatur vor seiner Nase vorbeiflog. Hatte sie ledrige Flügel? Definitiv einen langen Schwanz wie ein Leguan. Björn verließ den Weg und schlug sich quer in das Gesträuch. Breite Blätter klatschten Jake ins Gesicht. Die Berührung erinnerte ihn an den nassen Tafelschwamm, den Joey ihm einmal ins Gesicht geworfen hatte. Ein braunes Insekt von der Größe einer Eidechse landete Jake auf dem Kopf. Er schlug es mit schneller Bewegung herunter.

Björn lief mal rechts, mal links. Jake schielte nach den Sonnen, um sich die Richtung zu merken, konnte sie aber durch das dichte Laub der Baumkronen nicht sehen. Plötzlich hielt Björn an und wandte sich Jake zu. »Hier können sie uns nicht hören. Trotzdem werden sie bald hier sein. Sie lieben es nicht, wenn man sich selbständig macht.«

»Wer ist *sie*?«

»Sie werden es sicher schon herausbekommen haben: die Kleristen. Und ich will mich auch gar nicht lange mit Ihnen unterhalten. Sie gefährden mit Ihren Moralvorstellungen und Ihrem Freiheitsanspruch meine Myriam! Um Gotteswillen, Jake, legen Sie ein paar andere Frauen flach, machen Sie ein paar Babys und die Kleristen sind zufrieden! Und schnüffeln Sie nicht in deren Angelegenheiten herum!«

Björns Stimme bekam einen drohenden Unterton. »Mir ist es Wurst, ob Ihnen die Kleristen die Eier abschneiden, weil Sie zuchtunfähig sind, aber Myriam wird leiden. Mir ist es auch einerlei, wenn Sie zu den Verschollenen gezählt werden.« Er machte eine Pause. Dann sagte er leise: »Haben Sie eine Ahnung, was hier los ist? Wer den Kleristen zu aufrührerisch wird, den eliminieren sie. Und Sie sind schon verdammt nahe dran!«

Jake schluckte. Aber er war froh, dass Björn endlich auspackte. Jake war klar, dass sie nur wenig Zeit haben würden, bevor irgendein Bewacher auftauchte. Er nahm einen tiefen Atemzug und sah Björn direkt in die Augen. »Verdammt. Was wollen die von mir?«

»Nachwuchs und Arbeit. Die Population ist krankhaft ingezüchtet. Sie braucht regelmäßig eine Genauffrischung. Außerdem verschleißen die Bergwerke und Werften Menschen. Wegen der Strahlung. Männer sind entbehrlich. Frauen kriegen Kinder. Ist das so schwer zu verstehen?«

»Das ist doch grässlich! Wollen Sie mir sagen, Sie haben sich damit abgefunden?«

»Wissen Sie einen Ausweg?« Björns Frage klang eher wie ein Vorwurf, aber Jake ließ sich nicht beirren.

»Ich werde einen finden!«

»Verrecken werden Sie! Und wahrscheinlich ist das das Beste für alle Beteiligten!« Mit verbittertem Gesicht wendete Björn sich ab und stapfte den Weg zurück. Er war noch nicht weit gekommen, als es um sie herum im Unterholz raschelte: »Doktor Jake Dexter Forrester! Björn Svenkerson! Haben Sie sich verirrt?«

Zwei Kleristen brachten sie wieder auf den Weg zum Plateau und ließen sie dann allein.

Zuchtbulle und Arbeitsvieh! Jake lief auf dem kiesigen Weg hinter Björn her. Der hatte sich ins Bockshorn jagen lassen, hatte aufgegeben. Jake schwor sich, einen Weg zu finden, um mit Myriam von hier zu verschwinden. Ihm war klar, dass er ganz auf sich gestellt war. Hilfe bekam er keine. Er kickte einen herabgefallenen Ast von der Straße, dass er in hohem Bogen in den Dschungel flog, wo sich augenblicklich ein vielstimmiges Gekreische erhob, Stimmen, die Jake noch nie in seinem Leben gehört hatte.

Auf dem Plateau setzte er sich auf einen flachen Felsen abseits der Gruppe. Das Lachen der Kinder ging an ihm vorbei und die Schönheit der Landschaft drang nur noch bis zu seiner Netzhaut vor. Dahinter herrschte Chaos. Jake zog die Beine an und stützte den Kopf auf die Knie. Lange dachte er nach, bis er Björn Recht gab: er gefährdete Myriam.

Jake ließ sich zurücksacken und starrte in den Himmel. Es gab nur zwei Wege: Er musste sich einfügen oder sich von Myriam trennen. In seinem Magen breitete sich heißer Schmerz aus. Jake setzte sich wieder auf und heftete seinen Blick auf Myriam, die auf der anderen Seite des Plateaus die Kinder beaufsichtigte. Wenn ihr etwas zustieße? Er musste schlucken. Nein. Er könnte es nicht ertragen. Aber sich einfügen?

›Mach ein paar Kinder.‹ Jake schlug mit der Faust auf den Felsen. Da würde er sich vorkommen wie ein Zuchtbulle! Jake sprang auf. Seine Hände zitterten. Er atmete tief durch – Björn hatte sicher keine andere Wahl gehabt und deshalb getan, was von ihm verlangt wurde. Aber Jake konnte es nicht ertragen. Er wollte nicht gezwungen werden, wollte sich keinem fremden Willen beugen. Aber das war einfach gesagt.

Er begann Björn zu verstehen. Der hatte sich zwischen Roslina und Auflehnung entscheiden müssen. Er wollte Roslina und hatte dafür die Erniedrigung in Kauf genommen.

Darüber war er verbittert geworden.

Es gab kein Gewinnen.

Jake beobachtete Myriam, die zu ihren Geschwistern hinüberging. Er atmete schwer. Sie war hier groß geworden und hatte Familie. Sie würde ohne ihn zurechtkommen.

Am Abend war Myriam aufgedreht und fröhlich. Sie versuchte, Jake zum Strand zu locken. »Lass uns um die Wette schwimmen!« Aber er kam nicht in Schwung. Er hatte eine Entscheidung getroffen.

»Myriam! Hör doch mal zu ... Was bist du denn so aufgekratzt?«

»Ich freue mich einfach. Es war ein schöner Tag mit Paps und den Kindern – und mit dir.«

Ihre Freude nahm Jake den Wind aus den Segeln. Er räusperte sich. »Ich passe hier nicht rein.«

»Doch. Du passt ganz prima rein. Alle mögen dich.«

»Ich meine die Kleristen und die Stadt.«

»Ach, Jake, sei doch nicht so umständlich. Bleib einfach in Lundsiel. Hier ist es sowieso viel schöner.«

»Ich befürchte, ich werde Ärger mit den Kleristen bekommen und da will ich dich nicht mit hineinziehen.«

Myriam machte eine wegwerfende Handbewegung. »Ach was! Jeder hat das eine oder andere Mal mit den Kleristen zu tun gehabt. Paps auch. Das ist alles nicht so schlimm. Schau, er ist immer noch mit Mama zusammen. Das können wir auch.«

»Und wenn es richtig Ärger gibt? Ich würde mir ewig Vorwürfe machen, wenn dir ein Leid geschähe.«

Sie setzte sich neben ihn und strich langsam mit ihren Fingerspitzen seine Magengrube hinauf über das Brustbein bis zu seinem Kinn. »Das ist aber lieb von dir. Keiner hat mir jemals so etwas Schönes gesagt.«

»Myriam.« Jake nahm ihre Hand und strich mit seinen Lippen sanft darüber. »Ich wünschte, ich könnte dir immer nur schöne Dinge sagen. Aber ich habe das Gefühl, dass es gefährlich wird.«

Sie zog ihre Hand zurück, wandte sich ab und schwieg für einen Moment. Als sie sich umdrehte, hatte sich ihr Gesichtsausdruck verändert. Die Sorglosigkeit war verschwunden und einem ernsten Blick gewichen. Es war verblüffend, wie sehr sie mit einem Mal ihrem Vater ähnelte.

»Ich weiß«, flüsterte sie.

Jake stand auf, ging zu ihr und ließ seine Finger durch ihr weiches Haar gleiten. »Ich muss Dinge tun, die dir nicht gefallen werden.«

Myriams Daumen strich sachte über seinen Handrücken. Es schien, als wäge sie jedes Wort sorgsam ab. »Ich liebe dich, Jake. Ich liebe dich, weil du anders bist, als die Männer, die hier leben.« Sie ließ seine Hand los und legte ihre auf seine Brust. »Ich spüre seit Jahren, dass da mehr sein muss. Ich weiß nicht, was es ist, aber da muss einfach mehr sein. Deshalb habe ich mich für die Reise gemeldet.« Sie blickte ihm in die Augen und lächelte. »Und dann habe ich dich getroffen.«

Sie schloss die Augen und legte die Stirn an seine Schulter. »Gemeinsam schaffen wir das. Ich lasse dich nicht allein.«

Wortlos drückte Jake sie an sich.

13

Quälende Gedanken wälzten sich durch Jakes Kopf, als er in Gura Limkas Vorzimmer wartete. Die Empfangsdame grinste hämisch. Sie schien sich zu freuen, dass er seinen Job auf der Werft verloren hatte! Dabei hatte er so viel Hoffnung in diese Arbeit gesetzt. Zugegeben, die Tätigkeiten waren idiotisch. Aber mit der Zeit hätte er sich bestimmt zu privilegierten Positionen hocharbeiten können, zu mehr Wissen und Technologie. Er hatte es vergeigt.

»Sie dürfen jetzt reingehen.«

Gura Limka stand mit zufriedenem Lächeln vor ihrem Tisch und sah Jake geradewegs in die Augen. Erstaunt blieb er stehen.

»Herzlichen Glückwunsch!«

»Wozu?«

Sie wandte sich ab und schritt zum Fenster. Versonnen schaute sie hinaus. Ruckartig drehte sie sich wieder um: »Wir haben unsere Pläne geändert und werden Sie anders einsetzen.«

Jake erschrak. »Ich würde gerne meine Arbeit fortsetzen.«

»Das können Sie. Wir haben eingesehen, dass wir Ihre Fähigkeiten nicht ausschöpfen.« Sie warf ihm einen vorwurfsvollen Blick zu. »Auch wenn Sie uns noch nicht alle davon zur Verfügung stellen wollen.« Langsam kam sie auf Jake zu. »Trotzdem. Wir werden Sie zum Vormann machen. Bis Sie sich eingearbeitet haben, sind sie Gustu Balran unterstellt.«

Dicht vor ihm blieb sie stehen und lächelte betörend.

»Darf ich Sie zur Feier Ihrer Beförderung zu einem Drink einladen? Nach dem Dienst?«

Der unerwartete Gesinnungswandel verwirrte Jake. Aber Gura Limka war der Chef. Welche Vorgesetzten sie hatte, konnte er sich nicht ausmalen, sie erschien sehr selbständig in ihren Entscheidungen. Sie musste eine hohe Position innehaben. »Es würde mich sehr freuen«, antwortete er höflich.

Am Abend holte ihn Gura Limka von der Arbeit ab. Sie trug ein blaugrünes Wickelgewand im Farbton ihrer Augen und sah darin atemberaubend aus. »Wollen wir?«

Der Gleiter brachte sie zu einem kleinen Terrassen-Café in den nördlichen Bergen. Sie fanden einen freien Tisch direkt am Panoramafenster. Gedankenverloren schaute Jake hinaus. Die Vorberge verdeckten die Werften und Hafenanlagen im Westen, ließen aber den Blick auf den fernen Strand und das Meer offen. Die beiden Sonnen standen so dicht beisammen, dass sie sich zu berühren schienen. Sie sanken gemächlich dem Meer zu.

»Aro küsst Irm«, sagte Gura Limka genießerisch.

Jake musste an Myriam denken.

»Bald beginnt die rote Jahreszeit«, fuhr Gura Limka fort. »Irm wird Aro verdecken. Dann wird es kalt.«

»Wie bei uns im Winter.«

Sie sah ihm einen Augenblick verständnislos an und bestellte Getränke.

»Ich heiße Estelle«, sagte sie und prostete ihm zu.

Das verblüffte ihn.

»Du darfst jetzt Du zu mir sagen. Aber nur hier draußen. Mit der Aufnahme in den Kleristenstand wurde mir der Name Gura Limka verliehen. Und genau so wirst du mich dienstlich weiterhin ansprechen.«

Jake nickte. »Sehr angenehm, Estelle.«

Sie lachte. »So hat mich schon lange keiner mehr genannt. Muts hat mich Stella gerufen.«

Sie sah Jake in die Augen, doch machte sie keine Anstalten sich aufzudrängen. Jake entspannte sich.

»Wenn du willst, darfst auch du mich Stella nennen.«

Sie zwinkerte ihm mit einem verschmitzten Lächeln zu.

Der Kontrast zur dienstlichen Gura Limka faszinierte ihn. Er prostete ihr zu. »Stella.«

Sie hob ihr Glas. »Ich wollte Dich gar nicht lange aufhalten. Du bist ein interessanter Mensch. Ich würde mich wirklich sehr freuen, wenn wir gelegentlich Gemeinsames unternehmen könnten. Wanderst du gerne?«

Jake zog die Stirn kraus. Die Wildnis war frei von Mikrophonen. Vielleicht wollte sie ihm etwas mitteilen? Etwas, das niemand anderes hören sollte? »Es würde mich sehr freuen.«

»Abgemacht!« Sie trank ihr Glas leer. »Dann machen wir einen kleinen Ausflug. Am Fünftag ist es bei mir am besten.«

Als sie das Lokal verließen, sahen ihnen die Gäste verstohlen nach. Trotz ziviler Kleidung war Gura Limka durch ihren kahlgeschorenen Kopf weithin als Kleristina erkennbar. In einer Ecke bemerkte Jake auch einige Eunuchen, die die Köpfe zusammensteckten und tuschelten.

Jakes neuer Vorgesetzter war ein Klerist, Gustu Balran. Er hielt Jake offensichtlich nicht für einen Idioten. Jake konnte sich von ihm immer komplexere Aufgaben geben lassen. Das gefiel den Eunuchen nicht. Sie mieden Jake.

Der Weg zum nächsten Auftrag führte Jake an den Trockendocks vorbei. Dort lagen die stromlinienförmig gestreckten Schiffe mit ihren merkwürdigen Ausläufern. Mit so einem Gefährt waren Pedro und er angekommen. Aber eins verwirrte ihn gewaltig: Nirgends sah man sie fliegen, starten oder landen. Jake schritt gedankenverloren weiter. Er kam zu dem Schluss, dass der Raumhafen auf einem anderen Kontinent liegen musste.

Bauteil OJF56832Rho hatte eine gewisse Ähnlichkeit mit einem Bildschirm. Jake drehte und wendete das Gerät, konnte aber keine elektrischen Verbindungen finden. Keine Stecker, keine Buchsen, keine Drähte. Löcher und Nippel verbanden es mit anderen Teilen der Konsole. Was außer Strom konnte noch zum Informations- oder Energietransfer benutzt werden? Jake kratzte sich am Kopf. Licht fiel ihm ein und Elektrolyte.

Über ihm klapperte es im Gewirr der Träger.

Jake fuhr aus seinen Gedanken und nestelte das Teil in die Konsole. Trödelei wurde nicht toleriert.

Oben flüsterte jemand.

Jake warf einen kurzen Blick hinauf, konnte aber niemanden sehen.

Er verband die Anschlüsse. Die Kontrollen an seinem Messgerät blinkten. Gut! Jetzt musste er nur noch justieren und den Angleich programmieren.

Genau über ihm schlug etwas Schweres an einen Metallträger.

Erschrocken sah er auf. Dann ging es rasend schnell. Zwei Schatten verschwanden hinter einer halb fertigen Deckenverkleidung und etwas Großes fiel auf Jake herab.

14

Jake erwachte in gedämpftem Licht. Über sich erblickte er eine Art Operationslampe. Sie war ausgeschaltet. Seinen nackten Körper bedeckte eine Decke – warm und weich, wie die Haut eines Menschen. Erschrocken fuhr er auf. War er wieder auf dem Schiff?

Es war still. Kein Summen. Erleichtert ließ er sich in die Kissen sinken.

Das Zischen einer Tür schreckte ihn auf. Gura Limka trat ein, flankiert von zwei Robotern.

»Was ist passiert?« Die Worte kamen nur langsam. Seine Zunge war schwer.

»Ein Unfall.« Ihre Augen verengten sich. »Wir haben uns darum gekümmert.«

Jake sah an seinem Körper herunter. Keine Verletzungen, keine Narben. »Es war wohl nicht so schlimm gewesen.«

Gura Limka ließ ihren Blick mit wohlgefälligem Lächeln über Jake gleiten. »Ohne die Adjutoren wären Sie tot.«

Jake sah sie entsetzt an. »Wollen Sie damit sagen, die Blechdosen haben mich operiert?«

»Die Adjutoren haben Sie ins Reich der Meduse genommen und einen Siebentag später wiedergebracht.«

Jake starrte sie bestürzt an. »Eine Woche im Krankenhaus! Was ist mit Myriam?«

»Sie wurde unterrichtet.«

»Wann kann ich zu ihr?«

»Sofort, wenn Sie wollen.«

Jake schüttelte verwundert den Kopf. Irgendwie kam ihm das alles unwirklich vor. Er zog sich an und verließ das Krankenzimmer.

Kaum stieg Jake vor dem Haus Lila-Neun aus dem Gleiter, öffnete sich die Haustür. Myriam rannte ihm mit fliegenden Haaren entgegen. »Ich bin so froh, dass du wieder hier bist.«

Sie warf Jake mit ihrem Schwung fast aus dem Gleichgewicht.

»Hey! Hey!« Jake nahm sie in die Arme und drückte sie fest an sich. »Du hast dir wohl Sorgen gemacht, Kleines.«

»Ach wo. Es war doch nur ein Unfall.«

»Nur ein Unfall?« Jake betrachtete mit skeptischer Miene seine Hand und bewegte die Finger. »Die Adjutoren haben mich operiert.«

Myriam schob ihn ins Haus. »Unsinn, Jake, die Meduse hat dich geheilt. Das tut sie immer.«

Mit einer kecken Bewegung warf sie ihr Haar nach hinten, öffnete seine Robe und begutachtete ihn dann mit einer gewissen Skepsis. Da waren tatsächlich keine Narben, keine Hämatome, keinerlei Hinweis auf Verletzungen. Jake strich ihr liebevoll über die Wange, auch wenn sie es nicht zugab, sie hatte sich doch ein wenig Sorgen gemacht.

Aber wie schwer war er wirklich verletzt gewesen?

Sie hatten ihn schon einmal aus einer fast aussichtslosen Lage gerettet und wieder zusammengeflickt. Auf dem Schiff. Selbst schwere Fälle schienen für die Medizintechnologie auf Nitsituaan kein größeres Problem zu sein, was an Myriams Reaktion unschwer zu erkennen war.

Sie lockte ihn mit geheimnisvollem Lächeln ins Wohnzimmer. »Da wartet eine Willkommensüberraschung.«

Jake blieb wie angewurzelt stehen. Eine mit zarten Blüten dekorierte Tischdecke lag über dem Esstisch. Neben den zwei Gedecken funkelte silberglänzendes Besteck im flackernden Schein dreier Kerzen. Aus den Porzellanterrinen stieg der Duft feiner Gewürze. Auf einer flachen Schale in der Mitte lag ein Fächer von Bratenscheiben auf hellgrünen Salatblättern. Ein Festmahl.

Jake nahm Myriams Hand und drückte sie leise.

Am folgenden Tag sah Jake weder den Vormann noch Ernestus. Das kam ihm verdächtig vor. Er wandte sich an den nächstbesten Arbeiter, ein Mann mit Muskeln wie ein Ochse. »Haben die Beiden Urlaub?«

Der zog den Kopf in den Nacken und blickte ängstlich um sich. »Sie sind seit einem Siebentag verschollen«, flüsterte er.

Jake starrte den Mann an. Er wollte glauben, die Beiden seien krank – oder versetzt worden. Doch spürte er die Wahrheit: Man hatte sie eliminiert. Jakes Knie wurden weich. Sie waren Arbeitskollegen gewesen. Wenn auch ungeliebte. Jake nahm die Welt nur noch wie durch einen Schleier wahr. Er wischte sich über die Augen. Hier gab es kein Recht, keine Hilfe. Und er könnte der Nächste sein! Hitze schoss durch seinen Körper. Björn hatte ihn gewarnt. Jetzt sah er ihn deutlich vor sich, den Drachen der sich drohend erhob. Er trug die rote Robe der Kleristen. Wer nicht gehorchte, wurde umgebracht.

Bestürzt sah er sich um. Alles ging seinen geregelten Gang. Niemanden kümmerte das Fehlen der Beiden. Jake stolperte benommen ins Auftragsbüro. Auf den Plätzen der Verschollenen saßen zufrieden grinsend zwei neue Eunuchen. Einer erblickte Jake. Sein Grinsen erstarrte. »Ist dir nicht gut?«

Jake schaute an ihm vorbei auf Gustu Balran. Distanziert und mit entrücktem Blick, so saß er an seinem Schreibtisch, als könnte er kein Wässerchen trüben. Hatte er den Todesbefehl gegeben? Jakes Hände zitterten.

Der Klerist blickte auf und lächelte abwesend.

Jake trieb es den Schweiß auf die Stirn. Würde der Mann genauso gefühllos lächelnd auch über sein Leben entscheiden?

»Die heutigen Arbeitsanweisungen habe ich auf Ihr Datcom geschickt«, säuselte er.

Jake nickte und ging.

Sein Auftrag führte ihn tief ins Innere eines Schiffsrohbaus. Vor dem nur kniehohen Zugang blieb er verdutzt stehen. Hier sollte er die bildschirmähnliche Einheit einbauen? Er rief seine Anweisungen noch einmal mit seinem Datcom auf. Kein Zweifel.

Auf Ellenbogen und Knien krabbelte er in den winzigen Raum. Daumennagelgroße Anzeigeinstrumente und Monitore überzogen die Wände. Zusammengekauert suchte er die Stelle, wo er das Gerät von der Größe seiner Handfläche einbauen sollte. Jake stieß sich den Kopf und zuckte zurück. Dabei schlug er sich den Ellenbogen an. Er fluchte. Mit gekrümmten Rücken versuchte er eine Position zu finden, in der er halbwegs Bewegungsfreiheit zum Arbeiten hatte. Dazu musste er die Beine um die drei tellergroßen Steuerfelder mit seltsamen Knöpfen und Hebeln legen, die sich wie bizarre Beulen aus dem Boden erhoben. In den Wandkonsolen darüber klafften nur noch wenige Lücken. Behutsam setzte er das Instrument an seinem vorgesehenen Platz ein. Ihm fiel auf, dass das Gerät dreimal vorhanden war. Genau wie die anderen auch. Die Redundanz zeugte von ihrer Wichtigkeit und erinnerte an ein Flugzeugcockpit. Aber wer um alles in der Welt sollte von hier aus steuern? Es gab ja noch nicht einmal Sitze. Jakes Blick verweilte neugierig auf einem displayähnlichen Gerät – wozu mochte es dienen? Er betastete die glatte, kunststoffähnliche Oberfläche. Wie schaltete man es ein?

Das Sirren eines Roboters im Gang schreckte ihn auf. Die Maschinen kamen zu den ungelegensten Zeiten. Jake beendete in aller Eile die letzte vorgeschriebene Messung seines Arbeitsprogramms. Kaum hatte er das Ergebnis, stand der Blechmann vor der Tür. Jake drückte sich an die Wand. Er konnte sich nicht daran gewöhnen, wie die Roboter mit ihren schlauchförmigen Armen seine Arbeit begutachteten. Hunderte von ihnen wuselten auf der Werft herum, und immer wenn sie in seine Nähe kamen, glaubte er fremde Gedanken in seinem Schädel zu spüren, unscharf und nebulös, als höre er sie durch Ohrenstöpsel.

»Die Hydroimpulsleitung Kappa Neun Vier Drei ist blockiert«, schnarrte der Adjutor.

Jake hatte sich damit abgefunden, dass die Roboter sprachen und Anweisungen gaben, aber immer wenn einer direkt neben ihm stand und redete, liefen die Worte der Maschine parallel durch seinen Kopf. Zwei Stimmen, eine im Ohr, die andere im Geist. Das war nicht nur nervig, sondern bereitete Jake Sorge. Er vermutete, dass ihre Schaltkreise die Sprache auf einer Energiefrequenz erzeugten, die das Gehirn beeinflusste. Wahrscheinlich war es das, was er damals im Metrodom vernommen hatte. Da waren ja genügend von den Blechmännern herumgeschwirrt. Aber keiner seiner Arbeitskollegen klagte über solche Symptome. Jake musste wohl besonders empfänglich sein. Jedenfalls sah er die Dinger lieber aus der Ferne – wenn überhaupt. Er beeilte sich, die Leitung gängig zu machen.

Sehr schön, hörte er in seinem Kopf, aber der Roboter sagte nichts.

Jeden Dreitag Abend trafen sich Jake und Pedro zum Ringen. Anfangs sahen ihnen Leute zu, inzwischen zollte ihnen keiner mehr Aufmerksamkeit.

»Weicheier«, kommentierte Pedro. »Du schaust ihnen in die Augen und sie verkriechen sich wie geprügelte Hunde. Ich habe hier bisher noch keinen Mann getroffen!«

»Und ich?« Jake warf ihn mit einem Hüftschwung krachend zu Boden. Pedro bekam seine Muskelmasse einfach nicht schnell genug in Bewegung und Jake nutzte jeden Vorteil. Er warf sich auf den Überraschten und hielt ihn mit aller Kraft am Boden. Sogleich spürte er Pedros Arm nach seinem Kopf angeln. Geschwind wand er sich außer Reichweite.

Pedro lachte. »Genug für heute.«

Keuchend streckte ihm Jake die Hand entgegen.

Pedro griff zu und ließ sich beim Aufstehen helfen. Er klopfte Jake auf die Schulter: »Lass uns einen trinken gehen.«

Das Lokal im orangen Distrikt war zum Platzen voll und der Duft schweren Parfüms lag in der Luft. Auf einer Bühne tanzten Frauen zur wilden Musik einer Live-Band. Ihre Kleider flogen und die Schenkel zuckten. Die meisten Männer trugen enganliegende Jacken und Hosen, dazu derbe Stiefel, wie sie für Bergarbeiter typisch waren.

Pedro bestellte Omlukula und steuerte durch das Gedränge auf einem freien Tisch zu.

»Pedro!« Die Menge teilte sich und Grimper wankte mit halbleerem Glas herbei.

»Er feiert.« Pedro deutete lachend auf den Mann. »Nach dem Erdbeben neulich haben wir eine neue Lithanium-Ader gefunden. Er hat einen fetten Bonus bekommen. Guter Mann!«

Lithanium. Jake legte die Stirn in Falten. Er hatte noch nie davon gehört.

Grimper glotzte Jake an, sichtlich bemüht, ihn in den Fokus zu bekommen. »Dich kenn ich doch auch«, sagte er mit schwerer Zunge. »Ach ja! Wie war der Test?«

»Ich studiere und arbeite auf der Werft.«

»Studieren!« Grimper blies durch die Nase. »Keine Muckis, was?«

Pedro plusterte sich auf. »Das sieht nur so aus, Grimper. Ich krieg ihn nicht runter. Und er ist sehr schlau.«

Grimper schwankte und stierte Jake an. »Wenn du klug bist, zeigst du es nicht«, lallte er.

»Guten Abend, Jake«, schnurrte eine rauchige Stimme hinter ihnen.

Jake fuhr auf seinem Hocker herum. Gura Limka! Mit einem türkisgrünen Überwurf und gleichfarbigen Pluderhosen bekleidet, schlängelte sie auf ihn zu. Neben ihm blieb sie stehen. Er konnte den seidigen Stoff auf der Haut seines Armes spüren – und die Wärme ihres Körpers. Höflich erhob er sich von seinem Platz.

»Ich will nicht lange stören«, sagte sie und schenkte ihm ein betörendes Lächeln. »Gehen wir übermorgen wandern?«

Er nickte.

»Gut. Allerseits noch einen schönen Abend«, säuselte sie und verschwand wieder in der Menge. Grimper starrte mit zusammengekniffenen Augen ihrem kahlen Schädel hinterher und wirkte mit einem Schlag nüchtern.

Pedro schaute ihr bewundernd nach. »So eine kennst du?«

»Meine Vorgesetzte«, antwortete Jake und grinste.

Grimper warf Jake einen misstrauischen Blick zu.

Pedro reckte den Hals. »Hättest du sie mir nicht wenigstens vorstellen können? Hey, Grimper, ist das nicht ein heißes Gerät?«

»Ich muss jetzt gehen«, sagte der barsch und stapfte davon.

»Was hat er nur?«, wunderte sich Pedro. »Er schaut doch sonst allen Frauen nach.«

Er kann Kleristen nicht leiden, dachte Jake. Er konnte es ihm nicht verübeln.

Am Morgen fand sich Jake zur verabredeten Wanderung in Gura Limkas Büro ein. Sie bot einen ungewöhnlichen Anblick, denn sie hatte Bergarbeiterkleidung angelegt. An ihr wirkten die derbe Jacke, die grob gewirkte Hose und die klobigen Stiefel wie Designerklamotten.

Sie grinste und Jake bemerkte, dass er sie die ganze Zeit angestarrt hatte. »Nettes Outfit«, kommentierte er, um zumindest irgendetwas zu sagen. »Zweckmäßig.«

»Ich habe Ihnen die gleichen Sachen besorgt. Wo haben Sie eigentlich diese entsetzliche Beule am Kopf her? Waren Sie wieder frech?« Sie trat heran und befühlte die Anschwellung vorsichtig. »Sie sollten sich im Krankentrakt melden.«

»Unsinn. Wegen so einer Lappalie. Aber die Räume in diesen Schiffen sind so eng, dass ich mich darin kaum rühren kann. Wer fährt denn damit? Zwerge?«

Gura Limka schien erstaunt. »Was sind Zwerge?«

Jake schaute sie von der Seite an. Machte sie sich über ihn lustig oder wollte sie nichts sagen? Nicht hier.

Er zuckte mit den Achseln und sah sich nach einem Nebenraum um, einem Sichtschutz. Es gab keinen. Das hatte ihm gerade noch gefehlt, sich vor der Frau umzuziehen.

Sie schien seine Verlegenheit zu genießen. »Fehlt etwas?«

»Privatsphäre. Aber die gibt es hier ja nicht.« Jake setzte sein Pokerface auf und wechselte gespielt lässig die Kleidung. Ihr anzügliches Lächeln ignorierte er. In erster Linie war sie eine Kleristina und obendrein sein Boss.

Wenig später saßen sie im Gleiter. Durch hügeliges, mit Wald und Büschen bedecktes Land fuhren sie Richtung Berge.

Hin und wieder tauchten qualmende Schlote in der Ferne auf.

»Lithanium?«

Sie beugte sich über ihn und folgte seinem Blick. »Ist das alles, was dich interessiert?«

Er rückte aus der Reichweite ihres Busens. »Ich habe in den Lernprogrammen nichts Wesentliches darüber gefunden.«

Sie ließ sich nicht abschütteln. »Ich denke, du weißt alles, was du brauchst«, schnurrte sie.

»Der Lehrstoff ist ein absoluter Witz!«

Sie sah ihn mit kalten Augen an. »Du bist ganz schön arrogant. Aber wenn du es besser weißt, kannst du ein neues Modul schreiben. Sollte es der Prüfung durch die Obrigkeit standhalten, wird es ins Lernprogramm aufgenommen und du bekommst Extrakredits.«

Jake spitzte die Ohren. »Wie kann ich an diese Oberhoheit herankommen?«

Sie lächelte verführerisch. »Aber Jake, lass uns heute den schönen Tag genießen.«

Er lehnte sich in die Polster. Wieder stocherte er im Nebel und Gura Limka mauerte.

Sie legte sanft ihre Hand auf seine. »Vertraue mir.«

Am Fuß eines Bergstocks stiegen sie aus.

»Ich war oft mit meinem Vater hier.« Gura Limka rahmte mit einer ausladenden Armbewegung das Bergpanorama ein und schaute Jake erwartungsvoll an. Sie wirkte hier draußen so gelöst und unbeschwert, als hätte sie das Amt der Kleristina im Fahrzeug gelassen. Seine Anspannung löste sich, aber sein Misstrauen blieb. »Warum hast du mich eingeladen?«

Gura Limka deutete auf einen steilen Vorberg. »Mein Vater hat mir einen verborgenen Pfad zu dem Gipfel dort oben gezeigt. Ich war schon lange nicht mehr hier.« Sie verließ die Straße und schob sich durch das Unterholz. Jake drückte Blätter und Zweige von Bäumen beiseite, die ihn an Schachtelhalme, Palmen und Bambus erinnerten. Und Orchideen. Nur viel größer. An manchen hingen dicke Tautropfen. Die schwüle Luft brachte den Geruch exotischer Blüten und faulenden Holzes. Ringsum kreischten Tiere im Dickicht. Ihre Stimmen waren ihm fremd und er konnte sich keine Vorstellung von ihrem Aussehen machen.

Unvermittelt blieb Gura Limka stehen und wandte sich um.

»Alleine macht das alles keinen Spaß.« Ihre Augen wurden eigenartig leer und Jake hatte das Gefühl, dass sie ein sehr einsamer Mensch war. Er dachte an das Gros der tranig dreinschauenden Kleristen. Mit denen würde er ungern in einem Raum arbeiten wollen, geschweige denn seine Freizeit verbringen. »Du bist anders«, sagte er.

»Das merken die noch nicht einmal. Niemand hat es je wahrgenommen.« Sie trat einen Schritt näher und sah Jake tief in die Augen. »Nur du.«

Ihre plötzliche Vertraulichkeit alarmierte Jake. Was wollte sie auf einmal? Sie war der Boss – eiskalt, wenn es um ihre Interessen ging. Er zweifelte nicht daran, dass sie ohne mit der Wimper zu zucken den Befehl zur Eliminierung von tausend Menschen geben würde. Auch der seinen. Oder sollte sie sich etwa in ihn verliebt haben? Unmöglich. Bei einer Frau wie ihr konnte er sich das nicht vorstellen. »Was willst du mir damit sagen?«

Sie drehte sich brüsk um und marschierte weiter durch den Dschungel. An einem schmalen Bachlauf hielt sie an. »Du bist komisch, Jake. Warum willst du dich nicht einfügen? Es bringt dir doch nur Vorteile. Außerdem – ich kann dir helfen.«

Helfen! Egal wie er es drehte, jedes unbedachte Wort, jedes Gespräch mit Gura Limka war ein Risiko. Aber hier draußen konnten zumindest die allgegenwärtigen Bewacher nicht mithören. Jake holte tief Luft. »Ich würde mir gerne eure Raumschiffe ansehen.«

Gura Limka erstarrte. »Du bist geistesgestört!«

»So wirst du mich eliminieren müssen.«

Zornesröte schoss ihr ins Gesicht, sie drehte sich um und machte einen Satz ins knöchelhohe Wasser, das nach allen Seiten spritzte. »Ich muss gar nichts. Die Meduse kann mich zu nichts zwingen!«

»Die Meduse.« Jake verdrehte die Augen. »Spricht sie wirklich zu euch?«

Gura Limka blieb am anderen Ufer stehen und sah Jake mit ernstem Gesichtsausdruck an. »Sie tut es, Jake.«

Er schüttelte ungläubig den Kopf. »Wie? Wie geht das?«

Gura Limka hob den Kopf. »Eine innere Stimme. Sie ist immer bei mir.«

»Und du gehorchst?«

»Das ist unsere Pflicht.« Sie senkte die Augen. Aber Jake sah keine Demut darin. »Ich habe das Gefühl, nicht so recht zu den Kleristen zu passen. Es gibt dort niemanden, mit dem ich reden könnte.«

Jake stapfte durch den kiesigen Bach auf die andere Seite, wo Gura Limka wartete.

Sie wandte sich ab und ging weiter.

Eine Zeitlang schwiegen sie.

Miteinander reden – wie sehr wünschte sich Jake, endlich jemanden zu finden, mit dem er sich freien Herzens austauschen konnte. Aber das setzte Vertrauen voraus. Und auf einem Planeten, wo jeder Schritt überwacht, jedes Wort kontrolliert wurde, konnte nur vertrauen, wer entweder über jedes Risiko erhaben oder völlig naiv war.

Unwillkürlich dachte Jake an Myriam. Ihre Unbefangenheit. Ihre Geradlinigkeit. Und dass er ihr vertraute – ohne Wenn und Aber. Doch sie verstand ihn nicht. Wie sollte sie auch. Sie hatte von ihrem Vater gelernt, sich anzupassen, Situationen zu nutzen und nicht dagegen aufzubegehren. Sie war zu ... Ein zurückschnellender Zweig traf ihn ins Gesicht und schreckte ihn aus seinen Gedanken. Er blickte sich um. »Warum folgen uns eigentlich keine Kleristen?«

»Ich bin eine«, lächelte Gura Limka.

»Und alles, was ich sage, geht an die Zentrale.«

Sie warf Jake einen Seitenblick zu, als ob er nicht ganz bei sich wäre, antwortete aber nicht. Sie hatte ihre Geheimnisse. Auch vor den Kleristen.

Das letzte Stück war steil und Jake musste sich an ledrigen Sträuchern festhalten, um nicht abzurutschen. Auf einem kleinen Plateau angekommen, ließ er sich schnaufend auf einem Felsen nieder. Das Land rollte sich vor ihnen aus, bis es am Horizont im Dunst versank.

»Ich habe hier noch keine Landwirtschaft gesehen«, sagte Jake. »Keine Felder, kein Vieh.«

»Alles, was wir brauchen, bringen uns die Adjutoren mit den Schiffen aus dem Land der Meduse.«

»Und wer baut die Adjutoren?«, setzte er nach.

Gura Limka zuckte die Achseln. »Warum fragst du?«

»Weil es nicht normal ist. Dinge kommen nicht einfach aus dem Land der Götter. Sie müssen irgendwo hergestellt werden.«

Gura Limka setzte sich dicht neben ihn. Ihr Blick schweifte über den Horizont. »Aber hier war es immer so: Wir sind die Kinder der Meduse und bauen ihre Schiffe. Dafür gibt sie uns Nahrung, Kleidung, Behausung und alles, was wir sonst noch brauchen. Was willst du mehr?«

»Selbstbestimmung«, antwortete er.

Jake fand Myriam im Haus ihres Vaters.

Björn trat ihm in den Weg. »Sie haben sich mit den Kleristen angefreundet?« Er ließ seinen Blick misstrauisch über Jake wandern. »Sie sind entweder klüger als ich dachte, oder ein absoluter Schwachkopf.«

»Paps, du bist heute unausstehlich, darum lasse ich dich jetzt allein! Komm mit, Jake.«

Myriam hängte sich bei Jake ein. Sie gingen in den Garten hinaus. Sanft schmiegte sie sich an seine Seite. »Du kannst dich schon mit der Kleristina treffen, solange du wieder zu mir nach Hause kommst«, flüsterte sie.

Jake blieb abrupt stehen. »Ich hab nichts mit ihr!«

Sie schlug die Augen nieder. »Pflicht ist Pflicht, hat Paps immer gesagt.«

»Ich lasse mich zu sowas nicht verpflichten! Oder willst du, dass ich diese Pflicht tue?«

Myriam sah ihn gequält an und schwieg.

15

Njamingloh strotzte vor Elektronik, aber nirgendwo fand Jake eine Antwort, wie sie funktionierte.

»Du musst sagen, was du essen willst, dann kommt es aus der Maschine«, sagte jeder, den er fragte.

»Aber wie macht sie es?«

An dieser Stelle wurde Jake immer angeglotzt wie ein Idiot. »Na, wenn du es sagst, dann kommt es raus.«

»Aber was ist *in* der Maschine, dass sie es tut?«

»Essen.«

»Nein. Ich meine, wie macht sie das?«

Myriam wusste es nicht. Björn wusste es nicht. Gura Limka sah ihn befremdet an und dozierte aus ihren Lehren, welche der Rest der Bevölkerung blind glaubte: Es war das Geschenk der Meduse.

So musste Jake selbst sehen, wie er hinter die Technologie kam. Ohne dieses Wissen, das war ihm klar, würde er bis ans Ende seiner Tage in Njamingloh festsitzen. Er versuchte, alles zu zerlegen, was ihm in die Finger kam. Erfolglos. Selbst die Haushaltsgeräte blieben ihm ein Rätsel: Er bekam die Dinger einfach nicht auf. Nur einmal gelang es ihm, eine Lampe zu zerstören. Zu seinem Erstaunen lief Wasser heraus. Im Inneren fand er weder Birnen, LEDs noch irgendwelche elektrischen Kontakte. Das deutete auf eine komplett andere Technologie. Aber welche? Nachdenklich ging er zu Myriam auf die Terrasse.

Der kühle Nachtwind spielte mit ihrem Haar. »Ich habe immer ein bisschen Angst, wenn du so wild bist«, gestand sie.

Jake seufzte. Sie konnte seine Fragen nicht nachvollziehen. Aber ihre unschuldige Art rührte ihn. Irgendwie wirkte sie zerbrechlich, auch wenn sie bisweilen sehr resolut sein konnte – vor allem, wenn sie ihrem Vater widersprach. Zärtlich legte er seinen Arm um ihre schmalen Schultern und streichelte mit den Fingerspitzen über die samtweiche Haut ihres Armes.

Sie schmiegte sich an und schaute aufs nächtliche Meer. »Es leuchtet heute Abend so schön«, flüsterte sie so leise, als wollte sie die Ruhe nicht stören.

Jake drückte sie ein wenig fester an sich und folgte ihrem Blick. Wieder diese Biolumineszenz! »Vielleicht ist das auch in den Lampen«, murmelte er.

»Was redest du für ein Zeug?«

»Ich habe da eine Idee bekommen.«

»Ich auch«, sagte sie und wandte sich Richtung Schlafzimmer.

Später lag Jake noch lange wach, während sie im Schlaf leise atmete. Das Geheimnis der fremden Technologie ließ ihn nicht zur Ruhe kommen. Seine Gedanken kreisten um die Werft. Dort gab es jede Menge Maschinen, die Kraft genug entwickelten, kleine Geräte und Apparaturen zu knacken. Aber was würde die Strafe für vorsätzliche Zerstörung sein? Er musste es unauffällig tun, es wie einen Unfall aussehen lassen.

Es war betriebsam auf der Werft. Es roch nach Meer und Arbeit. *AZ5629LOF*, eines der größeren Schiffe, war fast fertiggestellt und sollte bald auslaufen. Jake bekam den Auftrag, die Kontrollen zu justieren. Er warf einen Blick auf den Multisynchronizer in seiner Hand und betrachtete das komplexe Display. Alle möglichen Funktionen konnten mit dem schuhgroßen Gerät geprüft und eingestellt werden. Noch schliefen die bunten Leuchtanzeigen und Monitore. Er freute sich auf seine Arbeit, denn sie erforderte Präzision, was seine Fähigkeiten einigermaßen in Anspruch nahm.

Sein Weg zum Pier brachte ihn an den Trockendocks vorbei, wo Männer mit dunklen Schutzbrillen fußballfeldgroße Metallplatten auf das Außenskelett der Schiffe montierten. Statt zischender Flammen schossen pulsierende, hochenergetische Strahlen aus den Schweißgeräten. Im Vorbeigehen beobachtete Jake fasziniert einen Kran, der in Millimeterarbeit eine solche Platte in ihre Montageposition senkte. Das schwere Ding quietschte und stöhnte in den Führungsschienen. Es musste zig Tonnen wiegen.

Da kam ihm die Idee. Jakes Puls begann zu pochen. Er verlangsamte seinen Schritt und sah sich verstohlen nach allen Seiten um. In dem Gewimmel der Werftarbeiter schien ihn keiner zu beachten.

Am Schiff näherte sich die schwere Platte langsam der Bodennut. Der Spalt betrug nur noch einen Fuß. Jakes Hände zitterten leicht. Er taxierte Entfernung und Richtung. Mit etwas Glück müsste es klappen. Er hielt den Atem an und mit gespielt linkischer Bewegung wechselte er das Messgerät von einer Hand in die andere, dabei ließ er es zu Boden fallen. Sofort bückte er sich, als ob er es aufheben wollte, kickte es aber mit einem blitzschnellen, gezielten Tritt unter seinen ausgestreckten Fingern weg. Es schlitterte auf den Spalt zu, wurde von der Platte erfasst und – zerquetscht.

Jake grinste.

Aufheulende Alarmsirenen ließen Jake auffahren. Der Kran stoppte. Die Arbeiter hielten in ihren Tätigkeiten inne und schauten aufgeschreckt umher. Am Pier tauchten Adjutoren auf.

Jake unterdrückte einen Fluch, sprang auf das Schiff und zerrte die Trümmer seines Multisynchronizers aus dem Spalt. Wasser lief daraus hervor.

Die Roboter näherten sich. Jakes Nacken zog sich zusammen. Aber in seiner Hand hielt er die Antwort auf seine Fragen. Jake wendete das zerbrochene Gerät. Eine weißgraue, wabbelige Masse quoll aus dem Inneren hervor, von der feine, silbrige Fäden zu den Rückseiten der Displays liefen. Sonst nichts. Keine elektronischen Elemente, keine Drähte. Enttäuscht drückte er einen Finger in den Glibber und zuckte angewidert zurück. Die Berührung weckte eine Erinnerung. Eine Ekelige: weiche Masse auf einem Teller. Das war in der Uni-Cafeteria von Paris gewesen. Auf dem Studentenaustausch. Die französischen Kommilitonen standen um ihn herum und grölten vor Freude: American Whimp! Jake hatte sich überwunden und das Zeug angewidert gegessen. Es war Hirn gewesen.

Jake erschrak, als ihm ein Roboterarm die Trümmer aus der Hand riss.

»Ein Versehen«, sagte er schnell.

»Holen Sie sich ein anderes Gerät«, schnarrte die Maschine.

Nach der Arbeit zitierte ihn Gura Limka in ihr Büro.

»Was haben Sie sich dabei gedacht, Jake Forrester?« Sie verschränkte die Arme vor der Brust. »Zerstörungswut? Sabotage?« Ihre Augen verengten sich zu schmalen Schlitzen. »Oder Spionage?«

Jake musterte die Frau. Würde sie ihn ins Messer laufen lassen? Sie bluffte. »Ein Versehen. Aber wir können gerne darüber sprechen.« Er setzte ein charmantes Lächeln auf. »Vielleicht heute Abend?«

Sie sah ihn durchdringend an. »Werden Sie nicht impertinent! Ich musste Ihnen wegen dieser Sache bereits die Hälfte Ihrer Kredits abziehen und Sie im Rating auf Blau abstufen.«

Jake sackte das Blut in die Beine. »Wegen so eines kleinen Missgeschicks?«

Gura Limka hob den Kopf. »Mich täuschen Sie nicht. Sie sind widerspenstig und stur. Das limitiert Ihren Nutzen. Damit könnten wir leben. Aber stecken Sie ihre Nase nicht in unsere Angelegenheiten!«

Jake senkte die Stimme. »Aber ich tue mein Bestes.«

Ihre Augen blieben eisig. »Sehen Sie sich besser vor! Ich möchte nicht, dass Ihnen obendrein noch etwas zustößt.« Sie wandte sich ab und schritt zum Fenster. Schwarze Gewitterwolken ballten sich am blasslila Abendhimmel zusammen.

Die Drohung saß. Jake schnürte es die Kehle zu. Ernestus und der Vormann. Er starrte auf Gura Limkas Rücken und fühlte sich wie von einer eisernen Faust umklammert.

Ruckartig drehte sich die Kleristina um. »Ich will Ihnen helfen, Jake.« Um ihren Mund spielte ein Lächeln. »Begleiten Sie mich zu den Spielen.«

Jake zog es vor zu schweigen.

Im Metrodom und auf dem Platz davor drängten sich die Schaulustigen. Es gab Wettkämpfe aller Art: Kräftemessen, Geschicklichkeit – und Wissen. Zu gewinnen gab es Kredits und gelegentlich ein höheres Rating.

Jake ging schweigend neben Gura Limka her. Er wurde nicht schlau aus der Frau. Wenn sie den Befehl zu seiner Exekution bekam, würde sie ihm wahrscheinlich augenblicklich das Messer in die Brust stoßen. Aber trotz ihrer Härte hatte sie offensichtlich Gefühle für ihn. Dessen war er sich inzwischen sicher. Jake war sich nicht im Klaren darüber, wie er weiter vorgehen sollte. Zumindest hatte sie ihn bisher nicht angezeigt. Soweit konnte er ihr trauen.

Gura Limka führte ihn mitten in das Gedränge. »Hier kann uns niemand hören. Zu viele Stimmen. Wie geht es dir, Jake? Du wirkst angespannt. Kann ich dir irgendwie helfen?«

Genau das war es, was er wollte. Ihre Hilfe. Aber immer war sie seinen Fragen ausgewichen. Jake beschloss, sein wichtigstes Anliegen noch einmal vorzubringen. Er sah sich vorsichtig nach allen Seiten um. »Kannst du mir Informationen über die Raumschiffe besorgen?«

Sie warf ihm einen eisigen Blick zu. »Du verspottest mich! Hast du eine Ahnung, an wie viele Vorschriften ich mich halten muss?« Sie hielt inne und fügte dann leise hinzu: »Das heißt aber noch lange nicht, dass ich sie gut finde.«

Jake blieb stehen und spannte die Schultern. »Das ist keine Antwort!«

Gura Limka trat vor ihn und schaute ihm in die Augen. »Es gibt niemanden, mit dem ich reden kann.«

»Das hast du mir schon einmal gesagt«, antwortete er kühl.

In Gura Limkas Augen sammelten sich Tränen. »Ich habe keinen einzigen Freund.«

Jake warf ihr einen forschenden Blick zu. Diese Frau war doch immer wieder für Überraschungen gut. Einen theatralischen Auftritt dieser Art hatte er ihr gar nicht zugetraut und ihm lag schon eine spitze Bemerkung auf der Zunge. Aber tief in seinem Inneren meldete sich das Bedürfnis, sie trösten zu wollen.

Als eine Träne wie eine kleine Perle über ihre Wange rollte, spürte er das Verlangen, sie in den Arm zu nehmen.

Jake schüttelte den Impuls ab und trat einen Schritt zurück. Sie war seine Chefin und nicht so ein Mäuschen, das Trost suchte. »Was willst du eigentlich?«

Sie schlug die Augen nieder. »Ich habe gehofft, dir helfen zu können.«

Jake ballte die Fäuste. »Ich glaube dir kein Wort. Und solange du mir nicht sagst, wo der Raumhafen liegt und wie ich dort hinkomme, brauchen wir uns gar nicht weiter zu unterhalten.«

Gura Limkas Augen blitzten. »Jake, du bist wahnsinnig!«

Sein Puls jagte. »Nur weil ich nicht bereit bin, für ewig auf diesem verdammten Planeten dahinzuvegetieren? Nur weil ich zurück in meine Heimat will? Was, zum Teufel, ist daran wahnsinnig?«

Wo er noch vor Sekunden einen Anflug von Mitleid gefühlt hatte, breitete sich jetzt heller Zorn aus. Am liebsten hätte er sie gepackt und geschüttelt. Mit einigen tiefen Atemzügen zwang er sich zur Ruhe. Ihm war klar, dass er gerade dabei war, sich um Kopf und Kragen zu reden.

Gura Limka presste die Lippen zusammen und blickte einige Herzschläge lang in die Ferne. »Na gut«, sagte sie dann und ihre Stimme klang entschlossen. »Ich helfe dir.«

Es entstand eine lange, fast unerträgliche Pause. Aber Jake widerstand dem Impuls, das Schweigen als Erster zu brechen.

Gura Limka musterte ihn eingehend. »Aber dafür musst du mir einen Gefallen tun.«

Damit hatte Jake gerechnet. Sie saß am längeren Hebel und das einzige, was er entscheiden konnte, war, bis zu welchem Grad er sich von ihr erpressen lassen würde. »Und was?«, knurrte er.

Sie zog einen Mundwinkel hoch. »Darüber werden wir noch reden. Ich muss mir die Informationen sowieso erst selbst besorgen. Es wird ein paar Tage dauern.«

Als Jake spät abends in Lundsiel ankam, hielt ihn eine unsichtbare Barriere vom Betreten seines Haus ab. Er stemmte sich dagegen. Erfolglos.

»Myriam! Myriam, was ist los!«, brüllte er in die Dunkelheit.

Endlich leuchtete ein Licht im Fenster auf und sie erschien an der Tür. »Was machst du für einen Lärm? Komm schon rein.«

Jake betastete das unnachgiebige Kraftfeld. »Ich kann nicht.«

»Red keinen Unsinn«, sagte sie verschlafen und rieb sich die Augen, bis ihr Blick auf das Display fiel. »Oh!« Ihre Augen weiteten sich. »Du hast nur noch ein blaues Rating. Was hast du getan?«

Jake ließ die Arme sinken. »Heißt das, ich kann hier nicht mehr wohnen?«

Myriam sah ihn nachdenklich an und wischte sich eine Strähne aus dem Gesicht. »Wir müssen bei Paps schlafen.«

Jake verengte die Augen. Aber ein Gutes hatte es: Wenn die Kleristen den Druck auf ihn dermaßen erhöhten, war er auf dem richtigen Weg zu ihren Geheimnissen.

Björn warf ihm einen gehässigen Blick zu. »Sie haben da etwas missverstanden, Jake. Die Idee ist es, sich nach *oben* zu arbeiten.«

Myriam schob ihren Vater beiseite. »Sei nicht so gemein, Paps. Jake hat sich schon genug Vorwürfe gemacht.«

»Allein sie nützen nichts, wenn er mit dem Hintern umwirft, was er mit den Händen aufgebaut hat. Es ist der Erfolg, der zählt. Und den sehen wir nun deutlich vor uns.«

Jake ließ den Spott an sich abgleiten. Wenn Gura Limka die gewünschten Informationen besorgte, hatte er eine Chance zur Erde zurückzukehren. Er und Myriam.

Aber wenn etwas schiefginge? Wenn Gura Limka plauderte, erwischt wurde oder von ihm eine Gegenleistung forderte, die er nicht erbringen konnte? Hitze flutete seinen Körper. Er wollte Myriam auf keinen Fall mit hineinreißen.

Aber wie sollte er sie schützen? Aufgeben und sich einfügen?

Das kam überhaupt nicht in Frage!

Aber was war die Alternative? Sollte er sich vorübergehend von Myriam trennen? Wenigstens so lange, bis er alles im Griff hatte?

Jake nahm einen tiefen Atemzug. »Vielleicht ist es besser, wir machen Schluss.«

Björn unterbrach augenblicklich seinen Redefluss und streckte Jake die Hand entgegen. »Das ist die beste Idee, die ich je von Ihnen gehört habe.«

Jake beachtete ihn nicht. Er hielt den Atem an und sah Myriam direkt in die Augen.

Sie sah ihn mit entschlossener Miene an. »Darüber haben wir schon gesprochen, Jake. Hat sich bei dir etwas verändert?«

Jake straffte die Schultern. »Das Rating. Es trennt uns bereits.«

Myriam sah ihm in die Augen. »Und du glaubst, ich lasse mich davon abschrecken?«

»Das solltest du aber«, warf Björn ein. »Das ist nur der Anfang.«

Myriam warf mit einer schnellen Kopfbewegung ihr Haar zurück. »Papperlapapp. Morgen ziehen wir in ein kleineres Haus, dann sind wir wieder zusammen.«

»Du hast Besseres verdient«, sagte Jake.

Myriam nahm ihn in die Arme und sah ihm zärtlich in die Augen. »Es gibt nichts Besseres«, erwiderte sie und küsste ihn. »Nicht, solange du mich liebst.«

Jake haute es fast von den Socken. Myriam stellte sich kompromisslos hinter ihn und bot ihrem Vater die Stirn. Das hatte bisher noch niemand für ihn getan. Nicht, soweit er sich zurückerinnern konnte. Er drückte sie enger an sich und legte seine Wange an ihr Haar. Womit hatte er so einen Menschen verdient? Verdammt, er wollte sie nicht gefährden. Jetzt noch weniger als vorher.

Am nächsten Morgen bezogen sie ein anderes Haus. Es war ziemlich eng und hatte keinen Seeblick. Jake seufzte. Wie gerne hätte er ihr etwas Komfortableres geboten, aber sie hatte sich entschieden, an seiner Seite zu bleiben und seine Probleme mitzutragen. Ein Gefühl der Wärme breitete sich in ihm aus.

16

Jake fiel es schwer, sich in seine täglichen Routinen einzufinden. Sein Kopf war nicht bei der Sache. Ein paar Tage hatte sich Gura Limka zur Beschaffung der Information erbeten. Wenn er daran dachte, packte ihn die Aufregung. Bald würde er frei sein. Hoffentlich.

Die virtuellen Sinneseindrücke der Lernmaschine konnten ihn nicht mehr in Trance versetzen. Seine Gedanken kreisten um Raumschiffe, Technologie, Flucht.

Da traf ihn die Erkenntnis wie ein elektrischer Schlag. Jake fuhr hoch und riss sich dabei den Synapsenhelm der Lernmaschine vom Kopf: Neuronencomputer!

Natürlich! Technologie, die nicht auf Elektronik basierte, sondern auf biotechnologischen Prozessen. Hirn und Nerven statt Chips und Drähte. Unglaublich! Sein Herz begann schneller zu schlagen und seine Gedanken rasten: Signale wurden einerseits durch Elektronen, andererseits durch Ionen und Transmittermoleküle übertragen. Beide Systeme brauchten Leiter: metallische für Elektronen, Elektrolyte für Neurotransmitter. Wasser! Während es in der Elektronik Kurzschlüsse verursachte, dürfte es dem Neuronencomputer nichts anhaben.

Jake schaltete die Lernmaschine ab. Seine Hände zitterten. Wasser. Aufgeregt blickte er umher. Er brauchte ein kleines Gerät, um seine Theorie zu prüfen – so klein wie ein Datcom! Das könnte er ungesehen mit sich herumtragen. Jake fuhr sich mit den Fingern durch die Haare. Sein Eigenes würde ihn verraten. Er musste sich das Datcom eines anderen besorgen.

Jake strich sich mit dem Daumen übers Kinn. Was für ein absurder Gedanke. Noch nie in seinem Leben hatte er etwas gestohlen. Vielleicht sollte er es doch mit seinem eigenen Gerät probieren? Einen weiteren Unfall inszenieren? Er schüttelte energisch den Kopf. Wenn er noch mehr Privilegien verlor, würde er sich nur selbst ins Knie schießen und Myriam noch weiter herunterziehen. No Sir! Kein Risiko mehr. Er wollte lieber warten, bis Gura Limka die Unterlagen über den Raumhafen besorgt hatte.

Aber die Kleristina meldete sich nicht. Entweder kam sie an die gewünschten Informationen nicht heran – oder sie spielte ihr eigenes Spiel. Jake traf eine Entscheidung. Wenn er fort wollte, musste er ein Datcom stehlen, selbst wenn das gegen seinen Wertekodex verstieß und den Bestohlenen vielleicht sogar in Unannehmlichkeiten brachte.

In den nächsten Tagen hielt er die Augen offen: Auf der Werft wurden alle Arbeiter nach dem Dienst gescannt. Dort ging es nicht. Aus dem Kathedom konnte er zwar unbehelligt herausspazieren. Aber nur Studenten besaßen Datcoms. Sicher könnte er einem in Trance liegenden Schüler das Gerät entwenden, aber es gab Videoüberwachung in den Hörsälen.

Er grübelte noch eine Weile, dann kam ihm die zündende Idee: der Studentenkeller. Vor Erregung konnte er sich nicht mehr auf das Lernprogramm konzentrieren. Er ließ es über sich ergehen wie damals in der Schule den langweiligen Politikunterricht.

Die schlecht beleuchteten, verwinkelten Gänge im Tiefgeschoss des Kathedoms sahen alle gleich aus. Jake sah sich um. Er hatte sich verirrt. Hier unten war niemand. Er musste Elmiraf, einen jüngeren Kommilitonen, falsch verstanden haben. Doch dann hörte er das seltsame Geräusch aus der Tiefe der Korridore. Es klang wie in Rhythmus gezwängter Baulärm oder Begleitgesang zum Kreischen einer Kreissäge. Die Musik der Jungen. Jake schauderte. Sollte er es wirklich tun? Er kam sich wie ein Verbrecher vor. Was er vorhatte, war Diebstahl. Hundsgemeiner Diebstahl. Aber er wollte sich ja nicht bereichern, wollte nur fort von diesem Planeten. Und dort vorne, im Studentenkeller, gab es einen Hoffnungsschimmer. Entschlossen setzte er sich wieder in Bewegung und folgte dem Getöse bis vor eine Tür mit schwarzer Schallisolierung. Das Display daneben sprang automatisch an und identifizierte Jake als Studenten. Erschrocken blickte er auf das Gerät: Schon hatte er eine Spur hinterlassen. Aber er war Student, er hatte ein Recht, hier zu sein. Entschlossen trat er in den finsteren Raum.

Die Lautstärke der Musik traf ihn wie ein Schlag auf die Ohren und machte ihn augenblicklich taub für alles Andere. Er blieb stehen, während er mit dem Gleichgewicht kämpfte. Er spürte Leiber um sich herum, konnte aber nichts erkennen. Ein paar schwache Funzeln an einer Bar im hinteren Teil wirkten wie verlorene Orientierungslichter. Er hielt sich daran fest, bis sich seine Augen an die Dunkelheit gewöhnt hatten. Die Konturen ineinander geschlungener Körper und das schwache Phosphoreszieren stimulierender Getränke verrieten die Art der Unterhaltung. Die Schatten bewegten sich: rhythmisch, ekstatisch.

Menschen auf Nitsituaan hatten wenig Hemmungen. Auch in der Öffentlichkeit hielten sie sich nicht zurück. In Parks, am Strand. Für Jake blieb das Ganze befremdlich. Und er fand es zumindest vorteilhaft, dass die laute Musik das allgemeine Gestöhne übertönte. Jake fokussierte die Gedanken auf sein Ziel. Er gab sich einen Ruck und ging weiter.

In der Mitte entdeckte er eine Tanzfläche in absoluter Dunkelheit. Dort ließ er sich von der wogenden Menschenmenge aufnehmen. Die Düfte betörender Essenzen stiegen ihm in die Nase und legten sich wie feine Netze um seine Gedanken. Dutzende von Händen begrabschten seinen Körper. Jakes Muskeln spannten sich. Das Befummeln schien den Spaß der Veranstaltung auszumachen. Jake nahm es hin. Er wusste noch nicht einmal, ob es Männer oder Frauen waren, die ihn befingerten. Aber er hatte ein Ziel. Er musste grinsen, als er sich in das Geschehen ziehen ließ und nun selbst die Fühler ausstreckte. Er stieß auf mehr Haut als Stoff. Einige der Tänzer schienen vollständig nackt zu sein. Er schob sich an ihnen vorbei und suchte im Gedränge solche, die bekleidet waren.

Jake tastete ihre Taschen ab. Endlich traf seine Hand auf ein hartes Stück Technologie. Doch der Besitzer sprang wie besessen zum Rhythmus der aufpeitschenden Musik herum. Jake schaffte es nicht, das Gerät herauszuziehen. Und dann verlor er den Tänzer auch noch im Gedränge. Sanfte Hände fuhren im Takt über seinen Po, andere tasteten sich zielbewusst über seinen Bauch abwärts. Er beeilte sich, weiterzukommen. Dabei stießen seine Hände immer wieder auf mehr oder weniger bekleidete Körperteile. Einige reizten zum Erkunden, andere aber übten den gegenteiligen Effekt aus. Das hormonelle Wechselbad hatte bestimmt seinen Kitzel, wenn man jung und stockbetrunken war.

Jake konzentrierte sich wieder auf seine Suche und wurde schließlich fündig. Diesmal hielt er sich an der Robe seines Opfers fest. Jake folgte jeder seiner Bewegungen. Endlich spielte ein langsames Stück. Die Tänzer rückten noch enger zusammen und rieben zu den gefühlvollen Tönen ihre Körper lustvoll aneinander. Wärme, Schweiß und Parfüm betörten die Sinne. Jakes Hand zitterte leicht, als er sie in die Tasche seines Opfers schob. Vorsichtig griff er das Gerät und zog es behutsam heraus. Mit der Beute drängte er sich zielstrebig durch die Menschenmasse und eilte hinaus aus dem Studentenkeller.

Er ließ das gestohlene Datcom tief in seiner Hosentasche verschwinden, verließ das Kathedom und rief einen Gleiter. Erst als er die Polster unter sich spürte und das Gefährt dem angegebenen Ziel zustrebte, atmete er auf. Doch quälte ihn das Gewissen. Wenn dieser unbekannte Student nun in Schwierigkeiten geriet? Sicher konnte er sich damit herausreden, es verloren zu haben. Dafür würden die Kleristen ihm nicht gleich den Kopf abreißen! Aber für Jake bedeutete das Gerät Hoffnung auf Freiheit.

Der Dschungel unterhalb des Berges, den er mit Gura Limka vor wenigen Tagen bestiegen hatte, erschien ihm abgelegen genug für sein Experiment. Außerdem gab es dort einen Bach. Jake schob sich in das Dickicht. Ein paar Minuten würde er Zeit haben, bis die Kleristen auftauchten. Das musste reichen. Die Arme schützend vors Gesicht haltend, drückte er sich durch Blätter und Zweige vorwärts. Vom Plätschern des Bachs ließ er sich leiten. Er fand eine flache, sandige Stelle, die ihm geeignet schien. Er schaltete das fremde Datcom ein und hielt es unter Wasser. Jake zählte die Sekunden. Display und Anzeigen leuchteten weiter, was nichts bedeuten musste. Das Gehäuse konnte wasserdicht sein. Jake drückte es tiefer. Seine Ärmel sogen sich bis zu den Ellenbogen voll. Er achtete nicht darauf und ließ das Gerät nicht aus den Augen. Immer noch tat sich nichts.

Jake lauschte in den Dschungel. Noch hörte er keine Schritte. Aber lange konnte es nicht mehr dauern. Er musste fort. Das Gerät könnte er einfach im Bach lassen. Die Strömung würde es forttragen.

Da änderten sich die Symbole auf dem Monitor.

Jake starrte einen Moment darauf, bis er begriff: Er bekam Zugriff auf versteckte Programme. Sein Herz raste. Da war seine Chance! Jetzt nur nicht den Kopf verlieren. Er nahm einen tiefen Atemzug und konzentrierte sich. Mit wissenschaftlicher Systematik ging er daran, die Symbole zu enträtseln. Denken und Handeln wurden eins. Seine Finger sprangen wie von allein über die Inputfelder und drangen tief in das Programmgefüge ein. Es war komplexer als alles, was er bisher gesehen hatte, aber mit jedem entschlüsselten Symbol fuhr ein neuer Freudenstoß durch seinen Körper.

Plötzlich schnitten harte Krallen in seinen Arm und rissen ihn aus seiner Euphorie – zwei Roboter. Ihr Anblick ließ sein Blut gerinnen.

»Mitkommen«, schnarrte einer. Der andere fischte das Datcom aus dem Wasser.

17

Sie brachten Jake ins Kathedom. Aber nicht zu Gura Limka. Stattdessen stießen sie ihn in einen marmornen Saal. Dort saß ein Klerist auf einem steinernen Thron. Unverwandt starrten seine leeren Augen in die Ferne. Mit seinem eingefrorenen Lächeln wirkte er wie einer der Maja-Götzen in Yucatán. Zu seinen Füßen stand Gura Limka mit gebeugtem Haupt.

Jakes Knie wurden weich. Diesmal saß er tiefer im Schlamassel denn je.

»Gustu Galvir«, begann Gura Limka in unterwürfigem Tonfall. Die Augen hielt sie demütig auf den Boden gerichtet, doch Jake konnte ihre unterdrückte Wut fast körperlich spüren.

»Schweig!« Die dunkle Stimme des Vorgesetzten hallte düster im Saal wider. Sein ledriges Gesicht blieb starr wie das eines Leichnams. Er streckte seinen rechten Arm und deutete auf Jake. »Nieder mit dir!«

Jake sah dem Mann in die Augen und sogleich traf ihn ein Elektroschock. Seine Muskeln zuckten unkontrolliert und eine unsichtbare Kraft zwang ihn auf die Knie. In einem Meer von Schmerzen hielt er sich an einem Gedanken fest: Er hatte den Weg zur Programmierung ihrer Computer gefunden. Das war der erste große Schritt auf dem Weg in die Freiheit.

»Du willst dich nicht einfügen, sabotierst und zerstörst. Du bist wertlos.«

Jake wusste, was das bedeutete. Hitze schoss in seinen Kopf, das Blut rauschte in den Ohren. Jetzt durfte er nichts Falsches sagen. Er nahm einen tiefen Atemzug. »Ich will lernen, damit ich besser arbeiten kann.«

Der Mann saß regungslos auf seinem Thron, als wartete sein Leib auf ein Fünkchen Leben.

Endlich bewegte er den Kopf und sah zu Jake herab. »Ich gebe dir eine letzte Chance.« Die Stimme des Kleristen war bar jeden Gefühls, seine Augen immer noch leer und unfokussiert. Er wirkte synthetischer als ein Roboter. »In einem Lanlo wirst du zehn Frauen geschwängert haben.

Gura Limka wird dir solche mit erfolgversprechenden genetischen Kompatibilitäten heraussuchen.«

»Ich bin kein ...« Ein neuer Elektroschock fuhr wie Feuer durch Jakes Nervenbahnen.

»Du hast ein Lanlo!« Der Klerist erhob sich und verließ mit eckigen Schritten den Saal.

Gura Limka folgte ihrem Vorgesetzten. Im Vorübergehen warf sie Jake einen vernichtenden Blick zu.

Jake richtete sich langsam auf. Seine Muskeln zitterten. Zuchtbulle! Und was zum Teufel war ein Lanlo?

In ihrem Büro nahm Gura Limka die Pose der Meduse ein. Daumen und Zeigefinger legte sie zu kleinen Kreisen zusammen. Mit übereinandergeschlagenen Beinen meditierte sie auf ihrem Kissen, bis ihr Ärger verrauchte. Sie brauchte einen klaren Kopf. Mit seiner verdammten Neugier hatte Jake die Aufmerksamkeit der Göttin auf sich gezogen. Das war nicht gut. Noch nicht einmal für einen Kleristen – und schon gar nicht für sie selbst. Geheimnisse blieben nur dann verborgen, wenn keiner hinsah. Einen Lanlo hatte er noch Zeit, das Maß der Meduse. Fünfunddreißig Tage. Dann war Jake entweder tot, oder zehn Frauen trugen Kinder mit paranormalen Fähigkeiten. Seine Kinder. Zehn potenzielle Rivalen, denn der Nachwuchs der Wildfänge wurden in der Regel in die Reihen der Kleristen aufgenommen, wenn sie die Meduse hören konnten. Und daran hatte sie bei Jakes Nachkommen keinen Zweifel. Sie könnte die Babys zwar nach der Geburt eliminieren, aber das war riskant. Und es wäre nur der Anfang. Die Meduse würde noch mehr Abkömmlinge von Jake fordern.

Gura Limka spürte, wie sich ihre Muskeln spannten. Besser wäre es, Jake Forrester würde sterben – nachdem sie sich von ihm hatte schwängern lassen. Nur so hatte sie Kontrolle über seine paranormalen Fähigkeiten. Die Begegnung mit den anderen Frauen konnte sie hinauszögern. Bis auf die letzte Minute, wenn es sein musste. Das würde ihr auch Sympathie bei Jake einbringen und ihn für ihre Verführungskünste zugänglicher machen. Und wenn sie erst sein Kind trug ... Danach brauchte sie Jake noch nicht einmal selbst zu beseitigen. Der Mann war so verbohrt, dass er nicht merkte, wie er in das Gericht der Meduse lief, was mit großer Sicherheit seinen Tod bedeutete. Sie musste nur aufpassen, dass er es nicht zu früh tat.

Sie erhob sich und bereitete sich auf das Tagesgeschäft vor. »Führe ihn herein, Hlastana.«

Jake sah Gura Limka entspannt in ihrem Sessel sitzen. Ihr Zorn war verraucht. Als sie ihn ansprach, klang ihre Stimme amüsiert. »Da haben Sie sich ja etwas Schönes eingebrockt!«

Jake hatte kein Ohr dafür. Ihm saß das Ultimatum des Gustu Galvir noch in den Knochen. »Wie viel Zeit habe ich noch?«

Sie lächelte. »Immer mit der Ruhe. In fünfunddreißig Tagen kann viel geschehen.«

Ihre Gelassenheit überraschte Jake. Aber als er ihr einen fragenden Blick zuwarf, setzte sie ihr dienstliches Gesicht auf. »Jake! Wir haben Geduld mit Ihnen gehabt. Wir haben Sie motiviert. Wir haben Ihnen alle Möglichkeiten offengehalten, weil wir an Sie geglaubt haben. Aber Sie sind renitent. Sie missbrauchen unser Vertrauen. So leid es uns tut, aber dafür werden Ihre Privilegien vollständig gestrichen. Sie werden fortan in den Minen arbeiten. Ihr Status wird dementsprechend angeglichen: Sie verlieren die Hälfte Ihrer Kredits und haben ab sofort nur noch ein orange Rating.«

Jake blieb die Luft weg. Seine Fluchtpläne rückten in weite Ferne. Hitze stieg ihm in den Kopf. Aber wenn sie glaubten, ihn auf diese Weise aufhalten zu können, hatten sie sich getäuscht.

Gura Limka sah ihn durchdringend an. »Machen Sie nicht noch einen Fehler. Es könnte Ihr letzter sein. Melden Sie sich morgen bei Grimper.«

Zunächst nahm Jake einen Gleiter nach Lundsiel und suchte Björn auf. Der hatte doch einst in einer ähnlichen Situation gesteckt.

Genervt lief Björn in dem sonnenüberfluteten Eckzimmer auf und ab. »Sie haben keine Wahl. Vögeln Sie die Frauen, die ihnen die Kleristen vorschreiben. Was stellen Sie sich so an? Sie sind nicht auf der Erde. Hier herrscht eine andere Moralvorstellung.«

»Verstehen Sie nicht? Es geht um mein Selbstwertgefühl. Ich bin doch kein Tier, das mit jedem x-beliebigen Weibchen einen Wurf produziert!«

»Ha!« Björn lachte bitter auf. »Ich wollte damals auch nicht.« Er starrte aus dem Fester und befingerte geistesabwesend die Narben an seiner Stirn. »Dann wurden sie unangenehm«, murmelte er.

Jake ließ sich betroffen in einen Sessel fallen. »Sie haben Sie gefoltert? Ich verstehe nicht, worauf diese Leute hinauswollen.«

»Ich hatte viel Zeit zum Nachdenken. Ich glaube, es ist etwas in unseren Genen. Etwas Besonderes. Sie wollen es, sie brauchen es. Deshalb entführen sie ausgewählte Männer von der Erde. Geben Sie den Kleristen, was sie verlangen, dann lassen sie Sie in Ruhe.«

»Und Myriam?«

»Ich weiß nicht, was in das Mädel gefahren ist. Sie ist hier aufgewachsen und sollte weniger befindlich sein.« Björns Gesichtsausdruck passte nicht zu seinen Worten. Es stand die gleiche Zerrissenheit darin geschrieben, die er einst gespürt haben musste, als er zum Gehorsam gezwungen worden war. »Ich bin sicher, sie wird sich damit abfinden. Roslina wird ihr ins Gewissen reden. Machen Sie sich keine Sorgen. Es wird alles gut – sobald Sie Ihre Fluchtpläne aufgeben! Ich hoffe, Sie haben endlich Vernunft angenommen.« Seine Miene verfinsterte sich. »Anderenfalls bringen Sie uns alle in Gefahr.«

Myriam weinte.

»Ich werde mich schon wieder hocharbeiten«, versprach Jake.

Myriam sah ihn mit tränenüberströmtem Gesicht an. »Das ist mir gleich. Aber Bergmänner mit niederem Rating leben nicht lange. Ich will dich nicht verlieren.«

Jake horchte auf. »Was passiert in den Minen?«

»Ich weiß nicht genau. Die Arbeiter werden krank und sterben. Manchmal gehen sie auch verschollen.«

Verschollen. Da war es wieder, das Wort, das offensichtlich etwas Unaussprechliches bezeichnete, das die Bewohner dieses Planeten in Bann legte. Ob Pedro von dieser Gefahr der Minen wusste? Er würde ihn warnen müssen.

»Keine Sorge. Ich bin da bald wieder raus. Außerdem habe ich Orange. Das kann doch nicht so schlimm sein!«

»In Lundsiel gibt es kein Orange.«

Das hatte Jake nicht geahnt. Er musste also in der Stadt wohnen. Für seinen Geschmack zu nahe am Kathedom und den Kleristen. Das gab ihm ein ungutes Gefühl.

Er nahm Myriam sanft in die Arme. »Wir bekommen das hin. Bitte, tu mir jetzt den Gefallen und bleib erst einmal hier draußen in Lundsiel. Bei deinem Vater. Ich werde dich jeden Siebentag besuchen.«

Ein Gleiter brachte Jake zu Pedro. Der strahlte übers ganze Gesicht, als er seinen Freund wiedersah.

Nachdem ihm Jake bei einem Glas Omlukula seine neue Situation geschildert hatte, kam er direkt zur Sache: »Sag mal, Pedro, zwingen dich die Kleristen, mit bestimmten Frauen zu schlafen?«

Der schüttelte verständnislos den Kopf: »Du hast komische Ideen, Gringo. Die Señoritas kommen alle zu mir. Von ganz alleine.« Verschmitzt zwinkerte er Jake zu. »Und dann suche mir die Schönste aus! Ehrlich, Amigo, ich kapiere einfach nicht, warum du dir dein Leben so schwer machst!« Dann grinste er und schlug Jake jovial auf die Schulter. »Aber dafür können wir jetzt zusammen arbeiten!«

»Wusstest du, dass Bergleute bald sterben? Oder manchmal einfach verschwinden?«, bohrte Jake weiter.

Pedro winkte lässig ab. »Ich pass auf dich auf. Alles wird gut. Wirst sehen. Und du kannst bei mir wohnen. Willst du noch einen Drink?«

Am nächsten Morgen fuhren sie gemeinsam in den Schacht. Grimper machte ein mürrisches Gesicht und drückte Jake einen Excaver in die Hand. Jake starrte auf das etwa eineinhalb Meter lange Gerät. Die Stimme des virtuellen Bergtechnik-Professors der Lernmaschine kam ihm in den Sinn: ›Der Excaver ist ein Grab- und Schneidewerkzeug. Das robuste Display erlaubt verschiedene Einstellungen. Mit der Schaufelfunktion wird ein Antigravitationsfeld aktiviert, das müheloses Heben und Bewegen von Abraum gestattet. Im Schneidmodus können Schnitttiefe und -breite des Plasmastrahls sowie Materialhärte gewählt werden.‹

»Zum Zylazokiumabbau«, ordnete der Vorgesetzte an.

»Was soll das, Grimper? Er hat mehr als ein rotes Rating!« Pedro beschwerte sich so lautstark, dass es Jake bis auf den Gang hören konnte.

»Ich trau ihm und seiner Kleristenfreundin nicht«, antwortete Grimper. »Und du hör auf, deine Nase in fremde Angelegenheiten zu stecken.

»Er ist mein Freund. Und da misch ich mich so lange ein, wie es mir beliebt!« Aufgebracht stapfte Pedro zu Jake. »Madre mia! Du ziehst Probleme an wie ein toter Fisch Fliegen!«

Gura Limka tauchte am Abend am Bergwerk auf und nahm sich Grimper vor. »Jake Forrester hat entsprechend seinem Rating eingesetzt zu werden!«

Grimper verneigte sich mit steinerner Miene.

Pedro schlug Jake grinsend auf die Schulter: »Solche Freunde muss man haben!« Er zwinkerte vielsagend.

Gura Limka wandte sich an Jake. »Und Sie kommen mit. Sie müssen einen Ihrer Eignungstests wiederholen!«

Verblüfft folgte ihr Jake nach draußen.

Bevor er sie fragen konnte, drehte sie sich zu ihm um. »Lass uns wandern gehen.« Sie ließ ihren Blick prüfend über ihn gleiten und schüttelte den Kopf. »Nein. Du siehst mitgenommen aus. Ich kenne da ein idyllisches Plätzchen. Die Luft und Ruhe dort werden dir guttun.«

Sie fuhren sehr lange. Erst eine Straße und dann einen endlosen Sandstrand entlang. Jake vermisste das Rollen und Schwanken seines Geländewagens, wenn er zuhause offroad über den Sand bretterte. Das sanfte Gleiten in dem silberglänzenden Gefährt war direkt langweilig. Aber dafür kamen sie rasend schnell vorwärts.

In einer kleinen Bucht ließ Gura Limka halten. Die Wellen schwappten leise auf den Sandstrand, eine leichte Brise säuselte in den Blättern der schachtelhalmartigen Bäume und trugen ihr herb-würziges Aroma herbei. Niemand schien jemals hier gewesen zu sein. Alle drei Monde leuchteten vom Himmel, ihr Schein tanzte auf den schwarzen Wogen.

Jake streckte sich auf dem Sand aus. »Hast du die Informationen?«

»Lass uns schwimmen.« Gura Limka streifte ihre Kleider ab und sprang ins Meer. An Nacktheit hatte sich Jake inzwischen gewöhnt. Auch an den belebten Stränden scherte sich niemand um Bademoden. Er zog sich aus und folgte ihr, schwamm ein paar Stöße und tauchte ab. Kaltes Wasser schlug ihm über den Kopf. Das Meer war ruhig. Nur das leichte Rauschen der Wellen und Gura Limkas gleichmäßige Schwimmstöße waren zu hören.

Erfrischt warf er sich wieder in den Sand.

»Nun? Meine Frage!«, forderte er sie auf.

»Es wird noch etwas dauern. Aber dafür habe ich einen Weg gefunden, wie du hier wegkommen kannst.«

»Wirklich?« Jake setzte sich auf und musterte sie, zwischen Hoffnung und Skepsis hin und hergerissen. »Was hat dich dazu bewogen, deine Meinung zu ändern?«

»Ich wollte dir immer helfen, Jake«, sagte sie und schaute ihn milde an. »Aber es ist gefährlich. Die Meduse sieht alles.«

»Ihr seid die Meduse.«

»So einfach ist das nicht, wie du inzwischen bemerkt haben solltest. Es herrscht strenge Disziplin und Ordnung im Kathedom. Davon bin ich nicht ausgeschlossen. Ich muss bedacht vorgehen. Und du willst doch sicher nicht, dass etwas schief geht?«

»Schaffst du es, bevor, du weißt schon?«

»Das Populationsprogramm? Ich denke, die Zeit reicht. Aber bis ich so weit bin, musst du dich fügen. Verhalte dich unauffällig. Keine Neugier, keine ›Unfälle‹. Versprochen?«

Er ließ sich zurück in den Sand fallen. »Versprochen!«

»Und jetzt darfst du dich entspannen« schnurrte Gura Limka. »Dreh dich um, ich massiere dir den Rücken.«

Ihre Hände arbeiten warm und weich an seinen Muskeln. Mit ihnen entspannte sich der Geist, die trüben Gedanken wurden leichter und lüfteten sich. Sie summte eine einlullende Melodie und Jake sackte in Trance. Wie im Halbschlaf hörte er ihre Stimme: »Und jetzt die Brust.« Willig drehte er sich um und schloss genießerisch die Augen. Ihre warmen Hände kneteten seine Schultern, seine Brustmuskulatur und fuhren sanft über seinen Bauch. Ah! Seine Sinne schwammen ekstatisch in Gura Limkas betörender Melodie. Sie setzte sich rittlings auf ihn. Da weckte ihn ein irritierendes Gefühl: Es war nicht Myriam, die sich rhythmisch auf ihm bewegte. »Hör auf«, rief er.

Für einen kurzen Augenblick blitzte Wut in Gura Limkas Augen, aber sie setzte sofort ein unschuldiges Gesicht auf. »Ich wollte dir eine Freude machen.«

»Ich bin mit Myriam liiert«, antwortete er kalt.

Sie sah ihm mit Schlafzimmerblick in die Augen. »Das hat auf Nitsituaan keine Bedeutung.«

»Für mich hat es eine Bedeutung«, fuhr er sie an.

Ihr Gesicht wurde ernst. »Ich werde mich danach richten«, säuselte sie. »Solange du mit ihr zusammen bist.«

Am nächsten Siebentag fuhr Jake nach Lundsiel. Björn öffnete die Tür. Er schaute an Jake vorbei. »Wo ist Myriam?«

Die Frage fuhr wie ein Messer in Jakes Eingeweide. »Ja, ist sie denn nicht hier?«

»Würde ich sonst fragen?«, erwiderte Björn mürrisch. »Was wollen Sie?«

Eine unerklärliche Furcht packte Jake. »Wie lange ist sie schon weg?«

Björn schaute ihn perplex an. »Wollen Sie damit sagen, dass sie nicht bei Ihnen ist?«

Hitze schoss in Jakes Körper. »Wo kann sie nur sein?«

Björn wurde blass. »Sie haben sie in die Scheiße geritten!«

Jake schüttelte benommen den Kopf.

Björn fuhr sich nervös mit der Hand über den kahlen Schädel. »Vielleicht hat sie sich doch einen anderen gesucht«, murmelte er, doch zeigten sich Zweifel auf seinem Gesicht.

»Wir müssen sie suchen!«, drängte Jake.

Die Adern an Björns Schläfen traten hervor. »Das mach ich alleine! Mit Ihnen will ich nichts mehr zu tun haben!«

»Verdammt! Wenn ihr aber etwas passiert ist?«

Björn kniff die Augen zusammen. »Dann werde ich Sie eigenhändig umbringen!« Mit diesen Worten schlug er die Tür zu.

Verdattert starrte Jake auf die geschlossene Pforte. Sie hatte keinen anderen! So ein Unsinn! Aber wo war sie?

Jake brauchte nicht lange in Gura Limkas Vorzimmer zu warten und er hielt sich auch nicht lange mit Höflichkeitsfloskeln auf.

»Myriam ist verschwunden. Bitte helfen Sie mir.«

Gura Limka blickte von ihrem Monitor auf. »Das tut mir wirklich leid«, sagte sie sanft. »Ich werde meine Ohren aufhalten und gebe Ihnen Bescheid.«

Jake trat einen Schritt näher an sie heran. »Können Sie denn nicht sofort etwas tun? Vielleicht braucht sie Hilfe!«

Ihre Hand deutete zum Eingabefeld ihres Computers. »Ich werde veranlassen, dass nach ihr gesucht wird.«

»Das wäre nett.« Jake ließ sich auf den angebotenen Stuhl sinken. »Wie kann ich helfen?«

Sie zog eine Augenbraue hoch. »Gar nicht, Jake Forrester. Was wollen Sie denn tun?«

»Suchen!« Jake warf die Arme in die Luft. »Irgendwo.«

Sie beugte sich vor und sah ihm in die Augen. »Nitsituaan ist groß, Jake.« Sie ließ sich in ihren Sessel zurücksinken. »Aber wir haben auch ein großes Netzwerk. Wir werden sie finden. Das verspreche ich Ihnen.«

Wie sehr er ihre Ignoranz und ihre in Seidenpapier gehüllten Neins hasste!

»Gehen Sie nach Hause. Versuchen Sie, sich zu entspannen.«

Jake atmete tief durch. »Ich bin Ihnen sehr dankbar, Gura Limka.«

Sie zog ihren Mund zu einem Lächeln. »Die Meduse sorgt sich um ihre Kinder. Es wird alles gut. Und nun beruhigen Sie sich.«

Jake nahm einen Gleiter. Pedro war nicht in seinem Appartement. Jake lief im Kreis herum, starrte aus dem Fenster und lief wieder im Kreis. Dazwischen trank er Omlukula.

Endlich kam Pedro. Jake schnellte von der Couch hoch.

»Was ist denn mit dir los, Amigo? Ich denke, du wolltest zu Myriam?«

»Sie ist verschwunden, Pedro. Keiner weiß, wo sie steckt!«

Pedro holte sich einen Drink aus der Küche. »Was regst du dich so auf? Sie wird irgendwo am Strand sein. Sie geht doch immer schwimmen.«

Jake fixierte Pedro, als wollte er ihn hypnotisieren. »Seit zwei Tagen war sie nicht mehr zuhause.«

Der winkte ab. »Was soll ihr passieren? Hier ist es nicht wie in Kolumbien.«

Jake packte ihn beim Arm. »Nein, Pedro, hier ist es viel schlimmer! Wann willst du das endlich begreifen?«

»Du und deine Katastrophenphantasie! Sie wird schon wieder auftauchen.« Er stellte sein Glas auf den Beistelltisch. »Sollen wir Ringen gehen?«

»Es sind die Kleristen, Pedro.« Jake ging zum Fenster und schaute in die Straßenschlucht hinunter. »Wer ihnen nicht passt, verschwindet.«

»Jetzt hörst du dich an wie Grimper, wenn er voll ist.«

Jake fuhr herum. »Ich bin nicht besoffen. Ich gehe sie suchen.«

Pedro nickte. »Wo fangen wir an?«

Jake blickte dem Freund überrascht ins Gesicht. »Du kommst mit?«

»Klar. Du bist mein Kumpel. Und wenn wir sie finden, machen wir eine Party. Ich pack uns was ein.«

Der Strand war endlos lang. Keiner der Anwohner und keiner der Badenden hatte Myriam gesehen. Jake lief noch, als es dunkel wurde und der Strand sich leerte. Und immer noch stapfte er wie besessen weiter durch den Sand, bis Pedro ihn am Arm packte und festhielt. »Gringo, so kommen wir zu gar nichts. Ich weiß, dass du dir Sorgen machst, aber was soll hier schon passieren? Sie braucht doch nur um Hilfe zu rufen. Die Kleristen passen auf. Lass uns morgen weitersuchen. Grimper gibt uns sicher einen Tag Urlaub.«

18

Keiner der Kleristen kannte die Katakomben. Tief unter dem Kathedom erstreckten sich Tunnel, Gewölbe und Zellen und unterhöhlten die halbe Stadt. Die Wände bestanden aus rauem Gestein. Sie stammten noch aus der Vorzeit und waren tausende von Zyklen alt. Wer sollte es noch wissen? Wenige verborgene Treppen führten in die dunkle Tiefe. Zufällig hatte Gura Limka während ihrer Zeit als Novizin einen Zugang entdeckt. Wenn ihr der Druck der Meduse im Kopf zu viel geworden war, hatte sie sich hier versteckt. Hier hatte sie zu sich gefunden. Zu dem Teil in ihrem Selbst, das nichts und niemand anderer durchdringen konnte – zu ihrer Macht, die Meduse zu täuschen.

Es gab kein Licht im vergessenen Bauch der Stadt. Hier würde sie niemand entdecken.

Mit einer Lampe in der Hand schritt Gura Limka über den staubigen Boden. Sie würde die verdammte Schlampe umbringen und ihre Leiche in der Zelle verrotten lassen. Gura Limka tastete nach dem rubinverzierten Griff des Ritualmessers. Es hatte schon mehrfach Blut geschmeckt. Häretiker und Blasphemiker. Und wenn die Frau erst tot war, dann würde Jake ihr gehören. Eine wohlige Wärme strömte vom Bauch aus in ihre Schenkel. Sie beschleunigte den Schritt.

Gura Limka entriegelte die schwere Tür. Geisterhaft hallte das schrille Quietschen der Scharniere in den unzähligen dunklen Korridoren.

Gura Limkas Lampenlicht traf auf eine gekrümmte Gestalt in der äußersten Ecke des Kerkers. Sorgfältig zog Gura Limka die Tür hinter sich ins Schloss. Mit einem schnellen Schnitt trennte sie die Rückenfessel der Frau, zog sie an den Haaren hoch und schob einen Haken zwischen ihre Handfesseln. Die Frau schrie in ihren Knebel und starrte die Kleristina mit weit aufgerissenen Augen an. Gemächlich zog Gura Limka die Gefesselte an einer Kette empor, bis die Füße über dem Boden schwebten. Sie hatte sich noch nie Gedanken darüber gemacht, wozu diese Einrichtung gedient haben mochte, aber im Augenblick empfand sie sie als ausgesprochen praktisch. Sie riss der Frau den Knebel aus dem Mund.

Die rang nach Luft.

»Du bist also Myriam!«

»Wo bin ich? Was wollen Sie von mir?«

Gura Limka beleuchtete Myriam von allen Seiten. Sie war eine schlanke Frau. Jünger als sie selbst, aber nichts Besonderes. »Ich weiß gar nicht, was Jake an dir findet.«

Myriam wimmerte. »Wo ist Jake?«

Gura Limka lachte. Die Angst in Myriams Stimme erregte sie noch mehr. Genüsslich ließ sie die stumpfe Seite der Klinge über den Hals der Gefangenen gleiten. »Wenn Du nicht mehr da bist, gehört er mir.«

»Jake wird mich finden!«

»Mach dir keine Hoffnungen, Schätzchen.« Sie drückte Myriam die Messerspitze an die Kehle. Ein kurzer Stich, dann wäre Jake ungebunden. Sie spannte die Muskeln.

Myriam schluckte und schloss die Augen.

In dem Moment nahm Gura Limka etwas wahr, was sie stutzen ließ. Etwas Feines, Flüchtiges, Pulsierendes, das ihr sehr vertraut war. Die Energie des PSI. Sie blickte sich verblüfft um. War Jake in der Nähe?

Draußen war alles dunkel und still. Nein, diese Kraft kam von hier. Aus der Mitte des Raumes. Gura Limka betrachtete die Frau. Myriam hatte keine außersensorischen Kräfte, das stand in den Akten.

Nachdenklich umkreiste sie die Gefangene. Hatte Myriam ein latentes PSI-Gen, das durch den Stress der Gefangenschaft aktiviert worden war?

Das war durchaus möglich, denn Myriam hatte den gleichen Vater wie sie selbst – und dem verdankte sie ihre besonderen Fähigkeiten.

Zorn wallte in ihr auf, als sie an ihn dachte: Svenkerson! Er wusste wahrscheinlich noch nicht einmal, dass sie existierte. Er hatte seine verdammte Pflicht getan und sich dann nicht weiter um diese Seite seiner Nachkommenschaft geschert, während er seine Kinder mit dieser Roslina verhätschelte, ja vergötterte!

Gura Limkas Finger krallten sich um das Heft des Messers.

Ihre eigene Mutter war nur eins von den Kleristen ausgesuchtes Flittchen mit erfolgversprechender genetischer Veranlagung gewesen. Und statt sich um ihre Tochter zu kümmern, hatte sie nur auf die Kredits geschielt und ständig unter stinkenden, schwitzenden Männern gestöhnt.

Gura Limka zügelte ihre Wut. Nur in ihrer Phantasiewelt hatte sie einen Vater gehabt, der all ihre Träume erfüllte. Die Identität ihres Erzeugers hatte sie erst viel später den Akten entnommen.

Noch einmal musterte Gura Limka ihr Opfer von allen Seiten. Die andere Erklärung für die PSI-Kräfte ihrer Halbschwester war die interessantere: Myriam könnte schwanger sein und das Ungeborene prägte bereits die Anlagen aus, die es vom Vater mitbekommen hatte.

Gura Limka legte ihr die Hand auf den Bauch. Ja! Das eröffnete ungeahnte Möglichkeiten, die sie zu ihrem Vorteil nutzen konnte. Allerdings war das nur die zweitbeste Lösung. Gura Limka grinste: eine fruchtbare Liebesnacht mit Jake, dann wären Myriam und ihr Fötus überflüssig.

19

Jake lief den langen Verwaltungskorridor des Bergwerks entlang. Der beißende Geruch des Lithaniums lag selbst hier in der Luft. Seine Schritte hallten an den silberglänzenden Wänden wider. »Beeile dich doch, Pedro!«

Wenn sich Myriam verletzt hatte, wenn sie Hilfe brauchte, vielleicht hatte sie sich etwas gebrochen und konnte sich nicht bewegen – oder jemand hatte sie verschleppt. Nein. Nitsituaan war überwacht. Die Kleristen würden es mitbekommen. Es sei denn, diese Schurken steckten selbst dahinter! Verdammt, Gura Limka müsste davon wissen!

Grimpers Büro befand sich neben den Aufzügen, die kilometertief in den Berg führten.

»Er ist heute Morgen schon ganz früh auf Erzpatrouille gegangen und wird am Mittag zurück sein«, rief sein Vertreter vom wandfüllenden Stollenplan herüber.

Mist! Immer, wenn man jemanden brauchte, war er nicht da. »Können Sie uns einen oder zwei Tage Urlaub geben?«

Der Mann warf ihm einen herablassenden Blick zu. »Frei gibt's am Siebentag.«

Jake lehnte sich über den Schalter. »Aber es ist dringend!«

Der Vorgesetzte kam herbei und musterte Jake durchdringend. »Nichts ist dringlicher als der Wille der Meduse.«

Jake stieg das Blut in den Kopf. »Seien Sie doch nicht so unmenschlich! Vielleicht ist Myriam verletzt und braucht Hilfe!«

Der Mann machte ein besorgtes Gesicht. »Du redest wirr. Du solltest dich im Krankenraum melden.«

Jake schlug mit der Faust auf die steinerne Tischplatte. »Ich habe keinen Tiefenkoller. Ich muss zu Myriam!«

Der Mann kniff die Augen zusammen und trat dicht an Jake heran. »Wenn du nicht krank bist, gehst du besser sofort an deine Arbeit, sonst werden wir deine Privilegien kürzen.«

Jake ballte die Fäuste. Pedro zog ihn zur Seite. »Ruhig, Amigo. Warten wir auf Grimper.«

Warten. Warten. Jake wäre am liebsten von der Arbeit abgehauen. Aber er wusste, was ihm dann blühte.

Bei jeder Gelegenheit schaute er im Büro vorbei. Am Nachmittag herrschte dort Aufregung: Grimper war immer noch nicht zurück. Alle sprachen gleichzeitig. »Einsturz?«, »Schlagwetter?«, keiner wusste etwas Genaues.

»Es gibt etwas Schlimmeres in der Tiefe«, raunte ein untersetzter Bergmann mit Adlernase.

»Ruhe!«, brüllte der Stellvertreter. Alle schauten erwartungsvoll auf den Mann. »Die Überwachungssysteme melden keine Gefahren und auch die Seismographen zeigen nichts an. Grimper wird sich verlaufen haben. Er wagt sich immer viel zu weit über die neuen Bauabschnitte hinaus. Wir werden Suchtrupps zusammenstellen. Pedro. Du kennst dich doch in Sektion WZN-54 aus! Du gehst mit Suchtrupp Drei.«

Grimper war für seine Eskapaden bekannt. Oft war er mit außergewöhnlichen Funden zurückgekommen. Keiner wusste, wie er das machte. Er hat eine Erznase, hieß es.

Grimper fort, Myriam fort. Genügend Leute würden Grimper suchen. Aber wer kümmerte sich um Myriam? Jake arbeitete sich durch das Gedränge. »Ich möchte den Nachmittag frei nehmen!«, sprach er den Stellvertreter an.

»Geh an deine Arbeit, sonst werde ich dich melden!«

Jake zitterte vor ohnmächtiger Wut und ging. Dieser Kerl hielt ihn hier fest, während Myriam ihn brauchte! Noch 7341 Sekunden bis zum Feierabend. Und jede zog sich wie ein ganzer Tag.

Kurz vor Dienstschluss kamen die Suchtrupps zurück. Grimper wurde schwer verletzt abtransportiert. Pedro nahm Jake beiseite. »Komische Sache. Wir haben uns geteilt und einzeln gesucht. Da waren viele eingestürzte Stollen, kein Licht. Ich wollte schon umdrehen, da hab ich Grimper stöhnen gehört. Er hat wie im Fieber geredet und von irgendwelchen Höhlenmenschen gefaselt. Im Tunnel. Ich glaube, sie haben ihn angeschossen. Sah böse aus.« Pedro rückte noch dichter an Jake heran und senkte die Stimme. »Wie er zu sich kam, hat er gesagt, ich soll das Maul halten. Könnte keinem trauen. Ich musste ihn zu den glühenden Steinen schleppen. Stell dir mal sowas vor, Mann. Er hat sie sich auf die Wunden gedrückt, bis sie ganz verbrannt waren und nicht mehr nach Schüssen aussahen. Ich soll weitermachen, wenn er umfällt, hat er gesagt. Sie würden ihn schon wieder zusammenflicken. War schrecklich, Jake. Er war verrückt vor Angst. Was geht da unten vor?«

»Keine Ahnung.« Jake zog Pedro am Ärmel fort. »Lass uns Myriam suchen.«

Wenn tatsächlich die Kleristen ihre Hand im Spiel hatten, wäre alle Suche nach Myriam vergebens. Jake entschloss sich, zuerst Gura Limka aufzusuchen.

»Gut, dass Sie kommen«, begrüßte ihn die Kleristina mit ernstem Gesicht. »Setzen Sie sich.«

Sie reichte ihm einen Ohrring mit einem dunkelblauen Stein in filigraner silberner Fassung. »Können Sie das identifizieren?«

Jakes Knie begannen zu zittern. So einen besaß Myriam. Aber von diesem schlichten Schmuckstück gab es sicher tausende. Das war reiner Zufall. Unverwandt starrte er auf den Ohrring in seiner Hand.

»Wir haben sie gefunden.« Sie machte eine Pause, die Jake wie ein glühendes Messer in den Magen fuhr. »Sie war nicht mehr zu erkennen. Aber unsere Tests haben es bestätigt, es war Myriam. Jake, sie ist tot.«

Jake sank auf den dargebotenen Stuhl. Solche Worte hatte er schon einmal gehört. Vor zwei Jahren. Zwei Polizisten hatten an der Tür geklopft. ›Sie sind der Ehemann von Lilja Forrester?‹ ›Was ist passiert?‹ Er hatte es nicht glauben können, hatte es nicht glauben wollen. Ein halbblinder Greis hatte sie in einer Fußgängerzone über den Haufen gefahren. Seine Lilja. Und jetzt das! Jake ballte die Fäuste, dass sich die Fingernägel in die Haut bohrten, unerträgliche Hitze flutete seinen Körper. »Was ...«

»Es ist im Meer passiert. Offensichtlich wurde sie von einem Grumpfalg angefallen.«

Jake sackte in ein Paralleluniversum. Gura Limkas Stimme drang nur noch aus weiter Ferne zu ihm.

»Ein großer, fleischfressender Fisch ... selten ... normalerweise nicht ... muss mutiert sein ... haben das Biest getötet ... Sie können den Schmuckstein behalten.« Dann legte sich weicher Nebel um sein Bewusstsein.

Jake wusste nicht, wie er zu Pedro gekommen war. Er wusste auch nicht, wie lange er dort gesessen und den Ohrring betrachtet hatte. Wie aus dem Nichts tauchte Björn auf, zog einen schweren Knüppel unter der Jacke hervor und sprang auf Jake zu. Pedro hielt ihn zurück. Björn wütete. Jake verstand nur einzelne Worte im Strom der Beschimpfungen. »Dreckskerl ... deine Schuld ... bring dich um.«

Pedro warf ihn hinaus.

Jake konnte es nicht fassen. Er sah Myriams Gesicht vor sich, dann Liljas, dann wieder Myriams. In Jake öffnete sich ein gefühlloses Nichts, wo nur schwarzes Chaos regierte. Und Jake fiel. Tiefer und tiefer, bis er seinen eigenen Schmerz nicht mehr spürte. Unwirklich zogen die nächsten Tage an ihm vorüber. Pedro schleppte ihn jeden Morgen zur Arbeit, dazwischen tauchte hin und wieder Gura Limka auf. Kurz, belanglos, freundlich. Das Leben würde weitergehen. Es ging ja weiter. Hatte aber keinen Sinn mehr. Die Wunde war frisch und schmerzte höllisch.

Gura Limka ließ sich immer öfter sehen. Manchmal führte sie ihn an den Strand. Schweigend ging sie neben ihm her. Wie ein guter Freund. Gelegentlich legte sie bei Spaziergängen ihren Arm um seine Hüfte. Mit der Zeit schmiegte sie sich enger an. Anfangs nahm er es gar nicht wahr. Dann kamen seine Gefühle wieder zurück, schwermütig, melancholisch. Er sehnte sich nach menschlicher Wärme und verschloss sich gleichzeitig dagegen. Aber ihre Augen drangen zu ihm durch, tief und geheimnisvoll. Sie zogen ihn in ihren Bann.

»Ich möchte, dass du wieder glücklich wirst«, flüsterte sie und trat dicht an ihn heran. »Jake, ich muss dir etwas gestehen.« Sie sah ihm tief in die Augen und Jake hatte das Gefühl, darin zu versinken.

»Ich habe mich in dich verliebt«, sagte sie leise, und dabei fordernd und beschwörend, als sei es ein Zauberspruch.

Jake konnte sich der Wirkung nicht entziehen. Langsam neigte er seinen Kopf, um sie zu küssen. Dann berührten sich ihre Lippen und Leidenschaft pulsierte durch seine Adern. Sie zog ihn auf den Strand.

Jake fiel in einen Strudel von Gefühlen. Schmerz, Einsamkeit und Hoffnungslosigkeit wurden darin aufgesaugt. Was blieb, waren die elementaren Instinkte, wildes Verlangen wogte durch seinen Körper, bis es sich in mächtigen Stößen ergoss. Was danach blieb, war ein Gefühl der Leere.

Sie stand sogleich auf und warf sich mit befriedigtem Gesichtsausdruck ihre Kleidung über. »Lass uns gehen. Ich habe noch viel zu tun!«

Es war, als hätte ihm Gura Limka einen Eimer Eiswasser über den Kopf gekippt. Jake schloss die Augen. Dann lachte er bitter auf. Wie absurd!

Kalte Effizienz und Geschäftigkeit umgaben Gura Limka auf der Rückfahrt wie ein Panzer und ließen Jake frösteln. Ihre plötzliche Distanz stürzte ihn in ein schwarzes Loch. Sie hatte ihm eine Falle gestellt und er war blöde genug gewesen, hineinzutappen. Er fühlte sich ausgenutzt und hatte dabei das völlig verrückte Gefühl, Myriam betrogen zu haben.

»Du denkst an sie?« Ihr Lächeln wirkte höhnisch.

Jake nickte.

»Das geht vorbei. Wenn du mich brauchst, weißt du, wo du mich finden kannst. Ich bin jederzeit für dich verfügbar.«

Ihre Stimme vermittelte keine Wärme und klang geschäftsmäßig. Trotzdem hatte Jake das Gefühl, dass es eine Aufforderung war, sie regelmäßig zu beglücken.

»Ich werde mich melden.«

Sie grinste siegessicher. »Das habe ich nicht anders erwartet. Außerdem bin ich den gewünschten Informationen über den Raumhafen ein ganzes Stück näher gekommen.«

Die Eskapade mit Gura Limka ließ Jake leer. Ein kurzes Abenteuer. Sicher, sie war intelligent und sah verführerisch aus, aber die Wärme, die Nähe und Menschlichkeit, die er für einen Moment in ihr zu spüren geglaubt hatte, waren wie weggeblasen. Nachts plagten ihn Albträume und Fieberphantasien.

Pedro rüttelte ihn wach. »Hast du wieder schlecht geträumt?«

»Von Myriam.«

»Du hast sie sehr geliebt.«

»Das ist es ja. Ich kann nicht glauben, dass sie tot ist.«

»Du bist ein guter Mann, Jake. Aber sie war doch im Meer. Der Hai – oder wie das Vieh hier heißt ... Ich bin Fischer, Jake, und wenn ein so großer Hai dich angreift, hast du keine Chance.«

»Erst habe ich Lilja verloren und jetzt auch noch Myriam.« Jake vergrub den Kopf in beiden Händen. Pedro fiel nichts Besseres ein, als seine muskulösen Arme wie eine Mutter um Jake zu legen.

Im Kathedom betrachtete Gura Limka missmutig das Ergebnis das Schwangerschaftstests. Negativ. Dabei hatte sie den Zeitpunkt perfekt ausgesucht! Sie rief ihren Terminkalender auf und plante die nächste Begegnung mit Jake. Vielleicht sollte sie ihn gleich für zwei volle Tage festnageln, um sicherzugehen, dass es dann klappte.

Noch immer hatte Jake die von Gura Limka versprochenen Informationen über den Raumhafen nicht erhalten. Er meldete sich zu einem neuen Besuch an und wurde sofort eingelassen. Sie zog ihren Fingernagel leicht über die Haut seines Unterarms. »Bald werde ich Ihnen alles zeigen.«

Jake nahm den Arm zurück. Was konnte das schon sein. Von ihrem Fleisch hatte er genug gesehen. Wo blieben die erhofften Lagepläne, Flugpläne, Information über Sicherheitslücken? Sie zögerte das Ganze absichtlich hinaus. Jake beschloss, nach alternativen Fluchtwegen zu suchen. Jetzt, ohne Myriam, brauchte er auf niemanden mehr Rücksicht zu nehmen. Es gab nur noch ein einziges sinnvolles Ziel: den Rückweg zur Erde. »Vielleicht könnten Sie mir mein Datcom wiedergeben!«

»Das würde ich gerne«, sagte Gura Limka und sah ihm lächelnd in die Augen. »Aber dieses Privileg haben Sie selbst verwirkt. Es tut mir wirklich leid. Aber wenn Sie tiefer eindringen möchten, könnten Sie gerne über mich verfügen. Wir könnten uns in privater Atmosphäre treffen oder einen Ausflug in die Berge unternehmen.«

»Sie hören von mir.« Erhobenen Hauptes verließ er ihre Räume.

»Machen Sie keine Dummheiten!«, rief sie ihm nach und wartete, bis er gegangen war. »Hlastana, verschärfen Sie das Beobachtungsprogramm und lassen Sie ihn nicht aus den Augen.«

20

Jake begann, einen Plan auszuarbeiten. Der Schlüssel waren die Schiffe. Er wollte sich als blinder Passagier an Bord schleichen. Und dann ... er würde ja sehen, wo er herauskäme.

Der erste Schritt wäre es, ungesehen in den Hafen zu gelangen. Auf Schleichwegen und zu Fuß. Dazu brauchte er Karten.

Wieder einmal musste er feststellen, dass das für die Öffentlichkeit zugängliche Material unzulänglich war. Die Übersichtskarten waren ungenau, die Detailkarten unvollständig. Unter diesen Umständen konnte er dem Überwachungssystem kein Schnippchen schlagen. Nachdenklich schaute er vom Fenster aus zu, wie Aro und Irm hinter dem Hafen im Meer versanken und Lichtflecken in ungewohnten Farben auf den Himmel malten. Auf einmal hatte er einen Plan vor Augen. Klar und deutlich. Er würde nur einen Versuch haben. Einen einzigen.

Nach ihrem abendlichen Ringen führte Jake Pedro auf den belebten Platz vor dem Kathedom. »Ich werde heute Nacht von hier verschwinden«, flüsterte er ihm zu.

Pedro senkte die Stimme. »Ich verstehe deine Trauer, Amigo. Und da musst du durch. Aber was willst du fortlaufen? Hier warten viele schöne Señoritas auf dich. Wirst sehn, die Zeit heilt alle Wunden.«

»Hör mal – wenn du ganz ehrlich mir dir selbst bist, zieht es dich nicht auch zurück zur Erde?«

»Mich? Jake ich verstehe dich einfach nicht! Kannst du dir ein besseres Land als das hier vorstellen? Nein, hier bekommst du mich nicht weg. Hier muss ich mir keine Sorgen machen, bekomme alles, was ich will, keine Gewalt, keiner stiehlt, immer ist zu essen da und zu trinken. Ahh, und Omlukula.«

Jake lehnte sich zurück und musterte seinen Freund. Er hatte ihn gern, diesen herzensguten Teddybären. Und irgendwo tief in seinem Inneren beneidete er ihn um seine ebenso arglose wie unerschütterliche Zufriedenheit. Jake musste lachen. »Du bist schon in Ordnung, Pedro. Aber ich werde es trotzdem tun.«

Er lehnte sich vor und legte Pedro die Hand auf den Arm. »Ich will Herr meines Lebens sein, und nicht der Sklave irgendeiner Weltanschauung. Kannst du das denn nicht verstehen?«

»Doch. Ich bin von Kolumbien fortgegangen. Und da will ich nie wieder hin.«

Jake sah ihm gerührt in die Augen. »Ist gut, Pedro. Wir werden immer Freunde sein.«

Pedro boxte Jake freundschaftlich auf die Brust. »Wenn du Hilfe brauchst, weißt du, wo du mich findest!«

»Ehrensache!«

Das war es. Ende. Kein Grund mehr, zu warten, kein Grund mehr, zu bleiben. In der Wohnung legte er die Bergmannskluft an und versorgte sich mit Proviant. Pedro steckte ihm zusätzlich eine Taschenlampe, ein Stück Seil und ein Messer aus seinem Besteckkasten in die Tasche. »Nimm's mit. Beim Fischen hab ich sowas stets brauchen können. Das Ding ist zwar nur aus Plastik, aber schneiden tut's doch.«

Jake schüttelte Pedro noch einmal wortlos die Hand. Dann verließ er die Wohnung.

Es war noch vor Mitternacht. Laternen beleuchteten die Straße. Jake zögerte nicht. Zielstrebig ging er auf die nächste Seitengasse zu. Dort gab es weniger Licht und weniger Augen, so hoffte er. Wände mit dunklen Festeröffnungen lehnten sich von beiden Seiten in die Gasse. Er fühlte sich beobachtet und eilte voran. Kanaldeckel konnte er keine erkennen. Lediglich Gatter zum Abfluss des Regenwassers unterbrachen in regelmäßigen Abständen den glatten Belag.

Jake beugte sich zu einem hinab und leuchtet durch die Schlitze. Sicher, wenn er den Deckel entfernte, könnte er wie eine Ratte in das Rohr kriechen, aber es war eng. Wenn er darin stecken blieb, käme er nicht mehr heraus. Jake richtete sich auf und ließ den Blick schweifen. Irgendwo musste es doch einen größeren Zugang zur Kanalisation geben, einen für Wartungsarbeiten. Aber er fand keinen Hinweis darauf. Es war ja auch nur eine Seitengasse. Der Hauptkanal verlief sicherlich unterhalb der Hauptstraße.

Mitten auf der Kreuzung entdeckte er den Deckel. Gleiter huschten darüber. Ein Passant rempelte Jake an und entschuldigte sich mit trunkener Stimme. Auf der anderen Straßenseite patrouillierten zwei Kleristen. Jakes Blick blieb an einer Bar im Eckhaus hängen. Dort könnte er warten, bis die Stadt schlafen gegangen war.

Er war offensichtlich im roten Distrikt gelandet. Schlampig angezogene Frauen und ungepflegte Männer füllten den Schankraum. Es roch nach Alkohol und Schweiß. Raue Stimmen und ordinäres Lachen übertönten den stampfenden Rhythmus der Musik. An der Theke erblickte Jake einen freien Barhocker zwischen zwei schmierbäuchigen Kerlen, die mit dem Rücken zum Tresen saßen. Sie hielten sich an ihren Gläsern fest und begafften die Frauen. Er quetschte sich dazwischen und bestellte ein Bier. Bis weit nach Mitternacht gab er vor zu trinken. Dann verließ er torkelnd das Lokal.

Draußen schlug ihm kühle, feuchte Luft entgegen. Dichter Nebel lag über der Stadt und waberte in die Straßen, wo die lila Lichtkegel der Laternen gespenstische Schatten auf die diffusen Konturen der Häuser warfen. In einer Seitenstraße verhallten Schritte. Jake grinste in sich hinein. Die Luft war rein, der Zeitpunkt perfekt. Er hielt auf die Mitte der Kreuzung zu, stolperte und ließ sich bäuchlings auf den Kanaldeckel fallen. Aus den Belüftungslöchern stieg ihm der Geruch einer Kloake entgegen. Jake rümpfte die Nase. Egal!

Er betastete die Abdeckung, fand aber keinen anderen Angriffspunkt als die engen Löcher. Pedros Seil! Er nahm den Strick aus der Tasche und schob das Ende in eins der Belüftungslöcher. Mithilfe des Messers angelte er es durch ein anderes wieder heraus und verknotete die Schlinge. Die Schnur nahm er fest in seine Faust. Vorsichtig sah er sich noch einmal nach allen Seiten um. Der Nebel würde sein Tun kaschieren.

Gespielt unbeholfen erhob er sich, taumelte und ließ sich rückwärts fallen. Dabei zog er mit seiner ganzen Kraft an dem Strick, aber der Deckel saß wie einbetoniert.

Jake setzte sich. Er brauchte ein Werkzeug. Eine Anhängerkupplung oder sonst etwas, das kräftig an dem Seil ziehen könnte. Und auf Nitsituaan war das ... Er grinste. Mit lallender Stimme rief er einen Gleiter.

Drei Herzschläge später schoss das Gefährt aus dem Nebel, hielt neben ihm an und öffnete die Tür. Mit einer scheuchenden Handbewegung warf Jake das Ende des Seils in die Kabine. »Fahr zur Hölle!«, rief er dabei. »Ich will dich nicht mehr! Fort mit dir!«

Augenblicklich gehorchte das Fahrzeug, schloss mit leisem Zischen die Tür und fuhr an. Dann ging alles im Bruchteil einer Sekunde: Das Seil straffte sich, zog den Deckel scheppernd eine Handbreit vom Einstieg fort und riss.

Alarmsirenen setzten ein.

Jakes Herz raste. Er steckte die Beine in den sichelmondförmigen Spalt. Zu eng. Mit aller Kraft stemmte er sich gegen den Deckel, rüttelte und drückte. Seine Muskeln schmerzten, das Blut pochte in seinen Schläfen. Dort unten führte der Weg in die Freiheit und er konnte das verdammte Ding keinen Millimeter bewegen. Da bemerkte er fernes Sirren. Der Nebel am Ende der Hauptstraße leuchtete im Scheinwerferlicht nahender Fahrzeuge auf. Jake sprang auf und rannte auf die Seitengasse zu. Er spurtete in das Halbdunkel. Das Sirren hinter ihm näherte sich rasch. Jake rannte wie noch nie in seinem Leben. Er entdeckte eine Lücke zwischen zwei Gebäuden. Zu eng für Gleiter. Wenige Sätze brachten ihn in die vorläufige Sicherheit.

Aber die Kleristen würde ihm den Weg abschneiden. Er wechselte die Richtung. Er musste unberechenbar bleiben. Wie ein Schatten huschte er über Hinterhöfe und wand sich durch die engen Lücken zwischen den Häusern. Unvermittelt stieß er auf Ruinen. Jake machte sich keine Gedanken darüber. Er rannte.

Vor ihm versperrte eine Mauer den Weg. Jake fand einen Spalt in der angrenzenden Hauswand und zwängte sich in das verfallene Gebäude. Hüfthoher Schutt lag in den Korridoren und machte das Fortkommen schwer. Gehetzt sah er sich um. Die Lichter von Stablampen blitzen im Nebel. Weiter.

Durch ein Fensterloch kroch er wieder ins Freie. Ein Innenhof. Rechts sah er eine Lücke zwischen zwei eingefallenen Häusern. Dahinter kletterte er auf eine rissige Mauer und blieb wie angewurzelt stehen. Vor ihm lag ein verwahrloster Streifen eingestürzter Gebäude und dahinter erhoben sich die glatten Wände des Kathedoms, das seine Türme in den Nebel streckte. Lautlos ließ er sich hinab. Alles, aber auch alles in dem Gelände vor ihm war verfallen. Jake konnte sich an keine Karte erinnern, in der diese Zone verzeichnet gewesen wäre. Bestimmt gab es hier noch nicht einmal Überwachungssysteme. Jake fuhr sich mit dem Daumen nachdenklich über die Kinnspitze. Wenn er zwischen den Trümmern einen Einstieg in die Kanalisation fände, würden die Kleristen seine Spur sicherlich verlieren. Er spürte frische Energie in sich aufsteigen und ging weiter.

Zwischen Ruinen und über Schutthalden hinweg arbeitete er sich langsam vorwärts. Jake kam sich winzig vor, wie eine Ameise. Vor ihm türmten sich die spiegelnden Wände des Kathedoms, hinter ihm glühte der Nebel im Licht der Suchscheinwerfer. Es war nur eine Frage der Zeit, bis die Kleristen bemerkten, dass er in diesen vergessenen Stadtteil entkommen war.

Jake machte sich keine Illusionen, was sie mit ihm anstellen würden. Es gab kein Zurück mehr. Aber die Hoffnung, in diesem Chaos den rettenden Zugang zu finden, schwand mit jedem Schritt. Alles war zerstört. Jake ließ sich erschöpft auf einem Schotterhaufen nieder und starrte in den Nebel. Der rote Distrikt, von dem er gekommen war, lag südlich des Kathedoms. Wenn er dessen Mauern zu seiner Rechten hielt, müsste er Richtung Hafen kommen, nach Westen also. Dieser Streifen Niemandsland konnte ihn seinem Ziel zumindest ein Stück näher bringen. Jake schlug sich entschlossen auf die Schenkel, stand auf und kämpfte sich weiter durch den Schutt. Oft gab das Geröll unter seinen Füßen nach und er musste die Hände zu Hilfe nehmen. Scharfkantiger Kunststoff schnitt ihm in die Finger, an grobem Gestein schürfte er sich die Haut auf. Schließlich brannten seine Hände wie Feuer. Seine Beine wurden schwer. Jake dachte an die Erde, den Strand. Dann tauchte Myriams Gesicht vor seinem inneren Auge auf. Und auf einmal gab der Boden nach.

Jake rutschte. Das Geröll zog ihn in einen dunklen Abgrund. Er versuchte, das Gleichgewicht zu halten und nicht unter die Lawine zu geraten. Er lief wie auf einer Sanddüne hinunter, stolpernd, rutschend. Und plötzlich ging er in die Knie. Unerwartet spürte er festen Boden. Blitzschnell rappelte er sich auf und lief weiter. Nachkommendes Geröll prasselte herab und breitete sich rauschend hinter ihm aus. Dann kam es zur Ruhe. Jake blieb stehen.

Um ihn herum war es totenstill und stockdunkel. Staub reizte seine Kehle und brannte in den Lungen. Jake hustete. Er zog die Taschenlampe hervor und leuchtete umher. Staubteilchen wirbelten wie kleine Sonnen im scharfen Lichtkegel. Der Schutthaufen reichte bis unter die Decke. Von dem Durchbruch war nichts zu sehen. Verschüttet.

Jake zuckte die Achseln. Selbstmitleid nutzte nichts und es gab bestimmt irgendeinen Weg, um aus diesem Loch herauszukommen.

Rechter Hand erkannte er eine Mauer aus ungleichförmigen, grob gehauenen Steinen. Sie wirkte wie die Grundfeste einer Trutzburg aus längst vergangenen Zeiten und begrenzte einen Raum, dessen Ausmaße Jake nicht erahnen konnte. Das Licht der Lampe verschwand in der dunklen Weite. Der Strahl traf lediglich auf regelmäßig angeordnete Säulen, die eine niedrige Decke trugen. Wie in den Katakomben von Rom, dachte Jake. Eine Stadt unter der Stadt. Er ließ seine Blicke über das Zeugnis einer uralten Epoche Njaminglohs schweifen. Die Anlage stammte vermutlich aus einer wesentlich primitiveren Zeit. Lange vor der Raumfahrt. Jake fragte sich, ob sich die Menschen auf Nitsituaan früher entwickelt hatten, als auf der Erde. Waren die Erdenmenschen am Ende gar Abkömmlinge von Nitsituaan? Kamen Adam und Eva aus Njamingloh?

21

Gura Limka hatte Myriam in eine luftige Zelle überführt. Ihr Kind musste gesund und stark zur Welt kommen. Gura Limka war es gelungen, das Energiesystem des Kathedoms anzuzapfen und Myriam mit den lebensnotwendigen Dingen zu versorgen. Neben Essensautomaten hatte sie unbemerkt Lern- und Unterhaltungsmaschinen besorgt, denn auch die geistige und psychische Gesundheit des Kindes waren ihr wichtig, und die entwickelte sich ja schon im Mutterleib.

Myriams Vorliebe für Astronomie und Technologie verwunderte Gura Limka. Auch schien sie sich für die verschiedensten Lebensformen zu interessieren. Aber im Grunde war es Gura Limka egal, womit sich Myriam beschäftigte.

»Was macht unser Kind?«, fragte sie bei jedem ihrer Besuche.

»Jakes Kind!«, antwortete Myriam kühl.

»Hast du einen Wunsch, Liebes?«

Myriam zerrte an ihrer Fessel. »Ich will hier raus!«

»Sicher«, sagte Gura Limka beiläufig und überzeugte sich von der Funktionsfähigkeit der Minikantina.

»Wo ist Jake?«

»Er ist tot.«

Myriam funkelte die Kleristina böse an. »Er wird Sie hassen.«

Gura Limka lachte. Sie brauchte doch nur seinen Samen. Sie stellte sich vor, wie sie Myriam, wenn es so weit sein würde, langsam die Kehle durchschnitt. »Kann ich sonst noch etwas für dich tun?«

Myriam stampfte mit dem Fuß auf. »Verrecken sollen Sie!«

Lachend verschloss Gura Limka die Zelle hinter sich. Noch während die Riegel kreischten, sprangen Myriams Fesseln ab.

Sie warf sich auf ihr Bett und weinte.

Beim Widerhall eines fernen Geräusches fuhr Jake zusammen. Er löschte das Licht und lauschte angestrengt in die Dunkelheit. Hatte das nicht wie das Schieben eines eisernen Riegels geklungen? In der Richtung vermutete er das Kathedom. Offensichtlich wurden einige Teile der unterirdischen Anlage doch noch genutzt. Wahrscheinlich von Kleristen. Bilder grausiger okkulter Rituale kamen ihm in den Sinn – blutige Messer, Eunuchenmacher, und Menschenopfer. Jake schauderte.

Es war Zeit, sich wieder in Bewegung zu setzten. Er musste aufpassen, dass er sich nicht verirrte. Mit dem Fuß zog er einen Pfeil in die dicke Staubschicht, die den aus gebrochenen Steinplatten bestehenden Boden bedeckte.

Am Ende der Säulenhalle fand er einen Durchgang. Dahinter führte der Weg in ein Gewirr von Gängen, Sälen und Kammern. Jake versuchte, eine generelle Richtung beizubehalten, entgegengesetzt zu der, aus der das Geräusch gekommen war, doch schon bald verlor er die Orientierung. Nirgendwo fand er einen Ausgang. Schließlich versperrte ihm auch noch eine Wand den Weg. Jake leuchtete umher. Links oder rechts? Die Mauer sah in beiden Richtungen gleich aus. Jake setzte sich und zog die Beine an. Wohin? Um ihn herum trippelten Krallen auf dem Steinboden. Ein dünner Hauch von Moder und Kloake zog ihm in die Nase. Jake schnupperte wie ein Kaninchen, dann sprang er auf. Der Geruch leitete ihn zu einem Torbogen. Dahinter führte eine steinerne Treppe in eine Tiefe, aus der unerträglicher Gestank und Wasserrauschen heraufdrangen. Die Kanalisation! Jakes Herz pochte. Er hielt sich einen Ärmel vor den Mund und unterdrückte das Würgegefühl. Unten stieg er angewidert aber hoffnungsvoll in die stinkende Brühe, die kalt an seine Knöchel klatschte. Er watete vorsichtig auf glitschigen Steinen mit der Strömung.

Endlich tauchte ein winziges Pünktchen Tageslicht vor ihm auf. Seine Schritte wurden länger. Am Ausgang schlug ihm feuchtwarme, salzige Seeluft entgegen. Jake nahm ein paar tiefe Atemzüge. Sie schmeckten wie ein Festmahl. In der Morgendämmerung sah er etwa eine halbe Meile nördlich den Hafen. Zu weit weg. Kurz entschlossen watete er ein Stück zurück und wählte an einem Verteiler ein anderes Rohr, dem er eine Zeitlang folgte. Gebückt kam er bis zu einer Art Zisterne. Ein Gitter versperrte den Auslass. Am Ende des Rohrs sah Jake den winzigen Ausschnitt vom Rumpf eines Schiffes. So nahe dem Ziel. Er packte die Stäbe mit beiden Händen und rüttelte mit aller Kraft daran. Sie bewegten sich nicht.

Jake ließ sie los und sah sich um. In etwa fünf Metern Höhe erblickte er eine Luke. Eiserne Griffe an der Wand führten hinauf. Geschwind wie ein Affe kletterte er empor und lauschte. Draußen war es still. Jake fand den Öffnungsmechanismus. Er legte die Handfläche auf den Sensor und augenblicklich schob sich der Deckel zur Seite. Jake hielt den Atem an. Brummen. Es kam aus einem kleinen Raum mit Armaturen, Ventilen und Rohrleitungen. Ein Kontrollraum. Die Eingangstür war fest verschlossen, aber unter der Decke sah Jake einen Belüftungsschacht.

Lautlos kletterte er an den Rohren empor und schob sich in den Schacht. Nach zwei Metern endete der an einer Blende. Jake hob vorsichtig eine Lamelle an. Der Ausflug hatte sich gelohnt! Eines der großen Schiffe versperrte ihm den Blick auf die See. Aus dem Heck wuchsen diese merkwürdigen Düsen und spiegelten das Morgenlicht. Container schwebten wie von allein aus hangartorgroßen Ladeluken und strebten in einem langen Strom den Lagerhallen zu. Außer einer Handvoll Kleristen sah Jake keine Menschen. Alles war automatisiert. Hier kamen also die Geschenke der Meduse an. Das Zeug wurde in Übersee produziert. Jake war sich nun ganz sicher, dass er dort auch einen Raumhafen finden würde.

Er machte es sich in dem Schacht bequem. Bei Anbruch der Dunkelheit wollte er sich auf das Schiff schleichen. Aber warten war nicht seine Stärke. Er zwang sich zur Ruhe.

Immer wieder spähte er nach draußen. Es waren höchstens dreißig Meter bis zu dem Schiff. Das würde er im Spurt locker schaffen. Sein Magen knurrte und er kramte in der Tasche nach seinem Proviant. Noch hatte er ausreichend zu essen. Er dachte an Pedro und wünschte, ihn an seiner Seite zu haben. Er würde ihn vermissen. Sein Lachen und seinen Optimismus. Aber er konnte ihn verstehen. Wenn man keine hohen Ansprüche stellte und den Kleristen gehorchte, war das Leben auf Nitsituaan leicht und bequem. Jake hoffte, dass Pedro hier wirklich ein besseres Leben fand, als in Kolumbien.

Aber für Jake schien Nitsituaan nichts mehr zu bieten zu haben. Das einzig Wertvolle hatte er bereits verloren. Myriam. Er dachte an die lange Reise mit ihr ... den Strand ... und Lundsiel. Jetzt war sie wahrscheinlich tot. Er atmete tief durch und wischte sich mit dem Handrücken die Tränen aus den Augen.

Plötzlich packte ihn eine unsichtbare Faust und riss ihn mit übermenschlicher Gewalt mitsamt der Verblendung aus seinem Versteck. Der Schrecken durchfuhr ihn wie ein heißes Eisen. Ehe er sich versah, lag er auf der Straße. Aus dem Augenwinkel sah er Kleristen und Adjutoren auf sich zukommen. Er wollte aufspringen, aber kein Muskel bewegte sich. Sein Körper schien ihm völlig den Dienst zu versagen. Nur sein Herz raste.

Dann waren sie da. Ein Roboter richtete einen mit einem spitzen Gerät ausgestatteten Arm auf Jake. Höllische Schmerzen entflammten an seinen Nervenenden und zogen langsam seine Nervenbahnen entlang, bis sie das Gehirn erreichten. Dann wurde es dunkel.

Als Jake wieder zu sich kam, stand er auf seinen Füßen. Eine äußere Kraft hielt ihn wie eine unsichtbare Faust aufrecht. Sein Kopf schmerzte, als wäre sein Hirn von tausend Nadeln durchbohrt. Die Nachwehen der Elektroschocks. Vor ihm stand ein Dutzend Kleristen im Halbkreis. Der Boden unter ihren Füßen leuchtete gedämpft, dafür schien das schwarze Wasser jenseits der gläsernen Kuppelwand hinter ihnen das gesamte Licht aufzufressen. Bedrückende Stille lag im Raum, aber in seinem Kopf summten Gedanken, die nicht seine waren. Die unfokussierten Augen der Kleristen, die ihn teilnahmslos anstarrten, versprachen nichts Gutes. Den Mittleren zeichnete eine weiße Robe mit silbernen Wellenlinien als den Ranghöchsten aus. Gewichtige Falten furchten sein Gesicht. Links von ihm standen bewegungslos Gustu Galvir und Gura Limka. Ihr starrer Blick befremdete Jake. So hatte er die Kleristina noch nie gesehen. Doch im Gegensatz zu ihren Kollegen blitzten ihre Augen in verhaltenem Zorn. An der Peripherie hatten sich dutzende von Adjutoren aufgereiht. Jake kam es vor, als starrten sie ihn an.

Ich bin Gustu Aldurses, oberster Priester der Meduse und Vollstrecker ihres Willens, hörte Jake eine körperlose Stimme in seinem Kopf. Gleichzeitig ertönten dieselben Worte wie ein Echo aus dem Mund des Kleristen mit der silberdurchwirkten Robe.

Warum hörte er es doppelt? Hatten die Elektroschocks sein Hirn geschädigt? Fassungslos starrte er den Hohepriester an, doch der wirkte wie in Trance.

Wie bist du zum Hafen gekommen?, fragte die unhörbare Stimme, während die gleiche Frage aus dem Mund des Priesters echote.

Jake schüttelte den Kopf. So schlimm war es noch nie mit den Stimmen gewesen. Vielleicht wollten sie ihn auf diese Weise foltern. Aber verraten würde er seinen Geheimweg nicht. »Ich weiß es nicht.«

Spitz wie eine Nadel drang etwas Fremdes in seine Sinne ein. Wie eine Schlange glitt es in seine Gehirnwindungen. Jake fühlte sich aus seinem eigenen Bewusstsein gedrängt. Er spürte eine kalte Panik in sich aufsteigen, trotzdem stemmte er seinen ganzen Willen gegen diese mentale Macht, sie sich unerbittlich in sein Hirn bohrte. Seine Muskeln spannten sich. Schweiß perlte auf seiner Stirn. *Nein!*, schrie er innerlich auf. *Das ist mein Kopf. Nein!* Plötzlich war die Attacke vorbei, aber eine Welle erregter Gedanken folgte. Er erwischte nur Fetzen: ... *kann sich sperren ... paranormale Fähigkeiten ... gefährlich ... nützlich? ... lügt es? ... die Leithomiden geben keine Hinweise.*

Es kam Jake so vor, als ob sich in seinem Kopf ein Wortgefecht abspielte, das er wie durch eine geschlossene Tür hören konnte. Verwirrt betrachtete er die Kleristen, aber die standen mit stoischen Gesichtern im Halbkreis.

Frage den Erdling, ob er gelogen hat, und interpretiere seine Reaktion.

»Lüge nicht! Sonst trifft dich die Strafe der Meduse!«, donnerte der Hohepriester.

Jake hielt die Luft an: Wer gab dem Oberhaupt mentale Befehle? War es die Göttin? Konnte es sein, dass auch er, Jake, die Meduse hörte?

»Ich weiß es nicht«, stotterte er, doch dann traf ihn die Erkenntnis wie ein Schlag: Die körperlose Stimme hatte ihn als Erdling bezeichnet! Sie wusste, wo er herkam. Da musste jemand aus Fleisch und Blut dahinterstecken. Jemand, der diese Menschen manipulierte. Alles war Lüge. Alles. Es gab keine Göttin – aber dafür einen Tyrannen oder eine Art Diktator, der den Willen, das Bewusstsein, durch mentale Stimmen kontrollierte.

Jake zitterte. »Wer seid ihr?«, rief er in das Nichts hinter den Kleristen, wo er den Ursprung der körperlosen Stimmen vermutete.

Es kann uns hören.

»Zeigt euch!«, rief Jake.

Er erhielt keine Antwort. Stattdessen drang etwas in seine Gedanken ein. Wieder konnte er es abwehren.

Es lässt sich nicht beeinflussen. Wir müssen diese Gene eliminieren.

Jake schoss Hitze in den Körper.

Es ist eine Gefahr. Wir sollten es einschläfern.

Jake erstarrte. Entsetzt lauschte er auf die körperlosen Stimmen.

Aber geehrter Klabu'teranuster, es hat sich noch nicht rentiert. Es wurde noch nicht ausreichend eingesetzt.

Wir kennen Ihre Meinung, bester Wate'medaludes, bitte verschonen Sie uns damit. Der Homide taugt nichts, also weg mit ihm. Das ist meine Ansicht. Ich sage: Eliminieren!

Fassungslos sah sich Jake im Saal um. Sie redeten über ihn, keine Frage. Wer? Und sie taten es, als hätten sie nicht mehr als einen räudigen Hund vor sich.

Verkünde das Urteil der Meduse.

Der Hohepriester hob die Arme: »Die Meduse hat dir die große Ehre erwiesen, dich in ihr ewiges Reich einzulassen.«

Der Mann war nur eine Marionette. Aber wer war sein Puppenspieler? »Ich protestiere aufs Entschiedenste!«, rief Jake.

Der Würdenträger blieb still, doch die Adjutoren bewegten sich. Und da kam Jake ein Verdacht. Kamen die mentalen Befehle von den Robotern? Waren sie am Ende gar nicht die Werkzeuge der Priester? War es umgekehrt? Hielten sie die Kleristen in Bann und kontrollierten sie? Hypnoroboter. Sie standen im Dienst der wahren Herren des Planeten. Jake stemmte sich verzweifelt gegen die unsichtbare Kraft, die ihn nun auf den Boden zwang.

Salbungsvoll trat der Hohepriester auf Jake zu, zog ein rubinbesetztes Messer unter seiner Kutte hervor und hielt es weihevoll gen Himmel. »Am Siebentag wirst du bei Sonnenaufgang ihr Reich betreten.«

In Gura Limkas Gesicht zuckte ein Muskel. Langsam folgte sie den Priestern, die Jake in in Richtung eines Zellentrakts abführten. Er hatte nur noch einen Tag zu leben.

22

Wate'medaludes war enttäuscht und verärgert über die Ignoranz der Politiker. Wate hatte größte Mühe, seine acht vor Erregung zuckenden Tentakel wieder in Reih und Glied zu bringen. Er saugte sie fest an die Kontrollpaneele seiner Auftauchzelle und versuchte, sich zu entspannen. Jetzt galt es, Nerven zu bewahren und es noch einmal mit logischen und vernünftigen Argumenten zu versuchen. Er deaktivierte den Sichtschutz der Beobachtungskuppel und wendete sein Gefährt. Er wollte seinem Gegenüber in die Augen schauen.

Klabu'teranuster war ein politischer Aufsteiger. Seine Fraktion hatte ihn einstimmig zum Vorsitzenden gewählt und er machte keinen Hehl daraus, dass er mit seiner kleinen Partei große Pläne hatte. Mit Ehrgeiz, Geschick und Kaltschnäuzigkeit hatte er sich erst kürzlich in den Homiden-Ausschuss manövriert. Wate, der keiner Partei angehörte, sondern als Raumschiffkommandant im Sachverständigen- und Beraterstab des Gremiums agierte, mochte ihn nicht. Er hatte das Gefühl, dass es dem Polit-Neuling nicht um die Sache ging, sondern nur darum, sich schnellstmöglich im Großen Rat zu profilieren.

Auch Klabu'teranuster hatte die Sichtblende seiner Auftauchzelle geöffnet und starrte dem Homidenbock hinterher, der von den Leithomiden abtransportiert wurde. Auf seiner dunkelblauen Haut pulsten fluoreszierende Wellen von zornigem Rot. Wate konnte seine Gedanken nicht lesen, denn Klabu'teranuster schirmte sie ab.

Höflich klopfte der Commander auf telepathischem Wege an. *»War es weise anzuordnen, ein so exquisites Exemplar zu eliminieren?«*, fragte er dann mental.

Klabu'teranuster wendete seine Auftauchzelle, bis Wate seine dunklen Augen sehen konnte, in denen sich das Licht des Raumes spiegelte. *»Es ist abartig. Es kann uns hören.«*

»Ich verstehe nicht, was daran so schlimm sein soll. Die Leithomiden haben doch dieselbe Gabe.«

»Geschätzter Commander, es ist mir durchaus nicht fremd, dass Sie sich für diese Tiere mehr engagieren, als es unseren Vorstellungen gerecht wird«, entgegnete Klabu'teranuster, sein Unterton hatte etwas Lauerndes. *»Wie Sie wissen, haben wir die Leithomiden komplett unter mentaler Kontrolle, aber jener Bock dort war eine ausgesprochene Fehlinvestition, dumm, störrisch, aufsässig und unkontrollierbar. Ich muss dem Gremium leider Recht geben. Es ist anzunehmen, dass er die ganze Herde verstören würde, wenn man ihn laufen ließe.«*

Wate sah, wie Klabu'teranuster ungeduldig mit seinen Tentakelspitzen wippte. Doch immerhin, er hatte sich einer neuerliche Diskussion gestellt, es war also noch nicht alles verloren. *»Er mag vielleicht ein bisschen widerspenstig sein, aber ich hatte den distinguierten Eindruck, dass* *dieser Doktor'jakedexterforrester alles andere als ein dummes, ja, vielmehr ein ausgesprochen intelligentes Individuum darstellt. Das würde der Population, die dringend Auffrischung braucht, doch nützen.«*

Die roten Wellen auf Klabu'teranusters Haut wichen einem immer stärker werdenden, oberlehrerhaften Gelb, das Wate nur schwer ertragen konnte: *»Das dünkt uns umso schlimmer, denn so kann er sich nicht nur unserer Kontrolle entziehen, sondern seine argen Charaktereigenschaften auch noch gegen uns einsetzen. Intelligenz bei Tieren, mein lieber Commander, ist heikel. Sie ist gefährlich.«*

»Bei allem Respekt, ich habe das Gefühl, dass man hier überreagiert. Liegt nicht gerade in seiner hervorragenden Auffassungsgabe ein Potenzial, das sich zu erforschen und zu nutzen lohnen würde?«

Hinter Wate schwebten die Auftauchzellen der anderen Ausschuss-Mitglieder vorbei, die dem Ausgang zustrebten. Eine schwenkte aus dem Strom heraus und schob sich an seine Seite.

»Wate'medaludes, Ihr Engagement in Ehren, wir wissen es zu schätzen«, mischte sich der Ausschuss-Vorsitzende, Minister Jota'kumulkappur, in das Gespräch. *»Aber bleiben Sie bitte realistisch. Wir tun doch alles, um die Homiden-Angelegenheiten zum Besten zu regeln. Die Tiere werden optimal versorgt, ihren Fähigkeiten nach eingesetzt und in ihrem Arbeitseinsatz nie überfordert. Wir waren es doch, die die artgerechte Haltung eingeführt haben. Dazu gehört aber auch, dass man unpassende Individuen aus der Herde nimmt, bevor etwas passiert.«*

»Hervorragend ausgeführt, Hoher Minister, wenn ich mir erlauben darf«, fiel Klabu'teranuster ein. *»Was nicht funktioniert, muss entfernt werden. Im Übrigen wurde so schon immer verfahren. Mit Erfolg, wie man weiß.«*

Minister Jota machte eine theatralische Geste und setzte nach: *»Meine werten Oktomajesten, wir dürfen nie vergessen, wir haben die Verantwortung für unser ganzes Volk.«*

»Wir haben auch die Verantwortung für jeden einzelnen Homiden.«

Noch ehe Wate weitersprechen konnte, hatte sich Klabu'teranuster so nah herangeschoben, dass die Auftauchzellen fast zusammenstießen. Seine Haut zeigte ein bewegungsloses, kaltes Blau. *»Sie täten besser daran zu schweigen. Schließlich waren Sie es, der als Kommandant der letzten Sol-Expedition dieses nichtsnutzige Exemplar unter immensen Kosten eingefangen hat. Ein Fehlaufwand. Ja, wahrlich, ein schmerzlicher und gar unnötiger Verlust für den Etat.«*

Jetzt hatte Wate alle Mühe, den neutralen Farbton auf seiner Haut unter Kontrolle zu halten. »Ein Verlust wird es erst sein, wenn es eingeschläfert wird.«

»Ein Schluss der Debatte wird es sein. Wir haben für derlei Lappalien nicht die Zeit.« Klabu'teranuster drehte ab. *»Hoher Minister, Sie verzeihen, die Arbeit ruft, ich darf mich empfehlen!«*

Er steuerte auf den Ausgang zu. Bevor er den Raum verließ, legte sich wieder die silbrige Verspiegelung über die Kuppel seiner Steuerkanzel.

»Er ist fürchterlich!« Wates Haut schillerte dunkelrot und seine Tentakelspitzen zuckten.

»Bewahren Sie die Ruhe, guter Freund!« Minister Jota wandte sich ebenfalls dem Ausgang zu. *»Sie wissen, dass die politische Situation angespannt ist, vorsichtiges und kluges Taktieren ist jetzt angeraten. Die Homiden-Gegner werden stärker. Sie würden die Tiere am liebsten abschaffen. Wenn wir die Homiden erhalten wollen, dürfen wir Klabu'teranuster und seinen Anhängern keine neuen Argumente liefern.«*

»Aber ...«

»Und machen Sie sich keine Sorgen wegen der Kosten Ihrer Expedition, lieber Commander. Der andere Bock, den sie eingefangen haben, hat sich ja bestens bewährt!«

Jota fuhr den Sichtschutz hoch und entfernte sich rasch. Frustriert sah Wate ihm nach. Er hatte das Gefühl, der Hohe Minister machte mit seiner Taktiererei einen kapitalen Fehler. Und dafür opferte er auch noch einen Homiden, der nicht nur über außergewöhnliche Fähigkeiten verfügte, sondern auch nichts für diese politischen Querelen konnte.

Er dachte an Doktor'jakedexterforrester und wie froh er gewesen war, ihn lebend aus dem Meer geborgen zu haben. Dass er etwas ganz Besonderes und mit anderen Homiden nicht vergleichbar war, hatte er in dem Moment gewusst, als er ihn an Bord nahm. Bei der Überfahrt hatte er ihn eingehend beobachtet, sein Verhalten studiert. Was er so faszinierend fand, war, dass der Homide aus dem gewöhnlichen Muster abwich und sehr ungebärdig auf die Weibchen reagierte, die wilde Böcke normalerweise schnell besänftigten. Er war sehr selektiv und eigen. Und irgendwie fand Wate das sehr sympathisch. Nur ungern würde er ihn verloren geben. Schon gar nicht an so einen egoistischen, arroganten Tintenspritzer wie Klabu'teranuster.

Aber wie konnte er ihm helfen? Wate presste Wasser durch seine Kiemen. Er verließ den Raum und aktivierte den Sichtschutz. Schließlich wollte auch er sich nicht den Blicken der Homiden aussetzen, die eine unangenehme Art hatten, alles mit ihren stechenden Augen zu fixieren.

23

›Kluges und vorsichtiges Taktieren ...‹ Die Worte des Hohen Ministers gingen Wate'medaludes einfach nicht aus dem Kopf. Wie er diese Spielchen hasste! Er hätte für den Heimweg den Scooter nehmen können, aber er brauchte jetzt erst einmal Bewegung, um sich abzureagieren. Mit kräftigen Tentakelstößen schwamm er an den Korallenbänken vorbei in Richtung seiner Wohngrotte. Vielleicht sollte er eine Aufklärungskampagne starten, um mit den Vorurteilen gegen die Homiden aufzuräumen. Die ganze hysterische Diskussion sollte sich doch mit logischen Argumenten aus der Welt schaffen lassen. Wenngleich ... Eine Erinnerung stieg in ihm auf, die ihn peinlich berührte und Wate verlangsamte sein Tempo. Wenn er ehrlich war, musste er sich eingestehen, dass auch er einmal anders gedacht hatte. Damals.

Tenka hatte ihren Primärtentakel zärtlich um ihn gelegt. *»Du hättest die wohlgemeinte Versetzung diplomatisch ablehnen können, liebster Wate'medaludes«*, übermittelte sie telepathisch, *»du musst sie nicht annehmen, nur weil dir dadurch mehr Privilegien zufallen.«*

Er wandte sich seinem Weibling zu und sah sie aus seinen großen, schwarzen Augen lange an. Auf ihrer tiefblauen Haut zeigte sich ein heller Schimmer. Sie sorgte sich. Langsam blies er Wasser durch die Kiemen und heftete seinen Blick auf das Ei in der Brutbucht der Schlafgrotte, die Tenka mit einem sanften Strom aus ihren Kiemen besprudelte. Ihr Erstes.

»Wenn unser Junges schlüpft, liebste Tenka'kulinassa, hätte ich gerne eine Wohnhöhle in der Südströmung«, antwortete er so nachdrücklich, als wollte er sich selbst Mut zusprechen. *»In unserer Gegend werden die Kleinen von all dem Homidendreck im Wasser krank.«* Wates Haut begann, in ärgerlichem Rot zu schimmern. *»Man sollte endlich etwas dagegen unternehmen!«*

Wenig später schwamm er mit kräftigen Tentakelstößen durch das trübe, stinkige Wasser Richtung Omniscooterhaltestelle. Zu beiden Seiten erhoben sich von zahllosen Wohnhöhlen durchlöcherte Wände – eine düstere Durchgangsschlucht, die einst einem Korallenriff nachgebaut worden war. Jetzt überzog eine braune, schleimige Schicht die Oberflächen. In diesem Teil der Stadt gab es noch nicht einmal Anemonenhaine oder Tangparks. Er wollte fort von hier und wenn er dafür hundert Zyklen mit diesen furchterregenden Tieren arbeiten musste.

Die Enge im Omniscooter ließ Wates Haut jucken. Altersblasse Oktoftewiltabinen schlangen ihre kraftlosen Tentakel um die Haltestangen, dazwischen wuselten Junge auf dem Weg zur Edukatia herum, ihre Tentakelspitzen grell gefärbt.

»Sie haben einen neuen Job?«

Wate fuhr herum und erblickte seinen geschwätzigen Nachbarn, der zwei Wohnhöhlen weiter wohnte. Zu spät zum Ausweichen.

»Mit Homiden? Dann lassen Sie sich nicht fressen«, blubberte der Nachbar, dessen aufgeblähter Kopf im Rhythmus der Strömung hin- und herpendelte. *»Ich hätte nie gedacht, dass jemand wie Sie Auftauchzellen steuern kann.«*

Der träge Fisch wusste vieles nicht und Wate hatte auch keine Lust, ihn darüber aufzuklären. *»Ich muss gleich aussteigen«*, übermittelte er so höflich er konnte und schwamm Richtung Ausstieg.

Homidenaufseher. Das war also sein neuer Beruf. Ein heißer Schwall durchlief ihn jedes Mal, wenn er an diese riesigen, haarbewachsenen Tiere mit den grausamen Augen dachte. Sie hatten in der Vergangenheit Oktoftewiltabinen gejagt und gefressen, diese Bestien! Sicher würden sie es wieder tun, gäbe man ihnen die Gelegenheit.

Wate drängte zur Tür und sah zum Fenster hinaus auf den Zentralpark von Wellubimarulles, wo zahlreiche Sprudelbrunnen bunt angestrahlte Blasen durchs Wasser wirbeln ließen. Dahinter erblickte er den Korallenpalast des Obersten Primisten. Hier müsste man wohnen!

Aber er musste hier nur umsteigen.

Ein Schnellscooter brachte ihn zur Küste. Wates Tentakelspitzen kribbelten. Aufgeregt presste er das Gesicht ans Fenster und beobachtete, wie beim Aufsteigen mehr und mehr Licht das Wasser durchdrang und wabernd auf den Meeresboden fiel. Vor ihm tauchte eine glatte Wand auf, die senkrecht bis an die Meeresoberfläche reichte, und darüber hinaus bis in die Luft, wo man nicht atmen konnte und die Doppelsonne Haut und Augen austrocknete. Nur mithilfe der wassergefüllten Auftauchzellen konnte man dort überleben und sich bewegen – und dort sollte er künftig arbeiten. Mit Gefahrenzulage.

Durch eine runde Öffnung tauchte der Scooter in einen Tunnel, der in einer von Schimmeralgen beleuchteten Grotte endete. Kaum hatte Wate das Fahrzeug verlassen, empfing ihn ein kräftiger Oktoftewiltabine.

»Wate'medaludes?«

»Ja, Zir.«

»Sie waren noch nie draußen?«

»Nur in der Übungsgrotte von Wellubimarulles, Zir«, antwortete er unsicher. Hoffentlich disqualifizierte ihn der Mangel an Erfahrung nicht.

»Ich muss Sie warnen«, fuhr der andere fort, *»Freilandhomiden sind unbändig.«*

»Ich habe keine Angst, Zir.«

Die Haut des Vorgesetzten nahm einen gelben Farbstich an. *»Sie sind doch hoffentlich nicht einer von diesen Homidenstreichlern?«*, fragte er argwöhnisch.

»Ich bin nicht sentimental, Zir.«

Der andere musterte Wate durchdringend. *»Homiden sind gefährlich. Wildgewordene müssen radikal eliminiert werden, sonst setzen sich ihre negativen Erbeigenschaften in der Herde durch. Wir können für diesen Job keine Weichquallen gebrauchen. Haben Sie das verstanden?«*

»Jawohl, Zir.« Wate blies erleichtert Wasser durch die Kiemen. Den Job hatte er.

Wenig später breitete sich Wate auf dem seesternförmigen Kontrollsitz der Auftauchzelle aus. Er ließ die Saugnäpfe seiner Tentakel in die Kontrollmulden der Steuerung einrasten. *»Fertig zum Ausschleusen.«*

Es war ein aufregender Moment, als das Wasser in der Kammer langsam absackte, bis nur noch Pfützen auf dem Boden blieben, und seine Auftauchzelle in der Luft schwebte. Wates Herz klopfte. Antigravitation. Dann ging das vordere Schott auf und öffnete den Blick nach draußen: Zum ersten Mal sah Wate die Welt über dem Meer. Sie war so anders – exotisch und lebensfeindlich. Seine Tentakelspitzen zitterten vor Aufregung.

Dosierter Unterdruck auf die Saugnäpfe und eine leichte Vorwärtsbewegung setzten das Gefährt in Gang. Durch die Gittertore des Sicherheitsbereichs steuerte er in die Straßen der Werftanlage. Tausende von Homiden stapften umher. Sie waren so riesig. Und wie diese ungelenken Geschöpfe auf ihren zwei Beinen herumwankten! Wate konnte sich ein amüsiertes Blubbern nicht verkneifen. Aber immerhin waren sie hinreichend intelligent, um für einfache Arbeiten dressiert zu werden.

Leider waren die Homiden für die telepathische Kommunikation zu primitiv. Ein Audiokonverter übersetzte das gutturale Brüllen der Tiere in Worte. Manchmal hörte er aus reiner Neugier eine Weile in ihre Wortwechsel hinein. Aber er kam immer zu dem Schluss, dass ihr Geschwätz kaum tieferen Sinn hatte.

Auf dem Weg musste Wate den Tieren hin und wieder Anweisungen geben. Dazu benutzte er seine akustische Stimme und den Audiokonverter. Anfangs sah er sich verschämt nach anderen Auftauchzellen um, denn die phonetische Kommunikation war unter den Oktoftewiltabinen verpönt. Nur niedere Tiere benutzten sie. Aber wer sollte ihm einen Vorwurf machen? Er war nicht in Wellubimarulles! Er war nicht in Gesellschaft von seinesgleichen. Er war an Land! Hier musste er sie benutzen. Und die, die hier arbeiteten, wussten das auch. Wate entspannte sich.

Tagelang blieben seine Patrouillen ereignislos, aber ihm wurde nicht langweilig. Besonders faszinierte ihn die Feuertechnologie. Wenn Homiden die Metallverschalung der Schiffe zusammenschweißten, konnte er seine Augen kaum von dem Brennen, Funkensprühen und Glühen abwenden.

Dann gab das Überwachungssystem Alarm. Wates Puls jagte hoch. Ein rascher Blick auf den Lokator und schon flitzte er los. Homiden stoben förmlich vor ihm auseinander. »Vorsicht, der Adjutor!«, schrien sie. Er rempelte etliche von den großen Biestern mit seiner Auftauchzelle aus dem Weg.

Schon von weitem sah er am Einsatzort einen Haufen Homiden, die mit ihren klobigen Extremitäten und Werkzeugen aufeinander eindroschen. Noch im Anfahren legte er Energieblasen um die involvierten Individuen und zog sie auseinander.

»Ich kann nichts dafür! Sie haben mir aufgelauert.«

Wate berührte die flehende Stimme im Audiokonverter. Aber was konnte er tun? Er hatte seine Vorschriften. Mit Energieschlingen schleppte er die Homiden in den Terminalstall und schloss das Tor. Eine andere Abteilung würde die Entscheidung treffen, was mit ihnen geschehen sollte und kümmerte sich um den Rest.

»Du siehst so nachdenklich aus«, stellte Tenka an jenem Abend fest.

»Weißt du, zum ersten Mal sehe ich einen Sinn in meiner Arbeit. Jeder aggressive Homide weniger macht unser und das Leben unserer Kinder sicherer. Das ist ein gutes Gefühl, und doch ...«

Langsam schwamm er Richtung Schlafgrotte.

Eines Tages waren die Homiden unruhig. Wate konnte keinen Grund dafür erkennen, bis sein Außentaster tektonische Aktivität anzeigte. Instinktiv spannten sich seine Tentakel. Die Homiden blickten ängstlich umher, dann rannten sie wild umher.

Notfallplan initiieren. »Folgt mir!«, sendete er durch die Außenlautsprecher.

Die Homiden wollten nicht gehorchen. Sie schrien, drängten sich gegen Zäune und einige kletterten daran empor. Ein Stein traf die Auftauchzelle. Wate wirbelte mit dem Gefährt herum und entdeckte die Übeltäter. Extrem aggressiv. Er fing die Fliehenden mit Energienetzen ein und schleifte sie Richtung Terminalstall.

Da begann die Außenwelt zu wanken. Gebäude brachen auseinander, donnerten zu Boden und zerquetschten Homiden. Die Überlebenden gingen durch, rannten, stießen sich und trampelten auf den Gefallenen herum. Sie taten ihm leid in ihrer Panik, doch wusste er selbst nicht mehr, was er tun sollte. Feuer brach aus und loderte in hellen Flammen. Der Lärm und das Schmerzensgeschrei raubten ihm fast den Verstand. Die Welt zerbrach in Feuer und Angst.

Ein Schlag erschütterte die Auftauchzelle. Sie knallte zu Boden und platzte. Wate schlug auf der harten Straße auf. *»Hilfe!«*, schrie er. Seine Kiemen kollabierten. Er konnte nicht mehr atmen.

»Hilfe!«

Schwere Schritte dröhnten um ihn herum. Eine Herde gigantischer Homiden stampfte vorbei. Sie würden ihn zertreten. Wate zappelte mit den Tentakeln. Ihm wurde schwindelig.

»Hilfe!«

Keiner der anderen Oktoftewiltabinen schien seine Rufe zu hören. Die Kiemen schmerzten. Die Welt verschwamm.

Große, warme Hände packten seinen Körper und hoben ihn hoch. Wate blieb das Herz stehen. Gleich würde er diese grässlichen Zähne spüren und von dem Homiden gefressen werden. Tenka, dachte er mit letzter Kraft und fühlte, wie sein Leib erschlaffte.

Wate'medaludes erwachte in der blauen Flüssigkeit eines Heiltanks. Draußen schwebte Tenka'kulinassa und schaute besorgt herein.

»Was ist passiert?«, stöhnte er.

»Sie haben dich in einem Wassereimer der Homiden gefunden«, antwortete sie.

Wate fühlte Hitze in sich aufsteigen. Und Scham. Eins dieser Tiere hatte ihn gerettet. Ein Akt des Mitgefühls. Es war kaum zu fassen. Offenbar hatte er die Homiden völlig falsch eingeschätzt. Er ließ sich auf den sandigen Boden des Tanks sinken und lag still.

»Was ist mit dir?«, rief Tenka entsetzt.

»Ich ... ich werde mir eine andere Arbeit suchen«, ächzte er. *»Minister Jotas Partei unterstützt artgerechte Haltung von Homiden. Vielleicht kann ich mich dort nützlich machen.«*

Tenka hatte in zufriedenem Blaugrün geleuchtet.

Langsam blies Wate einen Strom Wasser durch die Kiemen. Wie jung und naiv er damals gewesen war. Seither hatte ihm das Leben manchen Streich gespielt. Wie jetzt diesen. Doktor'jakedexterforrester.

24

Gura Limka hackte sich in das Hauptsystem und programmierte etliche lokale Energieausfälle. Ihre Finger glitten wie von selbst über die Tastenfelder. Dieser verbohrte Idiot wollte ihr alles verderben. Aber das war das letzte Mal, dass Jake Forrester ihre Pläne durchkreuzte. Jetzt gehörte er ihr. Dafür würde sie sorgen. Und den richtigen Platz hatte sie auch schon für ihn gefunden: den Kerker neben Myriam. Sie grinste. Und genau da würde sie seinen Willen brechen und sich von ihm schwängern lassen. Wenn es dann so weit war, dürfte er zusehen, wie sie Myriam zur Meduse schickte.

Mit flinken Fingern legte sie die Überwachungsanlage lahm. Fünfzehn Minuten sollten reichen.

Jake marschierte in seiner Zelle im Kreis herum. Wieder und immer wieder. Durch ein kleines Fenster lugte der Mond Marlo wie ein pockennarbiges Gesicht herein und warf ein Viereck bräunlichen Lichtes auf den Boden. Jake konnte nichts mehr fühlen, konnte nichts mehr denken. Es war aus. Er hatte nur noch wenige Stunden zu leben. Helle Szenen aus seiner Vergangenheit jagten durch sein Bewusstsein, so schnell, dass er keine davon greifen konnte. Das Gesicht seiner Mutter, ein Lächeln seines Vaters. Hatte der jemals gelächelt? Tränen stiegen Jake in die Augen. Sein Vater war nicht immer betrunken gewesen. Früher hatte er manchmal im Garten mit ihm Baseball gespielt.

Jake wischte sich mit dem Ärmel übers Gesicht und lief zum Fenster. Mit aller Kraft schlug er gegen die Scheibe. Im Taekwondo-Training hatte er gelernt, Ziegelsteine zu zertrümmern, aber das verdammte Glas hier hielt.

Wie schon hundertmal in den letzten Stunden suchte er die Zelle ab, nach irgendetwas, das er als Waffe, als Werkzeug verwenden konnte.

Sie hatten ihm noch nicht einmal eine Decke oder ein Kissen gelassen. Die Hilflosigkeit trieb ihn zur Verzweiflung. Er fand keine Ruhe. Er lief. Immer im Kreis.

Bilder von der Erde, vom Strand und Lilja zogen durch seinen Kopf. Der Rasen vor seinem Haus hätte schon vor Wochen gemäht gehört. Bestimmt hatte ihm die Siedlungsgesellschaft bereits eine Mahnung geschickt. Und der Briefkasten würde überquellen vor lauter Werbeprospekten und Rechnungen! Das würde einen Riesenärger geben, wenn er zurückkehrte. Er würde sich einen Anwalt nehmen müssen, um die säumigen Verpflichtungen zu regeln. Plötzlich blieb er stehen und wischte sich über die Augen. Ich werde wahnsinnig, dachte er bitter und trat gegen die Wand. Sie federte. Wie in einer Gummizelle.

Wieder zog er Kreise.

Ein Scharren an der Tür stoppte ihn abrupt.

»Jake, hilf mir!«, kam es von draußen.

»Gura Limka?«

»Ja, doch! Komm her und schieb die Tür auf. Ich habe die Energie lahmgelegt.«

Jake sprang hinzu. Er fand keinen Halt, keine Ritze. Er presste die fachen Hände gegen die Tür und schob. Ein Ruck legte einen Spalt frei, genug um die Fingerspitzen hineinzukrallen. Noch ein Ruck und er konnte die Hand hindurchschieben, dann den Arm. Dann quetschte er sich vollständig hindurch. Draußen war es stockdunkel. Nur der Türspalt ließ Marlos düsteres Licht als schmalen Streifen in den Korridor fallen. Gura Limka nahm Jake rasch bei der Hand. »Ich bringe dich in Sicherheit.«

»Danke. Ich ...«

»Komm schon!« Sie zog ihn in die undurchdringliche Finsternis. Ihre Schritte hallten.

Jake konnte sein Glück noch gar nicht fassen. Er war der Todeszelle entronnen. Er ließ sich durch Gänge und über Treppen führen. Immer noch kein Lichtschimmer. Er fühlte sich blind. »Wohin gehen wir?«

»Psst!« Sie zog ihn weiter.

Was hatte sie vor? Er war ein Verurteilter. Freiheit gab es für ihn nicht mehr. Sie würde ihn verstecken müssen. Seine Muskeln spannten sich. Er würde abhängig sein. Abhängig von Gura Limka. Er wäre praktisch ein Gefangener. Ihr Gefangener. Jake spürte ein Ziehen im Magen.

Dann sah er am Ende eines Korridors ein Licht. Instinktiv spurtete er los. Fort von dieser Frau. Raus aus dieser Dunkelheit. Seine Beine liefen wie von selbst.

Hinter sich hörte er Gura Limkas unterdrückten Fluch, gefolgt vom Sirren eines Stunners. Jake schlug einen Haken. Der Strahl traf seine Hand. Feuriger Schmerz fuhr ihm bis in die Schulter, dann schien der Arm nicht mehr da zu sein. Jake hechtete in den nächsten Seitengang. Er raste auf gut Glück im Zickzack durch das Netzwerk dunkler Gänge.

Wie viel Zeit hatte er, bis die leere Todeszelle entdeckt wurde und er eine ganze Horde Kleristen auf den Fersen hatte? Jake steuerte auf die Aufzüge zu. Auch hier war das Licht ausgefallen, der Antigravitationsschacht nicht beleuchtet. Kein gutes Zeichen. Jake änderte die Richtung. Zur Nottreppe. Dünne Lichtstrahlen fingerten am Ende des Gangs durch die Dunkelheit. Jake kam schlitternd zum Stehen. Von hinten näherten sich rasche Schritte. Gura Limka.

Es gab noch andere Treppen. Im angrenzenden Tower. Jake tastete sich an der Wand entlang. An der nächsten Einmündung sah er Licht.

Schwarze Silhouetten hoben sich im fernen Schein ab. Jake nahm erneut einen Seitengang. Wie konnte er das Gebäude verlassen?

Der Luftschacht.

Er musste in einen der Räume. Die Türen waren verschlossen, Schritte hallten von allen Seiten. Jake kämpfte gegen die aufkommende Panik. Die Sanitärräume! Lautlos schlich er zur Halle und spähte um die Ecke. In den einmündenden Gängen schweiften Lichtkegel. In ihrem Schein konnte er die ersehnte Tür sehen. Jake nahm einen tiefen Atemzug und rannte los. Sekunden später war er im Raum und schloss die Tür.

Über den Kabinen war der Luftauslass. Jake war völlig außer Atem, seine Muskeln zitterten, aber er nahm noch einmal alle Kraft zusammen und kletterte auf eine der dünnen Kabinenabtrennungen. Darauf balancierend entfernte er das Gitter, quetschte sich in den engen Belüftungsschacht und robbte in die Dunkelheit. Plötzlich fiel Licht durch die Ritzen. Der Stromausfall war behoben! Jake kroch, rutschte, kroch weiter. Am Hauptschacht fand er Griffe. Runter. Jake hörte auf, die Stockwerke zu zählen.

Als er unten ankam, zitterten seine Muskeln. Er gönnte sich keine Pause. So schnell er konnte, folgte er dem Strom der Frischluft. Sie brachte ihn zur Außenwand. Laternenlicht fiel durch die weiten Schlitze. Jake blickte aus einiger Höhe auf eine belebte Straße. Hier kam er nicht unbeobachtet heraus. Aber er hatte keine Wahl. Er wartete, bis sich sein Puls halbwegs beruhigt hatte. Dann trat er das Gitter aus dem Rahmen. Er zuckte zusammen, als es klappernd auf dem Asphalt aufschlug, sprang aber ohne zu zögern hinterher, rollte ab und war sofort wieder auf den Beinen. Dann rannte er.

Durch enge Gassen, über Plätze, über Mauern. Hinter sich hörte er Tumult, Rufe, Sirenen. Er sah sich nicht um. Seine Lungen stachen. Vorbei an dunklen Häusern, über unebene Wege, bis er Gras unter seinen Sohlen spürte. Immer weiter. Laufen, atmen. Strahlenbündel flogen ihm um die Ohren. Links herum. Zweige schlugen ihm ins Gesicht. Rennen, atmen, Richtung ändern. Am Himmel sirrte es. Jake zog den Kopf in den Nacken. Wasser spritzte. Stolpernd erreichte er das andere Ufer eines breiten Bachs. Die nassen Hosen klebten kalt auf seiner Haut. Mit schweren, schmatzenden Schuhen rannte er weiter, brach durch Gebüsch und hetzte eine Anhöhe hinauf.

Die Berge! Wie eine Fluchtburg erhoben sie sich vor ihm. Ranken versuchten, ihn zum Straucheln zu bringen, dunkle Baumstämme stellten sich wie ein Heer stummer Wächter in den Weg und stetig stieg das Terrain an.

Felsbrocken blockierten den Weg, dann stand er vor einer Felswand. Er schlug einen Haken und lief nach rechts. Ein scharfer Schatten schien den Felsen zu teilen. Jake hastete darauf zu, fand einen Spalt und drückte sich hinein.

Nach ein paar Schritten ließ er sich auf den kalten Felsboden sinken. Er japste nach Luft. Seine krampfenden Muskeln hatten nicht mehr die Kraft, ihn aufrecht zu halten.

Als sich Lungen und Puls beruhigten, setzte er sich und zog die Beine an. Die nasskalte Luft in dem Felsspalt ließ ihn frösteln. Er war ein Gejagter in einer fremden Welt. Aber er hatte es geschafft zu entkommen. Verdammt, er hatte es geschafft! Zumindest vorläufig.

Gura Limka verfolgte Jakes Flucht auf ihrem Tracker. Der zeigte ihn als roten Punkt auf der Karte. Sie grinste in sich hinein. Er konnte nicht entkommen. Aber sie musste ihn vor den anderen Kleristen erwischen. Die Zeit drängte. »Hlastana! Nehmen Sie sich zwei Akolythen und bringen sie mir den Kerl. Lebend!«

Ein feines Sirren drang in Jakes Bewusstsein. Er horchte auf. Das Geräusch knackender Äste näherte sich dem Felsspalt. Erschrocken sprang er auf und ließ seinen Blick schweifen. Er saß in der Falle. Links und rechts glatte Wände. Nach hinten verengte sich der Spalt und endete, soweit er es erkennen konnte, in einem niedrigen Tunnel. Er bückte sich und lauschte in den dunklen Schlund. Warme Luft stieg daraus hervor. Das war der einzige Fluchtweg – hinein in den Berg.

Verzweifelt warf er sich auf den Boden und robbte in die Dunkelheit. Der steinige Untergrund fühlte sich an wie die raue Zunge im Rachen eines Raubtiers. Nach wenigen Metern wurde es so eng, dass er mit beiden Schultern an den Wänden streifte. Dann stieß er mit dem Kopf an eine scharfe Kante. Jake unterdrückte einen Aufschrei. Schmerz bohrte sich in seinen Schädel und warmes Blut sickerte durch seine Haare.

Weiter!

Das Gesicht tief auf den Boden gepresst, quetschte er sich unter das Hindernis. Seine Haut schmerzte, beißender Staub reizte seine Nasenschleimhäute und trocknete seinen Mund.

Dann blieb er stecken.

Sein Herz schlug heftig. Weder mit Füßen noch mit Händen gelang es ihm, auch nur einen Millimeter weiterzukommen. Nicht vorwärts und nicht rückwärts.

Jake begann zu japsen. Die Felsen schlossen sich wie eine Faust um ihn.

Raus! Raus!

Er wand sich wie in einer Zwangsjacke.

Licht! Licht!

Vor seinem inneren Auge entstand eine Flamme, weit weg schien sie zu schweben, wie eine einsame Kerze in einer dunklen Kathedrale. Er konzentrierte sich auf die Vision. Plötzlich war es, als hätte sich ein Ventil geöffnet. Der Druck auf seinen Körper wich, seine Muskeln entspannten sich. Jake fand wieder Kontrolle über seine Glieder, ließ alle Luft aus den Lungen und schlüpfte durch den Engpass. Er atmete auf. Hierher würde ihm so schnell niemand folgen.

Doch ferne Schritte mahnten zur Eile. Er kroch wie eine Eidechse weiter, bis sich der Boden abwärts neigte. Er begann abzurutschen. Mit Händen und Füßen stemmte er sich in den Kies.

Hinter ihm brach die Hölle los. Blitze, Zischen und Hitze jagten durch den Tunnel, gefolgt von ohrenbetäubendem Donnern. Sie sprengten! Jakes Herz raste. Blindlings warf er sich nach vorne. Dann brach er ein. Mit Sand und Schotter rutschte er unaufhaltsam in die Tiefe.

Plötzlich umgab eisige Kälte seinen Körper. Wasser drang in Nase und Mund, gelangte in seinen Rachen und raubte ihm den Atem. Instinktiv ruderte er mit Armen und Beinen. Nach oben. Doch das Dröhnen fallender Steine warnte ihn, den Kopf aus dem Wasser zu strecken. Jake versuchte, so schnell wie möglich von den Geräuschen wegzutauchen. Seine Lungen schrien nach Luft und erneut stieg Panik in ihm auf. Er konzentrierte sich auf seine Schwimmbewegungen – stoßen, gleiten, stoßen, gleiten. Dann endete das Dröhnen. Nach Luft ringend, durchbrach er die Wasseroberfläche. Es war stockdunkel. Dichter Staub hing in der Luft und drang in seine Lungen. Er musste husten. Willkürlich schwamm er die eingeschlagene Richtung weiter. Nach wenigen Stößen trafen seine Hände auf glitschigen Felsen. Er tastete daran empor und fand über seinem Kopf eine Kante. Er zog sich hoch und kroch wie ein Schiffbrüchiger auf eine schräge Felsplatte. Schlotternd riss er sich die nasse Kleidung vom Leib und rieb seine Haut, bis Wärme in seinen Körper zurückkehrte.

Als sein Atem wieder ruhiger ging, ließ er seinen Blick schweifen. Dunkelheit rundum. Kein Lichtschimmer verriet einen Ausgang ins Freie. Der Tunnel zurück war zerstört und er hatte keine Lampe. Jake atmete tief durch. Einen Vorteil hatte die Sache: In diesem dunklen Loch würden ihn die Kleristen nicht finden.

Aber auch sonst niemand.

Was tun? Zunächst fiel ihm nichts Besseres ein, als seine Kleidung zu trocknen. Er breitete sie um sich herum aus.

Dann lauschte er in die Stille. Als einzige Geräusche vernahm er das Schlagen seines Herzens und das Knurren seines Magens. Kleine Steine bohrten sich in seinen Hintern. Er wischte sie beiseite, aber auch ohne sie war der raue, kalte Steinboden alles andere als bequem.

Jake fuhr sich mit den Fingern durch die Haare. Die Schiffe waren seine einzige Hoffnung gewesen, und jetzt waren sie weiter weg denn je. Aber wie er es auch drehte und wendete, er musste aus diesem Berg heraus und zum Hafen. Das war zumindest ein Ziel. Aber wie sollte er dahin kommen? Jake ließ den Kopf auf die Knie sinken.

Seine nackte Haut spürte es als Erstes: Zugluft. Jake streckte die Nase wie ein Spürhund in alle Richtungen. Es musste Gänge und Tunnel geben. Die Luftbewegung würde ihm den Weg weisen. Vielleicht gab es sogar eine Verbindung zu den Stollen der Bergwerke. Seine Freude bekam einen Dämpfer, als er an Grimper dachte. Der war vor wenigen

Wochen in den Tunneln angefallen worden. Von was? Von wem? Jake fühlte ein Prickeln im Nacken. Instinktiv schaute er sich um, aber hinter ihm war es genau so dunkel wie vor ihm. Er bezwang die aufkommende Furcht. Je schneller er einen Weg hinaus fand, desto besser. Fröstelnd zog er die klammen Kleidungsstücke an. Sie klebten kalt auf der Haut.

Er fuhr hoch. Die Stille schien nicht mehr so rein zu sein, doch konnte sein Ohr nichts wahrnehmen. Trotzdem hatte er das Gefühl, nicht mehr allein zu sein. Er hielt die Luft an und lauschte. In der Ferne rauschte Geröll. War dort jemand oder bewegte sich nur der Berg? Angespannt richtete er alle Sinne darauf.

Dann bemerkte er den schwachen Lichtschein in der Finsternis, der sich schnell zu einem Tunnelausgang formte. Weißes Licht strömte in die Höhle. Jakes Herz klopfte heftiger. Vielleicht waren es Bergarbeiter. Vielleicht aber auch nicht. Jake duckte sich hinter einen Felsen und spähte vorsichtig auf die erhellte Tunnelmündung.

Dann hörte er ein Sirren, das ihm nur zu bekannt vorkam. Drei dunkle Silhouetten zeichneten sich gegen das Licht ab. Haarlos bis auf ein Büschel seitlich am Kopf. Kleristen. Sie hielten direkt auf ihn zu. Sein Herz raste. Hastig schaute er sich in der wachsenden Helligkeit um: Links der See, hinter ihm eine steile Wand. Aber rechts traten natürliche Felssäulen aus der Dunkelheit hervor. Jake sprintete los und betete, dass sich dahinter andere Spalten und Gänge verbargen. Plötzlich war die Höhle taghell erleuchtet. Blinzelnd rannte er weiter, auf eine Tunnelmündung zu.

Da schwirrte ein Strahlenbündel dicht an seinem Kopf vorbei. »Stehenbleiben!«

Jake stolperte, fing sich aber sofort. Der Tunnel war nur noch wenige Schritte entfernt. Er stürmte hinein und ließ das gleißende Licht hinter sich. Unvermittelt fand er sich in einer geräumigen Höhle wieder. Er erkannte vier, fünf Seitengänge. Jake rannte auf den Größten zu. Kaum erreichte er den Gang, flutete das Licht der Verfolger die Höhle und Jake sah eine Wand vor sich. Der Tunnel endete. Sackgasse. Jake stoppte. Verzweifelt suchte er Wände und Decke nach Löchern oder Spalten ab. Nichts. Nur glatter Felsen. Er saß in der Falle. Aber kampflos würde er sich nicht ergeben. Einige faustgroße Steine lagen zu seinen Füßen. Er hob sie auf. Eine lächerliche Verteidigung. Ins grelle Licht blinzelnd, wandte er sich den Kleristen zu. Die blockierten den Ausgang. Die Frau an ihrer Spitze grinste zufrieden. Jake erkannte sie sofort: Gura Limkas militante Vorzimmerdame Hlastana. Sie zog die Waffe. »Komm raus, dann wird dir nichts geschehen.«

Jakes Augen suchten einen Ausweg. »Schickt dich Gura Limka?«

Sie grinste noch breiter. »Du musst sehr gut sein, dass sie dir so viel Aufmerksamkeit schenkt. Vielleicht kannst du deine Kunst auch einmal an mir probieren. Dafür werde ich dich auch nicht leiden lassen. Jedenfalls nicht viel. Na, wie wär's?«

Jake überlegte fieberhaft. »Klar. Mach das Licht aus und komm her.«

»Ich finde es aber sehr viel aufregender, wenn jemand dabei zusieht. Lass die Klamotten fallen, und natürlich auch die Steinchen in deiner Hand, dann sehen wir weiter.«

Jake schleuderte einen Stein nach ihr. »Hier hast du schon mal einen!«

Hlastana wich blitzschnell aus. Ihr Grinsen nahm einen diabolischen Ausdruck an. Sie änderte den Leistungsoutput der Waffe und richtete sie dann auf Jake. »Ich liebe ein aufregendes Vorspiel.« Langsam schritt sie auf ihn zu. »Gleich werden wir beide schreien. Ich vor Vergnügen und du vor Schmerz.« Sie sah ihn aus kalten Augen an.

Jake pochte das Blut in den Ohren. Noch hatte er einen Stein in der Hand. Während er zum Wurf ansetzte, sah er, wie sich Hlastanas Finger wie in Zeitlupe am Abzug krümmte. Sein Inneres zog sich zusammen. Dann zischte ein Energiestrahl.

25

Sanft tanzten Sonnenflecken über das farbenprächtige Korallenriff und ließen die wiegenden Seeanemonen im Reigen leuchten. Bunte Fischschwärme zogen auf ihrer Nahrungssuche darüber. Der Korallengarten um die Halle des Kleinen Rates war einer der prächtigsten im ganzen Ozean. Wate'medaludes genoss das Panorama. Doch er mochte dem Frieden nicht trauen. Diese Sondersitzung behagte ihm gar nicht, doch wollte er den Tag nicht schon mit Pessimismus beginnen.

Der offene Scooter brachte ihn zum Eingang der Ratsgrotte. Zu beiden Seiten wölbten sich durchsichtige Kuppeln, in denen Wate die diensthabenden Wachen mit ihren Schockwellenharpunen erblickte. Er grüßte im Vorbeischwimmen.

»Und mögen die gewissenhaften Wachposten keine Muränen vorbeischlüpfen lassen«, scherzte er dem diensältesten Wachmann zu, dessen Haut ein ungewöhnliches, gezacktes Muster besaß.

Elegant präsentierte der seine Waffe. *»Keine Muränen, Zir.«*

Mit einem kräftigen Stoß katapultierte sich Wate in das Innere der Halle, die mittels Biolumineszenzverkleidung diffus beleuchtet wurde. Am anderen Ende öffnete sich der breite Tunnel, durch den er sich bis zum Versammlungssaal gleiten ließ.

Minister Jota'kumulkappur war bereits anwesend. Seine Haut phosphoreszierte in schwachen Rottönen. Der Sitzungsleiter war also jetzt schon angenervt. Wate nahm den Platz neben dem Minister ein und wartete, bis jener ihn ansprechen würde. Und schon drehte sich dieser herum und sah ihn mit seinen großen, dunklen Augen sorgenvoll an. *»Das ist eine höchst blamable Situation für uns, bester Wate'medaludes.«*

»Sehr verehrter Herr Minister, ich verstehe die ganze Aufregung ganz und gar nicht, da es doch nicht zum ersten Mal passiert ist, dass ein Homide entwich. Üblicherweise verwildern sie irgendwo in den Spalten der Berge

und verenden dort irgendwann. Außerdem ist anzumerken, dass der Betreffende ohnehin eliminiert werden sollte. Im Übrigen sehr zu meinem Bedauern, wie Sie wissen.«

»Die Sache ist doch sehr viel komplizierter, als sie sich vielleicht denken, werter Wate'medaludes. Geschürt von Klabu'teranuster und seinen Homidengegnern, expandiert der Unmut in unserem Volk und nimmt politische Ausmaße an. ›Warum treiben wir immer noch solchen Aufwand?‹, werde ich gefragt. ›Die Mühen, die Kosten. Wozu? Wozu brauchen wir die Homiden überhaupt noch?‹, wollen sie wissen. ›Wozu brauchen wir die Raumfahrt? Hunderte von Zyklen sind wir nicht mehr von den Kaartegunizzern angegriffen worden.‹ Manche glauben gar, sie seien tot oder das All hätte sie am Ende verschluckt.« Er zuckte nervös mit seinen Tentakelspitzen.

»Aber Hoher Minister! Wie Sie doch verständnisvoll einsehen werden, sind wir ohne Raumflotte wie Fische in einem kleinen Tümpel!«

»Genau das sei für unser weiteres Leben genug, sagen die Puristen. Das Wasser ist unser naturgemäßes Element. Darauf sollten wir uns in der Lauterkeit unserer Spezies wieder besinnen und nicht nach trockenen oder gar luftlosen Sphären streben.«

»Und was hat das mit dem entflohenen Homiden zu tun?«

»Ein Auslöser. Ein schlagkräftiges Argument. Er hat wilde PSI-Kräfte. Es geht die Angst um, dass diese Eigenschaft generell in den Homiden schlummert und, durch Böcke wie ihn hervorgebracht, sich unvorhersehbar ausbreiten könnte.« Auf Minister Jotas Haut blitzten kleine, feuerrote Flecken. *»Es wäre eine Katastrophe ohnegleichen, verlören wir die Kontrolle über die Homiden. Und wie Sie wissen, haben diese Wesen die Neigung, sich zusammenzurotten. Außerdem stehen wir auf ihrem Speiseplan. Sie sind gefährlich.«*

Das war es, das Wate befürchtet hatte. Da wurde Panik geschürt, statt erst einmal zur Ruhe zu kommen und die ganze Angelegenheit sachlich zu betrachten. *»Mit ergebenem Verlaub, Hoher Minister. Ich sehe das anders. Ich denke, es ist eine Chance. Die Homiden leisten nützliche Arbeit. Und Doktor'jakedexterforrester mit seinen ungewöhnlichen Fähigkeiten hätte die Nutzleistung noch erhöhen können.«*

»Ihre Einstellung ist allgemein bekannt, werter Wate'medaludes«, winkte Jota ungeduldig ab, *»aber leider ist sie im Moment nicht sehr opportun.«* Er machte eine gewichtige Pause. *»Man hat Ihnen einen Raumauftrag gegeben.«*

»Ein neuer Fang, vielleicht?«

Ein Blick in die Augen des Ministers gab Wate bereits die Antwort.

»Ganz im Gegenteil. Raumpatrouille. Am äußersten Zipfel des Klavussarkass-Arms.«

Wate ließ ein erschrockenes Gurgeln hören. Die schillernden, schnell pulsenden Muster auf seiner Haut zeigten, dass er große Mühe hatte, seine Gefühle im Zaum zu halten. *»Heißt das, die wollen mich aus dem Weg haben?«*

»Muss ich antworten?«, Jota senkte die Stimme.

»Hoher Minister! Sie müssen mir helfen!«

»Verehrter Wate'medaludes, Sie überschätzen meinen Einfluss.«

»Was wird denn nun geschehen?«

»Das liegt in der erlauchten Weisheit des ehrwürdigen Großen Rates.« Jota wedelte gravitätisch mit seinem Primärtentakel. *»Was aber bereits Entscheidungsmehrheiten gefunden hat, ist Folgendes: Die Leit-Homiden sollen den entflohenen Doktor'jakedexterforrester finden und eliminieren und dabei gleichzeitig die Unterwelt von verwilderten Homiden säubern, die sich dort allem Anschein nach ausgebreitet haben. Man hört zunehmend von beunruhigenden Zwischenfällen. Und was Sie angeht, mein Verehrtester, werden Sie am Rande des Universums nach den Kaartegunizzern Ausschau halten dürfen.«* Er rückte noch ein bisschen näher heran. *»Bis Sie eingesehen haben, dass es diese nicht mehr gibt.«*

Wates Haut begann rot zu schillern. *»Sie machen einen Fehler, den Sie alle noch einmal bitter bereuen werden!«*

Mittlerweile füllte sich der Sitzungsaal und Jota wandte sich ab, um einige Kollegen zu begrüßen. Wate war wie vor den Kopf geschlagen. Er hatte mit allem gerechnet, nur nicht damit, kaltgestellt zu werden. Da drehte sich der Minister noch einmal zu ihm um. *»Mein lieber Commander, Sie wissen doch selbst, dass das nicht meine Entscheidungen sind. Wenn Sie auf meinen unmaßgeblichen Rat hören wollen, machen Sie sich ein paar erholsame Tage im Raum.«* Seine Haut flimmerte in gelassenem Grün. *»Und im übrigen – Klabu'teranuster und seine Putzerfische werden erfahrungsgemäß in kürzester Zeit ihren Einfluss verlieren und man wird Sie wieder nach Nitsituaan zurückbeordern.«*

26

Jake schwankte, als bewege sich der Boden unter seinen Füßen. Aber es war die Hlastana, die in sich zusammensackte. Von rechts stürmte eine Handvoll Männer in verschlissener Bergarbeiterkleidung herbei. Einer von ihnen trug eine Waffe und fällte den nächststehenden Kleristen. Ein anderer schlug mit einem Excaver zu. Bevor Jake begriff, was passierte, lagen seine Verfolger niedergestreckt am Boden. Jake beäugte die Neuankömmlinge misstrauisch. Sie hatten ihn gerettet, aber sie wirkten heruntergekommen und gefährlich.

»Tötet sie«, befahl ein mausgesichtiger Mann. Jake wich einen Schritt zurück, doch die Aufmerksamkeit der Angreifer lag auf den Kleristen. Ein Bulle von einem Kerl brach einem nach dem anderen das Genick. Jake war entsetzt. Waren das die Kerle, die Grimper angefallen hatten? War er jetzt unter Mörder gefallen? Sie rissen die Kleidung von den Leichen und verteilten sie untereinander.

Jake stand wie im Schock. Niemand schien ihn zu beachteten. Er maß den Weg zum Tunnel, aus dem die Kleristen gekommen waren. Wenn es einen Ausgang gab, dann dort. Er könnte es schaffen, denn nur ein langer Dürrer mit Adlernase besaß eine Schusswaffe. Und der sackte gerade seine Beute ein. Jake wog den scharfkantigen Stein in seiner Hand. Der Wurf musste sitzen. Mit blitzschneller Bewegung schleuderte er dem Waffenträger den Stein an den Kopf und sprang los. Ein Warnschrei ertönte, dann flog ihm ein stabförmiger Gegenstand zwischen die Beine. Jake schlug der Länge nach hin. Sein Kopf dröhnte, er versuchte sich aufzurichten, doch raue Hände drückten ihn zu Boden. Jake stemmte sich dagegen, da traf ihn ein Fußtritt in die Seite, der ihm die Luft aus den Lungen trieb. Jake krümmte sich vor Schmerz. Über ihm baute sich der Dürre auf, eine Hand an seinen Kopf gepresst. Blut lief in kleinen Rinnsalen an seiner Wange herunter. »Ich bring dich um!«, knurrte er mit wutverzerrtem Gesicht.

Der Mausgesichtige hielt den Mann am Ärmel fest. »Bist du verrückt? Du weißt, dass der Boss jeden inquirieren will!«

»Aber danach will ich ihn haben!«, zischte der Dürre zwischen zusammengebissenen Zähnen hervor und trat noch einmal mit der Stiefelspitze zu.

Plötzlich horchten die Kerle auf. Vom Tunnel kam das rhythmische Klacken aufeinandergeschlagener Steine. »Kleristen!«, schrie einer alarmiert.

»Nehmt den Kerl da mit!«, befahl der Mausgesichtige. »Kotlack, wenn er Schwierigkeiten macht, brich ihm das Genick.«

Der grunzte und zog Jake auf die Beine. »Lauf«, brummte er und seine Stimme klang wie das Krachen eines stürzenden Baumes. Er schien mehr Tier als Mensch zu sein. Seine groben Gesichtszüge sahen aus wie das unfertige Werk eines Töpferlehrlings. Jake versuchte, seinen Arm aus der Pratze des Gorillas zu winden. Der aber drückte zu und Jake hatte das Gefühl, seine Muskeln seien nur noch Gelee.

»Wo bringt ihr mich hin?«

»Halt's Maul.«

Die Männer zogen grünleuchtende Steine hervor und zerrten Jake durch eine Felsspalte tiefer in den zerklüfteten Bauch der Berge.

Der Mausgesichtige trabte an der Spitze der Truppe. Seinen kleinen, unruhigen Augen schien nichts zu entgehen. Er mochte vielleicht fünfunddreißig Jahre alt sein und war offensichtlich der Anführer, aber vor seinem Boss hatte er offenkundig einen Heidenrespekt. Jake graute es davor, den Mann zu treffen.

Gura Limka wandte sich vom Monitor des Trackers ab, auf dem soeben Hlastanas Lebenssignal verloschen war. Sie kniff die Augen zu schmalen Schlitzen zusammen. »Das wirst du mir büßen, Jake Forrester!«

Mit flinken Fingern gab sie seinen Identitätscode und seine Position ein. Und dann drückte sie die rote Taste. Jeder Klerist würde ihn jetzt finden können.

Nach und nach verdunkelten die Männer ihre Leuchtsteine. Jake konnte kaum noch etwas erkennen. Sie hielten an und einer klickerte mit zwei Steinen ein Signal. In einiger Entfernung erwachte ein mattgrüner Schein. Schwarze Silhouetten zeichneten sich gegen den Schimmer ab. Inmitten einer niedrigen Höhle lagerte der Rest der Bande.

Tiefe Schatten lagen über ihren Gesichtern, die durch das grüne Schimmerlicht wie die von Wasserleichen wirkten. Ein Dutzend Männer und eine schlanke, durchtrainierte Frau mit vollen Lippen. Jake blickte nervös von einem zum anderen.

Kotlack stieß ihn vor die Frau. Die musterte ihn ungerührt.

»Rodhana, schau, was uns da über den Weg gelaufen ist!«, rief der Mausgesichtige.

Die Frau zog eine Braue hoch. »Ein Ausreißer?« Ihre Stimme war kräftig und laut, aber gleichzeitig schwang etwas anderes darin, das Jake nicht deuten konnte.

»Ein Spitzel«, erwiderte der Dürre.

»Ich bin kein Spion«, erklärte Jake.

»Verschärft die Wachen«, befahl die Frau und es war klar, dass sie bedingungslosen Gehorsam erwartete. Umgehend erhoben sich drei Männer und verschwanden in der Dunkelheit.

Die Frau stand auf. Ihre Hose lag eng wie eine zweite Haut an ihren Beinen. Dagegen verbarg eine derbe Jacke ihre Weiblichkeit und verlieh ihr ein burschikoses Aussehen. Sie taxierte Jake. »Wer bist du?«

»Doktor Jake Forrester. Ich bin vor den Kleristen geflohen.«

Der Dürre drängte sich vor. »Unsinn. Er hat mich angegriffen, als wir seinen Freunden den Hals umgedreht haben.« Dabei deutete er auf die dicke Beule an seinem Kopf.

»Ist das wahr?«, fragte die Frau und sah Jake direkt in die Augen.

Jake versuchte, seinen Arm aus der Umklammerung des Bullen zu ziehen. »Wer sind Sie?«

»Ich stell hier die Fragen!«, bellte sie und machte einen Schritt auf ihn zu.

Jake straffte den Rücken. »Ich wusste nicht, wer die Männer sind.«

»Er gibt es zu!«, triumphierte der Dürre.

Die Frau ignorierte ihn und wandte sich an den Mausgesichtigen. »Burke?«

Der riss sich vom Anblick ihrer Schenkel los. »Wir wollten ihm seine Verfolger vom Hals schaffen, da hat er uns angegriffen. Ausreißer tun so etwas nicht. Ein neuer Trick, sage ich. Die Kleristen wollen ihn bei uns einschleusen.«

»Lady, das ist alles ein Irrtum. Vielleicht bringen Sie mich jetzt zu Ihrem Anführer, dass wir die Sache klären können.«

Die Frau zeigte ein amüsiertes Lächeln und warf Jake einen Seitenblick zu. »Willst du mir sagen, was ich zu tun habe?«

»Ich möchte so schnell wie möglich zurück zur Oberfläche.«

Ihre Gesichtszüge verhärteten sich. »Kotlack, schaff ihn weg! Wir können kein Risiko eingehen.« Bei diesen Worten zog sie den gestreckten Zeigefinger über ihre Kehle.

Jake bäumte sich auf. »Ich bin kein Spion! Lassen Sie mich los!«

Die Frau wandte sich ab. Burke grinste. Jake versuchte sich loszureißen, doch Kotlack quetschte unerbittlich seinen Arm, dass er vor Schmerz in die Knie ging. Mit schonungsloser Härte zog ihn der Gorilla in den hinteren Teil der Höhle. Panische Angst packte ihn. »Hören Sie mich an! Ich kann Ihnen alles erklären! Verdammt – elende Mörderbande!«

Unvermittelt trat ein Bergarbeiter in die Höhle. Jake erkannte ihn sofort und erschrak. Grimper. Er lief in eine Falle dieser Mörder! »Hau ab!«, schrie Jake verzweifelt und setzte einen Tritt gegen Kotlacks Kopf an, aber der Riese zog ihn einfach von den Beinen.

Grimper warf einen überraschten Blick auf Jake, stellte sich dann seelenruhig neben die Frau und nahm einen prallen Sack von der Schulter.

»Du kennst ihn?«, fragte sie in vertraulichem Tonfall.

»Sicher. Er hat für mich gearbeitet.« Grimper sah Jake mit verengten Augen an. »Treibt sich für meinen Geschmack zu viel mit Kleristen herum, wenn du mich fragst.«

Mit einem entschlossenen Handzeichen signalisierte die Frau, Jake fortzubringen.

»Bist du verrückt, Grimper?« Jake versuchte sich erneut aus dem Griff des bulligen Kerls zu winden.

Der Bergmann fuhr in gelassenem Tonfall fort: »Dafür haben sie ihn zur Meduse schicken wollen.«

»Was sagst du da?« Die Frau hob die Hand. Unverzüglich blieb Kotlack stehen.

»Is'n Wildfang, noch neu hier. Zieht Schwierigkeiten an wie ein Ausreißer Kleristen. Jetzt ist er selber auf der Flucht.«

Sie ließ mit ernster Miene ihren Blick über Jake gleiten. »Lasst ihn los!«, befahl sie. Ein Lächeln spielte um ihre Lippen. »Ich bin Rodhana.«

»Angenehm«, brummte Jake und er war sich nicht sicher, ob er das auch so meinte. Sie war also »der Boss«. Er rieb sich den schmerzenden Arm und wandte sich an Grimper. »Pedro hat erzählt, die Leute hier hätten dich vor ein paar Tagen angeschossen.«

»Guter Mann, Pedro. Aber der braucht nicht alles zu wissen. Nee, Kleristen waren es, die mich fast erwischt hätten. Kann das da draußen schlecht erzählen. Kapiert?«

Jake begriff gar nichts mehr. »Was ist hier eigentlich los?«

»Ist nicht meine Sache, das zu erklären«, knurrte Grimper. Er deutete auf den Sack. »Mehr konnte ich leider nicht auftreiben.«

»Danke«, antwortete Rodhana. »Ohne dich wären wir verloren.«

»Schon gut«, brummte der. »Kann doch die armen Würmer nicht verhungern lassen.«

Sie legte ihm eine Hand auf die Schulter. »Wenn's brenzlig wird, komm zu uns runter.«

Grimper verzog den Mund. »Und wer soll dann draußen nach dem Rechten sehen?«

Rodhana nickte.

Schnelles Klackern vom Tunnelausgang ließ ihren Kopf herumfahren. »Heilige Meduse. Kleristen!«

Grimper machte einen Satz. »Bis demnächst.« Ohne sich umzusehen, raste er wie ein Kugelblitz auf einen Spalt in der Wand zu und verschwand darin.

Rodhanas Leute verfielen augenblicklich in eine Art geordnete Hektik. Sie teilten in aller Eile den Inhalt von Grimpers Bündel unter sich auf und brachen mit wenigen Handgriffen ihr Lager ab.

Jake hörte die Kleristen kommen: feines Sirren und Schritte. Im Tunnel erschien weißes Licht, das stetig heller wurde.

»Mir nach«, rief Rodhana und sprintete los. Jake überlegte nicht lange und spurtete hinterher.

Rodhana hielt auf einen schmalen Seitengang zu, doch bevor sie ihn erreichten, flutete Licht die Höhle. Dutzende von Kleristen strömten herein. Sie eröffneten sofort das Feuer. Schüsse hallten von den Felsen wider.

»Das sind keine Stunner«, schrie Burke entsetzt. »Das sind Strahler. Die wollen uns umbringen!«

Jakes Augen fixierten den Ausgang und er rannte auf das schwarze Loch zu. Plötzlich zischte ein blaues Strahlenbündel fingerbreit an seinem Kopf vorbei und bohrte sich zischend in die Wand.

Jake wurde es heiß. Der Überlebensinstinkt übernahm seinen Körper. Er spürte weder Anstrengung noch Schmerz. Seine Beine bewegten sich wie von selbst. Im mattgrünen Licht der Leuchtsteine folgte er Rodhana in wilder Flucht. Linker Gang, rechter Tunnel, Spalte links.

»Sie sind immer noch hinter uns«, keuchte Kotlack.

»Kleristenkacke!« Burke warf Jake einen hasserfüllten Blick zu. »Er ist gechiped!«

»Ins Labyrinth!«, schrie Rodhana und änderte die Richtung.

»Das schaffen wir nie«, keuchte Burke.

»Gib Kotlack den Excaver«, schnaufte sie.

Ohne zu zögern, riss der bullige Mann das Gerät an sich und ließ sich an das Ende des Trupps fallen. Dann tauchte Rodhana durch einen niedrigen Spalt in einen verfallenen Tunnel. Kotlack blieb zurück.

Kurz darauf rumpelten hinter ihnen schwere Steine.

»Das wird sie hoffentlich aufhalten.« Burkes Gesicht zeigte mehr Angst als Zuversicht.

Jake konzentrierte sich auf das Atmen. Seine Muskeln begannen zu zittern.

Endlich blieb Rodhana an einer Felsöffnung stehen. Ihre Brust hob und senkte sich in schnellem Rhythmus.

»Haben wir sie abgeschüttelt?«, fragte Jake keuchend.

Sie warf ihm einen geringschätzigen Blick zu. »Kotlack ist noch nicht zurück.«

Der Bulle ließ nicht lange auf sich warten.

»Weiter!« Rodhana stürmte in das Labyrinth.

Kurze Gänge, Abzweigungen, Gabelungen, kleine Höhlen, Felsspalten. Keine Chance sich zu orientieren. In einer engen Steinkammer hielt Rodhana und deutete gebieterisch auf Jake. »Haltet ihn fest!«

Kräftige Hände packten Jake und warfen ihn zu Boden.

»Was wollt ihr von mir?«, rief er zwischen Furcht und Ärger.

»Burke, schneide es ihm heraus«, befahl sie.

Der Mausgesichtige zog ein schmutziges Messer aus seinem Gürtel.

Angst fuhr Jake in die Glieder. »Ich lasse mir überhaupt nichts abschneiden!«, schrie er verzweifelt und riss mit einer ruckartigen Bewegung einen Arm frei. Augenblicklich flog seine Faust in das Gesicht des Mannes, der seinen anderen Arm hielt. Kaum war er frei, schlug er einem anderen Kerl unters Kinn, dass der zurückkippte und Jakes Schultern losließ. Blitzschnell richtete er sich auf, rammte dem Mann vor ihm mit der Stirn auf die Nase und sprang hoch. In Kampfstellung wartete er auf einen neuen Angriff.

»Halt!«, gebot Rodhana und zog die Waffe. »Die Kleristen haben dir einen Chip eingepflanzt. Damit können sie dich finden! Und uns.«

Jake ließ verblüfft die Fäuste sinken.

»Ja, Mann«, erläuterte Burke. »Woher denkst du, dass die wissen, wie viele Kredits du hast und wie lang dein Schniegel ist?«

Jake sah ihm in die Augen. »Und du kannst den Chip entfernen?«

»Klar. Hab ich bei denen auch gemacht«, antwortete er selbstbewusst und deutete auf seine Kameraden. Die nickten zustimmend.

Jake wandte sich an Rodhana. »Und Sie haben sich den Chip auch entfernen lassen?«

Sie krempelte ihren Ärmel hoch. Jake konnte die kleine Narbe an ihrem sehnigen Oberarm deutlich sehen. Schlagartig wurde ihm klar, was für ein gefährliches Ding er unter der Haut trug. »Okay«, sagte er, obwohl ihn der Gedanke, dass ihm ein verdrecktes Messer das Fleisch aufschlitzen sollte, abstieß. »Ihr braucht mich nicht festzuhalten.«

Kurze Zeit später hielt er das blutige Teil auf seinem Zeigefinger und betrachtete es eingehend. Das war also seine elektronische Erkennungsmarke. Ein silbernes, biegsames Plättchen, höchstens drei Millimeter lang. Den hatten ihm diese verdammten Roboter wahrscheinlich damals im Raumschiff eingesetzt.

»Das Ding bist du« erläuterte Rodhana. »Deine Daten, deine Kredits, deine Körperverfassung, alles. Sie können es anpeilen und wissen, wo du bist. Nun verrät es uns. Du verrätst uns.« Rodhanas Augen bohrten sich in Jakes.

Er erwiderte ihren Blick. »Ich bin kein Spion.«

Lautes Rumpeln unterbrach die Diskussion. Das Sirren kroch wieder durch die Spalten auf sie zu.

Burke starrte mit weit aufgerissenen Augen in Richtung der Geräusche. »Sie schneiden sich durch die Wände.«

Rodhana blickte nervös um sich.

»Wenn ich den Chip zerstöre, können sie uns nicht mehr finden!« Jake legte das winzige Teil vorsichtig in eine flache Bodenmulde und schlug mit einem Stein darauf.

Rodhana bedachte ihn mit einem schiefen Grinsen. »Ein netter Versuch.«

Jake betrachtete den Mikrochip missmutig. Er zeigte noch nicht einmal einen Kratzer. »Soll ich ihn etwa hier liegen lassen?«

»Nimm ihn mit.« Sie zog einen kleinen, roten Stoffbeutel aus der Tasche. »Steck ihn da rein, damit er nicht verloren geht.« Dann blickte sie abwägend umher, als könne sie durch die Felsen blicken. Das Sirren wurde lauter und Rodhana nickte mit dem Kopf in Richtung eines weiteren Tunnels. »Folgt mir!«

Im Schein von Rodhanas grünlichem Glimmerstein flogen die Wände der Unterwelt vorbei, auf denen die Silhouetten der Flüchtenden wie in einem bizarren Schattenspiel entlangzuckten. Doch das Sirren in ihrem Rücken wurde immer lauter. Die Kleristen holten auf.

»Noch ein Stück«, presste Rodhana zwischen kurzen Atemzügen hervor.

Der Tunnel endete in einer geräumigen Höhle und sie hob den Arm, ohne ihr Tempo auch nur für einen Moment zu drosseln. »Burke, führ sie zum Lager!«

Dann änderte sie die Richtung. »Doktor, mir nach!«

Jake bekam keine Luft mehr. Mit Mühe hielt er sich hinter ihr. Und dann spürte er auch noch dieses Prickeln im Nacken. Laufen! Nichts anderes zählte. Ab und zu traf ihn grelles Licht und warf seinen Schatten scharf an die Wand. Blaue Strahlen zischten und sengten Scharten in Fels und Boden. Immer wieder änderte Rodhana die Richtung. Das Licht erreichte sie jetzt kaum noch, dann blieb es hinter ihnen dunkel.

Dafür schimmerte der Gang vor ihnen in gleichmäßigem Rot. Rodhana verlangsamte ihren Lauf, hielt aber unbeirrt auf die Öffnung zu, bis sie in eine Höhle gelangten, groß genug, um einige Dinosaurier zu beherbergen. Im Boden klaffte ein feuriger Spalt und spuckte schwefelige Dämpfe aus. Rodhana blieb davor stehen. Beide Hände auf die Knie gestützt, japste sie nach Atem. In der Tiefe zog ein Strom glühenden Magmas dahin. Es war unbeschreiblich heiß und Jake brannte die Luft in den heftig pumpenden Lungen

»Wirf den Chip hinein«, keuchte Rodhana.

Den Stoffbeutel mit dem Mikrochip verlor Jake schnell aus den Augen. Aber er stellte sich vor, wie sich die Stoffhülle in einem kleinen Rauchring auflöste und der Chip in die immer heißer werdende Tiefe stürzte und dann im Magmastrom zerschmolz. Jetzt war er frei.

Auf dem Tracker in Gura Limkas Büro erlosch Jakes Signal mit einem schrillen Warnton. Sie starrte verblüfft auf den Schirm. »Eins zu Null für dich«, presste sie zwischen den Zähnen hervor. »Aber wenn du glaubst, dass du jetzt toter Mann spielen kannst, dann hast du dich geschnitten. Das ist noch nicht das Ende, mein Bester!«

Gura Limka wandte sich ihrem Computer zu und fütterte Jakes biometrische Daten in das Luftüberwachungsprogramm. Dann aktivierte sie die Gesichts- und Bewegungsmustererkennung.

»Sobald du deinen Kopf rausstreckst, habe ich dich!«

Rodhana wandte sich zum Gehen. »Und nun lass uns von hier verschwinden. Sie werden nachsehen wollen, warum dein Signal verstummt ist.«

Jake massierte seine verkrampften Beinmuskeln. »Ich muss mich bei Ihnen bedanken. Sie haben mir das Leben gerettet.«

Ein amüsiertes Lächeln flog über ihr Gesicht. »Erstens sagen wir hier alle Du und zweitens hast Du einfach Glück gehabt, Doktor.« Sie ließ ihre braunen Augen über ihn gleiten. »Ich könnte dich gebrauchen.«

Jake richtete sich auf. »Ich danke dir. Aber was könnte ich schon für dich tun?«

»Du kämpfst gut.«

Jake winkte ab. »Nein, danke. Dieser Kotlack dreht den Kleristen doch sehr effizient den Hals um.«

Sie trat einen Schritt auf ihn zu. »Pass auf, was du sagst, Doktor, sonst schmeiße ich dich eigenhändig in den Lavastrom.«

Jake lächelte. »Ich denke, das wird gar nicht so einfach sein!«

Sie zog die Brauen zusammen. »Willst du mich herausfordern?«

Er schüttelte den Kopf. »Das wäre ein schlechter Dank für meine Rettung.«

Ihr Gesicht verfinsterte sich. »Spar dir das Gesülze!«

Jake hob beschwichtigend die Hände. »Ich möchte lediglich so schnell wie möglich an die Oberfläche.«

Sie sah in an wie einen Geistesgestörten. »Immer noch?«

Jake zuckte die Achseln. »Von hier unten komme ich niemals zur Erde zurück.«

Sie starrte ihn mit offenem Mund an. »Was hast du da gesagt?«

»Dass ich von diesem verdammten Planeten fort will.«

»Ach ja«, sagte sie leise. »Grimper erwähnte sowas.« Ihre Augen wurden auf einmal weich und wanderten zu einem Punkt irgendwo im Nichts. »Du bist ja ein Wildfang – so wie mein Papa.«

Jake horchte auf. »Will dein Vater auch zurück?«

Rodhanas Gesicht wurde augenblicklich hart wie Stein. »Als ich Novizin war, haben die Kleristen ihn zu Tode gequält. Vor meinen Augen.«

Jake schluckte. »Das tut mir leid.«

Sie knurrte irgendetwas in sich hinein und wandte sich ab. »Lass uns zum Lager gehen.«

»Wirst du mich rausbringen?«

Rodhana antwortete nicht.

Sie führte ihn zu einer weitläufigen Höhle. Hunderte von Glimmersteinen tauchten sie in mattes Licht. Am oberen Ende plätscherte Wasser aus den Felsen, das sich am unteren Ende zu einem Tümpel sammelte. Auf dem sandigen Boden verteilt, lagerten Dutzende von Menschen, Frauen und Männer. Jake staunte. »Sind das alles Ausreißer?«

Rodhana drehte sich zu ihm um und fixierte ihn. »Ich habe sie aufgesammelt. Flüchtlinge. In kleinen Gruppen haben sie in den Höhlen überlebt. Aber nun sind es meine Insurgenten. Wir lassen uns nicht mehr jagen. Wir lassen uns nicht mehr eliminieren. Kotlack und ich trainieren sie. Wenn wir jetzt Kleristenpatrouillen treffen, dann flüchten wir nicht mehr, sondern kämpfen und nehmen ihnen die Waffen ab. Einige haben wir schon erbeutet.« Sie stemmte die Fäuste in die Seiten und lachte triumphierend auf. »Aber wir stehen noch am Anfang. Meine Schar soll wachsen. Kämpfer will ich aus ihnen machen. Liberanten. Und wenn wir so weit sind, dann treiben wir diese verdammten Kleristen ins Meer zur ihrer schleimigen Meduse. Nitsituaan soll frei sein, frei von der Herrschaft dieser Tyrannen.«

Jake nickte. Diese stolze junge Frau imponierte ihm mehr und mehr mit ihrer Klarheit, ihrer Entschlossenheit und ihrem Mut. »Das sind noble Ziele«, sagte er und zögerte einen Moment auszusprechen, was ihm schon die ganze Zeit auf der Seele lag. Doch den Vorwurf konnte und wollte er ihr nicht ersparen. »Aber ist das Grund genug, dafür zu morden?«

Rodhana, die die ganze Zeit wie festgewachsen vor ihm gestanden hatte, trat auf ihn zu. »Doktor. Jetzt will ich dir einmal etwas sagen. Du urteilst über etwas, das du nicht kennst. Wenn einer von uns erwischt würde, draußen oder hier unten, dann wäre er dankbar für einen schnellen, schmerzlosen Tod.« Sie blieb stehen und schaute ihm mit harten Augen ins Gesicht. »Jemandem das Genick zu brechen, kann eine Gnade sein.«

Jake hielt ihrem Blick stand. »Ich bin sicher, man könnte andere Wege finden. Außerdem könnt ihr die Kleristen doch vermeiden – ohne Chip seid ihr für sie doch mehr oder minder unsichtbar.«

Sie warf die Arme in die Luft. »Streck deinen Kopf nur raus, dann wirst du es schon sehen! Ich gebe dir eine Stunde, höchstens zwei. Dann haben sie dich.«

Jake schob das Kinn vor. »Ich muss es dennoch versuchen.«

Rodhana ließ ihren Blick mit sichtlichem Interesse über ihn schweifen. »Anstatt dich draußen erwischen zu lassen, könntest du mir helfen, meine Insurgenten zu trainieren. Ich habe gesehen, dass du kämpfen kannst. Anders als die Kleristen, aber es scheint effektiv zu sein. Doktor, das musst du mir einmal zeigen.«

»Gerne.« Jake verzog den Mund. »Aber nenn mich nicht immer Doktor. Ich heiße Jake.«

Sie sah ihn verwirrt an. »Doktor Jake Forrester hast du gesagt.«

»Ja, aber Doktor ist nur ein Titel. Jake ist mein Name.«

Sie schüttelte den Kopf. »Du bist lustig, Doktor, so anders, als die anderen Männer.«

Das hatte er schon einmal gehört. Wehmütig dachte er an Myriam.

»Willst du heute Nacht bei mir schlafen?«

Er sah sie entgeistert an. Das ging eindeutig zu schnell. Sein Blick glitt über ihre engen Hosen und die kleine Narbe an ihrer Schläfe. Das gab ihr etwas herb-erotisches, was ihn durchaus ansprach – anders als Myriam. Er seufzte. Und wenn er an die Kälte von Gura Limka dachte ... »Ich denke, ich muss mich erst einmal sortieren.«

Rodhana wandte sich ab und ließ ihn stehen.

Jake schüttelte den Kopf. Die Frau war heißblütig und impulsiv. Irgendwie faszinierte ihn das. Aber er brauchte erst etwas Abstand.

Er folgte ihr in die Höhle zu einer Alten, die abseits der Gruppe im Schneidersitz auf einer Decke saß und mit entrücktem Blick in die Ferne starrte. Lange weiße Haare hingen der Frau wirr ins Gesicht, das so faltig war, wie eine Rosine. Ihre Hände ruhten entspannt in ihrem Schoß. Im Unterschied zu den anderen Höhlenbewohnern war sie mit einem verschossenen Wickelgewand bekleidet. Um sie herum lagen in Stoff eingeschlagene Bündel, solche, wie sie Grimper mitgebracht hatte.

Ihr Blick fokussierte sich und aus weisen Augen blickte sie Jake und Rodhana entgegen. Ein Lächeln, das einen tiefen Frieden ausstrahlte, straffte ihre faltige Haut.

»Was hast du gesehen, Marjella?«, fragte Rodhana.

Die Alte musterte Jake einen Augenblick und beugte den Kopf zu einem flüchtigen Gruß. In ihren Augen lag ein Wissen, das seine Aufmerksamkeit weckte. »Willkommen auf Nitsituaan.« Ihre Stimme klang sonor und getragen.

Jake starrte sie überrascht an. Die Frau wusste, dass er nicht von diesem Planeten stammte.

Sie wies mit ihrer knochigen Hand vor sich auf die Decke. »Nimm Platz.«

Jake ließ sich nieder, gespannt, was sie zu sagen hatte. Rodhana setzte sich neben ihn, so dicht, dass er die leichte Berührung ihres Knies an seinem Oberschenkel spürte.

»Wie komme ich hier wieder weg?«, fragte er die alte Frau aufgeregt und er konnte seine Anspannung kaum verbergen.

Rodhanas Knie zuckte kaum merklich.

Marjellas Blick verschwamm und wanderte in die Ferne. »Du hast die Dunkelheit vor dir. Wenn du sie nicht besiegst, ist alles verloren.«

Jakes Hoffnung schlug augenblicklich in Enttäuschung um. In manchen Kulturen wurden Menschen verehrt, die halluzinogene Pilze aßen und wirres Zeug redeten. Vielleicht auch hier. »Ich danke dir, weise Frau«, sagte er höflich und warf Rodhana einen fragenden Blick zu. Die starrte die Alte verblüfft an, doch dann ging ein Leuchten über ihr

Gesicht. »Marjella spricht oft in Rätseln, doch hat sie sich bisher noch nie geirrt. Es sieht so aus, Doktor, als ob du uns in unserem Kampf beistehen musst.«

Jake schüttelte den Kopf. »Das ist eine Frage der Interpretation, verehrte Rodhana. Wenn ich diesen Worten Sinn verleihen soll, dann dahin gehend, dass ich das All durchqueren muss, um nach Hause zu gelangen. Und genau das habe ich vor.«

Rodhanas Augen sprühten Funken. »Du denkst nur an dich!«

Jake sah sie fragend an. »Lässt du dich von so etwas beeinflussen?«

»Ich werde die Unterdrückung durch die Kleristen beenden«, fauchte Rodhana. »Und nichts wird mich aufhalten!«

Die Seherin erwachte aus ihrer Trance und richtete ihre Augen auf Jake. »Wirst du zum Ruhemahl bleiben?«

Sie wirkte jetzt völlig klar und verständig. Jake nickte.

»Gut. Und nach dem Essen unterhalten wir uns.« Die alte Frau stand auf, nahm einige der Bündel und begab sich zu den Leuten, die sich erwartungsvoll erhoben und einen Kreis um sie bildeten. Marjella breitete ein Tuch aus. Was sie aus den Bündeln herauszog, erkannte Jake als die typischen Tagesrationen der Bergarbeiter, die sie jeden Morgen vor der Arbeit ausgehändigt bekamen.

»Unsere Freunde verzichten auf ihre Nahrung, damit wir nicht nur Würmer fressen müssen«, erläuterte Rodhana im Flüsterton.

Um sie herum wurde es still. Die Insurgenten reichten sich die Hände und schlossen schweigend den Kreis.

Rodhana schob sich mit Jake zwischen zwei Männer. Fleischige Finger tasteten nach Jakes rechter Hand und umschlossen sie zaghaft. Rodhana nahm seine Linke. Mit festem Druck packte sie zu, dabei wirkte ihre Hand schmal aber kraftvoll. Frau und Kriegerin.

Im Kreis zelebrierte Marjella das Speiseritual. Sie platzierte leuchtende Steine auf jede Ecke des Tuchs. Anschließend teilte sie die Nahrung in gleich große Portionen. Dabei sang sie leise eine Hymne. Die Leute fielen ein. Rodhana und Jake schwiegen.

Endlich verteilte Marjella das Essen. Jake beäugte betrübt die Portionen: Sie waren klein. Keiner würde davon richtig satt werden. Die Menschen taten ihm leid. Er würde ihnen nicht lange zur Last fallen und sich so schnell wie möglich nach draußen bringen lassen.

Während sich die Leute auf ihre Lager zurückzogen, führte ihn Rodhana zu Marjellas Decke abseits der Gruppe. Nur Burke schaute ihnen missmutig hinterher.

Marjella hielt ihre Hände einen Augenblick lang segnend über ihr Mahl. Sie aßen schweigend. Jake kaute jeden Bissen lange und ausgiebig, bevor er schluckte. Wenn es den Magen schon nicht füllte, so hatte er wenigstens das Gefühl, etwas zwischen den Zähnen zu haben. Zu schnell war der letzte Krümel gegessen und seine Gedanken schweiften zu Onkel Wills gegrillten T-Bone-Steaks. Mit Mühe ließ Jake die Erinnerungen fahren und richtete seine Aufmerksamkeit auf Marjella. »Du weißt, woher ich komme?«

Die Seherin sah ihn durchdringend an. »Die Göttin hat dich hierher gerufen, Jake. Sie tut nichts ohne Grund.«

»Ich muss wieder zurück.«

Marjella lächelte wissend. »Ich will dir helfen, denn wenn du versagst, wird alles zerstört werden.« Sie schaute in die Ferne. »Alle Wildfänge kommen mit den Schiffen an. Früher, viel früher, da konnte man Njamingloh verlassen – in andere Kolonien, hieß es. Doch keiner kam je wieder.«

Das klang zwar etwas vage, aber Jake fühlte sich in seinem Plan bestätigt. »Könnt ihr mich zum Hafen bringen?«

Rodhana stieß einen kurzen Lacher hervor. »Glaubst du, wir würden uns im Berg verkriechen, wenn wir draußen herumspazieren könnten?«

Jake blieb hartnäckig. »Einer oder zwei können es bestimmt schaffen. Ohne Chip. Das muss doch gehen!«

Sie schüttelte den Kopf. »Doktor, es ist zwecklos. Bleib hier. Wir besiegen die Kleristen und dann kannst du in aller Ruhe ein Schiff nehmen.«

Jake warf einen Blick auf Rodhanas Stunner. »Wenn ich eine Waffe hätte, würde ich es allein probieren.«

Sie zog eine Braue hoch. »Ach. Ist das so einfach?« Ihre Miene verfinsterte sich. »Wenn du eine willst, musst du sie erbeuten – und zwar von den Kleristen!« Sie machte eine scheuchende Handbewegung. »Also, geh los, wenn du dich traust! Und untersteh dich, von uns zu stehlen!«

Marjella senkte die Stimme. »Mit einem Stunner allein kommst du nicht durch, Jake. Du brauchst einen Strahler und du musst lernen damit umzugehen.«

Jake nickte nachdenklich. Sie hatte Recht. Nur so konnte er die Roboter aus dem Weg räumen. Er wandte sich an Rodhana. »Hilfst du mir, einen Strahler zu erbeuten?«

Rodhana schaute ihn erst verblüfft an, dann grinste sie. »Warum nicht gleich so, Doktorchen. Wenn sie uns die Dinger jetzt schon in den Berg tragen, holen wir uns auch welche.«

»Wann können wir los?«

»Das muss geplant werden«, sagte sie ausweichend. »Und ich muss dich erst kennenlernen.«

Jake zog die Brauen zusammen. »Was soll die Verzögerung?«

Abrupt stand sie auf. »Zeit zum Schlafen. Kommst du mit?«

Jake fuhr hoch. »Dienen hier alle nur deinem Amüsement?«

Rodhana sah im geradewegs in die Augen. »Du kannst hier tun und lassen, was du willst, solange du dich kooperativ verhältst. Niemand wird dir etwas vorschreiben. Was mich angeht – Du gefällst mir, Doktor. Aber wenn du keine Lust hast, werde ich dir nicht nachweinen.« Sie wandte sich ab und ging mit schwingenden Hüften auf ihr Lager zu.

Ihre Ehrlichkeit gefiel ihm und ihr herbes Wesen übte eine ungewöhnliche Faszination auf ihn aus. Sie hatte ihren eigenen Kopf. Sie widersetzte sich den Kleristen und ließ sich von ihnen zu nichts zwingen. Was sie wollte, entsprang ihrem eigenen, unmanipulierten Willen. Und wenn sie etwas sagte, dann meinte sie es auch. Mit wenigen Schritten holte er sie ein und legte seinen Arm um ihre Taille, oder das, was er durch die dicke Bergarbeiterjacke davon erspüren konnte.

Sie ging weiter, ohne ihren Schritt zu ändern. »Jetzt, wo ich weiß, dass du bei uns bleibst, kann ich dir getrost einen Glimmerstein geben.«

»Darf ich das als Vertrauensbeweis werten?«, fragte er und konnte sich einen spöttischen Unterton nicht verkneifen.

Rodhana zog einen Mundwinkel hoch. »Das findest du sowieso nicht heraus.«

Jake hob eine Augenbraue und musterte sie amüsiert. »Willst du mich provozieren oder anmachen?«

»Ein bisschen von beidem«, antwortete sie keck.

An ihrem Lager angekommen, das sie abseits der Gruppe aufgeschlagen hatte, reichte sie Jake einen glatten Stein von der Größe eines Kiesels. Mattgrünes Licht strahlte von seiner kalten Oberfläche. Es schien zu pulsieren. »Damit du mich wiederfindest, wenn du nachts einmal raus musst.«

Jake wog den Glimmerstein in seiner Hand. In dem grünen Licht sah seine Haut wie abgestorben aus. »Ist das Zeug radioaktiv?«

»Absolut harmlos«, sagte sie, legte die schwere Jacke ab und knöpfte ihr Hemd auf.

Jake beobachtete sie.

Sie lächelte zufrieden. »Hier ist es sicher. Vertraust du mir?«

Statt zu antworten, trat er an sie heran und fuhr mit seinen Händen über die warme, seidige Haut unter ihrem Hemd. Sein Verlangen stieg und er zog sie nahe an sich heran, dass sie es spüren konnte. Sie schmiegte sich an und öffnete ihre Lippen zum Kuss.

Plötzlich fuhr sie herum und richtete den Schein ihres Glimmersteines auf eine heimliche Gestalt in der Dunkelheit. Jake erkannte den Mausgesichtigen, der seinen Blick mit verhaltener Wut zwischen Rodhanas nackten Brüsten und Jakes Gesicht pendeln ließ.

»Patrouillengang«, krächzte er mit belegter Stimme. »Wollte sehen, ob alles in Ordnung ist.«

Rodhana machte keine Anstalten, sich zu bedecken. »Der Südtunnel sollte kontrolliert werden«, sagte sie kalt. »In voller Länge!«

Burke verzog das Gesicht. »Ich schicke jemanden los.«

»Ich denke, wir sollten sichergehen, dass uns nichts entgeht«, sagte sie gelassen. »Du machst es am Besten selbst.« Ihre Züge wurden hart. »Sofort!«

Burke legte zur Bestätigung der Order die Faust auf die Brust, aber in dem Seitenblick, den er Jake zuwarf, stand purer Hass geschrieben. Mit einem Ruck wandte er sich ab und stapfte davon.

27

Zwei Tage nach der enttäuschenden Sitzung traf Wate'medaludes auf dem Raumhafen im Glidienbecken ein. In einer Tiefe von fünftausend Spannen unter der Meeresoberfläche leuchteten so weit das Auge reichte die Hangars und Abfertigungsgebäude im grünlichen Licht des lumineszenten Oberflächenbewuchses. Der Shuttlescooter, ein röhrenförmiges Gefährt aus kalzifiziertem Knorpel, angetrieben durch einen synthetischen Wasserstrahlmuskel, brachte ihn zur Startrampe. Die Mannschaft war schon an Bord des kleinen Raumschiffs. Wate schwamm zum Leitstand und nahm seinen Platz am Kommandopult ein. Mit allen Saugnäpfen an den Kontrollen, spürte er die prickelnde Erregung, die ihn immer vor einem Start ins All ergriff. Mit der Freigabe vom Raumzentrum ließ er das Schiff mit kleiner Kraft an die Oberfläche steigen. Dort schaltete er die Antigravitationsfelder ein und betätigte das Plasmatriebwerk. Langsam stiegen sie in den lila Himmel, der bald dem Schwarz des Alls wich. Jenseits der Mondbahnen aktivierte er den Masseschild und beschleunigte auf halbe Lichtgeschwindigkeit, bis sie die äußere Planetenbahn hinter sich ließen. Die Weite des Alls lag nun vor ihm – und ein eintöniger Dienst. Ich möchte nur wissen, was aus dem Homiden-Bock geworden ist. Ob er wohl noch lebt, wenn ich zurückkomme?, dachte er besorgt.

Dann wendete er seine Aufmerksamkeit der Transition zum überlichtschnellen Flug zu, ließ die Schilde aktivieren und den Zytulonenfusionsantrieb zünden. Die Sterne explodierten auf dem Monitor, der sich anschließend mitsamt den Sensoren für elektromagnetische Wellen abschaltete. Die überlichtschnellen Lymellentaster setzten ein und projizierten ihre Daten auf den Hauptmonitor. Der Weltraum war nicht mehr der gleiche.

Eine Woche später hatten sie ihr angestrebtes Ziel erreicht und trieben mit einer Geschwindigkeit von 0,1 LG dem Rande des Klavussarkass-Arms zu. Wate machte sich keine Illusionen, sie waren auf keinem echten Patrouillenflug. Einige Minister mit Einfluss sahen es lieber, dass er weit genug von Nitsituaan entfernt war, um keine Fragen über gewisse Entscheidungen aufwerfen zu können. Dahinter steckte bestimmt wieder dieser Klabu'teranuster. Seit dem Brautkampf um Tenka machte er Schwierigkeiten, wo er nur konnte. Wate schüttelte die Verspannungen aus seinen Tentakeln. Er würde bis zur Rückflugorder den leeren Raum anstarren.

Wate besetzte nur die essentiellen Stationen auf dem Schiff. Mehr war für diese Mission nicht nötig. Sollte sich die Mannschaft doch amüsieren, soweit das bei einem faden Patrouillenflug überhaupt möglich war. Zumindest konnten sie sich entspannt treiben lassen. Gelangweilt betrachtete er die Monitore. Vor ihrem Schiff begann die unendliche Leere. Für tausende von Lichtjahren kein Stern, keine Sonne, kein Nebel. Nur Dunkelheit. In der Ferne leuchteten einige Galaxien. Zu weit, um sie mit seinem Raumkreuzer zu erreichen. Links schimmerte schwach der Zoplanterus-Arm ihrer Galaxis. Von dort sollten sie einst gekommen sein, die Kaartegunizzer. Sie hatten Nitsituaan besetzt und angefangen, mit ihren Sklaven, den Homiden, tief in das Gestein zu graben, um Lithanium abzubauen. Die Kaartegunizzer hatten alles gefressen, was sich bewegte. Am liebsten Oktoftewiltabinen.

Die Geschichtsdaten belegten, dass ihre eigene Technologie damals noch primitiv war. Sie wurde als die Wasserphase bezeichnet. Aber einige Oktoftewiltabinen konnten die Gedanken der Eindringlinge lesen. Ihnen gelang es, dem Schlachten zu entkommen. Unter ihren Nachkommen entwickelten sich solche, die die Fremden mental beeinflussen konnten. Unter ihrer Führung bekamen die Oktoftewiltabinen Auftrieb, besiegten die Kaartegunizzer, erlernten ihre Technologie und züchteten die Homiden weiter, die physisch für die Feuertechnologie besser geschaffen waren als sie selbst. Das war der Beginn der Landphase. Doch dann trafen neue Schiffe der Fremden ein. Es kam zu blutigen Kriegen, bis die Oktoftewiltabinen in den Raum vorstießen und langsam Oberhand gewannen.

Wate ließ den Blick über die Kontrollanzeigen der Ferntaster seines Kreuzers gleiten. *»Lame, irgendwelche Signale?«*, fragte er den Navitroniker protokollmäßig. Lame'linulatus war etwas kleiner als Wate und zeichnete sich durch schlanke, agile Tentakel aus. Gelangweilte Grüntöne spielten träge über seine Haut.

»Negativ, Commander«, sagte er.

Wate ließ seinen Blick weiter über die Monitore schweifen. Rechts vom Schiff leuchteten die Sonnen des Klavussarkass-Arms und irgendwo dazwischen schimmerte ihre Doppelsonne. Etliche Winkelminuten daneben funkelte das gelbe Zentralgestirn mit dem Heimatplaneten der Homiden. Auch auf diesem gab es Ozeane, die einen ganz eigenen, abenteuerlichen Reiz hatten. Wate liebte seine tiefblauen, wilden Meere mit den darin lebenden reißenden Bestien. Auf Nitsituaan gab es nur noch vereinzelt oktoftewiltabinenfressende Wasserlebewesen und die hielten sie unter strengen Sicherheitsmaßnahmen in geschlossenen Unterwasserreservaten.

Eine Kontrolllampe begann zu blinken. Wate fuhr aus seinen Betrachtungen. Auch Lames Phosphoreszenz verlor ihren sedativen Farbton.

»Überlichtschneller Ferntaster«, meldete er. *»Das Gerät scheint eine Gravitationsveränderung geortet zu haben.«*

»Zoomen Sie den Sektor heran und schalten Sie ihn auf den Hauptmonitor«, instruierte Wate.

Auf dem Bildschirm war nichts Ungewöhnliches zu erkennen. Auch die anderen Messmonitore zeigten nichts an. Froh, eine Abwechslung gefunden zu haben, entschloss sich Wate, näher heran zu fliegen.

»Maski, zum Leitstand bitte.«

Maski'lammarubis, der Steuermann, schwamm mit kräftigen Stößen zum Schott herein und klemmte sich auf sein Steuerpult. Nach wenigen Minuten erwachten die Kontrollen flackernd zum Leben. *»Die Systeme sind in Bereitschaft, Commander.«*

Wate sendete eine telephatische Durchsage an die Mannschaft und bereitete auf den überlichtschnellen Flug vor.

Es ging zur äußersten Spitze des Klavussarkass-Arms. Der Flug war ruhig, doch die Kontrolllampe des überlichtschnellen Ferntasters blinkte immer stärker, je näher sie dem Ziel kamen. Es reagierte nur die eine Anzeige: der Gravitationssensor. Alle anderen blieben ruhig.

»Was mag der Taster geortet haben?«, fragte Maski. Orange und gelbe Reflexe flackerten im Ausdruck der Neugierde über seine Haut.

Wate ließ den Navitroniker noch einmal die Anzeigen überprüfen.

Lames Tentakelspitzen zuckten blitzschnell über die Kontrollschalter. *»Negativ. Kein anderer Sensor schlägt an.«*

Wate spürte eine Unruhe. *»Ist der Taster defekt?«*

»Er funktioniert einwandfrei«, meldete der Navitroniker ruhig.

Wate justierte nervös seine Kontrollen. *»Entfernung?«*

Lames Haut begann, in angenervtem Rot zu schillern. Er wechselte das Rechenprogramm. Seine Hautfarbe intensivierte sich. *»Der Computer spuckt Zahlen mit extremen Abweichungswerten aus«*, berichtete er verwirrt. *»Das Programm kann offensichtlich mit den Daten nicht viel anfangen.«* Ratlos zuckte er mit seinem Primärtentakel.

»Dann müssen wir näher heran. Was sind die Koordinaten?«

»Die sind so ungenau, dass ich nur eine grobe Richtung geben kann.«

»Dann nehmen wir die Handsteuerung. Maski, steuern Sie auf das Signal zu!«

»Zu Befehl, Commander.«

Wate folgte den angezeigten Daten auf den Monitoren, bis er überrascht bemerkte, dass sie auf den extrastellaren Raum zuflogen. *»Reduzieren Sie die Geschwindigkeit auf 0,1 LG und lassen Sie das Schiff treiben!«*, befahl er.

Noch immer bemerkten sie nichts Außergewöhnliches. Der Gravitationstaster blinkte ununterbrochen weiter.

»Lame, können Sie mir eine relative Geschwindigkeit zum Signal berechnen?«

Der arbeitete an seinem Computer. *»Das ist doch unmöglich!«*, quiekte er verstört. *»Mit hoher Standardabweichung resultierte die Kalkulation in einem Vielfachen der Lichtgeschwindigkeit.«* Er schlängelte beleidigt seine Tentakel. *»Vielleicht kann das Gerät die Daten nicht richtig auswerten.«*

Diese Antwort beunruhigte Wate noch mehr. Er entschloss sich, die gesamte Mannschaft auf ihre Einsatzposition zu rufen.

Noch einmal wechselte Lame das Rechenprogramm, um die Ausdehnung der Störung festzustellen. Das Ergebnis war so unglaublich, wie die

Geschwindigkeitsberechnung: Der halbe extrastellare Raum vor ihnen war betroffen.

Vor Wates geistigem Auge entstand das Bild eines Riesenfisches, der mit geöffnetem Maul auf ein Würmchen zuschoss. Und das Würmchen war ihr Schiff. Zuckende Schauer liefen über seine Haut. Er dachte angestrengt nach: *»Was halten Sie davon, die Programme zu kombinieren und zusätzlich die Änderung der äußeren Winkelgeschwindigkeit in die Berechnungen einzubeziehen?«*

»Gute Idee, Commander!« Lames Tentakelspitzen flogen über die Kontrollen.

Dann hatte er das Ergebnis.

Fassungslos starrte Wate auf das Resultat: Ein riesiges Etwas raste mit unvorstellbarer Geschwindigkeit auf den Klavussarkass-Arm zu. In kurzer Zeit würde es seine äußeren Sonnensysteme erreichen.

»Was ist das?«, fragte Lame und betrachtete entsetzt die Daten.

»Ein Energiesturm«, schlug Maski vor. Lila Flecken der Anspannung erschienen auf seiner Haut.

»Nein, dann wären auch andere Instrumente darauf angesprungen!«, statuierte Wate.

»Es ist verdammt schnell!«, hob Lame nervös hervor.

»Vielleicht doch eine statische Aufladung oder ein Sensorfehler«, sprach sich Wate Mut zu. *»Es könnte ein Phantombild sein, das wir sehen.«*

Sein Blick ging von einem zum anderen, und ihm war klar, dass niemand seinen Worten glaubte, am wenigsten er selbst. Es gab noch jede Menge unerforschter Phänomene, die schon seit Beginn des Universums existierten. Viele der bereits entdeckten hatten sich dem Unbesonnenen als tödlich erwiesen. Wate beschloss, eine Beobachtungsposition hinter den ersten Planetensystemen einzunehmen.

Die Zeit strich dahin.

Er starrte abwechselnd auf den immer schneller blinkenden Gravitationstaster und die leeren Monitore. Vergeblich versuchte der Kybernist der Mannschaft, in aller Eile ein Rechenprogramm zur Darstellung des Phänomens zu schreiben.

Wate'medaludes fühlte sich blind und taub.

Und wartete.

Seine Anspannung wuchs.

Würde etwas geschehen? Und was?

Wates Herz klopfte. Sein Instinkt riet zur Flucht.

Er starrte weiter auf die Monitore.

Plötzlich zerplatzte der äußerste Planet des ersten Sonnensystems und ließ nur eine Gaswolke zurück. Fassungslos starrte Wate auf die Katastrophe. Wenig später rollte das unbekannte Inferno über die inneren Planeten und erfasste das Zentralgestirn, das zur Supernova explodierte – und dann verschwand. Alles verschwand. Materie, Energie.

Die Messgeräte- und Tasteranzeige fielen auf Null.

Lame konnte seinen Fluchtreflex nicht kontrollieren und verlor Tinte.

Maski schien eingefroren. Lila Funken der Panik liefen über seinen Körper.

»Alarmstart!«, schrie Wate. *»Alle Energie auf die Triebwerke und Nottransition auf maximale Überlichtgeschwindigkeit!«* Er benutzte alle Tentakel gleichzeitig: Kursprogrammierung, Steuerung, Kontrolle der Plasmatriebwerke, Sequenz für die Zytulonenfusion starten. Die blitzschnelle, entschlossene Aktion ihres Commanders riss die Crew aus ihrer Lähmung. Alle arbeiteten jetzt schnell und gezielt.

Die Triebwerke heulten.

Im engen Bogen wendete das Schiff und beschleunigte noch in der Kurve, dass die Gravitationskompensatoren kochten.

Das Wasser im Kommandoraum wurde heiß, die Kühlaggregate kreischten.

Panik verkrampfte Wates Inneres. Hinter ihnen explodierten weitere Planeten und Sonnen. Er starrte auf die Instrumente.

0,2 LG.

Zu langsam! *»Wie ist der Status der Zylonenfusion?«*

»Dreißig Prozent hochgefahren.«

»Wie weit können Sie die Reaktion beschleunigen, ohne dass wir durchbrennen?«

»Wir sind schon am Maximum!«

»Gehen Sie zwei Sigma über die Toleranz!«

»Commander?«

»Schnell!«

»Zu Befehl!«

Das Heulen im Schiff wurde unerträglich, doch die Geschwindigkeitsanzeige kletterte stetig aufwärts.

0,25 LG.

Die Wassertemperatur stieg.

0,3 LG.

Wate wurde es unerträglich heiß.

0,35 LG

Ein Schütteln erfasste das Schiff. Die Vorboten der Weltraumkatastrophe erreichten sie schneller als Wate'medaludes geahnt hatte.

0,4 LG

»Zünden Sie die Zylonenfusiontriebwerke!«

»Zu früh, Commander. Es wird uns zerreißen!« schrie Maski, betätigte aber befehlsgemäß die Kontrollen.

Gravitationswellen wollten Wate zu Brei drücken. Armaturen platzten. Die Wasseratmosphäre im Schiff schien sich zu verfestigen. Es war, als würde aller Sauerstoff aus seinen Kiemen gepresst. Wate konnte nur noch ein verzweifeltes Blubbern von sich geben. Mit letzter Kraft aktivierte er die automatische Steuerung und das Notsignal.

28

Jake erwachte in völliger Finsternis. Erst glaubte er, Myriams Arme um sich zu spüren. Dann kam die Erinnerung. Rodhana. Gewiss fühlte sie sich gut an und ihr wildes Temperament elektrisierte ihn. Aber in seinem Innern spürte er eine Kälte, ein Loch in seiner Seele, das wohl nie mehr heilen würde. Jake wand sich behutsam frei.

Rodhana streckte sich genüsslich, warf die Decke zurück und kramte ihren Glimmerstein unter einem Haufen Kleidung hervor.

Jake ließ seinen Blick über ihren Körper gleiten. Sie war eine schöne Frau, schlank, durchtrainiert und ausgesprochen sexy. Aber sie gab ihm nicht das Gefühl innerer Ruhe. Ganz im Gegenteil. Sie wühlte ihn auf. »Mach das Ding wieder aus«, flüsterte er und streichelte ihr über den Bauch.

Sie lächelte zufrieden, richtete sich aber entschieden auf. »Heh! Hier bekommst du keine Kredits dafür. Außerdem beginnt der Tag.«

Jake warf einen missmutigen Blick auf den Glimmerstein. Der Gelbstich im Licht verriet, dass sie Recht hatte. Glimmersteine pflegten sich im Tagesverlauf zu verändern. Zum Abend hin wurde ihr Licht bläulich, morgens wieder gelblich. Auch das Pulsieren folgte dem Sonnenstand: Mittags hatte es die höchste Frequenz und um Mitternacht kam es kurz zur Ruhe. Tag und Nacht in völliger Finsternis. Jake seufzte.

Rodhana sprang energiegeladen auf und zog sich an. Dann warf sie ihm einen nachdenklichen Blick zu. »Wer sich hier eine Waffe erbeuten will, muss den Angriff leiten. So, wie du drauf bist, hast du keine Chance. Ich denke, du meldest dich am Besten bei Kotlack und Jenslow. Du musst lernen zu schießen und, was noch wichtiger ist, dich zu orientieren.«

Die Tage vergingen mit Übungen. Jenslow und Kotlack erwiesen sich als gute Lehrer und bald fühlte sich Jake sicher. Wie üblich schlief er bei Rodhana. Er genoss ihre Nähe und hatte das Gefühl, dass auch sie ihn mehr und mehr schätzte. Während das die anderen Insurgenten nicht zu kümmern schien, begegnete ihm Burke mit eisiger Distanz.

Eines Morgens sah er den Mann in der Nähe ihres Lagers vorbeischleichen. Jake folgte ihm mit seinen Blicken. »Sag mal, dieser Burke?«

Rodhana streckte sich. »Er ist mein bester Scout.« Sie wand sich aus den Decken, stand auf und band sich ein hauchdünnes Tuch um. Morgensport. Jake gähnte und fummelte sich auch ein Tuch um den Körper: Zwischen den Beinen durch, einmal herum, dann um den Oberkörper, einschlagen und die Zipfel verknoten. Irgendwie saß es bei Rodhana besser. Außerdem hatte seins die Tendenz, sich bei heftigen Bewegungen zu lösen. Jake knüpfte noch ein paar Extraknoten, aber immer noch fühlte sich das Gewand zu locker an. Sie hatte ihm bestimmt irgendeinen Kniff nicht verraten.

Rodhana war bereits fertig und übte etwas abseits auf einer Sandfläche Kampffiguren, schwungvoll, mit vielen Drehungen. Auf der Erde war Jake täglich eine halbe Stunde gelaufen. Aber in der Dunkelheit in den Höhlen konnte er schlecht joggen, also gesellte er sich zu Rodhana. Wie jeden Morgen begann er das Training mit einer knappen Verbeugung, konzentrierte sich auf das Kraftzentrum in seiner Mitte und begann seine Taekwondo Routine.

Bald fiel Rodhana in den gleichen Rhythmus und das Training wurde zum Tanz.

Völlig durchgeschwitzt beendeten sie schließlich ihre Übungen, warfen die Tücher ab und sprangen in den eiskalten Tümpel am unteren Ende der Höhle. Von hier aus sahen die zahllosen Glimmersteine der Insurgenten im Lager wie matte Sterne aus, deren Licht sich auf den dunklen Wellen wiegte. Jake musste an Myriam denken. Sie hatten nachts am Strand gesessen und versucht unter den Millionen von Sternen die Sonne zu finden. So endlos weit entfernt. Aber es gab einen Weg dorthin. Er wandte sich an Rodhana. »Wann ist es so weit?«

Sie seufzte und stieg aus dem Wasser. »Sehr bald. Was machen deine Orientierungsübungen?«

»Luftströmungen, Geruch, Geräusche, Farbe und Schichtung des Gesteins.«

»Vergiss die Augen. Du kannst den Stein auch schmecken und überall fühlt er sich anders an. Was machst du heute?«

»Ich will diesem seltsamen beißenden Geruch folgen.«

»Ach, das Lithanium. Pass bloß auf, dass du nicht auf einen Trupp Erzscouts triffst.«

Jake kletterte ebenfalls ans Ufer. Er stand stramm und salutierte. »Yes, Ma'am!«

Rodhana schüttelte befremdet den Kopf. »Du bist ein komischer Kerl, Doktor.«

Lithanium. Ein Erz, über das Jake nichts wusste, außer dass es auf Nitsituaan in großem Stil abgebaut wurde. Bei seiner Arbeit in den Bergwerken war er damit nicht in Berührung gekommen. Aber sein eigentümlicher, scharfer Geruch war dort hin und wieder wahrnehmbar gewesen. Ebenso wie jetzt hier in den Höhlen. Jake versuchte, sich daran zu erinnern, wann er das Erz zum ersten Mal gerochen hatte. Auf dem Schiff? Das war nicht weiter verwunderlich, denn Lithanium wurde ja für den Schiffsbau gefördert.

Aber da war noch eine andere Erinnerung, eine frühere. Jake lief ein Schauer über den Rücken, als es ihm endlich einfiel: Die Meteoritenprobe hatte genau so gerochen, als er sie in seinem Labor in Boston für die Tests aufbrach. Weltraumgestein – es enthielt etwas, das es auf der Erde nicht gab. Lithanium – er hatte in dem Meteoriten Lithanium entdeckt. Und hier auf Nitsituaan gab es offensichtlich Massen davon. In Jake stieg ein warmes Glücksgefühl auf, seine Neugier, sein Forschergeist meldeten sich. Auf einmal war die ganze drückende Finsternis in den Höhlen, seine Beklemmung, auf diesem Planeten gefangen zu sein, vergessen. Er musste unter allen Umständen eine Probe des Erzes bekommen.

Vom Geruch ließ er sich leiten. Er führte in einen Teil des Berges, in dem es weder Tunnel noch Stollen gab. Natürliche Spalten und Höhlen brachten ihn näher – und führten ihn in ein verwirrendes Labyrinth. Jake hielt an. Sollte er lieber umkehren? Aber der beißende Geruch war jetzt so stark. Er befand sich ganz offensichtlich in der Nähe einer Lithaniumader. Er musste einfach weiter. Genau wie damals auf dem Gletscher. Aber diesmal vergaß er nicht alle Vorsicht. Er nahm sich einen scharfen Stein und kratzte gelegentlich Markierungen in Felsen oder in den Staub. Er würde sich nicht verirren.

Bald drang ein leises Rumpeln durch die Spalten zu ihm. Sofort steckte er seinen Glimmerstein weg. Die Dunkelheit schien die Geräusche zu verstärken. Brummen, Zischen. Schürfmaschinen gruben sich durch den Berg. Sie kamen näher. Neugier packte ihn. Ob es Grimpers Trupp war? Egal. Er durfte sich auf keinen Fall sehen lassen. Es würde weitere, ungefährlichere Gelegenheiten geben, eine Lithaniumprobe zu nehmen. Jake beschloss, sofort umzukehren.

Zunächst kroch er im Dunklen zurück. Dann zog er den Glimmerstein und folgte seinen Markierungen.

Plötzlich hörten sie auf.

Hatte er eine falsche Gabelung genommen? Er lief zurück und fand den in den Staub gemalten Pfeil. Er wies in die Spalte, in der er gerade kehrt gemacht hatte. Es war doch die richtige Richtung gewesen. Verwirrt lief er wieder hinein. Das brachte ihn in eine niedrige Höhle. Etliche Löcher und Spalten führten hinaus. War er wirklich hier durchgekommen? Wie sollte er sich all die verwinkelten Wege in diesem Labyrinth merken können? Deshalb hatte er ja Zeichen angebracht. Aber hier waren keine. Vielleicht hatte er eine Abzweigung verpasst.

Wieder lief er zurück, ließ kein Fleckchen Wand oder Boden aus den Augen. Nichts. Jake bekam feuchte Hände. Er leuchtete jeden Winkel ab. Seine Markierungen konnten doch nicht einfach verschwinden. Aber es waren keine da. Hatte er vergessen, in dieser Höhle eine anzubringen? Jake setzte sich, versuchte sich zu erinnern. Welches dieser Löcher führte zurück? Nervös fuhr er mit den Händen über den feinen Sand, der den Boden bedeckte. Sand! Das war es. Er hatte vorher keine Markierung angebracht, weil er seine eigenen Fußspuren zurückverfolgen wollte. Aber wo waren sie? Jake sah sich genauer um. Da, wo er in den letzten Minuten nicht alles vertrampelt hatte, war der Sand glatt. Zu glatt. Jemand hatte ihn verwischt. Jakes Herz setzte einen Moment lang aus. Er steckte den Leuchtstein ein und lauschte. Nur das ferne Rumpeln von Maschinen dröhnte durch den Felsen.

Verdammter Mist! Welchen Ausgang sollte er nun wählen? Der Falsche würde ihn unweigerlich noch weiter in die Irre führen. Eine böse Ahnung ließ Jake schneller atmen. Er zog das Licht wieder aus der

Tasche. An einer der Spalten schien der Sand ebener zu sein, als an den anderen. Mit etwas Phantasie konnte Jake Wischspuren erkennen. Wer um alles in der Welt war hier unten und tat so etwas? Oder war es ein fremdartiges Tier? Jake spähte lauschend in den Spalt. Vielleicht lauerte es irgendwo in der Dunkelheit. Sein Glimmerstein erschien ihm plötzlich sehr hell. Er legte die Hand fest darum und ließ nur noch einen kleinen Strahl zwischen seinen Fingern hindurch. Das reichte zum Sehen – und gesehen zu werden. Aber ohne Licht würde er überhaupt nicht zurückfinden. Es half nichts. Mit angespannten Muskeln schlich er weiter, tastete sich Schritt für Schritt vorwärts und versuchte das feine Knirschen des Sandes unter seinen Sohlen zu vermeiden.

Immer noch war nichts zu hören und nur der dünne Geruch von Lithanium und Felsgestein lag in der Luft, aber keiner, der auf die Anwesenheit eines Lebewesens hingedeutet hätte. Jake beschleunigte seinen Schritt. Der Sand endete und er musste über Felsbrocken klettern. Jake erinnerte sich an den kegelförmigen Gesteinsblock. Dort hatte er eine Markierung hineingeritzt. Auch sie war nicht zu sehen. Jake fuhr mit der Hand über den bröckeligen Stein. Abgeschliffen. Die Kerbe war kaum noch zu spüren.

In der nächsten Höhle fand er überhaupt keine Spuren. Hier gab es mindestens sieben Löcher hinaus. Er ließ sich auf den kalten Boden sacken. Es blieb ihm wohl keine Wahl, als eines nach dem anderen auszuprobieren. Herumsitzen brachte ihn kein Stück weiter. Er musste systematisch vorgehen. Zunächst das Loch vor ihm. Jake ritzte ein Zeichen in den Felsen. Zumindest würde er wissen, wo er schon gewesen war.

Rodhanas Bemerkung kam ihm ins Bewusstsein: ›Vergiss die Augen.‹ Er konzentrierte sich auf seine anderen Sinne und tastete sich voran. Das glitschige Gestein kam ihm bekannt vor, durch den stickigen Geruch war er vorher gekommen, er erinnerte sich an den staubigen Geschmack auf der Zunge und vor seinem inneren Auge tauchte das Lager auf. Mehr links. Gelegentlich blinzelte er unter den Lidern hervor. Aber meistens hielt er die Augen geschlossen und krabbelte wie ein blindes Tier durch das Gewirr. Ein Hauch von Schweißgeruch zog ihm entgegen. Hatte er sonst die Nase gerümpft, empfand er ihn diesmal süß wie die Heimat. Er kroch darauf zu und fand einen verfallenen Tunnel. Menschliche Ausdünstungen trieben wie feine Fäden in der Luft. An einer Gabelung mischte sich Essensduft darunter. Die nächste Kreuzung kannte er von früheren Streifzügen. Jake atmete auf.

Hinter sich hörte er Schritte. Das musste die Wache sein. Jake wartete. Burke und Kotlack eilten auf ihn zu. Doch statt einer Begrüßung wurde er von dem Bullen gepackt.

»Was soll das? Ich bin es, Jake.«

Burke warf ihm einen gehässigen Blick zu. »Bring ihn zu Rodhana.«

Bei ihr angekommen, richtete Burke seinen Finger anklagend auf Jake. »Der Kerl hat Zeichen für die Kleristen hinterlassen.«

Jake starrte den Mann fassungslos an. »Was soll der Mist?«

Burke verengte die Augen. »Leugnest du etwa, Markierungen in den Felsen geritzt zu haben?«

»Bist du mir etwa nachgeschlichen und hast sie entfernt?«

Burke grinste überlegen. »Da! Er gibt es zu.«

Rodhana verschränkte die Arme vor der Brust. »Ist das wahr?«

Jake sah sie verwirrt an. »Ich wollte mich nicht verlaufen.«

»Bist du verrückt geworden?«, donnerte sie los. »Wenn sie gefunden werden, sind wir hier alle erledigt! Wo hast du die Markierungen angebracht? Rede schon!«

Bestürzt deutete er in die Richtung. »Es tut mir leid.«

Rodhana warf ihm einen vernichtenden Blick zu. »Lager abbauen!«, bellte sie in die Höhle. »Bis zum Abend sind wir hier weg!«

Burke fasste Jake hasserfüllt ins Auge. »Und der? Sollen wir ihn hinrichten?«

»Hast du nicht gehört? Lager abbauen. Kümmere dich gefälligst darum!«

Burke wollte noch etwas erwidern, aber Rodhana starrte ihn nieder. Mit zusammengepressten Lippen wandte er sich ab und stapfte davon.

»Und nun zu dir!«, fauchte sie Jake an.

Jake richtete sich auf und sah ihr fest in die Augen. »Ich weiß, dass ich Scheiße gebaut habe. Aber es war nicht meine Absicht, euch zu schaden. Wie kann ich das wieder gut machen?«

Rodhana funkelte ihn zornig an. »Du bist ein egoistischer Idiot. Immer denkst du nur an dich! Die anderen sind dir scheißegal. Ich werde froh sein, wenn du verschwindest. Pack deine Sachen!« Sie nahm einen tiefen Atemzug. »Freunde hast du dir heute keine gemacht!« Mit einem Ruck wandte sie sich ab und ließ ihn stehen.

29

Wate'medaludes erwachte. Er trieb schwerelos. Warmes Wasser drückte sanft auf seine Haut. Er spürte Energie in seinem Körper, die jede Faser bis zum äußersten Saugnapf an der Spitze seiner Tentakel durchdrang. Er rollte sie ein, um sie dann genüsslich wieder zu strecken. Gedanken zogen träge durch seinen Kopf, Erinnerungen erwachten.

Die Katastrophe! Erschrocken öffnete er die Augen. Diffuses, hellblaues Licht umgab ihn und sickerte langsam in sein Bewusstsein. Ein Heiltank.

»Wie ist das werte Befinden unseres verehrten Commanders?«, erreichte ihn eine telepathische Stimme.

Hinter der Scheibe erkannte er einen Oktoftewiltabinen. Die Tätowierung auf dessen Schulter zeichnete ihn als einen medizinischen Spezialisten aus.

»Wo bin ich?«, stöhnte Wate.

»Man hat Sie zu uns ins Heilzentrum von Wellubimarulles gebracht, bester Commander.«

Er fuhr auf. *»Und meine Leute?«*

»Diese Besorgnis dürfen Sie in die heilende Fürsorge unsers hochqualifizierten medizinischen Teams geben.«

Wate stutzte. *»Sind sie gesund?«*

»Bester Commander. Entspannung wird Ihnen einen schnellen Genesungserfolg bringen.«

»Ich will wissen, was los ist!«, rief Wate aufgebracht.

Die Hautfarbe des Heilers wechselte zu einem ratlosen Pink. Nachdenklich glotzte er einen Moment durch die Scheibe zu Wate herein und wedelte unentschlossen mit den Tentakeln, dass er auf und niederschwebte. *»Dank der ungeheuerlichen Fortschritte in unserer Regenerationsmedizin konnten wir Maski'lammarubis konvaleszieren und auch Lame'linulatus' Tentakel werden wir wieder nachwachsen lassen können.«*

»Und die Anderen?«

»Es ist mir eine höchst peinliche Antwort, da es unserer Kunst nicht möglich war, die restlichen Mitglieder der Besatzung wiederherzustellen.«

Wate ließ sich betroffen niedersinken. Doch konnte er sich keine Zeit für Trauer lassen. *»Die Katastrophe. Das Schiff. Ich muss mit dem Wissenschaftlichen Rat sprechen.«*

»Lieber Commander. Unter großen Mühen haben wir sie am Leben gehalten und tun immer noch unser Bestes, es Ihnen zu erhalten, aber das wird nur dann gelingen, wenn Sie noch etwas in dem Heiltank verweilen.«

»Wie lange?«

»Gar nicht lange. Das versichere ich Ihnen. Nur ein halbes Lanlo.«

»Was? Das sind ja achtzehn Tage!«

»Sicher. Wir haben große Fortschritte gemacht. Noch vor einer Dekade hätten Sie fast einen Sonnenumlauf in dem Nährmedium verbleiben müssen.«

»Dann holen Sie mir den Vertreter des Wissenschaftlichen Rats hierher. Es ist wichtig.«

»Ich werde es ausrichten, hochgeschätzter Commander. Doch will ich noch einmal darauf hinweisen, dass äußerste Ruhe für Ihre Genesung unabdingbar ist.«

Wieder schaute der Heiler Wate aus seinen ovalen Augen an, während im Zuge seiner Konsterniertheit braune und gelbe Farben über seine Haut zogen. Schließlich stieß er sich ab und schwebte davon.

Wate versuchte, sich zu beruhigen, doch gelang es ihm nicht. Eine gewaltige Zerstörungswelle hatte ihre Galaxis erreicht. Eine Naturgewalt, die er nicht kannte, und die ihn zutiefst beunruhigte. Er brauchte die Rücksprache mit den Experten. Ungeduldig wartete er in seinem Tank, der ihm wie ein Gefängnis vorkam.

Der Abgesandte des Wissenschaftlichen Rates traf schneller ein, als erwartet. Höflich grüßte er Wate durch Knicksen, ein kurzes Absenken seines Körpers. *»Hochverehrter Commander. Es freut mich zu sehen, dass*

Ihre Regeneration einen so erfreulichen Erfolg zeigt. Wir haben Ihr Erwachen kaum erwarten können, denn verwirrend sind die Ereignisse und ungenügend die Erklärungsmöglichkeiten.«

»Hochgelehrter, so ist es Ihnen gelungen, die Daten von meinem Raumschiff auszuwerten?«

»Das verlief fatalerweise negativ, da die Datenbanken mitsamt Ihrem unglücklichem Schiff in bedauernswertem Zustand gefunden wurden.«

»So wissen Sie trotzdem von der Katastrophe, die sich am Rand des Spiralarms abspielt?«

»Durch Ihre bedauerliche Havarie wurden wir aufmerksam und fokussierten die Lymellentaster unserer Satellitenstationen auf den besagten Raumsektor mit bestürzendem Resultat: Einige Sonnen und Planeten verschwanden, als seien sie nie da gewesen.«

»Sehen Sie denn keine Fragmente, Spuren?«

»Nichts. Unsere Modelle und Theorien geben uns keine Erklärung. Einige favorisieren daher die Auswirkung eines bisher unbekannten Energiesturms, der die Taster beeinflusst, andere vermuten eine Fehlfunktion in der Resonanzkaskade der Instrumente. Beides trifft aber auf harte Kritik von unseren, sagen wir, etwas mehr effekthaschenden Wissenschaftlern.« Der Abgesandte beugte sich vor und warf Wate einen bedeutungsvollen Blick zu. *»Im Eifer der Debatte haben sich schon etliche Mitglieder des Rates gegenseitig erwürgt. Die Hitze der Diskussion entzündet die tierischen Instinkte, die, wie ich bemerken darf, theoretisch, wegen der kulturellen Entwicklung in unserer Spezies verlorengegangen sein sollten.«*

»Mit Erstaunen frage ich mich, welche Urgenz solch barbarisches Verhalten auslöst?«

»Oh, lieber Wate'medaludes, es ist die Panik, die entsteht, weil einige unverantwortliche Individuen geradezu Lächerliches behaupten. So soll das Phänomen verschwindender Planeten Nitsituaan in einem Zyklus zerstören.« Die Haut des Abgesandten nahm eine überhebliche algengrüne Farbe an. *»Dieses, werter Commander, ist ja wirklich ein Hohn!«*

Wate erschrak. *»So kommt es auf uns zu?«*

»Wir erachten es als einen lästigen Messfehler.«

»Messfehler?« Wate hatte das Gefühl, vor Erregung zu platzen. Hektisch schoss er an der Scheibe seines Heiltanks hin und her. *»Ich denke, dass sie da einem Trugschluss unterliegen. Ich habe es selbst gesehen. Es ist gefährlich. Wir müssen etwas tun! Ich muss aus diesem Tank heraus.«*

Sichtlich verwirrt starrte ihn der Abgesandte an. *»Zunächst sollten Sie sich in dieser illustren Klinik in aller Ruhe erholen, damit Sie ihren Schock überwinden. Ich verstehe, dass Ihnen der Verlust Ihrer treuen Besatzung nahegeht.«*

»Sie verstehen überhaupt nichts. Da draußen geschieht etwas Ungeheuerliches!«

»Regen Sie sich bitte nicht auf, teuerster Commander. Das wäre Ihrem Heilungsprozess überaus abträglich. Sie können mir ja vorerst Ihre Beobachtungen schildern.«

Der Abgesandte schimmerte zitronengelb. Eine Unverschämtheit, sein Desinteresse so deutlich zu zeigen. Wate zügelte die aufkeimende Wut, entspannte seine Tentakel und ließ sich auf den Sandboden des Heiltanks sinken. Fakten würden überzeugen. Er blies langsam durch die Kiemen. *»Zunächst muss ich Ihre geschätzte Anschauung korrigieren. Die Himmelskörper verschwinden nicht, sie explodieren entsprechend ihrem Naturell: Planeten zu Gas und Staub, die Sonnen zu Supernovae. Außerdem geht das Phänomen mit einem Impuls einher, den die Gravitationstaster auffangen, aber nicht verwerten können.«*

Der Abgesandte wedelte träge mit einem Tentakel. *»Sehr schön, mein lieber Commander. Ich werde es dem Gremium zur Beratung unterbreiten.«*

Obwohl er diesen Blubberfisch am liebsten gewürgt hätte, bemühte sich Wate um Höflichkeit. *»Ich bedanke mich ganz herzlich für Ihre liebenswürdige Mühe«*, sagte er müde. *»Könnten Sie vielleicht die Freundlichkeit haben, die Nachricht an den Hohen Minister Jota'kumulkappur weiterzuleiten?«*

»Ich werde mein Bestes tun, ihn zu erreichen, hochverehrter Commander.« Der Abgesandte knickste und schwamm mit wichtigem Gesichtsausdruck davon.

Fast wäre er mit Tenka'kulinassa zusammengestoßen, die gerade mit Tochter Fanli'belzurili durch die Besucherschleuse herein schwebte. Wates Älteste war erst siebzehn Zyklen alt, aber schon größer als er selbst. Äußerlich entwickelte sie sich nach seiner Frau, die mit ihrem imposanten Auftritt leicht die Gattin des Hohen Primisten hätte sein können. In der Vorzeit hätten sich die Freier wegen ihr gegenseitig reihenweise erwürgt. Doch mit der Weiterentwicklung ihrer Kultur hatte sich das Werberitual von den barbarischen Traditionen abgewandt. Weitestgehend.

Als er sie kennenlernte, war sie extra-zischig gewesen, ein Tsunami! Wate musste etliche Nebenbuhler ausschalten. Nicht durch Erwürgen, sondern durch Duelle, streng nach Regeln und mit nichtletalen Waffen. Der neunte Zweikampf war am schlimmsten gewesen, Klabu'teranuster. Es war mehr Glück als Können, das Wate den Sieg brachte. Danach entschied sich Tenka und legte ihr schönstes Farbspiel auf. Vielleicht wollte sie nicht mehr warten, vielleicht hatte sie Angst, Wate würde am Ende doch noch unterliegen, jedenfalls gestand sie ihm, nur für ihn geleuchtet zu haben. Sie bekamen kurz darauf ihren ersten Schlüpfling, Fanli'belzurili.

Tenka war nach all den Jahren immer noch eine eindrucksvolle Erscheinung. Und auch heute sah sie einfach umwerfend aus, so dass Wate bedauerte, in den Heiltank gesperrt zu sein.

Seine Tochter riss ihn aus den Betrachtungen. *»Papa, ich will auch Raumkommandant werden!«*

»Du weißt doch, dass das nicht geht!«, antwortete er und ließ seine Haut in beschwichtigendem Blau leuchten. *»Außerdem – wie wäre es, wenn du deinen Vater erst einmal ordentlich begrüßen würdest!«*

»Das ist gemein. Immer nur dürfen die Männlinge aus den Meeren heraus. Ich will auch das Land sehen und den Himmel und die Sterne.«

»Kind. Weiblinge haben andere Aufgaben«, ging Tenka dazwischen. *»Und jetzt benimm dich!«*

Fanli rollte ärgerlich ihre Tentakel zusammen.

»Und schau doch nur einmal, wie ich aussehe! Mit Mühe haben sie mich wieder zusammengeflickt. Es ist gefährlich da draußen.« Wate wusste, dass er seine Tochter damit kaum beeindrucken konnte. Und insgeheim war er stolz darauf, dass sie seine Neugier und Abenteuerlust geerbt hatte.

»Ihr wollt uns Weiblinge nur nicht lassen!«, schimpfte sie und zog sich mit ihren Saugnäpfen an der Außenscheibe des Heiltanks hoch. *»Ihr seid Chauvinisten.«*

»Wo hast du denn nur so ein Wort her?«, fragte seine Frau erschüttert.

»Von einem alten Wildfang«, antwortete Fanli und wippte verschmitzt auf und ab. *»Ich habe ihn in der Lagune belauscht.«*

»Ich habe dir doch verboten, in die Nähe der Homiden zu schwimmen!«, empörte sich Tenka.

»Was soll schon passieren? Es wird mich nicht gleich einer fressen.« Fanli wedelte selbstsicher mit ihrem Primärtentakel.

Tenkas Farbton verblasste in Resignation. *»Sie kommt nach dir, Wate.«*

Endlich erschien der Minister. Seine Hautfarbe wirkte matt. Er war müde.

»Es tut mir außerordentlich leid, verehrter Jota'kumulkappur, Sie aus Ihrem hochanstrengenden Tag herauszureißen.«

»Ich wollte Sie ohnedies besuchen, lieber Wate'medaludes. Es ist mir ungemein nahegegangen, von Ihrem verhängnisvollen Schiffsunglück zu erfahren. Ich bin ausgesprochen froh, Sie am Leben zu sehen. Wie geht es Ihrer geschätzten Frau und den Kindern?«

»Ich danke vielmals der Nachfrage, Hoher Minister. Ich muss Sie dringend auf eine Gefahr aufmerksam machen. Sie haben ja schon von der nahenden Katastrophe gehört.«

»Lieber Commander. Sie wissen doch, dass ich davon nichts verstehe. Erklären Sie das den wissenschaftlich Versierten.«

»Das wollte ich bereits, doch bin ich hier aufs äußerste behindert, wie Sie sehen. Verehrter Minister, ich habe das Gefühl, die Gefahr rast direkt auf uns zu.«

Jotas Hautton wurde noch ein paar Nuancen bleicher. *»Locken sie die Muräne nicht in die Grotte, mein Bester.«*

Wate schwamm näher an die Scheibe. *»Wir müssen herausfinden, was es ist. So schnell wie möglich. Unser aller Überleben steht auf dem Spiel.«*

»So kenne ich Sie ja gar nicht, geschätzter Commander!« Jota ruderte vor dem Heiltank nachdenklich auf und ab. *»In all den Jahren haben Sie sich als ausgesprochen zuverlässig erwiesen. Ich würde Sie gerne unterstützen.«*

Wate spürte Auftrieb. *»Wir brauchen Forschungsprivilegien, wir brauchen Wissenschaftler, wir brauchen Raumschiffe, wir brauchen ...«*

»Langsam, langsam, bester Commander. Woher soll ich denn all die Ressourcen nehmen?«

»In diese Belange habe ich wiederum keinen Einblick. Aber wenn wir nichts unternehmen, so befürchte ich das Schlimmste. Haben Sie schon einmal Sonnen und Planeten explodieren sehen?«

Jota zuckte zusammen. *»Sie meinen …«*

»Wir haben dem nichts entgegenzusetzen, ich weiß noch nicht einmal, was da vorgeht.«

Der Minister schaute Wate nachdenklich an. *»Ich werde sehen, ob ich ein paar Mittel freimachen kann.«* Er fasste die farbig blinkenden medizinischen Geräte ins Auge. *»Ein Bekannter von mir, er frönt den mechanischen Wissenschaften, arbeitet gerade an einem mobilen Heiltank. Vielleicht stellt er uns seinen Prototyp zur Verfügung.«* Jota schwamm gedankenverloren dem Ausgang zu. *»Ich denke, er wird über eine Testperson erbaut sein. Ich denke, das wird er. Genesen sie wohl, Commander.«*

30

Im Höhlengeflecht unter den Bergen schien die Suche nach einem neuen Hauptquartier eine Ewigkeit zu dauern. Die Insurgenten wanderten bereits etliche Tage. Rodhana zeigte Jake die kalte Schulter. »Du kannst dein Nachtlager bei der Mannschaft aufschlagen«, hatte sie gesagt und ihn dann nicht weiter beachtet.

Auch die Anderen hielten sich von ihm fern und zu jeder Gelegenheit mischte sich Burke unter die Leute und tuschelte. Jake fühlte ihre Blicke im Nacken. Er konnte es ihnen nicht verdenken, dass sie ihn mieden. Schließlich hatte er sie in Gefahr gebracht.

Am nächsten Tag marschierten sie weiter. Marjella gesellte sich zu Jake. »Du hast gesagt, dass du die Meduse hören kannst?«, begann sie.

Jake setzte beim Laufen das Gepäck auf die andere Schulter. »Ich glaube an keine Gottheit. Die Stimme, die die Kleristen in Bann hält, kommt von den Adjutoren. Götter sprechen nicht durch Maschinen.«

»Ich habe die Göttin schon als Kind vernommen.«

»In deinem Kopf?«

»Nein.« Marjella deutete auf ihr Herz. »Hier.«

Jake zuckte die Achseln. Wie man mit dem Herz hörte, konnte er sich nicht vorstellen. Vielleicht meinte sie ihre Intuition. Aber die war ein unsicherer Ratgeber. Hätte er damals nicht darauf gehört, dann wäre er nicht vom Petermann-Gletscher gestürzt! Aber er war sich so sicher gewesen, dass er etwas finden würde.

Marjella lächelte wissend. »Alles ist miteinander verwoben.«

Jake nickte höflich. Verwoben. Ein Strang schlang sich um den anderen und hielt das Ganze. Nehmen und Geben. »Ich würde den Leuten gerne irgendwie helfen, aber ich kenne mich hier immer noch nicht richtig aus.«

Marjella sah ihn ruhig an. »Dir wird schon etwas einfallen, Jake. Da bin ich mir ganz sicher.«

Am Abend erreichten sie eine geräumige Höhle mit Wasser. Rodhana ließ die Truppe lagern und sandte Kundschafter aus.

Jake trat an sie heran. »Ich habe mir überlegt, dass ich dir und Kotlack beim Training der Leute helfen könnte.«

»Willst du dich nach deinem Patzer wieder bei mir einschmeicheln, Doktor?«, fragte sie mit steinerner Miene. »Keine Angst. Ich besorge dir eine Waffe und dann kannst du deiner Wege ziehen.«

Jake straffte die Schultern. »Ich werde nicht gehen, ohne meine Schulden bezahlt zu haben.«

Sie maß ihn von oben bis unten. »Willst du meine Leute etwa mit deinen morgendlichen Turnübungen amüsieren?«

Jake schob das Kinn vor. »Vielleich solltest du einmal herausfinden, was dahinter steckt!«

»Nichts lieber als das, Doktor! Leider hast du dich bisher immer davor gedrückt.«

»Weil ich niemandem etwas zu beweisen hatte.«

Sie lachte schallend, dass sich jedermann nach ihr umdrehte. »Weil du Angst hattest, dass ich dir eine Lektion erteile!«

Die Leute fielen in ihr Lachen ein.

Jake ließ sich nicht beirren. »Dann bringen wir es hinter uns!« Er verbeugte sich und ging in Kampfstellung. Rodhana zog ihre Waffe gelassen aus dem Gürtel und reichte sie Burke. Der grinste erwartungsvoll.

Sie schlenderte herausfordernd um Jake herum. Er ließ sie nicht aus den Augen.

Rodhanas Gesicht spiegelte ihre zunehmende Konzentration wieder. In den gemeinsamen Morgenübungen war Jake ihren Angriffen immer ausgewichen. Das würde sie erwarten.

Jakes Körper war bereit, ruhig, aber gespannt wie eine Bogensehne. Die Welt verschwamm um ihn herum. Nur Rodhanas braune Augen standen klar vor ihm und alles drehte sich um sie.

Ein kaum merkliches Verengen ihrer Pupillen kündigte ihren Angriff an. Jake warf sich ihr entgegen, seine Faust schnellte auf ihren Kopf zu. Prompt parierte sie mit einem Block. Doch schon wirbelte er herum, attackierte mit einer Serie blitzschneller Fausthiebe und Tritte. Rodhana reagierte auf der Stelle. Jake erkannte in der Verteidigung eine Figur aus ihren Übungen. Dann kam der Gegenangriff. Kick unten links, Handkante zum Kopf und Fußstoß. Jake begegnete mit einer Blockkombination und explodierte in eine Attacke. Rodhana parierte seine Schläge und Tritte und ging in die Offensive. Jake gab sich seinen Reflexen hin. Rodhana kam nicht durch. Blitzschnell änderte er sein Bewegungsmuster und griff erneut an. Rodhana musste ausweichen. Er ließ nicht locker, brach durch ihre Verteidigung. Seine Faust raste auf ihren Kopf zu. Sie duckte sich, aber sein Fußstoß traf und katapultierte sie über den Boden. Sie rollte ab und sprang auf, aber Jake attackierte schon wieder.

In einer Finte wich er zurück und öffnete seine Verteidigung. Sofort ging sie zum Angriff über und schlug in die Bresche. Doch er drehte sich zur Seite, erwischte ihren Arm und schleuderte sie zu Boden. Augenblicklich war er über ihr und hielt sie mit einem Griff fest, den er von Pedro gelernt hatte.

»Gibst du auf?«, keuchte er.

Rodhana wand sich wie eine Schlange und trat um sich – vergeblich.

»Gib auf!«, forderte Jake.

Die Zuschauer drängten näher. Jake blickte auf und sah den Emitter eines Stunners auf seinen Kopf gerichtet. Burkes Gesichtsausdruck ließ keinen Zweifel zu, dass er abdrücken würde. Augenblicklich ließ er Rodhana los. »Schon gut. Schon gut! Ich tue ihr nichts.«

Burke warf einen fragenden Blick auf die Führerin. Sie rappelte sich mit verbissenem Gesichtsausdruck auf und starrte Jake ungläubig an. »Ich habe dich unterschätzt.« Mit der Hand fuhr sie sich vorsichtig durch die Haare und verzog das Gesicht. »Das wird eine fette Beule geben, Doktor.« Dann grinste sie. »Dafür hab ich Einen gut.« Sie nahm Jakes Hand und hielt sie in die Höhe. »Der Sieger.« Sie lächelte herausfordernd, als sie den Blick über ihre Leute schweifen ließ. »Will es noch einer probieren?«

Burke senkte die Waffe und trollte sich.

Schon am nächsten Tag begann Jake mit der Ausbildung der Insurgenten. Zunächst mussten sie das Repertoire seiner morgendlichen Turnübungen, wie Rodhana sie herablassend bezeichnete, Schritt für Schritt lernen.

Marjella lächelte zufrieden. »Das war kein schlechter Anfang, Jake. Ganz und gar nicht. Mit Rodhana musst du jetzt ein bisschen Geduld haben. Sie ist bisher von niemandem besiegt worden.«

Das Lob ging Jake runter wie Honig. Doch dann horchte er auf. »Du willst, dass ich bei euch bleibe?«

Marjella wiegte den Kopf. »Du hast eine andere Aufgabe. Später. Aber für jetzt weißt du Dinge, die keiner von uns kennt.«

Wie ein Blitz schlug die Idee ein. Jake ging, seinem Impuls folgend, direkt zu Rodhana und ließ sich ihren Excaver zeigen. Das Gerät konnte nicht mehr eingeschaltet werden, kein Lichtchen flackerte am Display. Es war nicht mehr Wert, als eine Keule.

»Wenn du ihn mir für ein paar Tage zur Verfügung stellst, versuche ich ihn zu aktivieren.«

»Doktorchen, dazu muss er über Nacht an eine Ladestation in der Gerätehalle des Bergwerks angeschlossen werden ...«

»... und abends schaltet sich das Gerät bei Schichtende automatisch ab.« Jake kratzte sich nachdenklich am Kopf. »Energie ist auf Nitsituaan kein Problem. Es könnte sich beim Abschaltvorgang um eine Sicherheitsvorrichtung handeln. Damit es nicht in die zarten Hände einer Rebellin fällt.«

Rodhana grinste und schwang das Gerät durch die Luft. »Ich kann es immer noch benutzen.«

Jake sprang erschrocken einen Schritt zurück. »Holla! Pass auf, wo du hinschlägst.«

»Nichts für ungut, Doktor.« Sie reichte ihm den Excaver. »Funktionsfähig wäre er mir natürlich noch nützlicher.«

»Ich will sehen, was ich tun kann, mein General, aber ich sollte das Experiment woanders machen. Vielleicht schreit das Gerät nach den Kleristen, wenn es aktiviert wird.«

Sie zog die Stirn kraus. »Nicht, dass du damit abhaust.«

»Ach wo. Einen solchen Knüppel kann ich von jedem Baum abbrechen.«

»Vor allem, weil es in den Höhlen so viele Bäume gibt«, schmunzelte Rodhana und legte den Kopf schief. »Ich komme mit«, sagte sie dann in entschiedenem Tonfall.

»Musst du mir immer auf die Finger schauen?«, knurrte Jake.

»Auf die auch«, erwiderte sie und zwinkerte. »Lass dir von Marjella Proviant geben.«

Zwei Tage führte ihn Rodhana noch tiefer in den Berg. Jake suchte einen unterirdischen See. Wie damals das Datcom, tauchte er den Excaver unter.

»Halt!«, fuhr ihn Rodhana an. »Diese Apparate sind wasserempfindlich!«

»Sagt wer?« Jake beobachtete das dunkle Display misstrauisch. Ein Gerät unter Wasser zu programmieren war, gelinde gesagt, blödsinnig. Was hatte sich der Konstrukteur dabei gedacht? Als Sicherheitsmaßnahme würde doch ein verschlüsseltes Kennwort reichen.

Bevor Jake den Gedanken weiter verfolgen konnte, begannen die Kontrollen zu blinken. Rodhana sog geräuschvoll die Luft ein. »Du hast es eingeschaltet!«

Jake nickte. Es erschienen Symbole, von denen er einige schon kannte. »Halte nach Kleristen Ausschau. Ich muss mich hier konzentrieren.«

Rodhana winkte ab. »Es kann eine Weile dauern, bis sie uns hier finden.«

»Um so besser. Aber du solltest dir einen guten Platz für deine Wache suchen.«

Sie baute sich vor ihm auf. »Du wirst impertinent, Doktor.«

»Ich kann es nun mal nicht leiden, wenn mir jemand beim Arbeiten über die Schulter sieht.«

»Und ich hasse es, herumgeschickt zu werden!«

»So haben wir beide unsere Eigenheiten. Wenn du mir jetzt bitte ein bisschen mehr Raum geben könntest?«

Ihre Miene verfinsterte sich, doch sogleich setzte sie ein Grinsen auf. »Ich lenke dich wohl zu sehr ab?«

»Du raubst mir den Verstand, Baby«, antwortete er, ohne aufzusehen.

Rodhana warf den Kopf zurück. »Ich glaube, du bist nicht nur ein Egoist – du bist auch noch ein Ekel!«

Jake gab einen übertriebenen Seufzer von sich. »Darf das Ekel jetzt arbeiten? Du willst doch sicher, dass ich aus diesem nutzlosen Stecken ein leuchtendes Laserschwert mache, das selbst Darth Vader erblassen lässt?«

»Dar... Wer?« Sie sah ihn verständnislos an, schüttelte den Kopf und ging.

Jake wandte sich dem Programm zu und vergaß die Zeit.

»Wir sollten verschwinden.«

Rodhanas unerwartete Ansprache ließ Jake zusammenzucken. »Musst du dich so anschleichen?«

»Du hättest selbst einen Bajbar nicht bemerkt.«

»Einen was?«, fragte er, ohne vom Display des Excavers aufzublicken.

»Ein großes, zotteliges Tier mit Hörnern, das in den Ausläufern der Berge lebt. Ich wünschte, ich könnte raus und eins erlegen. Dann hätten wir für eine Weile genug zu essen.«

»Ach ja«, antwortete er geistesabwesend. »Ich denke, ich habe es geschafft, das Signal zu unterdrücken.«

»Du hörst mir ja gar nicht zu!« Sie gab ihm einen Stoß in die Seite. »Wir bekommen Besuch.«

Jake fuhr auf. »Verdammt!«

»Sie sind noch weit.« Rodhana streckte die Hand nach dem Excaver aus. »Kann ich's mal probieren?« Sie stellte einen kurzen Strahl ein und schmolz mit dem blauen Licht eine Rinne in den Felsboden. »Funktioniert«, bestätigte sie zufrieden. »Wie steht es mit dem Verletzungsschutz?«

Jake kratzte sich am Kopf. »Den konnte ich bisher noch nicht knacken.«

Rodhana sah ihn erstaunt an. »Du meinst ...«

Jake nickte.

Sie zog versonnen ihre Finger durch den Strahl, als wäre es buntes Licht. »Das wäre superscharf!«

Sie hatten die Kleristenpatrouille schnell hinter sich gelassen. Beweis, dass es Jake gelungen war, den Sender zu deaktivieren. Das gab ihm die Möglichkeit, in aller Ruhe im Hauptquartier weiterzuarbeiten. Lange rätselte er über die Zahlensymbole, bis ihm auffiel, dass es nur acht davon gab. Er schlug sich mit der flachen Hand auf die Stirn, als ihm die Erleuchtung kam: Oktalsystem! Etwas fand Jake merkwürdig, ja absurd. Bei jedem elektronischen Rechner hätte das Sinn ergeben, da diese auf dem Dualsystem basierten und bei komplexeren Vorgängen schrittweise verdoppelt werden konnten. Aber neuronale Vernetzungen hatten zigmal mehr Entscheidungsfreiheiten. Warum diese ausgerechnet im Oktalsystem berechnen? Warum um alles in der Welt hatten die Urmenschen dieser Welt nur acht und nicht ihre zehn Finger zum Rechnen benutzt und das Dezimalsystem verwendet? Jake wischte die Gedanken beiseite und arbeitete weiter. Am Ende gelang es ihm, den Verletzungsschutz lahmzulegen. Das Werkzeug war nun eine Waffe.

»Bald ist es so weit, Jake.« Marjella ließ sich neben ihm nieder. »Die Männer beginnen, dich zu schätzen – und auch Rodhana.«

Jake lehnte sich gegen die Felswand. »Ich hätte nie gedacht, dass ich Freiheit in der Dunkelheit der Berge finden würde.«

Marjella rückte näher, ihre dunklen Augen schienen Jake tief in die Seele zu blicken. »Du hast einen anderen Weg.«

Jake kannte das schon. Sie hatte sicher wieder eine ihrer Visionen gehabt. »Dann hilf mir, Rodhana umzustimmen. Allein kann ich keine Waffe erbeuten.«

Marjellas Gesicht nahm einen fernen Ausdruck an. »Da ist noch etwas anderes. Aber es hängt zusammen.«

Jake seufzte. Manchmal konnte er ihren Worten einfach keinen Sinn entnehmen.

Plötzlich sprang sie auf und starrte verklärt in die Dunkelheit. »Wir haben nicht mehr viel Zeit.«

Wie zur Antwort lief ein leichtes Zittern durch die Erde. Der Berg stöhnte und Sand rieselte vom Höhlengewölbe herab. Jake zog den Kopf in den Nacken. Sein Puls beschleunigte sich. Mit hektischen Blicken versuchte er, die Dunkelheit jenseits des fahlen Scheins der Glimmersteine zu durchdringen. Über ihm gab es nur tonnenschwere Schwärze. Jakes Magen krampfte sich zusammen. Sein Atem stockte. Raus!, war alles, was er denken konnte. Dann fiel sein Blick auf die Insurgenten im Lager. Der eine oder andere sah sich träge um, ansonsten saßen sie ruhig da und ließen sich nicht stören. Jake zwang sich, gleichmäßig zu atmen. Langsam. Tief. Dann war das Beben vorbei.

»Der Hakulakaloa hat Bauchgrimmen«, statuierte Rodhana gelassen.

Vor Jakes geistigem Auge erschien der riesige Vulkan, der im Süden die Bergkette dominierte. Er war aktiv. Es gab wohl öfters Erdstöße. Vielleicht auch stärkere. Der Gedanke ließ Jakes Magen flattern. Er warf Marjella einen Blick zu. Sie starrte immer noch mit leeren Augen in die Ferne. »Das war kein normales Beben«, sagte sie mit Grabesstimme. »Das Ende kommt und wird alles Leben vernichten.« Mit einer eigenartig mechanisch wirkenden Bewegung wandte sie sich Jake zu. »Du!« Sie streckte ihm eine knochige Hand entgegen, die andere hob sie in die Höhe. »Die Göttin will dich sehen.«

Jake schüttelte leise den Kopf. Marjella bezog ihren Glauben aus irgendetwas. Etwas, das sie hörte. Sogleich kamen Jake die mentalen Stimmen der Roboter in den Sinn. Aber dass ein Adjutor mit ihr redete, glaubte er dann doch wieder nicht. Er wusste nicht, was er von Marjellas Weissagungen halten sollte.

Marjella rief zu einer Pilgerreise auf, um Jake der Göttin vorzustellen. Warum Jake überhaupt zustimmte? Neugierde? Ein innerer Drang? Er wusste es nicht. Zwei Dutzend Insurgenten schlossen sich an. Auf dem Weg wurde gefastet. Nur vor der Nachtruhe gab es Biskuits, so hart wie Bimsstein. Jake wunderte sich, auch Burke unter den Gläubigen zu entdecken. Er hatte den Mann nicht für gottesfürchtig gehalten. Aber der schritt wie die Anderen barfuß und mit gesenktem Haupt hinter Marjella her.

Schließlich erreichten sie eine Höhle, in deren flachem Felsboden ein kreisrundes Loch mit einem Durchmesser von etwa drei Metern leuchtete. Sein unsteter Schein fiel flackernd auf die rauen Wände und die hohe, gewölbte Decke.

Marjella kniete nieder.

Die Pilger traten einer nach dem anderen vor und verbeugten sich vor dem Licht. Anschließend bildeten sie einen großen Kreis, setzten sich im Schneidersitz und schlossen andächtig die Augen.

»Kann ich reinschauen?«, flüsterte Jake.

Marjella nickte würdevoll.

Jake beugte sich über das Loch, in dem Licht wie Wasser wogte. Kühle, feuchte Luft schlug ihm entgegen. Die passte so gar nicht zu dem Eindruck sturmgepeitschter Wellen flüssigen Feuers, die über die Oberfläche jagten. Darunter wirkten alle Felsbrocken verzerrt, so wie Fische, wenn Wellen über einen See liefen.

»Was ist das?«, fragte er fasziniert.

»Die heilige Höhle der Göttin«, wisperte Marjella. Sie erhob die Arme und begann einen sakralen Singsang.

Jake beugte sich weiter vor. Aus dem Loch drangen keine Geräusche, aber die Luft trug einen beißenden Geruch herauf. Lithanium und – Jake sog die Luft prüfend in die Nase – vielleicht Ozon?

Plötzlich spürte er einen scharfen Schmerz am Hinterkopf. Er verlor das Gleichgewicht, kippte vornüber und fiel in das Loch. Für den Bruchteil einer Sekunde hatte er das Gefühl körperlosen Fallens, dann wurde es Schwarz vor seinen Augen.

31

Es dauerte zwei Tage, bis die Heiler Wate'medaludes aus dem stationären Heiltank ließen und in ein merkwürdiges Gefährt transferierten. Jota'kumulkappurs Bekannter hatte eine Auftauchzelle umgebaut, sie mit medizinischen Geräten bestückt und mit Nährmedium gefüllt. Wate strich mit seinem Primärtentakel über die vertrauten Kontrollen der Steuerung. Das Ding war zwar aufgrund seiner Größe für die Unterwasserwelt etwas unpraktisch, aber zumindest voll beweglich.

Er steuerte den mobilen Heiltank, wie Jota das Vehikel nannte, durch die Laderampe des regenerationsmedizinischen Gebäudes nach draußen.

Tausend Spannen Tiefe. Angenehm gedämpftes Licht drang von der Wasseroberfläche herab und beleuchtete die kuppelförmigen und geschwungenen Bauwerke der Hauptstadt Wellubimarulles, die, so weit das Auge reichte, den Meeresboden bedeckten. In den großzügigen Parkanlagen wiegten sich Korallen und Seetang rhythmisch in der Strömung. In der Ferne streckten sich im diffusen Licht Wohntürme mit unzähligen Wohngrotten wie riesige Felsfinger der Wasseroberfläche entgegen.

Gleich neben dem Ärzte- und Krankenkomplex dehnten sich die wissenschaftlichen Forschungs- und Lehranstalten aus. Die Halbkugel des Verwaltungsgebäudes dominierte den Campus. Wate steuerte darauf zu und fädelte sich vorsichtig durch die Korridore zum großen Sitzungssaal.

An den Wänden der runden Halle wogten fluoreszierende Wellen farbigen Lichtes zur Dekoration und Beleuchtung. An kleinen Podien, die in einem Kreis entlang der Wand aufgestellt waren, saßen bereits die Mitglieder des Wissenschaftlichen Rats. In der Mitte des Saals, unter dem Zentrum des Kuppeldaches, flimmerte ein gigantisches Hologrammfeld, bestehend aus Abermillionen Leuchtamöben. Noch schillerten sie blass, doch wenn moduliertes Licht sie traf, nahmen sie die Information auf, formierten sich und begannen zu leuchten.

Wates Platz im Kreis zeichnete sich durch eine Lücke in der Reihe der Podien aus. Er steuerte darauf zu und parkte seinen mobilen Heiltank. Alle Augen waren auf ihn gerichtet. Das war ihm unangenehm, denn in dem Gefährt überragte er selbst den erhöhten Sessel des Vorsitzenden. Irgendwie fühlte er sich wie ein Außenseiter, ja wie ein Alien, der sich die Welt der Oktoftewiltabinen in einer Tauchglocke ansah.

Der Vorsitzende riss ihn aus seinen romantisierenden Gedanken. *»Willkommen, bester Wate'medaludes. Wir hatten schon befürchtet, Sie an die Mutter des Alls verloren zu haben. Daher sind wir nun besonders froh, Sie in unserer Mitte begrüßen zu dürfen. Wie geht es Ihnen? Oh! Ich befürchte, meine voreilige Frage war eine unangemessene.«* Seine Haut schillerte in einem verlegenen Zartrosa. *»Es tut mir so leid, Sie in dieser doch so merkwürdigen Fortbewegungshilfe zu sehen. Eine erstaunliche Konstruktion, wie ich bemerken darf, wie sie mir in meinem ganzen Leben noch nicht untergekommen ist. Sie bereiten uns immer wieder Überraschungen, bester Wate'medaludes. Darf ich Ihnen an dieser Stelle, in aller Diskretion, meine Bewunderung ausdrücken, lieber Commander. Manch einer traut sich noch nicht einmal in die Welt der Luftatmosphäre, aber darüber hinaus bis in die Region des großen Nichts vorzustoßen ist …«* Die Tentakelspitzen des Vorsitzenden zitterten leicht. Ob vor Grauen oder Erregung, Wate konnte es nicht sagen. Vielleicht war es eine Mischung aus beidem. Er fügte sich in Geduld, auch wenn es ihm schwerfiel. Die endlosen Einführungen des Vorsitzenden waren allgemein gefürchtet, aber ansonsten war er ganz patent.

»... sind wir alle schon ganz gespannt auf den Bericht der Umstände, die zu dem tragischen Unfall geführt haben.«

Zur Würdigung der Rede ließen die Anwesenden bunte Lichtreflexe auf ihrer Haut aufblitzen. Der Vorsitzende wedelte zum Dank mit seinen beiden vorderen Tentakeln und streckte sie dann Richtung Wate.

Der ließ seine Haut kurz aufschimmern. *»Ich bedanke mich ganz herzlich für Ihre Anteilnahme und will Sie nicht länger auf die wichtigen Informationen zu dieser ungeheuerlichen Katastrophe warten lassen ...«*

Während Wate den Hergang schilderte, bemerkte er in der Runde nicht nur gespannte Aufmerksamkeit, sondern auch vereinzelt Unruhe. Einige der Zuhörer zeigten Farbschattierungen des Unmuts und der Ablehnung. Der Gelehrtenstreit setzte sich also fort. *»... und so möchte ich abschließend fragen«*, schloss Wate seinen Bericht, *»welche Kenntnisse die erlauchten Oktomajesten zwischenzeitlich hier gewonnen haben, die zur Verbesserung unserer Situation beitragen könnten.«*

Der Vorsitzende teilte ihm daraufhin mit, dass ein Patrouillenschiff in den besagten Raumsektor geschickt und von den Erfassungsgeräten verschwunden war. Wate durchfuhr es wie ein Blitz. *»Das ist entsetzlich! Es ist von der Katastrophe erfasst und vernichtet worden!«*

»Nein, nein«, winkte der Vorsitzende ab. *»Dann hätten sie ein Notsignal gesendet. Wir haben bereits Suchschiffe hinterhergeschickt.«*

Wate erschrak noch mehr. *»Das ist doch Wahnsinn! Ziehen Sie sie sofort zurück.«*

Der Vorsitzende breitete seine Tentakel gravitätisch auf dem erhöhten Podest aus. *»Jetzt machen Sie keine Panik, bester Commander. Wahrscheinlich ist der Funk ausgefallen. Das kommt vor. Energiestürme. Wir werden sie schon finden.«*

Wate stieg das Blut in den Kopf. *»Die Schiffe müssen sofort umkehren, sobald der Gravitationstaster in unbegründeter Manier anschlägt!«*

Der Angesprochene blähte sich auf. *»Darf ich Sie darauf hinweisen, dass ich hier die Befehle gebe und nicht Sie!«*

Plötzlich schien sich der Boden zu neigen. Wate saugte sich an seinem Hocker fest. Alles drehte sich. Schneller und schneller. Wie in Trance sah er Rettungskräfte auf sich zueilen.

Am nächsten Morgen fühlte er sich wieder besser.

»Lieber Commander, Sie sollten sich doch nicht aufregen«, tadelte der Heiler und justierte die Einstellung am mobilen Heiltank.

»Ich werde mich bemühen, im Rahmen der zugelassenen Gefühlsausbrüche zu bleiben.«

Der Heiler antwortete mit einem indignierten Gelbton auf der Haut und ließ Wate ziehen.

Beim Einfahren in die Halle des Wissenschaftlichen Rats schlug dem Commander eine gedrückte Stimmung entgegen.

»Die Suchschiffe sind auch verschwunden«, übermittelte der Vorsitzende ratlos.

Wate steuerte auf seinen Platz zu. *»Haben Sie die letzten Funkdaten?«*

»Bitte, geschätzter Commander, wenn Sie sich die Mühe machen würden, sie anzusehen.« Der Vorsitzende sandte die Auswertungen auf den Monitor in seinem Gefährt.

Wate ließ die Blicke darübergleiten. Die Werte ergaben keinen Sinn. *»Wurden bei den eingegangenen Aufzeichnungen vielleicht auch Messungen aus dem Inneren der Schiffe mitgeschnitten?«*

»Fragmenthaft zwar, aber doch in guter Qualität«, antwortete ein Oktoftewiltabine mit blasser Hautzeichnung und der Tätowierung eines Lymellenwissenschaftlers.

Sogleich erschienen die Daten auf dem Hologrammfeld. Wates Blick blieb an den Innenaufzeichnungen hängen. Kurz bevor der Funkkontakt abriss, hatte sich die Wasseratmosphäre in den Schiffen drastisch aufgeheizt, gleichzeitig nahm die Fluidität ab. *»Vielleicht reagiert das Wasser empfindlich auf die Vorboten der Katastrophe.«*

Ein Materialtheoretiker mit schlaffer Physiognomie wedelte missbilligend mit einem Tentakel. *»Und welche Bedeutung sollen wir dieser Mutmaßung angedeihen lassen?«*

»Man müsste es testen!«, antwortete ein anderer, seines Zeichens Experimentalforschungsleiter mit kräftigen Tentakeln.

»Es ist unprofessionell, Experimente ohne wissenschaftlich abgesicherte Grundlagen durchzuführen«, erwiderte der Erste.

»Der Versuch wird uns eine Basis dafür schaffen«, antwortete der andere hitzig.

»Was regen Sie sich so auf?« Ein dynamisch wirkender Oktoftewiltabine hob sich von seinem Platz. *»Es ist noch nicht einmal gewiss, ob dieser Energiesturm überhaupt eine ernsthafte Gefahr darstellt. Bisher habe ich von meinen so geschätzten Kollegen nur unbewiesene Behauptungen und hysterische Prophezeiungen vernommen.«*

Wate überlegte, wo er diesen ambitionierten Tintenspritzer schon einmal gesehen hatte. Ach ja. Während einer Nachrichtensendung im Telereceiver. Da hatte sich der Kerl als Experte präsentiert. Mit populistisch aufgeblasenen Argumenten auf dünner Basis, wie Wate fand.

»Aber werter Barta'luzewickus«, entgegnete ein alter Oktoftewiltabine, dessen Haut schon fast ihr gesamtes Pigment verloren hatte. *»Wir müssen das Wesen dieses Energiesturmes verstehen und in den Griff bekommen!«*

Barta wedelte verächtlich ab. *»Es ist tausende von Lichtjahren entfernt!«*

»Aber es kommt mit Überlichtgeschwindigkeit auf uns zu!«, piepste ein kleiner Oktoftewiltabine, der vor Aufregung mit seinen Tentakeln wippte.

»Das ist reine Panikmache«, rief Barta. Die Haut dieses arroganten Karrieristen schillerte schon wieder in überheblichen Gelbtönen. *»Ihre Behauptung widerspricht jeglicher wissenschaftlicher Erkenntnis.«*

Wate fuhr auf. *»Was kümmern mich Ihre starren Theorien! Wir sollten schnellstens herausfinden, was da oben los ist«*, zischte er, besann sich dann aber und blies erst einmal langsam die würzige Heillösung durch die Kiemen. Nur nicht wieder aufregen. Er setzte sich und ließ den Blick über die Wissenschaftler schweifen. *»Wir könnten Testflüge mit unbemannten Beibooten initiieren«*, fuhr er in ruhigem Tonfall fort. *»Das ginge schnell, ist mit wenig Aufwand und überschaubaren Kosten zu bewerkstelligen. Das Ergebnis gäbe uns in jedem Fall Daten zur konstruktiven Diskussion.«*

Der Vorsitzende deutete mit einer entschiedenen Tentakelbewegung auf Wate. *»Welches Schiff steht dem Katastrophengebiet am nächsten?«*

Mehr als zweitausend Lichtjahre entfernt bereitete die Besatzung eines Forschungskreuzers in aller Eile zwei Beiboote für den Spezialeinsatz vor, eins mit Wasser, das andere mit Luft gefüllt.

Die winzigen, unbemannten Raumfahrzeuge verließen das Mutterschiff, beschleunigten und steuerten auf den Energiesturm zu. Über das Lymellenkommunikationssystem erreichten die Bilder und Daten mit nur geringer Zeitverzögerung Nitsituaan und wurden in dem Hologrammfeld vor den Augen des Wissenschaftlichen Rats dargestellt. Bewegungslose Stille breitete sich aus. Nur die Entfernungszahlen und Messergebnisse rollten in eingeblendeten Feldern.

Kein Tentakel bewegte sich.

Mit blendendem Blitz verschwand ein Boot von der Anzeige.

Der kleinwüchsige Oktoftewiltabine zuckte zusammen. *»Welches war es?«* Über die Haut des Vorsitzenden blitzten lila Pünktchen. *»Das Herkömmliche.«*

Das luftgefüllte Boot raste weiter auf den unsichtbaren Energiesturm zu.

Zaghaftes Orange auf den Körpern der Optimisten drückte ihre beginnende Begeisterung aus, steigerte sich zum euphorischen Leuchten und manch einer wippte selbstvergessen auf und ab.

Rasend schnell rollten die Entfernungsdaten. Dann zuckte ein weiterer Blitz über das Projektionsfeld – das zweite Beiboot war auch explodiert.

Es herrschte Stille.

Im Saal ging das Licht an.

Barta wedelte verärgert mit einem Tentakel. *»Verschwendung! Das habe ich doch von vornherein gesagt.«*

»Mitnichten«, konterte der Experimentalforschungsleiter. *»Es weist uns einen Weg, wie wir näher an den Energiesturm herankommen können. In größerer Proximität müssten sich aufschlussreiche Messungen durchführen lassen! Wir könnten die Raumschiffe trocken pumpen und die Besatzung in Auftauchzellen arbeiten lassen.«*

Der Materialtheoretiker wedelte mit dem Primärtentakel vor seinen Augen herum. *»Das ist die hirnerweichteste Idee, die ich je gehört habe.«*

»Das sehe ich auch so.« Barta schillerte schon wieder in arrogantem Gelb. *»Ziehen wir die Schiffe ab. Der Energiesturm wird sich von selbst auflösen, wie jeder andere auch.«*

Wate ließ aufgebracht rote Lichter auf seiner Haut blinken. *»Ich war da oben. Glauben Sie mir, es ist kein Energiesturm! Es ist etwas anderes, etwas viel Gefährlicheres. Meine Oktomajesten, da bahnt sich eine galaktische Katastrophe an!«*

»Wie dem auch sei.« Der kleinwüchsige Oktoftewiltabine blickte wichtigtuerisch in die Runde. *»Wir müssen alles ausprobieren. Schließlich sind die Gelder projektgebunden. Wir wollen sie doch nicht verlieren?«*

»Richtig!« Der Experimentalforschungsleiter legte die vorderen Tentakel um sein Pult. *»Aber anstatt das Leben unserer Besatzungen zu gefährden, sollten wir Homiden einsetzen.«*

Wate verspürte das Bedürfnis, jemanden zu würgen. *»Das ist illegal!«*, rief er aufgebracht.

Der Experimentalforschungsleiter schillerte in dunklem Olivgrün. *»Ihre allbekannte Vorliebe für Homiden ist hier unpassend, geschätzter Wate'medaludes. Außerdem, falls sich Ihre ungeheuerlichen Vermutungen als richtig herausstellen sollten, wäre dann auch die Spezies der Homiden betroffen, sodass wir meinen, sie könnten ihren Teil zur Lösung des Problems beitragen.«*

»Sie können sie doch nicht einfach ermorden!«

»Sie überinterpretieren die Rechtslage, verehrter Commander. Es sind Tiere«, warf der langköpfige Wissenschaftler ein.

»Ich werde nicht zulassen, dass unschuldige Homiden geopfert werden!«, erwiderte Wate ärgerlich.

»Und wie wollen Sie das machen?«, fragte der andere provokativ blitzend.

»Darf ich den ehrwürdigen Oktomajesten einen Kompromiss vorschlagen«, fuhr der Vorsitzende dazwischen. *»Wir könnten einen der gefangenen Ausreißer hernehmen. Der würde sowieso eliminiert werden.«*

»Mir ist es völlig gleichgültig, wo ich ein Spezimen herbekomme, solange ich die benötigten Ergebnisse erarbeiten kann«, erwiderte der Experimentalforschungsleiter ungerührt.

»Es ist unser unwürdig, so mit dem Leben umzugehen!«, empörte sich Wate.

Der Vorsitzende heftete seine Augen auf ihn. *»In ungewöhnlichen Situationen müssen wir Opfer bringen. Bedauerlicherweise. Oder sehen Sie einen anderen Weg, lieber Commander?«*

Wate überlegte lange. *»Nein«*, presste er schließlich hervor und ließ sich schwer in seinen Sitz sinken.

32

Jake fiel. Sein Kopf dröhnte und eine Messerklinge schien seinen Hinterkopf zu durchbohren. Doch plötzlich war es, als ob sich die Schwerkraft verlor. Wie im Weltraum. Seine Muskeln entspannten sich, seine Angst löste sich auf und machte einer seltsamen Euphorie Platz, schwerelos zu schweben und zu taumeln. Dass der Tod so sanft käme, hätte er nicht gedacht. Aber hatte ein Toter Schmerzen am Kopf? Jake riss die Augen auf und sah sich von einer ausgedehnten, filigranen, annähernd kugelförmigen Lichterscheinung umgeben. Gesteinsbrocken trieben um ihn herum. Über ihm gähnte ein dunkles Loch und darin schimmerten zwei Gesichter, ihre Züge wie durch Wellen verzerrt. Marjella und Burke.

Jake starrte fassungslos empor. So etwas durfte es gar nicht geben. Sein Verstand suchte nach einer Erklärung. Er schwebte in einer Art Medium, ähnlich wie in Wasser, ein Medium, das sich bewegte, wie er an dem Loch erkennen konnte. Aber er spürte es nicht. Kein Druck, kein Widerstand. Jake ruderte mit Armen und Beinen, kam aber dem Loch nicht näher. Aus einem plötzlichen Impuls heraus pustete er mit voller Kraft. Das resultierte in einer winzigen Bewegung. In die falsche Richtung. Unendlich langsam trieb er auf die leuchtende Begrenzung zu. Jake zog es die Eingeweide zusammen. Aus Leibeskräften blies und ruderte er, aber unaufhaltsam näherte er sich der Membran aus Licht. Seine Haut prickelte, als seine Hand hindurchfuhr. Die Schwerkraft ergriff seinen Arm und zog ihn nach draußen.

Er stürzte.

Marjellas Schreckensschrei gellte, dann schlug Jake mit allen Vieren auf. Geröll zerkratzte seine Finger. Die steinige Schräge begann rauschend abzurutschen. Nicht schon wieder! Verzweifelt arbeitete er sich im nachgiebigen Untergrund auf einen festen Felsvorsprung zu. Beißender Staub stieg ihm in die Nase. Schließlich erreichte Jake den Felsen und klammerte sich daran fest, während das Geröll immer schneller abging und dröhnend in der Tiefe verschwand.

Langsam beruhigte sich sein Puls. Unter ihm klaffte eine dunkle Schlucht, aber über ihm sah er laserartige Lichtstrahlen, die an Hunderten von Stellen aus den Wänden traten und sich zu einem feinen Netzwerk verbanden, dessen Zentrum die Energiekugel formte.

Strahlen, gefährliche Strahlen, hämmerte es in Jakes Kopf. Schweiß trat ihm auf die Stirn und plötzlich hatte er das Bild seiner Mutter vor Augen, wie er ihre heiße Hand streichelte. Sie sah ihn aus brennenden Augen an. ›Versprich mir, nicht in die Strahlenforschung zu gehen.‹ Sie ließ ihren Kopf in die Kissen sinken. ›Ich bin so froh, dass du gesund bist!‹ Dann war sie an dieser mysteriösen Krankheit gestorben. Nie hatte sie von ihrer Arbeit in der nuklearen Forschung gesprochen. Doch etwas musste geschehen sein, denn für Jahrzehnte waren die Gebäude versiegelt gewesen.

»Jake!« Marjellas Ruf hallte durch die Höhle.

»Hier!«

Seiner Antwort folgte ein Schwall verängstigter Stimmen: »Es ist sein Geist.« »Er ruft aus dem Reich der Toten.« »Die Meduse hat ihn zu sich genommen.«

Marjellas Worte schnitten durch das Gezeter. »Wo bist du?«

»In einer Höhle unter dem Licht. Könnt ihr mir helfen?«

»Du musst dich der Göttin anvertrauen.«

Diese verdammte Göttin! Jake schaute sich nach einem Ausgang um, fand aber keinen. Es blieb ihm nur ein Weg: wieder durch die Lichtkugel. An einer Stelle berührte sie fast die Felswand. Doch zwischen ihm und der Kugel spannte sich das Netz aus dünnen Lichtstrahlen.

Jake atmete schwer. Vorsichtig kletterte er zu dem Lichternetz empor. Er hielt den Atem an und berührte den nächstgelegenen Strahl zaghaft mit der Fingerspitze. Die Haut blieb unversehrt. Aber harmloses Licht konnte es nicht sein, wenn es so eine Erscheinung hervorbrachte. Mit angehaltenem Atem schlängelte er sich in das Gewirr. Die Strahlen schienen ihn wie dünne Nadeln zu durchdringen. Jake kletterte hektisch bis zur Lichtwand empor und sprang.

Beim Eintauchen zog sich seine Haut unter feinem Kitzeln zusammen. Der Übergang in die Schwerelosigkeit kam ihm wie ein Sprung in Zeitlupe vor. Langsam trieb er aufwärts.

Über sich erblickte er das dunkle Loch. Aber er würde es verfehlen und um Armeslänge daran vorbeisegeln. Verzweifelt streckte er sich und versuchte mit den Fingerspitzen den Rand zu erreichen.

Es ging nicht.

Er segelte an Marjellas fassungslosem Gesicht vorbei, das, wellig pulsierend, in der Dunkelheit auf der anderen Seite des Lochs zu schweben schien. Keinen Meter entfernt und doch zu weit. Schon stießen Jakes Füße durch die Haut aus Licht, er spürte, wie die Gravitation an ihnen zerrte. Sein Puls raste. Da streckte Marjella ihre Hand herein. Jake griff zu.

Marjella zog.

Die feurige Wand gab Jakes Füße wieder frei. Sein Kopf tauchte durch das Loch, er zog sich an der Kante hoch, kroch in die Höhle und ließ sich auf den Boden sinken, bis sich sein Puls beruhigte.

Alle Augen waren auf ihn gerichtet. Niemand sagte ein Wort. Marjella sah ihn mit verklärtem Gesicht an. »Du bist der Auserwählte«, flüsterte sie ehrerbietig.

Jake richtete sich auf und sah sich grimmig in der Runde der Pilger um. »Mir hat jemand einen Stein an den Kopf geworfen!«

Es wurde totenstill. Mit schreckensgeweiteten Augen starrten sie an ihm vorbei auf das Loch der Göttin. Jake fuhr herum und sah, dass das Licht verblasste. Eine schwarze Welle wogte über die Oberfläche, gleichzeitig ging ein Rumpeln und Zittern durch den Berg. Jake war mit einem Satz auf den Füßen und sprang von dem Loch weg. Es wirkte plötzlich wie der gefräßige Schlund eines Ungeheuers.

Marjella fiel in Trance, die Pilger warfen sich auf den Boden. Doch so schnell die Erscheinung gekommen war, ging sie vorbei und helles Licht flutete wieder die Höhle. Marjellas Augen klarten auf, aber ihre Miene blieb ernst. »Die Dunkelheit kommt schnell näher.«

33

Endlich durfte Wate'medaludes den beengenden Tank verlassen. Aber er fühlte sich in Abwesenheit der lebensstimulierenden Geräte und Heillösungen schlaff und antriebslos. Alles tat ihm weh. Muskeln, Knorpel, Nerven. Fast war er versucht, noch ein paar weitere Tage im Heiltank auf sich zu nehmen.

»Bewegen Sie sich in der freien Natur«, hatten die Heiler geraten. Und so benutzten sie keinen Scooter, Tenka'kulinassa und er, sondern schwammen nach dem abendlichen Konzert in der Oberstadt gemächlich nach Hause. Mit sparsamen Bewegungen trieb er sich genüsslich durch das laue Wasser vorwärts, spürte, wie es über seine Haut strömte und sich um seine Tentakelspitzen kräuselte. Über der Stadt leuchtete der lila Widerschein von unzähligen Einkaufszentren, Futtergrotten, Vergnügungshallen, Wettkampfarealen. Dazwischen die Scheinwerfer großer und kleiner Scooter, in denen Oktoftewiltabinen ihren Zielen zustrebten. Es roch nach Essen und Tangblüte. Die Pheromone unzähliger Lebewesen bereicherten das Aroma der See. Der Klang regen Lebens schallte durch die Fluten und in der Ferne hörte er das Quietschen und den Singsang eines Schwarms Wullabisters. Die klangen ein bisschen unheimlich, waren aber keine Gefahr. Sie hatten schon vor langen Zeiten gelernt, wie unbekömmlich es für sie war, Oktoftewiltabinen zu fressen.

»Musst du bald wieder ins All?«, fragte Tenka unvermittelt.

»Vorerst nicht, ich habe Genesungsurlaub.«

»Und den nimmst du auch?«

»Selbstverständlich!«

Sie legte sich in eine seitliche Schwimmposition und sah ihn aus ihren dunklen Augen ungläubig an. *»Ich befürchte, es wird etwas geschehen.«*

»Wie kommst du darauf?«

»All diese Geheimnistuerei! Da stimmt doch etwas nicht.«

»Nein, nein«, beschwichtigte Wate.

»Ihr mit eurer albernen Schweigepflicht! Es wird doch sowieso geredet.«

Er horchte auf. *»Wie meinst du das?«*

»Na. Der Homide im Raumschiff.«

»Woher weißt du das?«, fragte er betroffen.

Sie schillerte in geheimnisvollem Dunkelgrün. *»Frau hat so ihre Quellen.«*

Er ließ ein ungeduldiges Flimmern über seine Haut spielen. *»Na, sag schon!«*

»Wenn ihr nicht redet, sage ich auch nichts.«

Wate entspannte sich. *»Weil du nicht mehr weißt.«*

»Doch. Der Homide ist am Ende gestorben. Und er hat sowieso nicht viel genutzt, weil er einfältig war und Angst hatte.«

Wate war völlig verblüfft. *»Er war in der Tat nicht sehr gebildet und das hat den Wert der Mission stark beeinträchtigt.«*

»Dann müsst ihr das nächste Mal ein schlaueres Exemplar auswählen.«

Sinnierend blickte er sie an. *»Das ist gar keine so dumme Idee!«*

»Redest du mit mir oder zu dir selbst?« Sie phosphoreszierte in amüsiertem Orange.

Er streckte seinen Primärtentakel zu ihr hinüber und sie wand ihren zärtlich darum.

Die nächste Sitzung des Wissenschaftlichen Rates war kaum auszuhalten. Die Mitglieder stritten über die Interpretation der Daten, die Relevanz der Mission und ob sich überhaupt eine Katastrophe anbahne. Wates Gefühle oszillierten zwischen Ärger und Frustration. Neben der äußeren Disharmonie quälte ihn auch noch ein innerer Konflikt: Er hätte das Experiment gerne noch einmal mit einem anderen Homiden durchgeführt. Mit jemandem, den er für fähig hielt, gewonnene Eindrücke logisch zu verarbeiten und zu kommunizieren. Gleichzeitig bedrückte ihn der Gedanke, dass er diesen dann auch opfern müsste. Andererseits war Wate selbst nur knapp der Katastrophe entkommen. Er kannte die Gefahr besser als die anwesenden Theoretiker. Und wenn das Inferno über Nitsituaan hereinbrechen sollte, bliebe auch von den Homiden nichts übrig.

»Ich möchte vorschlagen, das Experiment noch einmal mit einem ausgesucht fähigen Homiden zu wiederholen, der Grundkenntnisse in Astrophysik besitzt und daher zur akkuraten Darstellung der Situation in der Lage ist.«

Perplexe Stille breitete sich aus.

»So einen gibt es nicht«, antwortete Barta.

»Doch! Der Wildfang #5830254M, Doktor'jakedexterforrester.«

»Ein Wildfang! Werter Commander, mit Verlaub – sind Sie noch bei Trost? Erstens sind die unberechenbar und zweitens unterstehen sie der Kontrolle des Kleinen Rates unter besonderer Berücksichtigung der Zuchtvorschriften und -privilegien. Außerdem«, der Vorsitzende schillerte in überheblichem Gelbton, *»ist das von Ihnen benannte Exemplar tot.«*

Wate ließ sich nicht aus der Ruhe bringen. *»Meine werten Oktomajesten, zugegeben, das Signal ist in den Bergen verschwunden. Aber die zuletzt gesendeten Lebenszeichen wiesen auf hervorragende Gesundheit des Homiden hin. Wenn Sie mich fragen, ist der Vitalchip entfernt und zerstört worden. Ich habe das Gefühl, Doktor'jakedexterforrester lebt noch. Ich beantrage daher, einen Antrag zu stellen.«*

34

Die Meduse befahl eine ausgedehnte Untersuchung wegen des Ausbruchs des Wildfangs #5830254M, der seither unauffindbar war. Adjutoren begannen, die Computer und Datenbanken des Kathedoms zu durchsuchen. Es war Gura Limka nur allzu bewusst, dass sie zwar Daten aus dem System löschen, aber die kybernetischen Spuren nicht verwischen konnte. Diese würden zu ihrer Abteilung führen. Die Meduse würde sie eliminieren. Sie würde sterben.

Nein.

Einer würde sterben. Aber nicht sie. Nachdenklich zog sie Kreise in ihrem Büro. Wem könnte sie die Schuld zuweisen – und davon profitieren?

Die Antwort war so simpel.

Sogleich machte sie sich ans Werk. Sie hackte sich in den Computer ihres Vorgesetzten und programmierte von dort aus einen kurzen lokalen Energiestopp für die kommende Nacht.

Zur gewohnten Zeit ging sie zu Bett. Statt zu schlafen, wartete sie.

Um sich abzulenken, ging sie in Gedanken den Plan noch einmal in jedem Detail durch. Kleine Schweißperlen bedeckten ihre Haut. Es musste einfach klappen.

Als überall die Lichter erloschen, wusste sie, dass es so weit war. Ihre Hände zitterten leicht, als sie sich ankleidete. Die Dunkelheit in den Gängen war ihr Freund, denn wie im Schlaf kannte sie den Weg zur Sternensuite. Leise wie ein Schatten stahl sie sich durch die Nebengänge des Gebäudes. Ihre Hände schwitzten in den Handschuhen. Behutsam schob sie die Tür zur Suite auf. Marlo glotzte sie mit halbem Gesicht pockennarbig durch die gläserne Decke an und warf fahles Licht auf das Lager des schlafenden Gustu Galvir.

Mit angehaltenem Atem sah sie sich in den Räumlichkeiten um, bis sie die abgelegte Robe des Vorgesetzten erblickte, sauber über eine Stuhllehne gehängt. Auf Zehenspitzen ging sie dorthin und tastete nach seinem Ritualmesser. Ihre Hand schloss sich um den Griff. Sachte zog sie das Messer aus der Scheide. Geräuschlos. Sie schlich zum Bett. Entspannt wie ein Kind, weilte der Mann im Land der Träume. Gura Limkas Magen flatterte. Sie hob das Messer, aber es schien plötzlich schwer geworden zu sein. Sie wollte es einfach fallen lassen und wegrennen, doch bezwang sie das kurze Gefühl der Schuld. Es war ein Tausch: sein Leben gegen ihres. Noch einmal stählte sie ihren Willen und befahl den Muskeln zu gehorchen.

Während die Rechte das Messer tief in den Bauch Gustu Galvirs stieß, dämpfte die Linke jeden Laut aus dem Mund des Opfers. Erschrockene Augen starrten sie aus schmerzverzerrtem Gesicht an, während Blut aus dem Bauch über ihren Handschuh strömte. Ein kurzes Aufbäumen, dann war es vorbei. Gura Limka sah ihn an. Das Leben in seinen Augen war erloschen. Aber zum ersten Mal erschienen sie klar und unbeeinflusst von der Manipulation der Meduse.

Warum?, fragten sie.

»Um mein Leben zu retten.« Gura Limka legte die noch warmen Finger Gustu Galvirs um den Griff des Ritualmessers und schloss sie zur Faust. So würde es wie Selbstmord aussehen.

Am nächsten Morgen herrschte die vorhergesehene Aufregung. Jeder Klerist wurde einzeln in den Saal der Meduse gerufen. Gura Limka unterdrückte ihre Angst und summte die Melodie der Ergebenen Unterwürfigkeit. Sie wollte die Göttin friedlich stimmen.

Demütig gesenkten Hauptes trat sie ein, legte sich bäuchlings auf die Kissen im Zentrum der kuppelförmigen Halle, dem Ort der Versenkung, und harrte auf die Stimme der Meduse.

Hinter den durchsichtigen Wänden spielten Lichtstrahlen in Korallen und Unterwasserpflanzen. Allerlei Fische schwammen gemächlich umher oder schauten träge herein.

Eine unnatürliche Ruhe erfasste sie und wollte ihre Gedanken zur Seite drängen. Das Gefühl kannte sie von den vielen Meditationen, die sie der Meduse öffnen sollten.

Gura Limka machte sich klein und zog sich in den winzigen Teil ihres Bewusstseins zurück, aus dem heraus sie alles beobachten konnte, ihrem Refugium, das wirkte wie ein gläserner Raum im Inneren ihres Selbst, der doch keinen Platz einnahm. Das Eintreten fühlte sich an, als ob sie ihren Körper verließ. Sie schaute auf sich herab. Es war sicher vor jeder äußeren Einwirkung, ihr Refugium. Die Meduse hatte es bisher nicht gefunden.

Sie überdachte die Antworten, die sie sich zurechtgelegt hatte. Ein Fehler, und sie wäre reif für das Opferritual.

Heute sprach die Meduse nicht. Wie ein sanfter Frühlingswind strich sie durch Gura Limkas Geist und bemerkte nicht, dass gewisse Erinnerungen fehlten. Die hatte Gura Limka mit sich in ihr Refugium genommen.

Doch dann spürte Gura Limka, wie sich schleichend ein Druck auf ihr Bewusstsein legte.

Sie stemmte sich dagegen. Angst packte sie, dass die Meduse ihr Refugium entdeckt hatte, dass sie versuchte einzudringen, dass sie es zerdrücken würde wie eine Nussschale. Hätte sie doch nur Jakes Kräfte in sich versammeln können. Dann würde die Meduse gar nichts finden. Schweiß trat ihr auf die Stirn. Ihre Muskeln spannten sich und doch fokussierte sie alle Energie auf das kleine Stückchen Selbst, das sie auf keinen Fall aufgeben wollte. Ihr Körper bäumte sich auf und fiel dann schlaff in die Kissen.

Der Druck verschwand.

Ihr Refugium hatte gehalten. Gura Limka summte das Lob der Meduse. Sie hatte die Göttin wieder täuschen können.

Sie ahnte nicht, dass die Adjutoren, die die Gebäude durchsuchten, genau in diesem Moment eine unerwartete Entdeckung machten.

35

Im Sicherheitszentrum der Oktoftewiltabinen gab es seit der Flucht des Homidenbocks Doktor'jakedexterforrester nichts als Ärger. Aber eins war klar: Die Kontrolle über die Homiden hatte in einem erschreckenden Maße Lücken bekommen. Jemand hatte dem Bock geholfen. Das Unheimliche war, dass es keinerlei Hinweise auf den Komplizen gab. Weder im Überwachungssystem noch in den Erinnerungen der Leithomiden. Die einzigen kybernetischen Spuren hatten zu einem Alpha-Männchen geführt, das zu allem Überfluss verendet war. Hatte er sich den spitzen Gegenstand selbst in den Bauch gestoßen, oder war es jemand anders gewesen? Ein Umstand, dessen Dokumentation im Überwachungssystem ebenfalls fehlte.

Die Ereignisse legten den Verdacht nahe, dass sich einer oder mehrere Leithomiden unbemerkt der Kontrolle entziehen konnten. Genau wie dieser Doktor'jakedexterforrester. Die Seuche der Resistenz gegen den Hypnobann schien sich unter den Homiden auszubreiten. An und für sich wäre es keine große Sache, die betroffenen Individuen zu eliminieren. Aber die Sicherheitskräfte konnten sie nicht finden. Je nach politischer Färbung reagierten die Vorgesetzten wütend oder ängstlich. Egal aus welchem Beweggrund, sie machten jetzt Druck.

Nur Klabu'teranuster leuchtete fröhlich wie ein Clownfisch, doch glaubte der eine oder andere Beamte, Schattierungen der Hinterlist im Farbspiel des militanten Homidengegners zu erkennen, was bei einigen Oktomajesten Sorge auslöste.

Inzwischen hatte sich der hoher Sicherheitsoffizier Deste'plimerates im Homidenbereich des Kathedoms an die Spitze des Ermittlungstrupps gesetzt. Deste folgte mit seiner Auftauchzelle einer gerade entdeckten, ungenehmigten Energieleitung in den antiken Bezirk unter der Stadt. Nie zuvor war er dort gewesen. Er hatte nicht einmal von der Existenz dieser alten Anlage gewusst. In einer verriegelten Zelle, deren Schloss er erst aufschmelzen musste, fand er zu seiner Verwunderung ein völlig verschrecktes Homidenweibchen – offensichtlich eine Gefangene. Auch dieses war dem Überwachungssystem entgangen. Er zischte Flüche, narkotisierte das Tier und brachte es zur Befragung in das Hauptquartier des Sicherheitsdienstes nach Wellubimarulles. Der Chip identifizierte es als Myriam'roslinabjörnsvenkerson und die Hormonabweichung indizierte, dass es trächtig war.

Deste wartete gelangweilt auf ihr Erwachen. Aber viel Hoffnung auf Aufklärung machte er sich nicht. Diese Tiere waren nur von beschränkter Intelligenz. Daher wollte er das Verhör persönlich vornehmen. Seinen

Untergebenen konnte er nicht trauen, denn mit den Homiden musste man ein gehöriges Maß an Intuition besitzen, so wie er, um ihrem Gestammel einen Sinn zu entnehmen. Vielleicht sollte er Wate hinzuziehen. Der hatte die Tiere gründlich studiert.

Wate wippte vor Freude, als ihn der Ruf ereilte. Bei aller Klobigkeit und Muskelstärke waren sie so putzig, die Homiden, und wenn er Gelegenheit bekam, welche zu beobachten oder gar mit ihnen zu sprechen, dann ließ er sich nicht zweimal bitten.

Deste geleitete ihn durch die Hochsicherheitsschleusen. *»Es freut mich wirklich außerordentlich, lieber Wate'medaludes, dass Sie sich die Zeit nehmen konnten, mich in meiner heiklen Aufgabe zu unterstützen.«*

»Das ist doch selbstverständlich, geehrter Deste'plimerates. Sie haben sicherlich die Hauptlast des Debakels zu tragen. Wie sieht es draußen im Freilandgehege aus?«

»Da scheint sich eine Genabweichung auszubreiten, bester Wate'medaludes, was uns in Schrecken versetzt. Alle, bis auf Klabu'teranuster, muss ich vermerken. Der schreit zwar am lautesten ›Eliminieren‹, aber seine Farbe gefällt mir nicht, wenn Sie wissen, was ich meine. Ich lasse mir einen Tentakel abschneiden, wenn der nicht irgendeine trübe Brühe anrührt.«

»Wir kennen seine Gesinnung zur Genüge, lieber Deste'plimerates, und es ist keine Beruhigung, ihn wieder so ambitioniert zu sehen. Ah, da sind wir schon.«

Die beiden Oktoftewiltabinen schwammen mit kräftigen Stößen auf die durchsichtige Wand des Vivariums zu.

Das Homidenweibchen war ein eher kleines Exemplar, üppig behaart am Kopf und stoffbehängt.

»Ist die niedlich!«, entfuhr es Wate. Doch seine Farbe änderte sich zu ärgerlichem Rot, als er in dem sterilen Raum lediglich einen Stuhl und ein Bett erblickte. *»Ihr habt sie aber spärlich versorgt, Deste'plimerates, gar ärmlich ist das Vivarium ausgestattet.«*

»Was kann ich tun? Vorschriften und Sparmaßnahmen.«

»Und das nennen die artgerecht? Diese Vorschriften sind eine Schande! Ich werde mich bei Minister Jota'kumulkappur beschweren«, empörte er sich. *»Wo habt ihr sie eingefangen?«*

»Jemand hatte sie im antiken Teil eingesperrt.«

»Ich dachte, das Wissen um die alte Stadt sei verloren gegangen. Wenn wir schon kaum noch Kenntnisse haben, wie kommen dann die Homidin dort hin?«

»Verdächtig ist es, bester Wate'medaludes. Dinge geraten außer Kontrolle. Das gefällt mir nicht.« Destes Haut zeigte grimmige, tieforange Flecken.

»Dann lassen Sie es uns herausfinden. Würden Sie bitte die Freundlichkeit haben, den Audiokonverter einzuschalten. Und wählen Sie bitte eine niedrige Outputfrequenz.«

Wate musterte das Homidenweibchen eingehend, das sich gerade, noch leicht benommen, aus dem Bett erhob. *»Hm, etwa im Vierhundertvierzig-Hertz-Bereich. Das wirkt beruhigend auf sie.«*

»Woher Sie das alles nur wissen!« Deste ließ voller Bewunderung ein türkisblaues Wellenmuster über seine Haut pulsen. *»Ich bin so froh, Sie gerufen zu haben. Können wir mit der Befragung beginnen?«*

»Einen kleinen Augenblick noch. Kann sie uns sehen?«

»Nein, auf ihrer Seite ist die Verblendung eingeschaltet. Sie kennen ja die Gesetze.«

»Das ist gut«, sagte Wate, *»wir wollen sie doch nicht erschrecken.«*

Die beiden ließen sich dicht an die Scheibe treiben. »Du bist Myriam'roslinabjörnsvenkerson?«, sprach Wate mit seiner akustischen Stimme. Der Audiokonverter übertrug die Worte aus dem Ultraschallbereich in die Hörfrequenz und Sprache der Homiden.

»Wo bin ich?« Die Homidin blickte sich suchend um.

»Wir würden gerne wissen, wer dich eingesperrt hat und warum?«

»Eine Kleristina war es. Oh, wenn ich sie erwische, kratze ich ihr die Augen aus!«

Deste leuchtete in erschrockenem Hellrot. Eine Leithomidin also. »Wie heißt die Frau?«

»Den Namen kenne ich nicht.«

Der Sicherheitsoffizier ließ enttäuscht die Tentakel sinken. »Sie sehen fatalerweise alle gleich aus. Wie soll man sie auseinanderhalten können? Und dann die Schuldige finden?«

Wate ließ sich nicht beirren. »Kannst du sie vielleicht wiedererkennen?«

»Ihr verlogenes Gesicht werde ich nie vergessen!«

»Sie kann sie identifizieren!«, jubelte Deste. *»Wate'medaludes, das ist allemal besser als gar nichts. Wir müssen sie hier behalten. Als Zeugen.«*

»Hier?«, fragte er entsetzt. *»Das ist Quälerei! Homiden sind gesellige Tiere. Sie brauchen Umgang mit anderen.«*

Deste machte sich steif. *»Ich kann sie doch nicht so ohne weiteres freilassen, Verehrtester. Die Vorschriften!«*

»Aber wenn die Untersuchung länger dauert, wird sie eingehen!«

Der Sicherheitsoffizier ließ sich ein wenig absinken. *»Damit wäre allerdings keinem geholfen. Haben Sie einen besseren Vorschlag?«*

»Lassen Sie mich nachdenken, Deste'plimerates. Ich habe zuhause ein Heimvivarium. Mit Luxusausstattung. Könnten wir sie nicht dort unterbringen? Dann hat sie wenigstens Familienanschluss. Sie wissen schon, meine Frau Tenka und die Kinder.«

»Lassen Sie mich mit meinen Vorgesetzten reden, lieber Wate'medaludes. Wenn Sie persönlich für die Sicherheit und Verfügbarkeit des Homidenweibchens bürgen, wird es wohl möglich sein.«

»Ich werde vorher noch mit meiner Frau darüber sprechen müssen.«

»Gewiss«, räumte Deste ein. *»Ich beneide Sie um Ihr Vivarium, geschätzter Wate'medaludes. Fische, Seesterne, Seepferdchen – die hat doch jeder.*

Aber wer hat schon einen Homiden als Haustier! Denken Sie doch nur an die Freude, die Ihre Kinder mit ihr haben werden!«

Am nächsten Morgen warteten Wate und Tenka aufgeregt auf den Transportscooter mit der Lieferung. Den Kindern hatten sie noch nichts erzählt. Es sollte eine Überraschung werden. Sobald sich das Letzte auf den Weg zur Edukatia gemacht und das Jüngste in den Kindergarten gebracht war, richteten sie in aller Eile das Luftgehege ein: eigentümlich geformte Schlaf- und Sitzmöbel, die ihren ungelenken Gliedmaßen angepasst waren, und allerhand Spielzeug, damit sie sich die Zeit vertreiben konnte.

Endlich kam der Spezialtransporter. Über luftgefüllte Kanäle wurde das Homidenweibchen in das Vivarium gelassen. Sie wirkte verwirrt, lief umher und tastete die Scheiben ab.

»Sind sie immer so lebhaft?«, wollte Tenka wissen.

»Das ist unterschiedlich«, antwortete Wate und dachte an die vielen verschiedenen Homiden, die er im Laufe seiner Raumfahrerkarriere auf deren Heimatplaneten eingefangen hatte. *»Sie wird sich schon eingewöhnen.«*

Schließlich setzte sich das Homidenweibchen gebeugt auf eines der Möbelstücke und Wasser lief ihr aus den Augen. *»Sie ist traurig«*, wusste Wate die Geste zu deuten.

»Die Arme! Hat sie einen Namen?«

»Myriam'roslinabjörnsvenkerson heißt es in ihren Zuchtdokumenten.«

»Das ist aber ein langer Name. Kann ich mit ihr sprechen?«

»Sicher. Vielleicht wird sie das beruhigen. Ich werde ihre Sichtblende deaktivieren und dir den Audiokonverter einschalten.«

»Wie spricht man denn mit diesem Tier?«

»Akustisch, meine Liebe.«

»Na schön«, sagte Tenka etwas nervös und pumpte noch einmal Wasser durch ihre Kiemen. »Sei gegrüßt, Myriam'roslinabjörnsvenkerson. Kannst du mich hören?«

Das Wesen sah auf und blickte mit großen Augen um sich. »Wer spricht da?«

»Ich kann sie verstehen!«, jubelte Tenka und wippte aufgeregt auf und ab.

»Wer redet da? Ist da wer?«, fragte das Homidenweibchen.

»Ich! Tenka'kulinassa! Hier!«

»Ich sehe niemanden.«

»Hier! Schau her. Ich winke dir mit einem Tentakel!«

»Tentakel? Bist du der Fisch da draußen?«

Erbost und am ganzen Körper knallrot gefärbt, wandte sich Tenka an Wate: *»Sie nennt mich einen Fisch! Das ist eine Frechheit!«*

»Liebes, sie weiß es nicht besser. Sie ist doch nur ein Tier. Du musst sie erst zähmen.«

»Ich denke, sie stammt aus der Zucht?«

»Das schon, aber sie hatte noch keinen Umgang mit unsereinem. Sei also friedlich. Ja?«

»Na gut«, antwortete sie, fächelte sich ein bisschen frisches Wasser zu und spülte sich ausgiebig die Kiemen, bevor sie sich wieder dem Vivarium zuwandte: »Ich bin kein Fisch, ich bin eine Oktoftewiltabine.«

»Sind Sie die Meduse?« Das Homidenweibchen schien jetzt sehr verwirrt.

»Meduse? Jetzt reicht's aber! Ich bin doch keine Qualle!«

»Nein, Liebes. Das ist ihre Gottheit. Sie hält dich für ihre Göttin.«

Tenka blähte sich auf. *»Alberner Glaube«*, sagte sie spitz, doch die kleinen lilafarbenen Pünktchen auf ihrer Haut verrieten, dass ihr die Position einer Göttin durchaus liegen würde.

Amüsiert lauschte Wate der weiteren Unterhaltung, bis ihm eine merkwürdige Schwingung bewusst wurde. Telepathische Fragmente auf niederem Niveau, die nicht einmal als Gedanken zu identifizieren waren. Sie kommunizierten Wärme und Wasserdruck und kamen zweifellos von dem Homidenweibchen. Aber sie war doch gar nicht im Wasser! Wate schwamm neugierig näher an die Scheibe.

»Da ist ja noch einer. Kann der auch sprechen?«, fragte die Homidin.

»Wen du soeben zur Kenntnis genommen hast, ist mein Mann Wate'medaludes.«

Das Weibchen stieß eine Serie hoher Töne aus. Wate wusste, dass das ein freudiger Ausdruck war. Sie würde sich eingewöhnen. Er versuchte, ihre Gedanken zu lesen, fand aber nur diese primordialen Bruchstücke. Erstaunlicherweise kamen sie nicht von ihrem Kopf, sondern aus ihrem Bauch.

»Sie bekommt ein Junges«, entfuhr es ihm. *»Das ist mir beim zugegebenermaßen flüchtigen Betrachten ihrer Dokumente ganz entgangen.«*

»Du musst dich irren, Wate, ich finde keine Eier an ihr«, entgegnete Tenka zweifelnd.

»Die Fortpflanzung der Homiden ist anderer Natur als unsere. Sie brüten im Bauch und gebären lebend«, klärte er sie auf.

»Dann muss das Geschöpf die wachsende Brut die ganze Zeit in ihrem Körper mit sich herumschleppen. Wie unkomfortabel. Aber unsere Kinder werden sich freuen, wenn wir sie wissen lassen, dass das Tier bald Junge bekommen wird. Das ist aufregend und obendrein lehrreich!«

Wate hingegen gefielen die telepathischen Signale des Nachwuchses im Bauch überhaupt nicht. Das war nicht normal. Homiden konnten nicht wie Oktoftewiltabinen gedanklich kommunizieren. Das Junge des Homidenweibchen musste dieses abnorme Gen haben, das alle so fürchteten. Er beschloss, seiner Frau vorerst nichts davon zu erzählen und erst einmal Auskünfte von den Experten im Tierheilzentrum einzuziehen. Dort wurden regelmäßig kranke und verletzte Homiden behandelt. Die Heiler würden Rat wissen.

»Ob sie überhaupt den Vater kennt?«, fragte Tenka. *»Diese Spezies scheint mir so flatterhaft zu sein, wenn es um Beziehungen und Nachwuchs geht.«*

»Manche vermögen sich zu binden. Sollte sie ein solches Exemplar sein, würde sie es wissen. Du kannst sie ja fragen. In jedem Fall habe ich die Möglichkeit, diese Information in ihren Unterlagen nachzuschlagen.«

Tenka wollte nicht lange nachschlagen, sie fragte. Wate, der sich gerade in die Zuchtlisten vertiefen wollte, sah auf und gab nur ein leises »Weiblinge« von sich.

»Jake ist der Vater«, kam die Antwort aus dem Vivarium. Aber dann begann die Homidin, aufgeregt hin und her zu laufen. »Wo ist Jake? Ich will hier raus und zu Jake!« Sie setzte sich wieder auf einen Stuhl und erneut lief Wasser aus ihren Augen, mehr als zuvor.

»Da siehst du, was du mit deiner unverhohlenen Neugier angerichtet hast!«, schimpfte Wate. *»Jetzt ist sie wieder traurig.«*

»Woher soll ich wissen, dass ...« Tenka unterbrach sich, als sie bemerkte, wie Wate aufgeregt zu wippen begann.

»Jake, hast du gesagt?«, rief er in den Audiokonverter. »Meintest du damit Doktor'jakedexterforrester?«

Die Homidin nickte mit dem Kopf, sprang dann auf und kam zu Wate an die Scheibe. »Kennst du ihn? Hast du ihn gesehen? Wo ist er?«

Wate lauschte einen Moment in sich hinein. »Ich habe das bestimmte Gefühl, dass er noch lebt und sich irgendwo unter den Bergen versteckt hält.«

Bei seinen Worten machte die Homidin einen breiten Mund und zeigte ihre Zähne, als wollte sie ihn fressen. Ausdruck der Freude, erinnerte er sich. »Ich werde jetzt die Scheibe verblenden, dann kannst du etwas schlafen.«

»Ich mag nicht mehr allein sein«, jammerte die Homidin.

Sie tat ihm leid. Wate wandte sich an Tenka. *»Es sind Rudeltiere. Vielleicht sollten wir noch einen Homiden dazusetzen.«*

»Später kommen die Kinder, Myriam'roslinabjörnsvenkerson«, sprach Tenka in den Audiokonverter, »dann ist es vorbei mit der Ruhe.«

»Kinder? Hier gibt es Kinder?« Die hellen Augen des Homidenweibchens schienen zu leuchten.

»Sicher. Und die können sehr anstrengend sein!«

Die Kinder beachteten das Vivarium nicht. Es war noch nie benutzt worden und wegen der Verblendung konnten sie nicht hineinsehen. Tenka und Wate sahen sich immer wieder verschwörerisch an und versuchten, ihre freudige Anspannung unter einem halbwegs ausgeglichenen Blauton zu verbergen. Tenka schwamm besonders beschwingt und die gute Laune ging auf die Kinder über. Die sausten in übermütigem Spiel durch die Grotte, balgten und spritzten Tinte. Tenka hatte Mühe, sie zu bändigen.

Fanli'belzurili kam als letzte nach Hause. *»Was ist denn heute mit den Krabben los?«*

»Wenn die Hausaufgaben gemacht sind, haben wir eine Überraschung!« Kaum hatte Wate es gesagt, hingen ihm die Kleinen erwartungsvoll an den Tentakeln.

»Was ist es denn?« Fanli kam neugierig näher. *»Fahren wir zum Erlebnispark?«*

»Das wird erst verraten, wenn alle fertig sind.«

»Oooooooch«, stöhnten die Kleinen im Chor.

»Das ist gemein! Die wissen es ja wohl schon und ich nicht!«

»Sie wissen es auch nicht. Und nun beeile dich. Deine Geschwister sind schon ganz gespannt.«

»Kann ich die Aufgaben nicht nachher machen?«, bettelte Fanli.

»Erst die Arbeit, dann das Vergnügen!«, mahnte Tenka. *»Und dass du mir nicht einfach so drüberwischst. Dein Vater wird es kontrollieren, wenn du fertig bist.«*

Mit einem indignierten Gelbton auf der Haut tauchte Fanli in ihre Grotte, und auch die Kleinen verzogen sich murrend.

Dann war es endlich so weit. Tenka und Wate schwebten mit geheimnisvollem Farbspiel vor dem abgeblendeten Vivarium und schauten auf ihre zwölf Kinder. Die hielten sich still und glotzten ihre Eltern mit großen, dunklen Augen erwartungsvoll an. Gelegentlich zuckte vor Aufregung eine Tentakelspitze.

Wate ließ sie warten, bis sie vor Neugier fast platzen wollten. Dann zog er einige seiner Saugnäpfe quietschend über die Scheibe des Vivariums. Von drinnen ertönte ein Poltern. Die Kinder horchten auf. Der Jüngste wirkte erschreckt und wich zurück.

»Ein Lufttier!«

»Was für eins?«

»Ein Burbie?«

Wate wedelte verneinend einen Tentakel.

Plötzlich klopfte es von innen an die Scheibe, dass alle ängstlich zurückwichen.

»Etwa ein Bajbar?«

Wieder wedelte ihr Vater.

Fanli schoss mit einem Stoß vorwärts. Ihre Haut begann in freudigem Orange zu glühen: *»Ein Homide?«*, fragte sie und riss die Augen weit auf.

»Erraten«, sagte Wate und schaltete die Verblendung aus. *»Ein trächtiges Homidenweibchen!«*

»Sie heißt Myriam'roslinabjörnsvenkerson und ist noch etwas scheu«, erklärte seine Frau.

»Dann bekommt sie ja bald Junge!«, jubelte Fanli und sauste vor Aufregung wie eine Wilde um das Vivarium herum. *»Kann ich sie rauslassen und mit ihr spielen?«*

»Nein. Wir wissen nicht, ob sie schwimmen kann. Außerdem steht sie unter Sicherheitsverwahrung.«

»Ooooch!«

36

Im Lager der Insurgenten liefen die Vorbereitungen auf Hochtouren. Der Überfall auf eine Kleristenpatrouille stand bevor. Jakes Gefühle schwangen zwischen Angst und Aufregung hin und her. Er musste den Angriff leiten, um bei der Verteilung der Beute die erste Wahl zu haben.

Kundschafter wurden ausgesandt. »Kleristen zu finden, ist einfach«, berichtete Burke. »Noch nie durchsuchten so viele die Stollen. Grimper sagt, dass sie die Tunnel *säubern* wollen. Sie haben einen der kleineren Insurgentenstämme erwischt – und öffentlich hingerichtet. Das gab es bisher doch noch nie!«

Rodhana verzog keine Miene. »Und die Bewaffnung?«

Burke hob abwehrend die Hände. »So nah gehe ich ohne guten Grund nicht an sie heran.«

»Wir werden es herausfinden«. Rodhana hob die Stimme. »Wer ist bereit, für Jake sein Leben zu riskieren?«

Jake schaute zweifelnd in die Runde. Er wusste, dass Rodhana ihn gerne hierbehalten wollte. Sie hatte ihre eigenen Pläne. Und wer würde sich schon so für ihn einsetzen?

Marjella meldete sich. Die Gute. Sie konnte weder schießen noch kämpfen. Doch dann hoben sich noch andere Hände. Die Pilger. Seit Jake lebend aus der Höhle der Göttin gestiegen war, glaubten sie, er sei ihr Auserwählter. Auch Burke trat vor. In seinem Gesicht kämpften Hass und Erleichterung. Gewiss versprach er sich Chancen bei der Anführerin, wenn Jake endlich fort war.

Rodhana wandte sich an Jake. »Ich werde selbstverständlich auch mitkommen. Einer muss ja aufpassen, dass dich die Kleristen nicht zu Klumpen schießen. Ich habe einen Plan.«

Jake ließ erleichtert die Luft aus den Lungen. Rodhana kannte sich hier unten am Besten aus. Auch vertraute er ihrer Intelligenz und Strategie.

Rodhanas Plan war denkbar einfach. Wegen der guten Deckung und Fluchtmöglichkeiten wählte sie einen Bergabschnitt, der wie ein Termitenhügel mit einem komplexen Höhlen- und Tunnelsystem durchzogen war. Dort legten sie sich in den Hinterhalt. Rodhana ließ es sich nicht nehmen, selbst den Lockvogel zu spielen.

»Ist das nicht riskant?«

Sie lachte Jake ins Gesicht. »Was soll schon passieren?«

»Wenn sie dich töten, sind die Insurgenten ohne Anführer.«

»Jake hat Recht«, sagte Marjella. »Du riskierst zu viel.«

Rodhana lachte erneut. »Ich bin die einzige im ganzen Trupp, die es schaffen kann. Mich werden sie nicht erwischen!« Sie wandte sich um und verschwand in einem der Tunnel.

Jake hörte ihre Schritte verklingen. »Sie ist viel zu impulsiv«, murmelte er nachdenklich.

Auch Marjella wirkte besorgt. »Du solltest ihr nachgehen.«

»Ohne Waffe?«, wandte Jake ein.

Burke musterte ihn höhnisch. »Die musst du dir erst verdienen.«

»Und wie soll ich ihr dann helfen?«

»Gar nicht«, brummte Burke. »Sie kommt allein zurecht.«

Gewiss traute ihr Jake einiges zu, aber dennoch breitete sich ein ungutes Gefühl in ihm aus. Kurz entschlossen lief er Rodhana hinterher. Zu zweit hatten sie allemal eine bessere Chance.

An der Einmündung zu einem verfallenen Stollen holte er sie schließlich so weit ein, dass er ihre Schritte hörte, immer noch weit weg und durch Biegungen und Kurven gedämpft. Eine alte Bergwerksanlage. Erleichtert steckte er seinen Glimmerstein ein. Dunkelheit umgab ihn. Auch sie lief ohne Licht. Jake bewunderte die feinen Sinne und Orientierung dieser Frau. Trotzdem verstärkte sich das mulmige Gefühl.

Er blieb stehen und lauschte, hörte aber nichts Verdächtiges. Vorsichtig ging er weiter.

Plötzlich drangen das Summen eines Stunners und ein Schmerzensschrei durch den Tunnel. Jake fuhr zusammen. Dann rannte er los. Solche Anlagen enthielten gewöhnlich Parallelstollen. Das kannte er aus seiner Zeit als Bergarbeiter.

Warme Zugluft und der scharfe Geruch von Ozon führten ihn zu einem Gang, in dem sich am Ende ein winziges Pünktchen Licht abzeichnete. Jake spurtete an mehreren Querpassagen vorbei. Der Lichtpunkt wuchs zu einem Fleck. Jake legte etwa die halbe Strecke zurück. Dann hetzte er in den nächsten Seitengang. Das Restlicht reichte seinen an Dunkelheit gewöhnte Augen. Aber wie zum Teufel hatten die Kleristen Rodhana gesehen?

An der Kreuzung zum Zielstollen kauerte er nieder und lauschte. Schritte. Er hatte die Patrouille überholt. Aber die Schrittgeräusche gehörten nur zu zwei Paar Füßen. Seine Pulsfrequenz stieg.

Von seinem Versteck aus waren schließlich die schwachen Schemen von Menschen zu erkennen. Zwei gingen aufrecht und einer schwebte wie auf einer unsichtbaren Trage zwischen ihnen.

Wie eine Feder gespannt, wartete Jake, bis die Gruppe die Mitte der Einmündung erreichte. Dann schnellte er vor und stürzte sich auf die überraschten Kleristen. Er betäubte den Ersten mit einem Schlag auf die Schläfe, riss ihm die Waffe aus dem Gürtel und paralysierte den anderen. Sofort entwaffnete er auch diesen und wandte sich dann der Frau auf der Trage zu.

Rodhana atmete. Schwach. Noch war sie am Leben. In aller Eile hob er sie hoch, warf ihren schlaffen Körper über seine Schulter und machte sich mit seiner Last auf den Rückweg. Hinter ihm erschien ein Licht im Tunnel: Weiß und hell wie eine Sonne. Jake fiel in Trab. Jetzt war er der Lockvogel. Rodhanas kraftloser Kopf schlug bei jedem Schritt gegen seinen Rücken. Ihr Gewicht saugte die Kraft aus seinen Armen und Beinen. Nur nicht daran denken. Einfach weiter. Laufen und atmen.

Im Zickzack navigierte er durch die Tunnel. Das Licht der Kleristen blieb ihm auf den Fersen. Jake richtete seine Aufmerksamkeit nach vorne und lief so schnell er konnte.

Endlich kam er in die Nähe der Stelle, wo die anderen im Hinterhalt lagen. Jake hielt an. Unter dem Gewicht der Bewusstlosen gebeugt, klickerte er mit einem Stein das Erkennungssignal. Die Antwort kam prompt. Die Insurgenten ließen ein Licht aufleuchten. Jake lief weiter. »Kleristen«, rief er den Leuten entgegen. »Bringt Rodhana zu Marjella.«

Zwei Männer brachten die Paralysierte in Sicherheit.

»Auf eure Posten!«, befahl Burke. Doch die Leute bewegten sich erst, als Jake zustimmend nickte. Burke bedachte ihn mit einem boshaften Blick.

»Wer braucht noch einen Stunner?« Jake hielt eine der beiden erbeuteten Schockwaffen hoch. Nur drei in der Gruppe waren bewaffnet, Burke führte zusätzlich den Excaver mit sich. »Gib ihn Laspert. Der schießt am besten.«

Sie nahmen ihre Positionen ein und verdunkelten die Glimmersteine.

Sie mussten nicht lange warten. Weißes Licht drang aus dem Tunnel und warf scharfe Schatten an die Höhlenwand. Sirren und Schritte näherten sich. Mit klopfendem Herzen spähte Jake über die zackige Kante des Felsens. Er hielt den Stunner schussbereit.

Plötzlich explodierte gleißendes Licht in der Höhle. Jake konnte nichts sehen. Blindlings schoss er Richtung Tunnel. Schockwaffen surrten, Schreie ertönten. Dann zischten Strahlenbündel in schneller Folge. Mitten im Getöse tönten Angst und Schmerzensschreie. Jake blinzelte unter gesenkten Lidern hervor und sog die Luft scharf ein. Im Zentrum der Höhle schwebte ein Adjutor und feuerte unablässig aus mehreren Armen. Wo er traf, schmolzen Wände und Felsen. Jake überlegte nicht lange. Mit einem Schuss aus seinem Stunner lenkte er die Aufmerksamkeit des Roboters auf sich. Der ließ augenblicklich von den anderen ab und wandte sich ihm zu. Jake tauchte ab und lief. Hinter ihm verdampfte der Felsen.

»Rückzug!«, brüllte er in das Chaos.

Von feurigen Strahlen verfolgt, rannte er, in eine Rinne geduckt, auf den Spalt zu, der ihnen als Fluchtweg dienen sollte. Einige Augenblicke später stieß er mit Burke zusammen. Der schwang, als hätte er nur darauf gewartet, den Excaver hasserfüllt gegen Jake. Instinktiv duckte sich Jake und das Gerät sauste knapp über seinen Kopf hinweg. Burke ließ es fallen und rannte davon.

Wut übermannte Jake. Er packte den Excaver. Am liebsten hätte er ihn Burke ins Kreuz geschleudert. Dann kam ihm eine bessere Idee. Er schaltete das Gerät ein und wog es wie einen Speer in der Hand. Blitzschnell drehte er sich um, sprang hinter seiner Deckung hervor und warf den Excaver gegen den Adjutor. Der meterlange blaue Strahl bohrte sich summend durch das Gehäuse der Maschine. Funken sprühten. Aus dem Roboter drang ein Quietschen, dann stürzte er krachend auf den Boden.

Einen Moment lang zuckten noch die Arme, dann lag er still. Die Schlacht war zu Ende.

Wer noch nicht geflohen war, kroch hinter seiner Deckung hervor – dreckig, mit verbrannter Haut und erstaunten Gesichtern. Selbst Burke kam wieder aus dem Fluchtstollen und betrachtete die Szene. Vier Kleristen lagen reglos am Tunnelmund. Über den Adjutor liefen knisternd Blitze.

Jake schritt nachdenklich um den bewegungslosen Roboter herum. Diese Dinger waren in der Lage, Kleristen zu manipulieren. Der aber nicht mehr. Mit einem kräftigen Ruck zog er den Excaver aus der Maschine und schaltete den Strahl ab.

Die Leute fielen in ein Siegesgeschrei und stürzten sich auf die bewusstlosen Kleristen. Die Beute lohnte sich. Vier Stunner, vier Strahler und ein Datcom. Mit blitzschnellen Bewegungen schnitt Burke allen Vieren die Kehle durch.

Jake sah ihn fassungslos an. Der grinste und Jake wusste, dass Rodhana das Töten angeordnet hatte.

Seine Beute kam ihm nun schmutzig vor. Er schluckte, steckte den Strahler in seinen Gürtel und schaltete das Datcom aus. Der Weg zu den Schiffen stand nun offen,

Als Gura Limka von dem Angriff erfuhr, programmierte sie augenblicklich ihren Tracker auf die ID des Datcoms, das von den Insurgenten erbeutet worden war.

Sie grinste in sich hinein. Wer außer Jake hatte Verwendung für so ein Gerät? Jetzt trug er ein sicheres Erkennungsmerkmal. Egal, wie gut er sich auch versteckte, sobald er das Datcom einschaltete oder sich unter freiem Himmel blicken ließ, würde sie augenblicklich von seinem Aufenthaltsort informiert werden. Es war alles nur eine Frage von Zeit und Geduld. Und die hatte sie.

37

Myriam starrte durch die Scheibe ihrer Unterwasserbehausung. In der blassgrünschimmernden Grotte zeigte sich keiner der Tintenfische. Sie sehnte sich nach Jake. Obwohl sie wieder eingesperrt war, verspürte sie weniger Angst als in der dunklen Gefängniszelle dieser grässlichen Kleristina.

Sie betrachtete die Schwielen an ihren Handgelenken, wo die Fesseln tief in ihr Fleisch geschnitten hatten. Wie konnte eine Dienerin der Meduse so grausam sein? Die schönen Zeremonien, die sie am Siebentag als Kind so gerne besucht hatte, kamen ihr nun hohl und verlogen vor. Wo war sie gewesen, die heilige Meduse, die wie ein heller Trost und

Zufluchtsort ihre Kindheit behütet hatte? So oft hatte sie in der Dunkelheit gebetet und hatte die Göttin um Hilfe angefleht.

Am Ende waren die Adjutoren gekommen und hatten sie in das Reich der Meduse mitgenommen.

Myriam hatte fest geglaubt, sie wäre gestorben.

Aber sie hatte sich das Nachleben anders vorgestellt. Viel schöner. Ätherischer.

Und nicht so einsam.

Welche Sünde hatte sie begangen, um so bestraft zu werden?

Und dann waren die Tintenfische aufgetaucht und hatten gesprochen. Wie in einem Traum. Sie suchten die verbrecherische Kleristina.

Spätestens an diesem Punkt war ihr klargeworden, dass sie lebte. Und dass sie sich in einer Situation befand, die so verrückt erschien, dass sie sich keinen Reim daraus machen konnte.

Was waren das für Tintenfische? Wie kam es, dass sie sprechen konnten? Warum hielten sie sie in einem Glashaus fest? Und wie konnten sie die Macht haben, eine Kleristina zu verfolgen? Waren sie vielleicht von der Meduse gesandt?

Myriam fühlte sich so ratlos, so verletzlich und so schrecklich einsam. Wie sehr wünschte sie sich jetzt Jake an ihre Seite. Jake – der Tintenfisch hatte gesagt, dass er lebte. Und dass sie ihn suchen würden. Sie spürte, wie ein warmes Gefühl der Hoffnung in ihr aufstieg. Und dann war da noch etwas. Sie strich über ihren Bauch. Das würde sie Jake sofort erzählen, wenn er wiederkam. Sie lächelte in sich hinein.

Aber dann kam ihr die Kleristina in den Sinn. Sie sollte ihre gerechte Strafe bekommen. Und dazu musste Myriam vorerst bei den Tintenfischen bleiben. Sie seufzte. Im Grunde ging es ihr ja gut bei ihnen. Sie waren auch immer sehr freundlich und zuvorkommend gewesen. Und eigentlich hatte sie alle schon ins Herz geschlossen. Vor allem die Kleinen.

Myriam stand auf und verließ das Häuschen, das gerade Platz für ein Bett, einen Lehnstuhl und einen kleinen Tisch bot. Vor der Tür befand sich ein sandiges Areal in angenehm diffusem Licht, das, bepflanzt mit zwei, drei dürftigen Büschen und etlichen jungen Bäumen, an den heimatlichen Strand erinnerte. Doch statt endloser Weite endete er an einer gewölbten Scheibe. Myriams Blick fiel auf die Seeanemone im Wasser dahinter. Sie hatte ihre Blütenblätter schon fast geöffnet. Bald würden die kleinen Tintenfische wieder kommen. Die waren wirklich süß. Myriam lächelte. Sie konnte mit ihnen spielen, genau wie mit den Kindern im Gemeinschaftssaal von Lundsiel. Na ja. Nicht genau so, denn hier gab es diese Scheibe zwischen ihnen. Aber die Spielkonsole konnte von beiden Seiten bedient werden. Myriam hatte den Tintenfischchen schon einige Spiele beigebracht und die Kleinen waren ganz wild darauf, mit ihr ganze Abende zu verbringen. Besonders der kleine Wusel hatte immer Unsinn im Sinn und betrog beim Spielen. Die Große, Fanli, hatte gesagt, dass sie bald einmal zusammen schwimmen gehen würden. Darauf freute sich Myriam.

Mit dem Öffnen des letzten Blütenblatts flitzten die zwölf Kinder herbei. Sie saugten sich draußen an der Scheibe fest und beäugten Myriam: »Spielen wir Scrabble oder Nachmachen oder Würfel oder Raten oder Karten oder Geschichten erfinden?«

»Karten«, entschied Myriam und ging zu einem computerähnlichen Gerät, das in der Nähe der hinteren Wand in die Scheibe eingelassen war. Zu beiden Seiten wuchsen daraus Konsolen hervor, die auf der Wasserseite zur Bedienung mit Tentakel und Saugnapf ausgelegt war. Dort versammelten sich die kleinen Tintenfische.

Fanli schubste ihre Geschwister beiseite. »Ich will aber viel lieber schwimmen gehen.«

»Das dürfen wir aber nicht«, sagte Hima'susulina spitz.

»Ich weiß, wie die Schleuse aufgeht«, quiekte Wusel vorlaut.

»Weißt du nicht! Keiner weiß das außer Papa.«

»Doch weiß ich's.« Der Kleine schwamm zu einem Kontrollfeld an der hinteren Wand und fummelte mit seinen winzigen Tentakeln an den Schaltelementen herum. »Schau.«

»Lass das!«, schimpfte Hima schrill.

»Was regst du dich auf?« Fanli wedelte beschwichtigend mit einem Tentakel. »Wir haben das doch früher auch probiert. Es geht nicht.«

Plötzlich dröhnte eine Mechanik. Myriam fuhr zusammen und sah besorgt auf das Wasser, das als Rinnsal an der Wand herunterlief.

»Was hast du gemacht?«, schrie Hima.

»Wusel'poppelates!«, schimpfte Fanli. »Es war doch nur Spaß. Wir dürfen sie nicht rauslassen. Außerdem ist draußen Sturm. Wir können gar nicht schwimmen gehen.«

»Es ist von ganz alleine losgegangen«, stammelte Wusel und fummelte aufgeregt an den Schaltern herum.

Ein armstarker Strahl zischte nun in das Vivarium und bildete eine wachsende Lache vor Myriams Füßen. Sie klopfte mit der flachen Hand an die Scheibe. »Heh. Hört auf damit!«

»Ich weiß nicht, wie es geht«, jammerte Wusel.

Hima leuchtete in schnippischem Orange. »Ich wusste es doch. Er kann es gar nicht.«

Fanli flitzte nervös zu Wusel und starrte fassungslos auf die Kontrollen. »Du blöde Muschel hast die Flutsequenz aktiviert. Halt sie an!«

»Wie denn?«

»Du hättest eben deine Tentakel davon lassen sollen«, sagte Hima besserwisserisch.

Fanli drückte hektisch alle möglichen Tasten. »Es muss doch irgendwie anhalten!«

Myriam stand das Wasser bis zu den Knöcheln. Mit schreckensweiten Augen verfolgte sie das Tun der kleinen Tintenfische. »Hört auf mit dem Unfug!«

»Siehst du. Die Homidin will auch, dass du aufhörst«, zickte Hima.

»Dann mach du's doch, wenn du alles besser weißt!«, zischte Fanli.

»Ich geh und sag's Papi.« Mit geziertem Tentakelschwung segelte Hima zum Ausgang.

»Alte Petze!«, schrie ihr Wusel hinterher.

»Tinte! Das gibt Ärger.« Fanli war ratlos. Vor Angst lila schillernd glotzte sie auf die Kontrollkonsole.

Myriam stand bis zu den Knien im steigenden Wasser und trommelte mit beiden Fäusten an die Scheibe. »Was macht ihr da, ihr Gören? Aufhören!«

»Hier geht's aus«, behauptete Wusel und drückte willkürlich Tastenkombinationen. Fanli wischte energisch seine Tentakel beiseite. Zu spät. Ein gurgelndes Dröhnen hallte im Vivarium. Plötzlich brach Wasser mit aller Gewalt ein und riss Myriam von den Füßen. Sie konnte gerade noch Luft holen, dann ergriff sie ein kalter Strudel und zog sie mit sich fort. Myriam wirbelte umher. Luftblasen blubberten um sie herum. Nach oben, war ihr einziger Gedanke. Wie weit das sein würde, wusste sie nicht. Jetzt die Nerven behalten! Mit sauerstoffsparenden Bewegungen tauchte sie aufwärts und unterdrückte das stärker werdende Bedürfnis zu atmen. Nach oben, nach oben, sagte sie sich immer wieder, um nicht in Panik zu geraten. Panik war der Tod. Aber auch die Tiefe. Wie weit war es noch? Ihr Kopf wurde leicht. Ihre Füße paddelten wie von allein. Aber es blieb dunkel über ihr. Kein Licht, das die Meeresoberfläche ankündigte. Keine Luft. Die Schwärze der See schien in ihren Kopf zu dringen. Ihre Gedanken verschwammen. Nur ein Gesicht zeichnete sich darin ab: Jake. Er weinte. Und dann verblasste auch das.

38

Wate'medaludes starrte fassungslos auf das geflutete Vivarium. Im zerwühlten Kies waren von den Zierpflanzen nur noch Stümpfe und zerbrochene Töpfe übrig geblieben. In den Scheibensplittern des Häuschens hingen Fetzen der Bettwäsche. Von dem Homidenweibchen war nichts zu sehen.

Wate begriff sofort. Großer Kosmos! Es fiel ihm schwer, seine Wut zu bezähmen. *»Habt ihr noch alle Muscheln beieinander?«*

»Die waren es!«, quiekte Hima.

Wusel klammerte sich ängstlich schillernd an Wates Primärtentakel. Fanli schwebte bewegungslos vor den Kontrollen und starrte schulbewusst zu Boden.

»Tenka! Kümmere dich um den Schwarm. Kein Abendessen und Zimmerarrest!« Er schoss nach draußen. Vor seiner Behausung ließ er den Blick durch das Wasser oberhalb der Stadt schweifen. Homiden schwammen immer nach oben. Er musste sie finden. Das Sicherheitsministerium

würde ihm die Tentakel einzeln abreißen, wenn das Weibchen verloren ginge. Ihm und Deste.

Mit kräftigen Stößen setzte er sich in Bewegung. Heute ging eine starke Strömung. Bei so einem Wetter blieben die meisten Oktoftewiltabinen zu Hause.

Er folgte dem Strom und schwamm den immer bewegter werdenden Fluten der Oberfläche zu. Dort war es dunkel. Blitze zuckten und ließen die sturmgepeitschte Wasseroberfläche leuchten. Er konnte die Homidin nicht sehen. Aber ihr Geruch trieb noch im Meer. Verdünnt, verrührt, verwirbelt.

Die Strömung trieb ihn weit nach Norden. Von den Lichtern der Stadt war nichts mehr zu sehen, und der Geruch der Homidin verdünnte sich immer mehr. Wate konnte die Richtung nicht mehr bestimmen. Das beunruhigte ihn noch mehr. Er schlug einen Zickzackkurs ein, um mehr Fläche überblicken zu können.

Nahe der Oberfläche warfen ihn die Wellen umher und verrührten ihren Geruch in jede Richtung. Wie sollte er sie mit dieser irreführenden Spur jemals finden?

Er begann, systematisch Bahnen zu schwimmen. Die Eine versetzt zur Vorigen. Wellen beutelten ihn, zehrten an seinen Kräften und warfen ihn aus der Richtung.

Homiden waren doch so groß. Er müsste ihren Körper doch schon von weitem gegen das Licht der Blitze sehen können. Oder war sie woanders hingetrieben? So viel Vorsprung konnte sie doch nicht haben. Kosmos, was würde die Obrigkeit mit ihm anstellen, wenn er das Tier nicht fand?

Dann überdeckte auch noch der Geruch toter Fische ihre Spur. Wieso starben Fische? Ein Kadaver trieb vor ihm dahin. Wate sah ihn an. Erstickt.

Wate bekam ein beklemmendes Gefühl. Etwas Merkwürdiges ging hier vor.

Aus der Ferne vernahm er ein sich näherndes gleichmäßiges Zischen.

Ein Scooter.

Wer sich bei so einem Wetter hinauswagte, war verrückt – oder im Noteinsatz.

Wo Fische starben, waren oft auch Leben und Gesundheit von Oktoftewiltabinen in Gefahr. Wate schwamm trotzdem weiter. Ohne die Homidin gefunden zu haben, wollte er nicht umkehren. Vielleicht war sie auch schon gestorben. Homiden hielten nicht lange im Wasser.

Wate vernahm einen mentalen Ruf. Jemand suchte ihn. Das hatte gerade noch gefehlt, dabei erwischt zu werden, wie er die Entkommene suchte! Er schirmte seine Gedanken ab.

Doch das Geräusch kam näher. Wate schlug einen Haken und flüchtete. Dabei hielt er weiter Ausschau nach Myriam'roslinabjörnsvenkerson.

Dann sah er das Licht eines Scooters direkt hinter sich. Er erschrak. Das konnte nur einer der Sicherheitskräfte sein, denn nur die hatten

Tracking an Bord. Resigniert öffnete er seine Gedanken. *»Was wünschen die geschätzten Oktomajesten von mir?«*

»Sind Sie von allen guten Geistern verlassen, bester Wate'medaludes, bei so einem Unwetter hier draußen herumzuschwimmen?«

»Sind Sie es, Deste?«

»Kein anderer. Tenka hat sich Sorgen gemacht.«

»Sie wird sich bald noch mehr davon machen müssen«, prophezeite Wate.

»Kommen Sie erst einmal rein, Commander, bevor sie sich den Bips holen.«

Der Scooter in den Regierungsfarben öffnete die Tür. Das Einsteigen in der rauen Dünung war schwierig und Wate stieß sich einige Male den Kopf. Neben dem Sicherheitsoffizier setzte er sich nieder und ließ die Tentakel hängen. Doch nur für einen Augenblick. *»Sagen Sie, bester Deste'plimerates, können Sie mit ihren Tracking-Geräten auch einen Homiden aufspüren?«*

»Was glauben Sie, Wate'medaludes, warum ich mit dem Dienstfahrzeug gekommen bin?«

»Reine Freundschaft«, witzelte Wate und betastete vorsichtig die Stoßstellen an seinem Hinterkopf. Die Berührung war unangenehm.

»Das mit der Freundschaft werde ich mir nach Ihrem letzten Streich noch einmal durch den Kopf gehen lassen müssen.«

»Besten Dank, lieber Deste'plimerates. Das ist eine große Beruhigung für mich«, erwiderte Wate und versuchte, die aufsteigende peinliche Rosafärbung niederzuhalten.

»Übrigens habe ich das Signal eines homidengroßen Körpers auf dem Tracker.« Deste deutete auf den Monitor.

»Sie sind der Retter meiner Tentakel. Wo ist sie?«

»Ich steuere schon darauf zu, aber ich muss ihre Hoffnung dämpfen, denn der Körper treibt unter Wasser.«

»Dann ist sie tot.«

In kurzer Zeit waren sie dort und fanden einen großen Hächarillenfisch in einem Netz gefangen. Sie befreiten das Tier und nahmen das Netz in den Scooter.

Deste fasste das Fischernetz mit spitzen Tentakeln an. *»Das sieht aus wie das prähistorische Fanggerät der Kaartegunizzer.«*

»Das kann ich mir nicht vorstellen«, winkte Wate ab. *»Die sind weit fort.«*

»Oder die Homiden beginnen einen Feldzug gegen uns«, sagte Deste nachdenklich.

»Haben Sie Angst vor einem Netz?«

»Nicht solange ich im Scooter sitze. Aber schwimmen?«

»Und wo ist mein Homidenweibchen?«

»Meine Geräte zeigen nichts mehr an. Nur tote Fische.«

»Sie kann sich doch nicht einfach im Meer auflösen!«

»Vielleicht ist sie entkommen und an Land gegangen«, mutmaßte Deste.

Wates Tentakel rollten sich krampfartig zusammen. *»Endloser Kosmos. Was sollen wir da machen?«*

Der Sicherheitsoffizier schimmerte mattgelb. *»Umkehren und Bericht erstatten, fürchte ich.«*

39

Das einzige Verbot, das Pedro je auf Nitsituaan gestört hatte, war das Angelverbot. Er war Fischer mit Leib und Seele. Weit im Norden hatte er eine einsame, raue Bucht entdeckt, wo eine starke Strömung Algen und Plankton aus dem Süden brachte und Futter für eine Unzahl verschiedener Fischarten lieferte. Hinter einem schmalen Kiesstrand begann schier undurchdringlicher Urwald, aus dem sich vereinzelt steile Felsen erhoben. Hier hatte sich Pedro eine kleine Hütte aus Ästen und den großen Blättern der fremdartigen Bäume gebaut. Tief ins Unterholz geschoben, verbarg er seine größte Kostbarkeit: ein zwar etwas schiefes, aber sonst robustes Ruderboot. Pedro betrachtete das Gefährt und zuckte mit den Achseln. Er war Fischer, kein Bootsbauer.

Eine Böe fuhr ihm in die kurzen, schwarzen Haare. Die dunkellila Wolkenbank am Horizont verschluckte die beiden Sonnen. Pedro beobachtete sie eine Weile. Sie kündigte einen Sturm an. Wenn er Glück hatte, würde er weit draußen auf dem Meer vorüberziehen. Wenn er Pech hatte, öffnete eins der berüchtigten Gewitter die Tore zur Hölle. Aber kurz vor einem Sturm bissen die Fächerfische so gut. Na ja, richtige Fächerfische waren es nicht, aber zumindest hatten sie eine gewisse Ähnlichkeit mit ihnen. Obendrein schmeckten sie viel besser. Wenn er solche Fische damals zuhause in Ciénaga hätte fangen können, wäre er gewiss ein wohlhabender Mann geworden.

Aber er war ja auch jetzt begütert, denn er hatte mehr als er sich jemals gewünscht hatte. Bis auf das Fischen.

Er ließ den Blick über das Meer gleiten. Die Wellen trugen Schaumkronen. Er sollte den Sturm besser aussitzen. Es gab keinen Grund, sich in Gefahr zu begeben. Pedro kroch in seine Hütte und nahm sich einen der getrockneten Fische, die reihenweise von der Decke hingen. Feuer wagte er nicht zu machen, es könnte die neugierigen Kleristen anlocken. Eigentlich hatte er nichts gegen die Kirchenleute. Gelegentlich besuchte er die Siebentagszeremonien, wurde aber nicht so recht warm damit. Nicht dass er die heilige Maria oder den Gekreuzigten zu sehr vermisste, aber der reiche Pomp der kolumbianischen Kirche hatte ihm als Kind immer ein Gefühl der Geborgenheit gegeben. Jetzt war er ein Mann und erwachsen. Entschlossen biss er in den trockenen Fisch.

Heute könnte er einen Fächerfisch fangen.

Der Gedanke ließ ihn nicht los. Er warf einen Blick nach draußen. Die sich auftürmenden Wolken wollten ihm nicht gefallen. Das Wasser verdunkelte sich, aber die rollende Brandung klang wie ein Rufen.

Der Meerteufel. Er lockt arme Fischer in sein Reich. Pedro streckte sich auf seiner Laubmatte aus und erinnerte sich an die Gruselgeschichten, die seine Großtante beim Netzflicken erzählt hatte, wenn sich die Dorfkinder um sie geschart und gebannt zugehört hatten.

Doch dann war da noch die Geschichte von Juan Carlos dem Schrecklosen. Er trotzte dem Teufel, verlor zwar sein Boot, bekam aber zur Belohnung für seinen Mut einen Fisch aus purem Gold geschenkt. Pedro schmunzelte. Er hatte das Märchen bestimmt tausend Mal gehört, aber heute packte es ihn auf eine seltsame Weise. Er konnte nicht mehr stillliegen. In seinen Gedanken zappelte bereits ein riesiger Fächerfisch im Netz.

Draußen rauschten die ersten Böen in den Blättern des Waldes und trugen die Gischt der Brandung bis an seinen Verschlag. Pedro schauderte. Wenn er fuhr, würde er nass werden. Sehr nass. Und der Wind war kalt. Er packte Extrawäsche in einen wasserdichten Beutel und legte ihn bereit.

Noch war es nicht an der Zeit. Er fuhr gewöhnlich bei Dunkelheit aus, damit ihn keines der Schiffe entdeckte. Unter dem Sternenzelt wusste er sich zu verbergen. Heute würde es keine geben, auch keine Navigation. Die Gefahr kribbelte wie Omlukula durch seine Adern – und Leben. Leben, das sich im Abenteuer beweisen wollte.

Pedro konnte die Nacht kaum erwarten. Er dachte an Jake. Dem verrückten Gringo war es sicher geglückt, sich zum Hafen durchzuschlagen, denn sonst hätte er sich gemeldet. Ob sein Schiff jetzt irgendwo da draußen vom Sturm herumgeworfen wurde?

Als es völlig dunkel geworden war, zog Pedro sein Boot aus dem Versteck und schob es über den knirschenden Kies zum Meer. Die wilde Brandung erfasste es mit elementarer Gewalt und zog es hinaus. Mit einem Satz sprang Pedro an Bord und lachte in den Wind, als das Boot endlich über die Wellen schlingerte. Er war Fischer, die See seine Braut. Und heute war sie wild wie eine Furie. Pedro ruderte mit langen Schlägen aus der Bucht auf die wetterleuchtenden Wolken am Horizont zu. Weiter draußen ging das raue Auf und Ab in ein stetiges Rollen über, das er wie den Schlag seines Herzens kannte. Pedro warf einen prüfenden Blick nach Süden, wo gewaltige Blitze zuckten und den Donner hinterher schickten, Schlag auf Schlag. Zu weit sollte er sich heute nicht hinauswagen. Höchstens bis zur Tiefseekante. Da standen normalerweise die fettesten Fische. Pedro legte sich in die Riemen. Der Wind stand gegen ihn und peitschte salzige Gischt um seinen Kopf. Er freute sich darüber, denn auf der Rückfahrt würde ihm die Brise helfen, das volle Boot an den Strand zu bringen.

Kurze, unregelmäßige Wellen sagten ihm, dass er am Ziel war. Er holte die Ruder ein und sicherte sie fachgerecht. Vom schwankenden Kahn warf er das Netz aus. Es wog schwer, als er es wieder einholte. Mit starken Armen zog er es an Bord. Petro schaute fasziniert auf die Fische, die im Gewitterschein im Netz zappelten. Sie sahen aus wie Hoki, Bonito und Gelbflossen – aber kein Fächerfisch.

Pedro warf das Netz erneut aus.

Wieder kein Fächerfisch.

Vielleicht standen sie weiter draußen. Prüfend sah er sich um und roch in den Wind. Die Gewitter näherten sich. Pedro schätzte den Weg zu dem im Licht der Blitze zuckenden Strand.

Kein Problem.

Ein Stückchen weiter aufs Meer könnte er sich schon noch wagen. Er lachte übermütig in das ferne Donnergrollen und reckte das Gesicht in die Gischt. Wo wäre der Seeteufel, der ihn mit so einer kleinen Brise ängstigen könnte? Pedro, der Schrecklose, ruderte weiter hinaus, bis die See sein Boot wie einen Korken hüpfen ließ.

Mit sicheren Beinen begegnete er dem Schlingern, während er das Netz warf. Diesmal war es noch schwerer und kämpfte gegen sein Ziehen. Pedro zerrte mit aller Kraft. Das Heck senkte sich gefährlich, als er das Netz nahe an die Oberfläche zog. Darin zappelte ein riesiger Fisch, ein Fächerfisch, bestimmt zwei Meter lang, zu groß, um ihn an Bord zu ziehen.

Kurz entschlossen verknotete er das Netz und band es an den Kahn. Vor unbändiger Freude stieß er einen langen, wilden Schrei aus, bis ein ohrenbetäubender Donnerschlag ihn aus seiner Exstase riss.

Der Wind schlug um. Pedro stöhnte. Jetzt musste er auch auf dem Rückweg gegen den Wind rudern. Aber dafür hatte er einen Fächerfisch gefangen.

Bald merkte er, dass er seinem Ziel nicht näher kam. Das Netz im Schlepptau wirkte wie ein Treibanker und machte es unmöglich die Strömung zu überwinden, die ihn mit wachsender Geschwindigkeit auf das offene Meer hinauszog. Ohne Netz würde er besser vorwärtskommen.

Pedro schüttelte den Kopf. Der Fisch gehörte ihm. Er würde ihn dem Meer nicht so ohne weiteres zurückgeben. Aber er könnte Ballast abwerfen. Der Rest des Fangs war ihm egal. Er warf die Fische über Bord. Dann legte er sich mit aller Kraft in die Riemen. Der Strand kam langsam näher – aber auch die Gewitterwolken. Pedro ließ sie nicht aus den Augen. So kräftig er auch ruderte, er würde das Rennen verlieren. Sollte er das Netz losschneiden?

Vielleicht drehte der Wind noch einmal. Oft tat er das kurz vor der Wetterfront. Und tatsächlich schien er nachzulassen. Wieder kam der Strand ein Stück näher.

Dann setzte der Regen ein. Pedro achtete nicht darauf. Stoisch ruderte er weiter. Wenn seine Muskeln zu erlahmen drohten, dachte er an den fetten Fisch.

Beim zuckenden Licht der Blitze bemerkte er etwas Helles im Wasser treiben.

»Madre Mia«, murmelte er erschrocken. »Da ist einer ersoffen.«

Ohne zu zögern, wendete er sein Boot und ruderte darauf zu. Mit etwas Mühe kam er in der stürmischen See nahe genug heran. Eine nackte Frau. Ihr heller Rücken leuchtete gegen das dunkle Wasser. Sie war wahrscheinlich beim Schwimmen von einer Strömung ins Meer gerissen worden. Vielleicht war noch ein Fünkchen Leben in ihr. Pedro paddelte so, dass er sie auf der Lee-Seite hatte, dann zog er die Ruder ein. Langsam blies ihn der Wind auf den Körper zu. Ihre langen Haare trieben wie Tang um ihren Kopf. Im wilden Seegang verfehlte Pedro ihre Hand. Sie trieb ab, aber Pedro erwischte ihren Fuß. Die Haut war kalt wie die See. Mit Mühe zog er die Frau an Bord.

Als Seemann wusste Pedro, was zu tun war: Luft in die Lungen blasen, ablassen – einblasen, ablassen. Druck aufs Herz. Beatmen. Druck ... Druck. Beatmen. Nichts.

Pedro setzte sich erschöpft auf die Ruderbank. Sie war offensichtlich schon zu lange im Wasser gewesen. Das arme Ding. Und so jung. Ihr hübsches Gesicht kam ihm bekannt vor. Was sollte er nun mit ihr machen? Mit dem Gewicht der Leiche an Bord würde er es nicht bis zum Strand schaffen. Dort könnte er ihr ja doch nur ein Grab schaufeln. Für ein Seemannsbegräbnis müsste er ihr etwas Schweres an die Füße binden. Während er sich im Boot umsah, warf ihn eine heftige Welle fast über Bord. Die Frau wurde hart gegen die Ruderbank geschleudert. Sie röchelte und begann zu husten. Im Nu war Pedro bei ihr und half ihr, das restliche Wasser aus den Lungen zu bekommen. Noch immer fühlte sich ihre Haut an, wie die einer Toten. Pedro legte ihr seine Jacke um.

»Danke«, hauchte die Frau. Mit schwacher Bewegung wischte sie sich die nassen Strähnen aus dem Gesicht und sah ihn an. »Pedro?«

Der ließ sich auf die Planken sinken und starrte sie an wie einen Geist. »Myriam? Du bist doch tot«, murmelte er entgeistert. Wie lange hatte er mit Jake nach ihr gesucht – und dann aufgegeben. Hatten nicht die Kleristen ihren Tod bestätigt? Er tastete nach der Flasche Omlukula und nahm einen tiefen Zug. Der scharfe Geschmack brachte ihn wieder zu sich. »Das ist ja unglaublich! Mein Gott, Myriam!« Er reichte ihr das Getränk. »Hier. Trink das. Damit dir warm wird.« Mit der Anderen griff er in das Staufach unter der Sitzbank und zog den Beutel mit der trockenen Kleidung hervor. Er half Myriam, die am ganzen Körper bebte, beim Anziehen und vergewisserte sich, dass sie sicher saß.

Was nun? Pedro warf einen taxierenden Blick auf das Wetter, dann einen auf den Strand. Der Regen hatte nachgelassen. Er fuhr sich mit den Fingern durch die nassen Haare und kratzte sich dann am Hinterkopf, während sein Blick zwischen Myriam und dem Netz hin und herpendelte. Mit diesem Ballast würde er es nicht bis zum Ufer schaffen. Er seufzte, zog sein Messer und schnitt das Netz vom Boot. Immerhin hatte er einen

Fächerfisch gefangen. Nun gab er ihn dem Meer zurück, zum Tausch für Myriams Leben.

Am Strand angekommen brachte Pedro Myriam in seinen Verschlag, verbarg das Boot und verwischte die Schleifspuren im Kies.

Myriam zitterte am ganzen Körper. Pedro flößte ihr eine ganze Flasche Omlukula ein. Das machte nicht nur warm, sondern hob auch ihre Stimmung. So schwach sie sich fühlte, sie redete ununterbrochen. Und wenn sie doch einmal eine Pause machte, drückte ihr Pedro ein Stück Trockenfisch in die Hand.

Offensichtlich war sie keine stimulierenden Getränke gewöhnt und außerdem noch völlig im Schock. Kein Wunder, dass sie so haarsträubendes Zeug über kriminelle Kleristen und sprechende Tintenfische faselte. Ein paar Stunden Schlaf, da war sich Pedro sicher, würden das kurieren.

40

Pedro weckte Myriam im Morgengrauen. Die Brandung rauschte behäbig an den Strand und aus dem Dschungel erschallte ein vielstimmiges Kreischen, Pfeifen, Quietschen und Quäken. Gelegentlich trampelte ein größeres Tier durch das Unterholz.

»Danke, dass du mich herausgezogen hast, Pedro! Ich bin ja so froh, dass du es warst, der mich gerettet hat. Ich weiß schon gar nicht mehr, wem ich noch trauen kann.« Myriam gab ihm einen Kuss auf die Wange. »Du weißt doch sicher, wo Jake ist. Ich möchte jetzt zu ihm.«

»Ich begleite dich nach Hause.«

»Bist du verrückt? Damit mich die Kleristen noch einmal einsperren? Bitte, bring mich zu Jake!«

Pedro blickte ratlos um sich. »Um ehrlich zu sein, weiß ich nicht, wo er steckt.«

»Ich denke, ihr seid Freunde? Pedro, was ist los?«

»Äh. Ich werde Grimper fragen.«

Myriam sah ihm fest in die Augen. »Pedro. Hier stimmt doch etwas nicht.«

Pedro senkte den Kopf. »Vielleicht ist es besser, du erholst dich erst von deinem Schock.«

Myriam wurde blass. »Pedro, ist etwas passiert? Sag mir die Wahrheit!«

Pedro nickte und schüttelte gleichzeitig den Kopf. Was sollte er tun? Lügen wollte er nicht, aber er konnte ihr auch nicht sagen, dass Jake mit einem Schiff geflohen war. Wie sollte sie das verkraften? Sie war doch noch so schwach. »Lass uns gehen«, sagte er ausweichend.

»Erst sagst du mir, was los ist!«

Santa Maria, jetzt klang sie wie seine Mutter, wenn er als Kind etwas angestellt hatte. Pedro schnaufte. »Er wollte zurück zur Erde.«

Myriam sah ihn geschockt an. »Ohne mich?«

»Die Kleristen haben doch gesagt, du seist tot.«

»Diese Lügner!« Tränen stiegen ihr in die Augen. »Sie wollen mir alles kaputtmachen. Dabei haben die Tintenfische gesagt, er hat sich in den Bergen versteckt.«

Pedro lächelte unsicher. Myriam war gerade dem Tod entronnen und immer noch unter Schock. Aber ... Pedro schüttelte nachdenklich den Kopf. Was, wenn Jake tatsächlich noch auf Nitsituaan wäre? Pedro richtete sich auf. »Wenn einer etwas weiß, dann ist es Grimper.«

Myriam sah Pedro hoffnungsvoll an. »Bitte, hilf mir, Jake zu finden.

»Beruhige dich, wir werden Grimper fragen.«

Hinter Pedros Verschlag schlängelte sich im Halbdunkel des dichten Blätterdachs ein kaum sichtbarer Trampelpfad dahin. Nach hundert Schritten standen sie vor einer Klippe, an deren Fuß ein mannsbreiter Spalt klaffte. Pedro quetschte sich hinein und half Myriam in den engen Durchgang.

»Hier gibt's eine Verbindung zu den Bergwerken«, erklärte er stolz. »Den Weg hab ich mit Grimper auf Erzpatrouille entdeckt. Außer uns kennt ihn keiner.«

An der Seite lag ein Glimmerstein. Damit leuchtete Pedro den langen, verschlungenen Weg aus, bis sie zu einem niedrigen Loch kamen. Daneben lag seine Bergmannsausrüstung, die er hier zurückgelassen hatte. Er nahm sie wieder an sich.

Myriam schaute sich besorgt um. »Gibt es dort drinnen Kleristen?«

Pedro zuckte die Achseln. »Man weiß nie, wo sie auftauchen.«

Myriam sah ihn unsicher an. »Dann warte ich lieber hier, bis du Grimper geholt hast.«

»Alleine im Dunklen?«

Sie schauderte. Dann straffte sie sich wieder. »Du kannst mir ja den leuchtenden Stein dalassen.«

Pedro schüttelte den Kopf.

Myriam atmete schwer und setzte sich.

Er ließ sich zu ihr nieder und legte ihr die Hand auf die Schulter. »Wenn du den Helm aufsetzt, siehst du aus wie ein Bergmann.«

Sie betrachtete ihre Kleidungsstücke, die wie sackende Elefantenhaut an ihr hingen. Pedros Ersatzkleidung.

Er lächelte sie ermutigend an. »Uns wird schon keiner begegnen.«

»Ich gehe aber nur so weit, bis wir ins Helle kommen.«

»Schon recht«, brummte er gutmütig.

Schließlich krochen sie durch das Loch. Dahinter befand sich ein dunkler, ausgedienter Stollen. Pedro wandte sich nach rechts. Er überlegte. Jake war bereits vor einigen Wochen aufgebrochen. Und schlau, wie er war, hatte er es bestimmt zum Hafen geschafft. Myriam könnte ihm nachreisen. Wann das nächste Schiff ablegte, wusste mit Sicherheit Grimper. Pedro schritt kräftig aus.

Sie trafen auf einen beleuchteten Stollen. In der Ferne dröhnten Maschinen und feiner Staub lag in der Luft. Myriam schob sich im Gehen näher an Pedro heran und ließ unablässig den Blick schweifen.

Pedro spürte, wie Myriam zusammenzuckte, als eine Gruppe Kleristen im Tunnel vor ihnen auftauchte. Geschwind packte er sie bei der Hand. Gerade noch rechtzeitig, wie er bemerkte, denn um ein Haar wäre sie davongelaufen. Wie konnte man nur solche Angst vor den Kerlen haben? Es waren doch nur Kirchenleute.

Myriam zitterte am ganzen Körper.

»Hier laufen immer mal welche rum«, beruhigte er sie. »Die beachten uns normalerweise überhaupt nicht. Sie haben ihre eigenen Dinge im Kopf.«

»Ich hab solche Angst«, flüsterte sie.

»Was sollen sie schon von uns wollen? Lauf einfach ruhig weiter.«

»Ich kann nicht. Ich glaube, ich werde ohnmächtig.«

»Nein, wirst du nicht, Myriam. Du gehst weiter. Du willst doch Jake finden.« Pedro wunderte sich über sich selbst, wie bestimmt er auf einmal war.

Myriams Stimme wurde fest. »Ja, das will ich. Lass meine Hand los, sonst denken sie ...«

»Die denken überhaupt nichts.«

Mit leeren Augen marschierten die sechs Kleristen näher. Einer wandte den Kopf und starrte Myriam einen Moment lang ins Gesicht. Pedro spürte, wie sich ihre Fingernägel in seine Handfläche bohrten. Er warf den Kerlen den Bergmannsgruß zu: »Glück auf!«, doch sie sahen durch ihn hindurch. Wie gewöhnlich. Es waren komische Vögel.

Grimper war nicht in seinem Büro. Sein Vertreter sah Myriam misstrauisch an. Sie zog den Helm tief ins Gesicht.

»Er muss noch reinwachsen«, flachste Pedro und schlug Myriam kollegial auf die Schulter. »Wo ist Grimper?«

»Im Abschnitt Q3R.«

Q3R war ein altes Tunnelsystem tief im Berg. Es war verlassen, seit langem arbeitete hier keiner mehr.

»Grimper!« Pedros mächtige Stimme echote durch die Stollen.

Myriam zitterte.

»Grimper ist nicht hier. Manchmal sucht er auf eigene Faust nach Erzen, wenn wir auf natürliche Höhlensysteme stoßen.« Pedro kratzte sich am Kopf. »In dieser Sektion gibt es welche. Lass uns nachsehen.«

Myriam rieb sich fröstelnd die Arme und nickte. »Ich werde froh sein, wenn ich hier wieder rauskomme.«

Der Tunnel endete an einem schwarzen Schlund. Kies rauschte in der Ferne. Myriam hielt sich dicht hinter Pedro. Der brüllte in die Dunkelheit: »Grimper!«

Kurze Zeit später hörten sie Schritte im Kies.

Grimper tauchte aus der Dunkelheit auf, warf einen kurzen Blick auf Pedro, dann nahm er Myriam in Augenschein und zog eine Braue hoch. »Gibt's Probleme?«

Pedro nickte.

Grimper stellte keine weiteren Fragen. Er sah sich nach allen Seiten um. Mit einem Ruck wandte er sich ab und stapfte in die Finsternis. »Da drin ist es sicher.«

Pedro und Myriam folgten. Nach einigen Schritten blieb er stehen und zog einen Glimmerstein aus der Hosentasche. »Wer ist sie?«

»Myriam. Sie sucht Jake.«

»Viele suchen Jake, seit er verurteilt wurde.«

»Bist du übergeschnappt?«, entfuhr es Pedro.

Grimper schaute Myriam misstrauisch an. »Es steht ein Preis auf seinen Kopf.«

Pedro sah Grimper ungläubig ins Gesicht. »Erzählst du wieder eine von deinen Geschichten?«

»Du kannst denken, was du willst«, brummte der.

Pedro kratzte sich verwirrt am Kopf. »Grimper. Hier stimmt doch was nicht. Die Kleristen haben gesagt, Myriam sei tot, und hier steht sie. Myriam sagt, dass sie von Kleristen gefoltert wurde. Was ist hier eigentlich los?«

Grimper verzog das Gesicht. »Erwachst du endlich aus deinem Traum?«

Pedro sah ihn fassungslos an. »Willst du damit sagen, dass ihre Geschichte stimmt?«

»Glaubst du etwa, ich habe gelogen?«, rief Myriam.

Grimper stieß Pedro mit dem Zeigefinger in die Brust. »Sieh dich doch um! Wohin du auch siehst unterdrücken die Kleristen die Menschen. Sie überwachen alles, überall. Wer ihnen nicht passt, verschwindet. Und es wird immer schlimmer. Diese verdammte Gura Limka jagt fanatisch nach Ausreißern. Und wenn sie welche findet, lässt sie sie grausam hinrichten. Obendrein werden Werften und Minen geschlossen. Man könnte meinen, die Meduse habe ihnen den Verstand genommen!«

Pedro ließ sich auf den Kies sinken. »Das ist ja wie in Kolumbien.«

Myriam setzte sich zu ihm und strich ihm behutsam über die Hand.

Pedro stöhnte auf und schaute sie gequält an. »Jake hat es von Anfang an gewusst. Schon auf dem Schiff! Wie konnte ich nur so blind sein! Hoffentlich haben sie ihn nicht erwischt.«

»Keine Sorge«, meinte Grimper lakonisch. »Der ist bei Rodhana.«

Myriam schaute auf. »Wer ist Rodhana?«

Grimper streckte sich stolz. »Die Anführerin der Insurgenten.«

Pedro blinzelte verwirrt. »Insur... was?«

»Freiheitskämpfer. Sie werden die Kleristen besiegen.«

Pedro stand auf und schaute Grimper fragend an. »Und Jake ist bei diesen ...?«

»Yo. Hab ihn selbst gesehen.«

Pedro wischte sich mit der Hand über die Haare. »Das ist doch verrückt! Jake kämpft ... und ich ... ich angle!« Er ballte eine Hand zur Faust. »Ich habe mir geschworen, nie wieder fortzulaufen!« Wut blitzte in seinen Augen. »Ich werde auch gegen die Kleristen kämpfen! Kannst du uns zu deinen In...solventen bringen?«

Grimper kniff die Augen zusammen. »Sie kann ich hinbringen. Für dich habe ich einen besseren Plan.«

Pedro reichte Myriam die Hand und zog sie auf die Beine. »Nix da! Ich bleibe bei ihr. Durch dick und dünn, bis wir bei Jake sind. Glaubst du, ich lasse die beiden im Stich?«

»Ich weiß, dass du loyal bist, Pedro. Und deshalb brauche ich dich. Myriam und Jake sind bei Rodhana sicher.«

Grimper deutete mit einem Finger nach oben. »Aber in Njamingloh sind tausende von Menschen in Not. Du könntest mir und meinen Leuten helfen, sie in Sicherheit zu bringen und die Insurgenten mit Lebensmitteln versorgen. Du willst doch bestimmt, dass Myriam und Jake genügend zu Essen haben?«

Pedro ließ seinen Blick lange auf Myriam weilen. Sie und Jake waren seine Schiffskameraden, seine Freunde. Er wollte so gerne bei ihnen sein. Andererseits spürte er das Verlangen, mitzuhelfen. Jetzt, wo er wusste, was auf diesem Planeten gespielt wurde. Auch wenn es ihm immer noch schwerfiel, es wirklich zu glauben.

Myriam sah ihn einen Moment lang fast wehmütig an. Dann strafften sich ihre Züge. »Hilf Paps und Mama, und sag ihnen, dass es mir gut geht.«

»Bist du sicher?«

»Bald werde ich ja wieder bei Jake sein.« Ihr Gesicht hellte auf und sie lächelte ihn an. »Und danke für alles, Pedro. Das vergesse ich dir nie.«

Pedro nickte stumm und wusste vor lauter Verlegenheit nicht, wo er hinschauen sollte.

»Na, dann sind wir uns ja einig«, brummte Grimper zufrieden. Er musterte Myriam. »Ein paar Tage werden wir brauchen, bis wir Rodhanas Lager erreichen.«

Myriam erwiderte seinen Blick: »Keine Sorge, Grimper, ich schaffe das.«

Der Vormann nickte anerkennend und legte Pedro die Hand auf die Schulter: »Am besten meldest du dich gleich bei Marwalski. Aber vorsichtig! *Graberratt* ist unser Erkennungswort.«

41

Wate'medaludes saß mit seinem Gewicht gleichmäßig auf alle Tentakel verteilt zuhause auf seinem Lieblingshocker im Design einer Riffanemone und wartete angespannt auf den angekündigten Besuch von Minister Jota'kumulkappur. Tenka stellte ihren beliebten Algenkuchen, gesüßt mit Anemonensirup, vor ihn auf die Arbeitsplatte.

Wate schob ihn beiseite. *»Hausarrest!«*, seufzte er indigniert. *»Die hohen Oktomajesten haben mich tatsächlich unter Hausarrest gestellt!«*

»Du musst trotzdem essen. Schau, Deste haben sie zum Sicherheitsdienst auf Interkontinentalschiffen degradiert.«

»Das ist alles die Schuld dieser fürwitzigen Gören!«, grollte er. *»Ich sollte ihnen die Tentakel lang ziehen!«*

»Sei froh, dass sie so lebhaft und intelligent sind! Du hättest das Vivarium eben mit einem besseren Sicherheitscode schützen sollen.«

»Sag bloß, jetzt ist alles meine Schuld?«

»Iss deinen Kuchen. Wir dürfen das Vivarium sowieso nicht mehr betreiben.«

»Vorläufig. Es war ein Versehen, ein Unfall. Der Untersuchungsausschuss wird zur gleichen Einsicht gelangen, und endlich diesen unwürdigen Hausarrest aufheben.«

»Ich weiß nicht. Der angekündigte Besuch vom Hohen Minister gefällt mir nicht.« Die Farbe ihrer zarten Haut verblasste vor Besorgnis.

»Meine Liebe, auch mir behagt seine Geheimnistuerei nicht. Stell dir vor, er hat die altmodische Einrichtung des Fernsprechapparats benutzt, um mich zu kontaktieren.« Wate stieß sich von seinem Sessel ab und schwamm quer durch die Halle zum Fenster. Die Wohngrotte hatte eine seltene Einzellage am Hang mit einer weiten Sicht über die Stadt und war fast so geräumig wie die Residenz des Großen Ratsvorsitzenden. Was für ein Unterschied zu seiner einstigen Behausung als junger Karriereeinsteiger! Ja, wer sich aus dem Wasser traute und dann noch bis in ferne Sternwelten vorstieß, wurde reichlich belohnt. Aber die Privilegien waren nur verliehen. Er hatte kein Recht darauf. Eine seiner Tentakelspitzen zuckte nervös.

»Vielleicht hat es mit den Gerüchten zu tun?«, mutmaßte Tenka.

Wate kratzte unruhig mit den harten Saugnapfkanten auf der durchsichtigen Hornscheibe des ovalen Fensters. Der Scooter des Ministers war immer noch nicht zu sehen. Mit einem Ruck wandte er sich ab und betrachtete seine Frau missmutig. *»Du hältst deine Hörorgane wohl in jeden Tratsch? Die Medien haben jedenfalls keinerlei Besonderheiten verlauten lassen.«*

Sie sah ihn resolut an: *»Gerade dieser Umstand ist es, der mich beunruhigt, denn ich weiß den Wahrheitsgehalt aus dem Gerede zu filtern. Es* *kommt mir der starke Verdacht, dass seit einigen Tagen Nachrichten unterdrückt werden.«*

Wate überlegte einen Moment, ob er überhaupt Lust hatte, mit seiner Frau auf diese Diskussion einzusteigen. Aber er kannte sie gut genug, um zu wissen, dass sie nicht nachgeben würde. *»Schlubbel, ich glaube, es ist sogar noch viel schlimmer«*, setzte er an, *»denn es scheint mir, dass die Nachrichtenagenturen Begebenheiten erfinden, um die Hysterie anzuheizen. Homidenattacken auf Oktoftewiltabinen! Das ist doch hirnlos!«* Genervt schwamm er zu einem anderen Fenster. *»Ein Netz ist kein Beweis. Außerdem steckte ein Hächarillenfisch darin, kein Oktoftewiltabine.«*

»Du weißt, Wate, dass wir auf ihrem Speiseplan stehen.«

»Das stimmt zwar, aber warum sollten die Homiden denn zum Fischen Strahlerpistolen nehmen, wie es die Medien berichten? Das ist doch zum Quietschen! Woher, frage ich mich, sollen sie die Waffen bekommen haben?«

»Es will mir trotzdem nicht gefallen, Liebster. Irgendetwas ist im Gange, das mir die Tentakel aufrollen will. Ah, da kommt der Minister!«

Jota schwamm mit energischen Stößen dem Eingang zu. Sein Chauffeur rollte sich im Scooter zu einem Nickerchen zusammen. Die Unterredung würde wohl länger dauern.

Wate ließ den Minister ein und verschloss die schwere Kalzittür hinter ihm. Jota knickste kurz zum Gruß und warf einen fragenden Blick auf Tenka, wobei seine Haut in misstrauischen rötlichen Schattierungen schimmerte. »Vielen herzlichen Dank, geschätzter Wate'medaludes, dass Sie meine so unkonventionelle Selbsteinladung respektvoll hingenommen haben. Wäre es vielleicht möglich, ein Plätzchen in ihrem Haus zu finden, wo wir unter vier Augen sprechen können?«

»Selbstverständlich, lieber Minister. Doch will ich hervorheben, dass meine Frau mein vollstes Vertrauen genießt.«

»Ich meinte nicht, Sie zu beleidigen, geschätzter Commander, aber die Umstände erfordern höchste Diskretion.«

Wate fiel auf, dass Jota die akustische Kommunikation wählte und seine weitreichenden telepathischen Gedanken blockierte. »Wenn Sie mir dann in meine Arbeitskuppel folgen wollen, Hoher Minister.«

Hinter ihnen schob Wate die Tür zu und drückte sie ins Schloss. Jota ließ sich auf dem gepolsterten Korallenhocker neben dem Fenster nieder und betrachtete einen Moment die Bewegungen in der Stadt, wobei besorgte Lilatöne über seinen Körper huschten. Auch Ärger und Trauer zeigten sich in dem Farbspiel.

»Wo halten sich ihre Kinder derzeit auf, wenn mir die Frage gestattet ist?«

»Ist mit ihnen etwas nicht in Ordnung?« Wate fächelte erregt mit seinen Kiemendeckeln. »Der Vorfall – es war ein Versehen.«

Der Minister fuhr herum. »Verehrtester, ich bitte um allerstrengste Geheimhaltung des Gesagten.«

Wate schrak zurück. »Selbstredend. Darf ich mich wundern, was es so Eklatantes zu berichten gibt?«

»Geschätzter Commander, ich weiß gar nicht, wo ich anfangen soll. Die Wasser strudeln das Gewohnte durcheinander. Zunächst habe ich unseren Antrag wegen Doktor'jakedexterforrester eingereicht.«

Wate entspannte sich erleichtert. Es ging dem Minister offensichtlich nicht um das Vivarium.

»Der Homide wurde als zu gefährlich eingestuft, außerdem sei er nicht verfügbar, denn er sei entweder tot, oder von anderen Ausreißern aufgegriffen worden.«

»Er versteckt sich«, sagte Wate. »Er ist ein ausgesprochen intelligentes Exemplar und genau das brauche ich.«

»Solange ihn die Leithomiden nicht gefunden haben, ist da nichts zu machen.«

Wate ließ sich schwer in seinen Sessel sinken. »Und die Katastrophe? Was will der Rat dagegen tun?«

»Gar nichts. Sie zitierten ein wissenschaftliches Gutachten, welches besagt, dass lediglich eine kosmische Störung vorliegt, die uns aber nicht betrifft, da es sich bei der Projektion ihrer Verlaufskurve um einen Rechenfehler aufgrund unzureichender Messergebnisse handelt.«

»Hat man denn nicht den Wissenschaftlichen Rat befragt?«

»Doch schon, aber man beschloss dem Gutachten von Barta'luzewickus mehr Glauben zu schenken als den anderen Stimmen.«

»Das ist doch absurd!«

»Ganz und gar nicht. Es passt besser in die politischen Interessen.«

»Aber das ist doch falsch!«

»Ja. Sie und ich wissen das. Und einige andere auch.« Jctas Farbspiel verblasste. »Man hat behauptet, dass es gar keine Katastrophe gibt. Sie sei lediglich eine Erfindung der Homidenfreunde, um die Aufmerksamkeit des Volkes auf sich zu ziehen. Und das trifft mein Ressort, geschätzter Wate'medaludes. Die Fundamentalisten wollen uns kaltstellen.«

»Das verstehe ich nicht. Sie sind doch in der Minderheit.«

»Bisher waren sie das in der Tat. Doch Klabu'teranuster hat sich die jüngsten Homidenunruhen, von denen Sie bestimmt gehört haben, zunutze gemacht, um sich politischen Auftrieb zu verschaffen. Inzwischen hält er die Mehrheit in allen Häusern, und, zu meinem Bedauern, bekommt er immer noch Zuwachs. Das gemeine Volk will nicht von Homiden verspeist werden.«

Wate starrte den Minister fassungslos an. »Sie scherzen!«

»Mitnichten. Außerdem nimmt die Plage mit den Ausreißern zu. Sie seien aggressiv geworden, heißt es. Das erschreckt das Volk und liefert den Homidengegnern Argumente.«

Wate brachte kein Wort heraus. Der Minister schwebte unruhig über seinem Hocker und zuckte mit den Tentakeln.

»Das ist doch hirnerweichendes Theater im Angesicht einer Gefahr, die unser ganzes Sonnensystem vernichten wird! Wir müssen etwas tun!«

Jota sah sich vorsichtig um, als ob er befürchtete, belauscht zu werden. Mit gesenkter Stimme flüsterte er: »Ein paar von uns, auch Wissenschaftler, haben beschlossen, auf eigene Verantwortung zu handeln.«

»Eine geheime Operation?«

»Eher ein Geheimbund.«

»Und Sie wollen, dass ich ...«

»Genau.«

Wate zögerte. »Ich fühle mich überaus geehrt, Hoher Minister. Aber ich habe Familie.«

»So schlimm wird es schon nicht werden, bester Commander. Kommen Sie doch unverbindlich zu unserer ersten Sitzung.«

»Ich habe Hausarrest.«

Der bläuliche Farbton auf seiner Haut zeigte an, dass sich Jotas Anspannung allmählich legte. Er ließ sich in die Polster sinken. »Diesbezüglich kann ich bestimmt etwas für Sie tun.«

42

Klabu'teranuster ließ die vier Leute seiner Miliz im Scooter zurück. Seine fast schwarze Hautfarbe verdunkelte sich noch mehr. Er ignorierte den Gruß des Wachmanns am Hauptportal des Regierungspalastes und schwamm direkt zum Amtszimmer des Hohen Primisten, dem obersten Staatsmann der Oktoftewiltabinen. Die Sekretärin hielt ihn nicht auf. Das wagte sie nicht – nicht mehr, denn als Minister und Vorsitzender der Fundamentalistenpartei, die inzwischen die Mehrheit im Großen Rat stellte, hatte er seine Privilegien – und er drückte sie durch. Ein Mal hatte sie ihn warten lassen. Er schillerte bei dem Gedanken in sadistischem Grün. Das würde sie nie wieder tun und wenn seine Pläne fruchteten, würde bald er selbst die machtvolle Grotte beziehen. Dann würde die Vorzimmerdame ihm gehören. Er warf ihr einen anzüglichen Blick zu. Für seine Bodyguards wäre sie gut genug. Sollten sie dann mit ihr spielen.

»Was verschafft mir das unerwartete Vergnügen?« Der Hohe Primist blieb demonstrativ auf seinem Sessel hocken.

Klabu'teranuster ließ sich seinen Ärger nicht anmerken. Noch war jener der Ranghöhere. *»Wir bemerken, dass die Regierung die unlängst beschlossen Maßnahmen betreffend der Homiden nur schleppend, wenn nicht gar unwillig, ausführt.«*

»Solch gravierende Veränderungen brauchen Zeit, um sich durchzusetzen.«

»Ich halte das, mit Verlaub, für eine Verzögerungstaktik bestimmter Kreise, Hoher Primist. Denken Sie doch nur an all die Ressourcen, die wir täglich an diese nutzlosen, hässlichen Kreaturen verschwenden. Ich sage ja gar nichts dagegen, wenn sich der eine oder andere so ein Vieh als Haustier hält. Auch in unserer Spezies gibt es Individuen mit komischen Gewohnheiten.«

Wenn er da nur an Wate dachte. Einen Moment lang vergaß Klabu'teranuster, warum er eigentlich zum Obersten Primisten geschwommen war, so sehr nahm ihn seine Erinnerung gefangen. Wate. Und die Weiber schillerten auch noch für so einen! Ausgerechnet Tenka. So ein kapitales Weib und doch war ihr Geschmack missraten. Den hätte er ihr schon zurechtgebogen. Schließlich waren sie zum Brüten da, die Weiblinge, und zu dieser ehrenvollen Aufgabe hätte er ihr reichlich verholfen! Aber diese linke Qualle, Wate'medaludes! Das war kein fairer Brautkampf gewesen! Der stinkende Fisch hatte die Jury bestochen, dass sie zu seinem Vorteil urteilten. Dabei war er, Klabu'teranuster, ganz klar der Gewinner gewesen! Ihm stand sie zu, die Frau. Klabu'teranuster kochte bei dem Gedanken noch immer. Er hatte mehr Status, er hatte mehr Privilegien, er hatte mehr Einfluss! Aber leider erst seit kurzem. Damals eben noch nicht.

Doch jetzt würde Wate es zu spüren bekommen. Man betrog Klabu'teranuster nur einmal! Sobald er eine Handhabe gegen den Rivalen hatte, würde er ihn zu Gelee quetschen! Und dann gehörte Tenka ihm. Vielleicht machte er sie sogar zur Hauptfrau in seinem Harem. Er würde sie zähmen müssen. Er hatte da so seine probaten Mittel. Sie würde versuchen, zu widerstehen. Der Gedanke erregte ihn. Er würde ihr viele Kinder machen!

Wie aus der Ferne drangen die Worte des Hohen Primisten zu ihm: *»... denken nicht alle in so extremen Bahnen.«*

Klabu'teranuster musterte den Regierungsführer kalt. *»Die rührselige Haltung einiger Romantiker kann nicht im Interesse unseres Staates liegen, hochgeschätzter Oberster Primist. Homiden sind nutzlos, kosten Geld, erfordern Aufwand. Nicht nur, dass sich diese unselbständige Spezies von uns voll versorgen lässt, diese ungelenken Tiere verletzen sich allenthalben. Warum, frage ich Sie, sollen wir so ein dummes Vieh mit Riesenaufwand wieder zusammenflicken? Ein Fresser weniger, den wir kleiden und behausen müssen. Kleiden! Noch nicht einmal an ihre eigene Umwelt sind sie angepasst. Ohne unsere Hilfe verrecken sie.«* Klabu'teranuster bewegte sich mit einem leichten Schlenker seiner Tentakel ein Stück näher auf den Regierungsführer zu. Auf seiner dunklen Haut blitzten provokante, goldglänzende Fünkchen auf. *»Wieso sollen wir so eine unfähige Spezies am Leben halten?«*

Der Ratsoberste leuchtete in ärgerlichem Rot. *»Sie sind ein Fanatiker, Klabu'teranuster. Sie kennen kein Maß.«*

»So? Und was unternehmen Sie gegen diese gefährliche Missgeburt Doktor'jakedexterforrester? Entspricht diese Bestie Ihren Vorstellungen vom rechten Maß? Wenn sich nun seine pervertierte Anlage ausbreitet? Da lauert

eine Muräne in den Korallen! Und wo eine ist, sind ganz schnell mehr! Die Homiden müssen weg!«

Der Oberste Primist erhob sich langsam von seinem Sessel und pumpte sich vor Klabu'teranuster auf. Drohend rollte er seinen Primärtentakel auf, so dass er wie eine Keule aussah, und fixierte sein Gegenüber. *»Der von Ihnen als so gefährlich eingestufte Homide ist bei seinem Fluchtversuch in den Bergen verendet. Ich weiß, was Sie wollen! Sie sind ein Intrigant! Aber solange ich die Regierungsgewalt halte, wird es keine Massenschlachtung geben. Jetzt verlassen Sie meine Arbeitsgrotte!«*

Das kam Klabu'teranuster gerade recht. *»Sie sind ein Versager und ein politisches Fossil. Sie blockieren den Wohlstand unserer Spezies!«*

»Raus!«

Klabu'teranuster straffte sich und wandte sich wortlos ab. Er wusste auch andere Wege, sein Ziel zu erreichen.

43

Weltraumschrott. Viel mehr war sie nicht, die Raumstation RX24, eine ausgediente Außenbasis am Rande des Nichts. In den Kaartegunizzer-Kriegen war sie voller Leben gewesen, militärisch organisiert und bis an den Rand mit Waffen ausgestattet. Später diente sie mit kleiner Besatzung als Relaisstation für den Lymellenfunkverkehr. Doch dann verlor der Raumsektor an Bedeutung. RX24 wurde sich selbst überlassen. Ihre neuronalen Schaltkreise hielten sie am Leben, so gut es unter den schwindenden Energieressourcen ging. Ihre Signale wurden schwächer und schwächer. Den Schutzschirm hatte sie längst abgeschaltet. Meteoriten durchlöcherten die Außenwände und die Schüsseln ihrer Richtantennen. Sie war nur eine Maschine. Trotzdem registrierten ihre Sensoren jeden Ausfall. Sie lag im Sterben. Als das Fusionsmaterial zur Neige ging, richtete sie ihre Paneele auf die nächstgelegene Sonne. Ein roter Riese. Viel Energie strahlte er nicht aus. Aber es reichte zum Überleben.

Zunächst registrierte RX24 eine verstärkte Sonnenaktivität. Sie richtete die Paneele neu aus und sog den erhöhten Energieauswurf wie frisches Leben in ihre neuronalen Netze. Sie durchsuchte ihre Datenbanken. Vermehrte Protuberanzen kündigten Lichtstürme an. Manchmal. RX24 versuchte, die Schutzschirme zu reaktivieren. Die Eigenenergie reichte dafür nicht.

Plötzlich blähte sich der rote Riese auf. Eine Welle hochenergetischer Strahlung traf RX24, gleichzeitig verschwand die explodierende Sonne von ihren Tastern. Vor Schreck, wenn man bei neurokybernetischen Rechengehirnen davon sprechen konnte, bekam RX24 einen Kurzschluss – und dann war nichts mehr.

Der Assistent im astronomischen Zentrum von Wellubimarulles wurde auf ein kurzes Störsignal im Lymellennetzwerk aufmerksam.

»Was ist das denn?«

Der diensthabende Astronom kam herbei und sah sich die Analyse an. *»RX24 hat endlich ihren Geist aufgegeben«*, brummte er gleichgültig. Dann sah er noch einmal hin. Auf seiner Haut zeigten sich Flecken in angespanntem Hellblau. *»Das ist in der Nähe des Sektors, wo Wate'medaludes' havariertes Raumschiff gefunden wurde.«* Er schwamm hektisch zu seiner Arbeitsstation zurück. *»Legen Sie mir die Signale aller umliegenden Relaisstationen auf den Monitor!«*

Er starrte auf die Auswertung und verlor alle Farbe. *»Das da draußen ist kein gewöhnlicher Energiesturm.«* Er schickte die Daten weiter.

44

Jota schmuggelte Wate in seinem privaten Scooter aus dem Haus. Ihm war zwar gelungen, den Hausarrest aufzuheben, trotzdem tat er sehr geheimnisvoll. Lila Flecken der Sorge schillerten auf seiner Haut.

Wate saugte sich an seinen Sitzplatz. Er fühlte sich beklemmt. Die Morgennachrichten gingen ihm nicht aus dem Kopf.

»Ducken Sie sich und lassen Sie sich nicht sehen!«

Verwundert kam Wate der Aufforderung des Ministers nach. Die Fahrt verlief in angespannter Stille.

Für die geheime Sitzung steuerte Jota eine verlassene Korallenhöhle weit außerhalb der Stadt an. Es gab darin noch nicht einmal Licht. Im schwachen Schein ihrer Hautlumineszenz schwammen sie den Weg durch die dunklen Gänge bis zur Kammer, die Jota als Treffpunkt gewählt hatte. Ein spärliches Schimmern machte die bereits anwesenden Teilnehmer sichtbar, die wie fahle Phantome in einem schwarzen Schlund wirkten.

»Lieber Hoher Minister. Ich bewundere Ihren einfühlsamen Geschmack für diese imponierend geheimnisvolle Inszenierung ...«, Wate wollte gerade seine Höflichkeitsadresse beginnen.

»Nur akustisch, bitte schön.«

»Oh! Entschuldigen Sie vielmals, liebe Oktomajesten.« Wate knickste.

Ohne Umschweife ergriff Jota das Wort. »Deste, seien Sie doch so gut und aktivieren Sie den Schallscrambler. Ich möchte sichergehen, dass kein fremdes Hörorgan unsere Sitzung belauschen kann.«

Deste platzierte das Gerät vor dem Eingang und schaltete es ein. Von draußen würde nur noch sanftes Gluckern zu hören sein. Wate erstaunte die ungewöhnliche Sicherheitsmaßnahme und er schaute mit wachsender Unruhe auf den Minister. Der las Wates Gefühlsregung und wandte sich zu ihm. »Dramatische Dinge haben sich im Großen Rat abgespielt, und da die Einzelheiten von den Verantwortlichen unterdrückt werden, dürften sie Ihnen noch nicht bekannt sein.«

»Über den Rücktritt des Hohen Primisten habe ich in den Nachrichten gehört, auch dass Klabu'teranuster dessen Platz eingenommen hat.«

»Die Situation ist viel unliebsamer als nur die Machtübernahme durch die Fundamentalistenpartei, Verehrtester, denn nach dem plötzlichen Ableben unseres langjährigen Primisten ...«

»Aber die Medien berichteten, dass er einen Erholungsurlaub antrat«, unterbrach ihn Wate.

»Das ist die offizielle Version der neuen Regierung.«

»Können Sie das näher ausführen?«

»Einen Putsch hat es gegeben! Unser Hoher Primist wurde brutal beseitigt und ich fürchte, er wird nicht der Letzte sein, der gewaltsam in einen Urlaub ohne Wiederkehr geschickt wird.«

»Hoher Minister, wir haben einen Rechtsstaat, der solcherlei Willkür ausschließt!«, erwiderte Wate ungläubig.

»Ein Staat ist eine delikate Balance unterschiedlichster Interessen und Machtverteilungen. Verschiebt sich das Gleichgewicht, dann ändert sich auch die Auslegung des Rechts. Und das wurde in einer Art verschoben, dass manch einer sich nun vorsehen muss, wo er steht.« Jotas Farbspiel changierte zwischen offensivem Hellgelb und sorgenvollem Violett. Niemand sagte etwas, aber den anderen Versammelten war deutlich anzusehen, wie unwohl sie sich fühlten.

Wate blies Wasser durch seine Kiemen, um seine Erregung im Zaum zu halten, bevor er in die Stille fragte: »Und wo stehen wir?«

»Wenn wir unsere angestammte Meinung weiter zu vertreten suchten, dann stünden wir kurz vor unserem Urlaub.« Deste ließ ein leises Brummen hören, sein Hautton verriet seinen unterdrückten Zorn.

Wate atmete schwer. »Und unser Treffen hier?«

»Sie können sich sicher denken, wie der neue Primist darauf reagieren wird, sollte er es erfahren!«

Entsetzt starrte Wate den Minister an und sank dann schlaff auf den weichen Sandboden. Er blickte in die Runde. »Sie alle wissen es und sind trotzdem gekommen?«

Jeder knickste bejahend und Deste sagte: »Wir haben eine Entscheidung getroffen.«

»Verehrter Commander«, fuhr Jota fort, »da wir der Ansicht sind, dass Ihre Beobachtungen und die Berechnungen unserer Wissenschaftler in Bezug auf die nahende Katastrophe zutreffend sind, sehen wir keinen Anlass, uns den neuen politischen Vorgaben und Verboten zu beugen. Diese würden uns dem sicheren Tod ausliefern. Wenn wir unsere Spezies retten wollen, müssen wir handeln.«

Wate schloss die Augen. Unwillkürlich musste er an Tenka und die Kinder denken. Seine Eingeweide krampften bei der Vorstellung, ihnen könnte etwas Schlimmes passieren. »Und meine Familie?«

»Wir alle haben Familie, lieber Wate. Dasselbe Risiko. Wenn wir nichts unternehmen, werden auch sie in einem Zyklus mit unserem Planeten explodieren«, sagte Deste leise.

Es entstand eine Pause und Wate konnte die stumme Frage, die alle ihm stellten, fast körperlich spüren. Er blies noch einmal Wasser durch die Kiemen.

»Sie haben Recht. Ich muss es erst verdauen. Wir haben nicht nur eine kosmische Katastrophe abzuwenden, sondern müssen es obendrein noch im Verborgenen tun. Das schmälert unsere Chancen gewaltig, liebe Oktomajesten, und die waren von vorneherein nicht sehr groß.«

»Richtig!« Jota leuchtete in einem erleichterten Hellorange auf. »Wir haben Sie, bester Wate'medaludes, hierher eingeladen, um Sie zu fragen, ja, zu bitten, ob Sie sich uns anschließen wollen. Wir haben Wissenschaftler, Industrielle, Politiker, Sicherheitsdienst und sogar einige aus dem Verteidigungswesen auf unserer Seite, aber wir brauchen noch einen erfahrenen Raumcommander.«

»Sie wissen, dass ich nicht ablehnen kann. Auch wenn mich die Tinte drückt, so gibt es letztlich kein Entfliehen. Ich werde mein Bestes tun, geschätzte Oktomajesten.«

»Ich möchte mich für Ihre Entscheidung im Namen aller Anwesenden verbindlichst bedanken.« Jota sah ihn an und sein Farbspiel zeigte, dass ihn die Zuversicht noch lange nicht verlassen hatte.

»Was haben Sie nun vor?«, fragte Wate.

»Genau das ist das Thema dieser Sitzung. Was können wir tun? Zunächst müssen wir uns unauffällig in der neuen politischen Situation orientieren und die benötigten Ressourcen eruieren. Das wird Ihre Hausaufgabe bis zur nächsten Sitzung sein, meine Oktomajesten. Aber erregen Sie kein Misstrauen.«

Deste leuchtete in frustriertem Graublau. »Mir sind die Tentakel gebunden. Ich habe Strafdienst!«

»Wir arbeiten daran. Versuchen Sie einstweilen, nicht weiter aufzufallen.« Jota wandte sich noch einmal Wate zu und sah ihm direkt in die Augen. »Und Ihnen, bester Commander, würde ich raten, sehr vorsichtig zu sein. Bleiben Sie unter allen Umständen zu Hause. Die ganze Familie.«

»Da haben sie aber Glück«, meinte Wate und wunderte sich selbst über seinen Galgenhumor. »Ich habe sie unlängst alle unter Grottenarrest gestellt.«

45

Der unterirdische See lag im Dunklen. Leises Plätschern und gedämpfte Stimmen aus dem Lager der Insurgenten drangen an Jakes Ohr.

Er wog das Datcom in der Hand. Wenn er den Code knackte, könnte er sich in den Zentralcomputer der Kleristen einhacken. Dort lagen die Daten über Ankunft und Abfahrt der Schiffe und ihre Zielhäfen. Vielleicht waren dort auch Grundrisszeichnungen und Angaben über die Zahl der Besatzungsmitglieder gespeichert. Dazu müsste er es einschalten.

Jake kratzte sich missmutig am Kopf. Er könnte natürlich Rodhana bitten, ihn wieder zu einer abgelegenen Region der Berge zu bringen. Das würde ihn allerdings eine zusätzliche Woche in den Höhlen bescheren. Wenn nicht noch länger.

Jake schüttelte versonnen den Kopf. Jetzt, wo er einen Strahler besaß, wollte er endlich diese ewige Finsternis hinter sich lassen. Der Gedanke, bei Rodhana zu bleiben, schlich sich ein. Sie war ein guter Gefährte und sexy war sie auch. Aber ihr Kampf war nicht seiner. Er fand keinen Sinn darin, Kleristen zu töten. Sie waren doch selbst nur Opfer.

Nein. Seine Bestimmung lag auf der Erde. Seine Entdeckung würde Wissenschaft und Technik revolutionieren. Sie würde die Menschheit in eine neue Ära katapultieren. Außerdem musste jemand die Menschen vor diesen galaktischen Entführern warnen.

Jake drehte das Datcom in den Händen. Käme er damit an das geheime Wissen der Kleristen? Antigravitation, Energieschirme, Kampfroboter, Strahler?

Jake fasste unwillkürlich an seine Waffe. Jenslow hatte ihn mit den Funktionen vertraut gemacht und ihm das Schießen beigebracht. Die Zeit zum Handeln war gekommen. Jake ging seinen Plan noch einmal durch: Zunächst musste er den Hafen erreichen, und dann als blinder Passagier zu dem Kontinent mit dem Raumhafen reisen. Alles Weitere würde sich ergeben. Entschlossen stand er auf und ging zum Lager.

Die meisten Insurgenten schienen traurig über seinen Aufbruch zu sein. Am bewegtesten waren die Pilger. Einige umarmten ihn, andere sahen ihn ehrfurchtsvoll an. Marjella sprach einen Segen, dabei wanderten ihre Augen in die Ferne. Jake hatte sich an ihre seltsame Art gewöhnt. Er hatte die alte Frau sehr zu schätzen gelernt und er ahnte, dass sie ein viel tieferes Wissen hatte, als die meisten Menschen. »Deine Prüfung steht noch vor dir«, sagte Marjella mit orakelhafter Stimme. »Möge dir die Göttin Kraft und Weisheit schenken, denn unser aller Zukunft liegt in deiner Hand.«

Jake gab ihr einen Kuss auf die faltige Wange. »Lebe wohl, Seele der Insurgenten.«

Rodhana sah Jake mit ernstem Gesicht an. »Ich danke dir, Jake«, sagte sie schlicht. »Ich stehe in deiner Schuld. Du hast mir das Leben gerettet. Dafür will ich dir ein Geheimnis verraten: Unter Nelantis gibt es die Reste einer alten Stadt.«

»Die Katakomben?«

»Sie sind dir bekannt?« Sie stutzte einen Moment, fing sich aber gleich wieder. »Jedenfalls gibt es einen unterirdischen Weg dorthin. Niemand kennt ihn außer Grimper und mir. Ich werde dich führen.«

»Und von dort kenne ich einen Weg zum Hafen. Das ist fantastisch!« Jake strahlte. »Außerdem kann ich dort das Datcom einschalten. Unter der Vielzahl der Signale vom Kathedom wird man meins nicht bemerken. Ich danke dir!«

Sie schaute ihm noch einmal tief in die Augen. »Es ist schade, dass wir nicht gemeinsam kämpfen.«

»Rodhana, die meisten Menschen da draußen sehen nicht so aus, als ob sie befreit werden wollen.« Jake musste an Pedro denken, dem das Leben hier einen Mordsspaß bereitete. »Außerdem sind es nicht die Kleristen, die euch unterdrücken, sondern die Adjutoren. Sie zwingen den Kleristen ihren Willen auf.«

Rodhana schüttelte energisch den Kopf.

»Ich kann es dir nicht beweisen, aber wenn du einen Adjutoren vor den Strahler bekommst, schieß ihn ab«, sagte er hart.

Sie zuckte die Achseln. »Das machen wir sowieso.«

Jake und Rodhana wanderten etliche Tage durch den Bauch der Berge, bis sie am Ende einer riesigen Tropfsteinhöhle einen aus groben Steinen gefügten Tunnel erreichten. Die Freiheitskämpferin blieb stehen. »Weiter werde ich dich nicht begleiten. Auf der anderen Seite wirst du die alte Stadt finden.«

Jake schloss sie zum Abschied noch einmal in die Arme. Er widerstand dem Impuls, sie zu küssen. »Viel Glück, Rodhana. Wenn das Schicksal es will, sehen wir uns wieder.«

»Möge die Meduse dich auf deinem Weg beschützen.«

Mit einem Ruck löste sie sich aus seiner Umarmung und lief in die Höhle zurück, ohne sich noch einmal umzusehen.

46

Myriam kam es vor, als würde sie Grimper schon seit Wochen durch die Tunnelwelt folgen. Der matte Schein ihres Glimmersteins gab nur einen winzigen Ausschnitt preis. Alles sah gleich aus. Die Luft war staubig und stickig. Grimper ging schweigend, seine Ohren schienen weit voraus gerichtet. Manchmal bog er unvermittelt ab. Myriam hatte Angst, dass er sich verirrte. Wie sollte man sich hier unten zurechtfinden? Keine Sonnen und keine Sterne, die die Richtung und die Zeit zeigten.

Manchmal ging Grimper an ihrer Seite, aber er sagte nichts. Myriam fühlte sich einsam und verlassen. Aber bald würde sie Jake wiedersehen. Ihr Schritt wurde schwungvoller.

Gelegentlich machte Grimper eine Pause und gab ihr zu essen, brach aber bald wieder auf.

Myriam war müde, fand aber in dieser furchteinflößenden Umgebung keine Ruhe. Ihr kam es so vor, als ob hinter dem Schein ihres Lichtes gelbe Augen lauerten. Überall. Wenn sie rasteten, rückten sie heran. So wie die Geräusche, fernes Rauschen, Rumpeln, Knacken, als ob der Berg Drohungen raunte.

Sie gehörte nicht hierher.

Mit Jake könnte sie sicher ein neues Zuhause in einem verborgenen Tal finden, weit weg von allem, was sie ängstigte. Vielleicht gab es jenseits der Berge ein Land ohne Kleristen? Vielleicht gab es dort ein Meer, eins, über dem die Sonnen morgens aufgingen?

Die Stimme aus der Dunkelheit kam unvermittelt. Myriam zuckte zusammen, als sei sie vom Blitz getroffen worden.

»Grimper? Was machst du denn hier?« Mattgrünes Licht leuchtete in einer Spalte auf und fiel auf einen mausgesichtigen Kerl in heruntergekommener Garderobe. Hinter ihm trat eine Handvoll Männer hervor. Myriam sah sie entsetzt an. Wie schmutzig und ungepflegt sie wirkten.

Grimper begrüßte sie. »Ich bringe eine Neue und Futter.«

Myriam nahm einen tiefen Atemzug. Das waren bestimmt die Ausreißer, zu der Grimper sie bringen wollte, bei denen Jake war. So verwildert hatte sie sich die nicht vorgestellt.

»Eine Frau?« Der Mausgesichtige grinste süffisant und ließ seine Blicke kennerhaft über sie gleiten. »Ich bin Burke.«

Instinktiv wich sie zurück.

Grimper trat zwischen die Beiden. »Du bist sehr weit vom Lager weg.«

Burke verzog das Gesicht. »Wegen der verfluchten Kleristen. Es schnüffeln immer mehr hier unten rum.«

»Das ist wahr.« Grimper räusperte sich. »Sie nehmen es diesmal verdammt wichtig mit dem Säubern der Tunnel. Ich musste etliche Umwege gehen, um ihren Patrouillen auszuweichen.«

Burke reckte den Kopf und starrte über Grimpers Schulter hinweg auf Myriam. »Und was hast du ausgefressen?« Er setzte ein schiefes Grinsen auf. »Jedenfalls bist du bei uns genau richtig.«

Myriam hob das Kinn. »Ich suche Jake Forrester. Ist er bei euch?«

Als sich das Gesicht des Mannes verfinsterte, beschlich sie ein ungutes Gefühl.

Der weitere Weg dauerte noch einmal eine Ewigkeit. Als Myriam endlich Licht erblickte, atmete sie auf. Doch war es kein Tageslicht. Hunderte von Glimmersteinen beleuchteten eine flache Höhle mit einem See. Am jenseitigen Ende lagerten Menschen. Myriams Herz klopfte. Ihr Blick sprang von einem zum andern, doch Jake fand sie nicht.

Burke brachte Myriam und Grimper zu einer Frau, die so alt schien wie die Berge.

»Wo ist Jake?«, wollte Myriam wissen und ließ ihren Blick noch einmal über den Kreis der Anwesenden schweifen.

Die Alte nickte Grimper zu, dann wandte sie sich an Myriam. »Wer bist du, mein Kind?«

»Jakes Frau.«

Die Alte sah Myriam versonnen an. »Du kommst zu spät, ihn zu treffen, aber wärst du früher gekommen, hätte es das Ende bedeutet.«

Myriam ließ sich auf den Boden sinken. Der ganze Weg umsonst. »Wo ist er hin?«, fragte sie mit schwacher Stimme.

»Das weiß nur die Göttin.«

Myriam spürte einen Kloß im Hals. Trotz der vielen Menschen um sie herum fühlte sie sich verlassen. Jake war der Hoffnungsschimmer, den sie auf dem Weg hierher in ihrem Herzen getragen hatte, und nun war er verschwunden, wie ein Geist. Das war nicht fair. Was sollte sie jetzt anfangen? Ihre Tränen ließen sich nicht mehr zurückhalten. »Ich will nach Hause«, schluchzte sie.

Marjella nahm sie in die Arme und schaukelte sie wie ein Kind. »Sch, sch.«

Myriam fühlte die Wärme der alten Frau. Es lag darin ein Stück Vertrautheit, wie sie es einst bei ihrer Großmutter verspürt hatte. Myriams angestaute Angst, Hoffnungslosigkeit und Enttäuschung brachen hervor, und sie weinte, bis sich der innere Druck allmählich verminderte.

Als sie sich wieder beruhigt hatte und den Kopf hob, sah sie sich einer energischen jungen Frau gegenüber, die sie aus kalten Augen musterte. »Der Doktor ist zu den Schiffen gegangen. Von dort ist noch nie jemand zurückgekehrt«, sagte sie. »Also reiß dich zusammen und entscheide, was du tun willst!«

Myriam schluckte. Der grobe Ton dieser Frau erschreckte sie. Es dauerte einen Moment, bis sie antworten konnte. »Dann gehe ich auch dorthin«, sagte sie dann. »Ich war Eskorbine. Ich weiß, wie das geht.«

»Schön.« Die Frau wandte sich ab. »Grimper, kannst du sie zu den Kleristen bringen?«

Myriam riss entsetzt die Augen auf. »Nein! Die sperren mich wieder ein!«

»Wie willst du sonst auf ein Schiff gelangen?«

»So wie Jake.«

Die Frau lachte. »Du bist reichlich naiv!«

Myriam ließ die Schultern sinken. »Warum sind Sie so gemein zu mir?«

»Weil das Leben hier unten hart ist. Dunkelheit und Hunger. Aber wir widerstehen den Kleristen. Wir leben. Du kannst dich uns anschließen, oder du kannst zurück an die Oberfläche.« Die Frau stellte sich breitbeinig vor Myriam und verschränkte die Arme. »Na, was ist?«

Myriam starrte vor sich hin. Draußen war es nicht mehr sicher für sie und das Ungeborene. Hier unten lag ein grässliches Leben vor ihr, mit grässlichen Leuten, ohne Sonne, ohne Meer. Aber ihr Kind würde leben, Jakes Kind.

Sie blickte zu Grimper.

Der schien zu verstehen und nickte ihr aufmunternd zu.

Myriam seufzte gequält. »Dann bleibe ich hier, um des Kindes willen«, sagte sie matt.

Bei Myriams letzten Worten horchte die Frau auf und ihr Gesicht verfinsterte sich.

47

Das feine Piepsen ihres Trackers ließ Gura Limka aufhorchen. Sie erkannte das Signal sofort, denn schon lange wartete sie darauf. Ihre Geduld wurde belohnt: Jemand hatte das Datcom des in den Stollen getöteten Kleristen eingeschaltet. Das konnte nur einer sein: Jake! Wer sonst hatte Verwendung für das Gerät?

Gura Limka ließ sich die Standortdaten übermitteln und musste sich setzen. Das Signal kam aus den Katakomben unterhalb des Kathedoms. Jake war wohl der intelligenteste Wildfang, den sie je zu Gesicht bekommen hatte.

Für Gura Limka gab es kein Überlegen. Einen allgemeinen Alarm auszulösen, kam nicht in Frage. Jetzt musste sie schnell und effizient im Alleingang handeln. Eine freudige Wärme stieg in ihr auf. Das war *die* Gelegenheit, ihn unbemerkt einzufangen. Entschlossen griff sie sich einen Stunner und eilte durch das Kathedom zum verborgenen Zugang zu den Gewölben.

In den endlosen Gängen der Katakomben kauerte Jake an einer Wand und bearbeitete das Datcom im Schein des Glimmersteins. Mit einiger Mühe war es ihm gelungen, in den Mainframe des Zentralcomputers einzudringen. Nun musste er sich besonders konzentrieren, um nicht an nebensächlichen Details zu viel Zeit zu verlieren: Hinrichtungen, Werkschließungspläne, Relokationsbefehle.

Das Wichtige zuerst. Wann und wohin fahren die Schiffe? Er fand Ankunfts-, Abfahrtzeiten und Ladung. Aber kein Ziel. Jake probierte verschiedene Suchfunktionen, bekam aber immer die gleiche Antwort. Alles kam und ging zur Meduse. Er fluchte und scrollte zurück zu den Fahrplänen. Am heutigen Tag stand die Ankunft eines Schiffs mit einer Ladung Bauteile für die Werft an. Schiffsname: *Millikalumanta.* Das Löschen der Fracht war für den späten Nachmittag verzeichnet, danach sollte es laut

Plan mit ›metallischen Ressourcen‹ beladen werden und in den frühen Morgenstunden wieder auslaufen. Jake beschloss, es mit diesem Schiff zu riskieren. Er fand die Piernummer und einen Lageplan, die prägte er sich in sein Gedächtnis ein.

Dann suchte er nach Einzelheiten. Kabinenplan, Aufbau und Technik. Jake fand den Link, aber er funktionierte nicht. Wieder der Oktalcode. Ihn zu knacken würde Zeit kosten. Er atmete tief durch und begann, sich durch die Geheimnisse der Programmierung zu tasten. Die Daten steckten in verschlüsselten Ordnern. Aber jedes Schloss besaß einen Schlüssel, und wenn man ihn nicht hatte, baute man das Schloss aus. Das war allerdings nicht so einfach. Hier hatten sie sich mehr Mühe gegeben, als bei dem Excaver. Die Daten hinter der Sperre versprachen, lohnenswert zu werden. Aber noch war er nicht dran.

Er fuhr auf. War es ein Luftzug oder ein Geräusch, das ihn aufgeschreckt hatte? Er steckte den Glimmerstein ein und lauschte in die Tiefe der Gewölbe. Seine Finger umschlossen das Datcom. Sollte er es ausschalten? Dann wäre seine bisherige Arbeit verloren. Er ließ es an

Die dumpfe Dunkelheit der Katakomben umgab Gura Limka. Alles war still. Ein Blick auf das helle Display des Trackers zeigte klar und deutlich das Signal des Datcoms.

Sie schlich weiter. Das würde eine schöne Überraschung für Jake werden! Sie hatte schon ein Verlies vorbereitet. Weit weg von dem, aus dem diese verdammten Adjutoren Myriam herausgeholt hatten. Jake würde sie nicht verlieren. Diesmal hatte sie besser vorgesorgt.

Sie zog die Schuhe aus, stellte den Stunner auf maximale Streuung und verdunkelte ihre Lampe. Der Tracker würde sie auch in völliger Finsternis nahe genug an ihr Ziel bringen, um Jake mit einem breit gefächerten Schuss aus der Ferne lahmzulegen. Weit war sie nicht mehr von ihm entfernt.

Gura Limka betrat geräuschlos eine weite Halle. Das Signal kam von der anderen Seite. Schon sah sie den hellen Schein des Datcomdisplays. Sie hob die Waffe.

48

Kaum war Grimper gegangen, wandte sich Rodhana zu Myriam um. Ihre harten, braunen Augen verrieten keine ihrer Gefühlsregungen. »Burke. Nimm ihr den Chip raus!«, befahl sie.

Myriams Magen zog sich zusammen. »Was wollt ihr von mir?«

Burke kam grinsend herbei.

Sie hob die Hände und wich zurück. »Nein. Nicht.«

»Festhalten«, kommandierte Rodhana.

Myriam wollte ausweichen, doch schon wurde sie gepackt und niedergeworfen. Allen voran Kotlack, ein wahres Monster von einem Kerl, mit einem Gesicht, das aussah, als wäre es aus einer alten Wurzel geschnitzt.

Myriam schrie und trat um sich. »Lasst mich los! Grimper! Hilfe!«

Aber die Männer drückten sie zu Boden. In Burkes Hand blitzte ein Messer, während Kotlack Myriams Kopf zwischen seine Knie klemmte und ihre Arme mit seinen riesigen Pranken am Boden hielt. Es machte ihm sichtlich Spaß.

Burke setzte sich auf ihren Bauch. »Es wird auch nicht weh tun«, säuselte er mit öliger Stimme.

Myriam stemmte sich mit aller Kraft dagegen, aber sie hatte das Gefühl, in einem Schraubstock zu sitzen, der sich immer fester zog. Mit einem Ruck riss ihr Burke die Jacke von den Schultern.

Myriam wand sich. »Nein!«

Burkes raue Finger tasteten langsam über ihre nackte Haut.

»Ich hab's gefunden.« Seine Stimme klang enttäuscht über den raschen Fund. Langsam setzte er das Messer an.

Myriam schrie auf, und jemand legte seine Hand um ihren Mund, dass sie kaum mehr Luft bekam. Sie versuchte, hineinzubeißen, aber stählerne Finger pressten ihr die Zähne zusammen. Sie hasste ihn, hasste Burke, hasste Kotlack und diese hinterhältige Frau, sie hasste die Leute, die um sie herumstanden und ihr nicht halfen.

Plötzlich spürte sie einen stechenden Schmerz. Warmes Blut lief über ihren Arm.

Myriams Herz stockte.

»Fertig!« Burke hielt ihr ein winziges dunkles Etwas vors Gesicht.

Die Männer ließen Myriam los.

Mit einer heftigen Bewegung versuchte sie, Burke von ihrem Bauch zu stoßen.

Der lachte und stand gemächlich auf.

Wütend sprang sie hoch, brachte mit der einen Hand ihre Garderobe in Ordnung und hielt mit der anderen die verletzte Schulter.

Rodhana sah Myriam herablassend an. »Marjella! Kümmere dich bitte um ihre Wunde. Jenslow, geh das Ding vernichten.« Dann wandte sie sich ab und schritt erhobenen Hauptes davon.

Marjella legte Myriam mit sanften Händen einen Verband an und erklärte ihr alles.

»Aber deshalb hätten sie mich nicht so brutal überfallen müssen. Außerdem – ich bin doch schwanger!« Myriam standen Tränen in den Augen.

Die alte Frau sah sie freundlich an und strich ihr über den Bauch. »Hab keine Sorge, deinem Kind ist nichts passiert.« Mit einem Knoten fixierte sie den Verband und krempelte Myriams Ärmel wieder herunter. »Ich denke, ich habe noch ein paar Kleider in deiner Größe und noch ein paar andere Dinge, die du brauchen wirst.« Schneller als es ihr Alter vermuten ließ, schwang sie sich auf und führte Myriam zu ihrem Vorratsdepot.

Mit ihrem neuen Schlafbündel unterm Arm suchte Myriam einen Lagerplatz. Burkes Augen folgten ihr. Myriam schaute verbissen an ihm vorbei.

Auch die anderen Männer waren ihr nicht geheuer. In ihrer Mitte zu schlafen, hieße, Schwierigkeiten herbeizurufen. Zwischen den Kerlen hatten sich einige Frauen verteilt. Die würden heute Nacht eine Menge Kredits bekommen.

Myriam wollte allein sein. An der Peripherie des Lagers sah sie keine Schlafstätten. Dort wäre sie wenigstens nicht von Männern eingekesselt. Sie lief hinüber, doch hatte sie wieder das Gefühl, dass gelbe Augen aus der Dunkelheit zu ihr herüberstarrten. War da nicht ein Scharren und Kratzen? Wie sollte sie es in dieser Hölle aushalten? Myriam wandte sich beklommen dem Lager zu. Vielleicht ließ Marjella sie neben sich schlafen.

Myriam nahm ihren Mut zusammen und ging auf die alte Frau zu.

Burke beobachtete jeden ihrer Schritte.

49

Die Katakomben waren still. Jake hörte nichts Verdächtiges. Auch sah er keinen Lichtschein. Vergiss die Augen.

In der muffigen Luft glaubte er einen Augenblick lang, einen Hauch wahrzunehmen. Einen kaum spürbaren Duft von Pfirsich und Wildkräutern.

Gura Limka schlich noch näher an das Leuchten des Datcoms heran, das sie deutlich in der Dunkelheit erkennen konnte. Mit dem breiten Streuwinkel des Stunners konnte sie Jake nicht verfehlen und die Einstellung war stark genug, um den halben Platz vor dem Metrodom zu betäuben. Sie drückte ab. Ein heißer Strom der Freude durchfuhr sie. Mit federnden Schritten lief sie auf das geisterhafte Licht des Datcoms zu. Die dunkle Silhouette auf dem Boden musste Jake sein. Sie grinste. Sie sah ihn bereits gefesselt am Haken in der Zelle hängen. Nackt. Er gehörte ihr. Sie hatte sich eigens so ein antikes Utensil besorgt, lang und biegsam. Und sie hatte ja jede Menge Zeit gehabt, sich viele hübsche Rituale für dieses Instrument auszudenken. Jetzt war endlich die Zeit zum Spielen gekommen! Ein wohliger Schauer lief über ihren Rücken. Mit der Zunge fuhr sie über die Kante ihrer Schneidezähne. Sie fühlten sich scharf an. Dann schaltete Gura Limka ihre Lampe ein.

Wie angewurzelt blieb sie stehen. Die Silhouette entpuppte sich als eine steinerne Stufe. Darauf lag das Datcom. Von Jake keine Spur, bis auf einen Abdruck im Staub. Dort hatte er gesessen. Gura Limka spürte unsägliche Wut in sich aufsteigen. Ihr Schrei hallte schrill durch die uralten Gänge. Sie packte das Datcom und warf es mit aller Gewalt gegen die Wand. Die Meduse möge ihn ersäufen!

Jake rannte durch die Dunkelheit. Es war ihm schwergefallen, das wertvolle Datcom zurückzulassen. Aber es war der einzige Weg, Gura Limka auf eine falsche Fährte zu locken. Dass es ihm dabei gelungen war, sich völlig lautlos davon zu schleichen, war großes Glück gewesen. Er hätte sie erschießen können, aber sie hatte ihn aus der Todeszelle herausgeholt. Zugegebenermaßen aus selbstsüchtigen Motiven, aber immerhin. Er schuldete ihr ein Leben. Jetzt waren sie quitt.

Die *Millikalumanta* lag nördlich der Stelle, an der er das letzte Mal herausgekommen war. Nach etlichen Irrungen fand er ein Kanalrohr, das in ihre Nähe führte. Von einem Serviceraum konnte er sie sehen. Er lockerte die Verblendung am Belüftungsschacht, damit er sie später lautlos abziehen konnte. Diesmal würden ihn die Kleristen nicht finden, diesmal hatte er keinen Chip im Arm. Zusammengekauert wartete er auf die Nacht.

Immer wieder ging er seinen Plan durch. Myriam schlich sich in seine Gedanken. Er sah sie vor sich, wie sie auf dem Bett lag, damals in seiner Kabine. Er glaubte, ihren Duft und ihre Wärme immer noch spüren zu können. Sie war tot. Aber die Erinnerung an sie würde ihn den Rest seines Lebens begleiten. Er wischte das Brennen aus seinen Augen.

Endlich brach die Nacht herein. Jake kroch zum Belüftungsschacht hinauf und spähte durch die Lamellen auf den spärlich beleuchteten Hafen. In seinem Sichtbereich war kein Mensch zu sehen. Auch keine Adjutoren. Mit angehaltenem Atem nahm er die rechteckige Verblendung ab und zog sie zu sich herein. Geräuschlos legte er sie auf den Boden des Wartungsraums und stieg wieder zum Luftschacht empor. Vorsichtig streckte er den Kopf hinaus und schaute sich nach allen Seiten um – immer noch war niemand zu sehen. Nur ein scheinbar endloser Strom Container schwebte wie von unsichtbaren Händen getragen durch das Verladetor ins Schiff. Mit Schrecken bemerkte er, dass es keine Gangway gab. Die Container überbrückten den etwa sechs Meter breiten Spalt zwischen Pier und Bordwand durch die Luft. So weit konnte er nicht springen. Enttäuscht zog er den Kopf zurück. Es musste einen anderen Weg auf den Kahn geben! Jake fuhr sich durchs Haar. Da kam ihm eine Idee.

Wie ein Schatten kroch er aus seinem Versteck, ließ sich an der Außenwand herunter, bis er nur noch mit den Händen am Sims hing. Noch einmal blickte er sich um, dann ließ er sich fallen. Am Boden kauerte er nieder und lauschte. In der Ferne hörte er Schritte. Die Hafenwache. Er erkannte die Silhouetten zweier Kleristen. Sie gingen in die entgegengesetzte Richtung. Aber bis zum Schiff gab es keine Deckung. Jake spürte seinen Puls in den Schläfen pochen. Als einzige Zuflucht bot sich das leere Hafenbecken vor ihm. Auf allen Vieren kroch er über den rauen

Belag und ließ sich über die Kaimauer gleiten. Unter ihm wogte rauschend das Meer und schickte Gischt herauf. An den Fingerspitzen hängend konnte er weder sehen noch hören, was auf dem Pier passierte.

Es war ein ganzes Stück bis zum nächsten Hafenbecken, wo das Schiff lag. Er schaute hinab auf die weißen Schaumkronen. Er könnte schwimmen. Aber wie sollte er an der schlüpfrigen Kaimauer wieder hinaufklettern?

Jake atmete tief durch und begann, an der harten Kante des Piers entlangzuhangeln. Schon bald wollten seine Finger nicht mehr greifen. Jake biss die Zähne zusammen. Unter ihm schickte das Meer Zungen zu ihm hinauf, um ihn wie eine Fliege von der Wand zu lecken. Jake hangelte hartnäckig weiter. Meter um Meter. Nicht loslassen. Seine Arme erlahmten. Und immer noch war das Schiff weit entfernt. Jake verdrängte alle Gedanken. Er konzentrierte den Blick auf seine Handrücken – den linken nach links schieben, dann den rechten nachziehen, einmal, zweimal, wieder und immer wieder. Seine Muskeln brannten.

Nach einer Ewigkeit legte sich ein Schatten über ihn und das Geräusch des Meeres klang hohl, als wogte es durch einen Tunnel. Noch wenige Meter, dann klemmte ein riesiger Fender zwischen Hafenmauer und Schiffswand. Rittlings setzte sich Jake darauf und schlang die Arme um die Trosse. Sie fühlten sich an, als wären sie mit Blei gefüllt. Schwer und gefühllos. Jake zwang sich zu einer Pause. Oberkörper und Kopf an das raue Tau gelehnt, ließ er seine Arme hängen. Er dachte nur ans Atmen.

Langsam spürte er wieder Kraft in seine Muskeln zurückkehren. Bis zum Ladetor war es noch ein Stück, aber darunter bemerkte Jake noch einen weiteren Fender. Er schlenkerte die Arme aus und brachte die letzte Etappe hinter sich.

Das Verladetor klaffte genau über ihm. Es lag höher, als er gedacht hatte. Mit einem Sprung war es nicht zu erreichen, und an der stahlglatten Schiffshülle emporzuklettern, war unmöglich. Jake ließ sich auf dem Fender nieder. Über ihm schwebte ein Container nach dem anderen ins Schiff. Sie schienen auch aus glatt poliertem Material zu bestehen. Bis auf ein Paar Puffer in halber Höhe. Da wäre eine Möglichkeit.

Seine wunden Handflächen schmerzten höllisch, als sich Jake am Fendertau hinauf hangelte. Oben spähte er über die Kante. Von rechts näherten sich die zwei Kleristen. Jake zog den Kopf ein und drückte sich an die nasskalte Mauer. Sein Puls ging im Rhythmus der sich nahenden Schritte. Nur zehnmal schneller. Die Patrouille blieb direkt über ihm stehen. Jake hielt die Luft an.

Dann entfernten sie sich. Langsam. Wortlos.

Jake atmete aus. Er wartete, bis sich sein Puls beruhigte. Als er wieder über die Kante blickte, sah er die Kleristen hinter der Ecke eines Gebäudes verschwinden.

Jake verlor keine Zeit. Wie ein Affe kletterte er am Seil empor und versuchte, den Schmerz in seinen Händen auszublenden. Geduckt wartete er auf den nächsten Container, sprang und erwischte einen Puffer. Sofort zog er die Beine an. Nach wenigen Sekunden war er im Schiff. Jake ließ sich auf den Metallboden fallen und blickte sich in dem spärlichen Licht, das durch die Luke hereinfiel, nach einem Versteck um. Die Container standen zu eng, aber zur Wand klaffte ein größerer Spalt. Jake schlüpfte hinein und arbeitete sich nach hinten durch, so weit, bis ihn kein Lichtschein mehr erreichte. Die Container schienen gut gesichert zu sein, also würde ihm auf der Überfahrt von ihnen keine Gefahr drohen. Jetzt durfte ihn nur niemand entdecken. Instinktiv griff er nach seiner Strahlwaffe im Gürtel. Beruhigt zog er die Hand zurück und machte sich auf eine lange Wartezeit gefasst.

Jake fuhr auf, gähnte und rieb sich die Augen. Es war stockdunkel. Ein Dröhnen drang an sein Ohr. Das Vibrieren der Maschinen spürte er in seinem ganzen Körper. Aufgeregt setzte er sich aufrecht. Gleich ging es los und niemand hatte ihn bemerkt!

Das Brummen verstärkte sich und Jake glaubte, die Bewegung des Schiffes zu spüren. Seine Haut kribbelte vor Aufregung. Wo würde er sein, wenn sich das Tor wieder öffnete? Was würde er vorfinden?

Ein gurgelndes Geräusch ließ ihn aufhorchen: Es klang, als ob Wasser hereinlief.

Unsinn!

Jake machte es sich wieder auf dem Boden bequem. Es würde eine lange Reise werden.

War der Boden vorhin schon so feucht gewesen?

Nein, denn seine Kleidung war trocken.

Wo kam das Wasser her?

Jake stand auf und tastete sich zwischen Wand und Containern entlang. Hatten sie das Tor nicht richtig verschlossen?

Seine Schritte patschten auf nassem Boden. Das war doch nicht normal!

Jake beeilte sich, an den Containern vorbeizukommen. Seine Schuhe wurden nass. Hier stand das Wasser knöcheltief. Und es stieg weiter. Sank das verdammte Schiff? Sie waren doch gerade erst ausgelaufen. Durch kniehohes Wasser watete Jake weiter. Es stieg unaufhörlich. Verdammt! Jake wollte aus der Enge heraus. Jetzt reichte ihm das Wasser bereits über die Hüften. Ruhe bewahren. Jake atmete tief und bewusst. Aber sein Herz raste. Dann erreichte das Wasser seine Brust und drückte ihn an den Containern empor. Eine Reihe ... zwei Reihen ... drei Reihen. Was war hier los? Soff der Kahn tatsächlich ab? Raus! Raus. Wo ist der Ausgang? Irgendwo musste es doch einen Notausgang geben. Kein Licht wies darauf hin. Alles dunkel. Immer schneller stieg das Wasser. Jake machte Schwimmbewegungen, stieß sich den Kopf an Containern, an der Wand. Plötzlich berührte sein Arm die Decke. »Hilfe. Hilfe!« Jake schwamm panisch umher. Das Wasser drückte ihn höher.

»Hilfe!«

Kein Ausgang, kein Fluchtweg.
Nur Dunkelheit.
Jake musste sich schräg legen, um noch an die dünne Schicht Luft zu kommen.
Er schrie um Hilfe, so laut er konnte.
Dann war keine Luft mehr da.

50

Myriam erwachte schweißnass. Luft! Ihre Lungen pumpten wild. Langsam wich das Gefühl des Erstickens. Sie schlug die Augen auf und erblickte Marjellas besorgtes Gesicht im mattgrünen Schein der Glimmersteine.

»Es ist ja alles wieder gut, Kind.«

Nichts war gut. Jake war fort und sie war dazu verdammt, in dieser Höhle zu leben. Für immer. Tränen traten ihr in die Augen.

Marjella rückte näher und nahm sie in die Arme. »Wenn du dich erst einmal daran gewöhnt hast, ist es nicht mehr so schlimm.«

Myriam blickte auf. »Wie lange bist du denn schon hier?«

»Ich weiß es nicht genau. Es müssen bald fünfzig Zyklen sein.«

»Und ... warum?«

Marjella starrte in die Ferne. »Ich wollte Kleristina werden, aber sie haben mich nicht genommen. Die Tests sagten, es stecke eine Unreinheit in mir. ›Aber die Meduse spricht zu mir‹, habe ich geantwortet. Daraufhin sterilisierten sie mich und nahmen mir meine Kinder weg. Nur Wilbur und Rossmar haben sie mir zurückgebracht. Als Kastraten!« Sie barg ihr Gesicht in den Händen.

Myriam griff sich entsetzt an den Bauch. »Das können sie nicht machen! Nicht ohne Grund.«

»Ach, Kind«, Marjella setzte sich auf, »sie haben dich doch auch eingesperrt. Hatten sie einen Anlass dafür?«

Myriam schüttelte den Kopf. »Ich verstehe das einfach nicht. »Die Kleristen sind doch die Diener der Meduse. Und die liebt ihre Kinder!«

»Hier unten findest du ihre ungeliebten Kinder. Zumindest die, die es geschafft haben, zu fliehen.«

»Paps hat gesagt, wenn man den Willen der Meduse tut, schenkt sie uns ein glückliches Leben.«

»Hat es dir genützt?«

Myriam ließ den Kopf hängen. Sie zupfte nervös an ihrem Ärmel. Sie wusste nicht, was sie denken sollte.

Marjella sprach leise weiter. »Rodhanas Vater haben sie vor ihren Augen zu Tode gefoltert, Kotlack musste in den Spielen seinen eigenen Bruder töten.«

»Aber es sind doch nur Wettkämpfe. Keiner stirbt dabei.« In Myriams Stimme lag ein Flehen, aber sie wusste, dass Marjella sie nicht schonen würde. Jetzt nicht mehr.

»Bei den internen Spielen der Kleristen Clans geschehen Dinge, die niemand wirklich wissen möchte.«

Myriam presste die Lippen zusammen.

»Vieles ist anders, als es scheint. Das Leben da draußen ist eine Illusion. Schön, solange du es träumst. Aber wehe dem, der erwacht.«

Es dauerte eine ganze Weile, bis Myriam antworten konnte. »Jake mochte es hier nie«, brachte sie stockend heraus.

»Leider.« Marjella sah sie aus weisen Augen an. »Jake ist so versessen darauf, in seine Heimat zurückzukehren. Er hat uns keine Chance gegeben. Trotzdem hat die Göttin ihn erwählt.«

Myriam horchte auf. »Was bedeutet das? Werde ich ihn wiedersehen?«

»Das steht in den Sternen.«

Myriam sackte in sich zusammen. »Die kann man von hier noch nicht einmal sehen.«

Marjella legte ihr die Hand auf die Schulter. »Du brauchst eine Aufgabe, sonst schaffst du es hier unten nicht. Geh und trainiere mit den anderen.«

Myriam schaute unschlüssig zum unteren Teil der Höhle, wo Rodhana und Kotlack die Insurgenten im Kampf anleiteten. Sie rümpfte die Nase. Wie diese Rodhana sich gebärdete, war einer Frau unwürdig. Und Kotlack kam sowieso daher wie ein Tier.

Myriam schüttelte energisch den Kopf.

Marjella fuhr ihr mit der Hand übers Haar. »Keiner muss da mitmachen. Die exerzieren freiwillig. Alle, auch die Frauen. Aber wenn du willst, kannst du mir helfen, die Nahrungsmittel zu verwalten, die Grimper und seine Sympathisanten zu uns hereinschmuggeln. Da muss geplant und organisiert werden.«

Myriam ließ ihren Blick über die Bündel schweifen. »Ich passe lieber auf die Kinder auf.«

»Die gibt es hier nicht. Unsere Frauen wählen, nicht zu empfangen.«

Myriam riss die Augen auf. »Aber das ist doch unnatürlich!«

Marjella senkte die Stimme. »Genau das wollen uns die Kleristen einreden.«

Von der unteren Höhle stapfte Rodhana mit steinernem Gesichtsausdruck herauf. »Na, hat das Vöglein ausgeschlafen?«

Myriam wusste nicht, was sie darauf antworten sollte.

»Lass dir von Marjella die Regeln erklären und halte dich daran. Ich dulde hier keinen Ärger.« Mit einem Ruck wandte sie sich ab und lief mit schwingenden Hüften zum Trainingsplatz zurück, wo ihre Schüler paarweise rangen.

Myriam blickte ihr verdattert nach. Vorne führte sich Rodhana auf wie ein Mann und hinten wie eine Frau. Dann verstand sie plötzlich. Ihr wurde heiß.

51

Langsam kehrte Leben in Jake zurück. Das Dröhnen in seinem Kopf ließ nach. Unter sich spürte er warmen, feuchten Sand. Er bohrte die Fingerspitzen hinein und nahm einen tiefen Atemzug. Das Meer hatte ihn an einen Strand gespült.

Jake schlug die Augen auf. Über ihm wölbte sich eine silberglänzende Decke. Erschrocken fuhr er hoch: zerwühlter Boden, entwurzelte Pflanzen, eine Hütte mit zerbrochenen Fenstern. Wo war er? Hinter einer wandgroßen Scheibe schwammen kleine Tintenfische umher.

Hätte er an die Meduse geglaubt, so wäre er zu dem Schluss gekommen, in ihr Reich eingegangen zu sein, in der Abteilung für Unbelehrbare. Aber er glaubte nicht an die Meduse. Er musste noch auf dem Schiff sein und es war gesunken. Das hier könnte einmal eine Art Erholungshalle gewesen sein. Mit Strandimitation und Seeblick. Jedenfalls war er nicht mehr im Laderaum. Jemand hatte ihn gefunden und hierhergebracht. Jake nahm einen tiefen Atemzug. Im hinteren Teil erblickte er eine Schleuse in der metallenen Wand. Auf wackeligen Beinen lief er dort hin. Sie war verschlossen. Natürlich. Er war blinder Passagier. Sie würden ihn verhören wollen.

Mit klopfendem Herzen legte er ein Ohr an das kalte Material. Er vernahm fernes Blubbern und Rauschen. Dann bemerkte er Stimmen.

Jake schoss das Adrenalin in die Adern. Die Stimmen waren in seinem Kopf. Adjutoren! Er griff an seinen Gürtel – der Strahler war weg.

»Schau mal, Papi, es ist aufgewacht!«

»Nicht Es, Wusel, es ist ein Männchen und daher ist es ein Er.«

Jake sah sich im Raum um, aber außer ihm war niemand anwesend. Er schüttelte heftig den Kopf, als könnte er so die fremden Gedanken daraus vertreiben. Es nützte nichts.

»Woran sieht man das?«

»An den Haaren, Kleiner, die Männchen haben kürzere Haare.«

Benommen ließ sich Jake in den Sand sinken und lehnte sich mit dem Rücken gegen die kühle Wand. Jetzt hatte er schon Wahnvorstellungen. Im Wasser hinter der großen Scheibe sah er Tintenfische wie wild umherflitzen. Einer saugte sich mit seinen Tentakeln an die Scheibe und presste das Gesicht daran. *»Ist er nicht süß!«*

Nun fingen die Tiere da draußen auch noch an, in seinem Kopf zu sprechen. Die Situation war völlig absurd. Jake fuhr sich über die Augen.

Auf der anderen Seite der Scheibe schnappte sich Tenka vier ihrer übermütigsten Kinder mit geübter Tentakelbewegung. *»Nicht so wild! Ihr bringt mir den armen Homiden ganz durcheinander!«*

Ihr zeitjüngster, Bleme'talliwater, versuchte hektisch, sich aus ihrem Griff zu schlängeln. *»Ich will gucken! Ich will gucken!«*

»Hinsehen kannst du auch von hier.«

»Nein! Ich will ans Fenster. Er macht so komische Sachen!«

Wate wandte sich vom Vivarium ab und schwamm zu Jota und Deste, die sich im Hintergrund der Wohngrotte hielten. Ihre Haut war so dunkel, als wolle sie das Licht aufsaugen.

»Er kann nicht hierbleiben«, sagte Wate leise, sodass es die Kinder nicht mitbekamen. *»Wissen Sie, was für eine Strafe auf den Besitz illegaler Homiden steht?«*

Deste senkte die Stimme. *»Ich habe der Mannschaft der Millikalumanta für ihr Stillschweigen eine hohe Belohnung gegeben. Sie wird nichts herausblubbern.«*

Vielleicht, vielleicht auch nicht. Es gab zu viele Schwachstellen. Wate schwamm unruhig auf und ab. *»Wenn Klabu'teranuster doch etwas davon erfährt?«*

Auch Jota konnte seine Anspannung nicht verbergen und zuckte nervös mit einer Tentakelspitze. *»Wir dürfen jetzt nicht die Nerven verlieren, bester Commander. Ich werde versuchen, einen sicheren Ort für ihn zu finden.«*

Wate presste einen Strom Wasser durch die Kiemen. *»Beeilen Sie sich bitte, geschätzter Minister.«*

Jake hörte die Tintenfische. Dessen war er sich nun sicher. Dafür musste es eine logische Erklärung geben. Tintenfische auf einem Schiff hatte er schon einmal gesehen. Damals bei seinem Fluchtversuch. Die Herrscher von Nitsituaan hatten wohl eine besondere Affinität zu den Wasserwesen, die Kleristen beteten Meeresgötter an. Die Meduse. Daher besaß wohl jedes Schiff ein Aquarium.

Jake beobachtete die Wesen hinter der Scheibe. Sie sahen etwas anders aus als die, die er von der Erde kannte. Eher wie eine Mischung aus Tintenfisch und Krake. Mit langen, elegant schwingenden Fangarmen, erstaunlich ausgeprägten Köpfen und einem schnell wechselnden Farbspiel auf der Haut. Telepathisch veranlagte Weichtiere, also. Das war faszinierend. Sicher, Kraken waren pfiffig. Sie konnten Deckel öffnen und spielten mit Muschelschalen. Jake stand auf, um sie sich näher anzuschauen.

Er stockte. Die Drei im Hintergrund. Ihre Augen. Darin lag nicht der kalte Glanz von Fischaugen, sondern eine seltsam berührende Tiefe. Ein fast menschlich wirkendes Interesse. Sie musterten ihn!

Jake fuhr sich mit den Fingern durch die Haare. Vielleicht konnten sie ihn genauso hören, wie er sie? Er fixierte sie mit seinem Blick und dachte betont langsam: *»Wer – seid – ihr?«*

Das brachte die Drei zum Leuchten. *»Ich habe den Eindruck, bester Wate'medaludes, das Männchen hat telepathische Fähigkeiten!«*

»Welch ein unerwartetes Glück!« Einer des Trios wippte aufgeregt im Wasser auf und ab. *»Ich kenne nur einen, der diese Veranlagung besitzt und dem der Vitalchip fehlt: Deste, mir scheint, Sie haben den gesuchten Doktor'jakedexterforrester eingefangen. Das ist ja großartig! Besser konnte es gar nicht kommen!«*

Jake verschlug es die Sprache. Diese Viecher redeten über ihn, als hätten sie ihren entflohenen Lieblingshamster eingefangen. *»Wer seid ihr?«*, fragte er erneut.

Sie schenkten ihm keine Beachtung.

»Sie wissen, geschätzter Wate'medaludes, dass er gefährlich ist?«

»Schon, aber er ist unsere einmalige Chance für ein erfolgreiches Experiment!«

»Was?« Jake trat näher. Von was für Versuchen sprachen sie? Jedenfalls schien er dazu als Versuchskaninchen vorgesehen zu sein. Verwirrt klopfte er mit einem Finger an die Scheibe. »Hallo!«

»Er will mit uns spielen!«, jubelten die kleinen Tintenfische. Der Größte von ihnen fummelte mit einem Tentakel an einer Schaltplatte herum und unvermittelt tönten helle Stimmen über einen verborgenen Lautsprecher: »Wollen wir spielen?« »Kannst du Raten?« »Kannst du Nachmachen?« »Nein, ich will mit ihm würfeln!«

Jake trat unwillkürlich einen Schritt zurück. Kinderstimmen. Er wusste nicht mehr, was er von der Situation halten sollte. War das da draußen wirklich ein Aquarium? *»Könnt ihr mich verstehen?«*

Die drei größeren Tintenfische schwammen näher und glotzten mit großen, dunklen Augen herein.

»Der ist ja phänomenal!«, hörte er einen in seinem Kopf sagen.

»Warten Sie nur, bester Jota'kumulkappur. Er wird auch in intelligenter Art zu antworten wissen.« Der Kleinste von den Dreien wandte sich Jake zu. Auf seiner linken Schulter, wenn man es bei einem Tintenfisch Schulter nennen konnte, trug er eine Hautzeichnung, die wie ein etwas zusammengequetschtes Yin-Yang-Symbol aussah. In seinen schwarzen Augen sah Jake das winzige Spiegelbild seiner selbst.

»Wir verstehen dich sehr gut.«

Das war klar und deutlich an ihn gerichtet. Und dann kam ihm ein Verdacht: die Stimmen erinnerten ihn an die von den Adjutoren. *»Wer seid ihr?«*

»Wir sind Oktoftewiltabinen.«

»Oktof… was für Bienen?«

»Wir wissen, dass du etwas überfordert bist. Ruhe dich ein bisschen aus.«

»Euer Name ist ein echter Zungenbrecher. Für mich seht ihr aus wie Tintenfische. Darf ich euch Squids nennen?«

»Wenn es dir angenehm ist.«

Jake konnte ein vielstimmiges Blubbern hören, als ob die Drei über ihn lachten. Er sah dem Sprecher direkt in die dunklen Augen: *»Kannst du mir sagen, wie ich hier wieder herauskomme?«*

»Das ist dein neues Zuhause, Doktor'jakedexterforrester. Mache es dir gemütlich, so gut es geht. Ich muss mich vielmals für den erbarmungswürdigen Zustand des Vivariums entschuldigen. Um verschönernde Vorbereitungen zu treffen, kamst du etwas unerwartet. Aber wenn du irgendetwas brauchst, werden wir es besorgen.«

Jake sah das Tier verwirrt an. *»Ich dachte, Kleristen hätten mich gefangen.«*

Wieder hörte er dieses Blubbern in seinem Kopf. *»Das dumme Ding glaubt, die Leithomiden hätten ihn eingesperrt!«*

»Bitte, bitte, bester Jota'kumulkappur. Passen Sie geflissentlich auf, was Sie von sich geben. Homiden sind von empfindlicher Gefühlsregung.«

»Es tut mir außerordentlich leid, geschätzter Wate'medaludes, ich vergaß, dass es mithören kann.«

Jake stutzte. Leithomiden? Dummes Ding? *»Habt ihr mich etwa eingesperrt? Dann lasst mich sofort wieder raus!«*

»Es will entweichen!«, echauffierte sich der Dickste von ihnen.

»Das wollen sie alle, aber nach einer Weile geben sie von allein auf. Lassen wir die Kinder mit ihm spielen, für uns gibt es wichtigere Dinge zu erörtern.«

Einer begann lila zu schimmern. *»Die Kleinen werden doch nicht wieder ...«*

»Sorgen Sie sich nicht. Ich habe den Benutzercode des Vivariums in höchst komplexer Programmierung verändert.«

Das Trio wandte sich ab.

»Heh!«, rief Jake. Er sah ihnen nach, wie sie einer Seitengrotte zustrebten. *»Verdammte Mistviecher!«* Mit einem heftigen Tritt gegen die Scheibe machte er seinem Ärger Luft. Die Squids katapultierten sich fluchtartig davon, lila Lichter blitzten über ihre Haut.

»Der Homide ist wild. Vielleicht müsste man ihn doch einschläfern lassen!«, quiekte der Dicke.

»Das hieße aufzugeben«, sagte der Kleine, *»und das können wir uns nicht leisten.«*

52

Jake starrte in das Aquarium. Die Squids hatten ganz klar Angst vor ihm, aber die Bemerkung über das Einschläfern hatte ihn schockiert. Und was waren das für Experimente? Jake schauderte. Er musste hier raus.

Sein Blick fiel auf ein computerähnliches Terminal nahe der Wand. Da war doch nicht etwa ... Er lief darauf zu. Sofort stürzte sich das ganze Dutzend kleiner Tintenfische mit großem Geschrei auf das korrespondierende Gerät jenseits der Scheibe. Im Nu erwachte der Monitor zum Leben. Jake blieb abrupt stehen. Beim Anblick der bunten Symbole fuhr es ihm durch den Bauch wie ein glühender Speer. Myriam. Sie hatte immer so gerne gespielt.

Jake biss die Zähne zusammen und ließ sich vor dem Gerät nieder. Während die Youngsters untereinander stritten, mit welchem Spiel sie beginnen sollten, fand er mit ein paar Handgriffen heraus, dass das Spieleterminal mit keinem anderen Computer in Verbindung stand. Er ließ die Schultern sinken.

Der Größte aus dem Schwarm drängte sich vor. »Die Krabben können sich nicht einigen. Such du dir eins aus.« Ihre Stimme ließ Jake aufhorchen. Sie klang im Lautsprecher wie die eines Mädchens. Auch das erinnerte ihn an Myriam. Er atmete tief durch. »Und wen haben wir hier?«

Sie saugte sich vor Jakes Nase an der Scheibe fest und schaute ihn neugierig an. »Fanli'belzurili.«

»Das ist aber ein schöner Name!«

Sie kicherte und begann in strahlendem Orange zu schillern.

»Sind die anderen deine Geschwister?«

»Die? Ja.«

Sofort klebte sich der kleine Quirlige neben seiner Schwester an das Glas. »Ich bin Wusel'poppelates!«

Jake staunte. Wenn man davon absah, dass es Tintenfische waren, verhielten sie sich wie Menschenkinder. Und sie hatten die gleiche Wirkung auf ihn: Ihre ungestüme Lebensfreude und Unbefangenheit brachte eine feine Saite in ihm zum Schwingen. Er lächelte in sich hinein. Squids. »Na gut. Wir spielen Raten.«

»Au ja!« Und schon stritten sie wieder, wer die erste Frage stellen durfte.

»Halt, Kinder. Ruhig! Ich frage zuerst, und wer die Antwort weiß, darf weitermachen!«

Wie mit einer einzigen Welle herangespült, pappten sich alle an die Scheibe und glotzten erwartungsvoll zu Jake herein.

»Wo komme ich her?«

»Das ist zu leicht: Njamingloh.« »Nitsituaan.«

»Nein.« »Nein.«

Fanli schaute skeptisch. Ihr Farbton verschob sich ins Grün. »Sol?«, fragte sie zögernd.

Jake horchte auf. »Was meinst du damit?«

»In der Edukatia haben wir gelernt, dass Homiden ursprünglich von einem Planeten mit einer gelben Sonne stammen. Sol. Kommst du wirklich von dort?«

Jake starrte sie verblüfft an. Diese Kinder schienen mehr zu wissen, als die Kleristen. »Ja«, antwortete er und fuhr sich mit den Fingern durch die Haare.

»Oh! Dann bist du mit einem Raumschiff gefahren. Ich will das auch! Gibt es bei euch auch Oktoftewiltabinen? Ach, Unsinn«, korrigierte sie sich selbst. »Die gibt es nicht. Papa hat es erzählt. Aber dafür habt ihr wilde Bestien im Meer. Haben die alle Oktoftewiltabinen aufgefressen?«

Jakes Finger begannen zu zittern. »Dein Papa weiß wohl eine ganze Menge?«

»Klar, der war ja schon dort. Der ist nämlich Komandant!«

»Ich werde auch einmal Raumschiffkapitän«, schaltete sich Wusel ein. »Dann fliege ich nach Sol und schieße die Monster ab, die uns fressen wollen.«

»Dazu bist du viel zu klein«, fuhr seine Schwester ihn an.

»Und du bist viel zu dumm und außerdem lassen sie Mädchen nicht.«

»Du bist gemein!«, Fanlis Haut pulste in leuchtendem Rot.

Jakes Gedanken drifteten ab. Wie konnte es sein, dass Tintenfische durch das Weltall düsten? In fliegenden Aquarien? Große, metallene Schiffe, in denen sie Wasser, aber keine Luft brauchten. Jake konnte es nicht fassen. »Wo, verdammt nochmal, bin ich?«

»Nein!«, sagte Fanli entschieden. »Ich habe deine Frage gewusst, jetzt bin ich dran.«

Ein großer Squid schwamm in die Grotte und steuerte zielstrebig auf die Kleinen zu. *»Genug! Zeit für die Edukatia! Nachher könnt ihr weiterspielen.«* Er schaltete den Audiokonverter ab und scheuchte die Jungen hinaus.

Ihre mentalen Stimmen entfernten sich mehr und mehr, bis in Jakes Kopf nur noch ein Summen zurückblieb, als ob Abertausende von Gedanken in der Ferne herumschwirrten. Zu weit, um sie einzeln greifen zu können. Gelegentlich erfasste er Gedankenfetzen aus der Nähe, die sich hauptsächlich um Hausarbeiten und das Gerede der Nachbarn drehten. Er schrieb sie dem Muttertintenfisch zu, der zuhause geblieben war.

Jake lehnte sich an das ramponierte Häuschen und starrte in die leere Grotte. Die Squids waren offensichtlich die dominierende Intelligenz auf Nitsituaan.

Die Bedeutung traf ihn wie ein Schock: Sie waren es, die die Kleristen mit ihren telepathischen Fähigkeiten manipulierten, sie hielten sich Menschen als Arbeiter. Und sie waren es auch, die ihn von der Erde entführt hatten!

Jake stieg das Blut in den Kopf. Was fiel diesen arroganten Oktopoden ein? Wenn er nur dieses wabbelige Männchen in die Finger bekäme, das ihn so hochnäsig begutachtet hatte! Calamari Fritti würde er aus dem Vieh machen!

53

Die Grotte des Kleinen Rats war mit Körpern gepackt, das Wasser abgestanden und fade. Es war so eng, dass Wate mit keiner Tentakelspitze zucken konnte, ohne jemanden damit zu berühren. Er hasste es. Außerdem quälte ihn die Sorge. Derartig große Veranstaltungen hatten immer gravierende Veränderungen zur Folge. Hatte die Regierung endlich eingesehen, dass etwas Furchtbares auf sie zurollte?

Aber warum hatte ihm Jota vorab keinen Tipp gegeben?

Wate bekam das Gefühl, dass auch der illustre Minister nicht über den genauen Inhalt der Sitzung informiert war. Das machte ihn extrem nervös, zumal er immer noch diesen illegalen Homiden zuhause hatte und obendrein Mitglied eines Geheimbunds war. Wenn das herauskam! Wate blickte verstohlen um sich. Keiner schien ihn über Gebühr zu beachten. Er entspannte sich.

Sitzplätze gab es nur für die Obersten. Klabu'teranuster breitete sich mit herrschaftlich gespreizten Tentakeln auf dem Platz des Hohen Primisten aus und führte selbst den Vorsitz. Ihm zur Rechten saß der aufstrebende Wissenschaftler Barta'luzewickus mit pompöser Hautlumineszenz. Stolz und Hochmut leuchteten ungedämpft aus jeder Pore seines wendigen Körpers. Barta hatte seine Karriere in den letzten Wochen weit vorantreiben können und liebte es, das augenfällig zu zeigen. Wate hätte ihn würgen mögen! Der Spritzer verdrehte die Tatsachen und strudelte sich damit in die Gunst der Obrigkeit, namentlich in die von Klabu'teranuster. Er war so ignorant, dass er noch nicht einmal merkte, dass er das Leben aller Oktoftewiltabinen für seine lächerliche Karriere aufs Spiel setzte, eingeschlossen seines eigenen. Wate zügelte sein Temperament.

Die Reihe der Ratssitze besetzten die Leiter der Raumfahrt, des Sicherheitsdienstes, des strategischen Rates und, zu Wates Erstaunen, auch die der Werft- und Minenführung. Die Unruhe unter den Anwesenden vibrierte durchdringend durch die Fluten und ließ seine Haut jucken.

Mit einem grellen Summen lenkte Klabu'teranuster die Aufmerksamkeit der Teilnehmer auf sich. »*Wir haben heute diese ehrenwerte Versammlung einberufen, um höchst wichtige Entscheidungen bekanntzugeben. Doch bevor ich mit den bedeutenden Bekanntmachungen beginne, möchte ich nachdrücklich betonen, dass die verschiedenen Punkte der heutigen Tagesordnung nicht mehr zur allgemeinen Diskussion stehen, sondern bereits von der Führung des Obersten Rates entschieden sind. Es wird von den hoch respektablen Anwesenden erwartet, diese nach ihrem bestem Wissen und Können zuförderst zu unterstützen.*«

Die Bedeutung dieser Worte bestürzte Wate. Wollte sich dieser aufgeblasene Emporkömmling zum Diktator aufschwingen?

»Was ist denn das für ein Unsinn?«, schrie einer aus der Menge. Er trug die Tatauierung eines hohen Offiziers und wirkte sehr aufgebracht. *»Wir sind in einem Rechtsstaat und lassen uns nicht ungefragt Befehle erteilen!«*

Jawohl! Gib's der Qualle! Wate hielt erschrocken inne und sah sich um. Unruhige Bewegung ging durch die Versammlung. Keinem schmeckte Klabu'teranusters Anmaßung.

Der deutete ungerührt mit spitzem Primärtentakel auf den Sprecher. Augenblicklich drängten sich zwei mächtige Wachgardisten mit mattschimmernden Waffen durch die Menge und schleppten den sich empört Wehrenden nach draußen.

Fassungslos schaute Wate hinterher.

»Wir dulden keine Rebellion!«, dröhnte Klabu'teranuster. *»Unsere Welt steht am Rande des Ruins. Wir müssen zusammenhalten und können uns den ausschweifenden Luxus von widersprüchlichen Meinungen nicht mehr leisten. Nur wenn wir das große, gemeinsame Ziel leidenschaftlich vor Augen behalten, können wir als Spezies überleben, so wie wir es einst gegen die Kaartegunizzer erfolgreich getan haben.«*

Das verwirrte Wate. Hatte Klabu'teranuster wegen der kosmischen Katastrophe endlich Konsequenzen gezogen? Aber warum der harte Ton, die Einschüchterungsmaßnahmen und die manipulative Indoktrination?

»Punkt eins«, fuhr Klabu'teranuster fort, *»die Raumfahrt wird ab sofort eingestellt. Bis auf eine Flotte, die direkt mir unterstellt ist, wird es keine Starts und Landungen mehr geben. Alle Schiffe werden unverzüglich aus dem All zurückbeordert.«*

Das klang absurd. Was war denn das für ein Notfallplan? Der im Saal einsetzende Protest packte Wate wie eine Flutwelle.

»Aber die Katastrophe! Wir brauchen alle verfügbaren Schiffe!«, meldete sich ein Astronom aus dem Wissenschaftlichen Rat.

»Unsere sorgfältigen Nachforschungen haben eindeutig ergeben, dass es sich dabei um einen peinlichen Messfehler und dessen effekthascherische Interpretation handelt.« Klabu'teranuster warf einen auffordernden Blick auf Barta, der in zufriedenem Orangeton leuchtete und zustimmend knickste.

»Aber das ist doch Unsinn«, ereiferte sich der Astronom und wurde unverzüglich von den Wachgardisten aus dem Saal gezerrt.

»Gibt es noch weitere Fragen zu dem Thema?« Klabu'teranuster blickte mit kalten Augen auf die Versammlung hinab.

Keiner rührte sich.

»Na, also!« Klabu'teranuster blähte sich auf und ließ seine Tentakel gravitätisch über seinen erhöhten Sitzplatz schweben.

Wate hätte sieden können vor Zorn. Dieser eingebildete Kugelfisch! Nur mit Mühe kontrollierte er seine Gefühle. Jota hatte ihn ja bereits über die politischen Ansichten und Vorgehensweisen der neuen Regierung gewarnt, aber dass es so schlimm stand, hatte selbst er nicht geglaubt. Wate fühlte einen Krampf durch seinen ganzen Körper ziehen.

»Punkt zwei: Werften und Minen werden geschlossen. Ohne die unsinnige Raumfahrt brauchen wir auch keine dieser kostspieligen Schiffe und auch keine Rohstoffe dafür.«

»Und die Homiden, die dort arbeiten?«, fragte einer aus dem Auditorium.

»Gut, dass Sie es ansprechen, sehr verehrter ... äh. Meine Oktomajesten, Sie wissen alle, denn ich habe keinen Hehl daraus gemacht, dass ich absolut nichts gegen die Homiden habe.« Klabu'teranuster warf Wate einen durchdringenden Blick zu. Dem blieb das Herz fast stehen.

»Ganz im Gegenteil!«, fuhr Klabu'teranuster fort.

Wate wagte kaum, zu atmen.

»Aber unser Vertrauen wurde schädlichst missbraucht, meine hochgeschätzten Oktomajesten!«, tönte Klabu'teranuster. *»Höchst alarmierend ist, dass die Homiden, wie uns bekannt wurde, ein verwerfliches Komplott gegen uns planen, das sogar Leithomiden infiziert hat. Diese bestialischen Tiere wollen uns wieder auf ihrem ekelerregenden Speiseplan sehen. Sie planen Genozid! Sie wollen uns ausrotten – uns auffressen!«*

Die Anwesenden schillerten in betroffenen Farben. Wate sah sich bestürzt um. Sie schienen es alle zu glauben. Wie konnten sie nur so einen Schwachsinn ernst nehmen? Das war doch reine Hysterie, was die Zentren öffentlicher Information seit einigen Tagen in den Medien verbreiteten: *die geheimen Kriegspläne der Homiden.* Reine Stimmungsmache!

»An dieser Stelle, meine hochverehrten Anwesenden, möchte ich noch einmal auf das Inständigste betonen, dass ich keinerlei Ungeneigtheiten oder gar Feindseligkeiten gegen die Homiden hege. Wir begrüßen die Haltung von Heimhomiden zur Erbauung unserer Kinder, denn ich bin der Meinung, dass das der richtige Platz für diese Tiere ist. Dort können sie kontrolliert werden. Wir unterstützen also generell das Homidenprojekt. Aber große Unternehmungen, wie zum Beispiel die Haltung der Freilandhomiden, können wir uns nicht mehr leisten.«

Verdammter Heuchler! Wate wusste genau, was Klabu'teranuster im Sinn hatte: Mit der Schließung der Arbeitsplätze würde es zu Unruhen unter den Homiden kommen, die dann wiederum als Zündstoff für weitere Hetzpropaganda genutzt würden. Die Fundamentalisten wollten die Homiden ausrotten! Das war es. Jetzt hatten sie die Macht dazu. Wates Tentakelspitzen zitterten vor Wut. Er zwang sich zur Ruhe. Überstürzte Worte und Handlungen würden nicht nur ihn, sondern auch ihr gesamtes Geheimprojekt gefährden. Aber wie sollten sie es durchführen, wenn Raumschiffstarts untersagt waren? Er fühlte den unwiderstehlichen Impuls, jemanden zu erwürgen.

»Wird unsere Arbeitslosenrate nicht steigen, wenn wir die Werften und Bergwerke schließen?«, äußerte ein älterer Oktoftewiltabine mit rundem Kopf.

»Das ist eine ausgesprochen gute und intelligente Frage, auf die ich bevorzugt und gerne Antwort gebe: Die beträchtlichen eingesparten Ressourcen planen wir in interne Projekte zu stecken, die dann direkt unserem

Gemeinwohl zufließen werden. Das schafft neue Arbeitsplätze und beständige Werte, die wir bis in die ferne Zukunft genießen können.«

Ein Nachbar drängte sich dichter an Wate heran und dämpfte die Stimme. »Ich habe gehört, Klabu'teranuster plant einen ausladenden Palast zu bauen«, flüsterte er akustisch. »Mit einem ausgedehnten Frauenquartier. Man hört, er will noch mehr Weiblinge akquirieren. Außerdem hat er die Gesetze dahingehend ändern lassen, dass er zum Beschützer der Witwen wird. Man munkelt, eine Reihe gut verheirateter Männer stehen schon auf einer, sagen wir, ›Unfallliste‹, wenn Sie verstehen, was ich meine.«

Wate hatte genug! Bestürzt verließ er die Sitzung. Jota fing ihn in der Halle ab. »Kommen Sie am Nachmittag zu mir. Dringend!«, raunte er ihm akustisch zu.

Draußen schwamm Wate zunächst mit aller Kraft zur Meeresoberfläche. Die Anstrengung tat ihm gut und baute seine Anspannung etwas ab. Mit weniger kraftraubenden Bewegungen tauchte er wieder zur Stadt hinunter und meldete sich bei der Raumfahrtbehörde.

»Was wollen Sie nun tun?«, fragte ihn der Beamte mitleidig, als er Wates Passwörter und Kodierungen löschte. *»Keine Raumfahrt, keine Arbeit für Kommandanten. Sie könnten sich bei der persönlichen Flotte Klabu'teranusters bewerben. Mit Ihren distinguierten Erfahrungen nimmt man Sie dort ganz gewiss!«*

»Ich werde es mir überlegen«, antwortete Wate ausweichend. *»Vorerst habe ich ja noch Genesungsurlaub.«*

»Warten Sie nicht zu lange, sonst sind die wenigen Posten besetzt.«

»Vielen Dank und leben Sie wohl.«

Auf dem Weg nach draußen begegnete ihm sein Vorgesetzter, oder besser, ehemaliger Vorgesetzter, Swallu'ketallantes. Seine sonst so kräftigen Bewegungen wirkten heute eckig. *»Es tut mir ja so leid, bester Wate'medaludes. Ich kann nur sehnlichst hoffen, dass die Aufhebung der Raumfahrt politisch temporär motiviert ist und sich eine baldige Revision der Entscheidung ankündigt. Wir werden jedenfalls alle Beziehungen nutzen, um wieder aktiv zu werden. Wenn wir das geschafft haben, bekommen Sie ihre gewohnte Aufgabe zurück.«*

»Verbindlichsten Dank, lieber Oberst, ich würde mich besonders freuen, wieder unter Ihrem Kommando fliegen zu dürfen.«

Aus dem Dienst entlassen und arbeitslos! So hatte sich Wate das nicht vorgestellt. Wirtschaftlich würde es eng werden. Was er zur Seite geschafft hatte, würde schnell verbraucht sein – heranwachsende Kinder und ihre Ansprüche.

Was ihn aber am meisten bedrückte, war die Tatsache, dass er nun nichts mehr gegen die kosmische Katastrophe unternehmen konnte. Er war kaltgestellt. Was sollte er tun? Sollte er einen großen Kredit aufnehmen und in den nächsten Monaten mit der Familie in Saus und Braus leben? Bis zum Ende?

Aber auch das bereitete ihm Sorgen: Klabu'teranuster hatte die Niederlage beim Brautkampf um Tenka nie vergessen. Und nun war er mit einem Mal der mächtigste Oktoftewiltabine auf ganz Nitsituaan. Wate zog es die Haut zusammen.

54

Die Sitzung war für Klabu'teranuster erfreulich gelaufen. Gut gelaunt schwamm er an Gitti'milawepa, seiner neuen Vorzimmerdame, vorbei. Sie sah gut aus. Besonders ihre eleganten, geschmeidigen Tentakel regten seine Phantasie an.

Sie grüßte. Etwas steif, wie er fand, aber das würde sich schon geben, schließlich hatte er ihre Familie in den tiefen Grotten des Palastes eingesperrt. Das half, ihre Widerstände aufzuweichen.

»Schicken Sie mir die Generäle und den Leiter der Miliz!« Er machte eine gebieterische Geste und segelte, von einem kraftvollen Stoß getrieben, in die Grotte der Macht. Jetzt war er der Herr von Nitsituaan. Was er sagte, galt.

Er musste nicht lange auf seine Unterlinge warten. Acht massige Oktoftewiltabinen mit Schockwellenharpunen schwammen mit zackigen Bewegungen herein und reihten sich in Habachtstellung vor ihm auf. Sie blieben respektvoll unterhalb seiner Augenhöhe. Dazu mussten die größeren von ihnen ihre Tentakelspitzen einknicken. Klabu'teranuster liebte es, ihnen kleine Unbequemlichkeiten zu bereiten. Das stellte ihre Loyalität subtil auf die Probe.

Er musterte sie kritisch. Sie zuckten mit keinem Tentakel. Sie gehörten zu seiner Elite. Er entspannte sich und ließ einige amüsierte Punkte über seine dunkelblaue Haut blitzen. *»Ich denke, die kleine Sekretärin von meinem Vorgänger hat euch gefallen?«*

Die Offiziere ließen sich von seinem lässigen Gehabe nicht täuschen und blieben stramm. *»Das tut sie immer noch, Zir«*, antwortete Nuttur ein schwarzer kompakt wirkender Oktoftewiltabine, der gerade seine Beförderung zum Leiter der Miliz entgegengenommen hatte.

Klabu'teranuster winkte gelangweilt ab. *»Wenn sie schlappmacht, bekommt ihr eine Neue.«*

»Zu Befehl, Zir.«

»Gitti!«, rief Klabu'teranuster ins Vorzimmer.

Die Sekretärin eilte ängstlich schillernd herbei.

»Wie weit ist der Bau des Vivariums im Regierungspalast fortgeschritten?«, fragte er und ließ dabei seinen Blick langsam und unverhohlen gierig über sie gleiten.

»Die Arbeiten sind etwas hinter dem Zeitplan.«

»Schlamperei!«, brüllte er. *»Lassen Sie augenblicklich den Architekten zu mir bringen und setzen Sie seine Familie fest. Ich dulde keine Insubordina-*

tion! Außerdem lassen Sie mir ein Dutzend besonders schöner Homidenweibchen fangen – und reißen sie ihnen diese widerlichen Haare aus. Ich liebe nackte, glatte Haut.« Genüsslich griff er der Sekretärin zwischen die Tentakel. Die hielt sich stocksteif, nur die Männer der Miliz leuchteten in amüsierten Orange.

Klabu'teranuster wandte sich mit einem Ruck ab. Seine Haut begann, in energischem Dunkelrot zu funkeln. *»Phase eins des Homidenbereinigungsprogramms ist einzuleiten: Der Aufenthaltsbereich der Freilandhomiden wird ab sofort auf die Stadt beschränkt. Ihre Fortpflanzung ist zu unterbinden. Außerdem sind alle Werften und Bergwerke innerhalb eines Lanlo zu schließen!«* Klabu'teranuster blickte seine Leute durchdringend an. Keiner zeigte auch nur den leisesten Hauch eines kritischen Farbtons. Blinder Gehorsam. Diese Leute füllten ihn mit Stolz. Sie waren ein Werkzeug seiner Macht – ein Werkzeug, mit dem er alle Widerstände zerquetschen konnte wie Quallen. *»Sind die Dresseure zur Kontrolle der Leithomiden durch unsere Leute ersetzt worden?«*

»Jawohl, Zir. Aber wir werden auf Opposition bei den Homidenstreichlern stoßen.«

»Nicht mehr lange. Stellt diese subversiven Elemente unter Observation. Ihr wisst ja, an wen ich da im Besonderen denke. Und wenn einer auch nur den leisesten Verdacht erregt, ...« Klabu'teranuster rollte einen Tentakel zum Zeichen des Erwürgens.

55

Jota'kumulkappurs Behausung lag in der Südströmung an einem Korallenhang nicht weit von Wellubimarulles. Wate durchquerte das im Stil einer Anemonengrotte angelegte Foyer und tauchte in den mit hellen Muschelschalen dekorierten Arbeitsraum. *»Sie haben mich hergebeten, Hoher Minister?«*

»Akustisch! Bitte akustisch«, quiekte der mit aufgeregter Stimme. Sein sonst so beherrschter Körper zeigte bleiche Farben der Angst. »Haben Sie diesen gefährlichen Homiden einschläfern lassen?«

»Ich bitte Sie!«

»Das habe ich befürchtet«, stöhnte der Minister. »Es wäre besser, Sie würden es tun und ihn irgendwo an Land werfen.«

»Was wirbelt Sie denn so auf, geschätzter Jota'kumulkappur?«

»Alles! Setzen Sie sich. Unsere Geheimsitzung vor wenigen Tagen ist verraten worden. Homu'tibulates und Klira'fotenulla wurden bereits eliminiert.«

Wate ließ sich schwer auf den Korallenhocker sinken. »Getötet?«

»Ja doch! Die beiden wollten nichts verraten und da hat man sie in die Interrogation gebracht. Dort wurden dann offensichtlich die übelsten Befragungsmethoden angewendet, die die Armen nicht überlebt haben.«

Wate presste Wasser durch die Kiemen. Zorn stieg in ihm auf. »Solche Maßnahmen sind illegal! Wissen Sie, wen sie sonst noch verdächtigen?«

»Dank der beiden Helden tasten sie noch im Trüben. Aber ich sorge mich um die Angelegenheit mit unserem Homiden. Sein Transportbehälter ist beim Entladen aufgefallen. Wenn einer von der Schiffsbesatzung weich wird? Das kann Sie und Deste'plimerates in eine prekäre Lage bringen.«

»Sie wollten doch eine neue Behausung für ihn finden!«, fragte Wate vorsichtig.

»Das geht nicht mehr. Dinge haben sich geändert.« Jotas Augen flackerten. Seine Haut hatte inzwischen den Farbton der Muschelwand hinter ihm angenommen, als wollte er sich am liebsten unsichtbar machen. Dann zuckten kleine Blitze über seine Tentakel. »Schläfern Sie das Vieh ein! Denn wenn es bei Ihnen entdeckt wird, sind Sie und Ihre Familie geliefert.«

Ein stahlblauer Farbton breitete sich über Wates ganzen Körper aus. »Vielen Dank für die Warnung, Hoher Minister. Aber Sie kennen meine Einstellung.«

Jota fächelte sich frisches Wasser zu. »Nehmen Sie doch Vernunft an! Es braut sich etwas zusammen. Ich kann es in jeder Tentakelspitze spüren.«

Es entstand eine lange Pause, in der jeder zusammengesunken auf seinem Korallenhocker vor sich hinstarrte. Ab und zu wischte eine Tentakelspitze gedankenverloren über den Sandboden. Feine Schwebstoffe stiegen auf und von draußen war nur das leise Rauschen der Strömung zu hören. Dann ging ein Ruck durch den dicklichen Körper des Ministers. »Ja, Sie haben Recht! Wir dürfen nicht aufgeben! Ich werde herausfinden, was da im Gange ist!« Seine Haut leuchtete goldgelb auf. »Und wenn Sie meinen Rat befolgen wollten, bester Wate'medaludes, dann bleiben Sie heute Abend zuhause. Die ganze Familie. Und lassen Sie niemanden rein, bis ich mich bei Ihnen gemeldet habe.«

Im Palast zitierte Klabu'teranuster, dem vor Wut Bläschen aus den Kiemen sprudelten, den Oberst des Geheimdienstes zu sich. Der knickste beschwichtigend. *»Aus den Subjekten war bis zuletzt nichts herauszubekommen. Sie wussten nichts.«*

»Unsinn! Sie gehören zu einer Geheimorganisation!«

»Wir haben keine Hinweise, dass ...«

»Da stecken diese verdammten Homidenstreichler dahinter. Nehmen Sie sie fest. Alle!«

»Jawohl, Zir. Aber das wird bei der Bevölkerung zu einem Aufruhr führen.«

Klabu'teranuster ließ sich auf seinen Sitz aus fein ziselierten Naturkorallen sinken. Das Rot auf seiner Haut verebbte. *»Dann starten Sie eine stille Aktion. Bis Mitternacht lassen Sie die führenden Köpfe mitsamt ihren Familien verschwinden. Morgen verkünden wir die Flucht der verräterischen*

Deserteure und lassen Jota'kumulkappurs Partei durch den Großen Rat verbieten.«

»Zu Befehl, Zir.«

56

Zuhause verrammelte Wate'medaludes die Haustür hinter sich, doch fand er keine Ruhe. *»Wo ist Fanli?«*

»Sie ist heute nicht aus der Edukatia zurückgekehrt.«

»Gütiger Kosmos!«

»Reg dich ab. Wahrscheinlich ist sie mit Freunden in die Stadt gefahren. Du weißt doch, wie die jungen Dinger sind«, antwortete Tenka und nickte Wate beruhigend zu. *»Vielleicht ist sie im Tibulata.«*

Trotz seiner Sorge übermannte ihn die Empörung. *»Dazu ist sie noch zu jung!«*

»Oder sie ist in den Vier-D-Spielen, es läuft Lalimettas Träume.«

»So einen Schleim sieht sie sich an?« Wates Gefühlsleben wurde heute ordentlich geschüttelt.

»Vielleicht hängt sie am Quallenpark ab. Dort haben sie eine neue Gravitationsspirale aufgestellt, die allerlei Jungvolk anzieht.«

»Ich gehe sie suchen.« Mit einem entschlossenen Ruck stieß sich Wate ab und ließ sich Richtung Tür schweben.

»Was bist du denn heute so nervös?«

»Hast du den neuesten Tratsch noch nicht gehört?«

»Ich war noch nicht draußen.«

»Das ist vielleicht besser so. Ich hole Fanli. Verschließe die Tür hinter mir und lass keinen rein! Hörst du?«

Wate musste lange suchen und seine Aufregung stieg. Die helle Stadt kam ihm heute endlos vor. Und irgendwie unheimlich. Das Wasser über den breiten Straßen roch nach Vergnügen, aber in den Seitengassen witterte er Verrat. Der Lärm wollte ihn betäuben und von allen Seiten fühlte er sich beobachtet.

Schließlich fand er Fanli im Harengas Park inmitten einer Gruppe junger Miniscooterfahrer, die mit ihren Gefährten halsbrecherische Manöver vollführten. Diese Angeber.

Fanli hatte nicht die Höflichkeit, ihren Vater vorzustellen, sondern wirkte eher angenervt.

»Ihr habt tatsächlich Homiden zuhause?«, fragte ein pickeliger Youngster mit grell gefärbten Tentakelspitzen, nachdem er Wate als Vater von Fanli erkannte. *»Zischig!«*

»Wir hätten gerne welche«, dämpfte Wate die Neugierde des Jünglings.

Fanli wurde blass. *»Ich habe nichts gesagt!«*

Der nassforsche Jungfisch ließ den Antrieb seines Scooters heulen. *»Ist wohl vorbei mit dem Traum, nach dem Unfall mit dem Homidenweibchen, was?«*

»Jetzt ist es aber genug!«, brauste Wate auf. *»Fanli, wir gehen nach Hause!«*

Wate mochte das verschmitzte Orange in der Hautfarbe dieser Kaulquappe nicht. Und auch nicht die Blicke, die der Kerl ihnen hinterher warf.

57

Jake klammerte sich an einem Gedanken fest: Wenn der Vater der kleinen Tintenfische tatsächlich Raumkommandant war, könnte er ihn zurück zur Erde bringen. Theoretisch. Aber wie konnte er ihn dazu bewegen?

Endlich kam der Squid mit seiner Tochter Fanli im Schlepptau nach Hause. Jake sprang gleichzeitig mit den Kindern auf, die stürmisch ihren Vater begrüßten. »Einen Moment, bitte. Ich muss Sie dringend sprechen!«

Statt einer Antwort schirmte der Tintenfisch seine Gedanken ab, schaltete den Audiokonverter aus und verblendete die Scheibe. Jake kochte.

Dann drehten sie ihm auch noch das Licht ab. Bebend vor Zorn, ging Jake zu Bett. Er fand keinen Schlaf, wälzte sich unruhig umher. Diese arroganten Mistviecher! Sie bildeten sich ein, tun und lassen zu können, was ihnen beliebte!

Trotz seines Zorns trieb ihm der Gedanke an die Adjutoren den Schweiß auf die Stirn. Schwebende Aquarien, mit denen die Squids an Land gingen. Überlegene Technologie, die sie eiskalt einsetzten – gegen das, was diese Weichtiere für eine niedere Spezies hielten. Gegen Menschen.

Und er war allein.

Jake warf die dünne Decke zurück.

Als er vor wenigen Wochen auf Nitsituaan angekommen war, hatte ihm Myriam über den ersten Schock hinweggeholfen. Das kam ihm inzwischen vor, als wäre es vor tausend Jahren gewesen. Er sah sie im Geiste vor sich, sie lachte und ihre Haare flogen in der Seebrise.

Er tastete nach dem Ohrring in seiner Tasche. Das war alles, was er noch von ihr hatte. Jake wälzte sich auf die andere Seite des Betts. Er fand einfach keine Ruhe.

58

Pedro betrat die Bar. Sie war voll. Links drängten sich Frauen in einem dichten Haufen zusammen und redeten aufgeregt durcheinander. Einige Männer schlichen mit begehrenden Augen um sie herum. »Haut endlich ab!«, rief eine und stemmte die Fäuste in die Seiten. »Wenn wir uns zu euch legen, ziehen sie uns Kredits ab. Also verschwindet!«

Pedro brummte missmutig und drängte in die Tiefe des Lokals. Um den hintersten Tisch saßen in Bergmannskluft gekleidete Männer mit finsteren Mienen. Pedro zog es den Magen zusammen. Kolumbien kam ihm in den Sinn. Nein, er würde nie wieder einfach so abhauen. Entschlossen setzte er sich zu ihnen. »Graberratt.«

Inzwischen kannte er alle. Den starken Wanja, den langen Labrenz, den stillen Serbian und den umsichtigen Marwalski. Normann reckte den Hals und warf hoffnungsvolle Blicke auf die Frauen. »Wenn sie dich mögen, machen sie es schon noch.«

Wanja zog eine Braue hoch. »Dazu bist du zu hässlich. Ja, wenn du ein lila Rating hättest!«

Normann schlug mit der Faust auf den Tisch. »Halt's Maul!«

»Ruhe!«, fuhr Grimper dazwischen.

Sofort zogen alle die Köpfe ein.

Er nahm einen tiefen Zug aus seinem Glas. »Heute haben sie das letzte Bergwerk geschlossen«, sagte er leise und sah sich vorsichtig nach allen Seiten um.

»Ich hab's schon gehört«, murmelte Marwalski.

Serbian starrte auf die Tischplatte. »Ich habe heute einen Termin für die Impfung zugesandt bekommen«, sagte er mit Grabesstimme.

Pedro kniff unwillkürlich die Beine zusammen.

»Wann?«, fragte Grimper mit hohler Stimme.

Serbian atmete schwer. »Nächste Woche. Die Heilzentren sind überlastet.«

Grimper nickte nachdenklich. Dann trank er aus. »Lasst uns zu den Spielen gehen.«

Grimper wählte den Weg durch die Parkanlagen am Rande der Stadt. Pedro wusste, was ihn dort erwartete, sein Puls beschleunigte sich. Er konnte die Barriere nicht sehen, aber die Menschen, die wie gefangene Tiere an der unsichtbaren Wand auf und ab tigerten, zeichneten ihren Verlauf. Er sah eine rundliche Frau, die, umgeben von einer reichen Kinderschar, mit verstörtem Gesicht das rätselhafte Hindernis abtastete. An anderer Stelle sprangen ein paar Jugendliche wie im Spiel gegen die Barriere, die sie weich zurückwarf. Etwas abseits stocherte ein alter Mann mit seinem Stock daran herum.

Niemand konnte hinaus. Die Stadt war zu einem riesigen Käfig geworden.

Ein junger Mann, der mit den Fäusten schimpfend gegen das Hindernis trommelte, wurde von Kleristen gepackt und abgeführt. Die umstehenden Leute schauten mit betretenen Mienen zu.

Grimper führte seine Gruppe in die Außenbezirke der Stadt. Heute wirkten sie menschenleer. Aber je näher sie dem Zentrum kamen, desto mehr Leute drängten sich in den hell beleuchteten Straßen. Die Sympathisanten rückten schweigend enger zusammen. Um sie herum wogten die Massen, einzelne Gespräche drangen über den Lärm hinweg:

»Hey, Süßer. Gehst du auch zu der Verlosung? Erster Preis ein lila Rating! Wenn ich gewinne, kannst du mit mir zu meinem neuen Loft kommen.«

»Wer gewinnt denn da schon? Da halt dich mal besser an mich. Herulat kämpft in den Spielen. Ich habe da einen todsicheren Tipp. Nachher können wir feiern!« Er machte eine eindeutige Hüftbewegung.

»Igitt!«, erwiderte die Frau. »Das blutige Gemetzel in der Arena sehe ich mir nicht an.«

»Besser, als an der Wand der Meduse entlangzulaufen. Wenn der letzte Blasphemiker verreckt ist, wird die Göttin ihren Zorn wieder von uns wenden.«

Grimper warf dem Sprecher einen mitleidigen Blick zu. Pedro fühlte sich beschämt. Noch vor wenigen Tagen hätte er den Lügen der Kleristen genauso geglaubt. Jemand musste den Leuten die Augen öffnen! Pedro schob sich näher heran, wurde aber von Grimpers kräftiger Hand zurückgehalten. Sein Blick deutete auf einen Kleristen an der Straßenecke, der das Szenario beobachtete. Pedro nickte kaum merklich.

Im Metrodom führte Grimper seine Männer zum roten Zuschauersegment. Die Arena unterhalb war mit Leichen und abgetrennten Gliedmaßen übersät. Nur noch zwei aus vielen Wunden blutende Kämpfer lebten. Sie umlauerten sich mit Laserschwertern, während das Publikum auf den Rängen im Blutrausch brüllte. »Hukku Araka Thoh!« Sie feuerten ihren Favoriten in rhythmischen Sprechchören mit dem legendären Schlachtruf aus den vergessenen Kriegen der Vorzeit an. »Hukku Araka Thoh!«, dröhnte es durch das Stadion.

Grimper sprach gerade so laut, dass es nur die Sympathisanten verstehen konnten. »Wir werden die Pläne ändern müssen, wenn Serbian seine Eier behalten will.«

An diesen gewandt fuhr er fort: »Wie viele Notfälle hast du?«

»Ein Dutzend.«

»Mit dir wären das also dreizehn. Kannst du sie und Nahrungsmittel übermorgen Nacht bereithaben?«

Er nickte.

»Und ihr?«, fragte Grimper die anderen.

Auch die bestätigten durch Kopfnicken.

»Das wird diesmal eine verdammt große Flüchtlingsgruppe. Ihr nehmt Eingang X12. Dann der übliche Treffpunkt.«

»Durch die Katakomben?«

»Wir müssen. Einen anderen Fluchtweg gibt es nicht mehr.«

59

Am Abend legte sich ein unheilvoller Druck auf Wate, als ob er auf eine Tiefe von vielen Tausend Spannen absackte. Seine geräumige Wohngrotte wurde ihm zu eng. Er schwamm in die Halle und blickte zum Fenster hinaus. Die Lichter von Wellubimarulles schwangen in der Strömung. In seinem Inneren kribbelte es wie vor einem Start in den Weltraum. Heute Nacht würde etwas geschehen. Er konnte es auf der Haut spüren.

»Hat sich Jota schon gemeldet?«, rief Tenka.

»Nein, Liebes.«

Wate tauchte zu ihr in die Wohngrotte. Sie saß allein in der weich gepolsterten Entspannungsnische, die einer Seeanemone nachempfunden war, und ließ das Nachrichtenprogramm über sich ergehen. Die Kinder bevorzugten ihre eigene Unterhaltung und hielten sich in ihren Räumen auf. Sie wurden immer selbstständiger.

Im Hologrammfeld des Telereceivers füllte Klabu'teranusters Kopf den gesamten Projektionsbereich. Der Wichtigtuer! Wate war es leid, den Kerl auch noch in seiner eigenen Wohnung begaffen zu müssen. Er wandte sich von den Telenachrichten ab, doch die Stimme des Kommentators verfolgte ihn in die Halle: »... Leichenteile hingen von der Decke und heimtückische Fangvorrichtungen wurden sichergestellt ...«

Tenka zuckte nervös mit einem Tentakel. *»Sie haben in der Normadelserla-Bucht eine Homidenbasis gefunden – ausgestattet mit Geräten für unsere Ausrottung!«*

»Unsinn!« Wate schwamm mit einem Stoß zurück. Auf der Projektionsfläche erkannte er ein merkwürdiges Wasseroberflächengefährt, ein primitives Boot, wie er es auf der Erde schon gesehen hatte.«

Tenkas Haut schimmerte besorgt. *»Netze, Reusen und Stricke mit widerlichen Haken. Ist das nicht furchtbar?«*

»So etwas dürfte es in der Tat nicht geben«, gab Wate nachdenklich zu. *»Deste hat angedeutet, dass es Schwächen in der Kontrolle der Leithomiden gibt. So etwas darf einfach nicht geschehen! Aber daraus die Vernichtung unseres Volkes abzuleiten, ist reine Panikmache. Klabu'teranuster will sich wieder einmal als Retter unserer Gattung feiern lassen, der Tintenspritzer!«*

»Ich mag es auch nicht mehr hören. Wie lange willst du noch auf Jota warten?«

»Nur noch ein bisschen«, sagte er ausweichend. *»Vielleicht bringen wir erst die Kinder ins Bett.«*

Wusel machte den üblichen Aufstand und quoll immer wieder mit scheinbar Hunderten von rostroten Fangarmen aus seinem Schlafloch. Fanlis ärgerlicher Farbton dagegen war längst einem besorgten Violett gewichen und sie folgte ihrem Vater aufs Wort. Gerne hätte Wate seine Tentakel liebevoll um sie geschlungen, aber sie war aus dem Alter heraus, wo sie das genossen hätte. Jetzt fände sie es wahrscheinlich peinlich. Er begnügte sich damit, ihr sanft über den Hinterkopf zu streichen. Heute wich sie nicht aus.

Tenka wirkte müde und machte sich bereit, ihre Schlafgrotte aufzusuchen. Wate sah sie nachdenklich an. »Würdest du heute Nacht bei den Kindern bleiben?«

Sie wurde blass. Wortlos knickste sie. Auch sie spürte die Gefahr.

»Vielleicht sollten wir den Homiden entsorgen«, sagte sie leise.

Wate blies langsam Wasser durch die Kiemen. Es war eine Tatsache, der Homide gefährdete seine Familie. Aber er gab mit seinen außergewöhnlichen Eigenschaften und Fertigkeiten auch Anlass zur Hoffnung. Angesichts der nahenden Katastrophe war dieser Doktor'jakedexterforester sogar der Hoffnungsträger schlechthin. Aber wenn Wate sich zwischen seiner Familie und ihm entscheiden musste – daran wollte er nicht denken.

Er schwamm zum Vivarium und vergewisserte sich, dass der Insasse weder zu sehen noch zu hören war: Die Verblendung war aktiviert und der Schallschutz eingeschaltet. Wate änderte das Kennwort für die Kontrollen.

Normalerweise fühlte er sich nicht so paranoid.

Noch einmal überprüfte er die elektronischen Verschlüsse an Türen und Fenstern seiner Grotte. Alles war fest verriegelt. Er löschte das Licht und ließ sich langsam auf einem bequemen Sessel im Wohnbereich nieder. In dem fühlte er sich heute wie im Kontrollsessel seines Raumschiffs: Auch dort wurde die meiste Zeit mit Warten verbracht. Irgendwann döste er ein.

Plötzlich fuhr Wate auf. Vor der Grotte hörte er das Geräusch eines Transportscooters. Aber keine Gedanken. Wer immer bei ihm vorfuhr, hatte sie abgeschirmt. Vielleicht war es Jota. Sein Blick flog zur Zeitanemone: alle Blätter eingeklappt. Mitternacht. Er flitzte ans Fenster. Das Fahrzeug hielt sich im Dunkeln. Oktoftewiltabinen schossen wie Schatten daraus hervor und schwärmten um das Haus. Die Bewegungsmelder und das Überwachungssystem blieben schwarz. Wates Herzfrequenz ging hoch. Sie waren manipuliert worden.

Jetzt musste er schnell sein. Wie im Pilotentraining bis zum Automatismus eingeübt, konzentrierte er sich und verbannte die Angst in einen winzigen Teil seines Bewusstseins. Er griff nach der Fernbedienung und baute sich vor der verschlossenen Tür auf.

Er brauchte nicht lange zu warten. Das feine Summen verriet, dass jemand das Schloss aufbrechen wollte. Das amüsierte ihn, denn Lame'linulatus hatte es mit einer besonderen Sicherheitsschaltung versehen. Sollte sich der Besucher doch die Tentakel daran ausreißen. Das verschaffte ihm Zeit.

Die nutzte er, um Tenka zu wecken. Akustisch und leise. »Weck die Kinder und flieht durch den Tunnel. Auf der Algenfarm von Onkel Franzu seid ihr sicher.«

Ohne Fragen zu stellen, handelte sie. Effizient, zielbewusst. Wate war wieder einmal stolz auf seine Frau.

Noch bevor die Besucher mit dem Sicherheitsschloss die Geduld verloren, hatte sie das Notwendigste zusammengepackt und scheuchte die Kinder durch den geheimen Ausgang. Hinter ihnen schloss Wate sorgfältig die Klappe. Ins Bodenmuster eingepasst würde sie so schnell niemand entdecken.

Jetzt, wo seine Familie in Sicherheit war, stellte er sich den Besuchern. *»Heda! Weg mit euch, sonst rufe ich die Sicherheitskräfte!«*

»Machen Sie sofort die Tür auf!«

»Da könnte ja jeder kommen! Wer seid ihr überhaupt!«

»Staatsdienst.«

Klabu'teranusters Schergen. *»Haut ab! Ich habe mit euch nichts zu tun.«*

»Öffnen Sie lieber freiwillig.«

Wate schillerte belustigt und aktivierte mit der Fernbedienung den Schutzschirm, den ihm Maski'lammarubis eingebaut hatte. Jede herkömmliche Tür hätten sie mit ihren Waffen innerhalb kürzester Zeit in Stücke schießen können, aber jetzt war seine Wohnung fast so gut gesichert wie ein Raumschiff. Schon hörte er die Strahlen einer Hyperschockharpune wirkungslos an der Tür abprallen. Der Lärm würde bald Nachbarn und die regulären Sicherheitskräfte alarmieren.

Wate rechnete damit, dass Klabu'teranuster kein Interesse daran haben konnte, seine nächtliche Aktion in die große Strömung zu blasen. So fest saß der noch nicht auf dem Riff, um sich alles herausnehmen zu können.

Nach nur einem Schuss kehrte Ruhe vor der Tür ein.

»Verschwindet! Ihr kommt hier nicht rein!«

Draußen kam Bewegung auf. Wate konnte es in der Dunkelheit nicht genau erkennen. Aber eins war klar, sie zogen nicht ab. Sie lungerten weiterhin vor der Tür herum. Das war Wate ganz recht, denn je länger er sie hier festhielt, desto mehr Vorsprung gewannen Tenka und die Kinder.

Plötzlich hörte er den panischen Schrei seines Sohnes Bleme'talliwater. Ganz aus der Nähe. Aus dem Tunnel. Wates Herz setzte einen Schlag aus. Dann hörte er Tenkas drängende Stimme: *»Schnell, lass uns rein!«*

Ohne zu überlegen, riss Wate den Verschlussdeckel auf. Eine Wolke Tinte quoll ihm entgegen. Aus ihr heraus schossen seine Kinder, gefolgt von Tenka. Hinter ihr erblickte er einen Lichtkegel und die massige Gestalt eines Schergen. Wate schwang den Deckel zurück, der dem Angreifer direkt auf den Kopf knallte, und verriegelte den Mechanismus.

»Sie haben am Ausgang auf uns gewartet«, schrie Tenka. Purpurfarbene Funken der Angst blitzten über ihren Körper. *»Wenn sie den illegalen*

Homiden finden, werden sie uns alle einsperren! Bitte, Wate, spüle ihn aus dem Vivarium!«

»Keine Sorge. Hier kommt keiner rein.«

Kaum hatte er gesprochen, ließ eine Explosion den Boden erzittern. Der Deckel über dem Fluchttunnel krachte im Schloss und drohte aufzuspringen. Tenka und die Kinder flüchteten in die äußerste Ecke der Grotte. Zu allem Überfluss weckte der Lärm Doktor'jakedexterforrester. *»Was ist denn da draußen los?«*

Wate erschrak über den mentalen Aufschrei des Homiden. Der musste weithin wahrzunehmen sein! Zu weit. Augenblicklich traf Wate eine Entscheidung: *»Tenka, das Gas!«* Während er seinen schwersten Korallensessel auf die Fluchtluke wuchtete, aktivierte Tenka mit flinken Tentakelspitzen die Gaseinleitung. Augenblicke später erstarben die mentalen Rufe des Homiden. Dafür krachte es an der Eingangstür.

Der Schuss kam aus einem schweren Strahler!

Wate fühlte sich wie in heißes Wasser geworfen: *»Tenka, verbarrikadiert euch in der Schlafgrotte, schnell!«* Er scheuchte sie und die Kinder hinein.

Ein zweiter Schuss brachte das Schutzfeld zum Glühen, ein Dritter riss die Tür aus den Angeln. Wie ein Schwarm Grumpfalgs schossen die Schergen herein.

Wate baute sich vor der Schlafgrottentür auf. *»Ich warne Sie. Das ist Hausfriedensbruch! Ich werde von meinem Hausrecht Gebrauch machen.«*

»Machen Sie keine Umstände und kommen Sie mit.« Nuttur, der Leiter der Aktion, winkte und die Schergen schwärmten aus.

Wate drückte auf die Fernbedienung. Wie eine Wand aus Panzerglas schob sich eine Energiebarriere zwischen ihn und die Eindringlinge. Sie erwischte einen der Schergen und zerquetschte ihn an der Wand.

»Sie wagen es, sich gegen die Regierung zu stellen?«, donnerte Nuttur und hob einen Destabilisator. *»Schluss mit dem Kinderkram!«*

Mit einem einzigen Schuss zertrümmerte er die Barriere. *»Packt ihn!«*

Wate machte sich augenblicklich in einer Wolke von Tinte unsichtbar. Wie ein Pfeil schoss er daraus hervor und stürzte sich geradewegs auf Nuttur. Der spritzte ebenfalls Tinte und wich zur Seite. Wate korrigierte mit einem schnellen Tentakelschlag seine Bahn und prallte in den Opponenten. Sofort wickelte er beide Primärtentakel um dessen Kiemen und würgte ihm das Wasser ab. Mit seinen verbleibenden Tentakeln wehrte er, so gut er konnte, die anderen ab. Er spritzte Tinte, bis sie nichts mehr sehen konnten. Seine Tentakel wanden sich wie Schlangen und suchten die Gegner abzuhalten. Gleichzeitig ließ er den Würgegriff an Nutturs Kiemen nicht locker. Er spürte, wie die Kräfte des Anführers nachließen.

Da packte ihn ein halbes Dutzend Schergen. Sie zerrten ihn von Nuttur fort und rissen seine Tentakel auseinander, als wollten sie ihn achtteilen.

Nuttur japste und blies in spastischen Stößen Wasser durch seine Kiemen, bis seine blasse Haut wieder Farbe bekam und begann, in boshaftem Dunkelrot zu pulsieren. *»Das sollst du mir büßen!«*

Langsam näherte er sich dem wehrlosen Wate und ringelte ihm einen Tentakel um die Kiemen. Gemächlich drückte er zu. Vor Wates Augen verschwamm die Welt.

Unvermittelt spürte er einen heftigen Stoß. Seine Peiniger wurden zur Seite gewirbelt. Wate atmete durch und erblickte die in giftigem Hellrot leuchtende Tenka unter den Angreifern wüten. Mit jedem ihrer Tentakel hielt sie einen Feind im Würgegriff. Die beiden in ihren Primärtentakeln erschlafften bereits.

Wate warf ihr einen stolzen Blick zu und stürzte sich erneut auf Nuttur. Vier Schergen versperrten ihm den Weg. Mit einem Haken wich er Zweien aus und schleuderte die beiden anderen zur Seite. Blitzschnell zog Nuttur die Waffe und feuerte.

Der Schuss traf Tenka.

Sie sank zu Boden.

Wate fühlte sich von einem unerträglichen Schmerz durchbohrt. Sein Körper reagierte von allein. Mit voller Wucht rammte er Nuttur, doch fühlte er sich augenblicklich gepackt und auseinandergezogen. Er stemmte sich verzweifelt gegen den Griff der Gegner. Es waren zu viele. Sie legten ihm Schlingen um die Tentakelspitzen und spannten ihn auf wie einen Seestern.

»Ihr verdammten Muränen!«, schrie er.

Nuttur schwamm langsam herbei. Wut und Überheblichkeit zeigten sich in seinem Farbspiel. Mit langem Fangarm deutete er auf Tenka. *»Mit ihr hat Klabu'teranuster etwas Besonderes vor.«*

Trotz seiner Angst fühlte sich Wate für einen Moment erleichtert. Tenka war nicht tot, nur paralysiert.

»Aber mit dir ist es aus, Wate'medaludes. Dich hat er nicht ausdrücklich lebend verlangt.« Nuttur gab seinen Leuten einen Wink. *»Durchsucht die Grotte!«*

In kurzer Zeit hatten sie die Absperrung zur Schlafgrotte geknackt und trieben die Kinder heraus. Fanli wehrte sich energisch. Nuttur warf ihr einen interessierten Blick zu.

»Lasst sie in Ruhe!«, rief Wate. *»Es sind doch nur Kinder.«*

»Dich wird das bald nicht mehr berühren. Aber sag, was ist dort in deinem Vivarium?«

»Nichts. Es ist leer.«

»Warum ist es dann abgeblendet? Hast du da drinnen etwas versteckt?«

»Meinen Harem.«

»Jetzt wird er ulkig! Haha! Mach es auf!«, bellte Nuttur.

»Ich habe das Kennwort vergessen. Versuch es doch selbst.«

»Du wirst es uns schon noch sagen, bevor du verreckst.« Ein sadistisches, bräunliches Orange mit grünen Flecken überzog seine Haut. *»Fala, bringen Sie mir das Besteck!«*

Wenig später blitzte die Klinge eines langen Messers in Nutturs Tentakel. *»Ein prähistorisches Werkzeug der Homiden. Hart wie Schiffsstahl und scharf wie Muränenzähne. Sie benutzen es, um ihre Beute zu zerlegen, bevor* *sie sie fressen. Du weißt, sie schneiden unsereins in viele kleine Stücke. Da du die Bestien so liebst, werden wir dich in ihrer Weise aus dem Leben befördern. Lasst die Kinder zusehen, damit sie einen Eindruck von der Grausamkeit der Homiden bekommen!«*

Wate zerrte an seinen Fesseln. *»Du stinkiger Grumpfalg! Lass wenigstens die Kinder raus!«*

»Wie sollen sie dann lernen, Wate'medaludes, dass Homiden unsere Feinde sind?«

»Ihr seid die größeren Bestien! Möge euch die Kiemenfäule dahinraffen!«

»Genug der Höflichkeiten. Wo hättest du gerne den ersten Schnitt?«

Das Messer näherte sich Wates empfindlicher Primärtentakelspitze. Er versuchte, sie wegzuziehen, einzurollen, irgendetwas, aber zwei Schergen hielten sie ausgespannt. In Wate verkrampfte sich alles. Er starrte wie hypnotisiert auf das kalt glänzende Metall. Dann kniff er die Lider zusammen. Gleich musste der Schmerz kommen.

Ein durchdringender Schrei hallte durch die Grotte.

Eine Tentakelspitze fiel zuckend zu Boden.

Und das Messer.

Im Eingang schwebten Deste und Maski mit schweren Strahlenpistolen. Sie feuerten unablässig. Ein Scherge nach dem anderen sank zu Boden. Die Lebenden wuselten heillos durcheinander. Nur Nuttur reagierte sofort. Der Deckel zum Geheimgang flog auf und schloss sich wieder hinter ihm – in einer Wolke von Blut.

Lame tauchte mit einem Strahlengewehr bei den Rettern an der Tür auf und erledigte den Rest der Angreifer. *»Sieht aus, als wären wir in Ungelegenheiten geplatzt, Commander. Zu Ihrer Entschädigung haben wir ein schönes Schiff vor der Tür liegen. Lassen Sie uns verschwinden, wenn das Ihren Wünschen nicht widerspricht.«*

60

Myriam zählte die Nahrungsrationen. Dann zählte sie noch einmal. »Wann kommt Grimper?«

»Er hätte schon vor Tagen hier sein müssen«, antwortete Marjella besorgt. »Die Kleristenpatrouillen stoßen immer weiter in die Höhlen vor.«

»Ob sie ihn erwischt haben?«

Rodhana kam herbei und stemmte die Fäuste in die Seiten. »Kürze die Rationen noch einmal!«

»Aber die Leute bekommen jetzt schon nicht genug zu essen«, warf Myriam ein. »Sie haben kaum noch Kraft«

»Dafür müssen sie auch nicht mehr trainieren«, knurrte Rodhana.

Myriam senkte den Kopf. Seit Tagen war die Anführerin missgelaunt. Genau genommen, seit sie das Training einstellen musste. Seither ging sie bei jeder Kleinigkeit hoch. Am liebsten bei Myriam. Sie konnte ihr überhaupt nichts recht machen. Myriam biss sich auf die Lippen. Sie ahnte, warum sich Rodhana so benahm. Behutsam fuhr sie sich mit der Hand über den Bauch. Bald würde man die Wölbung sehen.

Am Westtunnel erschien ein kleines Licht. Die begeisterten Rufe der Wache wurden laut: »Grimper!«

Myriam hatte das Gefühl, dass sie sich schon seit ihrer Kindheit nicht mehr so unbändig gefreut hatte. Und alles wegen eines bisschen Essens!

Wie alle anderen sprang sie auf und eilte Grimper entgegen, der mit einem Tross schwer beladener Menschen in die Höhle einzog. Das mussten ja bald hundert sein! Mit so viel Nahrung bräuchten sie sich eine Weile nicht zu sorgen.

»Flüchtlinge«, hörte sie Grimper sagen. Sie stockte. Alle? Mussten die am Ende auch versorgt werden? Myriam konnte die Enttäuschung in den Gesichtern der Lagerinsassen ablesen. Ein kurzes Hochgefühl war es gewesen – und dann nur Leere und Hoffnungslosigkeit. Die Insurgenten würden weiter hungern. Und sie musste ihnen beim Verteilen der Rationen in die traurigen Augen sehen, während ihr Rodhana »Kürzen!« in den Nacken blies.

Myriam gab sich einen Ruck. Selbstmitleid würde ihr jetzt auch nicht weiterhelfen. Entschlossen ging sie auf Grimper zu. Er wusste immer etwas Neues zu berichten. »Wie schön, dich zu sehen!« lächelte sie. »Wie geht es Pedro?«

»Der macht sich prächtig!« Grimper schaute auf ihren Bauch. »Ich hoffe, Dir geht es auch gut?«

Myriam nickte und sah ihm dann direkt in die Augen. »Und Jake?«, fragte sie leise.

Grimper schüttelte den Kopf.

61

In der Grotte der Macht leuchtete Klabu'teranuster in amüsiertem Orange. *»Sind Sie sicher?«*

Nuttur hielt sich seinen immer noch blutenden Tentakel. Grüntöne der Verwirrung huschten über seine schwarze Haut. *»Jawohl, Zir. Entkommen. Ein Schiff mit der Registriernummer FRE-D0Y94X-72a.«*

Klabu'teranuster quiekte vor Vergnügen. *»Dann haben wir sie! Dann haben wir sie zweifach! Mit der Sache können wir sie ganz legal aburteilen. Die ganze Blase. Lebenslänglich für den Diebstahl eines staatlichen Großraumschiffs, Todesstrafe für Fahnenflucht. Außerdem haben sie einen unfertigen Prototyp gestohlen. Das ist zum Quieken komisch. Diese Quallen haben kein Hirn! Das ist die beste Nachricht, die Sie mir bringen konnten!«* Fast. Das Orange seiner Haut verwandelte sich mit einem einzigen Lidschlag in ein giftiges Rot. *»Ihr nutzlosen Strudelwürmer habt Tenka'kulinassa entkommen lassen!«*

Er schwamm nahe an Nuttur heran und starrte ihm in die Augen. *»Jagen Sie den Deserteuren ein paar Kampfeinheiten hinterher und eliminieren Sie das Schiff mitsamt den Insassen. Aber ich warne Sie – Tenka'kulinassa will ich lebend.«*

Klabu'teranuster war jetzt so nahe, dass der Anführer der Miliz seinen langen, hellgelben Reißzahn blitzen sehen konnte. *»Wenn Sie sie wieder nicht bringen, schneide ich Ihnen persönlich alle verbleibenden Zipfel ab. Entfernen Sie sich!«* Er stieß sich von Nuttur ab, so dass dieser zurücktaumelte. *»Und schicken Sie mir Gitti herein. Sie soll die Todesurteile zur Unterschrift fertigmachen.«*

62

Myriam saß im Schutz der Felswand abseits vom Lager. Ihr Magen knurrte. Aller Mägen knurrten. Es war die reinste Hölle hier unten. Und immer noch fühlte sie sich von den unheimlichen gelben Augen aus der Finsternis verfolgt. Aber die waren nur in ihrer Phantasie, hatte Marjella erklärt, in den Höhlen lebten nur die wurmartigen Grumpen und zwei Dutzend Arten Aaskäfer.

Rieseln von Kies ließ sie aufhorchen. Sie hielt den Atem an. Aber von den Wachen kam kein Warnsignal. Also keine Kleristen. Myriam entspannte sich wieder. Die neue Umgebung erschreckte sie häufig mit unerwarteten Geräuschen, die sie nicht einordnen konnte.

Hinter ihr knackte der Fels. Sie zuckte zusammen. Der Berg arbeitet, hatte Marjella gesagt, er lebt. Myriam wäre es lieber gewesen, er wäre tot. Sie lauschte. Nur die gedämpften Stimmen der Kameraden drangen zu ihr herüber.

Plötzlich splitterte die Wand, Steine fielen und rollten über den Boden. Myriam sprang auf und starrte auf ein tunnelgroßes Loch. Faulig-süßer Gestank verschlug ihr den Atem. Sie hielt sich den Ärmel vor den Mund.

Dann hörte sie schnelles Klacken, als liefe etwas auf hundert spitzen Krallen auf sie zu. Ins Licht der Glimmersteine schob sich ein raupenähnliches Tier, hoch und breit wie ein Matro, lang wie ein Erzzug. Beim Anblick des geöffneten Mauls und der gelben Zähne begann Myriam zu rennen. Das Klackern hinter ihr wurde schneller, der unerträgliche Gestank hüllte sie völlig ein. Dann riss sie ein Schlag von den Füßen. Myriam schrie. Ihr Kopf dröhnte und wie aus großer Ferne hörte sie Rodhanas Befehl: »Nicht schießen!«

Myriam krampfte es den Magen zusammen. Die Frau ließ sie im Stich. Panisch krabbelte sie los. Auf allen Vieren. Zurück zum Lager. Das war ihr einziger Gedanke.

Wie durch schwarze Nebel sah sie jemanden auf sich zurennen. Rodhana. Der blaue Strahl des Excavers in ihren Händen leuchtete wie eine erhobene Klinge aus Licht. Dann war Rodhana über ihr. Sie schwang den Excaver und das Tier brüllte auf.

Myriam kroch zitternd weiter. Nur weg von dem Monster. Jemand nahm sie in die Arme. Marjella.

»Gleich wird sie gefressen!«, schrie Myriam und kniff die Augen zusammen.

»Sieh hin«, sagte Marjella mit sanfter, aber bestimmter Stimme.

Myriam schluchzte und schaute aus dem Schutz von Marjellas Armen entsetzt auf die grausige Szene: Rodhanas winzige Gestalt stellte sich dem Untier entgegen. Der helle Strahl des Excavers wirbelte umher und traf das geifernde Maul des Tieres. Es zuckte zurück. Rodhana attackierte erneut. Das Monster richtete sein Vorderteil auf. Turmhoch überragte es die Anführerin, bevor es sich auf sie stürzte. Myriam hielt sich entsetzt beide Hände vor den Mund, aber Rodhana sprang geschickt zur Seite und schnitt mit dem laserdünnen Strahl in den wulstigen Körper. Myriam wollte schon aufatmen, als das Tier mit einem Schlag seines Kopfes Rodhana zur Seite warf. Mit angelegten Beinen walzte es seitlich auf die Anführerin zu. Myriam biss auf ihre Fingernägel. Rodhana wich erneut aus, sprang zum Kopf und schnitt tief in das Fleisch. Das Untier wich zurück und ließ die Frau nicht aus den kleinen, schwarzen Augen. Blitzschnell zog es sich zum Sprung zusammen.

»Pass auf!«, schrie Myriam.

Rodhana hechtete zur Seite, setzte aber gleich wieder mit dem Excaver nach und schnitt noch einmal tief in den Kopf der Bestie. Das Tier stieß einen schrillen Heulton aus. Myriam hielt sich die Ohren zu und öffnete den Mund in einem lautlosen Schrei. Aber Rodhana holte schon wieder aus und trennte mit einer Reihe mächtiger Hiebe das Kopfsegment vom Rumpf. Der blaue Strahl verlosch. Der Wurm wand sich zuckend am Boden, dann war er still. Myriam hatte das Gefühl zu fallen, doch Marjellas knochige Arme hielten sie. Sie ließ sich zitternd hineinsinken.

Langsam näherten sich die Insurgenten dem toten Tier. In ihren Augen standen Bestürzung und Ehrfurcht. Rodhana straffte die Schultern und zeigte ein schiefes Grinsen: »Ein Riesen-Grumpen. Ich dachte, die gäbe es nur in der Phantasie der Bergleute.«

Sie riss den Excaver triumphierend in die Höhe und rief: »Wir werden eine Weile nicht hungern!«

Myriam drehte es den Magen um. Dieses wabbelige, stinkende Fleisch sollten sie essen? Und dann musste das Tier auch noch zerlegt werden. Myriam widerte der Kadaver an, sie ekelte sich, ihn anzufassen, sie brauchte ihre ganze Disziplin, um ihren Würgreiz zu unterdrücken.

Aber alle halfen. Und Myriam konnte sich nicht ausschließen. Hier war ihre neue Familie und sie hatte ihnen gegenüber Pflichten. So hatte

Paps es gelehrt. Und manchmal waren die Pflichten hart, ja entwürdigend.

Myriam zog entschlossen ihr Messer. Mit angehaltenem Atem machte sie den ersten Schnitt in den Blubber, um ihn von den Muskeln zu lösen. Ihr Magen wollte sich umdrehen, aber sie säbelte mit zusammengepressten Lippen weiter. Warmes Blut und Fett trieften ihr über die Arme und verschmierten ihr Gewand. Nach einer halben Ewigkeit war das Tier zerlegt. Erleichtert ging sie mit einigen anderen Frauen zum Tümpel, zog sich aus und schrubbte ihre Haut so lange, bis sie ganz rot und empfindlich war. Danach reinigte sie ihre Kleidung und legte sie neben der anderen Wäsche zum Trocknen aus. In der Nähe richtete Burke seine Sachen und folgte jeder ihrer Bewegungen.

Das Fleisch des Grumpen musste gebraten werden, damit es nicht verdarb. Zu diesem Zweck entschied Rodhana, eine geeignete Lavahöhle südlich des Lagers aufzusuchen. Die muffig riechenden Stücke in Tücher gepackt und über den Rücken geschlungen, folgte Myriam den Insurgenten durch verfallene Tunnel, Spalten und Höhlen in die Tiefe der Erde. Ihre Ladung widerte sie an und ihre Rückseite fühlte sich an, als sei sie ganz mit dem Blut der Fleischklumpen durchweicht. Es ist nur mein Schweiß, sagte sie sich ständig und versuchte, ihre Gedanken in eine andere Richtung zu zwingen: zur sonnenbeschienenen Oberfläche und dem Geschrei spielender Kinder. Bald würde sie auch ein Kind haben, aber es würde in der Dunkelheit spielen müssen. Tränen stiegen ihr in die Augen.

An einem Abgrund blieb Rodhana stehen. »Hier müssen wir runter.« Die Anführerin leuchtete in die Tiefe. »Der Felsen hat stufenförmige Absätze. Es ist nicht schwer.« Sie nahm ihren Glimmerstein zwischen die Zähne und ließ sich bäuchlings über den Rand gleiten. Die anderen folgten.

Myriam wurde es heiß. Wie weit ging es dort hinunter?

»Angst?« Burke trat herbei. Sein Tonfall war ölig und ein anzügliches Lächeln spielte um seine Lippen. Er kam noch einen Schritt näher. Zu nahe.

»Nein«, antwortete Myriam zögernd. Sie tastete sich an die Kante und kletterte vorsichtig hinunter.

Burke folgte. Wie eine Spinne krabbelte er neben ihr her. »Ich werde dir helfen.«

»Das ist nicht nötig«, keuchte sie.

»Wir wollen dich doch nicht in der Dunkelheit verlieren«, sagte er mit kehliger Stimme.

»Ich werde schon aufpassen«, presste sie hervor.

Myriam fühlte eine Berührung an ihrer Schulter. Ein Schaudern durchlief sie. Sie kletterte schneller, verlor mit einem Fuß den Halt und rutschte ab. Sofort war Burke zur Stelle und griff nach ihr.

Obwohl ihr Herz vor Angst hämmerte, fauchte sie ihn an: »Ich schaff es alleine!«

Seine Hand lag noch einen Moment auf ihrem Körper, bevor er sie zurückzog. »Schon gut. Ich wollte nur helfen«, antwortete er gedehnt.

Auf dem Weg hinab hielt er sich dicht bei ihr. Egal, wie sie auch kletterte, sie konnte ihn nicht loswerden. Er war geschickter. Endlich erreichte Myriam die schmale Felslippe, wo die anderen warteten.

Rodhana warf ihr einen abfälligen Blick zu. »Müsst ihr den ganzen Verkehr aufhalten?«

Myriam biss sich auf die Lippen. Sie hätte der Frau das Gesicht zerkratzen können! Burke grinste impertinent und seine Augen funkelten. Myriam wünschte, Marjella wäre mitgekommen. Dann würde sie sich nicht ganz so hilflos fühlen. Aber die war mit der Wache im Lager zurückgeblieben.

Rodhana wandte sich mit einem Ruck ab und lief an der Kante entlang. Durch eine schmale Öffnung ging sie in einen natürlichen Tunnel. Myriam wollte so viel Abstand wie möglich zu der Frau haben. Am liebsten wäre sie ganz am Ende gelaufen. Doch dort wartete Burke. Myriam zwängte sich in den Strom der Insurgenten.

Der Gang schlängelte sich in die Tiefe und wurde immer schmaler, bis sie hintereinander gehen mussten. Myriam spürte Burkes heißen Atem in ihrem Nacken. Sie drängte vorwärts, doch blockierte ein massiger Rücken den Weg. Sie konnte nicht vorbei. Ihr wurde heiß. Zudem zog ihr ein beißender Geruch in die Nase. Myriams Herz pochte und ihr Atem ging in kurzen, flachen Zügen. Sie klebte sich an den Rücken des Vordermanns, bis der Tunnel in eine weite Höhle mündete. Der Weg verbreiterte sich. Sie atmete auf und überholte ein paar Leute, um Abstand zwischen sich und Burke zu bekommen.

Am unteren Ende sah sie feuriges Licht aus einem zackigen Spalt leuchten, das einen höllischen Schimmer auf die Wände der Höhle warf. Schwefelige Dämpfe zogen träge in die Höhe und fanden irgendwo in der Decke einen Auslass.

Burke holte wieder auf. »Du warst tatsächlich Eskorbine?«

Myriam zog es die Haut im Nacken zusammen. Sie beschleunigte ihren Schritt.

»Da bringen sie euch doch allerhand ... Kunstgriffe bei?«

Myriam blieb abrupt stehen. »Das geht dich einen Dreck an.«

»Aber ich bin ein williger Trainingspartner«, grinste er und starrte sie unverhohlen an. Sie kam sich unter seinen Blicken ganz nackt vor. »Such dir eine Andere!«, fauchte sie und setzte sich wieder in Bewegung. Er blieb ihr auf den Fersen. Sie zog den Kopf in den Nacken und lief schneller, bis sie vor dem Spalt stand. Heiße Böen fuhren ihr entgegen und im Widerschein glühten die Gesichter der Insurgenten.

»Wir können nicht lange drin bleiben«, erläuterte Rodhana. »Immer nur zwei.« Sie schlüpfte als Erste durch das Loch. Ohne zu überlegen kroch Myriam hinterher. Nur weg von Burkes gierigen Blicken.

Sengendheiße Luft schlug ihr ins Gesicht und im roten Licht eines mächtigen Lavastroms öffnete sich eine bizarre Szenerie. Erstarrte Erzzapfen hingen von der Decke wie Reißzähne im Rachen eines feuerspeienden Ungeheuers und streckten sich einem Hunderte von Metern tiefer gelegenen Lavasee entgegen. Überall aus den Wänden quollen träge Ströme geschmolzenen Gesteins und platschten zäh in den Abgrund. Andere sprudelten wie flüssiges Eisen. Einen Moment war Myriam gefangen von dem Anblick, aber die Hitze des Bodens brannte durch die Sohlen ihrer Schuhe. Mit schnellen Schritten trippelte sie hinter Rodhana her. Die warf ihre Fleischbrocken auf einen ebenen Stein, wo sie augenblicklich zischten und dampften.

Myriam war froh, ihre eklige Last loszuwerden und eilte zum Ausgang zurück. Erschöpft ließ sie sich auf den kühlen Boden sinken. Ihre Lungen brannten, ihre Haut schmerzte und an Händen und Armen entdeckte sie hässliche rote Flecken. Gut, dass Jake sie nicht so sehen konnte.

Als die ersten garen Stücke herausgebracht wurden, stürzten sich die Insurgenten wie wilde Tiere darauf. Endlich etwas zu essen. Und genug davon. Kochend heiß, wie es war, teilten sie das Fleisch. Gebraten sah es gar nicht mehr so widerlich aus. Auch war der eklige Geruch weitgehend verschwunden. Myriam schaute dennoch unentschlossen auf die unförmigen, fetttriefenden Brocken. Ihr Magen knurrte. Etwas anderes würde es heute nicht mehr geben. Sie hielt die Luft an und biss zaghaft in das Fleischstück. Es war zart und saftig, hatte aber einen bitteren Beigeschmack, wie von Lithanium und Schwefel. Myriam kniff sich mit zwei Fingern die Nase zu und begann zu kauen, dabei versuchte sie, das Wort Wurm aus ihren Gedanken zu bannen. Ein vorsichtiger Seitenblick sagte ihr, dass Burkes Interesse im Moment ausschließlich der Nahrung galt.

Nach dem Essen wurde es still in der Höhle. Die Insurgenten sackten einer nach dem anderen auf den Boden.

Auch Myriam fühlte eine eigenartige Schwere. Sie mochte sich nicht bewegen, nur hinlegen und schlafen. Sie konnte die Augen kaum noch offen halten. Warum sollte sie auch? Alle schliefen.

Unter halb geöffneten Lidern bemerkte Myriam, wie auch Rodhana sichtlich gegen die Müdigkeit kämpfte. Das wollte ihr nicht gefallen. Jemand musste wachen. Furchtsam schaute sie um sich. Wenn nun wieder so ein Untier auftauchte?

»Aufstehen! Bewegt euch!«, rief die Anführerin mit heiserer Stimme. Sie ging schleppend reihum und gab jedem, der sich nicht rühren wollte, einen derben Fußtritt. »Los! Los! Wir müssen aus dieser giftigen Luft heraus. Wer hier einschläft, wacht nie mehr auf!«

Erschrocken presste Myriam einen Zipfel ihrer Bluse auf den Mund und rappelte sich auf, bevor Rodhana sie erreichte. Von der Frau wollte sie sich nicht berühren, geschweige denn treten lassen.

Rodhana lachte, ging zum nächsten, Burke, und trat ihm in die Seite. Der Tritt hätte ruhig härter ausfallen können, dachte Myriam und packte ihre Sachen.

63

Jake stöhnte. Sein Kopf schien mit nichts als Schmerz gefüllt zu sein. Träge trieben Erinnerungen durch sein Bewusstsein: Gas. Sogleich bemerkte er den scharfen Geruch in der Luft. Erschrocken fuhr er auf und blickte verwirrt auf die silbrig glänzenden Wände einer Lagerhalle. Adrenalin schoss in seine Adern. Instinktiv krallte er sich am Seitenholm seiner Metallpritsche fest. Nein. Kein Metall, dazu war das Material zu warm und zu weich. Genauso wie damals auf dem Schiff. Jakes Puls pochte in seinen Ohren. Ein Schiff? Wo flogen sie hin?

»Bist du jetzt wach?«, tönte es aus einem unsichtbaren Lautsprecher über ihm.

Jake stöhnte. Sein Hirn lag wie ein Stein in seinem Schädel und eckte bei jeder Bewegung an. »Was habt ihr mit mir vor?«

»Wir brauchen dich in einer Konferenz.«

Jake kniff die Augen zusammen und fuhr sich mit der Hand über den Kopf. Sollte das ein Witz sein? Eine Sitzung mit wem? Squids? Ärger quoll in ihm hoch. »Was fällt euch ein, mich hinterhältig zu narkotisieren!«

»Nimm die Tabletten auf dem Tisch. Dann wirst du dich gleich besser fühlen.«

Jake sah sich um. Eine Ecke der Halle war spärlich mit einer Art Campingtisch und Klappstuhl möbliert. In der Wand darüber war eine von diesen Minikantinas eingepasst. Das Gerät hing schief und der Spalt war mit silberner Folie verklebt. Jake bestellte einen Muffin mit Ei und bekam einen Hot Dog. Er schlug mit der flachen Hand auf den Automaten, als hätte der seine Münze verschluckt. Mistding! Der angeforderte Omlukula kam dann richtig heraus. Jake spülte die Tabletten damit herunter.

»Folge dem Gang, dann links, bis du an die Scheibe kommst. Ach! Nimm den Stuhl mit«, tönte die Stimme aus dem Lautsprecher.

Sollte er jetzt einem Publikum vorgeführt werden? Oder den Ärzten, die protokollieren wollten, wie er vor dem Experiment aussah? »Ich denke, ich gehe wieder ins Bett, bis meine Kopfschmerzen vorüber sind.«

»Du machst es mir unnötig schwer, Doktor'jakedexterforrester. Ich hatte Schwierigkeiten genug, die anderen davon zu überzeugen, dass du einen konstruktiven Beitrag leisten kannst.«

»Wer bist du?«

»Wate'medaludes.«

Der Vater von den Kindern. Raumpilot. Wenn einer die Möglichkeit hatte, ihn zur Erde zurückzubringen, dann er. Aber wie konnte er ihn dazu bewegen? Die Squids brauchten ihn offensichtlich für dieses Experiment. Es schien ihnen wichtig zu sein, sonst würden sie ihn nicht völlig überraschend zu dieser Sitzung zitieren. Vielleicht ergab sich dabei eine Chance zum Verhandeln. Zumindest wollte er schon einmal vorfühlen. »Kannst du mich zurück zur Erde bringen?«

»Das geht nicht. Noch nicht.«

Jake richtete sich ruckartig auf. Er konnte es kaum glauben. »Was hast du da gesagt?«

»Es besteht die Möglichkeit, dich wieder auszusetzen. Aber vorher musst du kooperieren.«

Jake schluckte. Da war seine Chance! Aber welchen Preis würde er dafür bezahlen müssen? Mit Hoffnung und Misstrauen im Herzen griff er sich den Stuhl, der erstaunlich leicht in seiner Hand lag, und wandte sich dem spärlich beleuchteten, röhrenförmigen Korridor zu, der nach etwa hundert Metern an einem Quergang endete.

Rechts blockierte eine massive Schleuse den Blick. Jake wandte sich nach links. Nach wenigen Schritten versperrte eine durchsichtige Wand den Weg.

Der wassergefüllte Raum dahinter wirkte unfertig. Verkleidungen fehlten. Verwirrende, ungewöhnlich geformte Kabel und Leitungen schlängelten sich wie ein buntes Nervengeflecht zwischen Halterungen hindurch und verschwanden in Wänden und Decke. Der Boden war in Form eines Korallenriffs gestaltet, auf dem sich Squids mit ausladenden Tentakeln auf regelmäßig angeordneten, hockerartigen Strukturen ausbreiteten. Im gedämpften Licht schillerten sie in den unterschiedlichsten Farbschattierungen und helle Lichtreflexe huschten über ihre Körper. Sie saßen ganz still und glotzten ihn aus dunklen Augen an. Keine Tentakelspitze zuckte.

»Setz dich, Doktor'jakedexterforrester.«

Jake atmete durch. Sein Kopfschmerz war einem leichten Druck gewichen und er fühlte sich unerwartet frisch. Das ganze Szenario wirkte so unwirklich, dass er einen Moment lang glaubte zu träumen. Er spürte die glatte Stuhllehne in seiner Hand. Setzte den Stuhl nahe der Scheibe ab und machte es sich darauf bequem. Zumindest der Stuhl, dessen warmes Material seinen Körper angenehm stützte, machte einen sehr realen Eindruck.

Sogleich kam Bewegung in die Wesen: Ein etwas kräftigerer Squid begann, grün zu schimmern: *»Er sieht doch ganz zivil aus. Auch nicht sonderlich aggressiv.«*

»Sie haben ihn noch nicht erlebt, lieber Maski'lammarubis, er kann fürchterlich randalieren!«, erwiderte ein anderer, der mehr Lilatöne auf seiner Haut trug.

»Sie haben doch nicht etwa Angst, Hoher Minister?«

Jakes Anspannung ebbte ab. Einige der Viecher hatten offensichtlich einen Heidenrespekt vor ihm. Aber was ging ihn ihr Gezänke an? *»Was verlangt ihr von mir, damit ihr mich zur Erde zurückbringt?«*

»Sehen Sie, es geht schon los!«, rief der lila Schimmernde.

»Meine geschätzten Oktomajesten! Beruhigen Sie sich doch bitte. Ich möchte Sie an das dringliche Problem erinnern, weswegen wir uns versammelt haben. Das betrifft uns alle, auch den Homiden.«

»Mein lieber Wate'medaludes! Was kann der schon tun?«

»Kooperieren, Oberst Taka'zulablewis. Er ist hinreichend intelligent, das Problem zu verstehen. Außerdem verfügt er über PSI-Kräfte und kann somit telepathisch kommunizieren.«

»Umso schlimmer! Wir sollten ihn auf der Stelle einschläfern.«

»Durch ihn könnten wir eventuell neue Optionen erschließen, geschätzter Oberst. Und in unserer Situation können wir es uns nicht leisten, auch nur die winzigste Chance zu vergeben.«

Jake beugte sich vor. Es war offensichtlich, dass die meisten dieser kosmischen Sklavenhalter ihn nicht mochten. Aber dieser kleine Wate verteidigte ihn. Jake sah ihn genauer an und erkannte in dem feingliedrigen Wesen Überzeugung und Einsatz. Er schüttelte befremdet den Kopf. Da zankten diese Squids in menschlicher Manier und es ärgerte ihn, dass sie ihn für primitiv und blöde hielten. *»Wenn ihr euch nicht einig werdet, könntet ihr mich auch gleich zurückbringen.«*

»Es hat die Unverschämtheit, sich in unsere Auseinandersetzung einzumischen!«

»Ruhe! Ruhe. Deshalb habe ich ihn doch hergebeten. Zu einer gemeinsamen Diskussion, damit wir die neue Situation einschätzen und bewältigen können.«

»So lassen Sie uns diese Farce hinter uns bringen.« Zitronengelbe Punkte tanzten über die Haut des Sprechers und er wandte sich direkt an Jake. *»Wir brauchen dich zu Beobachtungszwecken.«*

Jake fasste den Squid ins Auge. Blitzartig überfiel ihn eine Ahnung. *»Ihr wollt mich als Versuchskaninchen benutzen!«*

»Ganz so ist es nun auch wieder nicht«, beschwichtigte Wate. *»Und wegen des Startverbots geht das ohnehin nicht mehr.«*

Jake stutzte. *»Ich dachte, wir befinden uns bereits auf einem Schiff.«*

Die Squids starrten Jake regungslos an.

Wates Haut bekam einen angenervten Grünstich. *»Wir reisen im Augenblick nicht durch den Raum, sondern unter Wasser. Das Schiff ist zwar der allerneuste Prototyp, aber noch nicht fertig und daher vorerst nicht raumtauglich.«*

Jake traute seinen Ohren nicht. *»Ihr lockt mich mit großen Versprechen, reist aber in einem unfertigen Schiff?«*

Ärgerliche rote Flecken sprenkelten die Haut der Squids. *»Es mokiert sich über uns!«*

»Ruhe! Ruhe!«, gebot Wate. *»Er weiß es noch nicht.«*

Jake zog die Brauen zusammen. *»Dann ist das vielleicht der richtige Zeitpunkt, mich aufzuklären!«*

»Das geht ihn doch gar nichts an. Er soll einfach nur tun, was wir anordnen!«

Jake sprang auf, aber Wate wedelte beschwichtigend mit seinen Tentakeln. »*Kooperieren*«, verbesserte er und wandte sich an Jake. »*Wir sind auf der Flucht und da haben wir uns das beste Schiff besorgt. Es kann nicht geortet werden. Das überwog die anderen Nachteile.*«

Jake starrte die Squids entgeistert an. »*Auf der Flucht? Könnt ihr mir endlich sagen, wer ihr seid und was ihr wollt?*«

Der Quadratköpfige blähte sich auf. »*Wir sind die Mantarokateere, Geheimbund zur Rettung Nitsituaans.*«

Jake schaute von einem zum anderen. Wie die drei Musketiere sahen sie nicht gerade aus. Tintenfische in einem Aquarium. Aber was ging wirklich in diesen weichen Köpfen vor? »*Ich kann mit beim besten Willen nicht vorstellen, wie ihr das mit einem funktionsunfähigen Schiff bewerkstelligen wollt!*«

Ein Kräftiger schob sich vor. »*Es gibt tief im Westmeer eine verlassene Unterwasserbasis aus den Kaartenugizzer-Kriegen. Dort werden wir es fertigstellen.*«

»*Wenn die Anlage überhaupt noch betriebsfähig ist*«, quiekte ein Kleiner und schillerte in Lila.

»*Wir müssen nachsehen, welche Einrichtungen dort noch funktionieren*«, räumte ein voluminöser Squid ein. Seine Haut färbte sich vor Ratlosigkeit dunkel.

»*Oberst Taka'zulablewis, wir werden alle sterben*«, quiekte ein anderer und zuckte unkoordiniert mit den Fangarmen.

Jake setzte sich auf seinen Stuhl und ließ die Schultern sinken. Das ganze Unternehmen sah nach einer heillosen Nacht-und-Nebel-Aktion aus. Ängstliche, Idealisten und Weltverbesserer. Ein zusammengewürfelter Haufen ohne strategische Planung. Er schüttelte den Kopf. Ihre Versprechen waren keinen Penny wert.

Wate erhob sich von seinem Platz. »*Noch hat uns Klabu'teranuster nicht erwischt. Noch haben wir Hoffnung. Wir können etwas tun! Lasst uns zupacken, meine geschätzten Oktomajesten.*«

»*So ist es Recht, verehrter Commander*«, fiel Oberst Taka ein. »*Zunächst nehmen wir Kurs auf die Basis. Bis wir dort sind, können wir den Homiden so weit dressieren, dass er seine Aufgabe erfüllen kann.*«

Der Hoffnungsschimmer sprang auch auf Jake über, aber die Arroganz des Sprechers war unerträglich. Er sah ihn scharf an. »*Wie ein Tier lasse ich mich von euch nicht behandelt!*«

»*Beruhige dich, Doktor'jakedexterforrester*«, fuhr Wate dazwischen, »*Ich werde dich lehren, da ich als Raumschiffcommander in den Wissenschaften der Raumfahrt und der Kosmologie bewandert bin, und weiß, dass du in diesen Gebieten schon primitives Vorwissen besitzt.*«

Primitives Vorwissen! Und was zum Teufel hatte er all die Jahre gelernt? Auf der Uni und bei seinen Forschungen? Aber wenn diese Wesen tatsächlich die überlichtschnelle Raumfahrt beherrschten, und daran zweifelte er nicht, dann waren die Menschen auf der Erde Hunderte oder gar tausend Jahre hinterher. Jake schloss die Augen. Das war eine vertrackte Situation. Aber was für eine Wahl hatte er? Er war eingesperrt. Unter Wasser. Sie hatten ihn in der Hand. Und auch, wenn er vieles, von dem sie sprachen, nicht nachvollziehen konnte, so war ihm eins klar: Sie waren in Schwierigkeiten. Und sie wollten ihn, in was auch immer, vorausschicken. Aber zuerst würde er eine Art Ausbildung bekommen. Auch wenn ihre Organisation wie reines Chaos aussah, es war seine einzige Chance. Jake entschloss sich anzuhören, was dieser Wate ihm beizubringen gedachte. Irgendwie hatte ihn dieser kleine Kerl mit seinem Plädoyer berührt. Und es mochte absurd sein, aber er hatte das Gefühl, dass ihn dieser Tintenfisch sympathisch fand – und er ihn auch. Jake nickte. *»Okay«*, sagte er, *»einen Versuch ist es wert.«*

64

Auf dem Rückweg zum Hauptquartier machten die Insurgenten Rast in einer kleinen Höhle. Burke reckte gelegentlich den Kopf und sah zu Myriam herüber. Sie duckte sich tiefer in den Schatten.

Plötzlich löschte Rodhana das Licht. Sofort ließ sich Myriam zu Boden sinken und lauschte klopfenden Herzens in die Finsternis. ›Licht aus‹ war kein gutes Zeichen.

Außer dem gelegentlichen Rollen eines Kiesels hörte sie nichts Verdächtiges. Jemand schlich vom Lager weg. Wahrscheinlich Burke. Er ging immer auf Kundschaft.

Es dauerte eine Weile, bis Myriam es wahrnahm: ein feines Sirren in der Luft. Sie hatte so etwas noch nie gehört, aber alle Sinne schrien Gefahr. Sie hielt die Luft an und blickte in der Dunkelheit ängstlich umher. Sie konnte die Kameraden nicht sehen, aber sie glaubte, ihre Nähe zu spüren.

Da tauchte ein fahler Lichtschein im Tunnel auf. Darin zeichnete sich die winzige Silhouette einer Gestalt ab, die mit langen Schritten herbeirannte. »Licht!« Burkes Stimme drang dünn durch die Dunkelheit. Eine böse Ahnung zog Myriams Magen zusammen.

Rodhana reagierte im Nu und hielt ihren abgeblendeten Glimmerstein wie ein Orientierungslicht in die Höhe. Aber auch das Licht in der Ferne wurde heller und stach als gleißender Punkt durch die Schwärze der Höhle.

Burke rannte, was er konnte. »Kleeeristeeen!«, schrie er mit überschnappender Stimme.

Das reichte, um Myriams Puls zum Rasen zu bringen. Aber auch die anderen kamen in Bewegung, zogen ihre Glimmersteine hervor und packten in Windeseile zusammen. Jenslow drückte Burke hastig sein Bündel in die Hand.

Rodhana sprintete los. »Mir nach«, rief sie und hielt auf einen schmalen Seitengang zu, ein spitzer Schatten im wachsenden Licht. Er war nicht mehr weit, da brach die Hölle los: Sirren, Knallen, Brüllen. Ein entsetzlicher Schmerzensschrei, etwas Warmes spritzte Myriam ins Gesicht. Röcheln, Stöhnen. Schüsse pfiffen. Jemand fiel neben Myriam. Sie wollte helfen, aber ein blauer Strahl ging Fingerbreit an ihrem Kopf vorbei. Panik erfasste sie und sie dachte nur noch an Flucht. Noch einmal schnitt ein Strahl durch die Luft und verfehlte knapp ihre Beine.

Dann erreichte sie den Seitengang und stürzte hinein. Sie passierte Kotlack, Jenslow und Burke, die mit ihren Waffen den Eingang verteidigten. Myriam flüchtete mit dem Rest weiter. Immer Rodhana hinterher, durch einen zerklüfteten Spalt in einen verfallenen Tunnel. Langsam blieb der Kampfeslärm zurück. Nach einer schier endlos erscheinenden Jagd auf verwirrenden Wegen stolperten sie endlich in das Hauptquartier.

Mit zitternden Muskeln ließ sich Myriam auf ihre Decken fallen. Die Angst holte sie ein und nahm ihr fast den Verstand. Nur vage spürte sie Marjellas Hand auf ihrem Rücken. »Es ist vorbei. Hier werden sie uns nicht finden.«

Später kamen Burke und die anderen.

Rodhana trat ihnen entgegen. »Habt ihr sie erledigt?«

Burke nickte.

»Verletzte?«, wollte sie wissen.

»Kotlack haben sie die Schulter durchlöchert und ein Ohr abgeschnitten, Jenslow die Finger.«

Myriam blickte entsetzt auf die Männer. Jenslow tat ihr leid. Er war ein feiner Kerl. Von Burke und Kotlack hielt sie sich lieber fern. Aber sie waren es, die die Angreifer aufgehalten hatten. Auch wenn sie Angst vor ihnen hatte, fühlte Myriam Dankbarkeit in sich aufsteigen. Das schien Burke nicht zu entgehen.

Kotlack befingerte den blutenden Stumpf seiner abgeschnittenen Ohrmuschel. »'n Stück näher, dann wär mir der Strahl durch die Birne gegangen. Glück muss man haben!«, sagte er und grinste vor sich hin.

Rodhana stieß einen Fluch aus. »Wie viele fehlen?«

»Acht.«

Wieder fluchte Rodhana. Dann rief sie die Gesunden zu sich. »Du auch!«, fuhr sie Myriam an.

Sie gingen zurück. Der Geruch geschmolzenen Gesteins und verbrannten Fleischs lag in der Höhle. Myriam hörte leises Schluchzen und Stöhnen in der Dunkelheit. »Ausschwärmen!«, befahl Rodhana.

Die Glimmersteine der Suchenden irrlichterten durch die Finsternis. Myriam tastete sich zaghaft auf das Wimmern zu. Hinter sich hörte sie einen Schrei des Entsetzens, gefolgt von lautstarkem Erbrechen. Sie fuhr herum. Obwohl sie im spärlichen Licht nur Silhouetten erkennen konnte, fuhr ihr das kalte Grauen über den Rücken. Dort lag ein Toter. Nur mit aller Mühe bekämpfte sie den Impuls wegzulaufen.

»Steh nicht so faul herum«, bellte Rodhana. Myriam lief mechanisch weiter, bis das Licht ihres Glimmersteins auf eine dunkle Gestalt am

Boden traf. Myriam wurde es flau im Magen. Eine Frau mit langen Haaren lag in grotesker Haltung vor ihr. Die Augen geschlossen, das Gesicht eingefallen. Sie rührte sich nicht. Myriam starrte sie an, unsicher, was zu tun sei.

»Elisbethe.« Rodhana kam herbei und kniete neben der Frau nieder.

Langsam öffnete die Verletzte die Augen. »Rodhana«, hauchte sie schwach. Dann fing sie an zu schluchzen. »Lass mich hier nicht sterben.«

Myriam schnürte es das Herz zusammen. Sie ließ sich nieder und nahm Elisbethes Hand. Die war kalt und schlaff. Betroffen schaute sie der Frau ins Gesicht und bemerkte Blut unter ihrem Nacken. Erschrocken blickte sie zu Rodhana, deren Gesichtszüge wie versteinert schienen.

»Es wird alles gut«, flüsterte die Anführerin der Verletzten zu.

Myriam fühlte sich hilflos. Was sollte sie tun? Draußen hätte sie Kleristen gerufen. Die hätten die Unglückliche zu einer Unfallstation gebracht. Hier gab es keine Hilfe. Ganz im Gegenteil. Hier töteten die Kleristen, statt zu heilen. Myriam griff nach ihrer Flasche, um der Frau etwas Wasser zu geben, doch die Anführerin winkte energisch ab. Verstört ließ Myriam den Arm sinken.

»Ich kann mich nicht bewegen«, röchelte Elisbethe.

»Ich werde dir helfen«, antwortete Rodhana. Tränen schimmerten in ihren Augen. »Ich werde dir helfen.« Sie nahm neben der Verletzten Platz. »Myriam, schau nach, was die anderen gefunden haben!« Rodhanas Stimme hatte einen scharfen Unterton. »Sie sollen die Toten zusammenbringen«

Myriam wandte sich gehorsam ab. Das Licht der vielen Glimmersteine in der Höhle drang nur bis an ihre Netzhaut. Es konnte das Bild der Gelähmten nicht verdrängen. Alles um sie herum schien sich in dichtem Nebel abzuspielen, unwirklich und leer.

An vier Stellen hatten sich die Insurgenten gesammelt. Myriam lief auf die nächstbeste Gruppe zu. Hinter sich hörte sie Kiesel knirschen. Sie wirbelte erschrocken herum. Wo gerade noch die Anführerin gesessen hatte, herrschte völlige Finsternis. Myriam blieb das Herz fast stehen. »Rodhana?«

Da zuckte ein helles Strahlenbündel auf und schlug in den Kopf der Verletzten ein.

Myriam entfuhr ein Entsetzensschrei.

»Geh fort!«, rief Rodhana mit belegter Stimme. »Geh!«

Myriam zog es den Magen zusammen. Abscheu und Grauen schüttelten sie. Sie zwang sich, zu laufen. Schritt für Schritt. Bis sie die erste Gruppe erreichte und eine Leiche erblickte, diagonal zerschnitten, an den Innereien wimmelten Aaskäfer. Sie wendete sich ab und erbrach sich.

Als sie sich wieder gefasst hatte, waren die Leichen bereits unter einen Überhang geschafft worden. Auch Elisbethe lag dort. Die Anführerin sprach die Totenworte der Meduse. Etwas kühl und distanziert, wie Myriam fand. Aber in ihrem Schwur, die Toten zu rächen, lag glühender Zorn und eiserne Entschlossenheit. Am Ende löste Rodhana mit einem gezielten Schuss einen Erdrutsch aus, der die leblosen Körper unter sich begrub.

65

Es stellte sich als schwierig heraus, einem einfachen Geschöpf wie diesem Homiden das Wissen der Oktoftewiltabinen zu vermitteln.

Mit allen Saugnäpfen an seinen Hocker gesaugt, saß Wate'medaludes vor der Scheibe, hinter der Jake in dem wasserfrei gepumpten Cargoschacht auf einem Stuhl kauerte. Obwohl er Doktor'jakedexterforrester als überdurchschnittlich intelligent erachtete, brachte ihn der Homide doch an den Rand seiner Geduld, besonders weil er alles besser zu wissen glaubte. Er sträubte sich gegen die elementarste Logik.

»Licht hat kein Medium! Das haben wir auf der Erde mehrfach gezeigt!«

Die Bemühungen des Homiden hatten etwas Rührendes. *»Doktor'jakedexterforrester, du kannst ein Medium nicht nachweisen, wenn deine Geräte, und selbst dein Körper, Teil des Mediums sind. Du brauchst einen Referenzpunkt, der den physikalischen Gesetzen des Mediums nicht unterliegt, und den hast du nicht.«*

Doktor'jakedexterforrester stand von seinem Stuhl auf und lief an der Scheibe hin und her. Homiden waren lustig anzusehen. Selten blieben sie still sitzen.

»Aber die Messapparatur war aus Glas und Stahl!«

»Trotzdem ist sie wie eine Qualle im Meer und schwingt in den Wellen des Mediums. Sie wird im gleichen Maße länger und kürzer. Sie kann daher nichts nachweisen.«

Jake blieb stehen und schaute Wate an. *»Aber eine vermeintliche Verkürzung tritt nur bei relativistischen Geschwindigkeiten auf!«*, sagte er und warf dabei einen Arm zur Seite.

Wate wünschte, er könnte die Gesten besser verstehen.

»Nur scheinbar«, antwortete er, *»denn auch eure Entfernungsmesser und Zeitgeber unterliegen den Kontraktionen des Mediums. Auch sie sind wie Quallen. Ihr könnt die Zeit nicht messen. Alles, was ihr messt, sind Bewegungsabläufe, Oszillationen und Zerfälle, die wiederum mitbewegter Teil eines fluktuierenden Mediums sind. Stell sie dir wie Dichteschwankungen vor.«*

Der Homide riss Mund und Augen auf, was wirklich komisch wirkte. Die Kinder hätten ihren Spaß daran gehabt.

»Die Höhle der Göttin!«, sagte er zögernd.

Jetzt hörte er sich an, wie einer der Leithomiden. Wate befürchtete, dass sein einfaches Gehirn überlastet war. *»Ich verstehe nicht?«*

»Ich auch nicht«, sagte Doktor'jakedexterforrester und Wate bemerkte erleichtert eine Entspannung in dessen Muskulatur. *»Nur eine Erinne-*

rung.« Er setzte sich wieder und beugte sich vor, sodass seine Nase fast die Scheibe berührte. *»Aber woraus besteht euer Medium?«*

»Zytulonen. Das sind winzige Bausteine, weder Welle noch Partikel. Sie leiten den Lichtimpuls und formen die Elementarteilchen, die je nach Zytulonenzusammensetzung unterschiedliche Eigenschaften ausprägen. Theoretisch gibt es fast endlos viele Kombinationsmöglichkeiten, doch haben sich in der Natur nur wenige als stabil erwiesen. Die kennst du als Protonen, Neutronen, Elektronen, Bosonen, Gravitonen, Photonen, Quarks, Neutrinos und dergleichen.«

Der Homide setzte sich gerade und verzog das Gesicht in einer Weise, dass Falten auf seiner Stirn entstanden. Immer wieder erstaunte Wate die ausgeprägte Mimik dieser Tiere.

»Vielleicht ist das die Dunkle Materie, die unsere Astronomen postuliert haben. Aber was hat das mit überlichtschneller Raumfahrt zu tun?«

Wate entschloss sich, tiefer in die Theorie einzusteigen: *»Zytulonen reagieren auf Lymellen. Das wiederum sind Wellen, die sich mit millionenfacher Lichtgeschwindigkeit ausbreiten. Wir nutzen sie als Ferntaster bei der Raumfahrt und zur Darstellung des Weltraums. Du kennst ja selbst die Nachteile, wenn elektromagnetische Wellen zur Erforschung des Kosmos genutzt werden. Einerseits blicken sie mit der Entfernung in die Vergangenheit. Andererseits führen die Wechselwirkung des Lichts mit den Zytulonen und das Altern der Lichtwellen zu sich überlagernden Effekten, und daher zu verzerrten Vorstellungen. Zum Studium eines fernen Universums und für die Navigation bei Überlichtgeschwindigkeit sind sie schlichtweg unbrauchbar.«*

Mit einem lustig klingenden Geräusch, das Erschöpfung anzeigte, ließ sich Doktor'jakedexterforrester gegen die Lehne des Stuhls sinken. *»Aber wenn man nichts anderes hat?«*

Ja. Da zeigte sich der Unterschied zwischen der fortgeschrittenen Entwicklung der Oktoftewiltabinen und dem urzeitlichen Wissensstand der Homiden. *»Dann müsst ihr euch auf die Suche nach feineren Werkzeugen machen. Lymellen, zum Beispiel. Geh doch noch einmal die Lehrmodule durch.«*

Mit einem Gefühl, endlos lange gegen eine starke Strömung geschwommen zu sein, beendete Wate die Lehrstunde und tauchte in die Offiziersmesse.

Ein Oktoftewiltabine von blassem, schwabbeligem Aussehen schwamm ihm in die Bahn. *»Sie leuchten ja so frustriert, lieber Wate'medaludes.«*

»In der Tat, bester Glita'waschkemutu. Es ist einfacher, Lehrer in der primären Edukatiaklasse zu sein, denn die Kinder wissen, dass sie nichts wissen. Dieser Homide dagegen …«

»Sie wissen, dass es illegal ist.«

»Wovon reden Sie?«

»Artfremde Wesen dürfen nicht in unseren Wissenschaften unterwiesen werden, mit Ausnahme der im Gesetz festgelegten ungefährlichen Grundlagen für ausgewählte Spezies.«

Wate brachte seine Verblüffung schnell unter Kontrolle: *»Die Dressur des Homiden wurde im Rahmen der zu bewältigenden Aufgaben meiner vortrefflichen Entscheidungsbefugnis unterstellt.«*

»Ich möchte nur nicht, dass Sie in Schwierigkeiten geraten, verehrter Wate'medaludes«, sagte Glita schnippisch und glitt betont elegant davon.

Was sollte der Quatsch? Hatten sie nicht schon genügend Unannehmlichkeiten und Gefahren? Der Stress ist ihm wohl etwas zu viel geworden, dachte Wate und schaute indigniert hinterher. So ein Spritzer! Aber irgendwie beschlich Wate ein ungutes Gefühl.

»Sie haben mich gerufen, Commander?«

Wate wirbelte mit einem schnellen Tentakelschlag herum. »Lame«, antwortete er akustisch und entspannte sich. »Wie Sie wissen, versuchen die Techniker aus den Ersatzgeräten eine Lernmaschine für den Homiden zusammenzubauen. Ich wollte Sie fragen, ob Sie in Zusammenarbeit mit Maski vielleicht in der Lage wären, mir ein paar besondere Lernprogramme zu schreiben?«

»Sie meinen ...«

»Genau. Aber es bleibt unter uns!«

»Jawohl, Commander.«

Diese ganze Geheimnistuerei ließ Wates Haut widerwärtig jucken. Sie behagte ihm nicht. Aber er hielt sie für notwendig, denn es war schon einmal Information über ihr erstes Treffen an die Sicherheitsbehörden gelangt. Irgendwo gab es eine Lücke. Jota würde sich für die Zuverlässigkeit der Mitglieder ihrer Geheimmission frittieren lassen. Aber auch für deren Familienmitglieder? Würden diese schweigen, wie sie es geschworen hatten? Wate beschloss, nur seiner alten Crew zu vertrauen. Davon waren nach dem verhängnisvollen Flug bedauerlicherweise nur noch Lame und Maski am Leben.

Hier an Bord hatte Wate als Commander alles unter Kontrolle. Aber wenn sie erst einmal die Basisstation erreichten, würde dort das Kommando jemand anderes übernehmen. Es war noch nicht entschieden wer, aber Wate hoffte auf Deste'plimerates. Er hatte ihn nach dem Unfall mit Myriam'roslinabjörnsvenkerson zu schätzen gelernt.

Müde schwamm Wate zu seinem Quartier, der Kapitänssuite. Wenn sie fertig ausgebaut gewesen wäre, hätte es ganz gemütlich sein können. Aber, wie große Teile des Schiffs, war auch sie eine Baustelle. Metallstreben und Kabelstränge trennten die Innenräume. Tenka war unzufrieden und die Kinder langweilten sich. Den plötzlichen Aufbruch von Zuhause und die Fahrt mit dem Schiff fanden die Kleinen zuerst ganz aufregend. Aber jetzt wollten sie in den Gängen toben, deren unfertige Konstruktion zu viele Gefahren bargen. Sie mussten sich die meiste Zeit im Quartier aufhalten. Das passte ihnen gar nicht.

Nur Fanli lebte auf. Sie besuchte häufig ihren Vater in der Kommandozentrale und ließ sich von der Crew alle Instrumente und Anzeigen erklären. Tenka vermutete, dass sie sich obendrein mit dem Sohn des ehemaligen Leiters des Sicherheitsdienstes der Raumflotte herumtrieb, ein strammer Bursche mit Disziplin. Etwas davon könnte ihr gar nicht schaden.

Als Wate die Tür zu seiner Unterkunft öffnen wollte, klemmte sie. Fast hätte er sich beim Aufschieben einige Saugnäpfe aus den Tentakeln gerissen.

Tenka empfing ihn ärgerlich hellrot leuchtend. *»Das ist doch nicht zum Aushalten! Wann kommen wir endlich an eurem verdammten Versteck an. Hoffentlich sieht es dort nicht genauso verheerend aus wie hier!«*

»Liebes, ich kenne die Verhältnisse und Räumlichkeiten in der illustren Raumbasis nicht, aber wir werden sie bei guter Strömung in zwei Tagen erreichen.«

»Und dann? Kalte Driften, große Löcher, keine Privatsphäre. Ich habe genug. Ich will zurück nach Hause in unsere gemütliche Wohngrotte.« Von einem Augenblick zum anderen wechselte das zornige Rot zu traurigem Graublau.

»Wir werden gewiss wieder zurückkehren, sobald die unglückliche Situation bereinigt ist«, versprach Wate.

»Du musst deine Tentakel in jedes Muränenloch stecken, bis sie dir einmal abgebissen werden! Erst holen sie dich halb gekocht aus dem Weltraum zurück, und jetzt? Ich weiß es nicht.« Sie ließ sich deprimiert auf den Boden sinken. *»Ich habe das Gefühl, wir kommen überhaupt nicht mehr heim nach Wellubimarulles.«*

Wate paddelte zu ihr und wickelte seine Tentakel zärtlich um sie. *»Doch, Liebes, das werden wir.«*

»Ach, Wate. Du versuchst nur, mich zu beruhigen. Du warst schon immer ein Fisch und du wirst es auch bleiben, aber lügen kannst du nicht. Es steht schlecht um uns.«

»Egal, wie es auch aussehen mag, wir werden unser Bestes tun. Das verspreche ich dir.«

Sie blies langsam durch ihre Kiemen. *»Wage dich bitte nicht zu weit in die Brandung! Ich mache mir wirklich große Sorgen!«*

66

In den folgenden Nächten wachte Myriam immer wieder auf. Sie zitterte in ihren durchgeschwitzten Decken. Elisbethes Wimmern hallte ihr noch immer in den Ohren und die Bilder der verstümmelten Leichen drehten sich vor ihren Augen. Aber am schlimmsten war der grausame Schuss, der Elisbethes Gesicht zu einem unförmigen Klumpen zerschmolzen hatte. Myriam schlug sich mit den Fäusten gegen die Schläfen, aber die Bilder wollten nicht weichen.

Den anderen Insurgenten ging es auch nicht viel besser. Sie saßen tagsüber oft im Kreis und stierten dumpf vor sich hin, als hätten sie ihre Seelen verloren. Solch ein Gemetzel hatten die Kleristen bislang noch nie angerichtet.

Rodhana nahm verbissen das Kampftraining der Gruppe wieder auf. Aber ohne die Hilfe von Kotlack und Jenslow war sie hoffnungslos überfordert.

Burke machte noch einen Vorstoß bei Myriam.

»Lass mich endlich in Ruhe!«, schrie sie ihn an.

Er trollte sich, aber in seinen Augen blitzte unverhohlener Ärger.

In der Nacht kam er dann. Bevor Myriam richtig bei sich war, lag er schon auf ihr und versuchte seine Zunge in ihren Mund zu schieben. Seine rauen Hände verloren sich unter ihrer Wäsche und rissen sie ihr vom Körper.

»Hör auf!«, schrie Myriam, doch er presste sich härter auf sie.

»Dafür wurdest du ausgebildet und jetzt bin ich dran«, keuchte er und schob mit seinen Knien ihre Beine auseinander.

Wie aus dem Nichts tauchte Rodhana über ihnen auf. »Lass sie in Ruhe, sonst schneide ich dir die Eier ab«, sagte sie mit eiskalter Stimme.

»Sie hat mich dazu eingeladen!«

»Noch einmal, und du fliegst aus der Gemeinschaft!«, donnerte Rodhana.

Burke schaute sie einen Moment lang an, sein Gesicht gerötet, seine Hände vor Zorn zitternd. Er bewegte den Mund, doch kam kein Wort heraus. Dann senkte er den Blick, aber heißer Hass schwelte in seinen Augen.

Rodhana wandte sich Myriam zu. »Wenn du dich bedroht fühlst, ist es deine Pflicht, es mir mitzuteilen. Die Gruppe muss zusammenhalten, sonst sind wir verloren.«

Myriam schlug die Augen nieder. »Ich dachte, es würde nicht so weit kommen.«

»Du bist nicht mehr an der lieblichen Oberfläche. Dinge hier unten sind anders. Die Isolation und Dunkelheit macht uns manchmal zu Tieren. Vergiss das nicht! Aber einer passt auf den anderen auf.« Dabei warf sie einen scharfen Blick auf Burke. Der entfernte sich mit wutverzerrtem Gesicht.

Danke. Das Wort lag Myriam schon auf der Zunge. Doch Rodhana wandte sich ab und schritt erhobenen Hauptes zu ihrem Lager zurück.

Myriam konnte nicht mehr einschlafen. Sie wälzte sich von einer Seite auf die andere. Bei jedem Geräusch fuhr sie zusammen. Wenn Burke noch einmal wiederkäme? Sollte sie dieser arroganten, knallharten Rodhana wirklich ihre Angst mitteilen? Am Ende noch in ihrer Nähe schlafen? Das konnte sie nicht.

Aber die Furcht vor Burke ließ ihr keine Ruhe. Am Ende packte sie ihre Schlafdecke und zog sie sachte näher zu Marjellas Lager, ohne diese zu wecken.

Auch hier lag sie lange wach. Schließlich fielen ihr doch die Augen zu.

Dann war sie mit einem Schlag wieder hellwach. In der Nähe knirschte ein Kiesel. Sie zog ihren Glimmerstein hervor und fand sich von Männern umstellt. Burke trat blitzschnell vor, entriss ihr das Licht und steckte es ein. Gleichzeitig wurde sie von den Kerlen gepackt. Jemand stopfte ihr brutal einen Lappen zwischen die Zähne. Myriam pochte das Blut in den Ohren. Sie trat um sich. Sogleich legten sich Schlingen um ihre Hände und Füße. Sie konnte sich nicht mehr bewegen. Die Männer hoben sie auf und trugen sie davon. Nur das Knirschen ihrer Sohlen war gelegentlich zu hören. Keiner der andere schien etwas zu bemerken. Myriam schrie in den Knebel, versuchte ihn auszuspucken. Er saß fest, schmeckte nach altem Schweiß und nahm ihr die Luft.

Es kam ihr wie eine Ewigkeit vor, bis sie auf den steinigen Boden gelegt wurde. Licht leuchtete auf. Myriam sah die Felsdecke keine zwei Meter über sich. Hitze flutete ihren Körper. Sie stemmte sich panisch gegen die Fesseln.

Burke trat herbei und grinste. »Wenn du schon zu nichts zu gebrauchen bist, dann gibt es keinen Grund, dich weiterhin durchzufüttern.«

Wahnsinnig vor Angst riss sie erneut an den Fesseln.

Burke lachte höhnisch. »Bevor wir dich verschwinden lassen, werden wir uns noch von dir verabschieden. Und es wird ein schöner Abschied. Zumindest für uns. Für jeden von uns.«

Burke wandte sich an seine Kumpane. »Zieht sie auseinander!«

Die Männer zerrten mit Schlingen an Myriams Armen und Beinen. Verzweifelt trat sie um sich und schrie in den Knebel. Es nützte nichts. Sie wurde aufgespannt wie ein Sprungtuch. Burke trat näher. Ein sadistischer Zug verzerrte sein Gesicht: »Zuerst schneide ich deine Klamotten in feine Streifen.«

Genüsslich zog er sein Messer aus dem Gürtel.

»Die wirst du sowieso nicht mehr brauchen und ich liebe es, Geschenke langsam auszupacken.«

Er beugte sich so dicht über Myriam, dass sie seinen heißen Atem an ihrer Wange spürte. »Ach ja, vielleicht möchtest du zum Abschied ja noch etwas sagen?«

Er setzte das Messer an ihrem Knebel an und riss ihn ihr mit einem Ruck aus dem Mund.

»Lass mich gehen«, schluchzte sie. »Was hab ich dir denn getan?«

Hass rötete sein Gesicht. »Rache und Gerechtigkeit. Ich lasse mich doch von so einem dahergelaufenen Wildfang wie Jake Forrester nicht ungestraft demütigen! Halt still! Sonst rutscht mir das Messer zu früh ab. Wäre doch schade.«

Er führte die Klinge unter ihre Bluse und schnitt gemächlich den Stoff entzwei. Kalt glitt die stumpfe Seite der Schneide über Myriams Bauchdecke. Sie zitterte. Ihre Arme und Beine waren zum Zerreißen gespannt. Sie konnte sich nicht bewegen, spürte, wie sich der kalte Stahl zwischen ihre Brüste schob und die Bluse bis zum Hals aufschnitt. Burkes Körper presste sich auf ihren. Grinsend näherte sich seine vor Lust verzerrte Fratze ihrem Gesicht.

Plötzlich wurde es von einer riesigen Faust zur Seite geschlagen. Burkes Gewicht rollte von ihr. Kurz darauf hörte sie das Klatschen weiterer Faustschläge. Der Zug an den Seilen erschlaffte. Mit einem Mal war sie frei. Sie kroch in eine Ecke. Von dort sah sie eine klobige Gestalt unter ihren Peinigern wüten. Licht fiel auf das grobschlächtige Gesicht mit dem fehlenden Ohr: Kotlack. Der Bulle schlug um sich. Einer gegen viele.

Myriam drückte sich tiefer in den Schatten. Da traf sie ein Schlag und in ihrem Kopf explodierte ein Feuerwerk. Besinnungslos sank sie zu Boden.

67

Die alte Raumbasis war einst eine Hochsicherheitsanlage gewesen, von nahegelegenen Tiefseesprudlern mit Wärme und Energie versorgt. Schon von Weitem leuchteten sie sinister durch die schwarze Tiefe. Dort kochte brodelnd das Wasser und wirbelte wütend in die Höhe. In sicherer Entfernung breitete sich die flächige Anlage der Station über weite Teile des Meeresbodens aus. Sie lag in so großer Tiefe, dass selbst die Oktoftewiltabinen unter dem herrschenden Wasserdruck nicht ungeschützt bestehen konnten.

Vor hunderten von Zyklen lebte die Station im Licht der Navigations- und Anflugleuchten, doch inzwischen hatte sich einiges geändert.

In der Kommandozentrale der FRE-D0Y94X-72a drängten sich die Oktomajesten der Führungsriege um den großen Hauptschirm, wo in Kürze die Raumbasis sichtbar werden sollte.

»Sind Sie sicher, geschätzter Zukla'medikulles, dass die alte Basis überhaupt existiert? Ich für meine Wenigkeit habe noch nie etwas davon gehört«, fragte Jota erstaunt.

»Mein lieber Minister. Es war schon damals in den Kaartegunizzer Kriegen sensitive Information gewesen. Obendrein hat das Sediment Hunderter von Zyklen das Wissen verschüttet. Es ist Ihnen doch bekannt, meine Oktomajesten, dass mich die Geschichte unserer Raumfahrt auf das Brennendste interessiert, und so bin ich, rein zufällig, wie ich gestehen muss, über Aufzeichnungen dieser Unterwasseranlage gestoßen.«

Oberst Taka ließ gelbe Punkte über seine Haut huschen. *»Es kommt mir befremdlich vor, bester Zukla'medikulles, wie ich ja schon zu Eingang unserer Mission hervorgehoben habe. Ich war schließlich beim Sicherheitsdienst der Raumflotte. Ich hätte davon wissen müssen! Aber dann … man kann nie sicher sein.«*

Der schwabbelige Glita schillerte in angenervtem Grün. *»Daten! Setzen wir alle unsere Hoffnung auf den Inhalt irgendeines obskuren Registers?«*

Arte'makutiges, ein Offiziersanwärter der Raumflotte, ließ lila Lichter der Besorgnis über seine Haut blitzen. *»Computerwissen! Selbst wenn das Bauwerk noch bestünde, wäre es nach all der Zeit ohne Wartung überhaupt noch benutzbar?«*

»Die Historie lehrt, dass unsere Vorfahren trefflich haltbare Baustoffe herzustellen wussten«, konterte Zukla.

Glita blähte sich auf. *»Ja, ja, verehrter Oberst. Das haben Sie uns schon hundert Mal ...«*

Wate unterbrach ihn. *»Der Taster hat etwas erfasst.«*

Sofort richtete sich die Aufmerksamkeit aller auf den Schirm. Da war nur Meeresboden zu sehen. Doch es zeichneten sich darin regelmäßige Strukturen ab.

»Das sieht ja schrecklich aus«, stöhnte Deste. *»Die Anlage ist ja völlig unter Sinkstoffen und Sediment begraben.«*

»Die Basis war riesig«, sinnierte Zukla. *»Es wird nicht alles in solch desolatem Zustand sein.«*

Jota zuckte nervös mit einem Tentakel. *»Wollen wir es hoffen, bester Oberst.«*

»Da vorne!«, rief Lame aufgeregt.

»Maski – Außenscheinwerfer!«, befahl Wate.

Die Lichtkegel streiften durch die schwarze Tiefe und trafen auf die verwitterten Bauten.

Die Oberflächen schienen wie von Pockennarben übersät.

Deste knurrte. *»Tiefseebakterien fressen alles!«*

Wate scannte die Infrarottaster. *»Wir brauchen nur einen funktionierenden Hangar. Einen einzigen. Maski, suchen Sie weiter!«*

Der steuerte das Schiff von einem Gebäudekomplex zum nächsten. Und mit jedem sank die Hoffnung. Bleierne Stille breitete sich in der Kommandozentrale aus. Obwohl die alte Basis eine schier endlose Fläche des Meeresbodens einnahm, zeigte sich überall das gleiche Bild: überwucherte Mauern, keine Energie.

Niemand rührte sich. Ungläubiges Starren. Die Zeit schien stehenzubleiben.

»Ich bekomme ein Signal«, schrie Lame aufgeregt.

Wate schoss hoch. *»Auswertung auf meinen Monitor. Maski, steuern Sie darauf zu.«*

Auf dem Bildschirm schälte sich ein offenes Hangartor wie der Rachen eines Grumpfalgs aus der Dunkelheit. *»Soll ich unseren Fisch reinbringen?«*

»Was sagen die Taster?«

»Alles tot, Commander. Keine Energie, kein Leben, nur Mikroorganismen.«

»Na, dann brauchen wir uns wenigstens nicht um unangenehme Überraschungen zu sorgen. Hinein damit.«

Wate starrte auf den Monitor. Die Halle ähnelte mehr der Höhle einer riesigen Muräne als einem Hangar. Aber von dort musste es einen Weg ins Innere der Basis geben. *»Ich möchte mir das Ganze einmal aus der Nähe ansehen. Lame, Sie steigen mit mir aus.«*

»Aye, Commander«, antwortete dieser. *»Wir haben aber nur zwei Tiefseekapseln.«*

»Beim Grumpfalg«, entfuhr es Maski. *»Wenn da draußen etwas schief geht?«*

Wate schwamm dem Ausgang zu. *»Wir haben keine andere Wahl.«*

Die Tiefseekapseln sahen den Auftauchzellen ähnlich. Sie besaßen feldverstärkte Außenwände, um dem ungeheuren Wasserdruck zu widerstehen. Wate legte seine Saugnäpfe auf die sensorischen Bedienungselemente und steuerte sein Gefährt mit geübten Tentakelbewegungen durch den Ausschleustunnel. Die Scheinwerferkegel tasteten in die Dunkelheit. *»Maski, alle Außenlichter einschalten.«*

Wate schaute sich um. Bunt schillernde Mikroorganismen überzogen dick die Wände und hingen im Verbund wie Tangfahnen von der Decke. Alles vergammelt, unbrauchbar. Er stöhnte. *»Lame, sehen Sie unter all diesem Moder Anzeichen einer Schleuse?«*

Der Navitroniker kam herbei und ließ seine Kapsel, an verbogenen Rohren und Strukturteilen vorbei, zur Mitte der gegenüberliegenden Wand aufsteigen. Dabei kratzte er mit einem massiven Greifarm spannendicken Bewuchs ab. »Hier könnte etwas sein!«, rief er aufgeregt und legte verrostete Teile eines Kontrollpaneels frei. Er hielt inne. *»Beim Wullabister! Verrottet! Sehen Sie sich den grünen Schmier auf der Innenseite des Glases an.«* Unwirsch brummend arbeitete sich Lame weiter voran.

»Ich befürchte, hier wird alles so aussehen«, meinte Wate. *»Aber zumindest haben wir eine Schleuse gefunden.«* Durch ein trübes Panzerglas leuchtete er ins Innere. Der Schein der Lampen spiegelte sich an den blanken Wänden. *»Schauen Sie her!«*, rief er erfreut.

Lame steuerte näher heran und hielt einen Multiresonanzscanner an die Scheibe. *»Dort drinnen könnte ich die Türneurotronik mit den Batterien meiner Tiefseekapsel aktivieren.«*

»Phantastisch!« Wate ließ den Blick schweifen. *»Diese Anlagen hatten immer eine Notfallmechanik zum Öffnen. Irgendwo.«* Er rückte ein Stück ab. *»Brennen Sie mehr von dem Bewuchs weg! Strahlerstufe eins.«*

Rotes Licht verdampfte die Mikroben und legte die korrodierte Oberfläche der Schleusentür frei.

»Hier ist ein Griff!« Lame riss mit dem Robotarm seiner Tiefseekapsel daran herum.

»Wir müssen den Mechanismus erst entsperren.« Wate überlegte. *»Aber welcher Code? Und wo ist der Codeport?«*

Wieder brannte sich der Strahler des Navitronikers durch den Moder. *»Hier ist das Ding!«* Lame schillerte selbstsicher und führte den Codefinger ein. Aber das Schleusentor ließ sich nicht aufschieben.

»Falscher Code!«, bemerkte Wate.

»Niemals«, erwiderte Lame. *»Das Ding ist festgerostet!«*

»Dann also mit brachialer Gewalt!« Wate krallte die Robotarme an jeden verfügbaren Angriffspunkt der Schleuse. Wie eine Krabbe saß seine Tiefseekapsel auf dem Tor und zog, bis ein Warnton in der Kanzel kreischte: Bruchgefahr. Wate ignorierte ihn. *»Lame, helfen Sie mir!«*

Unter der gemeinsamen Bemühung bewegte sich das Tor mit mahlendem Dröhnen und legte einen Spalt frei. Mit jedem Ruck wurde die Öffnung breiter. *»Das reicht.«* Wate warf dem Tor einen misstrauischen Blick zu und steuerte in die spiegelnde Schleusenkammer. Dort ließ er den hellen Lichtkegel des Scheinwerfers prüfend über Wände und Decke gleiten. Er staunte. Das Innere der Kammer wirkte so sauber, als wäre sie vor wenigen Tagen noch in Betrieb gewesen. *»Gibt es hier am Ende gar noch Energie?«*

Der Navitroniker entfernte die Abdeckung des Kontrollpanels und versuchte, die Sensoren zu aktivieren. *»Nein, Commander! Keine Energie und alles ist auf Tiefseedruck.«*

Wate ließ ein Zischen hören. *»Das wäre ja auch zu schön gewesen. Dann erst einmal hinein in die Basis!«*

Lame warf einen skeptischen Blick auf die Schaltkreise. *»Wenn ich das Schleusentor zum Hangar zumache, bekomme ich es vielleicht nie wieder auf.«*

Wate fuhr herum. *»Aber wenn wir die Schleusenkammer nicht verriegeln, lässt sich das Tor nach innen nicht öffnen.«*

»Die ganze Basis ist eine verdammte Falle.«

»Sie ist unsere einzige Chance.« Sie sahen sich einen Moment lang in die Augen. Wate nickte kaum merklich. *»Schließen Sie das Außentor!«*

»Aye Commander.« Es klang gequält. Lame verband die Kontrollen mit seiner Auftauchzelle und gab die Energie frei.

Dröhnend und ruckend setzte sich das schwere Außentor in Bewegung. Wate beobachte den immer schmaler werdenden Spalt, bis er sich nahtlos schloss. Mit kurz aufeinanderfolgendem Klackern schnappten die wuchtigen Riegel zu. Wate spürte sein Herz schlagen. *»Na gut. Und nun öffnen Sie es wieder.«*

»Ich dachte ...« Der Navitroniker leuchtete verwirrt, dann zuckte ein blauer Funke des Verstehens über seine Haut. *»Gerne!«*

Ein Dröhnen ließ die Kammer erzittern, aber das Schott bewegte sich nicht.

Lame erblasste. *»Das habe ich befürchtet.«*

Wate zwang sich zur Ruhe. Wie lange reichte die Energie ihrer Auftauchkapseln? Er blies langsam durch die Kiemen. Lange genug. Entschlossen wendete er sich dem inneren Schleusentor zu. *»Dann bleibt uns nur ein Weg.«*

»Was machen wir, wenn die anderen genau so blockiert sind?«

Wate wandte sich dem Tor zur Station zu. *»Ich denke, wir werden es herausfinden.«*

Das Innenschott lief federleicht in den Führungsschienen. Wates Anspannung ließ etwas nach. Vor ihm öffnete sich der Weg in die alte

Raumbasis. Die Scheinwerferkegel schnitten in die dunkle Röhre. Am Ende fand er den Kontrollraum für die umliegenden Hangars. Dunkel und tot.

Jetzt würde Lame sein Können unter Beweis stellen müssen. Der nahm ein Deckpaneel der Kontrollstation ab. *»Beim Kosmos!«*

Wate erschrak. *»Ist es hin?«*

»Wer soll das bei diesen prähistorischen Modulen wissen.« Der Navitroniker speiste Energie aus seiner Auftauchzelle in die Schaltkreise. Ein Monitor leuchtete auf und zeigte eine rote Fehlermeldung nach der anderen.

Lame ließ den Greifarm seiner Kapsel geschickt über die Programmfelder wandern. Plötzlich tauchten ein paar gelbe Zeichen auf. Wate hielt den Atem an. Nach einer gefühlten Ewigkeit kam das erste grüne Signal.

»Sie können wieder ausatmen, Commander!« Lame schillerte in zufriedenem Orange. *»Wie es aussieht, sind einige der geothermalen Energiekonverter reparabel, und zwei Hangars funktionsfähig.«*

Wate fühlte sich mit einem Mal leicht wie eine Luftblase. Sie hatten es geschafft. Sie hatten es tatsächlich geschafft. *»Nicht schlecht, verehrter Lame'linulatus. Bringen Sie das Schiff herein.«* Er deutete auf den Monitor und las die Bezeichnung: *»Hangar QYZX Drei Vier.«*

»Commander, Sie haben etwas vergessen«, unterbrach der Navitroniker Wates Euphorie. *»Zuerst müssen wir das große Tor aufbekommen.«*

68

Myriams Schädel dröhnte. Wie aus einem brennenden Nebel beugte sich Kotlack zu ihr herab. »Bleib mir vom Hals!«, stöhnte sie verwirrt.

»Burke hat dir eine verpasst. Tut's sehr weh?« Behutsam hob Kotlack sie vom Boden.

»Was willst du von mir? Lass mich los!«, ächzte sie. Der Rest ging in einem unartikulierten Gurgeln unter.

»Ich bringe dich zu Marjella.«

Myriam verließ der letzte Rest von Kraft. Widerstandslos sank sie in die feisten Arme des Riesen. Höhlen- und Tunneldecken zogen über ihr hinweg, während Kotlack sie sanft wie in einer Wiege Richtung Lager trug.

Durch ein Meer von Schmerzen kamen die Erinnerungen zurück. »Du bist Burke nachgelaufen?«, flüsterte sie stockend.

Kotlack grunzte nur.

»Du hast mich gerettet.«

»Bin aufgewacht und hab Schritte gehört. Die führ'n nichts Gutes im Schilde, hab ich gedacht. Mit Burke seinem Geschwätz. Und die anderen aufgebracht. Da bin ich Nachgucken gegangen. Und dann hab ich sie verprügelt.«

Es fiel Myriam schwer, Emotionen in Kotlacks groben Gesichtszügen zu erkennen, aber sie fühlte sich auf einmal geborgen wie ein Kind im Arm der Mutter. Sein raues Mitgefühl rührte sie. Tränen schossen ihr in die Augen. »Danke, Kotlack!«, sagte sie und ihre Stimme bebte.

Wieder grunzte er. Weicher als vorher. Aber Myriam hatte verstanden. Es war für ihn einfacher, eine Wand zu zertrümmern, als seine Gefühle in Worte zu fassen.

»Kotlack. Es tut mir leid, wie ich dich behandelt habe.«

Aus seinem Grunzen entnahm Myriam, dass man mit ihm schon schlimmer umgegangen war. Es schmerzte ihre Seele.

Marjella legte Myriam kühle Tücher auf die Stirn. Kotlack hockte mit besorgtem Gesicht neben ihr.

»Nur eine dicke Beule und eine leichte Gehirnerschütterung«, sagte Marjella leise. »Schlaf!«

Rodhana kam herbei. »Mit dir hat man nichts als Ärger!«

»Ich kann doch nichts dafür.« Myriam wollte sich aufsetzen, aber Schmerz breitete sich wie flüssiges Feuer in ihrem Schädel aus. Langsam ließ sie sich wieder zurücksinken.

Rodhana blickte finster. »So etwas hat es noch nie gegeben. Burke und seine Leute haben sich von unserer Gruppe getrennt!«

»Burke wollte Myriam töten.« Mariellas Stimme war ruhig und bestimmt.

Rodhana sah ihr einen Moment direkt in die Augen, dann räusperte sie sich und straffte die Schultern. »Ich fürchte, von nun an haben wir nicht nur auf die Kleristen aufzupassen.«

Myriam nagte an ihrer Unterlippe. Sie fühlte sich schuldig. Und sie fühlte sich hilflos. Wäre sie immer auf die Unterstützung anderer angewiesen? Was wäre geschehen, wenn Kotlack nicht rechtzeitig gekommen wäre? Allein der Gedanke daran ließ sie zusammenfahren.

An Rodhana hatte sich Burke nicht herangewagt, obwohl er auch sie ständig angestarrt hatte. Rodhana hatte ganz anders als Myriam reagiert und ihn einfach ignoriert. Es war ihr egal, was er wollte. Respekt vor der Position der Anführerin war es sicher nicht allein gewesen. Rodhana wusste sich zu wehren. Mehr noch. Sie wartete nicht, bis irgendjemand etwas tat. Sie fackelte nicht lange, traf Entscheidungen, setzte sie durch, war offensiv. Und sie sagte klar und deutlich, was sie dachte. Das war es. Burke, so hinterhältig und gierig er sein mochte, hatte nicht gewagt, sie zu belästigen, denn Rodhana war eine selbstbewusste Persönlichkeit, eine natürliche Autorität.

Myriams Kopf dröhnte, ihr Körper schmerzte, und am liebsten wäre sie jetzt in einen schnellen, traumlosen Schlaf gefallen, aber es gab etwas Wichtigeres als Schlaf. Ihr Geist war hellwach. Hitze stieg in ihr auf. Sie hatte es so satt, herumgeschubst zu werden, sie wollte nie mehr irgendjemandem hilflos ausgeliefert sein. Bald würde sie ein Kind haben. Und sie würde es verteidigen und beschützen. Mit aller Kraft. Myriam atmete tief. »Ich möchte mit euch trainieren.«

Rodhana sah sie ungläubig an. Kotlack holte aus, um ihr kumpelhaft auf die Schulter zu schlagen, besann sich aber, und wusste dann nicht mehr, wohin mit seinen Händen. »Ich zeig dir, wie du solche Strolche behandeln musst«, sagte er schließlich und versuchte ein aufmunterndes Lächeln.

»Pass aber auf, dass das Püppchen keine blauen Flecken bekommt.« Rodhana wandte sich ab und ging.

69

Wate'medaludes starrte auf den Monitor. Wie sollten sie das große Hangartor öffnen?

Lame folgte seinem Blick. *»Theoretisch könnte ich die Energie unserer Tiefseekapseln darauf legen, Commander.«*

Wate wirbelte herum. *»Worauf warten Sie dann noch?«*

»Ich befürchte, es wird die gesamten Reserven aufbrauchen. Sie kennen die Konsequenz, wenn das Schutzfeld der Kapseln zusammenbricht – knirsch, krach – und der Druck zerquetscht uns!«

Wate dachte eine Weile nach. *»Wir müssen es ja nur so weit öffnen, bis das Schiff hindurchpasst!«*

»Das ist wahr, Commander.« Lame wandte sich dem Zentralcomputer zu. *»Zunächst müsste ich das Rückschlagmodul überbrücken. Das sollte nicht allzu schwer sein. Und dann ...«*

Es dauerte.

Der Navitroniker montierte die Verschalung einer ganzen Seitenwand ab und fluchte häufig vor sich hin. *»Geht Code Blau5732 zu Lambda-Neun oder Lambda-Zehn?«*

Wate versuchte, seine Ungeduld zu bremsen und sich in seiner Tiefseekapsel zu entspannen, so weit es das unbequeme Ding überhaupt zuließ. Er wusste, dass er seinem Navitroniker jetzt nicht hereinreden konnte und auch nicht durfte. Wenn einer in der Lage war, diese uralte, x-fach gesicherte Neurotronik zu überlisten, dann war es Lame'linulatus. In Wate stieg ein warmes Gefühl des Stolzes und der Freundschaft auf.

»Wenn das System meinen unkonventionellen Eingriff erkennt, schaltet es eine Autoreparatursequenz ein, die uns nach etwa zwei Minuten den Saft abdrehen wird«, meldete sich Lame aus einer Nische in der auseinander montierten Seitenwand.

Wate warf einen kritischen Blick auf den Zentralcomputer. *»Und das können Sie ihm nicht abgewöhnen?«*

»Den kybernetischen Teil konnte ich umprogrammieren, Commander, aber den neuronalen Anteil wage ich nicht anzurühren.«

»Zwei Minuten also. Reicht das?«

»Es müsste.«

Jedes Mal, wenn Lame mit »es müsste« antwortete, machte sich Wate wenig Sorgen. *»Dann mal los!«*

Der Navitroniker schloss die Tiefseekapseln mit dem Zentralrechner zusammen und gab die Energie frei.

Aber das Tor rührte sich nicht.

Lame warf einen fragenden Blick auf Wate, dann schaltete er die Zusatzhydraulik ein.

Mit einem Ruck fiel der Energiepegel der Tiefseekapseln auf siebzig Prozent. Gleichzeitig ging ein Beben durch die Basis. Schutt und Bakterienwolken wirbelten über den Monitor. Behäbig schob sich das Hangartor auf.

»Gute Arbeit!«, rief Wate begeistert.

Doch Lame zeigte besorgte Farbtöne. *»Das Tor wird langsamer, Commander, der Zentralrechner zweigt Energie zur Aktivierung der Reparatursequenz ab!«*

Wate warf einen raschen Blick auf den Chronometer. Noch sechzig Sekunden. *»Bekommen Sie es wenigstens fünfhundert Spannen weit auf?«*

»Negativ.«

Wate starrte einen Moment lang auf seinen Navitroniker. *»Zur Muräne mit der gesetzlichen Clearance! Das Schiff braucht nur 380 Spannen.«* Das war das Minimum. Und das musste einfach klappen. *»Erhöhen Sie den Output!«*, entschied er.

»Commander, unsere Zellenaggregate!«

»Die haben Toleranzen. Gehen Sie bis ans Äußerste!«

»Es wird tatsächlich schneller, Zir. Noch fünfzig Sekunden bis zum Energieblock.«

Über den Monitor beobachtete Wate den wachsenden Spalt, durch den er bereits den mächtigen Bug des Schiffs sehen konnte.

»240 Spannen und noch vierundzwanzig Sekunden zum Block. Commander, das wird nicht reichen!«

»Geben Sie noch mehr Energie!«

Violette Farbwellen der Furcht pulsten über Lames Haut. *»Ich kann nur noch die Überlebenssysteme auf Minimum herunterfahren.«*

Wate schoss das Adrenalin in die Adern. *»Dann tun Sie das!«*

Unerwartet schnell stieg die Temperatur in den Kapseln.

»Commander«, Lame schillerte in angespannten Rottönen, *»die Ladung der Tiefseekapseln geht unter Fünf Prozent!«*

»Jetzt nur nicht die Nerven verlieren!«

»Wir sind auf Reserve«, meldete Lame etwas später. *»Ein Prozent Ladung, 372 Spannen weit offen.«*

Das Rotlicht der ersten Alarmstufe begann zu blitzen: Wie weit konnte er runtergehen?

0,9 Prozent ... 0,8.

»374 Spannen.« Die Stimme des Navitronikers wirkte gepresst.

Wate Haut schmerzte. Die Hitze in der Kapsel war kaum noch zu ertragen. *Ich brauche dreihundertachtzig.* Er konzentrierte sich auf die Anzeige, um seinen Fluchtreflex zu unterdrücken.

0,7 Prozent ... 0,6.

»376 Spannen.«

Ein durchdringender Heulton setzte ein – höchste Alarmstufe. Wates Tentakel saugten sich krampfhaft am Kontrollpult fest. Wie viel Energie brauchte das Schutzfeld?

0,5 Prozent ... 0,4.

»378 Spannen.« Lames Stimme klang schrill.

Nur noch zwei läppische Spannen. Wate ignorierte den Alarm, ignorierte das Brennen seiner Haut und starrte wie hypnotisiert auf die Anzeige.

»Commander! Wollen Sie uns umbringen?«, brüllte Lame.

»Ruhe! Sagen Sie an!«

»0,3 Prozent.«

Nur noch eine mickerige Spanne. Wates Muskeln zitterten. Das heiße Wasser in seiner Kapsel brannte in seinen Kiemen und ließ ihn kaum noch atmen. Vor seinen Augen begannen die Konturen zu verschwimmen.

»0,2 Prozent.«

Er glaubte, zu platzen. Gleich ... gleich ... *»Stopp!«*, schrie er.

Lames Tentakelspitze sauste wie eine gespannte Sprungfeder auf den Schalter und unterbrach den Energiefluss. *»379,6 Spannen.«*

Wate sank zurück. *»Das muss reichen. Verständigen Sie Maski.«*

Die Monitore flackerten unstet, als sich wenig später das Schiff langsam durch den Spalt fädelte. Knapp eine halbe Spanne Spielraum auf jeder Seite. Wate vergaß fast zu atmen, bis es endlich drinnen war.

»Exzellente Arbeit, Maski! Zischig!«

Die nächsten Tage brachten viel Arbeit. Oberst Taka'zulablewis wurde zum Komandanten der Raumbasis gewählt. Es wäre sein natürlicher Zuständigkeitsbereich, einigte man sich. Wate kannte den Oktoftewiltabinen nicht persönlich und verhielt sich abwartend. Es schien sein primäres Anliegen zu sein, die Station erst einmal vollständig funktionsfähig zu machen. Dabei legte er großen Wert auf die Kommunikations- und Ferntastersysteme. *»Ohne Information und Fakten kann ich keine Entscheidungen treffen!«*, betonte er. Das machte ihn sympathisch. Erstes Ziel war die Reparatur der geothermalen Energiekonverter.

Nach einer Woche waren genügend Konverter in Betrieb, um den Wasserdruck in der Basissektion und dem Hangar auf angenehme Werte zu reduzieren. Sie konnten endlich ohne Tiefseekapseln das Schiff verlassen und in die Basis einziehen. Alle, bis auf den Homiden. Ein Vivarium war auf der Station nicht vorhanden, aber die Oktoftewiltabinen arbeiteten daran, wasserfreie Räume anzulegen.

Tenka fand für sich und die Kinder zufriedenstellende Quartiere. Die Räumlichkeiten standen jedoch in keinem Vergleich zu ihrer schönen Wohngrotte. Schmerzlich vermisste sie ihren liebevoll gepflegten Muschelgarten. Sie wollte nicht daran denken und verbrachte die Zeit damit, die Räume halbwegs wohnlich zu machen.

Tausende von Meilen über ihnen registrierte ein Satellit eine leichte Veränderung im elektromagnetischen Feld.

70

Myriam duckte sich. Sie ließ den Mann nicht aus den Augen. Trotz seiner Größe bewegte er sich mit tigerhafter Geschmeidigkeit. Myriams Herz klopfte. Unsicher machte sie einen Schritt zur Seite. Der Mann verstellte ihr den Weg. Myriam spürte, wie sich ihre Muskeln spannten. Fester Stand. Sie hob die Hände schützend vor sich. Knie locker und federnd. Sie verlagerte ihr Gewicht.

Als hätte er darauf gewartet, sprang der Mann auf sie zu.

Leicht wie ein Blatt. Mit einem eleganten Seitenschritt wich sie aus.

Schnell wie der Wind. Sie packte einen Arm des Mannes, wand sich darunter durch und benutzte den Schwung, um ihn mit Leichtigkeit über ihre Schulter zu werfen.

»Bravo!« Kotlack klatschte in die Hände. »Jetzt hast du es begriffen.«

Jenslow rappelte sich auf und streifte den Sand von seiner Kleidung.

»Ich kann immer noch nicht verstehen, wie ich einen so großen Mann umwerfen kann.«

»Das brauchst du auch nicht. Hauptsache du bekommst es hin.«

»Anfängerkram.« Rodhana wandte sich ab und ging.

Myriam presste die Lippen zusammen.

»Was hat sie denn nun schon wieder?«, brummte Kotlack. »Auch sie hat doch einmal angefangen.«

»Sie glaubt, ich veruntreue Vorräte.«

»Unsinn!« Jenslow fuhr sich mit den Fingerstummeln seiner linken Hand durch die Haare. »Sie weiß genauso gut wie jeder andere, dass Burke sich in der Nacht ins Lager geschlichen hat.«

»Und es wird auch nicht das letzte Mal gewesen sein«, brummte Kotlack. »Es heißt, dass er und seine Kumpane vor Hunger Leichen fressen.«

Myriam atmete schwer. »Ich fühle mich nicht mehr sicher.«

»Ach was!« Der Bulle schlug ihr aufmunternd auf die Schulter, dass sie in die Knie sackte. »Du machst gute Fortschritte! Was machen die Schießübungen?«

»Sie hat ein gutes Auge und eine ruhige Hand«, erklärte Jenslow mit Stolz in der Stimme. »Sie hat das Zeug zu einem Scharfschützen.«

Myriam senkte den Blick. Das Lob tat ihr gut, aber im Grunde wollte sie mit Waffen nichts zu tun haben. Noch immer quälten sie die Bilder der zerschossenen Leichen. Und Elisbethe.

»Wenn du so weitermachst, nehmen wir dich auf den nächsten Überfall auf die Kleristen mit«, sagte Kotlack.

Myriam sah ihn erschrocken an.

Er ließ ein gutturales Gluckern hören und knuffte sie kameradschaftlich in die Rippen.

Myriam entspannte sich. Der alte Bajbar versteckte seine Gefühle wieder einmal hinter Ruppigkeit.

Jenslow lachte. »Seit wir so viele Waffen erbeutet haben, jagen wir die Kleristen wie Riesen-Grumpen!«

Unvermittelt musste Myriam an die hinterlistige Kleristina und die Zeit im Verlies denken. Noch war sie nicht so stark und gut trainiert, wie sie es sich wünschte. Außerdem wollte sie nichts riskieren, was ihr Ungeborenes gefährden könnte. Aber bereits jetzt würde sie dieser Frau anders begegnen. Sie lächelte in sich hinein. Dann sah sie plötzlich wieder die fettigen Fleischbrocken vor sich und hatte den Geruch des Grumpen in der Nase.

»Puh! An dieses grässliche Zeug kann ich mich nicht gewöhnen.«

»Selbst damit geht es uns hier allemal besser, als den Leuten draußen!«, erwiderte Jenslow.

Myriam verzog den Mund. »Mit solchen Sprüchen machst du es mir auch nicht schmackhafter.«

Jenslow zuckte die Achseln. »Die neuen Flüchtlinge erzählen seltsame Dinge«, sagte er dann.

Myriam horchte auf. »Zum Beispiel, was?«

»Hör es dir doch selber an«

Jenslow führte sie zu einem Paar am Rand des Lagers. »Das sind Dani und Nilly. Sie sind gestern gekommen.«

Myriam nickte ihnen freundlich zu. »Jenslow sagt, ihr hättet Neuigkeiten von oben?«

Die Beiden erhoben sich. Sie schienen begierig, sich mitzuteilen, als könnten sie das Erlebte so loswerden. Dani, ein junger, etwas dünner Mann, wischte die Hände an seiner zerrissenen Hose ab. »Alles hat sich verändert«, stöhnte er. »Die Menschen drängen sich in der Stadt und keiner kann raus.«

Myriam blickte die zwei ungläubig an. »Die Kleristen sperren die Leute ein?«

»Nein. Es ist die Göttin selbst!«

Myriam konnte sich nicht vorstellen, was er damit sagen wollte, doch erinnerte sie sich an Grimpers Bericht von einer unsichtbaren Barriere um die Stadt. »Und Lundsiel? Ist Lundsiel auch eingeschlossen?«

Dani zuckte die Achseln.

»Bestimmt nicht«, warf Nilly ein. Sie war klein und rundlich und musste im ähnlichen Alter wie ihr Gefährte sein. »Aus Bergfried kam ich problemlos heraus«, erzählte Nilly, »sonst hätte ich Dani nicht suchen können.«

Myriam atmete auf. Ihre Familie ging selten zu den Spielen und Veranstaltungen der Kleristen. »Diese Barriere betrifft also nur die Stadt?«

»Es ist die Hand der Meduse!«, antwortete Dani. »Die Kleristen sagen, wir müssen uns von unseren Sünden reinigen, um den Zorn der Göttin abzuwenden.«

Nilly zupfte an einer Falte ihres schmutzigen Gewands. »Wie dem auch sei. Wir mussten uns zunächst eine Wohnung suchen, aber es war schwer, weil sich so viele Bewerber darum rangelten. Es kam häufig zu Schlägereien.«

Myriam riss die Augen auf. »Du meinst, Menschen schlagen sich wie in der Arena?«

Dani winkte ab. »Die Wüteriche verschwanden ganz schnell. Verschollen, wenn du mich fragst.«

Nilly sah sich verstohlen um und flüsterte: »Aber ich habe einen von ihnen bei den Hinrichtungen gesehen.«

Dani sah sie erstaunt an.

Nillys Finger krallten sich um seinen Arm. »Der, dem sie den Kopf ...« Sie hielt sich eine Hand vor den Mund und hatte Mühe, ein Würgen zu unterdrücken.

»Hinrichtungen?« Myriam ließ ihren Blick fassungslos zwischen den Beiden hin- und herpendeln. »Sie bringen Menschen um?«

Dani nickte. »Wer nicht zusieht, wird bestraft. Es ist grauenhaft! Aber richtig schlimm ging es uns erst, als Nilly schwanger wurde und unser Rating auf Rot sank.«

Myriam legte unwillkürlich beide Hände auf ihren Bauch und schüttelte ungläubig den Kopf.

»Runter!«, bestätigte Nilly zerknirscht. »Ich habe bei den Kleristen vorgesprochen und die sagten, dass die Meduse keine Babys mehr wünscht.« Sie rang die Hände. »Ich habe geweint, ich habe auf Knien gebetet. Es hat nichts genützt.«

Myriam stampfte erbost mit dem Fuß. »Sie bestrafen die Frauen, wenn sie schwanger werden?«

»Die Väter auch«, sagte Dani wütend. »Wir mussten unsere geräumige Wohnung im blauen Distrikt verlassen. Im roten Bezirk war dann nichts mehr frei und wir haben auf der Straße geschlafen, wo uns die Kleristen aufgriffen und in ein Asylum brachten.«

Myriam schüttelte verständnislos den Kopf. »Von so etwas habe ich noch nie gehört!«

Nilly starrte mit leeren Augen in die Ferne: »Die sind auch neu. Sie stecken wohnungslose Leute in solche Hallen. Die sind überfüllt, riechen schrecklich, das Essen ist schlecht und wer zu spät kommt, bekommt überhaupt nichts. Ich hatte fürchterliche Angst, dass das Kind in meinem Bauch krank wird.«

Myriam starrte sie fassungslos an. »Das ist ja die reinste Hölle!«

»Und noch lange nicht das Ende davon«, fügte der Mann mit hohler Stimme hinzu. »Ein paar Tage später haben die Kleristen Nilly und die anderen Frauen weggeholt. Es sei nicht keusch, mit ihnen zu leben. Nur die Reinen kämen in das Land der Göttin, sagten sie. Ich wusste nicht mehr, was ich tun sollte. Da traf ich Marwalski. Er hat Nilly gefunden. Wir schlossen uns dann beide den Flüchtlingen an und so kamen wir hierher.«

Myriam spürte den Boden unter ihren Füßen nicht mehr. »Ist das wirklich alles wahr?«

Jenslow kniff die Augen zu schmalen Schlitzen zusammen. »Rodhana hat schon immer gesagt, dass uns die Kleristen belügen und ausbeuten. Bald sind wir stark genug, sie anzugreifen.«

Der Gedanke, dass es bald gnadenlose Kämpfe geben könnte, ließ Myriam zusammenfahren. »Hier sind wir doch sicher. Hier finden sie uns doch nicht.«

»Willst du ewig in dieser Finsternis leben?«

Myriam senkte den Kopf. Eins war so grässlich wie das andere. Aber für ihr Kind hatte sie den Schutz der Höhlen gewählt. Sie blickte auf und sah Jenslow geradewegs in die Augen. »Ich will eine Zukunft haben ohne Angst. Und die ist jetzt hier und nicht mehr da oben.«

71

Unruhig tigerte Jake in dem feuchten Lagerraum auf und ab. Vor und zurück. Hin und her. Das war also die Tiefseebasis, in der die Squids ihr Raumschiff reparieren wollten. Es roch nach vergammeltem Tang und totem Fisch. Wahrscheinlich würde es Wochen dauern, bis Boden und Wände vollständig durchgetrocknet wären.

Jake machte sich keine Illusionen: Er war den Squids ausgeliefert. Je mehr er sich ihr Wissen aneignete, desto größer wurde seine Bewunderung. Und auch seine Furcht. Er hatte diesen Wesen absolut nichts entgegenzusetzen. Sie wussten Dinge, von denen die Wissenschaftler auf der Erde noch nicht einmal zu träumen wagten, ihre Technologie war um Äonen voraus. Neben den Squids kam er sich wie ein Steinzeitmensch vor. Aber das gab ihnen noch lange kein Recht, ihn wie ein Tier zu behandeln, das sie nach Gutdünken für ihre Zwecke einspannen konnten! Er trat nach dem Stapel Lernmodule, die sich neben der zusammengepfuscht wirkenden Lernmaschine häuften.

Jake setzte sich auf die Pritsche und starrte abwesend zur Decke empor. ›Fang langsam an, verehrter Doktor'jakedexterforrester. Das ist einfacher Stoff, etwa auf dem Level der Vorschule‹, hallte Wates Stimme in seinem Kopf. Wieder so eine Bemerkung, die ihn zutiefst demütigte. Dabei war er sich sicher, dass der Squid das nicht so meinte.

»Du bist sehr wichtig für uns«, kam jetzt seine Stimme aus dem Audiokonverter, der gerade erst in den Lagerraum eingebaut worden war. »Die drei besonderen Module hier bitte ich, vertraulich zu behandeln. Die haben mit deinem Auftrag zu tun: Astrophysik, Raumfahrttechnik und Navigation. Streng dich an, diese Fächer zu verstehen. Das Gelingen unserer Mission kann davon abhängen.«

Jake horchte auf. »Vertraulich? Mit wem sollte ich mich denn darüber unterhalten, außer mit euch?«

Wate schwieg eine Weile. »Am besten sprichst du mit niemandem außer mir darüber und das auch nur akustisch.« Er sagte das so leise, dass Jake ihn im Hintergrundgeräusch der Tiefseebasis kaum verstehen konnte.

»Gibt es Probleme?«, fragte er.

Wieder schwieg der Squid. »Bitte«, sagte er dann. In seinem Tonfall schwangen Ernst und Sorge.

Jake stöhnte auf. »Es wäre mir lieber, du würdest mich aufklären.«

Er hörte zunächst nur ein Blubbern im Lautsprecher.

»Ich bin verantwortlich für Deine Ausbildung. Und was ich Dir hier zu lernen gebe, ist sensitives Material, das Homiden wie du normalerweise nie zu sehen bekommen. Ja, nie zu sehen bekommen dürfen. Ich breche das Gesetz, wenn auch für einen höheren Zweck. Das kann mich meinen Kragen kosten, sollte das jemand außerhalb erfahren.«

Jake musste grinsen, als er sich fragte, wo ein Tintenfisch einen Kragen haben sollte. Dann besann er sich, dass der Audiokonverter die Sprache der Squids in für ihn verständliche Ausdrücke übersetzte und das schloss spezielle Termini und Redewendungen ein. »Verstehe«, sagte er. »Du gehst ein persönliches Risiko ein. Nun gut, ich werde mich gleich an den Lernstoff setzen. Und ich halte meine Klappe.«

»Danke!« Die Erleichterung war Wate anzumerken.

Jake lächelte. Zeichnete sich da vielleicht doch eine Win-Win-Situation ab? Je mehr er lernte, je tiefer er in das Wissen der Squids eindrang, desto unabhängiger wurde er von ihnen. Ganz zu schweigen davon, was passieren würde, wenn er erst einmal zur Erde zurückkehrte. Er würde nicht mit leeren Händen kommen! Was könnte er mit dem Wissen alles erreichen! Nobelpreis, politischen Einfluss. Und wie viel Gutes könnte daraus entstehen: unbegrenzte Energieressourcen, kein Hunger mehr, keine Kriege ...

Jake raffte sich auf, sammelte die Lehrmodule vom Boden auf und stapelte sie neben der Maschine. Da hatte er den Lehrstoff, den er noch vor wenigen Wochen verzweifelt gesucht hatte: Computertechnik, Algorithmen, Betriebssysteme. Alles basierte auf neuronaler Vernetzung und war ungleich komplexer als die binäre Arbeitsweise irdischer Computer. Wenn er erst einmal alles verstanden hatte, könnte er aus den Bauteilen der Minikantina vielleicht sogar eine Waffe anfertigen. Notfalls konnte er damit die Squids zwingen, ihn zurück zur Erde zu bringen. Er dachte an Wate. Der kleine Kerl hatte ihn immer gut behandelt, ihn verteidigt und in Schutz genommen. Und jetzt hatte er ihn sogar ins Vertrauen gezogen. Und dabei wohl mehr riskiert, als nötig. Sollte er so einen wirklich mit einer Waffe ... Jake schüttelte den Kopf, schob ein Modul ein und stülpte sich den Transmitterhelm über den Kopf.

Die Tage vergingen in gleichmäßigem Trott. Wenn Jake nicht gerade lernte, lauschte er den Gedanken der Squids, eine Gabe, die ihn immer wieder in Erstaunen versetzte, und an die er sich nur nach und nach gewöhnte. Anfangs konnte er ihren telepathischen Gesprächen nur folgen, wenn sie sich in unmittelbarer Nähe befanden. Aber mit der Zeit erreichten ihn auch entfernte Unterhaltungen. Und was er da hörte, ließ ihn schaudern.

72

In der Nacht wurde Alarm gegeben. Myriam fuhr hoch und griff nach dem Strahler neben ihrem Lager. Wenn Burke und seine schäbige Bande wieder Futter stehlen wollten, würden sie sich wundern, denn Kotlack hatte vorgesorgt.

Myriam reckte den Kopf und sah den ungeschlachten Riesen und einige andere Männer wie Schatten davonhuschen. Sobald sich Burke dem Vorratslager näherte, würden sie ihn schnappen. Ihr Hass auf den Mann mit dem Mausgesicht kochte wieder hoch. Sie hoffte, Kotlack würde ihm ein paar kräftige Ohrfeigen verpassen. Aber was geschehen würde, wenn er Rodhana in die Hände fiel ... Myriam presste die Hand auf den Mund: Rodhana hatte gedroht, Burke persönlich zu kastrieren. Das hatte die Anführerin sicherlich nur in ihrer Wut gesagt, aber sie war sich nicht sicher, wie weit die Frau wirklich gehen würde.

Am anderen Ende der Höhle kam Bewegung auf. Die Wache brüllte etwas. Leute rannten auf den Nordtunnel zu. Myriams Herz stockte. Mit Burke konnte das nichts zu tun haben. Dann tauchte Rodhana auf. »Kotlack, Jenslow. Riegelt die Nordseite ab!«

Myriam warf ihre Decken beiseite und sprang auf die Füße. »Was ist los?«

»Kleristen.«

In Windeseile streifte Myriam Hose und Jacke über und packte ihren Strahler. »Ich denke, die wissen nicht, wo wir sind.«

»Das habe ich auch gedacht«, antwortete Rodhana scharf, formte mit den Händen einen Trichter und rief mit durchdringender Stimme: »Lasst keinen Kleristen entkommen!«

»Nieder mit den Kleristen!«, schallte die begeisterte Antwort der Männer durch die Höhle. Für so einen Einsatz hatten sie trainiert. Siegessicher rannten sie zum Nordtunnel.

Dort blieb es dunkel. Die Gegner kamen diesmal ohne Licht. Myriam wusste nicht, ob das gut oder schlecht war. Ihre Hand zitterte. Entschlossen legte sie die Finger fest um ihren Strahler. Kleristen hatten sie gefangen und von Jake getrennt, Kleristen hatten sie in die Höhlen getrieben. Kleristen waren es, die sie dort unten hielten. Was nun mit ihnen geschah, hatten sie sich selbst zuzuschreiben. Sie waren bösartig.

Die ersten Strahlenbündel blitzten am Tunneleingang. Es dauerte nicht lange und das enthusiastische Gebrüll der Insurgenten schlug in Panikgeschrei um.

Myriam reckte erschrocken den Kopf.

»Fertigmachen zur Flucht!«, peitschte Rodhanas Stimme durch das Kampfgetöse.

Myriams Herz setzte einen Moment aus. Dann folgte sie den eingedrillten Maßnahmen: Lager zusammenpacken, Lebensmittel in vorbereitete Säcke füllen und auf möglichst viele Träger verteilen. Ihre Hände arbeiteten wie von allein, aber in ihrem Kopf brannte eine Frage: Warum fürchtete sich Rodhana vor einer Kleristenpatrouille?

Ein Blick in den unteren Teil der Höhle ließ sie erstarren. Dort strömten Kleristen aus allen Wandöffnungen. Es mussten Hunderte sein.

»In den Fluchttunnel!«, trompetete Rodhana.

Die Insurgenten liefen los. Das Chaos sortierte sich schnell. Voran die Essensträger, gefolgt von den Unbewaffneten. Rodhana löste sich von den Kämpfern, die die Kleristen zurückhielten, und setzte sich an die Spitze der Flüchtenden. In einer runden Höhle hielten sie an. Die kleine Felskammer konnte mit ein paar guten Schützen gegen eine ganze Armee verteidigt werden. Die Bewaffneten gingen sofort in Stellung, denn sie hatten nur einen knappen Vorsprung herausholen können.

Doch auf der anderen Seite wartete eine Überraschung: Burke blockierte mit seinen bis an die Zähne bewaffneten Kumpanen den Fluchtweg. »Haben wir euch in der Zange?«, fragte er ölig.

»Was soll das heißen?« Rodhana drängte sich nach vorn und starrte in Burkes Strahlermündung.

»Ich will Myriam.«

Myriam schob sich hinter die Anführerin, ihre bangen Augen auf Burke geheftet.

»Bist du verrückt geworden?«, parierte Rodhana.

Myriam wagte kaum zu atmen.

»Sehe ich so aus?«, erwiderte Burke. »Die Kleristen haben mich begnadigt.« Er warf einen lüsternen Blick auf Myriam. »Mich und meine Frau.«

Rodhana riss die Augen auf. »Du hast die Kleristen hierhergeführt?«

Burke grinste. »Nachdem ihr uns nicht mehr wolltet.«

»Hör zu, Burke. Gib den Weg frei und wir finden eine Lösung«, sagte Rodhana.

»Und was mag das sein? Soll ich weiterhin in der dunklen Öde leben, wenn ich die Vorzüge der Oberfläche genießen kann?«

»Die Kleristen lügen. Das weißt du ganz genau. Sobald sie haben, was sie wollen, gehst du verschollen.«

»Das ist dein alter Hass, der da spricht. Ich komme ganz gut mit ihnen zurecht. Gib mir Myriam, dann lasse ich dich ziehen.«

»Nein«, flüsterte Myriam entsetzt. Beim Gedanken an diesen Mann wirkte selbst die sonnige Oberfläche abstoßend.

»Du bist übergeschnappt!«, hörte sie Rodhana erwidern.

Burke grinste noch breiter. »So, wie ihr da steht, könnten wir euch in aller Ruhe einschmelzen. Vielleicht bekommst du ein paar von uns, kann sein. Aber von euch wird niemand übrig bleiben.«

Rodhana sah sich um. Ihre Leute standen dicht gedrängt in der Höhle. Auf der anderen Seite feuerten die Kämpfer unaufhörlich auf die nachdrängenden Kleristen. Die ersten Strahlenbündel sirrten herein. »Gut, Burke. Du hast gewonnen. Was gibst du mir als Garantie?«

»Mein Wort als Ehrenmann.« Er schwenkte die Waffe. »Oder das.«

Rodhana wandte sich mit steinerner Miene an Myriam. Die sah ihr flehend in die Augen.

»Was würdest du an meiner Stelle tun?«, fragte die Anführerin. Vielleicht war da ein Schimmer Mitleid, aber gleich wurde er wieder von Härte überdeckt. »Geh!«

Burke lachte.

Myriam war wie vor den Kopf geschlagen. »Aber du kannst doch nicht ...«

»Geh!«

Da war es wieder, das Gefühl der Ohnmacht, der völligen Hilflosigkeit. Tränen traten in Myriams Augen.

»Bist du immer noch hier?«, fauchte Rodhana. »Kennst du deine Verantwortung vor der Gruppe nicht?« Dabei warf sie einen verstohlenen Blick auf Myriams Weste. Darunter verborgen steckte der Strahler.

»Aber ...«

»Komm schon«, lockte Burke und kicherte gehässig. »Ich habe mich schon die ganze Zeit auf dich gefreut.«

Myriam machte einen zögernden Schritt auf Burke zu.

Der schob mit einem breiten Grinsen sein Becken vor. »Wir werden zusammen viel Spaß haben.«

Myriam hasste den Mann aus tiefster Seele, aber sie konnte ihn doch nicht einfach so ... Sie sah Rodhana an, die ihren Blick erwiderte und fast unmerklich die Lider zusammenzog.

Myriam verstand. Rodhana wollte Burke ablenken. Myriam sollte seine Aufmerksamkeit auf sich ziehen. Sie tat einen tiefen Atemzug und nahm die Schultern zurück. Wenn sie ihr Profil präsentierte, konnten die wenigsten Männer wegsehen. Burkes Kumpane bekamen bereits große Augen.

Doch plötzlich zuckte ein Schatten des Misstrauens über Burkes Gesicht. Blitzschnell hob er den Strahler und drückte ab.

Die Zeit schien einzufrieren und Myriam sah mit Entsetzen, wie sich das Strahlenbündel wie in Zeitlupe aus Burkes Waffe löste.

73

»Unser geschätzter Wate'medaludes hat darauf bestanden, dich an dieser Sitzung teilhaben zu lassen, weil du in geringem Maße auch in die Mission eingebunden bist.« Der Sprecher war ein kräftiger Squid mit quadratisch wirkendem Kopf und besetzte den zentralen Platz in dem wassergefüllten Raum hinter der Scheibe.

»Vielen Dank für die Ehre«, antwortete Jake. Er hatte versucht, Sinn in die erlauschten Gesprächsfetzen zu bringen. Katastrophe. Immer wieder Katastrophe. Die Squids hatten Angst vor etwas Schrecklichem, aber gleichzeitig die Arroganz, ihn, der ihnen helfen sollte, knallhart abzukanzeln.

»Hast du auch schön deine Lektionen gelernt?«, fragte der Sprecher in bemüht freundlichem Ton.

Jake verzog keine Miene. Sie wollten ihn, das hatte er inzwischen mitbekommen, wie ein Frettchen vorneweg schicken. An einen gefährlichen Ort, an den sie selbst sich nicht trauten. Sie unterschätzten ihn in ihrer Überheblichkeit. Darin sah Jake seine Chance. *»Wie ein Pennäler«*, entgegnete er ruhig.

»Macht es sich schon wieder lustig über uns? Es ist garstig und wird unser Wissen missbrauchen«, keifte ein kleinwüchsiger Squid mit rötlich gefleckter Haut dazwischen.

»Es wird von dem Angebotenen sowieso nur einen winzigen Bruchteil verstehen und noch viel weniger davon behalten.«

Jake ließ den Blick schweifen und stellte sich die hinter der Scheibe versammelten Wesen als schmackhaft angerichtete Calamari Fritti vor.

»Wir sollten seine illustren Begabungen nicht unterschätzen.«

Wate'medaludes. Schon wieder sprang er für Jake ein.

»Schluss jetzt!« Der quadratköpfige Squid blähte sich rotschillernd auf, was sofort Ruhe in die Versammlung brachte. *»Ich will Fakten und Ergebnisse, meine Oktomajesten! Wie steht es mit den Empfangseinrichtungen?«*

»Alle Systeme funktionieren inzwischen ausgezeichnet, hochverehrter Oberst Taka'zulablewis«, antwortete ein dunkelblau gefärbter Squid mit breitem Kopf und kleinen Augen.

»Und die Ergebnisse?«, bohrte Oberst Taka weiter.

»Bestürzend«, antwortete ein schmalköpfiger Squid an seiner Seite und betätigte mit seinen lilafarbenen Tentakeln eine Art Schalter. *»Hier ist die Projektion.«*

In der Mitte des wassergefüllten Raums entstand das Hologramm eines Spiralnebels. Obwohl die dreidimensionale Abbildung in Jakes Augen verzerrt wirkte, glaubte er doch, die Milchstraße zu erkennen. Einige markante Punkte ließen keinen Zweifel zu. Wie von selbst, suchten seine Blicke den Sternenarm, in dem die Sonne beheimatet war. Und genau in diesem Bereich ging etwas vor sich, was er noch nie zuvor gesehen hatte. Jake spürte, wie sich seine Nackenhaare sträubten. Er sackte zurück, ohne den Blick von dem Unfassbaren abzuwenden. »Heilige Scheiße«, stöhnte er. »Das Ding rast auf die Erde zu!«

74

Burkes Schuss zischte an Myriam vorbei. Rodhanas Schmerzensschrei ließ sie zusammenfahren. Die Anführerin stürzte, Blut spritzte aus dem Stumpf, wo geraden noch ihr Bein gewesen war. Ein Brechreiz würgte Myriam, sie presste ihre Fäuste vor den Mund. Vor ihren Augen verschwamm die Welt. Nur Rodhanas blutender Beinstumpf blieb scharf. Sie registrierte nur am Rande, wie Burke sie packte und mit sich zerrte. Im Nebel, der ihr Bewusstsein zu lähmen drohte, tauchte plötzlich sein zufrieden grinsendes Gesicht auf. Glühender Hass stieg in Myriam hoch, verdrängte alle anderen Gefühle, nahm Besitz von ihrem Körper und lenkte ihre Bewegungen.

Sie versetzte Burke einen blitzschnellen Tritt in den Schritt. Noch während er zusammenklappte, zog sie das Knie hoch und traf Burkes Gesicht. Aus der Nase blutend taumelte er zurück.

Aber er hatte noch seine Waffe in der Hand.

Sein erster Schuss kam ungezielt und ging an Myriam vorbei. Sie fühlte keine Angst. Sie spürte sich selbst nicht mehr, sie schien nur ein winziger Beobachter zu sein. Weit weg, unbeteiligt. Sie griff unter ihre Jacke und zog den Strahler. Aber Burke richtete seine Waffe bereits auf ihr Gesicht. »Lass die ...«

Weiter kam er nicht. Myriam löste ihren Schuss noch in der Bewegung aus. Der gleißende Energiestrahl traf Burkes Genitalien. Ein animalischer Schrei entfuhr seiner Kehle, gleichzeitig drückte er ab. Myriam warf sich zur Seite. Ein stechender Schmerz fuhr ihr durch den Oberarm. Im Fallen löste sie ihre Waffe noch einmal aus und sah Burkes schmerzverzerrte Fratze in dem blauen Strahl zerplatzen.

Für einen Moment schwanden Myriam die Sinne. Dann hatte sie das Gefühl, dass alles über sie hereinstürzte: das Zischen der Waffen, die Flüche der Kämpfer und die Schreie der Verwundeten. Im Gewimmel der

Insurgenten kniete Marjella neben Rodhana und versuchte die Blutung zu stoppen. »Hilf mir!«, rief sie Myriam verzweifelt zu.

Verbandszeug, Knebel. Die beiden Worte stiegen in Myriams Kopf und dominierten alle anderen Gedanken. Myriam riss dem toten Burke das Hemd vom Körper, rannte hinüber, knotete es um Rodhanas Bein und knebelte es mit dem Excaver, bis kein Blut mehr aus der Arterie spritzte. Rodhana schrie und stöhnte und verlor schließlich die Besinnung. In Windeseile durchwühlte Myriam Marjellas Bündel, bis sie den Kasten mit den ausgekochten Stoffen und dem Operationsbesteck fand.

Marjella hatte die ohnmächtige Rodhana bereits stabil gelagert. Während sie die Wunde so weit wie möglich versorgte, tobte um sie herum der Kampf. Kotlack saß mit seinen Leuten am Eingang fest, hielt aber die Kleristen auf Abstand. Jenslow rieb mit seinen Kämpfern Burkes Anhänger auf. Die wichen nach dem Tod ihres Führers schnell zurück, wurden aber gnadenlos verfolgt und bis auf den letzten Mann niedergemacht.

Erschöpft kam Jenslow zurück. Er warf einen Blick auf die immer noch bewusstlose Rodhana in Marjellas Armen. »Wo sollen wir nun hin?«

Marjella schüttelte resigniert den Kopf. »Weitergehen hat keinen Sinn. Das hält Rodhana nicht durch.«

Jenslow ließ die Schultern hängen. »Ohne Rodhana sind wir alle erledigt.«

Da dröhnte Kotlacks alarmierte Stimme durch die Höhle. »Jenslow, hierher! Da draußen tut sich was!«

Im Tunnel wurde es blendend hell. Strahlenschüsse sirrten in die Höhle. Wo sie trafen, rann geschmolzener Stein von Decke und Wänden. Myriam und Marjella zerrten Rodhanas schlaffen Körper aus der Gefahrenzone. Die Männer verschanzten sich am Tunnelausgang. Sie feuerten unablässig, doch fanden sie in dem grellen Licht kein Ziel. Die Kleristen kamen unerbittlich näher. Insurgenten fielen getroffen zu Boden. Sie schrien.

Myriam presste die Hände über die Ohren. Es roch nach Blut und Schweiß. So konnte es doch nicht enden. Nicht an einem so dunklen, tiefen Ort, im Gewitter der Waffen. Sie zitterte. Der ganze Boden zitterte. Erst leicht, dann immer stärker. Ein tiefes Grollen legte sich über den Kampfeslärm. Dann schüttelte sich der Berg und riss den Leuten den Boden unter den Füßen weg. Von einem Augenblick zum anderen endete der Kampf. Der Fels krachte und mit ohrenbetäubendem Knall spaltete sich die Decke. Steine und Kies fielen auf die schreienden Menschen. Aus dem Tunnel drang dichter Staub und das Licht erlosch.

Marjella bekam starre Augen. »Die Göttin vernichtet die Sterne«, wisperte sie.

»Nein!«, schrie Myriam und legte die Arme schützend um ihren Bauch. »Nein!«

Kotlack rappelte sich als Erster wieder hoch. Sein Gesicht war kreidebleich. »Sie kommen!«, brüllte er, packte seine Waffe und stürmte um sich schießend den Kleristen entgegen.

75

Ein schäbiges Mietshaus am Rande des roten Distrikts. Im nächtlichen Lampenlicht wirkte die rissige Backsteinwand unter dem bröckelnden Putz wie ein aufgeplatztes Geschwür. Normalerweise würde niemand in dieser Gegend wohnen. Jetzt wimmelte es in den Korridoren von Frauen mit schmutzigen Kleidern und hoffnungslosen Augen. Wer hier einen Platz ergattern konnte, brauchte nicht in das Asylum.

Ängstliche Blicke um sich werfend, drängte sich eine Frau durch das Gewühl. Lange, dunkle Haare fielen über ihre schweren Brüste. Schützend hielt sie die Hände vor ihren runden Bauch. Für den nächsten Morgen war sie in den Kreißsaal bestellt. Sie zitterte. Seit Tagen starben dort die Babys bei der Entbindung. Eine Seuche, sagten die Kleristen und hielten das Totenritual über den zahllosen kleinen Körpern. Die Furcht lastete schwerer in ihr als das Kind. Doch sie hatte Hoffnung. Mit bangen Augen suchte sie die Türstöcke ab. Das Zeichen war klein und unauffällig.

Pedro lauschte an der schweren Eisentür. Bis auf fernen Straßenlärm war es ruhig. Hinter ihm stöhnte eine Frau dumpf in das fest gefaltete Tuch, das ihr jemand auf den Mund presste. Pedro zuckte zusammen. Er hatte es schon so oft gehört, aber er konnte sich nicht daran gewöhnen. So viele wollten aus der Stadt fliehen. Mehr als die Sympathisanten fortbringen konnten.

»Das war es schon«, hörte er Marwalski flüstern.

Pedro murmelte einen Fluch. Sie alle waren markiert wie Hunde. Wer fliehen wollte, musste sich den Mikrosender herausschneiden lassen. Pedro tastete seinen Oberarm ab. Dort musste das Ding irgendwo sitzen. Er konnte es zwischen seinen Muskelsträngen nicht erspüren, aber seit er davon wusste, fühlte er sich von unsichtbaren Augen verfolgt. Es kribbelte ständig in seinem Nacken.

Jenseits der Tür hörte er unsichere Schritte. Behutsam öffnete er einen Spalt und spähte in den dunklen Korridor. Das musste die Letzte sein.

Zaghaft kam sie herbei. »Graberratt?«, flüsterte sie.

Behutsam nahm Pedro ihre zitternde Hand und führte sie in das verfallene Kellerloch. Noch eine von diesen armen Frauen. Er spürte Wut in sich aufsteigen. Diese verdammten Kleristen! Er verriegelte die Tür und bezog wieder seinen Wachposten, während Marwalski der Frau den Chip entfernte.

Draußen wurde es still.

Pedro spürte, wie sich sein Puls erhöhte. »Psst!«

Marwalski schaute auf.

»Haut ab!«, flüsterte Pedro. Er machte sich keine Illusionen darüber, wer da gleich auftauchen würde. Im Angesicht von Kleristen wurden die Menschen still, totenstill. So wie jetzt.

Marwalski nickte. Er drückte die blutigen Chips dem langen Labrenz in die Hand. »Spül sie in der nächsten Toilette runter!«

Wortlos verschwand der Mann durch einen Mauerspalt.

Marwalski wandte sich an die Flüchtlinge. Ein Mann, neun Frauen, acht davon hochschwanger. »Mir nach!«, wisperte er.

Pedro hörte nun Schritte im Korridor. Seine Muskeln spannten sich. »Beeilt euch! Ich halte sie auf.«

Die Schrittgeräusche endeten vor der Tür. Jemand versuchte, den Riegel aufzuschieben. Pedro hielt ihn mit starken Armen fest.

»Mach auf!«

Pedro holte noch einmal tief Luft. »Haut ab, ihr diebischen Ratten!«

»Im Namen der Meduse!«

»Mich täuscht ihr nicht, ihr verlogenen Halsabschneider.«

»Wir haben dich gewarnt.«

Instinktiv sprang Pedro zur Seite und schon schnitt ein gleißender Strahl durch das Metall. Ein Tritt schleuderte die Tür in den Kellerraum und drei Kleristen traten mit gezogenen Waffen herein.

Pedro setzte ein erstauntes Gesicht auf. »Oh. Verzeihung. Ich dachte, es wären welche von diesem lausigen Pöbel da draußen gewesen.«

»Was machst du hier?«

Pedro ließ sein rundes Gesicht in einem warmen Lächeln erstrahlen. »Ich suche mir eine neue Wohnung.«

Der vorderste Klerist rümpfte die Nase und sah sich in dem verfallenen Kellerraum um, bis sein Blick an einem blutigen Fetzen hängenblieb.

Pedro schien der Boden unter den Füßen wegzusacken.

»Was ist das?«, fragte der Klerist und bohrte seine Augen in Pedros.

»Oh. Das. Ich habe mich an einer Kante geschnitten«, antwortete er im unschuldigsten Tonfall.

Ein anderer Klerist zog sein Datcom hervor und tippte darauf herum. »Pedro Antonio Gonzales«, sagte er mit kalter Stimme.

»Wer?« Pedro tat erstaunt und schob sich näher an den Mann. Er reckte den Hals und schaute neugierig auf das Gerät. »Ich?«

»Am besten, du kommst erst einmal mit uns ins Kathedom.«

»Sicher«, antwortete Pedro ergeben und schob sich noch einen Schritt näher an den Kleristen heran. Jetzt war er zum Greifen nahe. Pedro wartete nicht länger. Blitzschnell packte er den Mann, schleuderte ihn wie eine Gummipuppe auf seine Kollegen und stürmte auf die Straße hinaus. Durch die Menschenmenge hastete er davon.

Pedro hatte nur eine Chance: Bevor jeder Klerist in der Stadt seinen Tracker auf die Frequenz seines Chips einstellte, musste das verdammte Ding aus seinem Körper sein. Er hätte ihn sich selbst herausgeschnitten, wenn er gewusst hätte, wo er saß. Er brauchte Hilfe. Marwalski war unterwegs. Grimper. Grimper musste es wissen. Der war bestimmt in

Bereitschaft. Aber wo? Aus Sicherheitsgründen wurde der Treffpunkt jeden Tag verlegt. Welcher Tag war heute? Fünftag. Wahrscheinlich im Wartungsraum.

Pedro rannte auf eine schmale Gasse zu und stürzte durch eine Seitentür ins Innere eines klobigen Wohnblocks. Er folgte dem langen Korridor bis zum anderen Ende und stieg durch ein Fenster nach draußen. Eine düstere Häuserschlucht empfing ihn. Eilige Schritte hallten links aus einer Seitenstraße. Pedro hastete nach rechts, um gleich darauf wieder links abzubiegen. Sein Puls raste. Er jagte durch ein Netz verwinkelter Gassen. Plötzlich stand er vor einer Wand. Sackgasse. Schwer atmend blieb er stehen. War das wirklich der richtige Weg? Direkt vor sich sah er ein Belüftungsgitter. Entschlossen packte er in die Lamellen, zog es aus der Verankerung und zwängte sich durch die Öffnung. Hinter sich setzte er die Abdeckung wieder ein.

In der schmalen Röhre krabbelte er einem Strom stickiger Luft entgegen in die Dunkelheit. Von draußen hallten Stimmen herein. Pedro zerrte hastig an einem metallenen Riegel und öffnete eine Luke. Dämmriges Licht drang in die Röhre. Er wand sich durch den Spalt und ließ sich fallen. Seine Sohlen platschten auf nassen Boden.

Den Kellerraum dominierten Rohrleitungen, Maschinen und Kontrollanzeigen. Pedro verschloss das Türchen und folgte mannshohen Rohren bis zu einer Stahltür. Dahinter musste der heutige Sammelpunkt sein.

Zögernd legte er die Hand auf den Türöffner.

76

Im Schiff der Squids starrte Jake auf den heimatlichen Seitenarm der Milchstraße im Hologrammfeld. Sein Magen knotete sich zusammen, sein Verstand weigerte sich zu glauben, was er sah: Dort, wo leuchtende Sterne hätten sein sollen, klaffte ein Loch. Schwarz und bedrohlich, als wäre ein Stück Galaxis herausgebissen worden. Jake deutete mit zitterndem Finger darauf. *»Dort befindet sich die Erde!«*

»Noch«, antwortete ein Squid düster.

»Aber es können doch nicht ganze Teile der Milchstraße einfach so verschwinden? Seid ihr sicher, dass diese Projektion stimmt?«

»Die Daten wurden mehrfach überprüft«, schaltete sich Wate ein. *»Außerdem – ich war selbst da oben. Die Sterne sind plötzlich explodiert.«* Er machte eine Pause. Ihre Blicke trafen sich. *»Ich konnte meine Crew nicht retten«*, sagte Wate dann leise und seine Haut verdunkelte sich. *»Es haben nur drei überlebt.«*

Jake sackte auf seinen Stuhl zurück. Nur das Summen einiger Aggregate war zu hören. Er begriff. Da draußen steuerte ein Unheil auf sie zu, schlimmer als das größte schwarze Loch, das er sich vorstellen konnte. Die Erde lag genau auf dessen Bahn. Sie hatte die gleiche Chance wie ein winziger Leuchtkäfer, der gegen die Frontscheibe eines 12-Tonnen-Lastzugs klatschte.

Jake setzte sich auf seinem Stuhl aufrecht. *»Wie lange bleibt uns noch?«*

»Ah, er ist doch nicht so minderbemittelt wie das Gros seiner Spezies«, stellte Arte'makutiges fest und leuchtete grünlich vor Verblüffung.

»Wenn es Kurs und Geschwindigkeit beibehält, noch etwa 483 Grade«, sagte Wate und warf Arte einen missbilligenden Seitenblick zu.

Jake verzog das Gesicht. *»Was?«*

»Das sind astronomische Maßeinheiten. Wir messen die Zeit anhand der Planetenposition in Relation zu unserem Zentralgestirn, wobei der Nullmeridian ins Gravitationszentrum der Milchstraße weist. Einen Zyklus oder Planetenumlauf teilen wir in 640 Grade ein.« Wates Haut wurde einen Hauch dunkler. *»Bei 425,67 Planetenrotationen pro Zyklus verbleiben uns also noch etwa 321 Tage.«*

Jake fuhr von seinem Platz hoch. Wie konnte der Squid nur so ruhig bleiben? Oder war er es gar nicht? Es musste etwas geschehen. Und zwar schnell! Jake kämpfte gegen die aufkommende Panik. Er straffte sich. *»Wie alt ist die Projektion? Oder besser, wie weit weg ist das Phänomen?«*

Ein Squid kicherte. *»Er will mit Licht messen!«*

Wate brachte ihn mit einem harten Blick zum Schweigen und wandte sich wieder an Jake. *»Die Realität dieser Projektion ist nur wenige Minuten alt, auch wenn hier Objekte mit Entfernungen von zigtausenden von Lichtjahren abgebildet sind.«*

Jake konnte es immer noch nicht richtig fassen. Das war surreal, verrückt. *»Und du warst da draußen?«*

»Ich hatte damals nur ein Patrouillenschiff. Unsere Messungen waren nicht genau genug. Hätte die Regierung nicht das Projekt gestoppt, hätten wir dir diese Aufgabe ...« Wate stockte.

Entsetzen breitete sich in Jake aus. *»Ihr hättet mich mitten in dieses Inferno geschickt und geopfert!«* Er ballte die Fäuste.

»Nein, Doktor'jakedexterforrester!« Wate heftete sich mit seinen Tentakeln fest und presste seinen in erregtem Hellorange leuchtenden Kopf gegen die Scheibe. *»Wir hätten dir die beste Schutzkapsel und die besten Messgeräte gegeben!«*

Jake starrte auf dieses seltsam fremde Gesicht, das wie ein kleiner heller Vollmond an der Scheibe klebte und an den Rändern im Sog der Kiemenatmung flimmerte. Jake öffnete den Mund, aber er brachte kein Wort heraus. Inzwischen hatten sich alle Squids an die Scheibe geheftet. Sie schillerten in verschiedensten Gelb- und Orangetönen und glotzten ihn mit ihren dunklen Augen unverwandt an. *»Ihr seid schon verrückte Viecher!«*

Wate blubberte leise und es war ihm anzusehen, dass er nachdenklich wurde. *»Ihr auch!«*, sagte er nach einer Weile. *»Und intelligente dazu. Du vor allem. Deshalb haben wir dich trainiert. Wirst du uns helfen?«*

Jake blickte von einem zum anderen. Da hatten sie diese phantastische Technologie und wurden offensichtlich von einer bornierten Regierung behindert. Aber diese kleine Gruppe Verschworener war gegen alle Widerstände und Schwierigkeiten entschlossen, ihr Möglichstes zu tun, um noch zu retten, was zu retten war. Aber als kleine Wasserwesen war ihr Handlungsspielraum sehr eingeschränkt. Ein Mensch hatte vielleicht tatsächlich eine größere Chance. Und Nitsituaan wäre ja nur das erste Opfer dieser Katastrophe. Kurze Zeit später würde auch alles Leben auf der Erde in einem Höllenfeuer verglühen. Jake nahm einen tiefen Atemzug. *»Ja, ich helfe euch. Dazu muss ich aber die genaue Lage kennen. Und wir brauchen einen guten Plan.«*

In die Squids kam Bewegung. Einzelne verließen eilig den Raum, andere schwammen in Gruppen umher, in Diskussionen vertieft.

»Danke, Doktor'jakedexterforrester«, sagte Wate. *»Ich werde dir die nötigen Informationen geben.«* Seine Haut schillerte in allen Regenbogenfarben. *»Zunächst müssen wir das Schiff fertigstellen, dich für den Einsatz trainieren, ein Beiboot für dich umrüsten, und uns in den Weltraum schleichen. Mit den Messdaten, die du ermittelst, wollen wir eine Gegenmaßnahme erarbeiten. Und dazu bleiben uns weniger als 321 Tage.«*

Jake starrte vor sich hin. Ganze 321 Tage. Er fuhr sich mit zitternden Fingern durch die Haare. *»Wann kann das Schiff einsatzbereit sein?«*

Wates Haut schimmerte grünlich. *»Schwer zu sagen. Mit den Handwerkern und Gegebenheiten, die wir haben, in etwa hundert Tagen.«*

»So lange?« Jake starrte ihn fassungslos an. Dann schob er entschieden das Kinn vor. *»Das muss schneller gehen.«*

»Will es uns sagen, was ...«, schaltete sich ein dicker Squid mit wulstigen Tentakeln ein.

»Ruhe, bitte!«, fuhr Wate dazwischen.

Jake ließ nicht locker. *»Würdet ihr weniger Zeit für die Reparatur brauchen, wenn ihr mehr Arbeiter hättet?«*

»Was redest du? Wo, mit Verlaub, sollen wir mehr Fachkräfte herbekommen?«

Jake trat näher an die Scheibe. *»Ich dachte an Werftarbeiter. An Menschen!«*

Der schlanke Arte drängte sich heran. *»Homiden? Es ist von Sinnen!«*

Jake senkte beschwichtigend die Hände. *»Rein theoretisch. Wäre das nicht schneller?«*

Wate dachte einen Moment nach. *»Wir könnten es in weniger als der Hälfte der veranschlagten Zeit schaffen.«*

»Gut!« Jake hob den Zeigefinger. *»Und wenn sie rund um die Uhr arbeiten?«*

»Das ist illegal«, empörte sich Wate. *»Wo willst du außerdem Homiden herbekommen? Wir können nicht einfach welche requirieren.«*

Jake zog eine Braue hoch. *»Ich dachte an Insurgenten.«*

Für einen Augenblick schienen alle Squids zu erstarren. *»Ausreißer? Militante Querulanten und Verurteilte! Eher würde ich sie eigenhändig liquidieren!«* Der Sprecher, Oberst Taka, echauffierte sich mit grellen Lichtmustern und aggressiven Blitzen. *»Nie und nimmer!«*

Jake sah ihn aus harten Augen an. *»Habt ihr eine andere Wahl?«*

Es entstand eine lange Pause. Jake fasste die Squids der Reihe nach ins Auge. Wie würden sie entscheiden, diese arroganten Kreaturen? So hochentwickelt sie waren, brachten sie es doch nicht fertig, über ihren Tellerrand hinauszuschauen. Wegen ihnen mussten Menschen in die Dunkelheit der Berge fliehen. Gute Leute mit eisernem Willen. Er dachte an Rodhana. Die Squids würden sie eiskalt umbringen. Wut stieg in ihm hoch. Aber es blieb keine andere Möglichkeit, als zusammenzuarbeiten. Das mussten doch selbst die Squids einsehen! So verbohrt konnten sie doch gar nicht sein.

Jake setzte sich. *»Wenn ihr mich in die Bergwerke bringt, finde ich sie.«*

»Es will uns nur entkommen!«, winkte Arte ab.

»Seien Sie nicht so töricht.« Wate blähte sich auf. *»Selbst der Homide hat inzwischen begriffen, dass es keinen sicheren Zufluchtsort mehr gibt.«*

»Sinnloses Geplänkel«, erklärte Taka. *»Es ist ein weiter Weg und er führt direkt zwischen Klabu'teranusters Tentakel hindurch. Es ist zu riskant und außerdem können wir nicht noch mehr kostbare Zeit mit fragwürdigen Aktionen verschwenden. Wenn wir erwischt werden, ist alles verloren.«*

Richtig. Jake fuhr sich nachdenklich mit den Fingern durch die Haare. Und plötzlich wusste er, was zu tun war.

77

Klabu'teranuster leuchtete in wütendem Rot. *»Habt ihr immer noch keine Spur von diesen schleimigen Deserteuren?«*

Nuttur zuckte mit keinem Tentakel. *»Nein, Zir, die neue Technologie ihres Schiffs macht es uns unmöglich.«*

»Technologie! Technologie! Das sind Ausreden für eure Unfähigkeit. Ich ordne an, dass etwas geschehen muss! Überbringen Sie diesen weichköpfigen Wissenschaftlern meinen Befehl, sofort eine Gegenmaßnahme zu erfinden. Wer nicht gehorcht, wird eliminiert!«

»Da brauche ich nicht weit zu schwimmen, Zir. In der Wartegrotte lungert immer ein Schwarm von ihnen herum und wartet auf eine Audienz.«

»Diese wabbelige Blase! Holen Sie mir den Ranghöchsten von diesen Quallen.«

Kurze Zeit später trieb Nuttur einen älteren Oktoftewiltabinen herein. Der war farblos vor Angst. Er knickste schwerfällig. Das Alter machte ihm sichtlich zu schaffen. *»Vielen Dank, erlauchtigster Herrscher, dass Ihr etwas von Eurer kostbaren Zeit für uns zur Verfügung stellt. Ich muss Eure Exzillenz auf die große Gefahr aufmerksam machen ...«*

»Das ist Dampf von gestern«, schäumte Klabu'teranuster.

»Nein, weisester Führer«, der Alte knickste noch einmal, *»es kommt näher. Es lässt sich nicht mehr verleugnen.«*

Klabu'teranusters Haut nahm einen eisblauen Farbton an. Langsam schwamm er dicht an den ehrwürdigen Wissenschaftler heran. *»Eine Verschwörung ist es«*, sagte er leise und starrte dem Gegenüber in die dunklen Augen. *»Ihr wollt meine Position schwächen!«* Mit einem Ruck wandte er sich ab und schrie: *»Habe ich nicht angeordnet, dass jeder als Verräter bestraft wird, der weiterhin solche Lügen verbreitet!«*

Der Alte blitzte erschrocken auf. *»Aber Durchlaucht!«*

»Schafft ihn fort«, tobte Klabu'teranuster. *»Spannt ihn auf, bis er verschrumpelt ist. Weg mit dem ganzen Pack, treibt sie aus meinem Palast. Sie dürfen erst wiederkommen, wenn sie den neuen Deflektor dieses unseligen Schiffs durchbrechen können. Und du!«*, Klabu'teranuster streckte einen langen, spitzen Tentakel Nuttur ins Gesicht, *»Du durchsuchst mit allen deinen Leuten jedes Muränenloch im gesamten Ozean, bis ihr die Deserteure gefunden habt! Ich will sie haben!«*

78

Auf der Tiefseebasis bereiteten die Squids eine gewagte Reise vor. In einem der Beiboote pumpten sie den Laderaum mit Luft voll, installierten darin eine Minikantina und stellten eine Pritsche auf. Über eine Schleuse kroch Jake in den Raum. Deste verschloss sie hinter ihm, während Wate durch eine Luke vom wassergefüllten Teil des Beiboots zuschaute. *»Dein Plan gefällt mir außerordentlich gut, Doktor'jakedexterforrester. Das war eine zischig gute Idee von dir!«*

Jake blickte an den glatten Wänden entlang. *»Danke für das Kompliment«*, sagte er abwesend. *»Aber noch sind wir nicht da.«*

»Keine Sorge. Ich werde mein Bestes tun, um Klabu'teranuster zwischen den Tentakeln hindurchzuschlüpfen.«

Jake zog es die Nackenhaut zusammen. Die Dunkelheit der Tiefsee schien sich wie eine Faust um ihn zu legen. *»Ich würde mir wünschen, besser sehen zu können, was da draußen vorgeht.«*

Wates Haut nahm einen dunkleren Farbton an. *»Maski könnte einen Bildschirm an einer der Luken installieren. Darauf kann ich die Bilder vom Hauptmonitor legen.«*

Jake nickte. *»Das würde helfen.«*

Die Atmosphäre auf der Basis hatte sich in den letzten Tagen verändert. Mehr und mehr war Wate'medaludes Jake gegenüber aufgetaut. Und auch die anderen Squids verhielten sich deutlich höflicher. Zum ersten Mal hatte er das Gefühl, nicht wie ein Nutztier behandelt zu werden, sondern wie ein Partner. Das war ein ermutigender Anfang für das geplante Unternehmen.

Wenig später verließen sie mit dem kleinen Beiboot die Unterwasserbasis. Wate ließ auf Sicht steuern, vom Feind anmessbare Taster und Echolote wurden abgeschaltet.

Bunt schillernde Lebewesen verirrten sich gelegentlich in die Lichtkegel und leuchteten wie ein bizarres Feuerwerk im dunklen Wasser. So krochen sie drei Tage in einer Tiefseerinne dem Delta des Njamatagris entgegen, der unterhalb von Nelantis ins Meer mündete.

Schließlich stieg der Meeresboden stetig an und im milchigen lila Licht schälten sich zaghaft die Konturen des Untergrundes hervor. Wate schaltete nun auch die Scheinwerfer ab und navigierte im Halbdunkel.

»Ich bekomme eine Resonanz«, meldete Maski. *»Orterstrahlen!«*

»Doktor'jakedexterforrester«, warnte Wate. *»Keine telepathische Kommunikation und verhalte dich ruhig!«*

Maski drückte das Boot in eine Bodenkuhle und schaltete den Antrieb ab.

Es wurde still. Nur das Wasser übertrug ferne Geräusche auf die Außenwand, ein unheimliches Rauschen und Gluckern.

Jake lauschte. Die Welt unter der Meeresoberfläche und ihre Symphonien waren ihm fremd. An Land, im Wald, da hätte er den Tritt eines Menschen oder Tieres erkannt, hätte gewusst, was harmlos und was gefährlich war. Aber hier, wo sich vieles im Infra- oder Ultraschallbereich abspielte, fühlte er sich taub und blind. Bewegungslos wartete er auf ein Zeichen der Squids. Sie waren hier zuhause.

Dann vernahm Jake scharfes Rauschen, so, als würde Wasser mit hoher Geschwindigkeit durch einen engen Schlauch gepresst. Instinktiv duckte er sich. Kurz danach empfing er fremde Gedanken, schwach, weit weg. Sie kamen aus der gleichen Richtung wie das Geräusch: *»Ich hasse Patrouillen in dieser trüben Brühe. Immer gibt es falsche Resonanzen – Homidendreck aus dem Freilandgehege ... verpestet das Wasser und den ganzen Untergrund.«*

Eine andere Stimme antwortete in gelangweiltem Tonfall: *»Wird bald aufhören.«*

»Wer's glaubt!«, fuhr die erste fort. *»Ich habe gehört, der große Klabu'teranuster habe sich Homidenweibchen zugelegt – und der perverse Schleimfisch ...«*

»Halten Sie die Kiemen dicht, Sie Qualle! Wenn das einer mitbekommt!«

Die Gedanken wurden deutlicher, das unterschwellige Brummen eines Aggregats näherte sich. Jake hielt den Atem an. Ob das Boot bewaffnet war?

»In diesen Gewässern hält sich doch kein vernünftiger Oktoftewiltabine auf.«

»Man kann heutzutage nicht vorsichtig genug sein! Überall sind Spitzel und Informanten. Werden gut belohnt, diese feigen Fische, um Kameraden zu verpfeifen.«

»Die gesuchten Deserteure könnten sich hier herumtreiben.«

»Die können überall sein. Wie ich höre, haben sie sogar Homiden mitgenommen! Wenn Sie mich fragen, sind die genauso abnorm wie …«

»Zügeln Sie Ihre Gedanken, sonst muss ich Sie melden!«

»Sie würden doch nicht etwa …«

»Glauben Sie ich habe Lust, mich wegen Ihres regierungsfeindlichen Gesabbels vom Sicherheitsdienst abkochen zu lassen?«

»Ich bin nicht …«, brauste der andere auf. *»Hoppla, was liegt denn dort unten?«*

Jakes Herz stockte. Instinktiv blickte er in Richtung der Geräusche. *Was ist los Wate? Warum hauen wir nicht ab?* Verdammt, wie hielt man seine Gedanken leise?

»Was sagen die Taster?«, wollte der feindliche Squid wissen.

»Sieht aus wie ein Beiboot.«

Das Fahrgeräusch stoppte genau über ihnen. Jake starrte auf die Decke, als könne er sie mit seinem Blick durchdringen.

»Soll ich es abschießen?«

Jake duckte sich instinktiv. Sein Herz raste. Seine Augen suchten nach Deckung, einem sicheren Versteck. Aber er saß in dieser Blechdose, die jeden Moment auseinanderplatzen konnte.

»Grumpfalg. Dann müssen wir wieder tentakellange Berichte schreiben … ist wahrscheinlich sowieso nur bei der Testfahrt gesunkener Homidenpfusch. Davon liegt hier jede Menge rum. Reine Zeitverschwendung. Da hänge ich lieber im Kasino ab.«

Das Brummen der Maschine setzte erneut ein, schwoll an und begann sich zu entfernen. Erleichtert ließ Jake die Luft aus den Lungen.

»Tritt Lolli'lindezzina dort immer noch auf? Wie die sich bewegen kann!«

»Sie kann noch mehr! Ich war letzte Woche mit ihr aus.«

»Sie? Und?«

Langsam entfernten sie sich.

»Superzischig. Zuerst waren wir im Ritzibomula Essen. Ich habe da einiges springen lassen. Als ich dann meine Weltraumabenteuer dezent zum Besten gab, schmolz sie sichtlich dahin.«

»Sie waren doch noch nie im All!«

»Das weiß sie doch nicht! Jedenfalls sind wir später …«

Endlich verloren sie sich in der Ferne.

Jake ließ sich auf seine Pritsche sinken. *»Mann, ihr habt Nerven!«*

»Ich befürchte, noch einmal werden wir nicht so leicht davonkommen«, antwortete Wate. Maski fuhr den Antrieb hoch.

Je näher sie zur Flussmündung aufstiegen, desto mehr Licht fiel in die Tiefe, aber Schutt und Sinkstoffe trübten das Wasser. Sich knapp über dem schlammigen Grund haltend, fuhren sie in den Flusslauf ein. Durch wehende Felder dichter Wasserpflanzen steuerten sie in langsamer Fahrt den Njamatagris hinauf. Endlich sahen sie linker Hand Abwasserrohre mit dem Durchmesser von Eisenbahntunneln in den Fluss münden.

Jake musterte sie der Reihe nach auf seinem Monitor. *»Wir müssen unter das Kathedom.«*

»Den Mittleren!«, entschied Wate.

Seitenkanäle leiteten trübes Wasser mit brockigen Schwebstoffen ein. Jake mochte nicht daran denken, was ihnen da entgegen kam. Nach einer Gabelung wurde es eng.

Die Squids verankerten das Beiboot, das nun in der dreckigen Brühe auf- und abdümpelte. Wate und Deste schlüpften in ihre Auftauchkapseln und schlossen die Luken. Jake beobachtete sie. Von einem Moment zum anderen wurden sie zu Adjutoren, Robotern, von denen niemand vermutete, dass sie die Fortbewegungsmittel einer intelligenten Rasse waren.

Die beiden verließen das Boot. Jake beobachtete auf dem Bildschirm, wie sie einen Aufstiegsschacht emportauchten und im trüben Wasser verschwanden. Die hatten es gut. Sie saßen geschützt in ihren Gefährten. Doch Jake musste durch die dreckige Brühe nach oben tauchen. Er steckte Jacke, Hose und Stiefel in einen wasserdichten Schultersack, begab sich in die Schleusenkammer, ließ Wasser einlaufen, holte noch einmal tief Luft, bevor die Kammer vollständig gefüllt war, und öffnete dann die Außenluke. Er stieß sich ab und glitt ins stinkende Abwasser. Mit zusammengepressten Lippen tauchte er geradewegs auf den wabernden Lichtflecken von Wates Scheinwerfer zu. Prustend stieg er aus der ekligen Gülle und versuchte nicht daran zu denken, was jetzt an seiner Haut klebte. Er rieb es ab und zog seine Kleidung über.

Jake führte die Squids zunächst in die Katakomben. Deste drehte sich mit seiner Auftauchzelle im Kreis herum. *»Lauter Sicherheitslücken«*, knurrte er. *»Es wird Zeit, die antike Stadt neu zu versiegeln.«*

»Im Moment bin ich ganz froh, dass sie es nicht ist«, warf Jake ein.

Als sie den in einer Nische verborgenen Tunneleingang erreichten, der in Richtung der Berge führte, drehte sich Jake zu den beiden Squids um. *»Am Ende dieses Ganges betreten wir den schwierigsten Bereich. Wir könnten auf Kleristen-Patrouillen treffen, daher müssen wir extrem leise und vorsichtig sein.«*

»Und keine akustische Kommunikation!«, fügte Wate hinzu, der sicherheitshalber noch einmal den Ladezustand seiner Strahlwaffe überprüfte.

Schweigend bewegten sich die drei durch den engen, grob gemauerten Tunnel vorwärts. Als sie die große Tropfsteinhöhle erreichten, von der aus sich das weit verzweigte Netzwerk der Stollen und Gänge in den Berg hinein spannte, hielten die Squids an. Deste ließ die Scheinwerfer seiner Auftauchzelle über die bizarren Gebilde aus weißem Gestein streichen. *»Ein Korallengarten könnte nicht eindrucksvoller sein«*, flüsterte er.

»Licht aus!«, zischte Wate. *»Für eine Besichtigungstour haben wir wahrlich keine Zeit, mein Verehrtester!«*

Jake musste grinsen. Er hob seinen Glimmerstein hoch. *»Bleibt dicht hinter mir!«*

Er orientierte sich kurz und wählte eine Tunnelöffnung im hinteren Bereich der Höhle. Ein warmes Gefühl stieg in ihm hoch, fast als wäre er zuhause angekommen. Er kannte sich aus und fühlte sich sicher. Und er genoss es, hier unten den Squids absolut überlegen zu sein.

Tiefer und tiefer wanden sich die Gänge in den Berg. Jake dachte an Rodhana, ihre durchdringenden Augen und die Waffe, die ihr lässig im Gürtel steckte. Beim Gedanken an ihren muskulösen Körper mit den weichen Rundungen schritt er weit und federnd aus.

»Ist es noch weit?«, wollte Wate nach einiger Zeit wissen. Seine Stimme klang gepresst.

»Wir müssten bald auf die Wachen treffen«, antwortete Jake.

»Wie schaffen es die Ausreißer bloß, hier unten zu überleben?«, fragte Deste. Seine Stimme drückte widerwillige Bewunderung aus, doch sein ganzer Körper sendete kleine Lichtblitze unterdrückter Angst aus. In geheimer Mission an Land, in diesem verwirrenden System von Tunneln und Höhlen auf sich gestellt – den Squids behagte das ganz und gar nicht.

»Besser, ihr verblendet jetzt die Kuppeln eurer Auftauchzellen«, warnte Jake, nahm zwei Kiesel vom Boden und klickerte das Erkennungssignal der Insurgenten.

Keine Antwort.

Das wunderte ihn. *»Könnt ihr ihre Gedanken auffangen?«*

»Du weißt doch selbst, dass wir nur mit den Leithomiden kommunizieren können.«

Zumindest waren keine Kleristen in der Nähe. Aber das Fehlen der Wachen beunruhigte Jake. Er lief schneller.

Schließlich erreichte er den Stollen zum Hauptquartier. Ein Geruch hing in der Luft, der ihm Brechreiz verursachte. Soweit das Licht seines Glimmersteins reichte, übersäten Leichen den Tunnelboden. Jake bekam weiche Knie. Oh Gott, so viele! Er stützte sich an einer Felswand ab. Eine unheimliche Stille hing über der unwirklichen Szenerie. Jake musste sich setzen. Verzweifelt kämpfte er gegen die aufkommende Übelkeit. Alles verloren. Alle tot.

»Das ist ja schauerlich«, hörte er Wate hinter sich ächzen. *»Und wir können nichts für sie tun.«*

»Keiner von ihnen trägt einen Vitalsensor«, flüsterte Deste.

Jake zitterte. Das konnte nicht wahr sein. Rodhana. Aber vielleicht lebte sie noch, vielleicht lag sie besinnungslos unter den Toten. Irgendwo. Jake erhob sich und lief auf die nächstliegende Leiche zu. Keine Kleidung, keine Waffen. Er blieb wie vom Donner gerührt stehen. Das war die Handschrift der Insurgenten. Also gab es Überlebende. Aber, verdammt nochmal, wo waren sie?

Jake lief in die Höhle hinein, die völlig leergeräumt war. Er leuchtete in jeden angrenzenden Tunnel, jede Spalte. Nirgendwo fand er Spuren. Verdammt, wie sollte er sie finden? Verzweifelt ließ er sich an dem kleinen Tümpel nieder und spritzte sich Wasser ins Gesicht, um wieder einen klaren Gedanken fassen zu können.

Es war nur wenige Tage vorher gewesen, da hatte Myriam genau an der gleichen Stelle gesessen. Sie konnte es immer noch nicht glauben. Die Insurgenten hatten den Kampf gegen die Kleristen gewonnen. Myriam tauchte ein Tuch in den dunklen See. Sie schwenkte es im kalten Wasser, zog es heraus, presste es mit den Fingern aus und legte es Rodhana auf die fiebrige Stirn. Die Anführerin war immer noch nicht zu Bewusstsein gekommen. Das war vielleicht am besten so. Myriam schauderte. Was würde sie mit nur einem Bein in dieser dunklen Hölle anfangen?

Myriams Blick wanderte zu der Gruppe Insurgenten. Nach ihrem euphorischen Sieg hatten sie den gefallenen Kleristen die Chips herausgeschnitten und vernichtet, und anschließend alle Leichen in den Tunnel geschafft.

Nun saßen sie mit düsteren Gesichtern im oberen Teil der Höhle. Marjellas ausgezehrte Gestalt bewegte sich mit herabhängenden Schultern zwischen den Verwundeten. Der Kampf war sie teuer zu stehen gekommen: Zahllose Tote, noch mehr Verletzte, die meisten Nahrungsmittel verdorben. Wenn sie doch wenigstens einen Riesen-Grumpen aufstöbern könnten! Aber die ließen sich schon lange nicht mehr in der Nähe des Lagers blicken.

Kotlack und Jenslow teilten Wachen ein, aber die versahen ihren Dienst nachlässig. Ohne Rodhana waren sie mutlos geworden. Einige hatten sich Waffen genommen und waren aufgebrochen, um sich allein durchzuschlagen. Auch Myriam spürte die schwarze Last, die sich langsam auf ihr Herz legte. Rodhana kannte das unterirdische Tunnelsystem wie kein anderer. Wann immer Probleme aufgetaucht waren, hatte sie eine Lösung gewusst. Und auch wenn das Leben hier unten hart und voller Entbehrungen war, so musste niemand verhungern. Rodhana strahlte unumstößliche Stärke aus. Bei ihr musste man sich einfach sicher fühlen. Myriam schauderte, als sie daran dachte, wie die Moral der Menschen hier unten von Minute zu Minute sank. Doch noch war die Anführerin nicht tot!

Noch nicht.

Myriam ließ den Blick über die Insurgenten wandern. So sehr sie sich wünschte, dass Rodhana überleben würde, so sehr quälte sie die Frage, wie sie, eine verkrüppelte Frau, es schaffen sollte, diese Schar zu leiten, die jede Hoffnung, jeden Kampfgeist verloren zu haben schien? Rodhana stöhnte im Fieber und Myriam kühlte ihr wieder die Stirn.

Die Ankunft eines Zugs neuer Flüchtlinge riss die Insurgenten aus ihrer Lethargie. Starr vor Entsetzen blickten die Neuankömmlinge auf das grausige Bild. Immer mehr Menschen scharten sich vor dem Tunneleingang, gestikulierten und riefen durcheinander. »Wir müssen die Toten bestatten!« raffte sich ein Mann auf, »die kann man doch nicht einfach so liegen lassen!«

Myriam konnte Grimper erkennen. »Weiter!«, drängte dieser mit rauer Stimme. »Zunächst müssen wir Rodhana finden!«

»Wo ist sie?« hörte Myriam eine andere vertraute Stimme aus der Menge. Sie kam wie ein Lichtstrahl, ein Bote aus einer Zeit, in der ihre

Welt noch heil war. »Pedro!«, rief sie und hatte das Gefühl, dass eine schwere Last von ihren Schultern fiel. »Hier!«

Aus einem Pulk löste sich die kräftige Gestalt des Kolumbianers und lief freudestrahlend herbei. Doch dann zögerte Pedro plötzlich.

Er sah ernster aus, als sonst. Myriam legte ihre Hand auf seinen Arm. »Pedro, ich bin ja so froh, dass du da bist. Hast du etwas von Jake gehört? Wie geht es Paps? Und Mama?

Pedro schüttelte langsam den Kopf. »Sie sind nicht in der Stadt. Das ist alles, was ich weiß.«

»In Lundsiel sind sie in Sicherheit«, seufzte sie.

Pedro legte seine Pranke sanft auf ihre Schulter. Myriam lächelte ihn an. Dann umarmte er sie sachte. »Bestimmt«, antwortete er mit beruhigender Stimme. »Bestimmt.« Er reckte den Kopf. »Und wer ist die verletzte Frau dort?«

»Rodhana.«

Pedro ließ die Arme sinken. »Die Leute draußen hoffen auf sie«, sagte er mit Grabesstimme.

Myriam biss die Zähne zusammen. »Noch ist sie nicht tot. Und wenn wir alle zusammenhalten, dann schaffen wir es auch ohne sie.«

»Arme Frau.« Pedro schüttelte mitleidig den Kopf. »Dabei ist sie so schön.« Er riss seinen Blick von ihr los und wandte sich wieder Myriam zu. »Draußen gab's Ärger. Ich werde jetzt bei euch bleiben.« Er zeigte auf die verschorfte Wunde an seinem Oberarm. »Ich kann nicht mehr zurück.«

»Zum Glück haben sie dich nicht erwischt!«

»Aber fast!« Er verzog das Gesicht. »Ich habe Grimper gerade noch rechtzeitig gefunden.«

Der näherte sich mit Kotlack und Jenslow. Marjella verließ ihre Kranken und kam auch herbei.

»Wie soll es weitergehen?«, fragte Grimper düster.

Petro deutete auf Myriam. »Myriam hat gesagt, sie macht weiter.«

Die blickte ihn entgeistert an. »Was?«

Die anderen wirkten ebenso verdutzt.

Grimper fasste sich als Erster. »Pedro hat insofern recht, als dass ihr nicht ohne Anführer bleiben könnt.« Er machte ein finsteres Gesicht. »Ich werde oben gebraucht, aber wenn hier unten alles auseinanderfällt, machen meine Rettungsaktionen keinen Sinn.« Er sah sich unter den Anwesenden um.

Kotlack trat einen Schritt zurück und grunzte.

Jenslow zuckte mit den Achseln. »Marjella.«

Die schüttelte energisch den Kopf. »Mich brauchen die Kranken. Ich gebe euch gerne Ratschläge, aber als Führer komme ich nicht in Frage. Das muss jemand sein, der mehr Energie hat als ich, mehr Grütze im Kopf als Kotlack, und der sich mit der Organisation auskennt.« Sie sah Myriam scharf an. Die wand sich unter ihrem Blick.

»Du hast mir die ganze Zeit geholfen und bist Rodhana zur Hand gegangen! Hast du begriffen, was wir hier tun?«

Myriam nickte zaghaft. »Aber ...«

Marjella deutete auf Myriam. »Sie soll die Führung übernehmen, bis Rodhana wieder einsatzfähig ist.«

Myriam hob abwehrend die Hände. »Aber das kann ich nicht!«

»Unsinn. Wir werden dich unterstützen. Es weiß sowieso jeder, was zu tun ist. Du musst es nur koordinieren.«

Grimper schlug sich mit der Hand auf den Schenkel. »Gut, dann machen wir den nächsten Treffpunkt aus. Ich muss zurück.«

In den kommenden Tagen fühlte sich Myriam überfordert und einsam. Kotlack und Jenslow nahmen das Training wieder auf, die Wachen wurden verstärkt und die Neuen mussten eingewöhnt werden. Daneben schickte Myriam Trupps zur Jagd von Riesen-Grumpen aus.

An Tagen, an denen sie bis über beide Ohren in Arbeit steckte, kümmerte sich Pedro um Rodhanas Pflege. Sie hatte immer noch hohes Fieber und war nicht ansprechbar. Pedro fand Holz in einem verlassenen Stollen und zimmerte daraus zwei Krücken.

Endlich kam Rodhana wieder zu sich, aber es dauerte, bis sie begriff, was mit ihr geschehen war. Sie trug ihr Schicksal mit stoischem Gesicht. »Wir müssen hier weg.«

Marjella legte ihr die Hand auf die heiße Stirn und flößte ihr einen Sud aus Biskuits und Fleischbrühe ein. »Dazu bist du noch zu schwach.«

Rodhana richtete sich schwankend auf. »Die Kleristen wissen jetzt, wo wir sind. Ein Wunder, dass sie noch nicht zurückgekommen sind.«

Jenslow warf sich in die Brust. »Sie können es nicht mehr ausplaudern. Wir haben sie alle erledigt.«

»Narr! Auch die tragen einen Chip!«

»Den haben wir ihnen rausgeschnitten! Und wenn doch wieder welche kommen, werden wir sie genauso fertigmachen, wie die anderen auch«, brummte Kotlack.

Myriam hob beschwichtigend die Hand. »Obendrein haben wir zu viele Verletzte. Aber sobald sie reisefähig sind, können wir uns ein anderes Hauptquartier suchen.«

Rodhana ließ sich wieder in die Kissen sinken. »Du hast ja eine Mordskarriere gemacht, Mädchen.«

Myriam sah ihr in die Augen. »Ich will dir nichts wegnehmen.«

Rodhana funkelte sie an. »Das wirst du auch nicht schaffen. Bereite den Aufbruch vor!« Sie atmete schwer und musste husten.

Marjella drängte sich dazwischen und streckte Rodhana den Zeigefinger ins Gesicht. »Du bist noch zu schwach zum Reisen.«

Rodhana wischte den Einwand mit einer unwirschen Handbewegung beiseite.

Da wandte sich Pedro diensteifrig an Marjella. »Ich könnte ihr eine Trage bauen.«

Rodhana musterte ihn und zog eine Augenbraue hoch, ehe sie anerkennend nickte.

Pedro wurde rot, wandte sich ab und machte sich an die Arbeit.

»Was werden wir mit den Toten machen?«, fragte Myriam leise.

»Der nächste Lavastrom ist zu weit weg«, ächzte Rodhana, »und der Boden hier ist zu hart, um sie zu begraben. Wir müssen sie liegen lassen.«

Myriam seufzte auf.

»Ich werde sie segnen«, sagte Marjella, »so dass sie den Frieden der Göttin finden.«

Wenige Stunden später hatten die Insurgenten das Lager abgebrochen und verließen die Höhle.

Wohin? Jake ließ den Blick durch die Dunkelheit schweifen. Es gab tausende Meilen Gänge, Stollen und Höhlen. Das unterirdische Geflecht durchzog den ganzen Gebirgsstock.

Jake suchte die Ausgänge noch einmal nach Spuren ab. Doch alle endeten im Nichts. Rodhana hatte sie verwischt. Sie wollte nicht gefunden werden und das war ihr verdammt nochmal gelungen. Jake ließ sich verzweifelt auf den Boden sinken.

Wate und Deste konnten ihm auch nicht helfen. Sie schwiegen. Jake spürte lediglich ihre mentale Präsenz.

Plötzlich fuhr er hoch und lauschte in die Stille. Nicht mit den Ohren, sondern mit dem Geist. In der Ferne ... undeutlich zwar ... bemerkte er noch eine weitere Präsenz – eine vollkommen fremde.

79

Das Traggestell mit Rodhana schien für Kotlack und Pedro kein Gewicht zu besitzen. Die zwei Männer ließen es sich nicht nehmen, tagein, tagaus die Verletzte zu tragen. Wenn die Breite des Wegs es erlaubte, lief Myriam neben ihnen her. Die beiden waren zu ihren besten Freunden geworden.

Myriam warf einen Blick auf Rodhana, die trotz ihrer offensichtlichen Schmerzen die Gruppe der Insurgenten unermüdlich vorwärtstrieb. Während jeder Rast übte sie den Umgang mit den Krücken, mit denen sie sich inzwischen erstaunlich schnell fortbewegen konnte. Aber längere Strecken hielt sie noch nicht durch. Trotzdem: Rodhana war eine starke Frau, hart und konsequent, auch sich selbst gegenüber. Myriam fragte sich, ob sie die Menschen genauso führen konnte, sollte es nötig werden.

Sie ließ sich zu Pedro zurückfallen und sah ihn von der Seite an. »Na, wie gefallen dir unsere Frauen?«

Pedro blickte sie überrascht an.

Sie lächelte spitzbübisch. »Du bist in letzter Zeit so still.«

Pedro wirkte verlegen, sein Blick huschte zu Rodhana. Myriam bemerkte es und lächelte zufrieden in sich hinein.

»Ich wüsste nicht, was dich das angeht«, fuhr Rodhana auf.

Myriam ging mit beschwingten Schritten weiter. »Oh. Ich bin nur am Wohlergehen meines alten Freundes interessiert.«

Rodhanas Augen verfinsterten sich. »Das Befinden *aller* Insurgenten ist deine Aufgabe«, erwiderte sie kalt.

Myriam lächelte. »Interim. Eine Behelfsmaßnahme, die mit deiner Genesung bald wieder in deine eigenen Hände fällt.«

»Das habe ich mir doch gedacht. Du wirst mit der Verantwortung nicht fertig!«

Myriam strich sich über den Bauch, der inzwischen eine leichte Wölbung aufwies. Rodhana war biestig, aber vielleicht hatte sie nicht ganz unrecht. Myriam hatte noch nie Verantwortung für derart viele Menschen auf sich genommen. Sie hatte Kinder beaufsichtigt und mit ihnen gespielt. »Ich würde mich gerne auf anderes vorbereiten.«

Pedro grinste. »Den kleinen Jake.«

»Einen Namen habe ich mir noch nicht überlegt …« Myriam stockte. Sie presste die Hände fester auf ihren Leib. Da war noch etwas anderes in ihr.

»Was ist?«, fragte Pedro besorgt.

Sie drängte den Anflug von Panik beiseite. »Nichts.«

Einbildung. Hormone.

Trotzdem …

Rodhanas Stimme riss sie aus den Gedanken. »Wir sind da. Das wird unser neues Hauptquartier.«

Myriam blickte auf. Das Licht ihres Glimmersteins fiel in eine riesige Höhle, deren Ausmaß sie nur erahnen konnte.

»Kümmere dich um das Einrichten«, ordnete Rodhana an. »Lass Wachen aufstellen und schicke Scouts aus. In zwei Stunden soll Marjella die Segnungszeremonie abhalten. Wir brauchen Essen. Stell die Jagdtrupps zusammen.«

Erst in der Nacht wurde Myriam mit ihren Aufgaben fertig. Als sie endlich zur Ruhe kam, wurde sie sich wieder des seltsamen Gefühls in ihrem Unterleib bewusst. Marjella fühlte ihn ab und legte ein Ohr darauf. »Soweit ich sagen kann, ist alles in Ordnung«, sagte sie.

»Ich hatte den Eindruck, etwas in meinem Bauch würde zu mir sprechen«, flüsterte Myriam zweifelnd.

»Das ist die Aufregung. Leg dich schlafen. Morgen geht es dir besser.« Marjella strich ihr sanft über die Wange und lächelte. Für einen kurzen Moment gab sich Myriam der Illusion hin, die alte Seherin würde Recht behalten.

Aber es wurde schlimmer. Bei der morgendlichen Lagebesprechung meldete sich plötzlich irgendetwas in ihrem Bauch. Und dann auch in ihrem Kopf: Stimmen, aber sie konnte die Worte nicht verstehen, Bilder von Höhlen, Gängen ... und Adjutoren. Myriam klammerte sich an Marjella. »Die Kleristen kommen!«

Rodhana winkte ab. »Tiefenkoller! Das geht vorbei, sobald du dich an die neue Höhle gewöhnt hast.«

»Nein. Es kommt näher«, insistierte Myriam.

Rodhana sah sie durchdringend an. »Reiß dich zusammen!«

Myriam schüttelte verzweifelt den Kopf. »Was ist nur los mit mir?«

Marjella nahm sie in den Arm und gab den anderen ein Zeichen zu verschwinden.

Rodhana stakste mit ihren Krücken davon. Unauffällig wies sie Kotlack an, die Wachen zu verstärken.

»Kannst du die Meduse hören?«, fragte Marjella leise.

Myriam schaute in die tiefen Augen der alten Frau. »Eine Göttin ist es gewiss nicht.« Sie zuckte zusammen. »Jetzt ist es da!«

Im gleichen Augenblick wurde am Südwesttunnel Alarm geschlagen. Blitzschnell reagierte der Bereitschaftstrupp, ergriff die Waffen und rannte der Wache zur Hilfe. Sämtliche Lichter verloschen. Angespannte Stille breitete sich in der Höhle aus.

Myriam zitterte. Aus der Tiefe des Tunnels hörte sie eine ferne Stimme, irgendwie vertraut, aber dumpf und unverständlich. Nur die Wache konnte die Worte verstehen. »Jake Forrester möchte Rodhana sprechen.«

»Macht das Licht an!«, befahl die Anführerin.

Myriam traute ihren Ohre nicht. »Wer?«

»Jake«, wisperte Marjella ehrfurchtsvoll. »Jake ist zurückgekommen!«

»Jake?« Myriam sprang auf und rannte zum Tunnel. Sie drängte sich an Rodhana und Pedro vorbei. Konnte er es wirklich sein? Ihre Hände zitterten und ihr Herz schlug schnell gegen ihre Rippen.

Dann hörte sie erneut einen Ruf aus dem Tunnel: »Rodhana, nicht schießen! Ich habe zwei Adjutoren mitgebracht.«

Wie angewurzelt blieben die Kämpfer stehen und zogen die Waffen.

Nur Myriam rannte weiter. War das wirklich Jakes Stimme? Sie klang so dumpf. Endlich konnte sie den Tunnel einsehen. Ungläubig blickte sie hinein. Da stand er tatsächlich, dicht gefolgt von zwei Adjutoren, und starrte ihr entgegen, als sähe er einen Geist. »Myriam?«

»Jake, Jake!« Ihre Beine trugen sie wie von selbst. Sie stürmte durch den langen Tunnel auf ihn zu. Er sah müde aus. Und abgekämpft. Myriam öffnete ihre Arme, doch dann blieb sie abrupt vor ihm stehen. Sie konnte es kaum fassen. Langsam näherte sie ihre Hand seiner Wange, zaghaft, als hätte sie Angst, dass er sich gleich in Luft auflöste. Aber es war kein Traum. Er war tatsächlich hier. Tränen traten ihr in die Augen. »Jake.«

Der erwachte wie aus einer Starre, nahm ihre Hand von seiner Wange, Tränen liefen über sein Gesicht. »Oh Gott, ich dachte, du seist tot«, stöhnte er. Dann packte er sie und drückte sie innig an sich, so, als wollte er sie nie mehr loslassen.

Jake konnte es nicht fassen. Myriam lag in seinen Armen. Sie lebte, sie war unversehrt, sie fühlte sich so warm und vertraut an wie immer, als sei nie etwas geschehen. Gierig sog er ihren Duft ein und drückte sie fest an sich. »Meine geliebte Kleine, ich lass dich nie wieder los!«

»Pass auf!«, stieß sie hervor. »Du machst unser Kind kaputt.«

»Was?« Er trat einen Schritt zurück, hielt sie bei den Händen und starrte auf ihren Bauch. »Meins? Bist du sicher? Man sieht doch gar nichts.«

Sie nickte und grinste. »Noch nicht.«

Ein Sturm von Gefühlen fegte durch sein Inneres und wollte ihn in den Himmel tragen. »Du …?«

Sie strahlte ihn an und warf ihre Arme um seinen Hals. Jake lachte auf, packte sie bei den Hüften und wirbelte sie im Kreis herum, bis ihm schwindelig wurde. »Das ist ja wunderbar!«

Wates mentales Kichern irritierte ihn. Verwirrt warf Jake einen Blick auf dessen Auftauchzelle. *»Hast du das etwa schon gewusst? Warum hast du mir nichts gesagt?«*

»Ich musste mich selbst erst von dem beglückenden Umstand überzeugen, dass sie tatsächlich die totgeglaubte Myriam'roslinabjörnsvenkerson ist. Außerdem ist es bei uns Brauch, die Übermittlung freudiger Nachrichten dieser Art dem Weibling zu überlassen.«

»Ich denke, du bist ein hinterhältiger Fisch!«

Pedros enthusiastischer Schlag auf die Schulter brachte Jake aus dem Gleichgewicht. »Gratuliere, Amigo, du wirst Papa.«

Jake wandte sich dem Freund zu und boxte ihm ausgelassen auf die Brust. »Du hast bestimmt schon eine Menge Kinder hier und weißt es bloß nicht!« Er lachte und schloss Myriam wieder in seine Arme.

Rodhana humpelte herbei. »Was für eine Überraschung!«, sagte sie mit steinerner Miene.

Jake fühlte sich wie in eisiges Wasser gestoßen. »Rodhana, was ist mit …«

»Keine Sentimentalitäten«, fiel sie ihm ins Wort und warf Myriam einen giftigen Blick zu. Rodhana deutete auf die Adjutoren, die mit eingerollten Greifarmen wenige Schritte hinter Jake schwebten.

»Was sollen die hier?«, fragte sie mit harter Stimme. Sie gab Kotlack und Jenslow, die mit gezogenen Waffen am Tunnelausgang warteten, einen Wink. »Schießt die Dinger ab, sobald sie sich mucksen!«

Deste quiekte erschrocken.

Jake pfiff durch die Zähne. »Ruuuuuhig!«, dachte er angespannt. In der Haut der beiden Squids wollte er jetzt wirklich nicht stecken. Er hoffte, sie würden die Nerven behalten.

»Langsam, langsam«, wandte er sich mit ruhiger Stimme an Rodhana. »Sie werden euch nichts tun.«

»Es sind wohl auch Kleristen in der Nähe?«, bellte sie zurück.

Jake blickte ihr fest in die Augen. »Vergiss die Sache mit dem Spionieren. Das haben wir schon einmal durchgekaut.«

»Die Adjutoren bleiben draußen!«, sagte sie scharf.

»Es ist besser, wenn ich ein Auge auf sie halte«, erwiderte Jake.

Rodhana zog eine Braue hoch. »Sie gehorchen dir?«

»Ich habe sie unter Kontrolle.«

Rodhana riss die Augen auf. »Wie hast du das nur geschafft? Bessere Waffen als die gibt es nicht.« Sie warf einen interessierten Blick auf die Adjutoren, dann auf Jake. »Die können wir gut gebrauchen. Führ sie rein!« Mit einem Ruck wandte sie sich ab und arbeitete sich mit ihren Krücken zum Lager.

Wate meldete sich in Jakes Gedanken. Seine Stimme klang erleichtert. *»Du kannst ja lügen wie ein Politiker!«*

»Soll das ein Kompliment sein?«

Wate übermittelte ein sprudelndes Geräusch, mit dem er seine Belustigung ausdrückte. Aber Deste äußerte andere Gefühle: *»Sehen Sie sich diese Menge an Ausreißern an, Commander! Unsere Sicherheitslücken sind ja unfasslich! Das ist ein Skandal! Wir müssen sofort die Obrigkeit verständigen!«*

»Nehmen Sie sich zusammen, Deste'plimerates! Im Moment ziehen wir unseren Vorteil daraus.«

Jake legte einen Arm um Myriams Taille. Gemeinsam folgten sie der Anführerin.

»Wie geht es dir?«, flüsterte er Myriam zu. »Wo hast du die ganze Zeit gesteckt?«

Sie tauschten in aller Eile ihre Erlebnisse aus. Jake drückte Myriam sanft an sich, während in seinem Inneren ein Gefühlschaos tobte: Gura Limka! Ihm stieg das Blut in den Kopf, seine Hände zitterten. Wenn er diese verdammte Schlange wieder in die Finger bekäme, würde er sie würgen, bis ihr die Augen zum Kopf herausquollen! Aber die Squids hatten Myriam aus ihrer Gewalt gerettet. Ausgerechnet die. Allen voran Wate. Er atmete tief. Und dann Pedro, die treue Seele. Eine Welle der Dankbarkeit erfasste Jake. Und jetzt war endlich die schmerzliche Einsamkeit vorbei. Er drückte Myriam enger an sich, suchte ihren Blick. In ihren Augen stand derselbe Schmerz geschrieben, den er durchlebt hatte. Sie verstand. »Du hast mir so gefehlt«, flüsterte er.

Sie schmiegte sich so eng an ihn, als wollte sie mit ihm verschmelzen.

»Jetzt lasse ich dich nie mehr gehen«, hauchte er ihr ins Ohr und streichelte ihren Bauch. »Und das da drin auch nicht!« Jake gab ihr einen Kuss auf die Wange. Dann griff er in seine Tasche und reichte Myriam den Ohrring. »Das war das Einzige, was mir von dir geblieben war.«

Myriams Augen verengten sich. »Den hat mir diese gemeine Kleristina abgenommen. Wo hast du ihn her?«

»Gura Limka! Sie hat mich glauben gemacht, du seist tot.« Er schüttelte in einer Mischung aus Trauer und Wut den Kopf.

»Um ein Haar wäre ich das auch gewesen«, sagte Myriam mit finsterer Miene. »Aber ich lebe ...« Sie löste sich sanft aus seiner Umarmung und befestigte das Schmuckstück an ihrem Ohrläppchen.

Marjella empfing sie schweigend. Jake drückte sachte ihre knochigen Hände. Dann setzte er sich ganz dicht neben Myriam. Sie kuschelte sich an ihn. Am liebsten wäre er jetzt mit ihr irgendwo allein gewesen.

Wate und Deste hatten sich in einigem Abstand so positioniert, dass sie die ganze Szenerie im Blickfeld behielten. Sie bewegten sich nicht.

Rodhana ließ sich umständlich auf den Boden nieder. Beim Anblick ihres Beinstumpfs durchfuhr Jake ein Schmerz, als sei eine glühende Klinge in seinen Leib gestoßen worden. Er dachte an die katzenhafte Eleganz ihrer Bewegungen, die ihn damals so fasziniert hatten. Nie wieder würde sie morgens wie im Tanz Kampffiguren üben.

Sie ließ ihm keine Zeit für Rührseligkeiten. »Wie hast du uns gefunden?«

Jake nahm einen tiefen Atemzug. »Das ist eine komische Sache. Eine mentale Stimme hat mich hierhergeleitet.«

Jetzt, wo er wieder darauf achtete ... Verdutzt starrte er auf Myriams Bauch.

Wate blubberte fröhlich. *»Dein Abkömmling entwickelt seine PSI-Fähigkeiten sehr früh. Du bist den Lebenssignalen deines Kindes gefolgt.«*

»Mein ... Du meinst, es ist wie ich?«

»Mir scheint, du bist ein starker Vererber. Ich hatte einen guten Instinkt, als ich dich ...«

»Darüber sprechen wir noch!«

»Dessen bin ich mir sicher.« In Wate körperloser Stimme schwang ein Seufzer mit.

Aber über Marjellas faltiges Gesicht zog sich ein glückliches Lächeln. »Die Göttin selbst hat dich zurück zu uns gerufen.«

Jake legte seinen Arm wieder um Myriam. »So könnte man es auch nennen.«

Rodhana verdrehte die Augen. »Mal im Ernst.«

Sie hatte die mentale Unterhaltung mit den Squids nicht hören können. »Ich habe es gefühlt«, antwortete er.

Rodhana schlug sich auf den gesunden Schenkel. »Das habe ich ja immer gesagt: Vergiss die Augen hier unten, höre auf die anderen Sinne.« Die Genugtuung in ihrem Gesicht wich einer Frage. »Hast du endlich beschlossen, dich uns anzuschließen?«

»Ich komme aus einem anderen Grund.« Jake räusperte sich. »Ich brauche ein paar von deinen Leuten.«

Rodhana kniff die Augen zu schmalen Schlitzen zusammen. »Was willst du mit ihnen?«

Jake seufzte. Wie sollte er es ihr erklären? »Es geht um unser aller Leben.«

Rodhanas Augen blitzten. »Jetzt hörst du dich an wie Marjella. Sei gefälligst präzise!«

»Ich gebe dir auch etwas dafür«, entfuhr es Jake. Er stockte. Aber, verdammt. Was hatte er ihr zu bieten?

Die Anführerin streckte den Rücken. »Ich will die Adjutoren«, sagte sie mit entschlossener Stimme.

»Unmöglich!«

»Wieso nicht?« Rodhana sah ihm hart in die Augen. »Es ist ein faires Angebot. Kampfkraft gegen Kampfkraft.«

Jake wand sich. »Sie reagieren nur auf gedankliche Befehle.«

»Dann zeige mir, wie es geht!«

»Dazu braucht man bestimmte mentale Fähigkeiten.«

Sie beugte sich vor. »Hör zu, Doktor! Mentale Fähigkeiten! Dass ich nicht lache! Willst du mich für dumm verkaufen?«

»Man nennt sie PSI-Kräfte. Kleristen haben sie.«

Sie schob das Kinn vor. »Ich war Anwärterin. Also habe ich sie auch.«

Jake nahm einen tiefen Atemzug. »Ich kann dir die Adjutoren trotzdem nicht geben.«

Rodhanas Augen verengten sich. »Wollen. Doktor. Nicht können. Ich habe keine Lust, so zu verhandeln. Wenn das alles ist, was du willst, dann ist es besser, du gehst wieder – mitsamt deinen verdammten Adjutoren.«

Myriam schaltete sich ein. »Vielleicht ist es ganz gut, wenn ein paar von unseren Leuten gehen. Nicht alle können kämpfen, aber wir müssen sie trotzdem durchfüttern. Du weißt, wie knapp die Vorräte sind.«

Rodhana warf ihr einen vernichtenden Blick zu. »Du kannst gerne mit ihm gehen.«

Myriam straffte die Schultern. »Genau das werde ich auch tun!«

»Lass Myriam aus dem Spiel!«, fuhr Jake auf.

Sie legte ihre Hand besänftigend auf seinen Arm.

Wate kicherte im Innern seiner Auftauchkapsel. *»Ihr Homiden zankt ja wie die ehrwürdigen Oktomajesten im Großen Rat.«*

»Anstatt zu spotten, solltest du mir lieber helfen! Was können wir ihnen bieten?«

»Lass mich nachdenken. Wir könnten eine Futterkrippe aufstellen.«

Jake sprang auf. *»Wate! Das ist eine Superidee!«*

An Rodhana gewandt fuhr er fort: »Im Austausch gegen deine Leute könntest du eine Nahrungsmittelmaschine bekommen. Wäre das ein akzeptabler Preis?«

»Eine Kantina?«, fragte sie verblüfft.

»Entscheide dich!«

»Nahrung gegen Kampfkraft.« Rodhana überlegte. »Wie viele Leute brauchst du?«

»Fünfzig Männer werden reichen.«

Rodhana sah ihn entgeistert an. »Du bist verrückt!«

»Fünfzig«, beharrte Jake.

Rodhana biss sich auf die Unterlippe. »Na gut.«

Jake reichte ihr die Hand. »Deal!« *»Wate. Wann können wir das Ding aufstellen?«*

»Es wird ein paar Wochen dauern. Vorausgesetzt, wir lösen das Energieproblem.«

Jake fuhr sich nachdenklich mit den Fingern durch die Haare. Er versuchte sich an das Lernmodul über synthetische Nahrungsproduktion zu erinnern. Zytulonen wurden zu Atomen und Molekülen verschmolzen und die wiederum zu den gewünschten Mahlzeiten zusammengesetzt ... inklusive Besteck und Teller. Technologie, aber sie erschien wie Zauberei. »Die Höhle der Göttin«, rief er.

»Einen geothermalen Wandler der erforderlichen Größe können wir nicht hierherbringen.«

»Nein. Es ist etwas anderes, etwas ... woher soll ich das wissen.

»Doktor'jakedexterforrester, du verschwendest nur unsere Zeit!«

Jake blieb stur. *»Wenn es hier unten irgendwo energiereiche Strahlung gibt, dann dort.«*

Wenig später brachen sie auf: Jake, Pedro, Wate und Deste. Marjella führte ehrfürchtig schweigend die kleine Gruppe an. Von den beiden Squids ging bedrückende Stille aus, als hätte der Berg sie begraben. Nur Pedro redete ununterbrochen. »Es ist gut, dass du nicht fortgefahren bist. Jetzt sind wir wieder alle zusammen. Du und Myriam. Und ich werde die Insurgenten trainieren. Weil ich so stark bin, hat Rodhana gesagt. Und Kotlack hätte ich auch fast runterbekommen. Fast, Jake. Hat nur ein bisschen gefehlt. Aber dann hat mich Rodhana so angesehen ...«

»Sag bloß, du alter Casanova hast dich verliebt.«

»Ja ... Nein ... Jake, ich weiß nicht, was ich machen soll. Kommt schöne Señorita – kein Problem. Rodhana? Da weiß ich nicht, was ich sagen soll, stolpere über meine eigenen Füße.«

Jake warf seinem Freund einen fragenden Blick zu. »Mag sie dich denn?«

Pedro zuckte die Achseln. »Woher soll ich das wissen? Sie ist der Boss. Da kann ich nicht so einfach ...«

Jake lächelte. »Sie ist wie alle anderen Frauen auch.«

Pedro schüttelte den Kopf. »Nein Jake. Sie ist *grande*, verstehst du. Und ich bin nur ein Fischer.«

Jake legte Pedro die Hand auf die Schulter. »Ich glaube nicht, dass das einen Unterschied macht. Rede mit ihr.«

»Ich werde es versuchen. Ja. Ich werde mit ihr reden.«

Jake nickte nachdenklich. Irgendetwas war offengeblieben zwischen ihm und Rodhana. Unausgesprochen, aber deutlich spürbar. Und er wusste, dass er nichts daran ändern konnte. Aber es tat gut zu sehen, dass sich nun etwas Neues entwickelte und vielleicht zwei Menschen, die er sehr schätzte, miteinander glücklich würden.

Der Einstieg zur Höhle der Meduse brodelte in düsterem Licht. »Wenn es noch dunkler wird, bekommen wir ein Erdbeben.« Marjella starrte nachdenklich auf die Erscheinung. »Hast du das Loch der Finsternis auch gesehen?«, fragte sie geistesabwesend. »Es kommt immer näher«

Jake nickte.

»Es wird uns alle vernichten«, prophezeite Marjella mit dunkler Stimme.

Der Berg rumpelte, als wollte er die Prophezeiung bestätigen.

Von den Squids fing Jake überraschte Gedanken auf. So eine Erscheinung hatten sie noch nie gesehen. Wate nahm einige Gesteinsproben. *»Hauptsächlich Lithanium, Zylazokium und Xenakonium. Merkwürdige Mischung.«* Er steckte sie in ein kleines Fach hinter einer Klappe seiner Auftauchzelle. *»Hier lagert genügend Energie zum Betreiben eines Raumschiffs, die, in Nahrung umgewandelt, für tausend Zyklen den ganzen Planeten ernähren könnte.«*

Nahrung aus reiner Energie. Jake konnte es immer noch nicht fassen. Aber er hatte ja selbst Speisen zu sich genommen, die diese Maschinen produzierten. Sie wirkten absolut natürlich, schmeckten hervorragend und waren leicht verdaulich. Nicht wie das zähe, muffige Zeug, das ihnen Myriam mit auf den Weg gegeben hatte. Wenn man so eine Anlage auf der Erde konstruieren könnte, wäre das Welthungerproblem mit einem Schlag gelöst. Theoretisch.

Rodhana sah es praktisch, als sie ihr später im Hauptquartier Bericht erstatteten: »Sobald die Kantina steht und funktioniert, kannst du deine Leute haben.«

Jake raufte sich die Haare. »Aber auf diese Weise verliere ich noch mehr Zeit.«

»Das ist dein Problem.«

Ratlos wandte er sich an Wate.

»Vielleicht sollten wir unser Angebot erhöhen?«, übermittelte der Squid. *»Wir könnten anbieten, ihr Bein zu regenerieren.«*

Jake starrte sprachlos auf Wates Auftauchkapsel.

»Was zögerst du? Gib das Angebot weiter!«

Rodhana riss ungläubig die Augen auf. »Doktor, wenn du das fertigbringst, gebe ich dir alles, was du willst. Wann immer du willst.«

Jake grinste süffisant, wurde aber schnell wieder ernst. »Du kannst gleich mit uns mitkommen.«

»Jetzt? Zu den Kleristen etwa? Du bist wohl verrückt geworden!«

»Das Heilzentrum ist auf einem anderen Kontinent. Niemand wird dich dort erkennen.«

Zweifel und Hoffnung kämpften in Rodhanas Zügen. »Und wer garantiert, dass ich wieder zurückkomme?«

»Du musst mir vertrauen«, sagte Jake schlicht.

»Vertrauen, hä?« Rodhana tippte sich mit dem Zeigefinger auf die Stirn. »Ich werde Kotlack mitnehmen ... und Strahler!« Sie setzte ein Grinsen auf. »Außerdem wird Myriam hierbleiben. Irgendwie gibt mir das ein besseres Gefühl, wenn du weißt, was ich meine.«

Jake wollte aufbrausen, da trat Pedro vor. »Kann ich anstelle von Kotlack mitkommen? Er wird doch hier für die Ausbildung gebraucht.«

»Du bleibst und wirst seine Aufgabe übernehmen.« Rodhana warf einen Seitenblick auf Jake. »Auf Kotlack kann ich mich verlassen.«

Pedro machte ein betroffenes Gesicht.

Empört warf sich Myriam dazwischen. »Ich gehe mit Jake.«

»Schön«, antwortete Rodhana kühl. »Dann bekommt er keine Leute von mir.«

»Jake!« Myriam schaute ihn bittend an.

Sind die Leute wichtiger als ich?, glaubte Jake darin lesen zu können. Ihm schien es den Boden unter den Füßen wegzuziehen. Aber was immer er auch fühlte, ihm war klar, was er zu tun hatte. Er atmete tief durch. »Schau, Myriam. Wo ich hingehe, ist es gefährlich. Ich weiß auch nicht, ob ich lebend zurückkomme.«

Myriam wendete sich mit einem Ruck ab, aber Jake konnte noch ihren betroffenen Gesichtsausdruck sehen. Er trat von hinten an sie heran und legte sanft seine Hände auf ihre Schultern.

Myriams Muskeln spannten sich. »Ich habe dich schon einmal verloren.« Sie nahm einen tiefen Atemzug. »Ich will dich nicht wieder verlieren.«

»Myriam, ich werde kämpfen und vielleicht haben wir eine Chance. Aber wenn ich mich um dich sorgen muss, kann ich mich nicht voll auf meine Aufgabe konzentrieren. Hier ist der sicherste Platz.«

Sie schüttelte langsam den Kopf. »Und woher weiß ich, ob es dir gut geht? Können wir nicht irgendwie in Verbindung bleiben?«

Jake ließ ernüchtert die Arme von ihren Schultern sinken. Er gab ihr einen Kuss auf die Wange und flüsterte ihr ins Ohr: »Ich weiß, dass ich viel von dir verlange.«

Jake wollte Freiwillige. Daher hielt er vor der versammelten Mannschaft eine Ansprache. Sie müssten dringend ein Schiff reparieren und hätten nicht genug Leute. Allerdings ließ er sie in dem Glauben, dass das Schiff ein Wasserfahrzeug sei. Die Geschichte von Raumfahrt mutete er ihnen nicht zu. Zu seiner Überraschung meldeten sich weit über fünfzig Volontäre. Über Sinn und Zweck der Aktion machte sich zu Jakes Verwunderung niemand Gedanken. Die meisten, so schien es, waren froh, aus den Höhlen verschwinden zu können.

»Kann ich meine Frau Nilly mitnehmen?«, fragte einer, der aussah, als könne er keiner Fliege etwas zuleide tun. Jake nickte. Er musste Myriam recht geben. Diese Leute waren keine Krieger.

Wenig später waren sie zum Aufbruch versammelt. Pedro legte seine Arme wie ein Bär um Jake. In seinen Augen schimmerte es feucht. »Komm bald wieder zurück, Amigo.«

Der Abschied von Myriam war bitter. Sie standen sich gegenüber, stumm, sprachlos. Jake wusste nicht, was er sagen sollte. Er sah nur Leere vor sich und fühlte Leere in seinem Inneren. Ein letztes Mal nahm er sie in seine Arme, vergrub sein Gesicht in ihren Haaren. Der Duft von Salz und Meer war aus ihnen verschwunden. Stattdessen rochen sie nach beißendem Staub. Er legte seine Hand auf ihren Bauch, strich sanft darüber. »Pass gut auf das Kleine auf.«

Myriam sah ihm in die Augen, nickte stumm und eine Träne lief ihr über die Wange.

Jake gab ihr einen letzten Kuss und wandte sich zum Gehen.

»Warte!«, rief sie ihm nach, nahm ihren Ohrring ab und drückte ihn Jake in die Hand. »Ich werde in Gedanken immer bei dir sein«, flüsterte sie.

Jake presste die Finger um das kleine Schmuckstück, dass die Kanten in seine Haut schnitten. »Ich werde wiederkommen. Das verspreche ich dir.«

Im Schmerz der Trennung küssten sie sich noch einmal, lang und leidenschaftlich.

»Vorwärts!« Rodhana lag bereits auf einer energetischen Trage, die Deste für sie generiert hatte. Kotlack stand wie ein Granitblock neben ihr.

Myriam sah Jake wehmütig hinterher, als er sich abwandte und ging. »Pass auf dich auf, Jake«, wisperte sie so leise, dass nur Pedro es hören konnte. Der trat neben sie und legte ihr seine Hand auf die Schulter.

80

Auf der Rückfahrt beobachtete Wate besorgt den Monitor, der ein Meer von Köpfen im Quartier der Homiden zeigte. Wie sollten sie so eingepfercht gesund und arbeitsfähig an der Basis ankommen? Eine Fahrt über mehrere Tage?

»Jemand scheint krank zu sein«, meldete Jake.

Auch das noch! Und diese Homiden trugen keine Chips, um ihre vitalen Marker zu kontrollieren. Wate öffnete die homidenmedizinische Datenbank. Prähistorisches Vorgehen. *»Hat er Fieber?«*

»Ja. Und Flecken auf der Haut.«

Das Warnzeichen, mit dem die nächste Frage versehen war, wollte Wate nicht gefallen. *»Welche Farbe?«*

»Rot«, antwortete Jake.

Das ungute Gefühl stieg. *»Siehst du auch Schwarze?«*

Jake brauchte eine Weile für die Antwort. *»Nein.«*

Wate spürte, wie sich seine Tentakel entspannten. Ein einfacher Infekt also.

»Halt«, rief Jake. *»Ich habe doch einen gefunden.«*

Deste, der neben ihm im Cockpit des Beiboots saß, zuckte zusammen, als hätte ihn ein Zitteraal gestreift. *»Homidenseuche!«*, quiekte er. *»Und wir haben kein Sphiblomigritin an Bord!«*

Wate spürte das Blut in seinem Kopf pochen. *»Ich werde das Schiff zu Hilfe rufen.«*

»Das ist doch Irrsinn, Commander!«

»Ich sehe keine andere Möglichkeit. Die Homiden gehen uns sonst ein, bevor wir die Basis erreichen.«

»Bester Wate'medaludes, wollen Sie wegen der paar Homiden unsere ganze Mission aufs Spiel setzen?«

Wate ließ sich nicht beirren und überflog die Seekarten. *»Wir brauchen einen Treffpunkt.«*

Destes Haut schillerte lila. *»Klabu'teranusters Sicherheitskräfte werden uns anpeilen!«* Er machte das Würgezeichen.

Der Commander antwortete mit einem verschmitzten Orange. *»Ich denke nicht, mein Bester. Maski, nehmen sie Kurs auf die Kaligorassiren-Bucht.«*

Die See in der unwirtlichen Felsenbucht nordwestlich der Stadt war wegen zwei konvergierender Kontinentalströmungen ungewöhnlich rau. Zerklüftete Klippen stiegen steil aus großen Tiefen empor und reckten sich in den Himmel. Weder Homiden noch Oktoftewiltabinen hausten im Umkreis von vielen tausend Spannen.

»Und nun, bester Deste, raffen sie die Nachricht auf eine Nanosekunde.«

Der leuchtete in fröhlichem Gelb. *»Commander, den Treffpunkt ins Koordinatensystem der Sol-Homiden zu übertragen, ist einfach genial. Das bekommt Klabu'teranuster nie heraus!«*

»Wollen wir es hoffen«, antwortete Wate und wandte sich an Maski: *»Und jetzt steuern Sie den Treffpunkt an.«*

Der Computer im Sicherheitszentrum der Oktoftewiltabinen in Wellubimarulles brauchte 3,84 Nanosekunden, um die Codierung des Funkspruchs zu knacken. Im Inhalt fand er das Wort Treffpunkt, das im Register niederer Priorität verzeichnet war. Aber die Positionsangabe stimmte mit keiner Datenbank überein.

»Ein Funkspruch, Zir. Der Computer hat ihn als verdächtig gekennzeichnet.«

»Von wem?«

»Freilandhomiden. Die Seuche ist ausgebrochen und sie brauchen Serum.«

»Zeigen Sie her! Seit wann benutzen Homiden unsere Verschlüsselung, Sie Quallenkopf?«

»Ich … Zir …«

»Schon gut, ich kümmere mich darum.«

Das Beiboot tauchte in die lichtlose Tiefe mit Kurs auf den Lumjullas Graben. Der war in weitem Umkreis unbewohnt, denn dort schoben sich zwei Kontinentalplatten unter feurigem Spektakel auseinander. Und das war der anhaftende Nachteil, wie der Steuermann hervorhob. *»Das könnte mir den Spaß nehmen.«*

»Verfolgern auch, bester Maski.«

Noch fünfundzwanzig Stunden.

»Jake, wie geht es euch dort unten? Wie viele sind krank?« Wate war es unverständlich, wie Homiden so dicht gedrängt verharren konnten. Körperkontakt mit fremden Individuen! Die Vorstellung grauste ihn.

»Frag nicht, fahr schneller!«, stöhnte Jake.

Schneller. Schneller ging es nicht. Wie viel Zeit blieb ihnen überhaupt noch ... ihnen und ihrer Welt? Mit brennenden Augen starrte Wate auf den Außenmonitor. Nur zwei Scheinwerfer stachen in die endlose Dunkelheit der Tiefsee.

»Commander, die ersten Spalten tauchen auf«, meldete der Steuermann.

»Dann fahren Sie dem Grumpfalg zwischen die Zähne!«

Zu beiden Seiten wuchsen zerklüftete Felswände empor. Maski machte sich auf seinem Steuerpult flach wie eine Flunder. Für Stunden manövrierte er das Beiboot durch die Enge des zackigen Einschnitts.

Endlich wirbelten die ersten Planktonwolken durch das Scheinwerferlicht. In der Dunkelheit zeichnete sich in schwachrotem Licht der V-förmiger Ausgang ab. Sie näherten sich dem Lumjullas Graben, der über zigtausend Spannen den Meeresboden vulkanisch aufwarf.

Die Strömung wurde reißend. Maski machte sich noch flacher auf den Kontrollen und hielt das Boot mit heftigen Tentakelbewegungen auf Kurs. Da erfasste sie eine gewaltige Turbulenz. Verschalungen und Streben schrien wie gequälte Tiere. Wate saugte sich mit aller Kraft an seinem Platz fest. Aus dem Laderaum kamen die erschreckendsten Geräusche. *»Beim Grumpfalg, Jake, was ist bei euch los?«*

»Seekrankheit. Aber die macht mir weniger Sorge, auch wenn sie äußerst unangenehm ist. Nicht nur für diejenigen, die davon befallen sind. Igitt!«

Wate konnte nicht mehr fragen, was Igitt bedeutete. Ein Schlag erschütterte das Beiboot, die Hülle dröhnte und knirschte. *»Meldung!«*

»Ein Riss!« Maskis Tentakel schlängelten über die Anzeigen. *»Druckerhöhung in Sektion Etta-576. Der Fusionsgenerator ... ich kann ihn fluten oder die Pumpen anwerfen.«*

Wate Gedanken rasten: Das Geräusch der Pumpen würde weit tragen, auch könnte der Außendruck den Riss vergrößern. Andererseits wäre der Fusionsgenerator im Tiefseedruck unbrauchbar. Sie würden die Waffen verlieren und den schnellen Antrieb. Wate hoffte auf die Heimlichkeit ihrer Fahrt. *»Abschotten und Fluten«*, entschied er, doch war ihm dabei nicht wohl.

Unter heftigem Schlingern umrundete das Boot die letzte Felsnase und traf auf die ruhigere Kontinentalströmung.

Maski ließ ein erleichtertes Zischen hören. Wate lockerte seinen Haltegriff. Er dachte besorgt an die Homiden im Laderaum. Diese ungeschlachten Geschöpfe konnten sich nicht so leicht festsaugen wie Oktoftewiltabinen. Bestimmt hatten sich etliche von ihnen verletzt. Sie waren so plump und ungeschickt. Im Moment konnte er aber nichts für sie tun. Sie mussten durchhalten, bis sich die Tierärzte auf dem Schiff um sie kümmern konnten. Hoffentlich gingen nicht zu viele ein.

»Wir erreichen in Kürze die vereinbarten Koordinaten, verehrter Commander, aber das Schiff ist nicht hier.« Ein besorgter Schimmer überzog den Körper des Steuermanns.

»Setzen Sie das Boot so lange auf Grund, geschätzter Maski, und schalten sie die Maschinen ab.«

Es wurde still, wenn man von dem beständigen tektonischen Rumpeln absah. Im Osten leuchtete die Tiefsee im Feuer zahlloser Eruptionen.

Die Minuten verstrichen.

Eine halbe Stunde.

Eine Stunde.

»Commander, ich bekomme ein Signal!«

»Na, endlich!« Wate bereitete die Kontaktaufnahme vor.

»Beim Grumpfalg!« Maski begann in alarmiertem Rot zu strahlen: *»Da kommen ja Dutzende!«*

Wate wusste sofort, was das bedeutete. *»Wie weit sind sie noch weg?«*

»In einer viertel Stunde werden sie hier sein, Commander.« Maski startete den Antrieb. Mit einem Sprung löste sich das Boot vom Grund. Sekunden später aktivierte sich die Funkanlage. Sie wurden angerufen. »Mein sehr geschätzter Wate'medaludes«, klang es aus dem Lautsprecher. »Wir wissen, dass Sie dort unten sind. Es ist aus. Kommen Sie heraus und ergeben Sie sich. Wir versprechen Ihnen einen fairen Prozess.«

»Und ich verspreche Ihnen einen Schuss in die Weichteile!«, bellte Wate.

»Commander, wir haben keinen Fusionsgenerator«, gab der Steuermann zu bedenken.

»Ich weiß. Bringen Sie uns zu den Spalten am Rand des Grabens. Schnell!«

Ein lila Leuchten huschte über Maskis Haut und verblasste wieder. Er hatte seine Angst im Griff. *»Ohne Fusionsantrieb schaffe ich das nicht!«*

»Ergeben Sie sich! Das ist Ihre letzte Chance«, dröhnte es aus der Funkanlage.

Ein Zischen verriet den ersten Schuss.

»Das war der Warnschuss«, stellte Deste lakonisch fest. *»Ich möchte wissen, wie sie uns gefunden haben.«*

Es blieb keine Zeit für Spekulationen.

»Sichtkontakt!«, meldete Maski und fuhr ein Ausweichmanöver. *»Sechzehn Kampfraumer.«*

Ein zweiter Schuss blitzte und schüttelte das Boot. Die Alarmsirenen kreischten auf. Ein weiterer Schlag versetzte es ins Schlingern. Instrumente barsten. Orange Transmitterflüssigkeit quoll hervor und verteilte sich wie Nebelschleier im Raum.

Deste saugte sich verzweifelt an seinem Pult fest. *»Diese verrotteten Fische spielen mit uns!«*

Die nächste Druckwelle rollte das Boot auf den Kopf, wie einen kranken Wurm.

Wate kochte. *»Nicht mit mir!«*, rief er wütend. *»Maski, pumpen Sie Sektion Etta-576 aus und fahren sie den Fusionsgenerator hoch!«*

»Commander? Mit dem Riss?«

»Bevor wir verrecken, nehme ich noch ein paar von Klabu'teranusters Unterlingen mit!«, bellte Wate.

»Na endlich!«, rief Deste und schlingerte durch das Chaos zum Gefechtsstand. *»Wann bekomme ich Saft?«*

»Ich arbeite dran«, knurrte Maski.

Wate beobachtete die steigenden Pegelwerte, während das kleine Boot von den Schüssen wie ein toter Seeigel über den Meeresboden geschleudert wurde. Sie erreichten den grünen Bereich. *»Feuer frei!«*

Deste drückte den Auslöser und aus dem Inneren des Beiboots ertönte ein Krachen. Wate zuckte zusammen. Jetzt war es vorbei. *»Alle Schleusen dicht!«*, brüllte er. Das war alles, was er noch tun konnte. Fortan waren sie eine bewegungslose Zielscheibe. Er stieß einen frustrierten Schrei aus und wartete auf den nächsten Treffer.

Eine Explosion weit über dem Beiboot ließ Wate aufhorchen. Er blinzelte zum Monitor. Dort verschwand ein Kampfraumer der Angreifer. Dann noch einer.

»Unser Schiff!«, jubelte Deste. *»Sie knallen den Gegner ab!«*

Im Funkverkehr des Feindes herrschte Chaos.

Deste beobachtete kritisch die Bewegung der Feinde, dann leuchtete er vor Freude in hellem Orange. *»Sie finden unser Schiff nicht und schießen ins Leere.«*

Maski deutete auf den Hauptmonitor. *»Jetzt ist auch der letzte Feind abgeschossen«*, quietschte er vergnügt.

Plötzlich drang Lames Stimme kratzig aus den Lautsprechern: »Wenn die geschätzten Oktomajesten dort unten genug vom Feuerwerk hätten, könnte ich Sie an Bord nehmen!«

»Raus! Raus!« Die Menschen im Laderaum des Beiboots konnten sich kaum rühren. Dichtgedrängt füllten sie den kleinen Raum von einer Wand zur andern. Kotlack und Jake schirmten mit ihren Körpern das einzige Bett ab, in dem Rodhana mit Sicherungsgurten festgeschnallt lag. Jeder Muskel, jede Sehne schmerzte in Jakes Körper. Seine Lungen weigerten sich, die von Erbrochenem, Urin und Blut geschwängerte Luft zu atmen. »Ruhe, Leute. Ruhe.« Jake unterdrückte den Würgereiz. »Wir sind gleich da.«

»Bei der Meduse!«, kreischte eine Frau. »Karel ist tot. Er ist tot!«

Der Kopf des Mannes baumelte mit dem Schlingern des Beiboots auf seiner Brust. Links, rechts, links.

»Sie bringen Heiler ... und Medizin ... gleich sind wir in Sicherheit.«

Sicherheit. Jake zog es den Magen zusammen. Sicherheit gab es nicht mehr. Er unterdrückte das Bedürfnis, tief durchzuatmen. »Behaltet die Nerven, Leute. Nur noch ein paar Minuten.«

Metallene Riegel klackerten in der Schleusentür. Kühle Luft strömte herein. Dutzende von Adjutoren halfen den erschöpften Leuten hinaus. Wer nicht mehr laufen konnte, wurde mit Antischwerkrafttragen abtransportiert.

Jake ließ sich kraftlos neben Rodhana nieder. Sie lag mit schmerzverzerrtem Gesicht auf dem Bett und stemmte sich gegen die Sicherungsgurte. »Binde mich endlich los!«

»Du sollst gleich operiert werden.«

»Deshalb brauchst du mich nicht zusammenzuschnüren«, fauchte sie.

Das war bestimmt ein ungewohntes Gefühl für sie, sich nicht aus eigener Kraft befreien zu können. Jake öffnete die Verschlüsse.

Sie stützte sich auf dem Ellenbogen auf und blickte misstrauisch auf das geschäftige Treiben der Adjutoren. »Bist du sicher, dass es hier keine Kleristen gibt?«

»Absolut.«

Falten zeigten sich auf ihrer Stirn. »Wer wird dann an mir herumschneiden?«

Jake blickte auf den Adjutoren, der mit einer Antischwerkrafttrage herbeischwebte.

Rodhana bekam große Augen. »Nein!«

»Reg dich nicht auf. Es sind Heiler drin.«

Das war ja auch nicht gelogen.

Jake glaubte, gerade erst eingeschlafen zu sein, als ihn Wates telepathische Stimme weckte. *»Wir müssen hier weg.«*

»Ich möchte Rodhana sprechen, bevor sie das Schiff verlässt«, antwortete er und gähnte.

»Wir müssen sie mitnehmen.«

»Was?« Mit einem Schlag war er hellwach. *»Bist du verrückt! Die Insurgenten haben Myriam als Geisel!«*

»Die Homidin ist nicht transportfähig.«

»Das ist mir egal! Verdammt. Sie muss zurück. Lebend!«

»Hör zu! Wir haben keine Zeit zu verlieren.«

»Zeit! Zeit! Ihr dreht euch nur um euch selbst. Jetzt, wo ihr eure Arbeitshomiden habt, ist euch egal, was mit dem Rest von uns passiert. Ich spiele da nicht mit, hörst du!«

»Doktor'jakedexterforrester, das Schiff ist in Gefahr.«

Jake sprang mit einem Satz aus dem Bett. *»Feinde?«*

»Jede Menge. Sie werden uns aber nicht finden, denn wir haben uns in einem schlafenden Vulkan versteckt.«

Jake entspannte sich und stieß einen anerkennenden Pfiff aus.

»Leider ist der Berg im Begriff, aufzuwachen«, fügte Wate hinzu.

Das war nicht gut. Jake glaubte, ein entferntes Grollen zu hören. Er sah das Schiff vor seinem inneren Auge aus dem Krater schießen, wie eine Granate aus einem Geschützrohr. Er schluckte. *»Trotzdem muss Rodhana zurück.«*

»Ich wüsste nicht, wie.«

Jake stopfte das Hemd in die Hose und zog den Gürtel zu. *»Denk doch mal nach. Habt ihr so ein Problem noch nie gehabt?«*

Wate zögerte. *»Ich schon, aber der mobile Heiltank ist für eure Spezies zu klein.«*

»Wie klein?«

Wate zögerte. *»Wenn wir sie zusammenfalten würden ... zu dem, was ihr Fötusstellung nennt ...«*

Jake schlüpfte in seine Stiefel und warf sich die Jacke über. *»Schön. Wann könnt ihr sie transportbereit haben?«*

Ein leichtes Beben schüttelte das Schiff.

Jake wartete am Beiboot zwei. Er trat von einem Fuß auf den anderen. Endlich war die Kantina verladen und drei Adjutoren schwebten herbei. Im mittleren Gefährt lag unter der durchsichtigen Kuppel Rodhana zusammengerollt in einer Flüssigkeit, wie ein in Formol eingelegter Frosch. Sie war nackt bis auf eine aufgeblähte Manschette, die ihr regeneriertes Bein umhüllte Kotlack bekam einen hölzernen Gesichtsausdruck und zog seinen Strahler. »Jetzt hat sie wieder ein Bein, aber ihr habt sie ersäuft.«

»Keine Angst«, schnarrte ein Adjutor. »Sobald der Genesungsprozess abgeschlossen ist, wird die Heillösung automatisch abgezogen und sie erwacht.«

Kotlacks Verwirrung stand in sein Gesicht geschrieben.

Jake schob sich vor ihn. »Glaubst du, ich würde Rodhanas Leben aufs Spiel setzen?«

Kotlack grunzte und steckte die Waffe wieder ein.

Mit einem seiner Tentakelarme reichte der zweite Adjutor dem Bullen die Kleidung der Anführerin.

Dann boardeten sie. Die Schleusentür schloss sich. Jake starrte auf das glänzende Metall. Er fühlte sich auf einmal müde und leer.

81

Wate nahm seinen Platz im Kommandositz des Schiffes ein. Er verließ den Vulkankrater und schlich an den feindlichen Schiffen vorbei. Dann setzte er Beiboot zwei, in dem sich Rodhana, die Kantina und ein Team aus Technikern befanden, an einer Tiefseespalte am Rande des Lumjullas Grabens ab. Für eine Weile beobachtete er ihre Fahrt. Nachdem er sich noch einmal vergewissert hatte, dass keine Feinde in der Nähe waren, gab er den Befehl zur Rückfahrt zur Tiefseebasis.

»Unsere Wissenschaftler auf der Basis glauben, dass die immer häufiger auftretenden Beben in Zusammenhang mit dem nahenden kosmischen Ereignis stehen«, berichtete Lame, der seinen gewohnten Platz am Navigationscomputer einnahm. *»Die Struktur des Kosmos sei im Inneren von Sonnen und Planeten am dichtesten ... oder so ähnlich. Sie wissen, Commander, dass ich von dem Zeug nicht viel verstehe.«*

»Theorien und Geschwätz.« Wate winkte ab. *»Haben die ehrwürdigen Oktomajesten überhaupt schon eine Idee, was da oben vorgeht?«*

»Eine?«, Lame schillerte amüsiert. *»Jeder hat eine, und mancher auch zwei. Aber sie scheinen sich in einem Punkt einig zu sein: Wenn Magma reagiert, werden wir wohl auch bald Auswirkungen auf den Wassermantel spüren.«*

Wate horchte auf. *»Dann wird uns das Unglück ja noch früher überrollen, als wir bisher angenommen haben. Wie lange noch?«*

Lame machte eine vage Tentakelbewegung.

Fernes Gedankengewirr, das fast unmerklich in Wates Bewusstsein drang, kündigte die Basis an. Bald ließen sich die mentalen Stimmen einzelner Individuen unterscheiden. Der Lotse begrüßte das Schiff. *»Leider keinen Leitstrahl, bester Commander. Aus Sicherheitsgründen nur ein schwaches Leuchtfeuer. Befehl von Oberst Taka'zulablewis.«*

Das imponierte Wate. Der Stationscommander ging kein Risiko ein.

Kaum war die Gangway angelegt, wurde Wate zu einer Lagebesprechung gerufen. Das Tempo gefiel ihm. Wie es schien, hatten sie einen fähigen Leiter gewählt.

»Soll ich Doktor'jakedexterforrester mitbringen?«

»Wir werden interne Angelegenheiten besprechen.«

Das bedeutet Nein. Wate schwamm durch die verzweigten Tunnel der Basis. Eine Seitengrotte war für Konferenzen eingerichtet worden. Im angenehm diffusen Licht saßen die Oktoftewiltabinen auf bequemen Sitzelementen im Kreis. Ein Hologrammfeld schimmerte im Zentrum.

Der dicke Jota strahlte in freudigem Orange, als er Wate empfing. *»Ich gratuliere Ihnen zur erfolgreichen Ausführung der Operation. Wie viele Homiden haben Sie mitgebracht?«*

»Dreiundfünfzig Arbeitshomiden und fast ebenso viele Weibchen«, antwortete Wate gut gelaunt.

»Mir scheint, die Homiden sind aber in schlechtem Zustand angekommen«, bemerkte der wabbelige Glita spitz.

Noch während sich Wate verblüfft dem Sprecher zuwandte, meldete sich ein erregt blitzender Oktoftewiltabine: *»Homidenseuche! Wollen Sie uns alle umbringen?«*

Wate glaubte, nicht recht gehört zu haben. Er zügelte seinen aufkeimenden Ärger. *»Eine Transpezies-Übertragung wurde nie nachgewiesen. Worauf wollen Sie also wirklich hinaus?«*

Jota wedelte beschwichtigend mit einem Tentakel. *»Vielleicht sollten wir uns alle erst einmal in Ruhe setzen und mit der Tagesordnung beginnen. Der Einsatz der Arbeitshomiden muss geplant und organisiert werden.«*

Glita machte sich auf seinem Hocker breit. *»Ich würde mich ja gerne dafür zur Verfügung stellen, aber ich sehe da ein klitzekleines Problem: Wie sollen wir die Besti..., äh, Tiere unter Kontrolle halten? Wir haben keinen einzigen Leithomiden.«*

Wate entspannte sich. Der Einwand war sachlich genug. *»Wir könnten Doktor'jakedexterforrester dafür einsetzen.«*

Glita blickte den Commander kühl an. *»Ich sprach von Kontrolle und nicht von Kommunikation. Dieser sture Bock wird uns nur Schwierigkeiten bereiten!«*

Dieses arrogante Gebaren ärgerte Wate. *»Und ich sage, Sie stecken in den starren Vorstellungen einer Herrscherrasse fest und übersehen die Vorteile einer Zusammenarbeit. Sicher haben wir subtile und auch schmerzhafte Methoden, um die Homiden zu zwingen. Aber ich glaube, dass sich ihre Fähigkeiten erst in der Freiheit und Eigenverantwortung voll entwickeln. Und wenn ich den kommenden Problemen entgegensehe, dann könnte es sein, dass dieses Quäntchen Inspiration, das sich aus keinem Individuum herausprügeln lässt, für unser aller Überleben notwendig ist.«*

»Haben Sie das gehört, ehrwürdige Oktomajesten?« Rote Funken zuckten über Glitas Haut. *»Freiheit und Eigenverantwortung für Homiden! Das ist Verrat!«*

»Bitte, lieber Glita'waschkemutu, beruhigen Sie sich doch!«, warf Jota ein.

»Er hat obendrein ein Beiboot geschrottet und das Schiff in den Gefahrenbereich von Klabu'teranusters Kampfschiffen gelockt«, rief der schlanke Arte dazwischen. *»Das ist unverantwortlich!«*

Wates Primärtentakel rollte sich. *»Verstehen Sie es denn immer noch nicht? Ohne die Homiden kommen wir nicht weiter!«*

»Sie und Ihre Homiden!«, giftete Glita. *»Sie machen gemeinsame Sache mit ihnen, vermitteln ihnen sogar sensitives Wissen. Sie verraten ihre eigene Spezies, mein Lieber! Was haben die Homiden Ihnen versprochen? Dass Sie nicht gefressen werden?«*

Oberst Takas kalter Blick heftete sich auf Wate. *»Es ist zum jetzigen Zeitpunkt keine gute Idee, jemanden an den Kontrollen eines Schiffs zu wissen, das mit fürchterlichen Waffen bestückt ist, der nicht ...«*

Wate riss es vom Hocker. *»Meine hochgeschätzten Oktomajesten! Wenn Sie Zweifel an meiner Integrität haben, bin ich bereit, mein Kommando niederzulegen. Vorausgesetzt, unser Projekt wird dadurch nicht gefährdet.«*

»Stellen Sie sich nicht an wie ein beleidigter Kadett!«, zischte Jota. Er wandte sich an den Oberst. *»Wer sollte außer Wate'medaludes das Schiff kommandieren?*

Arte lachte. *»Mit einer eingespielten Crew kann das Ding sogar ein Homide fliegen. Ich fühle mich durchaus in der Lage, die Position als Commander zu übernehmen.«*

»Mit Ihrer verdammten Arroganz fahren Sie uns alle in den Tod!«, fauchte Wate.

»Vielen Dank, geschätzter Commander.« Taka beendete mit einem abrupten Tentakelstreich die Diskussion. *»Sie können sich jetzt entfernen. Wir werden abstimmen, und wenn wir Neuigkeiten haben, werden wir Sie informieren.«*

Wate schwamm aus der Sitzungsgrotte mit unsäglicher Wut im Bauch und dem Gefühl, an allen Tentakeln zusammengebunden zu sein.

Jake verließ an der Spitze der Menschen das Schiff. Die Schritte echoten in der metallähnlichen Röhre der Gangway, die nichts mit den gefalteten Passagierbrücken irdischer Flughäfen gemeinsam hatte. Rund wie ein Abwasserrohr, führte sie in die Unterseebasis. Jake schnürte es die Brust zusammen. Er glaubte, den Druck tausender Meter Wasser über ihm zu spüren.

Durch eine massive Schleuse gelangten sie in das Innere der Anlage. Auch hier waren die Tunnel von kreisrundem Querschnitt, kein ebener Boden. Für menschliche Benutzung waren sie definitiv nicht angelegt. Die Nässe des Materials ließ vermuten, dass sie erst unlängst ausgepumpt worden waren. Das Gefühl, erdrückt zu werden, steigerte sich. Rundherum musste wohl alles geflutet sein. Ob jemals zuvor Menschen die Unterwasserbastion der Squids betreten hatten?

An einer Kreuzung blickte sich Jake um. Ausgedehnte Teile der Anlage waren trockengelegt worden. Aber wohin sollte er gehen?

»Weiter geradeaus«, wies ihn ein unbekannter Squid telepathisch an.

Durch ein Geflecht ähnlicher Röhren erreichten die Menschen schließlich eine Halle mit geradem Boden. Mehrere Kampfjets hätten locker darin Platz gehabt. Rechts schloss sich ein Speisesaal an, bestückt mit Tischen und Stühlen. An dessen rückwärtiger Wand gaben Türen den Blick in zwei Schlafsäle mit langen Bettreihen frei, dahinter befanden sich Bäder und Sanitärräume.

»Das ist nicht viel besser, als diese verdammten Höhlen!«, brummte einer missmutig.

»Licht und keine Kleristen. Was willst du mehr?«, antwortete ein anderer.

»Anständiges Essen!«, rief eine schwangere Frau erfreut und deutete auf die Kantina. Damit löste sie einen begeisterten Ansturm auf die Maschine aus.

»Zum Kommunikationspunkt eins!« Die mentale Stimme klang herrisch und Jake vermisste jede Form von Höflichkeit in dem Aufruf. Er spürte einen Muskel in seinem Gesicht zucken. *»Und wo bitte ist das?«*

»Dem blauen Pfeil nach.«

Bunte Pfeile an Wänden und Abzweigungen. Fehlte nur noch ein großes Hamsterrädchen! Jake spürte, wie langsam Ärger in ihm hochstieg, aber auch Neugier. Er folgte den blauen Pfeilen durch die Gänge, bis er an einer Scheibe ankam. Dahinter schwebte ein Squid von blassem, schwabbeligem Aussehen. Im Gelbton seiner Haut erkannte Jake den Ausdruck der Arroganz und das rötliche Flimmern zeigte ärgerliche Ungeduld.

»Wenn ich rufe, erwarte ich sofortiges Erscheinen!«, übermittelte der Squid schroff. Gleichzeitig tastete etwas wie kalte Finger, suchend in Jakes Gehirn herum.

Jake erschrak. *»Hör auf damit!«*

Zur Antwort verstärkte sich der Druck auf seinen Geist. Jake presste die Handflächen an seine Schläfen. Das Vieh wollte offensichtlich in sein Bewusstsein eindringen, ihn manipulieren, wie diese ausdruckslosen Kleristen. Seine Nackenmuskeln spannten sich. Seine Gedanken rasten. Das hatten die Biester schon einmal probiert ... bei der Verhandlung. Wie, zum Teufel, hatte er sich damals dagegen gewehrt? Er hatte Angst gehabt, und Wut, und dann hatte er seinen ganzen Willen dagegen gestemmt. Schweiß trat auf seine Stirn. Vor seinem inneren Auge konnte er die fremden Gedanken in sich eindringen sehen, wie sie sich immer tiefer in sein Gehirn bohrten. Wie leuchtende Fäden sahen sie aus. Und Jake konnte sie irgendwie greifen wie einen Büschel Stroh. Greifen und Halten ... und zusammenpressen ...

Unvermittelt quiekte der Squid. Schrill und gequält.

Erschrocken ließ Jake seine Vision fallen.

Der Schrei endete und der Squid trieb bewegungslos im Wasser jenseits der Scheibe, seine Haut schimmerte bleich wie die eines Geistes.

Jake starrte den Squid fassungslos an. Hatte er ihn verletzt? Jake betrachtete seine Hände. Was waren das für Kräfte in ihm?

Seinem Sinnieren wurde schnell ein Ende gesetzt. Andere Squids schwammen dem Ohnmächtigen zur Hilfe – mit Waffen in ihren Tentakeln.

Jake trat einen Schritt zurück und nahm die Hände hoch. Sie würden doch nicht durch die Scheibe schießen? Da tauchten zwei Adjutoren am Ende des Gangs auf. Jake fackelte nicht lange und rannte. Schon zischte ein Schuss. Blitzschnell lief er in einen Seitengang. Willkürlich wählte er einen Weg durch das Gewirr der Korridore. Ein weiterer Energiestrahl fauchte an ihm vorbei. Sofort ließ er sich fallen und der Zweite sirrte über ihn hinweg. Jake rollte über den Boden und hechtete in einen breiten Tunnel. Der endete an einem halb geöffneten Tor.

Jake quetschte sich durch den Spalt. Zeilen deckenhoher Regale füllten die Lagerhalle. Schiffsbauteile. Wie ein Affe erklomm er das nächstgelegene bis zur höchsten Lage unter der Decke. Hochenergiekabel. Einer Intuition folgend packte er eins und kroch das oberste Regalbrett entlang. Ein Stück weiter sah er Strukturteile. Damit könnte er vielleicht ...

Vom Eingang her summte die Torhydraulik. Nicht ganz unerwartet fing er eine mentale Stimme auf: *»Er muss sich zwischen den Regalen versteckt haben.«*

Jake duckte sich hinter die schweren Metallteile. Das feine Summen zweier Adjutoren bewegte sich zwischen den Regalreihen. Sie würden ihn finden. Es war nur eine Frage der Zeit. Denk nach! Sein Blick huschte über die Decke. Was hatte er in der Lernmaschine gelernt? Energieversorgung von Gebäuden. Er streckte sich und nahm vorsichtig ein Deckenpanel ab. Es schepperte. Jake beeilte sich. Er suchte den energieführenden Leiter. Mit zittrigen Händen schloss er das mitgeführte Kabel an. Das andere Ende hielt er wie eine Waffe in der Hand. Sollte er sie rufen? Einen könnte er sicher überwältigen, aber zwei?

Jake wartete. Das Sirren kam aus verschiedenen Richtungen, aber einer musste ganz nahe sein. Im Gang. Jake duckte sich hinter ein schrankgroßes Bauteil. Er hielt den Atem an. Jetzt war das Sirren direkt unter ihm. Mit aller Kraft stemmte er sich gegen das Teil und wuchtete es über den Regalrand.

Es stürzte mit donnerndem Getöse hinunter und begrub den Adjutor unter sich.

Der andere rauschte herbei.

Jake warf sich auf den Bauch und entging einem Schuss, der über ihn hinwegzischte. Im nächsten Augenblick war das Sirren über ihm und vibrierte in seinem Kopf. Jake warf sich herum und schleuderte das energieführende Kabel auf den nahenden Adjutor. Das blanke Ende traf einen Roboterarm. Der begann zu zucken. Funken blitzten über die Oberfläche des Gefährts. Dann stürzte es in die Tiefe. Das Krachen des Aufschlags ging im Alarmgeheul der Sirenen unter.

Jakes Herz raste. Wie viel Zeit hatte er, bis andere kommen würden? Geschwind hangelte er am Regal hinunter. Gedanken wirbelten mit Lichtgeschwindigkeit in seinem Kopf herum: Adjutoren, Auftauchzellen. Externe Energieversorgung! Das war der Schwachpunkt. Jake rannte zu den beiden beschädigten Maschinen und schloss sie kurz. Jetzt waren sie nur noch bewegungslose Kübel. Jake schleifte sie ans Ende des Regals, wo er die Tür im Auge behalten konnte. Dann öffnete er die Serviceklappe und tastete nach dem neurotronischen Verbindungsstrang.

Die mentalen Impulse von einem Dutzend schussbereiter Squids näherten sich im Korridor.

»Halt!«, rief ihnen Jake entgegen. *»Wenn ihr durch die Tür kommt, lasse ich den Fusionsgenerator explodieren.«*

»Das kann er gar nicht. Weiter!«

Jake schloss den Strahler eines Adjutors kurz und schmolz das Eingangstor zu einem Klumpen.

Das stoppte den Ansturm und löste eine Debatte unter den herannahenden Squids aus. *»Wir müssen ihn eliminieren!« »Wie denn?« »Möchten Sie von so einer irrationalen Kreatur gekocht werden?« »Unsinn. Er weiß doch gar nicht, wie unsere Technologie funktioniert. Dazu ist er zu dumm.«*

Jake feuerte noch einen Warnschuss ab. *»Ihr seid die Dummen, wenn ihr euch einbildet, intelligenter als andere Spezies zu sein.«*

Draußen wurde es still.

»Was willst du, Doktor'jakedexterforrester?«

Die Stimme gehörte Deste. Nach Wate schien er der Vernünftigste der Bande zu sein.

»Das Schiff fertigstellen, ohne dass einer von euch versucht, mein Gehirn zu übernehmen.«

Das löste ein Geschrei unter ihnen aus: *»Der ist durchgedreht!« »Verrückte sind gefährlich!«*

»Ruhe, geschätzte Oktomajesten!«, fuhr Deste dazwischen. *»Lassen Sie ihn ausreden.«*

»Außerdem verhandle ich nur mit …«, Jake bemühte sich, den Namen richtig zu denken: *»… Wate'medaludes.«*

»Das ist unmöglich! Er steht unter einem Disziplinarverfahren!«

»Weil ihr alle Gangster seid. Und mit so einer ehrlosen Bande verhandle ich nicht. Schickt mir Wate'medaludes. Ich gebe Euch fünf Minuten.«

Sie verschwanden tatsächlich. Jake begann zu zittern. In welche Scheiße habe ich mich da hineingeritten?

Wate war entsetzt. *»Was hast du gemacht, Doktor'jakedexterforrester?«*

»Ich weiß es nicht. Sie haben mich angegriffen. Ich habe mich doch nur verteidigt.«

Von wegen verteidigt! Was der Homide machte, war reiner Terrorismus! Und dazu hatte er das Wissen missbraucht, das er, Wate'medaludes, ihm hatte zukommen lassen!

Wate war enttäuscht. Schwer enttäuscht. Fast war er geneigt, Klabu'teranuster Abbitte zu leisten. Homiden waren gefährlich! Doktor'jakedexterforrester demonstrierte es gerade.

Hatte er sich wirklich so lange Zeit geirrt? Hatte er sich in Wunschvorstellungen verloren und die Bedrohung durch die Homiden gänzlich ignoriert?

Wate schwamm in seiner Grotte auf und ab, bis er sich etwas beruhigte.

Sie, die Oktoftewiltabinen, hatten Homiden immer gut behandelt.

Aber eben als Tiere eingestuft.

Das waren sie immer gewesen. Was hatten sie schon zu bieten? Niedere Dienste. Technologisch standen sie in der Urzeit. Aber gerade bewies Doktor'jakedexterforrester, dass er ihre komplexe Technologie verstehen und anwenden konnte. Zu ihrem Verhängnis.

Wate trotzte Jake eine Verlängerung der Frist ab und schwamm zur Versammlungsgrotte.

Glita sah noch sehr schlaff aus, kochte aber vor Zorn. *»Wir, das Führungsgremium, müssen uns um ein Ende der Krise bemühen, was letztlich heißt, Wege zu finden, den Tollwütigen ohne Gefahr für unsere Leute zu eliminieren!«*

Wate hörte nicht hin. Er hatte sich zu einem Entschluss durchgerungen. Aber wie konnte er seine Meinung dem Führungsgremium nahebringen? Er meldete sich zu Wort. *»Es geht hier um eine Grundsatzentscheidung«*, begann er. *»Können wir Homiden trauen oder nicht?«*

»So ein Schwachsinn ist mir bisher noch nie untergekommen!«, echauffierte sich Arte und wedelte erregt mit seinen langen Tentakeln. *»Sie sollten sich auf Ihren Verstand untersuchen lassen, Wate'medaludes!«*

»Doktor'jakedexterforrester wehrt sich lediglich dagegen, kontrolliert zu werden«, hob Wate hervor.

»Woher wollen Sie wissen, was in dem kranken Hirn dieser Missgeburt vorgeht?«, schrie Glita.

»Mit etwas gutem Willen können Sie das auch!«, fauchte Wate.

»Werden Sie nicht anmaßend, Commander!«, fuhr Oberst Taka kantig dazwischen. *»Ich schlage vor, wir gehen scheinbar auf die Forderung des Homiden ein. Sobald er die Waffen streckt, wird er eliminiert.«*

»Und wer soll dann die Herde führen? Wer soll das Schiff vollenden? Meine Oktomajesten, ich befürchte in unserer gegenwärtigen Gesamtsituation bleibt uns nicht viel Spielraum.«

»Ich lasse mich doch von einem Tier nicht erpressen!«, zischte Glita giftig.

»Im Augenblick zeigen Sie weniger Intelligenz als er«, fauchte Wate.

Glita leuchtete vor Ärger purpurrot. *»Man sollte Sie dem Homiden zum Fraß vorsetzen!«*

»Ruhe!« Taka wandte sich Wate zu. *»Wie schlagen Sie vor, Doktor'jakedexterforrester zu kontrollieren?«*

»Wir müssen sein Vertrauen gewinnen«, erwiderte Wate.

»Diese Art der Dressur ist hanebüchen!«, warf Arte ein und unterstrich seine Überzeugung durch einen sattgelben Hautton. *»Sie hat noch nie funktioniert.«*

»Das wohl nicht. Aber in Ermangelung der Optionen ...« Oberst Taka paddelte nervös mit seinen Tentakeln. *»Es ist ein Risiko, aber ich werde den Antrag des Commanders befürworten ... vorerst!«*

Wate leuchtete vor Freude. Doch sein Jubel währte nicht lange.

82

Jake sah Wate jenseits der Scheibe auf sich zuschwimmen. *»Du hast ja so einen deprimierten Farbton.«*

Wate spreizte seine Tentakel und hielt vor Jakes Gesicht an. Er schaute Jake in die Augen, dabei waberten braune und olivgrüne Flecken über seine Haut. *»Ich bin jetzt für den Einsatz der Hom... Menschen zuständig.«*

»Du hast wohl keine Lust, mit uns zu arbeiten?«

Wate begann, rot zu leuchten. *»Sie haben mir das Kommando über das Schiff entzogen!«*

»Eine Degradierung?«

Wate ließ die Tentakel hängen und hüllte sich in Schweigen.

»Hör zu. Ich, meinerseits, bin ganz froh, dass von der ganzen Blase du der Kontaktmann bist.« Jake betrachtete den Tintenfisch vor sich. Mann. Das Wort passte so ganz und gar nicht zu dem Wesen. *»Wie nennt ihr euch überhaupt? Ich weiß ja rein gar nichts über eure Spezies.«*

»Warum sollten wir uns niedri...« Wate schillerte in beschämtem Grünton. *»Wir, die Oktoftewiltabinen, bleiben gerne unter uns.«*

»Schon wieder so ein Zungenbrecher!«

»Ich verstehe nicht, Doktor'jakedexterforrester?«

»Wir müssen jetzt zusammenarbeiten, und da schlage ich vor, du nennst mich einfach Jake.«

»Macht euch die Länge der Namen Schwierigkeiten?«

»Kurz ist vertrauter.«

Mit einem sachten Tentakelschlag näherte sich Wate der Scheibe, die sie trennte, und schaute Jake lange in die Augen. *»Dann darfst du mich Wate rufen.«*

Wäre sein Gegenüber ein Mann gewesen, hätte ihm Jake die Hand gereicht. *»Danke«*, sagte er bewegt. *»Auch, dass du mich rausgehauen hast.«*

»Du hast es mitgehört?« Wates Haut bekam schon wieder einen Farbstich.

Dem Squid war das offensichtlich peinlich, daher wechselte Jake das Thema. *»Wie wollen wir nun die Arbeit organisieren?«*

Eigentlich war Jake ein Eigenbrötler. Am liebsten hatte er ungestört vor den Apparaturen in seinem Labor gesessen. Er konnte stundenlang auf die Ausschläge der Messgeräte starren. Aber die Zeiger und digitalen Anzeigen waren immer nur bis an seine Netzhaut gedrungen. Vor seinem inneren Auge liefen jedes Mal die subatomaren Prozesse des Experiments ab. Er hoffte und bangte, wenn die Teststrahlen und magnetischen Felder die infinitesimalen Eigenschaften der Probe abtasteten. Und da hatte er es entdeckt: In einer Meteoritenprobe steckten Spuren eines Elements ohne messbare Masse. Noch heute konnte er sich an die Freude und Aufregung über seine Entdeckung erinnern. Aber im Vergleich zu dem, was er inzwischen auf Nitsituaan gelernt hatte, wirkte der Fund wie ein einfaches Experiment aus dem Chemiekasten, den er zu seinem achten Geburtstag geschenkt bekommen hatte. Wehmütig nahm er einen tiefen Atemzug.

Mitarbeiter standen auf einem anderen Blatt. Am besten war er als Chef mit jenen ausgekommen, die sich selbst beschäftigt hatten, die nicht ständig an ihm hingen, wie Kinder am Rockzipfel der Mutter.

Er seufzte, wenn er an all die Menschen auf der Tiefseebasis dachte, die er anleiten und führen sollte. Aber für solche Befindlichkeiten blieb kein Raum. Das Schiff musste fertiggestellt werden. Drei Schichten sollten rund um die Uhr laufen.

Die Arbeiter murrten.

Ein Mann mit quadratischem Schädel und dem Kiefer einer Bulldogge trat vor die Leute. Rodolfo. Uneinsichtig wie ein Stück Schiffsstahl. Jake spannte die Rückenmuskeln.

»Wir haben es satt, herumgeschickt zu werden. Wir haben es satt, von diesen Blechdosen kritisiert zu werden. Wir rackern uns ab, und bekommen noch nicht einmal Kredits dafür! Warum sperrt man uns ein? Ich will endlich wieder an die frische Luft!«

»Rodolfo. Ich habe es dir doch schon hundert Mal erklärt.«

»In Njamingloh mussten wir nicht in der Nacht arbeiten.«

»Hör zu, Rodolfo.«

Der richtete sich zu voller Größe auf. »Nein, Mister Jake-Doktor. Du hörst zu, weil ich jetzt Arbeitervertreter bin.«

Einige Leute um Rodolfo herum nickten selbstsicher. Andere sahen betreten zu Boden.

»Wir haben genug von deinen Geschichten. Jetzt ist Schluss! Keine Kredits, keine Arbeit.«

Ein Adjutor sauste herbei.

»Stopp!«, schrie Jake telepathisch.

»Aber solche Randalierer haben wir schon immer eingeschläfert. Sie behindern die Arbeit und verbreiten obendrein ihr ungeeignetes Genmaterial in der Herde.«

»Er ist ein Mensch! Solange ich hier stehe, wird keiner eliminiert.«

Jake konnte die Antwort nicht verstehen, hatte aber eine recht genaue Vorstellung vom Inhalt der Botschaft. *»Wende dich damit an Wate'medaludes!«*, fuhr er den Squid an.

Rodolfo schüttelte die Faust. »Weg mit den verdammten Adjutoren. Wir wollen keine Kleristen mehr und wir wollen auch mit ihren Robotern nichts mehr zu tun haben!«

»Wir brauchen sie«, erklärte Jake. »Ob ihr es glaubt oder nicht, es sind mehr als Maschinen ...«

»Unterstehe dich, Doktor'jakedexterforrester, unsere Identität zu verraten! Ein Wort mehr, und ich schmelze dich auf der Stelle ein.«

Vom Ende des Gangs sauste eine weiter Auftauchzelle heran. *»Beruhigen Sie sich doch. Bitte, beruhigen Sie sich.«*

Jake erkannte Wates Stimme.

»Da kommt ja noch einer«, brüllte Rodolfo. »Packt das Altmetall und werft es auf den Müll!«

»Halt«, brüllte Jakes.

Die Welle des Aufruhrs stockte.

»Rodolfo, halte deine Leute zurück. Wir müssen verhandeln.«

Der grinste triumphierend. »Gut. Bis wir zu einem annehmbaren Ergebnis gekommen sind, legen wir die Arbeit nieder.« Dabei machte er ein Gesicht, als ob er vorhatte, diese Karte sehr lange zu spielen.

83

Wate spürte die Augen aller Mitglieder des Führungsgremiums auf sich gerichtet. Keiner rührte sich. Jake saß aufrecht auf einem Stuhl an der Scheibe des Homidentrakts. Von ihm ging eine Entschlossenheit aus, die Wate Auftrieb gab.

Glita feuerte die erste Breitseite: »*Wate'medaludes und sein Vertrauen zu Homiden! Jetzt sehen Sie, meine Oktomajesten, in was für eine Lage er uns damit gebracht hat!*«

Jake kam Wate zuvor: »*Und was für eine Art Vertrauen soll das gewesen sein? Ihr versteckt euch in euren Löchern und hinter eurer Technologie wie Muscheln in der Schale. Zeigt euch! Redet mit uns! So blöde sind Menschen nicht, dass man sie ständig an der Nase herumführen könnte. Wir brauchen einen Ansprechpartner und Fakten, dann werden wir auch vernünftige Entscheidungen treffen können.*«

»*Ich sage, wir gehen zurück zu den alten Methoden*«, meldete sich Oberst Taka. »*Bedrohung und Schmerz werden sie schon gefügig machen! Eine öffentliche Hinrichtung nach der langwierigen Art und ein paar Elektroschocks werden die Arbeitsmoral ganz schnell wiederherstellen.*«

Jake sprang auf: »*Versuchen Sie es doch!*«

»*Wir haben uns schon lange genug zurückgehalten!*«, fauchte Glita. Sein ganzer Körper leuchtete tiefrot auf.

»*So kommen wir nicht weiter*«, mahnte Wate in beschwichtigendem Tonfall.

Arte blähte sich auf: »*Die Historie lehrt, dass die Homiden nicht gehorchen. Sie verachten uns.*«

Jake trat näher an die Scheibe. »*Man kann nur verachten, was man kennt und ihr habt euch nie gezeigt. Habt ihr uns jemals eine Chance gegeben? Habt ihr uns jemals als gleichberechtigt betrachtet?*«

»*Das wäre ja noch schöner, sich mit gefräßigen, hässlichen, minderbemittelten Homiden auf eine Stufe zu stellen!*«, brauste Glita auf.

Jake hob die Augenbrauen. »*Ihr habt Angst vor uns.*«

»*Wir fürchten uns vor niemandem!*«, brüllte Oberst Taka. »*Noch nicht einmal vor den Kaartegunizzern!*«

Jake zog die Brauen zusammen und ließ den Blick über die Squids schweifen. »*Dann zeigt euch! Ihr müsst eure Anonymität aufgeben. Ihr müsst uns als gleichwertig akzeptieren. Ihr müsst euch dafür entschuldigen, dass ihr uns den Willen genommen und uns versklavt habt.*«

»*Einen Dreck müssen wir!*«, fauchte Glita. »*Wir werden das Deck fluten! Dann haben wir endlich Ruhe vor euch!*«

Jake blickte auf seine Hände, bis sie aufhörten zu zittern. Er atmete noch einmal tief durch. »*Das könnt ihr natürlich tun. Aber im Anbetracht der nahenden Gefahr wäre es vernünftiger, zusammenzuarbeiten. Ich werde jetzt gehen und den Menschen die Wahrheit sagen. Genug des Versteckspielens.«* Er wandte sich um und ging.

Wate starrte Jake hinterher. Der Homide riskierte alles. Obwohl ihm seine eigenen Leute Schwierigkeiten machten, stellte er sich kompromisslos hinter sie – auf die Seite der Homiden.

Und er, Wate'medaludes? Welche Seite blieb ihm als die seiner eigenen Spezies?

Gegenseitiges Verständnis und Vertrauen! Wate hatte sich einen schönen Traum gegönnt. Jetzt war er vorbei. Ihre Unterschiede waren zu groß. Das Gremium würde die Homiden ersäufen und das Schiff allein fertigstellen. Sie würden es vielleicht schaffen, vor dem Eintreffen der Katastrophe in den Weltraum zu fliehen. Nitsituaan würden sie nicht retten können. Nur diese tentakelvoll Oktoftewiltabinen auf dem Schiff. Planetenlose würden sie sein in den Weiten des Raumes. War das ihre Bestimmung?

Und wenn, dann ging das alle an. Das konnte das Gremium nicht allein entscheiden. *»Ich beantrage eine Volksabstimmung!«*, rief er mit lauter Stimme.

Damit brachte er richtig Bewegung in die Versammlung.

»Sie wagen es, unsere Autorität und Kompetenz infrage zu stellen?« Oberst Taka leuchtete in dem dunkelsten Rot, das Wate je an ihm gesehen hatte. *»Kraft meines Amtes enthebe ich Sie all Ihrer Funktionen.«*

»Das war sowieso nur noch die eines Homidenverwalters«, kicherte Arte.

»Und die brauchen wir nun auch nicht mehr«, fügte Glita gehässig grün schillernd hinzu.

Wate gab keine Spanne nach. *»Ich bestehe auf mein Recht auf Anhörung.«*

»Das tritt im Ausnahmezustand außer Kraft, wie Sie wissen«, sagte Oberst Taka gewichtig. *»Den haben wir.«*

»Denken Sie doch einmal vernünftig nach. Es gilt, unsere Spezies zu retten!«

»Das tun wir, lieber Wate'medaludes. Wir retten unsere Leute vor den Homiden und fangen auf einem anderen Planeten ganz neu an. Die Oktoftewiltabinen werden nicht aussterben.« Der schneidige Zukla hatte sich in den Diskussionen bisher zurückgehalten. Jetzt gab sein Wort Wate den Rest. Er ließ sich enttäuscht auf seinen Hocker sinken. Was könnte er noch tun, um diesen Irrsinn abzuwenden?

84

Jake lief durch die feuchten Gänge zu den Quartieren. Ende der Fahnenstange. Diese verbohrten Wabbelwesen besaßen nicht für fünf Cents Verstand. Nun saßen Jake und die Menschen in der Falle. Rundherum Wasser. Tiefsee. Kein Fluchtweg. Denk nach! Was hätte Charley getan?

Als Kind hatte Jake die Geschichten über seinen Urgroßvater immer geliebt. Vom Wilden Westen, Pferden, der Prärie und schnellen Schützen. Mutter erzählte sie zum Einschlafen, wenn er sich im Dunklen gefürchtet hatte. ›Ich bin deiner Urgroßmutter Liliann wie aus dem Gesicht geschnitten‹, sagte sie mehr als einmal. ›Und Urgroßvater?‹, wollte Jake wissen. ›Du wirst einmal aussehen wie er‹, antwortete sie jedes Mal und strich ihm übers Haar. Ja, er wollte werden wie Charley Clay. Der hatte sich nie einschüchtern lassen und sich aus jeder ausweglosen Situation befreit.

Jake spannte seine Kiefermuskeln und ließ den Blick über die Wände des silberglänzenden Ganges schweifen ... gebaut für Squids. Hier gab es bestimmt keine Überwachungsanlagen ... auch nicht in den Sälen, die ihnen als Quartier dienten. Jake beschleunigte den Schritt.

Im nächsten Korridor versperrte ihm Rodolfo den Weg, die Arme vor der Brust verschränkt. »Und?«

»Wir sitzen in der Tinte. Die Squids wollen uns ersäufen wie einen Wurf junger Katzen.«

Rodolfo verzog verständnislos das Gesicht.

»Sie haben euch etwas vorgespielt«, begann Jake und erzählte die ganze Geschichte.

»Tintenfische? Unter Wasser? Mann. Jetzt bist du voll durchgeknallt!«

Gurgeln im Gang ließ Jake aufhorchen.

Auf dem Boden streckte ein Rinnsal den Finger nach ihnen aus.

»Schnell weg!« Jake rannte los.

Rodolfo starrte verdattert auf das anschwellende Wasser, dann machte er einen Satz und eilte hinter Jake her. »Was sollen wir tun?«

»Wir verbarrikadieren uns im Speisesaal. Trommle die Leute zusammen!«

Während sie mit patschenden Schritten weiterrannten, überlegte Jake fieberhaft: Der Speisesaal war von den Gängen durch eine Schleuse getrennt. Die stand aber immer offen. Jake konnte sich nicht erinnern, Kontrollelemente zum Schließen gesehen zu haben.

Das Wasser erreichte den Speisesaal vor ihnen. »Heilige Meduse!«, rief Rodolfo entsetzt.

»Was ist los?«, riefen die Umstehenden verängstigt.

Jake ignorierte sie. Er dachte nach. Energie- und Schaltkabel liefen durch Wand und Decke. Er ließ den Blick über die Deckenpaneele schweifen. »Ich brauche eine Leiter!«

»Menschenleiter«, rief Rodolfo geistesgegenwärtig. »Das haben wir in den Höhlen auch gemacht. Wo?«

»Dort neben dem Eingang.«

Rodolfo winkte seine Kumpane herbei. Flink wie Zirkusartisten bauten sie, auf den Schultern der Untermänner stehend, eine Pyramide bis unter die Decke. Jake streifte die Stiefel ab und kickte sie auf den Boden, wo sie das hereinströmende Wasser fortspülte. Er kletterte empor. Im Handumdrehen entfernte er ein Paneel. Kybertronische-, biotronische Leitungen, Energiezufluss ... Jake versuchte, sich in dem Gewirr zu orientieren. Er spürte das Zittern des Mannes, auf dessen Schultern er stand. Die Halle war bereits knöcheltief geflutet. Die Leute schrien.

»Ich brauche Essbesteck«, brüllte Jake.

Jemand reichte es ihm hoch.

Nur nichts falsch machen. Schließimpuls durch Kurzschluss der Notfallsequenz initiieren. Welches ist der richtige Leiter?

Das Geschrei in der Kantina wurde hysterisch. Jake konzentrierte sich. Entschlossen trennte er mit dem Messer die Verbindung und legte sie auf eine Niederenergieleitung. Der Blitz blendete ihn. Eine Hydraulik erwachte zum Leben und dröhnte mit tiefem Summen. Die Schleusentür bewegte sich unendlich langsam und quetschte die einströmende Flut zusammen. Mit einem leichtem »Klong« schloss sich der letzte Spalt und hielt das Wasser draußen. Jubel brach los. Die menschliche Pyramide unter ihm wankte. »Halt! Noch einen Moment!«, rief er. Mit einem kräftigen Schnitt durchtrennte er das Energiekabel, sodass in einem Feuerwerk aus Funken die Sicherungen herausschlugen. Dunkelheit.

»So können die Bastarde die Tür von außen nicht Öffnen! Holt eure Glimmersteine heraus.«

In ihrem fahlen Licht fühlte sich Jake in die Höhlen unter den Bergen zurückversetzt. Kurz vor einem Angriff.

»Mann«, schimpfte Rodolfo. »Und ich habe geglaubt, die Kleristen seien die Schweine!«

Jake wischte sich mit dem Ärmel über die Stirn. »Lange halten wir hier nicht durch.«

85

In Wates Quartier stritten sich gerade Wusel und Bleme um den Minirennscooter. Da öffnete sich die Tür und Fanli schoss herein.

»Wo kommst du denn her?«, fragte Hima'susulina neugierig.

»Sie haben eine geheime Sitzung«, sagte Fanli aufgebracht.

»Sie haben immer geheime Sitzungen«, antwortete Wusel gelangweilt und zerrte Bleme die Fernbedienung für den Scooter aus den Tentakeln.

»Diesmal wollen sie den Homiden an die Kiemen«, empörte sich Fanli.

»Woher weißt du das?«, fragte Bleme und vergaß das Spielzeug.

»Warst du wieder mit diesem Zera'malulufus im Hangar?«, fragte Hima spitz. *»Hat er's erzählt? Ist wohl dein neuer Männling?«*

»Halt die Schnüss!«, fuhr Fanli ihre Schwester an. *»Lass uns lieber das Gremium belauschen.«*

Hima leuchtete in indigniertem Pink. *»Das ist aber verboten!«*

Fanli wedelte ihren Primärtentakel drohend vor den Augen ihrer jüngeren Schwester herum. *»Wer soll es herauskriegen?«*

»Du kommst ja gar nicht durch ihre Gedankenabschirmung durch!«

»Kann ich doch. Ruhe. Reicht mir eure Tentakel.« Fanli konzentrierte sich und verharrte eine Weile still. Die Geschwister beobachteten mit großen Augen, wie sie allmählich ihre Farbe verlor. *»Sie wollen die Homiden ...«*

Wusel weinte sogleich los. *»Ich will aber nochmal mit Doktor'jakedexterforrester Raten spielen.«*

Hima'susulina machte ihr Petzgesicht: *»Ich sag's Mama.«*

Fanli begann, in nachdenklichem Blau zu leuchten. *»Das ist vielleicht gar keine so schlechte Idee.«*

Wate hörte mit Bestürzung den Beschluss des Gremiums. Welches Potenzial zerstörten sie jetzt, diese Ignoranten. Er hätte diese sturen Fische alle würgen mögen!

Mit einem Mal fuhr er auf. Tenkas mentale Stimme drang schmerzhaft heftig in den Sicherheitsbereich: *»Wir haben mitgehört!«*

Die Tür zur Sitzungsgrotte glitt auf und Hunderte von Oktoftewiltabinen schwärmten herein: Besatzung, Techniker, Personal, bis hin zu ihren Familienangehörigen. Allen voran schwamm Tenka und ein nicht minder imposanter Weibling, Takas Frau. *»Lasst die Homiden leben!«*, forderten sie.

86

Das Licht der Glimmersteine spiegelte sich im Wasser, das knietief im Speisesaal der Tiefseebasis stand. Die Menschen scharten sich um Jake und bei jeder Bewegung zuckten Lichtflecken über Wände und Decke. Ihre Augen hefteten sie auf das Tor, als wollten sie es mit ihren Blicken durchdringen. Wann würden die Squids angreifen?

Plötzlich vernahm Jake Wates mentale Stimme: *»Wir haben die Gänge leergepumpt und machen jetzt die Tür auf.«*

Jake wollte ihm so gerne glauben. Aber was konnte der gutmeinende Squid allein schon ausrichten? Gar nichts! Auch er musste sich den Gesetzen seiner Spezies unterordnen. Und was die da draußen wirklich vorhatten, stand auf einem anderen Blatt.

Mit Hilfe von Rodolfo richtete Jake eine bizarre Konstruktion, die wie eine aus Schrott und Kabeln zusammengeschraubte Haubitze aussah, gegen die Tür. *»Wenn auch nur einer von euch hereinkommt und mit einem Tentakel zuckt, schmelze ich ihn ein!«*

»Du hast überhaupt keinen Strahler«, entgegnete Zukla ungerührt.

»Ich habe den Neutronentransformer aus der Kantina umgebaut. Das reicht, um euch in euren Auftauchkapseln zu sieden.«

»Wirklich? Wie hast du das gemacht?«, wollte Wate wissen und Jake fragte sich, ob er aus Neugier fragte oder das ganze ein Ablenkungsmanöver sein sollte.

»Wir werden nicht in euren Bereich eindringen«, fuhr Zukla dazwischen. *»Kommt zum großen Fenster. Alle. Es wird euch nichts geschehen.«*

Worte. Versprechen. Vielleicht eine Falle. *»Das möchte ich von eurem Führer hören, von Oberst Taka'zulablewis selbst.«*

»Es hat personelle Veränderungen gegeben«, übermittelte Zukla. *»Ich leite jetzt die Station.«*

Das gab Anlass zur Hoffnung. Ob die Squids ihre Meinung geändert hatten, würde Jake allerdings nur herausfinden, wenn er ihnen einen Schritt entgegen ging. *»Na schön«*, antwortete er. *»Ich werde die Tür freischalten.«*

»Du willst unsere Schleuse unter deiner Kontrolle haben?«, fragte Zukla und es klang amüsiert.

Jake lachte. *»Versuch doch, sie aufzumachen!«* Er wandte sich an die Leute, die sich erwartungsvoll um ihn geschart hatten. »Achtung, gleich blitzt es. Geht besser in Deckung!«

Es dauerte keine Sekunde, da flackerte die Deckenbeleuchtung kurz auf und mit einem Donnerschlag krachten mehrere Paneele von der Decke. Darunter zuckten Lichtblitze auf, erstarben aber sogleich.

In der Halle brachen die Menschen in schallendes Gelächter aus. Ein befreiendes, erleichtertes Lachen. Zum ersten Mal fühlten sie sich stark. Rodolfo johlte und schlug Jake mit einer Kraft auf die Schulter, die Jake an Pedro erinnerte.

»Los. Schalten wir frei!«

Begeistert bauten die Leute die menschliche Leiter und Jake behob die Fehlschaltung. Danach nahmen er und Rodolfo wieder ihre Positionen an der Behelfswaffe ein. *»Jetzt könnt ihr öffnen«*, teilte er den Squids mit. *»Aber den Transformer werde ich mit nach draußen nehmen.«*

Jake wusste, dass ihm das Monster nicht viel nützen würde. Es war zu schwer und unhandlich. Aber den Leuten gab es das Gefühl der Stärke.

Das Tor brummte. Rodolfo spannte die Muskeln und zielte.

Ein heller Spalt entstand, durch den das Wasser rauschend nach draußen strömte.

Niemand kam herein.

Jake atmete tief.

Niemand meldete sich. Etwas war mit den Squids geschehen. Jake tastete nach ihren Gedanken. Er empfing nur ein unverständliches Geplapper, als ob alle durcheinanderredeten.

Vorsichtig schlich er zur Schleuse und späte hinaus.

Kein Adjutor weit und breit.

Noch einmal nahm er einen tiefen Atemzug. Dann winkte er die Leute herbei und führte sie zur großen Panoramascheibe. Zum ersten Mal konnten sie einen Blick in die Welt der Squids werfen.

Die Menschen blieben wie angewurzelt stehen. Hunderte von Oktoftewiltabinen zogen in dichten Schwärmen an der Scheibe vorbei. Ein aufgeregtes Murmeln drang aus den Lautsprechern der Audiokonverter.

Jake spürte unbändige Freude in sich aufsteigen. Er gab Rodolfo ein Zeichen und sie legten die Waffe nieder. »Das sind unsere neuen Freunde«, sagte er, gerührt über die beeindruckende Demonstration guten Willens.

»Fische?« Rodolfo starrte unverwandt auf die Squids.

»Sie haben unsere Häuser gebaut, sie haben unsere Nahrung erzeugt, sie haben uns Arbeit gegeben«, erklärte Jake.

Rodolfo ballte die Fäuste. »Und dann haben sie wohl auch die Kleristen gegen uns aufgehetzt, was?«

»Sie hatten Angst vor uns. Und das war sicher nicht ganz unberechtigt.« Jake lächelte. »Ich gebe gerne zu, dass ich schon mal Calamari gegessen habe.«

Rodolfo legte die Stirn in Falten.

»Es sind ja auch nur so kleine Würmer. Aber bist du sicher, dass du dich nicht irrst, Jake-Doktor?«

Jake wandte sich der Scheibe zu und schaute suchend über die Reihen der Squids, die wie gebannt auf die Menschen starrten. *»Wate, kannst du zu uns hereinkommen?«*

Wenig später schwebte ein Adjutor mit eingerollten Robotarmen herbei und hielt neben Jake.

»Würdest du mir den Gefallen tun und deinen Sichtschutz deaktivieren?«, fragte Jake.

Augenblicklich wurde das Kopfteil des Adjutors durchsichtig und ließ den Blick auf das kleine Geschöpf am Steuerpult frei.

»Ich heiße Wate'medaludes«, stellte sich der Squid über den Außenlautsprecher vor. »Ich begrüße die werten Hom...« Er stockte und korrigierte sich dann: »... die werten Menschen.«

Rufe der Überraschung wurden laut. Einige der Leute drängelten sich nach vorne, um besser sehen zu können. Rodolfo schienen die Augen aus dem Kopf zu rollen.

»Die Adjutoren sind für die Squids wie für uns die Gleiter«, erklärte Jake. »Sie fahren damit an Land herum. Ihr seht, sie waren ständig unter uns.«

»Ich verstehe kein Wort, Jake-Doktor«, stammelte Rodolfo. »Aber wenn du es sagst, glaube ich dir.«

Jake wandte seinen Blick wieder zur Scheibe. Es waren hauptsächlich die Frauen, die sich davor drängten und die andere Spezies neugierig beäugten. Auf beiden Seiten.

Jake schüttelte den Kopf. Das Bild wirkte bizarr, aber es war zumindest ein Anfang.

»Na, alter Fisch! Haben wir das nicht prima hingekriegt!«, wandte er sich an Wate.

»Dein Humor hat etwas Peinliches«, antwortete dieser.

87

Jake beschloss, die gute Laune der Leute zu nutzen, und sie über Sinn und Zweck ihrer Mission aufzuklären: die Katastrophe aus dem All. Am Ende seiner Rede herrschte Stille im Speisesaal. Verständnislosigkeit, Angst und Zweifel spiegelten sich in den Gesichtern.

Ein Bär von einem Kerl brach unter dem Schock zusammen. Er begann zu weinen. Einige Frauen rückten näher an ihn heran, eine schlang ihren Arm um seine Schultern. Auch sie schien den Tränen nahe. Wie verängstigte Küken sahen sie aus – ohne Henne. Es gab keinen sicheren Platz mehr. Nirgends.

Rodolfos Kiefer arbeiteten, als versuchte er, die Informationen in kleinere Stücke zu beißen, bevor er sie schlucken konnte. Das gelang ihm offensichtlich nicht. Er schaute sich unsicher um, fand aber bei seinen Kumpanen nur ratlose Gesichter.

Sie sahen ihn an.

Rodolfo räusperte sich. Er fixierte seine kleinen Augen auf Jake und kratzte sich langsam am Kopf.

Jake sah es dem Mann an, dass er sich keine Vorstellung von der Situation machen konnte. Aber er wusste, dass er jetzt Geduld brauchte, und sagte nichts. Rodolfo musste sich zu seiner eigenen Entscheidung durchringen. Nur so konnte Jake die volle Unterstützung des Arbeiterführers und seiner Leute erhalten.

Rodolfo straffte die Schultern. Er räusperte sich. Seine Augen wanderten einen Moment unruhig umher, aber dann nahm sein Gesicht einen entschlossenen Ausdruck an.

Jake hielt den Atem an.

»Es fällt mir schwer, das alles zu glauben.« Der Arbeiterführer wand sich. Dann nickte er Jake bedächtig zu. »Aber ich vertraue dir, weil du uns vorm Ersaufen gerettet hast. Ich werde tun, was du sagst.«

Jake fühlte sich mit einem Schlag leicht. Er glaubte, mühelos bis unter die Decke springen zu können. Er hob die Stimme: »Danke, Rodolfo!« Dann stieß er den Arm in die Luft: »Jetzt haben wir endlich die Chance, unser Schicksal selbst in die Hand zu nehmen! Schluss mit der Unterdrückung und Sklaverei. Wir sind nicht zum Dienen geboren! Wir sind keine dummen Tiere! Wir werden es ihnen beweisen! Wir werden das verdammte Schiff fertigstellen und wir werden die verdammte Katastrophe besiegen! Denn wir sind Menschen!«

Sein Elan sprang auf die Leute über. In vielen Gesichtern war plötzlich Hoffnung zu lesen – und Entschlossenheit.

Eine Frau hob den Arm. Nilly, erinnerte sich Jake.

»Kann ich auch etwas tun?«, fragte sie schüchtern.

Jake blickte sie verständnislos an.

»Ich habe eine Ausbildung am Schweißlaser«, fügte sie erklärend hinzu.

»Und ich habe einen Abschluss in Biotronik«, meldete sich eine andere.

»Ja«, schrie eine Dritte und sprang auf. »Wir können mehr nur als Kinder kriegen!«

Jake hätte sie alle umarmen können. »Dann werden wir die Arbeit jetzt organisieren und FRE-D-Null-Y-94-X-72-A mit vereinten Kräften fertigstellen!«

»Wir nennen es FREDDY«, rief Rodolfo.

»FREDDY!«, riefen die anderen im Chor und erhoben sich von ihren Plätzen. »F-R-E-D-D-Y!«

Jake teilte drei mit Frauen verstärkte Schichten ein, die rund um die Uhr arbeiteten. Die Leute gingen mit unbeschreiblichem Eifer ans Werk. Sie setzten sogar die Squids unter Druck, die kaum nachkamen, all die Materialien und Teile zu liefern, die die Menschen selbst nicht fertigen konnten. Die Squids staunten über die Homiden, fanden aber gleichzeitig wieder Grund, Anstoß zu nehmen.

»Die Homiden zwingen ihre Weiblinge zur Arbeit!«, empörte sich der schwabbelige Glita.

»Nicht zwingen, meine Oktomajesten, die Frauen haben sich selbst angeboten«, erläuterte Jota.

»Das ist höchst unmoralisch«, echauffierte sich auch Zukla. *»Männlinge müssen den Weiblingen Raum für die Brutpflege einräumen und sie nicht in ihren Überlebenskampf einspannen.«*

»Wir werden die Homiden nie verstehen, aber ich bitte zu bedenken, dass sie damit erhebliche Fortschritte im Bau von FREDDY erzielen.«

»Was soll denn das heißen, Wate'medaludes. FREDDY! Sie nehmen immer mehr von den barbarischen Angewohnheiten dieser Homiden an«, tadelte Zukla und blähte indigniert die Kiemen.

»Sie stimmen mich optimistisch, meine Oktomajesten«, erwiderte Wate. *»Äußerst optimistisch!«*

Glita und Arte präsentierten sich in indignierten Gelbtönen und schwiegen. Wate empfand das als ausgesprochene Erholung.

Einige Tage später meldete sich Wate bei Jake: *»Beiboot zwei ist von seiner Mission zurückgekehrt. Die Futterkrippe wurde in den Höhlen aufgestellt.«*

Ihr seid ja richtig flott«, freute sich Jake. Es war ein gutes Gefühl, Myriam und Rodhana versorgt zu wissen. *»Von unserer Seite aus können* *wir demnächst in den Raum starten. Das Schiff wird in wenigen Tagen fertig sein.«*

Sich in die unendliche Weite zu begeben ... Was für eine einzigartige Chance! Da war sie wieder, seine Neugier, seine Abenteuerlust. Er spürte ein Kribbeln unter der Haut. Aber dann stiegen unvermittelt die Bilder des Hologrammfeldes vor seinem inneren Auge auf. Und ihm wurde erneut bewusst, was auf dem Spiel stand und warum gerade er auf diese Mission geschickt wurde. Der Stimmungswechsel kam so plötzlich, als hätte jemand in seinem Hirn einen Hebel umgelegt. Jake schluckte. Er schloss die Augen und nahm einen tiefen Atemzug. Er durfte sich jetzt nicht verrückt machen ...

»Sie bringen eine Überraschung«, riss ihn Wates Stimme aus seinen Gedanken.

Jakes Herz setzte einen Schlag aus. *»Myriam?«*

»Nein.«

Jake seufzte. Er vermisste sie schmerzlich und gerade jetzt hätte er sie gern bei sich gehabt. Warum hatte er eigentlich Deste nicht gebeten, sie mitzubringen? Auf der Basis waren die Gefahren für sie und das Ungeborene auch nicht größer als in den Höhlen. Auch hier hätte Myriam sicher eine Aufgabe gefunden, die ihr Spaß gemacht hätte. Und sie würde hier auf ihn warten, bis er aus dem All zurückkäme. Falls er zurückkäme ...

»Komm zu Schleuse Alpha Drei Vier«, ließ sich Wate hören.

Die Hangarschleuse.

Überraschung? Jakes Schritte hallten in den langen Tunneln. Der Geruch von Tang und Fisch schwebte in der Luft. Vielleicht hatte Rodhana weitere Arbeiter geschickt. Jake grinste in sich hinein. Es gab bestimmt ein paar Leute, die sie gerne loswerden wollte.

Er nahm die Abzweigung zur Schleuse und blieb wie angewurzelt stehen. »Pedro?«

Der trabte auf ihn zu und strahlte übers ganze Gesicht. »Amigo! Schön, dich zu sehen!«

Jake wusste nicht genau, ob er sich freuen oder dem Freund Vorwürfe machen sollte. »Ich denke, du passt auf Myriam auf!«

Pedro erreichte Jake und schlug ihm kameradschaftlich auf die Schulter. »Der geht es gut. Sie hat sich prächtig als Anführerin gemacht.«

Jake sah ihn fragend an. Unter dem jovialen Tonfall spürte er etwas anderes. Er packte Pedro bei den Schultern. »Was geht in den Höhlen vor?«

Pedros Lächeln erstarrte. Er blickte an Jake vorbei. »Nichts. Wirklich nichts von Bedeutung.«

»Und was mag das Unbedeutende sein? Rede schon!« Jake wollte ihn schütteln, aber Pedro war zu einer Art Granitblock erstarrt. Er druckste eine Weile herum, bis es aus ihm herausbrach: »Es ist wegen Rodhana.«

Jake ließ los und starrte ihn verblüfft an.

Pedro verlagerte sein Gewicht. »Seit sie zurück ist, mit einem heilen Bein, ist sie so … anders, so …« Er suchte verzweifelt nach Worten. »Ich bin doch nur ein Fischer.«

Halb erleichtert, halb amüsiert, schüttelte Jake den Kopf. »Hast du mit ihr gesprochen?«

»Wie denn, Jake? Sie rennt herum, sie geht weg, sie kommt, sie kommandiert.«

»Hat sie einen anderen? Du weißt doch, dass das hier nichts bedeutet.«

Pedro ließ den Kopf hängen. »Ich hab es einfach nicht ausgehalten und da bin ich abgehauen, hab auf die Roboter gewartet, bis sie mit der Kantina fertig waren, und bin mit ihnen mitgegangen. Die wollten mich erst auch nicht haben, aber wo soll ich denn hin? Ich will zu meinem Freund Jake, hab ich ihnen gesagt.«

Jake legte ihm den Arm um die Schultern. »Jetzt bist du erst einmal hier. Komm mit. Wir werden schon ein Plätzchen für dich finden.«

Pedro machte ein verzweifeltes Gesicht. »Jake. Ich bin schon wieder fortgelaufen.«

»Ich glaube nicht, dass du ein Feigling bist. Im Übrigen hast du bald mehr als genug Gelegenheiten, deinen Mut dir und anderen zu beweisen.«

88

Wenige Tage später stand Jake an seinem Arbeitsplatz in der Planungshalle, in der jede Wand und jeder Tisch mit Bildschirmen übersät war. Er überflog noch einmal den Arbeitsplan. Sie waren weit vor der veranschlagten Zeit. »Noch vier Schichten und *FREDDY* ist fertig!«, rief er den anwesenden Vorarbeitern zu.

Die brachen in wilden Jubel aus. Und dann taten sie etwas, das Jake fast peinlich berührte. Die Männer sprangen vor, packten ihn, hievten ihn hoch und trugen ihn auf ihren Schultern bis zum Trockendock, wo das Raumschiff auf dem Stahlgerüst ruhte. Ein waagerecht liegender, silberner Kegel, groß wie ein Flugzeugträger, aus dessen Basis die Antriebe wie vier tentakelartige Düsen herauswuchsen, glänzte im grellen Flutlicht. Jake konnte es kaum erwarten, das Schiff zum Leben erwachen zu sehen, die Aggregate sirren zu hören und das Vibrieren der Maschinen durch die Schuhsohlen zu spüren. Sein Werk … oder doch beinahe seins. Jedenfalls fühlte er sich stolz, stolz auf sich selbst und stolz auf die Mitarbeiter, es geschafft zu haben. Kaum konnte er den Blick von dem Schiff und dem Betrieb im Dock abwenden, wo zwischen den Leuten der Morgenschicht silberglänzende Adjutoren umher wuselten. Seit dem Treffen am Fenster verzichteten die Squids darauf, ihren Sichtschutz einzuschalten. Nun konnte man die kleinen Wesen unter den Kuppeln ihrer Auftauchzellen arbeiten sehen. Man konnte beobachten, wie sie mit ihren Tentakeln die Kontrollen bedienten, um die externen Robotarme zu steuern. Manchmal bewegten sie alle acht Tentakel gleichzeitig. Jake dachte, er habe genug Schwierigkeiten, zwei Hände zu koordinieren, aber gleich acht? Er musste lachen.

»In zwei Tagen können wir den ersten Testflug durchführen«, teilte er Wate mit.

Die Antwort kam prompt. *»Vergiss die Testflüge. Die Satelliten werden aufzeichnen, wo wir die Wasseroberfläche durchbrechen. Dann wird es nicht lange dauern, bis wir Klabu'teranusters Flotte im Kielwasser haben. Wenn wir erst einmal draußen sind, gibt es kein zurück mehr. Arte'makutiges wird den Start vorbereiten.«*

Jake spürte den Klumpen in seinem Magen wachsen. Das Weltraumabenteuer kam schneller als erwartet. Gleichzeitig tat ihm Wate leid. Jake wusste, wie schwer es dem Squid fiel, das Kommando jemand anderem überlassen zu müssen. *»Wate, kann ich irgendetwas für dich tun?«*

»Das ist sehr liebenswürdig, Jake. Danke der Nachfrage. Ich brauche nichts.«

Jake seufzte leise und ging zurück zur Planungshalle. Seine Beine fühlten sich zittrig an. Die Aufregung. Er blieb stehen, um seine Muskeln auszuschütteln, da bemerkte er, dass der Tremor vom Boden ausging. Die Stöße schwollen an. Jake sah sich erschrocken um. Der Gang sah auf einmal so eng und niedrig aus. Tausende Meter unter dem Meer. Gütiger Himmel! Wände und Decke wirkten plötzlich spröde und brüchig. Ein Erdstoß brachte Jake aus dem Gleichgewicht, seine Ohren klirrten vom Knall einer Explosion. Gleichzeitig traf ihn eine Welle feuriger Luft und warf ihn gegen die Wand. Alarmsirenen heulten schrill. Jake rappelte sich benommen auf. Für einen Moment bekam er keine Luft, aber dann sogen seine Lungen den scharfen Qualm verbrannten Kunststoffes ein.

»Das Schiff!«, keuchte er. Seine Worte schmerzten im Hals und schmeckten nach Ruß.

Messboje JRDI47537 schaukelte in den wilden Wogen des Westmeeres. Als Wetterboje, falls man die Strömungs- und Temperaturschwankungen der Tiefsee als Wetter bezeichnen wollte, sammelte sie hauptsächlich thermale Daten für die Vorhersage angenehmer und widriger Driften. Da sie über einem Cluster von Tiefseesprudlern trieb, deren tektonische Aktivität wesentlich zur Beeinflussung der Strömungen beitrug, zeichnete sie ebenso Schwingungen im akustischen Bereich auf. Sie registrierte neben dem Seebeben einen ungewöhnlichen Knall in der Tiefe und gab die Daten an den Zentralcomputer weiter.

Jake rannte gegen das Heulen der Sirenen an. Zurück zum Trockendock. Er wollte sich nicht ausmalen, was dort geschehen sein könnte. Aber er wusste, dass es nichts Gutes war. »Scheiße«, fluchte er, während er rannte. »Verdammte Scheiße!« Heftige Zugluft ließ seine Hosenbeine flattern und drückte ihn voran. Die kräftigen Abluftventilatoren saugten Rauch und Löschpulver gleichsam ab.

Vor ihm breitete sich ein Bild des Chaos aus: Ein Teil des Haltegestells war zusammengeknickt wie dünnes Blech, das Schiff hing schief, drohte auf den Boden zu stürzen. Abgerissene Rohre, Schläuche und Energiekabel baumelten von der Decke – das Versorgungsgeflecht des Schiffes. Aus einigen sprühten noch Funken und blaue Flammen, aber die meisten waren inzwischen abgedreht und tot.

Die Schreie verletzter Menschen peinigten seine Ohren, und die mentalen Notrufe verwundeter Squids echoten in seinem Kopf. Adjutoren wuselten herum und halfen. Jake fand einen Squid, der aus seiner zerstörten Auftauchzelle herausgeschleudert worden war und zappelnd am Boden lag. Er hob ihn auf. Neben den Toiletten fand er einen Eimer mit Wasser. Dort ließ er das Wesen hineingleiten. *»Danke«*, kam als schwacher telepathischer Impuls.

Dann sah Jake Rodolfo.

Er lag in einer Lache Blut, durchbohrt von einem Metallteil, groß wie der abgerissene Kotflügel eines Kleinwagens.

»Jetzt werden wir es doch nicht mehr schaffen«, röchelte Rodolfo. Blut lief ihm aus Mund und Nase.

»Halt aus!«, flüsterte Jake und nahm die schlaffe Hand des Arbeiterführers. »Die Squids können wahre Wunder vollbringen.«

»Squids! Sie können mich nicht vor dem Zorn der heiligen Meduse retten!« Rodolfo bäumte sich auf. In seinen Augen loderte ein Feuer. »Jake, ich habe mich gegen sie versündigt!«

Jake stützte den Nacken des Arbeiterführers. »Du bist ein guter Mann, Rodolfo. Komm zurück. Wir brauchen dich.«

Rodolfo schüttelte den Kopf und sank in sich zusammen. Seine Augen wanderten in die Ferne. »Ich kann sie sehen, Jake. Sie ist ganz aus Licht.«

Langsam wich der Schmerz aus seinem Gesicht. »Jake, sie winkt mir zu.«

Dann brach sein Augenlicht. Jake schob die Lider behutsam zu. Tote konnten auch die Squids nicht mehr zum Leben erwecken.

89

Jake ließ sich müde auf den Stuhl an der Scheibe zur Konferenzgrotte der Squids sinken. *»Die Hälfte von meiner diensthabenden Schicht ist verletzt, acht sind tot.«*

»Es tut mir sehr leid um deine Leute«, sagte Wate.

Ein Squid mit großem Kopf und Augen, die wie unter einer Lupe vergrößert aussahen, meldete sich zu Wort. *»Das Beben hatte ungewöhnliche Begleiterscheinungen.«*

»Ja!«, Jake stampfte mit dem Fuß auf den Boden. *»Es hat Leben gekostet und es hat uns um Tage, wenn nicht Wochen zurückgeworfen!«*

»Das meine ich nicht. Es war von einem Effekt begleitet, der euch Landbewohnern entgangen ist, da er das Medium des Wassers betraf. Es schien sich für den Bruchteil einer Sekunde verfestigen zu wollen.«

»Was Femto'ligumales beschreibt, habe ich schon einmal auf meinem Schiff erlebt«, erläuterte Wate. *»Als ich die kosmische Störung entdeckte.«*

»Du meinst ...«, Jake stand langsam auf, *»wir spüren die ersten Auswirkungen?«*

»So ist es«, bestätigte Femto.

»Wie lange haben wir noch?«

»Wir schätzen noch zweihundersiebzig Tage, bis es Nitsituaan vernichtet, aber wir wissen natürlich nicht, welche Vorboten vorauseilen und wie und wann sie uns treffen werden.«

Zuerst Nitsituaan und wenige Wochen später die Erde. Mit einem Ruck richtete sich Jake auf. *»Wir müssen die Schäden am Schiff sofort beheben. Ich werde die Schichten verdoppeln. Das wird die Ausfälle kompensieren.«*

»Die äußeren Schäden sind nicht so schlimm. Schließlich muss die Hülle kosmischer Belastung standhalten und den Wiedereintritt in die Atmosphäre überstehen. Was ist da schon ein kleiner Erdstoß im Vergleich zu den Kräften dort draußen.« Wate warf einen Blick auf den neuen Commander des Schiffs, Arte, wobei ein Rotblitz über seine Haut zuckte.

Zukla wedelte beruhigend mit einem Tentakel. *»Eigentlich hat uns das Beben einen großen Dienst erwiesen.«*

Jake starrte ihn an. Er war sich nicht sicher, ob er tatsächlich richtig verstanden hatte.

»Hast du den Schaden in Sektion QKJL-45 bemerkt?«, fragte Oberst Taka.

Jake war verwirrt. *»Sicher.«*

»Und du weißt nicht, was da passiert ist?«, bohrte der Squid weiter.

Jake schüttelte den Kopf. Er fühlte sich auf einmal wie in einem Verhör. *»Irgendein Aggregat ist durch das Gerüttel explodiert ... oder wegen eines Kurzschlusses.«*

Glitas Haut bekam einen giftigen Grünstich. *»Du behauptest also, dir ist nicht bewusst, dass dort der Fusionsreaktor zur Betreibung unserer Geschütze installiert ist?«*

»Solche Einzelheiten waren in meinem Lehrstoff nicht enthalten.« Jake spürte Zorn in sich aufsteigen. *»Was soll die hinterhältige Fragerei?«*

Glita fuhr auf. *»Wir stellen hier die Fragen! Wie hast du diese Kanone aus der Futterkrippe hergestellt?«*

»Was hat denn das mit dem Schiff zu tun?«

»Du sollst antworten!«

»Erklärt mir lieber, was hier vorgeht!«

Zukla schob sich zwischen die Beiden und blickte Jake an. *»Weil dort ein geschickt platzierter Sprengsatz unsere Bordwaffen unbrauchbar gemacht hat.«*

Jake fühlte die Kraft aus seinen Beinen weichen. Ungläubig starrte er auf den Sprecher. Sabotage! *»Und ihr glaubt, das ich ...«*

90

Im Palast von Wellubimarulles lauerte Klabu'teranuster im dunklen Becken des Vivariums. Ein leichtes Zittern ging durch den Boden und für einen kurzen Moment schien sich das Wasser verfestigen zu wollen. Das war die Aufregung ... Das neue Spiel erregte ihn, erforderte es doch Jagdinstinkt und blitzschnelle Reaktion, denn sie waren scheu geworden, die Homidenweibchen. Sie trauten sich gar nicht mehr ins Wasser. Aber sie hatten das Bedürfnis, ihre warmen Körper gelegentlich abzuspülen. Seit Klabu'teranuster ihnen das Wasser im Häuschen des Vivariums hatte abdrehen lassen, mussten sie dazu ins Becken.

Würde eine kommen? Oder gar mehrere? Eigentlich kamen immer mehrere. Allein hatten sie Angst, seit ...

Er streckte genüsslich die Tentakel.

Die Ufermauer übertrug die Schwingungen leichter Schritte. Klabu'teranuster drückte sich in die dunkelste Ecke.

Die Wasseroberfläche schlug kleine Wellen.

Klabu'teranuster verharrte bewegungslos. Die Homiden rührten nur im Wasser herum, wollten ihn aufscheuchen. Er musste noch etwas Geduld haben. Wenn er lange genug wartete, würden sie glauben, er sei heute nicht da.

Eine würde hereinsteigen. Die Mutigste.

Klabu'teranuster spannte die Muskeln. Die Bewegung des Wassers und der angenehm exotische Geruch sagten ihm, dass sich die Erste hereingetraut hatte.

Er wartete.

Auf die Letzte.

Die Ängstlichste.

Die wollte er. Und sie kam. Mit einem mächtigen Stoß schoss er vorwärts, saugte sich an die pralle Rundung der Homidin und biss mit aller Kraft in den kleinen Nippel. Sie schrie und zu seinem Entzücken erreichte sie eine Tonfrequenz, die in seinem Hörspektrum lag. Er schlängelte seine Tentakel um ihren Hals, ihren Körper. Dann steckte er seine Tentakelspitzen langsam in jede ihrer Körperöffnungen. Aus der Haut der Homidin quoll süße Angst ...

»Exzillenz!« Der Ruf seiner Sekretärin bohrte sich in sein Bewusstsein. *»Die Ausreißer verbarrikadieren die Mineneingänge. Sie haben Waffen!«*

Klabu'teranuster packte die Wut. Nicht einmal seine kleinen Freuden konnte er ungestört genießen. Entweder plagte ihn der Zirkus um die Homiden oder der Wissenschaftliche Rat oder der Gedanke an diese Deserteure. In seiner Wut drückte er der Homidin eine Szillarienqualle in den Schritt. Das in wundervollem Rot blitzende Tier schoss seine Nesseln mit dem für Homiden tödlichen Nervengift ab. Die Frau schrie schrill und erreichte zu Klabu'teranusters Erregung wieder eine ungeahnte Tonhöhe. Vielleicht sollte er sich dieses Vergnügen öfters leisten. Homiden gab es ja genug.

»Lasst die Leithomiden die Stollen stürmen und das vermaledeite Pack daraus vertreiben«, befahl er unwirsch. *»Diese Gura Limka scheint Hypnobefehle für solche Aufgaben nur so in sich aufzusaugen«*, fügte er nachdenklich hinzu. Klabu'teranuster liebte einfache Untergebene. Es gab offensichtlich auch ein paar gute Genanlagen in seiner Herde Homiden. *»Befördert sie!«*, ordnete er an. *»Und lasst sie decken!«*

»Zir!« Nuttur schoss mit angelegten Tentakeln herbei. *»Eine ungewöhnliche Explosion im Westmeer.«*

»Was soll mich das kümmern?«

»Auf dem Meeresboden gab es eine alte Raumbasis aus den Kaarteguniz-zer-Kriegen.«

»Wollen Sie damit sagen ...«

»Jawohl, Zir. Ich glaube, wir haben sie gefunden. Sollen wir angreifen?«

»Auf euch Fische kann ich mich nicht verlassen. Ich werde selbst das Kommando übernehmen. Als Admiral. Machen Sie die Flotte klar zum Aufbruch.«

91

Im Lager der Insurgenten rollte sich Myriam unter ihrer Schlafdecke zusammen und hielt die Arme schützend um ihren Bauch. Wieder zitterte der Boden. Irgendwo rauschte Kies herunter. Ein schwerer Schlag im Osttunnel sagte ihr, dass sich ein Felsbrocken gelöst hatte. Instinktiv zog sie den Kopf ein und sah verstohlen zur Decke, sachte, als ob ihr Blick einen Steinschlag auslösen könnte. Felsen hingen wie Zähne über ihr. Spitz und scharf, wie in dem dunklen Maul eines riesigen Ungeheuers, das darauf wartete, die winzigen Menschen, die es auf der Zunge kitzelten, zu zermalmen.

Myriam dachte an den lila Himmel, an Aro und Irm. Draußen musste sie keine Angst haben, von herabstürzenden Felsen erschlagen zu werden. Marjellas Gemurmel drang in ihr Bewusstsein. Vielleicht sollte sie auch beten? Aber wozu? Die Meduse war ihr gegenüber taub, sonst hätte sie sie im Kerker der Kleristen bereits erhört. »Wir sollten lieber nach Xabiläin gehen«, sagte Myriam wie zu sich selbst. »Raus aus diesem Grab.«

Marjellas Gebet verstummte. »Du hast Angst?«

»Ich weiß nicht. Von den anderen scheint keiner Angst zu haben. Rodhana am wenigsten – und die kennt sich hier am besten aus.« Myriam setzte sich. »Sag, wo liegt Xabiläin? Gibt es dort wirklich keine Kleristen und keine Adjutoren?«

»Das Land jenseits der Berge ist eine Legende. Mancher Clanführer hat vergeblich danach gesucht. Andere sind verschwunden und wurden nie wieder gesehen.«

»So haben sie es gefunden?«

»Ich denke eher, Kleristen haben sie gefunden. Oder sie sind verhungert. Es ist genau wie Ährdhe, das mancher auf der Oberfläche sucht.«

»Erde? Jake hat davon gesprochen!«

»Ich denke, Jake kommt von Ährdhe. Die Göttin hat ihn geschickt, weil ihr Reich bedroht ist. Aber der einzige Weg dorthin führt durch den Tod.«

»So wird Jake sterben?«

»Er ist bereits gestorben«, hauchte Marjella und bekam ihren starren Blick.

Myriam zuckte zusammen. Ein eisiges Gefühl machte sich in ihr breit. Sie schüttelte langsam den Kopf. Marjella konnte es doch gar nicht wissen. Und wenn sie in Trance fiel, sagte sie ja nachher nie genau, was passieren würde. Immer nur Andeutungen, Hinweise. Myriam atmete tief durch. Wenn Jake gestorben wäre, würde sie es gewiss spüren ... Oder nicht? Sie schlang die Arme um die Knie und betrachtete die alte Frau, die mit fernem Blick reglos dasaß. Bestimmt würde sie es spüren.

Trotzdem blieb das flaue Gefühl im Magen. Vielleicht sollte sie heute heißen Koakau zum Frühstück trinken? Mit viel Süßkristall! Ihre Laune hellte sich etwas auf. Seit die Adjutoren die Kantina aufgestellt hatten, musste sich niemand mehr den Gaumenfreuden versagen. Außerdem brauchte sie sich wegen der richtigen Ernährung in ihrer Schwangerschaft keine Sorgen zu machen. Sie seufzte und erhob sich.

Wie immer, wenn Myriam an der Maschine stand, musste sie an Jake denken. Er hatte ihnen dazu verholfen. Jetzt war er irgendwo unterwegs. Vielleicht in Gefahr. Aber gleichgültig, was Marjella auch sagte, Myriam ließ sich davon nicht beirren. Sie spürte tief in ihrem Herzen, dass er noch lebte. Sie strich mit der Hand zärtlich über das Kontrollpanel der Kantina als wäre es Jakes Wange.

»Hör auf zu träumen und mach Platz!« Rodhana schob Myriam mit dem Ellenbogen beiseite und bestellte sich einen großen Tarrko, schwarz und extra stark. »Vergiss nicht, Rationen für unsere Truppen zu den Mineneingängen zu schicken«, sagte sie, während sie die heiße Tasse zwischen den Händen hielt.

»Weißt du, wo Xabiläin liegt?«, wollte Myriam wissen.

»Unsinn ist es. Wir werden unser eigenes Paradies schaffen, wenn wir die Kleristen besiegt haben!«

Jenslow kam im Laufschritt herbeigestürmt. »Rodhana!«, rief er schon von weitem. »Die Kleristen greifen die Bergwerke an!«

»Welches?«, bellte sie.

»Alle auf einmal.«

»Aushalten! Wir sind in der besseren Position.«

»In der Laridassmine sind sie bereits bis in die Schächte eingedrungen!«

»Schick Verstärkung! Sofort!«

92

Auf der Tiefseebasis versuchte Wate seine Panik in den Griff zu bekommen. Es war noch jede Menge Zeit, um das Schiff wieder zu reparieren. Hoffentlich. Zumindest hatten sie eine Chance. Er schirmte seine Gedanken ab.

Auf dem Weg zur Konferenzgrotte schaute er jeden, der ihm begegnete, misstrauisch an. Die Weiblinge kamen für den Anschlag eigentlich nicht in Frage, denn sie hatten keinen Zugang zum Schiff und damit keine Möglichkeit, eine Bombe anzubringen. Was verstanden sie auch davon?

Also musste es ein Männling gewesen sein.

Oder ein Homide.

Die verstanden aber noch weniger von der Technik als Weiblinge. Sie kamen auch nicht in Frage. Außer Jake. Wate fächelte nervös mit den Kiemendeckeln.

Der war es nicht!

Nein, der konnte es einfach nicht gewesen sein. Nach all dem, was geschehen war und wie sich der Homide auch in kritischen Situationen verhalten hatte, empfand Wate nicht nur Sympathie und Respekt für ihn. Es war eine tiefe Freundschaft entstanden. Jake würde diese nicht erschüttern, da war er sich sicher. Der Saboteur musste also aus den eigenen Reihen stammen. Wate erschauderte und schwamm schneller.

Der Konferenzraum wurde hinter Wate gedankenversiegelt. Auch damit fühlte er sich nicht mehr sicher. Sie waren schon einmal belauscht worden – und Tenka hatte dabei ihre Tentakel im Spiel gehabt. Aber sie hatte geschwiegen. Das war für sie nicht typisch. Ganz und gar nicht.

Sie deckte jemanden.

Ich drehe durch!, dachte Wate. Jetzt fange ich schon an, meinem eigenen Weibling zu misstrauen! Er saugte sich hart an seinem Hocker fest, blies einen Strahl Wasser durch die Kiemen und besann sich auf seine Höflichkeit. Die gab ihm Halt. *»Haben die geschätzten Oktomajesten erfreuliche Ergebnisse erzielt?«*

Jota streckte einen Tentakel. *»Die Erfreulichkeit steht sehr in Frage, lieber Wate'medaludes. Obwohl wir von Glück sprechen können, denn die*

Detonation des Sprengkörpers schien sich unplanmäßig ereignet zu haben. Zu früh, ausgelöst durch einen Kurzschluss infolge des Erdbebens, wie Doktor'jakedexterforrester zufällig erraten hat.«

Rote Funken zuckten auf der Haut von Zukla auf. *»Es ist unerhört! Jemand plante, unsere Verteidigungsmöglichkeiten zu einem Zeitpunkt zu verkrüppeln, an denen wir sie, und da glaube ich richtig zu vermuten, dringend gebraucht hätten! Meine Oktomajesten, wir haben einen Verräter an Bord, einen Spion Klabu'teranusters!«*

Der dicke Jota ließ seinen Blick langsam über die anwesenden Oktoftewiltabinen schweifen. *»Manch einer möchte ihn immer noch in den Reihen der Homiden suchen.«*

»Aus dem Gremium kann es keiner gewesen sein«, fuhr Glita auf.

»Das habe ich auch nicht andeuten wollen«, antwortete Jota diplomatisch.

»Dann befindet er sich unter dem technischen Personal«, mutmaßte Oberst Taka.

Zukla ließ sich schwer auf seinen Hocker sinken. *»Jeder kann es sein, meine Oktomajesten, jeder.«*

Arte leuchtete alarmiert in hellem Orange. *»Wenn er nun wieder zuschlägt?«*

»Damit müssen wir rechnen«, sagte Wate. *»Aber ich habe mir einen Plan ausgedacht«*, fügte er verschmitzt hinzu. *»Wenn ...«*

Schriller Alarm unterbrach die Erläuterung. Lame meldete sich über Lautsprecher von der Zentrale. »Ich habe zwei wichtige Botschaften entschlüsselt. Eine betrifft den Homiden Jake, die andere uns: Klabu'teranusters Flotte ist gestartet. Er weiß, wo wir uns aufhalten.«

»Grumpfalg!«, fluchte Zukla. *»Wir müssen die Pläne ändern und evakuieren. Alle, auch die Weiblinge und Homiden! Arte, machen Sie das Schiff startklar.«*

»Es ist doch beschädigt«, jammerte der und schillerte in entnervtem Pink. *»Wie sollen wir uns verteidigen?«*

»Gar nicht«, antwortete Wate ungerührt. *»Tinte spritzen und weg. Eine andere Möglichkeit haben wir nicht.«*

»Sie werden uns abschießen!«, jammerte Arte.

Wate unterdrückte seine Gefühlsäußerung und bemühte sich, sein ruhiges Blau konstant zu halten. *»Das werden Sie als Commander verhindern müssen!«*

Es wurde hektisch. Wate ließ auch Jake nicht viel Zeit. *»Die markierten Ersatzteile sind an Bord zu bringen, die Hom... Menschen sollen sich im Schiff in der Messe einfinden. In einer halben Stunde fluten wir die Basis.«*

Wate sah den Homiden einen Augenblick lang zu, wie sie rannten, trugen, durcheinanderliefen. Auf seiner Seite der Scheibe sah es nicht besser aus. Fieberhafte Eile begleitete die Vorbereitungen zum Fluten.

»Lame, wie lange haben wir noch?«

»Es wird verdammt knapp werden, Comm..., Zir, verdammt knapp.«

Wate überlegte nur einen Augenblick. *»Jake, lass den Rest stehen und liegen. Bring deine Leute an Bord. Schnell.«*

Er wartete, bis der letzte Homide in der Schiffsschleuse verschwunden war. Damit war seine Arbeit getan. Sollten sich Zukla und Arte um den Rest kümmern. Er flitzte zu seiner Familie, aber da war für ihn nichts mehr zu tun. Tenka hatte alle fertig zum Aufbruch. Er ringelte besorgt einen Tentakel um sie. *»Liebes, unser ursprünglicher Plan war, die Angehörigen der Besatzung hier zu lassen, weil wir davon ausgingen, Klabu'teranuster würde uns nicht finden.«*

»Ich weiß, Wate. Dinge kommen, wie sie kommen.«

Nicht alle, dachte er. *»Ich habe noch eine Bitte an dich.«* Er machte eine kurze Pause. *»Tratsche bitte überall herum, dass sich ein Spion Klabu'teranusters an Bord eingeschlichen hat.«*

Tenkas Hautfarbe schwankte zwischen indigniert und erschrocken. Indigniert gewann, und hellgrüne Pünktchen leuchteten auf ihrer Haut auf. *»Ich tratsche nicht!«*

»Äh. Ich meinte, du solltest die Information verbreiten.«

Sie sah ihn von der Seite an. *»Dann wird jeder jeden verdächtigen …«*

»… und beobachten«, vollendete er ihren Satz. *»Ich wette, der Fisch wagt dann keinen weiteren Anschlag mehr.«*

»Du bist hinterlistig, Wate«, sagte sie und strahlte in dem besonderen lila Farbton, den er so attraktiv an ihr fand.

Kaum war das Trockendock geflutet, schossen Hunderte von Oktoftewiltabinen aus allen Ausgängen hervor, bildeten kurzzeitig einen riesigen Schwarm, der den Hangar verdunkelte, und verschwanden mit schnellen Tentakelschlägen im Schiff, als hätte es sie aufgesaugt.

Jake sah davon nichts, sondern beaufsichtigte das Beziehen der Kabinen im luftgefüllten Teil des Schiffs und bereitete die Menschen seelisch auf die energetischen und damit unsichtbaren Sicherheitsgurte vor. Sie nahmen die Einrichtung dankbar an. Das Geschüttel ihrer letzten Seereise war ihnen dauerhaft in Erinnerung geblieben.

Dann stand Jake allein in der Messe. Sie war fast baugleich mit der auf dem Raumschiff, das ihn nach Nitsituaan gebracht hatte. Dort hatte es Zierpflanzen, eine Bar, ein Buffet und einen Pool gegeben. Hier hingegen war alles kalt und effizient eingerichtet. Er dachte an Myriam und wie er mit ihr damals durch die Messe geschlendert war und sie ihm schließlich alle Köstlichkeiten in den Mund gestopft hatte, die das Buffet hergab. Er musste lachen. Doch dann schnürte ihm der Gedanke an sie die Brust zusammen. Würde er sie wiedersehen? Er atmete tief durch und ging zu seiner Kabine, um sich auf den Start vorzubereiten.

In der Kommandozentrale des Schiffs nahm Wate neben Zukla auf einem der Gästehocker platz. Gästehocker! Er bezwang seinen Zorn, während sich Arte im Kommandostand breitmachte. Der schillerte in nicht besonders zuversichtlichen Farbtönen, wie Wate feststellte. Was hatte er sich auch nach dem Sessel des Kommandanten gedrängelt, der Spritzer. Jetzt, wo Gefahr im Verzug war, wirkte er gar nicht mehr so großartig.

»Wo steht der Feind?«, fragte Arte zaghaft.

»Spüren Sie es nicht?«, erwiderte Maski. *»Sie kreisen über der Basis und ballern ziellos auf Gebäude. Sieht aus, als wissen sie nicht genau, wo sie uns in dem riesigen Komplex suchen sollen.«*

Das würde sich sehr schnell ändern, dachte Wate und warf einen kurzen Blick auf Maski. Der winkte ihm mit einer flinken Tentakelbewegung zu.

Wate stutzte, als er Übermut in den Hautschattierungen des Steuermanns bemerkte. Es blieb keine Zeit, nachzuhaken, denn im gleichen Moment streckte Zukla einen Tentakel in Richtung des Monitors, der Lame in seiner Auftauchkapsel im Kontrollraum des Hangars zeigte. »Druckausgleich!«, befahl der Zukla. »Dann öffnen Sie alle Tore und sehen zu, dass Sie an Bord kommen!«

Das war sein letzter Befehl als Basiskommandant.

Unendlich langsam schoben sich die Tore auf. Alle in der Zentrale starrten gebannt auf die Außenmonitore. Irgendwo da draußen wartete der Feind. Endlich schoss Lames Auftauchkapsel aus einer Basisschleuse heraus und auf das Schiff zu.

Arte'makutiges beobachtete hellblau schillernd die Schleusenkontrolllampen. Vor Nervosität rutschte er fast aus seinem Sessel. Die Lichter sprangen auf grün. *»Raus hier!«*, rief er gepresst dem Steuermann zu. *»Beeilen Sie sich gefälligst!«*

Ganz schön verkrampft, der Hecht, dachte Wate. Noch haben sie uns nicht gefunden. Aber dem kommt ja jetzt schon die Tinte aus dem ...

Maski warf den Antrieb an.

»Schneller!«, drängte Arte.

Der Steuermann beschleunigte.

Lame flitzte in den Kommandoraum und machte sich an seinem Pult breit. *»Ich glaube, sie haben uns gefunden!«*, rief er, dabei zwinkerte er Wate zu. Der stutzte. Arte quiekte. Maski leuchtete verschmitzt, was der neue Commander in seiner Hektik übersah, und machte sich auf seinen Kontrollen flach.

Wate verstand. Diese Quallen! Die Beiden würden es schon nicht zu weit treiben. Er blubberte in sich hinein und saugte sich sicherheitshalber an seinem Sitz fest.

Das Schiff begann zu vibrieren und nahm Fahrt auf.

Auf dem Monitor raste die Trockendockschleuse auf sie zu. Dahinter zweigte in scharfer Biegung die Röhre zum Hangar ab. Artes Haut schillerte rotgrün. *»Was machen Sie denn da? Sind Sie verrückt geworden? Sie rammen ja das Tor!«*

»Aye, Commander, Sie haben Beeilung befohlen, Zir!«

Mit einer ruckartigen Tentakelbewegung warf Maski das Schiff in letzter Sekunde in die Kurve. Arte quietschte schrill, als es um Tentakelbreite an Tor und Wand vorbeischrappte.

»Ich würde ihn jetzt nicht stören«, riet Wate amüsiert. Schon raste das Schiff in der Geraden mit wachsender Geschwindigkeit dem Hangar zu.

Mit einem weiteren haarscharfen Manöver wich Maski einer Gangway aus und zog das Schiff in engem Bogen auf das Hangartor zu. Zukla neben ihm saugte sich krampfhaft an seinem Sessel fest, Arte auf dem Komandantensitz verlor alle Hautfarbe. Der Steuermann beschleunigte weiter und wie eine zornige Muräne schoss das Schiff ins freie Meer. Sogleich gingen die Alarmsirenen los.

Arte glotzte entsetzt auf den Monitor. *»Die feindlichen Schiffe – sie drehen auf uns zu!«* Mit sämtlichen Tentakeln saugte er sich an seinem Sitz fest. *»Das neue Deflektorfeld ist kaputt!«*

Lames Rückmeldung kam äußerst gelassen. *»Das Feld steht, Zir. Sie fahren zu schnell, Zir. Dadurch können sie unsere Heckwirbel anmessen, Zir.«*

Wate reckte den Kopf. Er entdeckte nur zwei Schiffe auf den Tasterschirmen und die waren noch hinreichend weit entfernt.

»Beim Grumpfalg, dann fahren Sie doch langsamer!«, rief Arte.

»Jawohl, Zir.« Maski drosselte die Geschwindigkeit so hart, dass alle in ihre energetischen Sicherheitsgurte gepresst wurden.

»Jetzt kommen sie aber verdammt schnell näher. Grumpfalg! Sie schießen auf uns! Sie sehen uns!«

»Nein, Zir. So nahe, wie sie jetzt sind, hören sie unsere Aggregate«, erklärte Maski.

»Dann fahren Sie wieder schneller!«

Der Steuermann gehorchte.

»Zir, jetzt bekomme ich noch mehr Schiffe auf den Monitor.« Lame wirkte plötzlich nervös. Wates Muskeln spannten sich. Artes Tentakelspitzen zuckten: *»Und wir können sie nicht abschießen! Schalten Sie sofort den Schutzschirm ein!«*

»Mit Verlaub, Zir, dann leuchten wir auf ihren Zieleinrichtungen wie eine Feuerqualle. Ihrer vereinten Feuerkraft ist unser Schutzschild nicht gewachsen.«

»Aber irgendetwas muss doch geschehen!«, quiekte Arte.

»Und das wird es auch«, fauchte Zukla aus dem Hintergrund. Seine Haut leuchtete in wütendem Feuerrot. *»Verlassen Sie sofort den Kommandositz ... und auch die Brücke!«*

»Zir?«

»Raus!«, donnerte Zukla. *»Wate'medaludes, übernehmen Sie!«*

Der ließ erfreut einen Strom Wasser durch die Kiemen fließen. *»Zu Befehl, Zir! Darf ich das als Beförderung ansehen?«*

»Halten Sie das, wie Sie wollen. Bringen Sie uns hier fort!«

Wate flitzte mit angelegten Tentakeln zu seinem vertrauten Kontrollsitz. Maski und Lame leuchteten in erleichtertem Blau, aber spitzbübische Farbfünkchen blitzten in grün und orange über ihre Haut. *»Keine Nerven, der Fisch!«*

Wate fand es etwas leichtfertig von den Beiden, Arte unter Gefährdung des Schiffs in den Haken beißen zu lassen. *»Lagemeldung!«*, forderte er betont schroff, zwinkerte dabei aber mit einem Auge, denn sie hatten ihm schließlich seinen geliebten Kommandositz zurückerobert.

»Steht ziemlich schlecht. Sie werden uns gleich haben.«

Wate checkte die Monitore und Instrumente. Sie zeigten große Kampfschiffe und kleinere Zerstörer. Klabu'teranuster hatte wohl seine halbe Flotte aufgeboten und seine Einheiten standen inzwischen dicht – zu dicht. Arte hatte ihnen zu viel Zeit eingeräumt.

Nun saßen sie mittendrin.

Herausschleichen war nicht mehr möglich.

Die Situation ließ Wates Haut jucken. Er musste sich etwas einfallen lassen. Schnell.

»Maski. Drosseln Sie die Geschwindigkeit und fahren Sie die Aggregate herunter.«

»Jawohl, Commander!«

Zukla fuhr auf. *»Wollen Sie uns alle umbringen?«*

»Durchaus nicht, geschätzter Zukla'medikulles. Ich beabsichtige eine List. Lame'linulatus, lassen Sie die Pressluft ab!«

»Und die Homiden?«

»Für die wird noch genug übrig bleiben. Raus mit der Luft!«

Die herausgeschossene Luft expandierte im Wasser wie eine Explosion und brodelte aufwärts, wo sie sich mit abnehmendem Druck immer mehr vergrößerte und in tausend Blasen teilte.

»Maski«, rief Wate. *»Klemmen Sie sich so dicht, wie es geht unter die Luftblase. Wie lange wird sie bis zur Oberfläche brauchen?«*

Lame tippte Tiefe und Volumen in den Computer. *»Etwa zwanzig Minuten. Übrigens, sehr guter Zug, Commander.«*

Obwohl das Schiff bebte und zitterte, während es in der aufgewühlten Strömung stieg, entspannte sich Wate. Das musste den Gegner zumindest so weit verwirren, dass er einen Vorsprung herausholen konnte. Stolz und zufrieden musterte er seine beiden Untergebenen. Er hatte sich immer hundertprozentig auf sie verlassen können.

Wenn er dem Homiden doch auch so vertrauen könnte! Denn er hatte in der Aufregung vergessen, Jake die abgefangene Nachricht mitzuteilen, was er schnellstmöglich nachholen sollte. Oder besser nicht? Jake würde sie nicht leicht nehmen. Und bei dem Temperament des Homiden wusste Wate seine Reaktion nicht abzuschätzen. Er konnte alles verderben.

93

Jake lag im Bett seiner Kabine. Vieles erinnerte ihn an seine erste Fahrt, an seine Wut und seine Verwirrung. Heute kam ihm die Kabine nicht so eng und bedrückend vor. Eher kahl und leer. Er zog Myriams Ohrring aus der Hosentasche und drehte ihn gedankenverloren in den Fingern. Er reiste Gefahren entgegen, von denen er sich immer noch kein rechtes Bild machen konnte. Für etwas, das Planeten zerstörte, war so ein Schiff wie ein Sandkorn in der Brandung. Was für Hoffnung hatten sie? Selbst die Squids hatten keine wirkliche Vorstellung, was da auf sie zukam.

Jake hörte ihrem Gedankensummen nur mit halbem Ohr zu. Sie wurden angegriffen. Aber seit Wate wieder das Kommando übernommen hatte, war Jakes Angst gewichen. Der kleine Kerl wusste, was er tat.

»Wie geht es euch da unten?«

Jake fuhr aus seinen Überlegungen. *»Ich danke dir. Du bist echt coole Ausweichmanöver geflogen! Ansonsten ist es aber eine ziemlich langweilige Fahrt.«*

»Warte, bis wir die Lichtgeschwindigkeit durchbrechen.«

»Mich kann nichts mehr erschüttern.«

Wate schwieg.

Er schwieg eine ganze Weile.

»Vielleicht doch«, meldete er sich unvermittelt. Seine mentale Stimme klang wie ein Murmeln. Dann war er wieder still.

Jake wunderte sich. *»Was?«*

»Klabu'teranuster hat den Leithomiden befohlen, die Bergwerke anzugreifen, um die Ausreißer zu vernichten.«

Jake fuhr auf. *»Was?«*

»Es tut mir leid.«

Jake wurde es heiß, er sprang aus dem Bett. *»Können wir sie aus der Luft beschießen?«* Er ließ sofort wieder die Schultern sinken. *»Nein ... das Schiff ist ja kampfunfähig!«*

Jake lief auf und ab. Er musste raus. Etwas tun. *»Könnt ihr mich irgendwo im Gebirge absetzen? Ich werde schon eine Spalte nach drinnen finden.«*

»Wir brauchen dich hier!«

»Mein Gott«, schrie Jake. *»Ich muss Myriam helfen!«*

»Das wird dir nichts nützen, wenn wir erst alle verreckt sind.«

»Verdammte Scheiße! Sucht euch doch ein anderes Versuchstier! Es sind doch genug hier! Euch kann es doch schnurzegal sein, wen ihr hochschickt!«

»Du bist unsere erste Wahl.«

Jake warf die Arme in die Luft. *»Dann müsst ihr eben mit der zweiten Garnitur vorlieb nehmen. Für euch macht es doch sowieso keinen Unterschied.«*

»Ich verstehe deinen Schmerz.«

»Einen Scheißdreck verstehst du! Sie werden Myriam abschlachten ... und mein Kind!«

Wate schwieg.

Das brachte Jake zur Weißglut. *»Lass mich hier raus! Ich habe keine Lust mehr, eingesperrt zu sein. Ich will nicht mehr manipuliert werden. Ich muss Myriam retten!«*

»Jake!«

»Verdammt! Wenn ihr mir nicht helft, könnt ihr sehen, wo ihr bleibt! Ich weigere mich jedenfalls, fortan auch nur einen Finger für euch zu rühren!«

»Ist es das, was du willst?«

»Ja! Verdammt!

Wates mentale Stimme klang dünn und enttäuscht. *»Du hast keine Ahnung, was das für Folgen für uns alle haben wird. Jake, du bist nicht mehr allein.«*

»Beweise es mir!«

Nach einer Pause antwortet er: *»Einer meiner Leute könnte dich mit einem Beiboot flussaufwärts zur Stadt fahren.«*

Jake sprang auf. Das Blut rauschte in seinen Ohren. *»Wann kann ich los?«*

»In etwa fünfzehn Minuten erreichen wir die Wasseroberfläche. Bis dahin musst du raus sein.«

»Danke! Danke!« Jake stürzte aus seiner Kabine und rannte zur Schleuse. Der Weg kam ihm endlos vor. Seine Schritte hämmerten auf dem Metallboden und hallten in den Gängen. Die Schleusenkammer war geflutet. Ungeduldig beobachtete Jake, wie der Wasserspiegel hinter dem Fensterchen langsam sank. Ging denn das nicht schneller?

Endlich öffnete sich die Tür. Er sprang hinein. Mit einem lauten »Klong« schob sie sich hinter ihm wieder zu. Jake starrte durch das Fenster auf der anderen Seite. Dort lag das Beiboot in dem kleinen Hangar. Ein Squid huschte hinein und die Türen schlossen sich. Dann legte sich der Mund der Gangway über die Schleuse und saugte sich fest. Während der Wasserspiegel darin langsam sank, traf es Jake wie ein Schlag: Er verriet gerade ihre Mission.

Ihm wurde schwindelig. Seine Knie gaben nach. Er ließ sich auf den nassen Boden sinken. Was immer er jetzt auch tat, es war falsch. Es war so falsch, dass ihm schlecht wurde. Bliebe er hier, verriet er Myriam. Myriam und sein Kind. Ginge er zu ihr, verriet er die Mission, die Squids und letztlich auch die Menschheit.

Jake biss sich auf die Lippe.

Egal, wie er sich entschied, er würde Schuld auf sich laden.

Er zog die Beine an und presste die Stirn auf seine Knie.

Myriam.

Wenn er jetzt zu ihr ginge ... vielleicht könnte er sie retten ... aber am Ende zerstörte die Katastrophe alles. Auch Myriam ... hatten sie überhaupt eine Chance? Hatte er eine Chance?

Die Schleusentür schob sich zur Seite. Das Mahlen der Räder in den Führungsschienen dröhnte in seinen Ohren. Er hob den Kopf und schaute die Gangway hinunter zur Luke des Beiboots, die einladend offen stand. Jake biss sich auf die Faust, bis Blut über seine Finger lief. Tränen traten ihm in die Augen.

»Hat Sie der Grumpfalg gebissen?« Zukla leuchtete in einem so zornigen Rot, dass die ganze Kommandozentrale zu glühen schien. *»Am liebsten würde ich Sie exekutieren lassen!«*

Wate zuckte mit keinem Tentakel. *»Es war eine Frage des Vertrauens, verehrter Zukla. Möchten Sie Ihr Leben in der Hand eines Wesens wissen, das einen tiefen Groll gegen uns hegt?«*

»Niemand, aber auch niemand hat uns in der Hand!«

»Ich fürchte, dass es nicht so bleiben wird. Ich wollte ihm eine Chance geben. Und uns.«

»Sie riskieren unser Leben, Wate'medaludes! Unser und aller Leben. Und wenn sie nicht der einzig brauchbare Kommandant an Bord wären, würde ich Sie einsperren lassen! Das wird Folgen für Sie haben. Schwere Folgen.«

»Ich bleibe.« Jakes mentale Stimme erreichte Wate wie eine warme Strömung im Eismeer.

»Bist du sicher?« Seine Haut begann, in allen Regenbogenfarben zu schillern.

»Frag nicht weiter!«

Wate musste unwillkürlich an Tenka denken. Er würde sich genau so elend fühlen. Manche der Homiden waren doch nicht so anders als Oktoftewiltabinen. Voller Mitgefühl und doch erleichtert legte er die Saugnäpfe auf die Kontrollelemente des Kommandopults. Doktor'jakedexterforrester war doch ein äußerst ungewöhnlicher Homide.

Zukla breitete sich brummend auf seinem Sessel aus. Das ärgerliche Rot auf seiner Haut machte einem verhaltenen, aber bewundernden Blauton Platz.

Wate entspannte seine Kiemendeckel. Dann wandte er sich an den Steuermann. *»Maski, fertigmachen zum Durchbruch durch die Wasseroberfläche. Sobald die Lufttanks wieder gefüllt sind, verlassen wir die Atmosphäre und nehmen Kurs zwei Sim18, vier Del11, null Sig03!«*

»Aber, Zir! Das ist doch genau die entgegengesetzte Richtung von …«

94

In der Nacht wachte Jake schweißgebadet auf, sein Magen hatte sich zu einem schmerzhaften Klumpen verknotet. Schon wieder hatte er geträumt: der Energiestrahl eines starräugigen Kleristen durchbohrte Myriam. Und er hatte hilflos zusehen müssen, hatte dagestanden und sich nicht bewegen können, war wie in einen unsichtbaren Schraubstock eingespannt gewesen, der ihm langsam die Luft aus den Lungen gepresst hatte.

Jake ballte die Hände zu Fäusten, sodass die Fingernägel in die Handballen schnitten. Die Kleristen waren doch nur die Marionetten der Squids. Klabu'teranuster war das Schwein.

Er warf sich auf die andere Seite, versuchte, wieder einzuschlafen. Doch seine Phantasie spielte ihm grausame Bilder vor, Myriam verletzt oder gar tot in einem der zahllosen Höhlen, in ihrem Blut liegend. Er hielt es nicht mehr aus, musste sich beschäftigen, sich ablenken.

Die Lernmaschine wurde ihm zur Droge. Trance. Befreiende Leere.

Er programmierte das Modul »Die Struktur des Kosmos«.

Am Ende der Lektion war sein Kopf wieder klar und der Morgen brachte ihm die Besinnung zurück.

Sie waren im Weltraum.

Wate hatte es mit ein paar gewagten Täuschungsmanövern geschafft, die Verfolger zu verwirren und abzuschütteln. Seit dem Überschreiten der Lichtgeschwindigkeit war der Flug so ruhig geworden wie auf einem Ozeandampfer. Nun lag mehr als eine Woche Raumflug vor ihnen.

Trotz seines Seelenschmerzes spürte Jake prickelnde Aufregung in seinem ganzen Körper, eine Mischung aus Angst und Abenteuerlust. Wie konnten sich solche Gefühle in ihm breitmachen, wenn Myriam ...? Aber sie waren da. Und er befand sich im Weltall – zwischen den Sternen.

Davon hatte er schon als Kind geträumt! Aber er hatte es sich heroischer vorgestellt, erhabener. Nicht getrübt durch Schuldgefühle. Trotzdem wünschte sich Jake, nach draußen schauen zu können. Was gäbe es zu sehen? Ein Meer von Licht? Oder war es jenseits der Lichtmauer wieder dunkel? Könnte er doch einen Blick auf die Monitore und Anzeigen im Cockpit werfen! Aber das war geflutet. Schlanke Tentakel bedienten die Kontrollen. Jake lief ein Schauer über den Rücken. Kleine Tintenfische steuerten.

Wie jeden Mittag trafen sich Jake und Wate an der Scheibe, die die Lebensräume der Menschen und Squids trennte. Klein und unscheinbar, wie Wate dem Auge erschien, war er doch ein Meister des Raumflugs, spürte das Schiff und den Weltraum hautnah. Zumindest stellte sich Jake das so vor. Er beneidete Wate. Wie gerne hätte auch er seine Hände an die Kontrollen eines Raumschiffs gelegt, es durch die unendliche Weite gesteuert! Doch er konnte nur zusehen. Nein, noch nicht einmal das. Alles musste er aus den Squids herausfragen.

Jake blickte in Wates dunkle Augen. *»Gibt es Neuigkeiten von Myriam?«*

»Leider nein. Lokale Nachrichten werden nicht über Lymellen ausgestrahlt.«

»Wie geht die Reparatur der Schäden voran?« Eigentlich interessierte ihn das nicht, denn schließlich war er von der Arbeit befreit worden und sollte lernen. Das war für die Mission wichtiger. Dany war jetzt Vor-

mann. Die Squids liebten ihn wegen seiner zurückhaltenden Art. Zu Beginn hatte er Durchsetzungsschwierigkeiten bei den Menschen gehabt, bis ihm die Squids Pedro zur Seite stellten. Der verstand zwar anfangs nichts von der Arbeit, begeisterte aber die Leute mit seinem einnehmenden Wesen. Und wenn Muskelkraft gebraucht wurde, war er stets zur Stelle.

»Es ist erstaunlich zu sehen, wie Menschen und Oktoftewiltabinen zusammenarbeiten, wenn sie ein gemeinsames Ziel verfolgen. Eure und unsere Fähigkeiten ergänzen sich in bemerkenswerter Weise.« Wates Haut schillerte in aufgeräumtem Blaugrün.

»Das ist ja wohl nichts Neues, sonst hättet ihr die Menschen nicht wie Arbeitstiere gehalten. Außerdem würde ich als Motivation nicht ein Ziel, sondern den gemeinsamen Feind nennen. Besonders bei euch.«

Für einen kurzen Moment huschten kleine rosa Pünktchen über den Körper des Squids. *»Was macht das Studium der Materie?«*

Jake konnte sich ein Grinsen nicht verkneifen. Sollte sich Wate nur peinlich berührt fühlen! Eine warme Welle der Genugtuung stieg in Jake auf, denn er hatte einen Schwachpunkt in dem Wissen der Squids gefunden. Er zog seinen Hocker näher an die Scheibe heran. *»Ihr habt ja nur drei Dimensionen in euren Lehren!«*

»Sie reichen vollkommen aus.«

Jake fixierte Wate herausfordernd. *»Unsere Mathematiker postulieren fast unendlich viele.«*

»Macht dich das nicht stutzig?«

Jake lehnte sich vor. *»Die Gleichungen gehen auf. Nehmen wir die vierte Dimension, das ist die Zeit. Die habt ihr doch auch!«*

»Zeit ist keine Dimension, Jake, sie ist der Ursprung, die Null, der Kreuzungspunkt des Koordinatensystems. In den Dimensionen kannst du dich bewegen, in der Zeit nicht.«

Jake hob den Zeigefinger. *»Theoretisch schon!«*

»Zeitmaschinen?« Wate blubberte vor Vergnügen.

Jakes gerade noch so solides Gefühl der Überlegenheit begann sich aufzulösen.

»Ein Artefakt eures unterentwickelten Verständnisses der Zusammenhänge«, fuhr Wate fort. *»Und deine Dimensionen sind lediglich mathematische Versuche, eine fehlerhafte Kosmologie zu erklären, Faktoren, die zur Begleichung unzulänglicher Formeln notwendig sind.«*

Jake verschränkte die Arme vor der Brust. *»Ihr habt also etwas Besseres zu bieten?«*

»Wir gehen von einer medialen Struktur des Universums aus: Unter einem Medium liegt ein kleineres, darunter ein noch kleineres und so weiter. Dabei verstehen wir unter Medium Struktur und Träger. Da, wo im höheren Medium das Nichts anfängt, beginnt das nächst niedere.«

Jake runzelte die Stirn. *»Eine Art Schichtkäse?«*

»Ein schlechter Vergleich, denn ein Medium wickelt sich um das andere.«

Jake lehnte sich triumphierend zurück. *»Also doch Dimensionen!«*

»Nein!« Wates Haut bekam einen leichten Rotstich. *»Eine Dimension ist gerichtet, ein Medium nicht. Lerne weiter!«*

Jake war sauer. Er wollte sich nicht abkanzeln lassen wie ein Schuljunge! Außerdem hatte er wieder das Gefühl, dass alles, was er bisher in seinem Leben gelernt hatte, umsonst gewesen war.

»Du scheinst entmutigt zu sein?«, stellte Wate fest. *»Dabei hast du inzwischen mehr Wissen angesammelt, als alle eure irdischen Wissenschaftler zusammen. Die Maschinen laden es in dein Unterbewusstsein. Wenn du deinen Starrsinn aufgibst, kannst du es abrufen. Wie groß ist die Lymellengeschwindigkeit?«*

»67329 seftec«, antwortete Jake wie aus der Pistole geschossen.

Er stutzte. Wie aus dem Nichts waren ihm die Zahl und die fremde Maßeinheit ins Bewusstsein gekommen.

»Und was bedeutet das in eurer Geschwindigkeitseinheit?«, bohrte Wate weiter.

Jake riss die Augen auf. *»Mein Gott, hundert Millionen Mal schneller als das Licht.«*

»Entspann dich. Du weißt mehr, als du ahnst.«

Aber Jake entspannte sich nicht. Wate hatte seine Gedanken abgeschirmt, als er abtauchte. Er verbarg etwas. Jake durchforstete die Räume seines Geistes. Er hatte das Gefühl, dass dort noch etwas anderes schlummerte, etwas, das ihm die Maschinen eingeimpft hatten. Was?

Die Ungewissheit machte ihn mehr und mehr nervös. Er versuchte, beim Lernprozess wach zu bleiben.

Es gelang nicht. Er fiel in Trance.

Als er wieder ins Vollbewusstsein zurückkam, schwammen wie gewohnt neue Bilder, Formeln und Ausdrücke in seinem Kopf umher und zogen sich langsam in die Tiefen seines Geistes zurück.

»Verdammt, was habt ihr in meinen Kopf gepflanzt?«

Wate schillerte bunt wie ein Clownfisch. *»Das wird eine Überraschung werden.«*

Eine solche Art von Überraschungen liebte Jake überhaupt nicht. Es war etwas anderes, ein nett eingepacktes Päckchen mit geheimnisvollem Inhalt zu bekommen, so wie an Weihnachten, wo ja gerade das Nichtwissen den Reiz ausmachte. Aber dass ihm etwas ungefragt und unbemerkt in den Kopf gestopft wurde ...

»Ich werde die Lernmaschine nicht mehr benutzen«, entschied er.

»Ich denke, du weißt inzwischen sowieso alles, was du brauchst. Wir kommen im Zielgebiet an. Bereite dich auf die Transition zum Normalflug vor.«

Jake schoss das Blut in den Kopf. *»Wir sind kurz vor dem Ding?«*

Wate schillerte belustigt und verschwand.

Kaum war das fürchterliche Gerüttel der Transition abgeklungen, meldete sich Wate wieder. *»Ich treffe dich am Beiboot eins.«*

Jake atmete schwer.

Beiboot eins war umgebaut worden.

Beiboot eins war der Torpedo, mit dem sie ihn in die Nähe der kosmischen Störung schießen wollten.

Jakes Knie wurden weich. Der Metallboden fühlte sich an wie Schaumgummi und die Korridore wurden mit jedem Schritt länger. Sie schienen alle nur in eine Richtung zu gehen, aber dort gab es kein Ziel. Nur ein dunkles Nichts. Jake fühlte einen Druck auf seiner Brust, der sich mehr und mehr verstärkte. Er ließ die Schleusenprozedur wie in Trance über sich ergehen, seine bleiernen Beine ließen ihn nur noch über die Gangway schlurfen und dann duckte er sich durch die Luke des Beiboots. Sein Puls pochte.

»Geh ganz nach vorne.«

Jake fand eine weitere Schleuse.

Eine Sicherheitsschleuse.

Sie war geöffnet. Jake stieg hindurch. Was er auf der anderen Seite sah, verschlug ihm die Sprache.

95

Jake stand in einem engen Raum, der ihn ans Cockpit eines Spaceshuttles erinnerte. In der Mitte trennte eine panzerglasähnliche Scheibe den Luftbereich ab. Die andere Seite war geflutet. Wate saß dort auf einem dieser Hightechhocker, wie Jake sie bei seinen Arbeiten in der Werft in den winzigen Räumen der Schiffe gesehen hatte.

»Flugunterricht!«, drang Wates mentale Stimme in seine Gedanken.

Jake glaubte, nicht richtig gehört zu haben. *»Was! Ich soll …«*

»Setz dich. Wir haben Sessel und Kontrollelemente extra für menschliche Extremitäten adaptiert. Pedro hat uns geholfen.« Wate sah Jake erwartungsvoll an. *»Schiff ist Schiff, hat er gesagt und die Hebel, Räder und Pedale entworfen.«*

Jake schüttelte ungläubig den Kopf. *»Davon hat mir die linke Bazille nichts erzählt!«*

»Das habe ich ihm auch verboten. Ich würde ihm einen Haken durch die Backe ziehen und ihn daran aufhängen wie einen Fisch, hab ich gedroht. Er hat ganz große Augen bekommen und geschluckt.« Wate ließ ein Blubbern hören und kleine Luftbläschen stiegen aus seinen Kiemen auf. *»Ich weiß, was diese Gesten bedeuten und es hat mich sehr amüsiert!«*

Eine heiße Welle des Zorns schoss Jake durch die Adern. Sie konnten es nicht lassen, diese Biester! *»Das war gemein von dir!«*, fauchte er.

»Du weißt, was er mit Wasserwesen macht?«

»Er ist Fischer.«

»Er ist ein Barbar – aber ein gutmütiger. Er wusste es damals nicht besser. Heute schon. Nun setz dich endlich!«

Jake knurrte etwas Unverständliches, zwängte sich an den Hebeln vorbei und klemmte sich hinter dem Steuerhorn in den Sitz. *»Gibt es hier keinen Sicherheitsgurt?«*

»Gravitationspolster.«

Jake atmete geräuschvoll aus, nickte schließlich und ließ seinen Blick über die Unmenge Armaturen und Kontrolllampen gleiten. *»Wie soll ich mir die alle merken können!«*

»Du wirst sehen, dass es dir ganz schnell einfällt, wenn du es brauchst«, blubberte Wate vergnügt.

»Das habt ihr also ...«

»Und noch ein paar andere Dinge, die du nützlich finden wirst. Leg jetzt die Hände auf das Steuerhorn und folge den Bewegungen, damit du ein Gefühl dafür bekommst. Ich werde gleich aus dem Hangar fliegen.«

Jake zitterte wie bei seiner ersten Flugstunde in der kleinen Cessna, als ihm sein Fluglehrer Craig am Beverly Municipal Airport die gleiche Anweisung gegeben hatte. Wates Tentakel tanzten elegant über die Kontrollen. Lämpchen, Anzeigen und Monitore erwachten zum Leben. Mit jedem flammte in Jake eine Erinnerung auf, Antriebs- und Energiekontrollen, Navigations- und Kommunikationsinstrumente ... Waffen.

»Ich wusste gar nicht, dass das Beiboot für Kampf ausgerüstet ist.«

»Du weißt nie, ob du nicht einmal einen Meteoriten aus deiner Bahn schießen musst. Die kleineren hält der Schutzschirm ab. Aber größeren Brocken auszuweichen, ist bei hohen Geschwindigkeiten oft unmöglich. Außerdem ...«, Wate warf Jake einen warnenden Blick zu, *»... man weiß nie, was kommt.«*

Als der Squid die Triebwerke einschaltete, setzte ein feines Sirren ein, Monitore begannen zu leuchten. Der Große vor Jake zeigte den Hangar. Es kam ihm vor, als ob er durch die Frontscheibe eines Jumbo-Jets nach draußen blickte. Durch das sich öffnende Hangartor sah er das Schwarz des Weltraums, durchzogen vom leuchtenden Band der Milchstraße. Selbst das beste Teleskop auf der Erde konnte kein so brillantes Bild liefern. Die kleinsten Sterne wirkten gestochen scharf und zum Greifen nah. Jake vergaß zu atmen, er vergaß seine Umgebung. Er sah nur noch die Pracht der fernen Sonnen. Abermillionen Kinder des Universums und er befand sich mitten unter ihnen, war eins von ihnen, ein Teil des Ganzen. Jake traten Tränen in die Augen.

Das Steuerhorn bewegte sich und führte Jakes Hände. Wate steuerte das Beiboot aus dem Hangar. Sachte, langsam. Draußen vollführte er einfache Manöver – weite Kurven, links, rechts, Schleifen nach oben, unten. Einmal zog das Mutterschiff wie ein schwarzer Schatten im Licht der Sterne über den Monitor. Jake verlor die Orientierung, wusste nicht mehr, wo oben und unten war.

»Vertraue den Instrumenten!«

Das gleiche hatte ihm Craig beim Training für die Instrumentenflugberechtigung gesagt. Aber das hier war anders. Hier gab es kein Schütteln, keine Zentrifugalkraft, die ihn zur Seite oder in den Sitz gedrückt hätte.

Es kam ihm geradeso vor, als ob er zuhause vor seinem Computer an einem Videospiel sitzen würde.

»Jetzt fliegst du ein Stück geradeaus«, übermittelte Wate.

Jake spürte den Druck des Steuerhorns. Sofort verspannten sich seine Muskeln, sie schienen nur noch ruckweise arbeiten zu wollen. Der Richtungsanzeiger schoss nach rechts oben aus dem Anzeigegerät.

Wow! Übersteuert!

Jake versuchte zu korrigieren, fand aber den Leitstrahl nicht mehr, bis er quer über den Schirm sauste und auf der anderen Seite verschwand. *»Was geht da vor?«*

»Ich glaube, in deiner Sprache heißt das Bocksprünge.« Wate kicherte. *»Mit der Zeit wirst du ein Gefühl dafür bekommen. Ich übernehme wieder.«*

Jake schwitzte.

Aber in den nächsten Tagen schwitzte er noch mehr. Wate nahm ihn hart ran. Am schlimmsten waren die Zytulonenstürme. Wate schien sich die Mutter aller Stürme ausgesucht zu haben. Die Gravitationskompensatoren erreichten ihre Leistungsgrenze und ließen harte Schläge durch. Es schüttelte Jake fast den Verstand aus dem Kopf. Er hatte alle Hände voll zu tun, glaubte, das Boot müsse jeden Augenblick auseinanderbrechen. Und dann sah er auch noch das in allen Regenbogenfarben schillernde Gesicht seines kleinen Fluglehrers, der es geradezu zu genießen schien, dass Jake Blut und Wasser schwitzte.

»Und jetzt feuere einen Schuss auf Koordinaten vier Sim38, acht Del62, acht Sig66«, wies Wate an.

Jake verlor die Koordination. Das Boot wich vom Kurs ab, er versuchte dagegenzuhalten und gleichzeitig die Zieleinrichtung des Geschützes zu justieren. Jetzt hätte er acht Arme gebraucht! Als er auslöste, ging der Schuss Lichtjahre daneben.

»Genug für heute«, blubberte Wate. *»Ich übernehme.«*

Jake atmete auf, als sie endlich den Zytulonensturm verließen. Seine Handflächen waren nass vor Schweiß, seine Kleidung klebte am Körper. Ein Problem, das die Squids nicht hatten, dachte er erschöpft und warf einen Blick auf die andere Seite des Cockpits, wo Wate scheinbar völlig entspannt an seinem Steuerpult hockte.

»Na, bekommst du ein Gefühl fürs Fliegen?«

Jake antwortete nicht. Er dachte an den gestreckten Mittelfinger.

Die Transition zur Überlichtgeschwindigkeit war nicht viel besser als der Zytulonensturm.

»Um die relativistischen Effekte zu neutralisieren, legen wir einen Schutzschild um das Schiff, der es vom Medium isoliert. Dadurch verliert es sozusagen seine Masse. Unsere Hüllen bestehen daher weitestgehend aus Lithanium, einem Element ohne Massewirkung.«

Jake hatte keinen Kopf zuzuhören. Er konzentrierte sich auf die schier endlose Checkliste, die er vor der Prozedur abarbeiten musste.

Jake wusste, dass es irgendwann kommen würde.

Ohne Warnung.

Dabei begann der Tag, wie jeder andere Trainingstag. Jake machte es sich im Pilotensessel halbwegs bequem. Das Cockpit hatte bereits etwas Vertrautes: die weichen Polster, die Knöpfe, Räder, Schalter, bunt flimmernden Kontrollen. Sein Blick fiel auf die Nachbarsektion und Wates leeren Platz. *»Wo steckst du?«*

Die Antwort ließ das Adrenalin in seine Adern schießen: *»Alleinflug!«*

Jake schien alles Gelernte vergessen zu haben, dafür verknotete sich sein Magen. Aber irgendwie machten seine zittrigen Hände die richtigen Dinge: Reaktor hochfahren, Instrumentencheck, Kommandozentrale kontaktieren, Freigabe, Hangar öffnen ... Power!

Das Boot glitt ins All. Jakes Magen fiel, fing sich aber wieder, als nichts passierte. Was sollte auch passieren? Er war schon zigmal draußen gewesen. Allerdings nicht allein. Jake beschleunigte zaghaft. Das Boot gehorchte. Die Ameisen, die in Jakes Magen herumzukrabbeln schienen, beruhigten sich. Er spürte das Steuerhorn in seiner Hand. Und die Macht. Mit einem entschlossenen Ruck schob er die Antriebskontrollen vor: Vollgas!

Jake flog. Wie ein Adler hatte er seine Flügel gespannt, spürte die Kraft in seinen Muskeln. Unbändige Freude durchzog plötzlich seine Seele, zu leben, oben zu sein, frei zu sein. Er stieß einen wilden Schrei aus, brüllte wie ein Löwe, der sein Reich betrat, und zündete die Zytulonenfusionstriebwerke. Ihre Kraft trieb ihn durch die Lichtmauer jenseits der Grenzen relativistischer Theorien. In seiner Euphorie programmierte er den Kurs. Seine Finger gaben fast von allein die Koordinaten ein: 7Σ17-0Δ09-4∫27. Ziel: die Erde.

96

Wate folgte Jakes Flug auf dem großen Schiffsmonitor. In Gedanken saß er neben Jake, nein, er erlebte seinen eigenen ersten Alleinflug wieder. Die Angst, die Aufregung und das erhabene Gefühl, neue Kräfte zu besitzen, die ihm den ganzen Weltraum öffneten ...

Wate konnte Jakes Freudenrausch förmlich spüren. Wenn Homiden auch nur annähernd solche Empfindungen wie Oktoftewiltabinen hatten, würde er diese Minuten nie vergessen, und sie wieder und immer wieder seinen Kindern, Enkeln und Urenkeln erzählen, falls er so lange leben sollte ...

»Er fliegt auf seinen Heimatplaneten zu«, meldete Lame.

Zukla fuhr vor Erregung rot blitzend hoch: *»Er desertiert!«*

Wate wandte sich ruhig an Zukla. *»Fliegen Sie?«*

»Nicht selbst«, antwortete der und bekam vor Verblüffung hellblaue Flecken.

Wate winkte mit seinem Primärtentakel ab. *»Er wird abdrehen und zurückkommen. Sie werden sehen.«*

»Commander, schauen Sie sich das an!«, rief Lame.

Der alarmierte Tonfall ließ Wate herumfahren. Er starrte auf den Monitor. Seine Kiemendeckel vibrierten. *»Tinte!«*

97

Jake fühlte sich in einem Traum, der alles überstieg, was er als Kind vor dem Fernseher sitzend mit Käpt'n Picard miterlebt hatte. Jetzt hielt er selbst das Steuer in der Hand. Das Beiboot wurde zu seinem Körper, die Hülle seine Haut, die im Sternenstaub prickelte. Durch die Augen der Ferntaster blickend, raste er auf den Flügeln des Zytulonenantriebs in das Sternenmeer.

Geordie an Brücke. Ein kleines Blinklicht im oberen Teil des Kontrollpanels brachte Jakes Aufmerksamkeit zurück in das halbdunkle Cockpit. Er warf einen Blick auf den Störenfried: Sie haben den Kontaktbereich verlassen.

No big deal, dachte Jake und bestätigte die Warnung. Der Alarm erlosch. Routinemäßig ließ er den Blick über die Anzeigen und Monitore gleiten. Alles im grünen Bereich.

Er stutzte.

Beim zweiten Hinschauen registrierte er das Fehlen des Signals vom Mutterschiff. Auf all seinen Instrumenten war es verschwunden. Jake schoss das Blut in den Kopf. Es war einfach weg! Sein Herz schlug im Stakkato gegen seine Rippen. Sein Fuß wollte mit aller Kraft auf die Bremse treten.

Hier gab es keine.

Jake riss die Antriebshebel zurück.

Sofort gewannen die Kräfte des Mediums Oberhand über das Boot, ein Fremdkörper in seiner physikalischen Realität, und bremsten es mit aller Macht ab. Nervös beobachtete Jake die Instrumente. Mit rasant wachsender Geschwindigkeit näherte er sich der Lichtmauer. Zu schnell. Das Beiboot würde beim Aufprall zerstrahlen. Mit zitternden Händen schaltete Jake die Triebwerke zu. Langsam. Stufe um Stufe verringerte er die Aufprallgeschwindigkeit. Schweißperlen standen auf seiner Stirn. ›Langsam und sachte der Lichtgeschwindigkeit nähern, dann ist sie durchlässig wie die Wasseroberfläche des Meeres.‹

Der Durchbruch war rau. Jake verlor fast die Besinnung. Aber kaum ließ das Gerüttel nach, wendete er das Boot und brachte es zum Stillstand. Jake atmete einmal durch.

Soweit so gut. Doch wo war das Schiff? Jake checkte alle Monitore, scannte auf allen Frequenzen.

Nichts.

Wo zum Teufel war es?

Stealthfighter.

Jake schlug sich mit der flachen Hand vor die Stirn.

Unsichtbar! Der Kontaktbereich war die Entfernung, die die elektromagnetischen Wellen des Schiffspositionsfeuers zurückgelegt hatten. Er hatte in seiner Hochstimmung den Hörbereich des Nebelhorns verlassen! Er hatte sich wie ein Idiot verhalten.

Jake ließ sich schwer in seinen Sitz sinken. Wie sollte er das Mutterschiff in der Unendlichkeit des Alls wiederfinden? Ein Sandkorn in der Wüste.

Odyssee im Weltraum.

Seine Gedanken schwammen davon. Er kniff sich ins Bein. Denk nach, Jake. Denk nach.

Ihm fiel nichts ein. Er kam sich wie ein Staubteil vor, winzig und klein im endlosen Nichts. Seine Taster zeigten ein Paar Sonnen in relativer Nähe, vierzig, sechzig Lichtjahre entfernt. Sonst nichts.

»Sie werden mich suchen«, sagte er und lehnte sich zurück. Beim Gedanken an die Squids wurde ihm heiß. Manche in der Führungsriege behandelten die Menschen immer noch wie unzurechnungsfähige Kreaturen, bestenfalls wie Kleinkinder! Sein Versagen wäre Wasser auf ihre Mühlen.

Jake richtete sich kerzengerade in seinem Kommandositz auf. Vor diesen Weichtieren würde er sich keine Schwäche leisten! Er ließ den Blick erneut über die Instrumente schweifen.

Am Navigationscomputer blieb er hängen. Der hatte die Koordinaten seines Ausgangspunktes gespeichert ... und dort lag das Schiff. Zumindest in der Nähe davon. Und darum herum breitete sich der Kontaktbereich wie eine unsichtbare Kugel aus. Jake rechnete: Seit etwa einer Woche standen sie dort. Bei einer Ausbreitungsgeschwindigkeit von circa dreihunderttausend Kilometern pro Sekunde musste der Kontaktbereich einen Durchmesser von etwa hundertachtzig Milliarden Kilometer haben: zwanzigmal größer als das Sonnensystem. Den würde er finden.

Jake startete den Antrieb. Mit Überlichtgeschwindigkeit düste er auf die gespeicherten Ausgangskoordinaten zu. Wenn das Schiff aber nicht mehr dort war? Er checkte die Monitore. Es musste doch bald auftauchen. Sobald er in den Kontaktbereich eindrang, würden die elektromagnetischen Taster anschlagen. Jake ließ kein Auge von ihnen. Die Zeit wurde ihm lang. Warum zeigten sie immer noch nichts an? Stimmte der Kurs? Wie weit war er gekommen? Warum war er noch nicht da?

Wie ein Blitz durchschlug eine Erkenntnis seinen Gedankenkreis. Klar! Er flog langsamer als vorher, weil er nicht mit zehntausendfacher Lichtgeschwindigkeit in das unsichtbare Schiff brettern wollte. Logischerweise dauerte der Flug jetzt länger. Aber so lange?

Beim Blinken des Tasters zuckte Jake zusammen. Fahrt rausnehmen. Augenblicke später erschien ein heller Punkt auf dem Monitor. Der errechnete Ausgangspunkt des Signals – das Schiff. Jake ließ die Luft aus den Lungen. Es war, als sei er plötzlich einen zentnerschweren Stein losgeworden, der auf seiner Brust lastete. Er korrigierte seinen Kurs. Der Rest war ein Kinderspiel.

Kaum war Jake im Hangar gelandet, drang Zuklas wütende Stimme in seinen Kopf: *»Was fällt dir ein, dich so weit vom Schiff zu entfernen?«*

Jakes Freude platzte wie eine Seifenblase. Was hatte er auch anderes erwartet? Ein hocherfreutes Empfangskomitee? *»Ich arbeite mit euch zusammen, weil es gilt, ein Unheil abzuwenden, das uns alle betrifft. Aber ich stehe nicht unter deinem Befehl!«*

»Wo kämen wir hin, wenn jeder täte, was er wollte!«, bellte Zukla.

»Dafür gibt es Absprachen, Zukla'medukulles.« Jake straffte die Schultern, ging in Parkposition, fuhr die Aggregate herunter und schaltete die Instrumente aus.

»Die funktionieren aber nur zwischen gleichwertigen Individuen.«

Das war dieser Glita. Jake kniff die Augen zu schmalen Schlitzen. *»Und wer keine Kiemen hat, ist das nicht, oder?«*

Wate schaltete sich mit gelassenem Tonfall in die telepathische Unterhaltung ein. *»Jake hat starke Nerven und kühlen Verstand in einer unerwarteten Situation bewiesen. Mich persönlich beruhigt das, meine Oktomajesten, da keiner von uns sagen kann, was ihn dort draußen erwarten wird.«*

Noch bevor er das Beiboot verließ, spürte Jake das zunehmende Vibrieren des Mutterschiffs unter seinen Sohlen und ein anschwellendes Sirren traf seine Ohren. Eine dunkle Ahnung kroch in seine Eingeweide: *»Wir fliegen?«*

»Morgen wird es ernst.«

98

Wate starrte auf den Hauptmonitor des Schiffs. Tuaagretis, ein Außenposten aus der Zeit der Kaartegunizzer-Kriege, lag wie ein brennender Ball vor ihnen. Einst war er ein Wasserplanet gewesen, voller Leben und Nitsituaan ähnlich. Jetzt brodelte auf der gesamten Oberfläche nur noch Lava. Von den Meeren keine Spur.

Maski verlor alle Farbe. *»Dort haben Oktoftewiltabinen gelebt.«*

»Nitsituaan wird es in ein paar Lanlo nicht besser gehen.« Wates Haut juckte. In der Ferne zeichneten die Lymellentaster das schwarze Nichts, das sich mit rasender Geschwindigkeit näherte. *»Lame, wie schnell bewegt sich das Ding?«*

»Ohne Resonanz kann ich das nicht ermitteln. Aber nach dem, was es in den letzten neunzig Tagen gefressen hat, mit etwa fünftausendfacher Lichtgeschwindigkeit.«

Maski konnte seine Augen nicht von dem brennenden Planeten wenden. *»Warum haben sie kein Notsignal abgegeben?«*

»Naturalisten«, antwortete Wate traurig. *»Sie legten die Technologie nach dem Krieg ab und wollten naturverbunden leben. Für sie können wir nichts mehr tun. Fliegen Sie weiter, Maski, volle Kraft voraus.«*

Je näher sie dem kosmischen Abgrund kamen, desto verwaschener erschien seine Front. Wate spürte, wie die Angst seine Tentakel spannte. Irgendwo zwischen den letzten Sonnen vor ihm und der großen Leere dahinter verlief die Frontline. Aber wo war sie genau?

»Wie weit soll ich herangehen?« Maskis Haut zeigte einen kaum zu unterdrückenden Schimmer von Lila. Auch Lame war die Verzweiflung anzusehen. Den beiden steckte der Horror-Flug, auf dem sie die nahende Katastrophe entdeckt hatten und fast gekocht worden wären, noch in den Knorpeln.

»Fliegen Sie bis auf zehn LJ an die Kante heran und dann mit konstantem Abstand vorneweg. Das gibt uns siebzehn Stunden Sicherheitsabstand.«

»Und wie, Commander, soll ich die Entfernung zu etwas bestimmen, das ich nicht messen kann?«

»Wir müssen uns auf die Berechnungen verlassen.«

»Grobe Schätzungen und Augenmaß?«, Maskis Stimme klang panisch. *»Lieber springe ich in einen Geisir mit siedendem Wasser! Da weiß ich wenigstens, woran ich bin.«*

»Schluss jetzt!« Wate dunkle Augen wurden hart. *»Der Abstand wird uns reichen. Kritisch wird es erst, wenn wir Jake absetzen.«* Er machte eine Pause und ließ den Blick über seine Crew schweifen. *»Wir gehen dann auf ein Lichtjahr heran, halten das Schiff auf dem Punkt und erwarten dort seine Rückkehr.«*

»Das ist Wahnsinn, Commander!«

»Es ist unsere einzige Chance, die nötigen Messergebnisse zu bekommen.«

Jake fühlte sich verlassen. Wates Teil des Cockpits wirkte wie der rissige Boden eines ausgetrockneten Tümpels. Die Squids hatten den Laderaum mit Messinstrumenten vollgestopft und anschließend alles Wasser aus dem Beiboot gepumpt. Nach einem kurzen Flug mit Überlichtgeschwindigkeit stand er jetzt in Warteposition. Vor ihm breitete sich schwarzer, sonnenleerer Raum aus, ein Tor zur Hölle. Es raste auf ihn zu. Ein Irgendetwas, ein schwarzer Abgrund im schwarzen Raum. Jake trat der Schweiß auf die Stirn. Fünfzehn Minuten lang sollte er messen – und dann nichts wie weg.

Alle Anzeigen normal. Nur der Gravitationstaster spielte verrückt. Genau, wie Wate es gesagt hatte. Sein Magen kribbelte, sein Instinkt drängte zu fliehen.

Jake schaltete auf elektromagnetische Taster. Ein paar Sonnen erschienen auf den Monitoren. Licht, das sie vor hunderten von Jahren ausgeschickt hatten. Links eine Weiße, direkt vor ihm eine Gelbe. Von den überlichtschnellen Anzeigen waren sie verschwunden. Jake atmete tief.

Vielleicht hatten sich die Squids getäuscht. Vielleicht rollte gar keine Katastrophe auf sie zu, sondern lediglich eine Störwelle, die die Geräte verwirrte? Vielleicht war dahinter alles in Ordnung. Es zuckte ja auch sonst keine Anzeigenadel und kein Warnlämpchen.

Jake wusste, dass er versuchte, sich etwas vorzumachen. Schönreden half nichts. Er musste sich den Tatsachen stellen. Aber was, zum Teufel, waren die Tatsachen?

Das rhythmische Quäken des Gravitationstasters ging ihm langsam auf die Nerven. Sein Magen zog sich mit der zunehmenden Frequenz des Alarmsignals immer weiter zusammen. Diese blöde Herumhockerei. Wenn er doch wenigstens etwas sehen könnte! Jake checkte die Uhr. Noch zehn Minuten. Dann wären die vereinbarten Messungen abgeschlossen. Er lehnte sich zurück, versuchte sich zu entspannen.

Das Gefühl leichten Schaukelns ließ ihn hochfahren. Die Anzeigen auf den Instrumenten standen unbewegt. Die Nerven! Seine Sinne spielten ihm Streiche. Jake ließ sich wieder zurücksacken. Noch acht Minuten.

Das Gefühl, wie mit einem kleinen Ruderboot auf einem Fluss zu sitzen, wurde immer stärker. Jake glaubte zu spüren, wie Wellen das Beiboot schaukelten, während es in der Strömung trieb. Misstrauisch klopfte er mit dem Zeigefinger auf den Geschwindigkeitsmesser. Er blieb bei Null. Auch die Zahlen der Positionsanzeige änderten sich nicht. Sie standen wie festgefroren. So, wie es sein sollte ... und doch ...

Die Warntöne des Gravitationstasters liefen zu einem durchgehenden Ton zusammen, der sich in Jakes Schläfen bohrte. Sein Blut schien dicker zu werden. Das Herz pumpte. Langsamer. Jake programmierte eine zusätzliche Triangulation. Auch die brachte dasselbe Ergebnis: Sie standen wie ein Fels. Trotzdem nahm das Gefühl der Bewegung immer deutlicher zu. Sie zog ihn in das Loch im Raum.

Noch zwei Minuten Messzeit.

Vergiss die Augen. Jake glaubte, Rodhanas Stimme zu hören. Er riss sich von den Anzeigen los und konzentrierte sich auf seine Muskulatur. Loslassen, weicher werden, entspannen, langsamer und tiefer atmen ... Vor seinem inneren Auge entstanden Bilder eines Wasserfalls, mächtig, wie der Niagara. Und er trieb rasch auf die Kante zu.

Ruckartig öffnete er die Augen, seinem Instinkt folgend startete er den Antrieb. Es war ihm egal, was die Squids sagen würden. Sollte dieser Zukla doch wegen der fehlenden Minute Messzeit Zirkus machen! Jake gab Gas.

Anzeigen erwachten zum Leben, Zahlen rollten über die Displays. Korrektur, plärrte eine elektronische Stimme. Die Angaben der Positionsanzeige sprangen.

»Verdammt!«, entfuhr es Jake. Er drückte die Gashebel bis zum Anschlag, riss das Boot in eine enge Kurve und schaltete den Zytulonenantrieb zu. Mit unglaublicher Wucht schleuderte es ihn durch die Lichtwand. Jake drosselte den Antrieb nicht. Und trotzdem schien er nicht vorwärtszukommen. Wie schnell breitete sich das Ding da hinter ihm aus?

Mehrfache Lichtgeschwindigkeit? Die hatte er längst überschritten. Aber vor der Kante bildete sich ein gefährlicher Sog, der den gesamten Weltraum in das Nichts zu saugen schien. Auch wenn Jake immer noch keine Vorstellung von dem Geschehen hatte, spürte er doch die Reißzähne der Bestie im Nacken. Er schaltete die Notaggregate zu und hoffte, dass das Boot es aushielt. Bevor ihm die Beschleunigungskräfte das Blut aus dem Gehirn pressten, drückte er auf den neuen Knopf, den ihm die Squids auf seinen Wunsch am Autopiloten angebracht hatten: Home.

Jake schüttelte die schwarzen Nebel aus seinem Bewusstsein. Erst verschwommen, dann immer klarer, traten die Cockpitarmaturen hervor. Der Hauptmonitor zeigte das Mutterschiff in hundertachtzigtausend Spannen Entfernung. Jake fuhr sich mit der Hand über die Augen, spannte die Muskeln und streckte den Rücken. Alles tat ihm weh. Er hoffte innständig, dass die gesammelten Daten reichten. So nahe wollte er nicht noch einmal an die Kante heran. Mit schwerer Hand schaltete er den Autopiloten aus. »Jake an Schiff. Klar zum Boarden.«

Sekunden später erfasste ihn der Traktorstrahl. Jake fuhr den Antrieb herunter und ließ sich ziehen. Er sackte in den Pilotensessel zurück. Ein unglaubliches Gefühl der Erleichterung setzte ein – jetzt nur noch einen großen, schwarzen Kaffee und dann ins Bett.

Kaum hatte er den Hangar verlassen, fluteten ihn die Squids und schwärmten in Horden um das Beiboot. Ihr aufgeregter Gedankensalat drehte sich um die Bergung der Messinstrumente und Auswertung der Ergebnisse. Irgendwie ging das ganze Spektakel an Jake vorbei. Er hatte sich gerade mit knapper Not aus einem unbekannten Inferno gerettet. Und niemanden außer ihn schien das zu kümmern. Seine Muskeln schmerzten, hinter seinen Schläfen breitete sich ein leichter, aber zunehmend unangenehmer Druck aus. Er schlurfte Richtung Messe. Vielleicht sollte er erst einmal etwas essen.

Die meisten Schleusen standen offen und die wenigen geschlossenen trennten ihn von der Wasserwelt der Oktoftewiltabinen. Für einen Moment schloss er die Augen. Was würde er dafür geben, wenn das Ganze nur ein böser Traum wäre!

Die Messe war menschenleer. Jake wunderte sich. Vielleicht waren die Leute von den Squids zu neuen Tätigkeiten verpflichtet worden. Aber Jake war im Augenblick viel zu müde, um sich darüber aufzuregen. Er zog sich einen großen, kochend heißen Kaffee aus der Kantina, ließ sich auf den nächsten Kunststoffstuhl sinken und stellte den Becher auf die acrylähnliche Tischplatte. Das Aroma frisch gemahlener Bohnen stieg mit den feinen Dampffahnen auf. Jake sog ihn in die Nase, spürte die entspannende Wärme in seinen Stirnhöhlen. Noch war der Kaffee zu heiß zum Trinken, aber schon die Vorfreude belebte ihn.

Schwere Stiefelschritte rissen ihn aus seinen Gedanken. Pedro betrat die Messe. Jake sah die Freude im Gesicht des Freundes. Mit einer müden Handbewegung deutete er auf den Platz neben sich. Nach der einsamen

Exkursion sehnte er sich nach einer menschlichen Stimme. »Setz dich zu mir.«

»Bist du in Ordnung, Amigo? Du siehst aus, als könntest du eine ganze Woche Schlaf vertragen.«

»Einen Monat, Pedro. Wenn ich erst wieder bei Myriam bin, gehe ich geschlagene vier Wochen nicht aus dem Bett.«

Pedro grinste. »Ich wette, da wirst du auch nicht viel Erholung bekommen.«

Jake gähnte. Auf Geplänkel hatte er jetzt keine Lust. »Wo sind die anderen?«

Pedro grinste so breit, als wollten seine Mundwinkel die Ohrläppchen besuchen. »Jake, das musst du sehen. Komm mit.«

Jake kannte Pedros Überschwang zu Genüge. »Lass mich ein bisschen sitzen. Ich schau mir's später an.«

»Die Squids haben mir gesagt, dass du in der Messe bist, und da bin ich gleich losgelaufen. Komm schon, sowas hast du in deinem Leben noch nicht gesehen!«

»Spann mich nicht auf die Folter.«

»Die Squids haben für uns eine neue Sektion im Schiff eröffnet.«

Jake verdrehte die Augen. »Mit Badesee und Hantelbank.«

Pedro schüttelte den Kopf und zog ihn an der Hand vom Stuhl hoch.

»Schon gut«, antwortete Jake resigniert. »Ich schau mir's kurz an und dann verschwinde ich in meine Koje.« Mit der Linken griff er seinen Kaffee und folgte dann Pedro.

An Schlafsälen und Kabinen vorbei stapfte Pedro durch die Gänge und bog links in einen Seitengang, der bis dato durch ein schweres Schott verschlossen gewesen war. Heute stand es offen und das Summen menschlicher Stimmen drang daraus hervor. »Wenn du mit mir ringen willst, kannst du das heute abhaken.«

»Nicht kämpfen Jake, schau nur!« Pedro stieß die Tür auf und trat ein. »Unser neuer Gemeinschaftsraum.«

Jake blieb stehen, als sei er gegen eine Wand gerannt. Ich bin auf dem Holodeck der *Enterprise*, dachte er. Links und rechts wiegten sich Bäume in einem Wind, den er nicht spüren konnte. Auf dem sandigen Boden drängten sich Menschen an einer Scheibe, die den Raum nach hinten abschloss.

Als Jake eintrat, drehten sie sich zu ihm um. Ein Säugling schrie. Jenseits der Glaswand schwärmten hunderte von Squids im diffus erleuchteten Wasser. Zwei, drei, vier Kleinere patschten an die Scheibe und hielten sich wie Seesterne daran fest. *»Jake!«*, schnatterten sie und glubschten herein. Jake erkannte Wates Kinder.

»Was ist denn hier los?«

»Wir haben ein Sternenkind!«, rief Fanli aufgeregt über den Lautsprecher, sodass es alle hören konnten.

Die Menge öffnete sich und Nilli trat vor, Dany an ihrer Seite. In ihren Armen hielt sie einen winzigen Säugling in hellblaue Decken geschlagen.

»Dieser Zukla hat die Patenschaft übernommen«, sagte Dany und sah sich unsicher um. Mit gesenkter Stimme fuhr er fort: »Wir hatten noch nie einen Fisch als Paten.« Er streckte den Rücken und sah Jake feierlich an. »Und dich, Jake, hätten wir auch gerne als Paten.«

Jake blickte gerührt von Dany auf den Winzling mit seiner geröteten Haut und den dunklen Augen. Neues Leben im Chaos. Ein Gefühl der Hoffnung. Wie konnte es von so einem hilflosen Wesen ausgehen? »Es wird mir eine Ehre sein«, antwortete er. »Wie soll das Baby denn heißen?«

»Jake Zukla«, erwiderte Nilli mit fester Stimme. Dany nickte und der Saal brach in Jubel aus. Die Menschen sprangen vor Freude auf und ab und die Squids ergingen sich in Kapriolen.

Jake glaubte, nur zehn Minuten geschlafen zu haben, als ihn die Stimmen der Squids weckten. Mit einem Mal war er hellwach. Ergebnisse! Die Aufregung kribbelte durch seine Adern. Und Neugier. Aber wo war das Laboratorium im Schiff? Bisher hatten ihn die Squids doch nur zu dieser Scheibe im Sitzungsraum gerufen. Er beeilte sich, den mentalen Stimmen zu folgen. Immer neue Korridore waren wasserfrei und zogen sich wie ein Tunnelgeflecht durch das Raumschiff. Die Squids bauten ständig weitere Teile für menschliche Benutzung aus. Ein gutes Zeichen.

Das Laboratorium sah aus wie eine Unterwasserhöhle, deren Wände mit allerlei phosphoreszierendem und lumineszierendem Bewuchs überzogen zu sein schienen, der im gedämpften Licht blitzte, leuchtete und flackerte: Geräte, deren Sinn und Zweck Jake nicht erraten konnte. In der Mitte befand sich ein kreisförmiger Bereich mit den typischen Sitzhockern der Squids. Dorthin führte ein gläserner Tunnel, der in einer Glaskuppel endete. Darin stand ein bequemer Sessel. Jake blieb staunend stehen.

»Komm doch rein!« Femto'ligumales, der Squid mit dem ballonförmigen Kopf, wedelte ungeduldig mit einem Tentakel. *»Wir nähern uns einem Ereignis, das du dir unbedingt ansehen musst. Setz dich.«*

In der Mitte leuchtete ein deckenhohes Hologrammfeld auf, um das sich die Squids versammelten.

Jake blickte sich nach Wate um, konnte ihn aber im Labor nicht finden.

»Der ist Kommandant, aber kein Wissenschaftler«, sagte Femto und unterstrich seine Worte mit einer eleganten Tentakelbewegung.

Jake fühlte sich geehrt, sah es doch so aus, als hätte man – squid – ihn in die Reihen der Gelehrten aufgenommen.

Im Hologramm zoomte der Wissenschaftler einen orangefarbenen Planeten heran, der im Feuer pulsierte. *»Nach unserer Berechnung trifft die Kante der großen Leere in wenigen Minuten auf dieses Sonnensystem. Der Planet hat bereits sein feuriges Inneres nach außen gekehrt. In unseren Sternkarten war er wie eure Erde klassifiziert.«*

Jake starrte betroffen auf den Himmelskörper, über den feurige Wehen liefen. Nein, Todeskrämpfe. Jakes Nackenhaare stellten sich auf. *»Wie nahe sind wir dran?«*

»Unser werter Commander hält das Schiff mit einem konstanten Abstand von zehn LJ vor der Kante. Das ist hinreichend sicher.«

»Ich weiß!«

»Ich wollte dich nicht kompromittieren, bester Doktorjakedex...«

»Jake ist genug!«

Femto knickste und fingerte an einem Kontrollelement. Neben dem Planeten erschien eine gelbe Sonne, die in Jake augenblicklich ein wehmütiges Gefühl auslöste.

»Beide Ereignisse werden so schnell hintereinander geschehen, dass ich sie parallel aufzeichnen werde.«

Wenige Augenblicke später blähte sich der Planet auf und platzte. Dann verschwand er. Im gleichen Augenblick flackerte die Sonne auf wie ein Feuer, in das ein Windstoß fuhr, und löste sich ebenfalls im Nichts auf. Es blieb nur Leere.

Jake sprang auf. *»Das waren doch nicht Sol und die Erde?«*

»Nein, nein. Wir sind in einem ganz anderen Raumquadranten.« Femto wandte sich seinem Nachbarn zu, einem kleinen Squid mit länglicher Kopfform. *»Haben Sie die Zeit genommen?«*

»Auf eine millionstel Sekunde.«

»Sehr schön.«

»Was ist da draußen passiert?«, fragte Jake fassungslos.

»Das wissen wir auch nicht genau.«

Jake trat von einem Fuß auf den anderen. *»Ich dachte, ihr hättet meine Daten ausgewertet?«*

»Das haben wir auch. Aber sie zeigen nichts. Null.«

»Dann war meine Fahrt umsonst!«

»Nicht ganz. Vor der Front scheint ein Sog zu entstehen.«

Jake schaute verwirrt auf die im Kreis sitzenden Squids. *»Also habt ihr doch Messergebnisse!«*

»Indirekt. Auf deinem Beiboot sind an einem Punkt die Positionsangaben gesprungen. Daraus haben wir Rückschlüsse gezogen. Aber es reicht nicht. Du musst beim nächsten Mal noch näher heran.«

»Dass ich zerplatze, wie dieser Planet? Wo ist er überhaupt hin? Da müssten doch Trümmer zu sehen sein! Kann mir endlich einer erklären, was da passiert?«

»Wie gesagt, wir stehen selbst vor einem Rätsel. Aber eine Theorie hat sich mit großen Wahrscheinlichkeitswerten hervorgetan: Die Welle der Zerstörung baut sich mit unseren Möglichkeiten nicht messbar auf. Im Vorfeld, etwa drei Sekunden vor der Katastrophe, explodieren Sonnen und Planeten.«

Stöhnend ließ sich Jake in seinen Sessel zurückfallen. *»Warum sieht man das nicht? Ihr arbeitet doch mit Lymellen. Warum verschwindet alles von eurem Schirm?«*

»Da spalten uns die Ansichten: Die einen meinen, die Kante stört die Lymellenresonanz, das heißt, wir können nicht messen, was dahinter ist. Die anderen sind der Ansicht, dass dahinter alles zerstört ist, es also nichts mehr zu messen gibt.«

»Oder beides.« Jake fuhr sich mit dem Daumen übers Kinn. *»Das einzige Gerät, das auf das Phänomen anspricht, ist der Gravitationstaster?«*

Femto projizierte eine komplexe Formel in das Hologrammfeld. Jake erinnerte sie eher an die maxwellschen Wellengleichungen, als an die seitenlangen Gleichungen irdischer Darstellung der Gravitation.

»Diese Berechnung ist auf der Basis des Lymellenmediums entwickelt worden, daher vereinfachen sich die Zusammenhänge«, erläuterte Femto und die gelben Wellenmuster, die über seine Haut pulsten, verrieten, dass er ziemlich stolz darauf war. *»Aber ...«*, er stockte und einige rosafarbene Pünktchen wurden sichtbar, *»... ich muss leider sagen, dass das im vorliegenden Fall rein gar nichts hilft.«*

Jake schlug frustriert mit der Faust auf die Armlehne seines Sessels. *»Aber die Taster reagieren, und zwar in einer Art, dass mir dieses ständige Gepiepse auf die Nerven geht!«* Er verschränkte die Arme vor der Brust. *»Könnte man das Signal nicht zur Entfernungsmessung verwenden?«*

Femto glotzte Jake an wie einen Idioten. *»Das ist aber eine sehr ... rustikale Überlegung. Dafür wäre eher das technische Personal zuständig.«*

»Schön, aber ihr könnt euch über den Algorithmus der Entfernungsberechnung Gedanken machen.«

»Aus dem wenigen, das wir wissen, müsste das ein hyperexponentieller Zusammenhang sein«, spekulierte Femto.

»Das schon«, schaltete sich sein Nachbar aufgeregt ein. *»Aber zu welcher Basis?«*

»Wir brauchen mehr Daten!«

Es war ein Himmelfahrtskommando, aber Jake wusste, dass sie keine Wahl hatten. Er tastete sich mit dem Beiboot wieder an die Kante heran, so weit wie irgend möglich. Er sammelte tausende von neuen Zahlen. Aber alle Berechnungen endeten mit null. Null, null und wieder null. Was da draußen passierte, durfte es eigentlich nicht geben. Und was es nicht gab, konnte man nicht bekämpfen. Jake raufte sich die Haare. Er zog Kreise um seinen Sessel im Laboratorium. Warum kam ihm das Problem so bekannt vor? Weil das Michelson-Morley-Experiment auf der Erde auch immer null geliefert hatte. *»Eure Sensoren und Messverfahren sind unzulänglich«*, warf er den Squids vor.

»Das haben wir inzwischen selbst festgestellt«, erwiderte Femto und schillerte giftgrün. *»Uns gehen die Ideen aus, während die Zeit davonströmt.«*

»Wir brauchen etwas ganz Neues, etwas, das von dem Phänomen beeinflusst wird und sensitiver als der Gravitationstaster reagiert. Gravitation ist ein multidimensionales Phänomen.«

»Multimedial«, korrigierte Femto.

Jake blieb abrupt stehen und deutete mit dem Zeigefinger auf den Squid. *»Das ist es! Ein Medium unter dem der Zytulonen.«*

Femto winkte mit einem Tentakel gelangweilt ab. *»So etwas konnten wir nie nachweisen.«*

»Eben!«, rief Jake und eilte aus dem Laboratorium. ›Wenn Photonen zu groß sind, müsst ihr euch etwas Kleineres suchen. Zytulonen, zum Beispiel.‹ Wates Belehrung betreffend des Äthers hatte ihn damals fürchterlich geärgert. Jetzt schien sie der Schlüssel zur Lösung des Problems zu sein. Etwas Kleineres oder etwas ganz Anderes. Und da fiel ihm nur eins ein. Etwas, das sich weder er noch die Squids erklären konnten. Eine vage Idee. Aber besser als gar keine.

»Wate! Wo steckst du?«

»Auf der Brücke.«

»Schläfst du niemals?«

»Ich kann mich dunkel erinnern, es einmal getan zu haben.«

»Hast du noch die Steine?«

»Alle Muscheln und Steine hat Tenka sehr zu ihrem Bedauern in ihrem Garten lassen müssen.«

»Davon spreche ich nicht. Ich meine die Erze, die du aus der Höhle der Göttin mitgenommen hast.«

»Das radioaktive Gestein?«

»Genau!«

»Ich habe es unseren Wissenschaftlern zur Untersuchung gegeben.«

»Und?«

»Und nichts. Ich denke, sie haben es sich gar nicht angeschaut.«

»Kann ich mir das Gestein ansehen? Ich möchte es mit in die Werkstatt nehmen.«

»Frag Femo'ligumales. Aber das Zeug ist gefährlich. Er hält es unter Verschluss.«

Jake machte auf dem Absatz kehrt und lief zurück zum Laboratorium. Mit dem Argument, dass er ja nur Homide war und keine Oktoftewiltabinen gefährde, konnte er Femto schließlich die Erzproben abschwatzen. Durch eine Schleuse schoben er ihm eine schwere Metallkiste zu.

In der Werkstatt fand Jake nur Pedro, der mit aller Kraft ein Strukturblech in Form hämmerte.

»Wo ist denn die Leute der Schicht?«, brüllte Jake über den Lärm hinweg.

Pedro ließ vor Schreck den Hammer fallen. »Madre! Ich habe dich gar nicht kommen hören.« Er nahm das Teil aus der Haltevorrichtung und prüfte es mit den Augen. »Die Arbeiten sind abgeschlossen.«

»Das klingt aber gar nicht fröhlich.«

»Alles ist verdreht, Jake. Fische sind schlauer als Fischer, Frauen kriegerischer als Männer.« Pedro blickte traurig auf das Blech.

Jake musste lachen. »Ich glaube, diesmal bist du derjenige, der alles zu schwarz sieht!« Er stellte seine Kiste auf die Werkbank. »Aber da du schon einmal hier bist, könntest du mir helfen. Es sei denn, eine Señorita wartet auf dich.«

»Das ist auch nicht mehr das Gleiche.« Pedro seufzte und hob den Hammer wieder auf.

»Du vermisst sie?«

Pedro nickte.

»Wenn wir hier fertig sind, hole ich Myriam, und du gehst dann zu Rodhana und zeigst ihr, was für ein toller Hecht du bist. Aber bis dahin gibt es noch einiges zu tun. Erinnerst du dich noch an die Höhle der Göttin?«

Pedro zog eine Augenbraue hoch.

»Ich will sie als kleines Modell nachbauen.«

»Davon verstehe ich doch nichts.«

»Du kannst mir das Gehäuse und die Aufhängung entwerfen.«

»Ist das alles?«

»Für den Anfang schon, mein Freund.« Jake gab ihm einen freundschaftlichen Stoß mit dem Ellbogen. »Lass uns in die Reaktorwerkstatt gehen. Dort gibt es Strahlenschutzvorrichtungen.« Er nahm die Kiste wieder auf und schleppte sie auf die Tür mit dem roten Warnschild zu.

Pedro eilte an Jake vorbei und öffnete. »Abschirmungen sehe ich aber keine.«

Jake stellte seine Last auf einem der Arbeitstische ab. »Kannst du auch nicht. Die Squids benutzen keine Blei- oder Acrylschilde, sondern Neutralisationsfelder.«

Pedro zuckte die Achseln. »Ich war noch nie in einem Labor.« Er ging zum Lager und kam wenig später mit einer Handvoll dünner Metallstäbe zurück. Daraus bastelte er das baseballgroße Gittergehäuse, wie Jake es sich vorgestellt hatte.

Aber die Anordnung der bunten Erzkristalle bereitete Jake arge Probleme. Er schob sie auf der Tischplatte in allen möglichen Kombinationen und Abständen umher, maß Felder, Energiefluss, Interferenzen. Es wollte keinen Sinn ergeben.

Plötzlich fuhr er zusammen. Aus dem Augenwinkel hatte er ein goldenes Licht aufflackern sehen.

»Madre mia!« Pedro bekreuzigte sich und starrte mit weit aufgerissenen Augen auf die Arbeitsfläche, wo vor ihm das Licht über einem Mosaik aus Kristallen schwebte. Jake schob sich näher. »Wie hast du das gemacht?«

»Ich weiß nicht. Mir war langweilig und da habe ich mit den Steinchen versucht, das Muster von dem Fenster über dem Altar der Catedral de San Pedro zu legen. Wenn sich die Abendsonne darin brach leuchtete es in allen Farben.«

»Bloody Hell!«, entfuhr es Jake.

Pedro bekreuzigte sich noch einmal. »Jake! Du sollst nicht fluchen!«

»War nicht so gemeint. Fass es nicht an!«

Die Ermahnung war unnötig. Pedro war erstarrt und rührte sich nicht vom Fleck.

Jake holte seine Messgeräte. »Es ist die Symmetrie! Dadurch vervielfacht sich die Eingangsenergie und baut sich zu einem Kontinuum auf – Pedro, du bist einfach genial! Was würde ich ohne dich machen?« Er schlug Pedro übermütig auf die Schulter.

Pedro rührte sich immer noch nicht, sondern starrte Jake unverwandt an.

»Junge!« Jake knuffte ihn kumpelhaft. »Jetzt brauchen wir nur noch eine dreidimensionale Anordnung. Der Schlüssel dazu liegt hier genau vor dir!«

Pedro atmete tief durch. »Ich habe zwar keine Ahnung, was du da vorhast. Aber ich glaube, das Fenstermuster der Kathedrale bekomme ich auch in drei Dimensionen hin.«

Es dauerte Stunden, bis sie die Kristalle in dem Gehäuse so positioniert hatten, dass im Inneren eine wabernde Lichtkugel erschien. Jake jubelte und Pedro schlug vor Freude die Hände zusammen.

»Jetzt kommt der entscheidende Test.« Jake nahm mit der Pinzette eine kleine Schraubenmutter und führte sie sachte in die Apparatur ein. »Halt die Daumen!«, sagte er zu Pedro. Dann ließ er die Mutter los.

Sie fiel nicht – sie schwebte.

»Gib mir Fünf!« Seine und Pedros Hände klatschten zusammen.

»So, jetzt installieren wir noch ein Paar Sensoren und ein Schutzfeld gegen die radioaktive Strahlung und dann nehme ich das Ding mit auf meinen morgigen Flug.«

»Ich würde gerne mitkommen«, gestand Pedro.

»Du?«

Pedro nickte.

Jake fuhr sich nachdenklich mit den Fingern durchs Haar. Pedro hatte keinerlei Qualifikationen. Und doch ... »Zu Beobachtungszwecken«, entschied er und zwinkerte dem Freund zu. »Ich werde mit Wate reden. Schließlich hast du ja meinen Teil des Cockpits entworfen.«

Wate hatte keine Einwände, im Gegenteil: *»Wir Oktoftewiltabinen fliegen niemals allein. Aus Sicherheitsgründen und zur emotionalen Stabilität haben wir immer eine Minimalbesatzung. Daher begrüße ich den freiwilligen Mitflieger. Wenn wir mehr Zeit hätten, würde ich Pedro'antoniogonzales einen Crashkurs im Fliegen geben.«*

99

Jake zwängte sich an dem neu eingebauten zweiten Sitz vorbei und klemmte sich hinter das Steuerhorn. Mit Pedro im Cockpit war es eng, dafür fühlte sich das Beiboot nicht mehr wie eine leere Gefängniszelle an. Von Pedro schien eine Kraft auszugehen, vielleicht war es auch nur die Nähe eines vertrauten Menschen, die Jake mit Zuversicht füllte.

Als die Monitore und Kontrolllampen zum Leben erwachten, sah sich Pedro mit großen Augen um. »Das sieht aus wie in der Spielhalle von Cartagena. Da habe ich immer Packman gespielt. Am Anfang. Aber später habe ich Aliens abgeschossen.«

Jake musste lachen. Er beendete den Preflight-Check und sah Pedro von der Seite an. Das Licht in dem Gerät auf dem Schoß des Freundes waberte wild in allen Farben. Die Wissenschaftler hatten sich darüber lustig gemacht: Leuchtqualle hatten sie die Apparatur genannt, sie als Hokuspokus und Mummenschanz bezeichnet! Jake hatte beschlossen, sich nicht weiter darüber zu ärgern. Hauptsache, die Squids ließen ihn experimentieren. Er wusste ja auch nicht, ob seine Rechnung aufgehen würde. Es war nur so eine vage Idee gewesen.

»Du kannst das Gerät am Armaturenbrett festklemmen und die Sensoren an den Hauptcomputer anschließen«, wies er Pedro an. »Die Stecker da.«

Pedro verband die Konduktoren und betrachtete das Spiel von Licht und Schatten. »Was soll das Geflacker bedeuten?«

Jake warf einen flüchtigen Blick darauf. »Ehrlich gesagt, habe ich keine Ahnung. Aber ich hoffe, dass eine Computeranalyse Aufschluss darüber geben wird. Und jetzt halte dich fest, es wird ruppig werden.«

»Ich habe schon manchen Sturm erlebt, Jake. Mit einem kleinen Boot gegen riesige Wellen.«

»Keine Angst?«

Pedro schüttelte den Kopf, doch sah seine dunkle Haut blasser aus als sonst.

»Gut.« Jake schob den Antriebshebel vor. Langsamer, als er es gewöhnlich tat. Auch der Durchbruch durch die Lichtmauer gelang ihm heute sanfter. Pedro entspannte sich sichtlich und ließ den Blick schweifen. Er blieb am Funkgerät hängen. »Haben wir Kontakt mit dem Schiff?«

Jake schüttelte den Kopf. »Sicherheitsmaßnahme, damit uns Klabu'teranusters Einheiten nicht finden. Woher weißt du eigentlich, welches Instrument die Kommunikationseinheit ist?«

»Ich habe das Gehäuse gebaut. Da hat übrigens ein Lichtchen dran aufgeblitzt.«

»Was?« Jake änderte die Einstellung. »Eine Nachricht war es nicht. Zu kurz. Scheint aber vom Schiff gekommen zu sein.«

Pedro zuckte die Achseln. »Rauschen. Hab ich auf meinem Kurzwellenempfänger auch immer gehabt.« Er lehnte sich bequem in seinem Sitz zurück. »Wo fliegen wir hin?«

Jake zoomte den Raumsektor vor ihnen heran. Ein riesiger blauer Planet wuchs auf dem Monitor. »Ein Gasplanet. Die Squids haben diesen Standort gewählt, weil sie wissen wollen, wie sich das Gas beim Annähern der Kante verhält.«

»Da sind schon andere da«, sagte Pedro und deutete auf winzige Pünktchen, die aus dem Schatten des Planeten auftauchten.

»Shit!«, entfuhr es Jake. »Raumschiffe.« Seine Instrumente zeigten Orterstrahlen an. Die *FREDDY* würde auf den Monitoren der Fremden unsichtbar bleiben, ihr Beiboot aber nicht. »Es ist besser, wir fliegen zurück.«

Pedro wurde bleich. »Sie kommen auf uns zu.«

Sie kamen verdammt schnell. Jake hätte seinen Arm verwettet, dass sie zu Klabu'teranusters Flotte gehörten. Er wendete das Beiboot in einer engen Kurve und beschleunigte auf maximale Geschwindigkeit. Nach wenigen Augenblicken war klar, dass er nicht entkommen konnte. Die Verfolger hatten stärkere Maschinen. Zu schnell für Forschungsschiffe – wahrscheinlich bewaffnete Jagdraumer. Jake schaltete den Schutzschirm hoch und legte alle verbleibende Energie darauf. Keine Sekunde zu früh. Ein Schuss traf und schüttelte das Boot.

Pedro hielt sich an den Armstützen fest. »Können wir nicht schneller?«

»Mehr bekomme ich aus dieser Ente nicht heraus.«

Pedro starrte mit großen Augen auf den Monitor. »Sie kriegen uns!«

Jake knirschte mit den Zähnen. »Wenn ich acht Arme hätte wie ein Squid, könnte ich sie abknallen!«

Pedro schoss in seinem Sitz vor und huschte mit seinem Blick über die Instrumente vor ihm. »Wo ist das Geschütz?«

»Du?«, fragte Jake überrascht.

»Klar! Ich war Kanonier auf der *Almirante Padilla.*«

»Kolumbianische Marine?« Jake schüttelte halb zweifelnd, halb hoffend den Kopf. »Die zwei Joysticks dort. Ich schalte dir den Kampfmonitor ein.«

Pedro legte die Finger um die kurzen Steuergriffe und drückte sich tiefer in den Sitz. Er konzentrierte sich auf den Monitor. »Wie in Cartagena«, grinste er. »Invasion der Aliens. Wo ist mein Score?«

»Das ist kein Spaß hier!«, knurrte Jake. »Wenn du nicht bald die beiden Vorderen erwischst, bekommst du gleich ein *GAME OVER*!«

»Kannst du mehr Saft auf die Schutzschirme legen?«

»Nur, wenn ich ihn vom Antrieb abziehe.«

»Mierda!«

Pedro feuerte.

Daneben.

Er grinste verlegen. »Ich muss mich erst warmspielen!«

»Beeil dich. Mir ist es schon heiß genug!«

Das Beiboot schüttelte sich unter einem weiteren Treffer. Mehr Verfolger tauchten auf und kamen schnell näher.

Jake suchte verzweifelt einen Fluchtweg. Zum Mutterschiff war es zu weit. Sich auf einem Planeten zu verstecken, war wegen der heraneilenden Kante zu gefährlich ... die Kante! Das war es!

Pedro schrie begeistert auf, als er den ersten Angreifer erwischte. »Aber ich muss dreimal hintereinander treffen, sonst gehen sie nicht kaputt!«

Damit gehen unsere Chancen zum Teufel! Jake änderte den Kurs und hielt nun direkt auf die Kante zu. Das Beiboot zitterte unter dem Ansturm der Treffer. Pedro feuerte unablässig, erwischte noch einen.

Jake schielte auf die Energiereserven. Bei dem Aufwand sanken sie stetig. Die Zahlen auf dem neuen Entfernungsmesser schraubten sich ständig herunter. Das Beiboot kam der Kante näher, aber die feindlichen Squids holten weiter auf. Um Pedros Feuer scherten sie sich nicht. Immer noch jagten fünfzehn Schiffe hinter ihnen her.

Die Griffe des Steuerhorns wurden in Jakes Händen feucht. Zwei Minuten bis zur Kante. Jake drehte ab und näherte sich im stumpfen Winkel.

Der vorderste Verfolger scherte aus.

»Dem wird es zu heiß«, rief Pedro und vernichtete ihn mit einem einzigen Schuss.

Noch vierzehn.

Ein gewaltiger Treffer erschütterte das Beiboot und ließ es schlingern – und warf es weiter auf die Kante zu. Jake spürte den Sog. Er steuerte dagegen. Eine Minute bis zur Kante. Ein Schiff der Feinde explodierte. Die anderen kamen näher. Ein Alarmsignal heulte: Reaktor überlastet. Noch dreißig Sekunden bis zur Kante. Jake rollten Schweißperlen über die Stirn. Das Licht in dem neuen Gerät verschwand. Die Mitte wurde schwarz. Nur vereinzelt tanzten blaue Flämmchen.

»Pedro! Hör auf zu schießen! Ich brauche die Energie.«

»Mierda!«

Kontakt mit der Kante in dreißig Sekunden.

Jake leitete die Energie vom Kampfstand auf den Antrieb.

Kontakt in dreißig Sekunden ... fünfunddreißig ... vierzig ... Jake atmete auf. Sie gewannen langsam Abstand.

Zwei weitere Feindschiffe explodierten hinter ihnen. Die anderen suchten Distanz und schnitten dabei Jake den Weg ab. Jetzt konnte er nicht mehr zurück.

»Gib mir Saft!«, brüllte Pedro. »Dann schieß ich sie ab.«

»Gleich.«

Fünfzig Sekunden.

Pedros Finger krallte sich um die Geschützkontrollen. »Sie bündeln ihre Kräfte! Jake!«

Jake biss die Zähne zusammen. »Wir schaffen es!«, zischte er.

Ein donnernder Schlag warf das Beiboot erneut aus der Bahn. Kontakt ... minus zehn ... minus zwanzig ... Scheiße! Es sah so aus, als ob sie hinter die Kante geraten waren. Aber irgendetwas stimmte nicht. Sie waren nicht explodiert. Jake riss am Steuer. Keine Reaktion. Sie trudelten unaufhaltsam im Sog. Das konnte nur heißen, dass der Entfernungsmesser falsch anzeigte. Noch waren sie vor der Kante – aber verdammt nah dran. Jake schloss seine Finger fest um das Steuerhorn und zog mit aller Macht. Im Cockpit liefen Funken knisternd über die Anzeigen.

Verzweifelt nahm Jake die gesamte Energie aus dem Schirm und legte sie auf den Antrieb. Minus dreißig ... minus dreißig ... stabil. Aber dafür stehen wir jetzt nackt vor ihren Rohren! Jake zog es die Nackenmuskeln zusammen.

»Da löst sich einer aus dem Verband, Jake, gib mir Saft! Gleich schießt er!«

»Ich kann nicht!« Nichts ging mehr. Jake hielt die Luft an. Er konnte den tödlichen Strahl förmlich spüren, der ihn in tausend Stücke reißen würde.

»Jake!«, schrie Pedro.

Draußen platzte das feindliche Schiff. Dann noch eins. Von irgendwoher kam Strahlerfeuer und vernichtete ein weiteres.

Die Funkanlage knarzte, dann drang eine Stimme daraus hervor: »FREDDY an Jake.«

»Wate!«, schrie Jake.

»Koordinaten vier Sim39, acht Del52, acht Sig65. Näher können wir nicht herankommen.«

Im Kommandostand der *FREDDY* saugte sich Wate an seinem Sessel fest. Wie in extremer Zeitlupe näherte sich das Beiboot. Seine Haut brannte, der Gravitationstaster piepste nervenaufreibend und das Wasser um ihn herum wirkte heiß und geleeartig zäh.

Kaum meldeten die Kontrollen das Boot im Hangar, gab er volle Energie. Nur raus aus dem Gefahrenbereich.

Wate spürte, wie der Adrenalinpegel in seinen Adern langsam sank. Es war ein wunderbares Gefühl, zwei Leben gerettet zu haben. Er empfand es geradeso überwältigend, als hätte er soeben Lame oder Maski herausgehauen.

»Willkommen an Bord, Jake«, grüßte er.

»Danke, dass du uns aufgelesen hast.« Es klang erschöpft.

»Ich werde doch mein bestes Versuchstier nicht von so ein paar lumpigen Kampfschiffen abschießen lassen.«

»Du bist ein Fisch, Wate.«

»Das sagt meine Frau auch immer. Ich frage mich nur, wie Klabu'teranusters Flotte dich gefunden hat.«

»Sieh dir meine Radioaufzeichnungen an. Da kam ein Signal vom Schiff«, antwortete Jake. *»Ich schick sie dir hoch.«*

Wate bekam ein ungutes Gefühl. *»Lame, sehen Sie es sich an.«*

»Alle Verfolger eliminiert!«, meldete Deste unterdessen. *»Bestimmt steckt deren Mutterschiff hinter dem Planeten. Mit den Ferntastern könnte ich es finden.«*

»Sind Sie wahnsinnig!«, schrie Maski. *»Dann können sie uns orten!«*

»Sollen sie ruhig kommen. Ich eliminiere sie.«

»Und zünden damit ein Feuerwerk für den Rest von Klabu'teranusters Flotte. Der wird sich freuen!«

»Was soll das heißen?«, fuhr Deste rot blitzend auf.

»Ruhe!«, donnerte Wate.

Deste verlor die Farbe. *»Tut mir leid, Commander.«*

»Wir sind alle mit den Nerven ein bisschen runter.« Wate blies einen Strom Wasser durch die Kiemen. *»Lassen Sie uns unsere Aufmerksamkeit wieder auf die Sachlage richten. Gegenseitige Vorwürfe und Misstrauen bringen uns nicht weiter. Klabu'teranusters Leute haben uns aufgespürt. Wie ist es ihnen gelungen? Auch wenn wir davon ausgehen müssen, dass wir einen Spion an Bord haben, so hat er bisher doch nichts weiter ausrichten können.«*

»Ich wäre mir dessen nicht so sicher«, schaltete sich Lame ein. *»Das vom Homiden eingefangene Signal hat die Qualität eines Funkfeuers.«*

»Und das haben Sie nicht bemerkt?« Wates Haut zeigte ein alarmiertes Zickzackmuster.

»Nein. Es war für uns nicht erkennbar.« Lame analysierte das Signal erneut und verglich es mit den Aufzeichnungen der Funkanlage. *»Extrem gerafft, niedriger Energieaufwand, fehlende Daten im Rechner.«*

»Ein Profi.«

»Mit Zugang zum Zentralcomputer«, fügte Maski hinzu.

Wate Haut verlor einen Moment lang alle Farbe. *»Es kann nur jemand aus dem Führungsstab sein.«*

100

Schon wieder war eine Sitzung einberufen worden. Wate konnte sich wahrhaft Besseres vorstellen, als seine Zeit mit streitenden Oktomajesten zu vergeuden. Aber Jake sollte seinen neuen Apparat vorführen. Das versprach, interessant zu werden.

Der Weg zum Sitzungssaal brachte Wate an Hangar vier vorbei. Im Hintergrundsummen der mentalen Stimmen registrierte er das Flüstern schlecht abgeschirmter Gedanken. Sofort spreizte er seine Tentakel und kam zum Halten. Eine männliche Stimme. Sie kam aus dem Hangar. Worte konnte er nicht verstehen, aber die Heimlichtuerei schlug ihm förmlich ins Gesicht. Sollte er Deste verständigen? Der Ruf könnte den Verdächtigen warnen. Wate beschloss, den Täter inflagranti zu stellen.

Er schwamm zur Waffenkammer neben der Hangarschleuse und griff sich einen leichten Stunner. Dann überprüfte er die Anzeigen der Schleuse. Dem Spritzer würde er die Tour vermasseln! Wate gab seinen persönlichen Geheimcode in das Kontrollfeld ein und blockierte den Öffnungsmechanismus. Der Fisch würde sich wundern, wenn er wieder herauswollte.

Jetzt musste Wate nur noch einen Weg finden, unbemerkt in den Hangar einzudringen. Dazu schienen ihm die Flutrohre ideal. Das war nicht ungefährlich – wenn die Pumpen einsetzten, würde er in tausend Stücke gerissen. Daher unterbrach er im Serviceraum die Energiezufuhr, öffnete den Ausgleichstank und schwamm in die dunkle Enge. Am Ende blockierte ein Gitter den Weg. Wate spähte verstohlen in den spärlich beleuchteten Hangar. Er erblickte keinen Tentakel weit und breit. Beiboot vier lag harmlos in seiner Haltevorrichtung. Der Verdächtige musste sich im Innern aufhalten. Wate glaubte, wieder ein Flüstern zu hören, selbst auf diese kurze Entfernung kaum vernehmbar. Ein Profi, eben.

Wate begutachtete das Gitter. Er war von kleinem Körperbau und extrem flexibel. Wenn er seinen Kopf durchquetschen konnte, würde der Rest kein Problem sein. Er blies alles Wasser aus den Kiemen und drückte den Kopf langsam zwischen die glatten Metallstreben. Mit den Kiemen blieb er stecken. Als Qualle hätte er es einfacher gehabt. Er entspannte sie noch mehr und drückte. Jetzt hing der Kopf im Hangar wie eine ausgebrannte Glühbirne, die Tentakel zappelten weiterhin im Schacht. Zwei davon zog er heraus und fädelte den Stunner durch das Gitter. Der schlug mit metallischem Klang an. Wate stockte, wartete bewegungslos. Nichts rührte sich. Er versuchte, auch noch die letzte Anspannung in seinem Körper gehen zu lassen. Noch einmal ließ er den Blick schweifen, dann stieß er sich mit einem Ruck durch dem Gitter, ließ sich heruntersinken und schwamm hinter eine Strebe der Bootshalterung. Dort versteckte er sich und lauschte.

Die abgeschirmte Unterhaltung wurde deutlicher, wenn auch nicht verständlich. Jedenfalls gehörte die zweite Stimme einem Weibling. Sie hatte etwas Vertrautes. Wate spürte Hitze in sich aufsteigen.

Jede Deckung nutzend, schwamm er auf die Einstiegsluke zu. Sie stand offen. Wate nahm die Waffe in Anschlag und schlüpfte in das Beiboot.

Er tastete sich in den unbeleuchteten Gängen voran. Aus einem Spalt im Cockpitschott fiel Licht. Er tauchte langsam darauf zu, ringelte den Primärtentakel fest um den Abzug.

Je näher er kam, desto deutlicher vernahm er die heimlichen Stimmen. Jetzt erkannte er die Weibliche.

Wie blitzgefroren verharrte er.

Fanli!

Verblüfft ließ er die Waffe sinken.

Seine Tochter hatte nichts mit dem Spion zu tun.

Das konnte nicht sein.

Aber was, zum Grumpfalg, machte sie hier?

Sofort setzte sich das Gesicht eines pickeligen Youngsters in seiner Vorstellung fest – und Tentakel, mit denen der Punk seine Tochter begrabschte.

Zuerst spürte er einen Stich im Herzen, aber dann sprudelte Zorn in ihm hoch, dass das Wasser um ihn herum zu sieden drohte. Dazu war sie noch zu jung! Was bildete sich das Gör ein? Mit einem ruckartigen Stoß katapultierte er sich nach vorne, riss die Cockpittüre auf und jagte hinein.

Was er sah, verschlug ihm die Sprache.

Im flackenden Licht der eingeschalteten Kontroll- und Steuergeräte saßen Fanli und ein Jüngling vor je einem Steuerpult und schauten ihn vor Schreck wie Feuerquallen rot schillernd an.

Wate ließ seinen Blick misstrauisch über die Armaturen wandern, dann starrte er auf seine Tochter. *»Was, zur Tinte, soll das bedeuten?«*, donnerte er los.

Die Beiden duckten sich und sahen schuldbewusst zu Boden.

»Na wird's bald!«

»Wir haben gar nichts getan«, stotterte Fanli.

Wate deutete auf die Instrumente. *»Die sind wohl von ganz allein angegangen?«*

Fanlis Farbton wechselte zu einem leichten Lila. *»Zera und ich …«*

»Zera'malulufus? Zukla'medikulles' Sprössling, nehme ich an?«

»Was du schon wieder denkst!« Fanli leuchtete jetzt eindeutig in dem trotzigsten Gelb, das Wate je an ihr gesehen hatte. *»Du bist der konservativste Spritzer von einem Vater! Nichts, aber auch gar nichts erlaubst du mir! Da gehe ich zyklenlang in die Edukatia, rackere mich ab, um gute Zensuren zu bekommen, und wofür? Soll ich vielleicht so einen blöden Fisch heiraten, seine Jungen aufziehen und zuhause bleiben, während er im Weltraum Abenteuer erlebt? Warum haben immer nur die Männlinge den Spaß? Warum soll ich zuhause bleiben? Nur weil ich Eier legen kann? Und wenn ich hier die Gelegenheit habe, ein bisschen von der richtigen Raumfahrt zu träumen, dann kommst du daher und verdirbst mir alles!«*

Das traf Wate wie ein Schlag vor den Kopf. *»Aber Liebes. Ich wollte doch immer nur dein Bestes.«*

»Eingesperrt hast du mich in deinen alten Vorstellungen.«

Wate ließ sich zu ihr herabsinken und blickte ihr in die Augen. *»Und du denkst, du kannst das alles auf den Kopf stellen? Wie stellst du dir das vor?«*

Sie hielt seinem Blick stand. *»Ich habe Astronavigation studiert«*, sagte sie trotzig.

»Und?«

»Ich habe mit Lob abgeschlossen!«

Wate unterdrückte den Impuls, Fanli zurechtzuweisen. Das fiel ihm nicht leicht. Aber er spürte, dass er an eine Schwelle gestoßen war. Erschrocken stellte er fest, dass sich eine Kluft zwischen ihm und seiner Tochter auftat. Seinem ersten Schlüpfling. Sie wollte hinaus ins Leben. In ihr Leben. Ein bläulicher Sorgenschimmer breitete sich über Wates Haut aus. Er wollte sie nicht verlieren.

Aber wie könnte er ihr helfen?

Er könnte sie ...

Nein. Das ginge nicht. Das wäre gegen alle Tradition. Die führenden Oktoftewiltabinen würden ihn zerreißen.

Aber wenn er nicht für seine Tochter einstand, wer dann?

Wate gab sich einen Ruck. *»Na gut. Dann mache ich dich hiermit zum Navitronikeranwärter.«*

Fanli glotzte ihren Vater sprachlos an.

»Geh und melde dich bei Lame«, ermunterte er sie.

»Du ... du meinst es ernst?«

»Ich bin der Commander und für das Personal des Schiffes zuständig!«

»Zischig!«, entfuhr es Zera. *»Dann bist du ja der allererste Weibling in der Geschichte der Raumfahrt!«*

Schneller als Wate gucken konnte, flitzte Fanli nach draußen. *»Wo willst du denn hin?«*, rief er ihr nach.

»Zu Lame'linulatus!«

»Warte! Ich muss dir erst die Schleuse entsperren.«

Im Fahrwasser von Fanlis Freude schlüpfte Wate beschwingt in die Sitzungshalle. Zu seinem Erstaunen klafften große Lücken in den Reihen. Die meisten der Anwesenden hingen schlaff auf ihren Hockern, auch wirkten sie blass und farblos. Alle Augen wandten sich zu ihm. Unfreundliche Augen. Wate nahm seinen Platz mit Unbehagen ein. Er war sich sicher, dass er nicht lange warten musste, um zu erfahren, was den Unmut der Oktoftewiltabinen ausgelöst, oder besser, wie er ihren Unwillen auf sich gezogen hatte.

Aber sie blieben still.

Die Tür öffnete sich und das Gros der Wissenschaftler schwärmte herein. Sie sprühten vor Hohn, was sich in einem Spiel oranger und gelber Töne auf ihrer Haut zeigte.

Als Letzter mühte sich Arte herein. Trotz seines sichtlich angeschlagenen Zustandes blitzten helle Funken der Freude über seinen Körper. Schadenfreude? Wate behielt ihn im Auge.

Zukla lenkte mit einer geschmeidigen, zwirbelnden Bewegung seiner Tentakel die Aufmerksamkeit auf sich. *»Bevor die zwei Homiden zur Sitzung erscheinen, und ich bin wie alle anderen Anwesenden neugierig darauf, was sie für so wichtig halten, möchte ich ein internes Anliegen vorbringen: Es gab Beschwerden über die jüngsten Widrigkeiten der Reise.«*

Glita wandte sich an Wate. *»Warum wird wegen ein paar Homiden unser aller Gesundheit gefährdet? Wir haben einen ganzen Stall voll an Bord! Wegen so einer Lappalie so dicht in den Gefahrenbereich einzudringen, ist unverantwortlich!«*

Wate richtete sich auf. *»Wir sind hier auf keiner Vergnügungsfahrt, meine Oktomajesten. Und mir als Commander obliegt es, die für die Mission angemessenen Entscheidungen zu treffen.«*

»Wie zum Beispiel Weiblinge für Arbeiten auf der Brücke anzuheuern!«, warf Arte, in angriffslustigem Hellrot schimmernd, ein.

Alle Anwesenden blickten den Sprecher verblüfft an.

»Seine Tochter«, fügte Arte genüsslich hinzu und zeigte mit ausgestrecktem Tentakel auf Wate.

»Das kann doch nicht stimmen«, rief Zukla empört. *»Wate'medaludes, erklären Sie sich!«*

Der richtete sich auf. *»Fanli'belzurili hat die erforderliche Ausbildung und Zertifikate. Sie ist qualifiziert.«*

»Wenn ich hier nicht die gleiche Korruption wie bei Klabu'teranuster rieche, dürfen sie mir eine Spitze Ihrer Wahl abschneiden!«, blähte sich Oberst Taka auf.

»Das ist in der Tat anrüchig und obendrein unmoralisch!«, stimmte Zukla zu. Grünlich-blaue Wellenmuster pulsten über seine Haut, während er nachdenklich seinen Primärtentakel vor sich hin- und herschlenkerte.

Wate blickte ihm in die Augen. *»Wenn selbst die Homiden ihren Weibchen erlauben, anspruchsvolle Arbeiten zu übernehmen, dann wäre es eine Schande für unsere ganze Spezies, hinter ihnen zurückzubleiben.«*

»Das ist ja ekelhaft!«, fuhr Glita auf. *»Nehmen Sie sich etwa die dummen, kulturlosen Homiden zum Vorbild?«*

Wate leuchtete in tiefem Königsblau. *»Ich möchte unseren begabten Weiblingen die Möglichkeit eröffnen, sich selbst zu entfalten, und zwar über den Rahmen hinaus, der sie bisher beschränkt hat.«*

»Sie wurden niemals behindert! Wir haben ihre natürlichen Rechte gewahrt!«, warf Zukla ein.

»Ohne sie zu fragen!« Kein Fünkchen regte sich auf Wates Haut.

Glita winkte ab. *»Es gibt immer den einen oder anderen Fehlwurf, der sich nicht einpassen will.«*

Jetzt konnte Wate die ersten roten Flecken nicht mehr unterdrücken. *»Wollen Sie damit sagen, dass meine Tochter … Glita'waschkemutu, ich fordere Sie zum Duell!«*

»Ruhe!«, donnerte der Zukla dazwischen. *»Das könnte Klabu'teranuster passen, wenn wir uns hier gegenseitig erwürgen. Nehmen Sie doch Vernunft an!«*

»Ich lasse meine Familie nicht beleidigen!«

Zukla machte eine schneidende Tentakelbewegung. *»Persönliche Befindlichkeiten haben hier keinen Platz, Commander! Wenn ich Sie erinnern darf – wir müssen jetzt zusammenstehen. Wir haben eine sehr schwere Aufgabe zu erfüllen, die unsere ganze Kraft erfordert!«*

101

Jake ließ Pedro vorgehen, der stolz das Licht der Göttin in seinen Händen hielt. Ein besserer Name war Jake für sein Gerät nicht eingefallen. Es sah immerhin beeindruckend aus, wie die Farben in seinem Inneren strahlten und waberten. Jake war sich immer noch nicht im Klaren, was man damit anfangen konnte. Jedenfalls war er fest davon überzeugt, dass es auf die Kante reagierte. Nur wie das zu ihrem Vorteil zu nutzen war, entzog sich seiner Vorstellungskraft. Er hoffte, durch ein Brainstorming mit den Squids auf neue Ideen zu kommen. Aber die Biester stritten schon wieder so sehr, dass sie seine Ankunft an der Scheibe noch nicht einmal bemerkten. Er ließ sich auf einem Stuhl neben Pedro nieder und blickte missmutig in die Runde. Da war der ganze aufgeblasene Schwall versammelt: vom Führungsgremium über die Wissenschaftler zum technischen Personal. Und sie hackten schon wieder einmal auf Wate herum.

»Entschuldigung!«

Augenblicklich wurden die Squids still.

Jake atmete tief durch und deutete auf das Gerät. »Ich habe Daten gesammelt«, sprach er in den Audiokonverter. Sofort ließ die Farbintensität der Squids nach. Jake verdrehte die Augen. Verbale Kommunikation war den meisten von ihnen verpönt: die Sprache niederer Rassen. Daran mussten sie sich gewöhnen, denn er würde Pedro nicht aus der Diskussion ausschließen.

Die Wissenschaftler schwammen herbei. Ihre Haut begann in flammend fröhlichen Farben aufzuleuchten und schon kicherte einer los: »Deine Apparatur flackert wie das Holzfeuer der Homiden, in das sie bei Dunkelheit so gerne hineinstieren.«

Jake nahm den Spötter ins Auge. »Es reagiert definitiv auf die Nähe der Kante. Vielleicht können wir es zum Messgerät ausbauen.«

Femto behielt einen neutralen Farbton. »Stimmt es, dass grauhaarige Homidenweibchen im Züngeln der Flammen die Zukunft lesen können?« Seine Unterlinge prusteten vor Vergnügen. Das Gros der Squids entspannte sich, als genössen sie eine Comedy-Show.

Jake wandte sich an Wate'medaludes, der als Einziger aufmerksam zuzuhören schien. »Ich habe die Daten in den Computer eingespeist, aber er scheint nichts damit anfangen zu können. Könntest du es dir bitte einmal auf dem Hologrammfeld ansehen?«

Wate schaltete es ein. Die Projektion zeigte farbiges Gegrissel, Wellen und Bänder zogen darüber hinweg.

Die Wissenschaftler johlten. »Ist das die komplexe Analyse des stochastischen Chaos in multimedialer Parallaxenkrümmung?«, höhnten sie.

Jake stand auf und trat so nahe an die Scheibe, dass sein Atem daran kondensierte. »Statt mich mit dieser unsinnigen Aneinanderreihung wissenschaftlich klingender Worte verarschen zu wollen, würde ich mir konstruktive Kritik wünschen«, sagte er mit harter Stimme. »Vielleicht ist euch aufgefallen, dass die Apparatur auch die Schwerkraft aufhebt?«

»Das können wir schon seit hunderten von Zyklen«, antwortete Femto unbeeindruckt.

»Die sind sehr dumm«, flüsterte Pedro. Dazu machte er ein Gesicht, als stünde er mit dem Netz wurfbereit über einem Schwarm fetter Makrelen.

»Dumm sind sie nicht«, widersprach Jake ebenso leise, »aber verdammt arrogant.«

Wate betrachtete unterdessen das vermeintliche Rauschen im Hologrammfeld. *»Lame'linulatus, könnten Sie einmal in den Konferenzsaal kommen?«*

Jake atmete auf.

»Was passiert jetzt?«, wollte Pedro wissen.

»Sie holen einen Spezialisten.«

»Wird auch Zeit.«

Lame schraubte an den Kontrollen des Hologrammprojektors herum. Das Muster änderte sich mit jeder Einstellung. *»Ich würde die Rohdaten vorher gerne durch den Hauptcomputer schicken. Ich habe ein paar Programme, die vielleicht Ordnung in das Chaos bringen.«*

»Ich wäre Ihnen sehr verbunden«, antwortete Wate.

Es dauerte fünf lange Minuten, bis der Datensatz zurückkam. Mit ihm änderte sich das Bild. Wegen der groben Auflösung mehr zu ahnen als zu sehen, erschien eine wellenüberzogene Fläche, die nach hinten abbrach. Alle starrten ungläubig auf die Projektion.

Jake kramte in seinem Kopf nach einer Erklärung. »Vielleicht treffen hier mehrere Dimensionen aufeinander und die höhere löscht die niedere aus.«

»Ich sehe es anders«, widersprach Wate. »Durch irgendeinen physikalischen Effekt deines Geräts werden die Bewegungen eines niederen Mediums auf ein höheres transferiert und somit sichtbar.«

»Kannst du davon ein Negativbild projizieren?«, fragte Jake einer Eingebung folgend.

Lame drückte ein Tastenfeld.

Pedro sprang auf. »Jetzt sieht es aus wie ein Tsunami!«

Betroffen starrten die Anwesenden auf das Bild: Die Darstellung sah aus wie eine riesige Welle, die auf sie zurollte.

»Eine sublymelluläre Hyperschockwelle«, stöhnte Lame. »Unvorstellbar! Das kann es doch nicht geben!«

»Was?«, fragte Maski.

»Ein Tsunami der fünften Dimension«, antwortete Lame nachdenklich. »Oder so ähnlich.«

Femto leuchtete in hellem Rot. War es Aufregung oder Angst? »Wir haben ein neues Naturphänomen entdeckt – eins von nie beobachteter Zerstörungskraft. Wie sollen wir es nennen?«

»Bleiben wir doch bei Kante«, schlug Jake vor. »Denn dahinter gibt es nichts.«

Der Techniker zuckte aufgeregt mit den Tentakelspitzen. »Schön und gut, aber könnte ich mir das Gerät einmal genauer ansehen?«

Femto schwamm hinter Lame und schaute ihm über die Schulter. »Und mich würde der angewendete Algorithmus interessieren.«

Über Wates Haut zog sich ein leichtes Orange des Stolzes. Er blickte Jake an und streckte seinen Primärtentakel in die Höhe. Jake verstand. Es galt nicht nur, den äußeren Feind zu besiegen, sondern auch Dünkel und Ignoranz in den eigenen Reihen.

Während die Techniker an der Verfeinerung von Jakes Prototypen arbeiteten, steuerte Wate das Schiff in einen entfernten Raumsektor, weit genug weg, um von Klabu'teranusters Einheiten nicht gefunden zu werden. Die Kante war ja lang genug. Erschreckend lang.

Nach drei Tagen präsentierten die Techniker stolz das neu überarbeitete Gerät dem staunenden Gremium. In Anlehnung an Jakes Licht der Göttin, nannten sie es LdG-Taster. Es war ihnen gelungen, die Auflösung um den Faktor tausend zu verbessern und dabei seine Größe auf die eines Stecknadelkopfs zu reduzieren. Damit machte sich Jake auf den nächsten Testflug. Er wagte sich näher als zuvor.

Nach dem Flug wurden die Messergebnisse von den Squids analysiert.

»Unser Gerät hat entscheidende Daten gesammelt«, berichtete Femto dem Gremium.

»Jakes Gerät«, verbesserte Wate und erntete einen vernichtenden Blick.

»Außerdem haben wir eine weitere Funktion entdeckt«, fuhr Femto fort. *»Es kann unseren Deflektorschirm durchdringen!«*

»Was?«, fuhr Oberst Taka auf. Rote Pünktchen der Erregung säumten seinen Körper.

Jota wand sich unbehaglich. *»Dann ist es vorbei mit der Heimlichkeit!«*

Zukla winkte ab. *»Dazu müsste es Klabu'teranuster erst gelingen, seine Tentakel um das Gerät zu wickeln.«*

Femto zappelte ungeduldig. *»Aber die beste Neuigkeit ist ...«*, er machte eine dramaturgische Pause, *»... wir haben die Natur der kosmischen Störung entdeckt!«*

Mit einem Mal waren alle still und wandten ihre Augen auf Femto'ligumales.

Der fuhr in wissenschaftlichem Eifer fort: *»Dazu mussten wir allerdings etliche Hypothesen korrigieren und einige althergebrachte Grundannahmen und Postulate streichen. Streichen, meine Oktomajesten! Sie waren schlichtweg falsch. Falsch!«*

Wate ließ das wichtigtuerische Gehabe des Wissenschaftlers an sich abfließen, so waren sie nun mal. Allerdings konnte er es kaum erwarten, dass sie mit der eigentlichen Erkenntnis herausrückten.

»Unseren Berechnungen nach handelt es sich um eine subzytuläre Hyperschockwelle. Sie erschüttert die Kräfte, die das Wesen der Materie bilden – eine Störung des Lymellenmediums.« Den letzten Teil des Wortes sprach er langsam und gewichtig aus.

Wate kringelte es die Tentakel zusammen. Ausgerechnet Femto'ligumales! Er, der in seiner wissenschaftlichen Karriere bis dato die Existenz des Lymellenmediums vehement bestritten hatte, prahlte jetzt mit dessen Entdeckung!

»Und was sollen wir dagegen tun?«, warf Jake ein.

Femto wandte sich düpiert an ihn. *»Er begreift nicht die Ungeheuerlichkeit der Entdeckung!«*

»Und du begreifst nicht die Ungeheuerlichkeit der Gefahr! Wie schnell läuft deine subzytuläre Hyperschockwelle? Mehr als fünftausendfache Lichtgeschwindigkeit? In zwanzig Jahren wird sie die gesamte Milchstraße vernichtet haben! Es wird noch nicht einmal ein armseliger Planet übrig bleiben, auf dem du dieses Raumschiff abstellen kannst. Ihr könnt nur in den extrastellaren Raum fliehen. Ins Nichts!«

»Dort ebbt es aber ab«, lenkte der Wissenschaftler ein.

»Wie tröstlich, wenn wir dann alle tot sind!«, erwiderte Jake sarkastisch.

»Wir können gar nichts tun«, beharrte Femto. *»Dieses Phänomen steht weit jenseits unserer technischen Möglichkeiten. Wir müssen Nitsituaan evakuieren ... in den extrastellaren Raum, wenn nötig.«*

»Und was wird aus den Menschen auf der Erde?«, fragte Jake mit scharfer Stimme.

Zukla blähte sich auf. *»Wir haben noch nicht einmal genügend Raumschiffe, um auch nur ein Prozent der Oktoftewiltabinen zu retten. Im Anbetracht des Ausmaßes wird es Opfer geben müssen.«*

Jake presste die Fäuste gegen die kalte Scheibe, die ihn von den Squids trennte. *»Ich bin nicht hier, um den Schwanz einzuziehen!«*

»Das sagt er so leicht in seiner Ignoranz«, antwortete Femto und schimmerte in einem unübersehbaren, überheblichen Zitronengelb.

Jake ging nicht darauf ein. Er zermarterte sich das Gehirn. *»Mit Waffen könnt ihr die Hyperschockwelle nicht aufhalten?«*

Wate winkte müde ab.

Jake lief an der Scheibe auf und ab. Ein kosmischer Tsunami von unvorstellbarer Macht. Dagegen wirkten die schwarzen Löcher geradezu lächerlich, vor denen er sich als Kind seit dieser Sendung im Discovery Channel gefürchtet hatte. Die Raum-Zeit-Verzerrung zog Menschen, wenn sie hineinfielen, zu langen Spaghettis auseinander. So hatte der Moderator damals den Effekt erklärt. Jake schauderte. *»Könnt ihr schwarze Löcher herstellen?«*

Die Squids schauten ihn verwundert an.

Auf Wates Tentakel blitzten helle Pünktchen. *»Du meinst, wir könnten die Kante damit aufsaugen?«*

»Zumindest seine Richtung so weit stören, dass es an Nitsituaan und der Erde vorbeiläuft.«

»Das ist technisch unmöglich«, schaltete sich Oberst Taka ein.

Femto leuchtete in nachdenklichem Dunkelblau, während er vor sich hinbrummelte. *»Theoretisch könnten wir unsere Gravitationsbomben ... mit den Eigenschaften des neu entdecken Mediums in der Gleichung ... die Zytolunenfusion diametral anheizen ...«*

In einer Mischung aus Erregung und Grusel überzog sich Oberst Takas Haut mit orangefarbenen Flecken. *»Sie glauben, es ist möglich?«*

»Ja, doch. Eine Megagravitationsbombe könnte ein schwarzes Loch auslösen.«

Zukla ließ sich schwer auf seinen Hocker sinken. *»Das wäre die ultimative Waffe! In der Hand eines Feindes ... nicht auszudenken!«*

102

Im Hangar bot sich Jeff ein ernüchterndes Bild. Wie eine nukleare Langstreckenrakete hing die neue Bombe in einer Abschussvorrichtung am Bauch von Beiboot eins. Kalt und glänzend. Jake lief ein Schauer über den Rücken. Mit diesem Ei zwischen den Beinen sollte er losfliegen und es vor die Kante werfen.

Jake legte die Hand auf die glatte Oberfläche. Um seine Finger herum bildete sich ein feiner Beschlag auf dem kühlen Material. Dieses Ding konnte ein schwarzes Loch in das Raum-Zeit-Gefüge reißen. Unvorstellbar, und doch spielte ihm seine Phantasie immer wieder diesen schwarzen Strudel vor, der ihn an den Füßen packte und mit unwiderstehlicher Gewalt hineinzog, bis sich sein Körper mehr und mehr streckte, zum Zerreißen gedehnt, wie ein ausgezogener Kaugummi, und anschließend alles Licht und Materie in sich aufsaugte. Den Teufel mit Beelzebub austreiben. Jake schauderte. »Schwarze Löcher bewegen sich zumindest nicht mit Überlichtgeschwindigkeit«, beruhigte er sich laut. »Das Beiboot kann locker davonfliegen.«

»Das ist richtig!«, ertönte eine mentale Stimme. Jake fuhr herum. Er hatte den Adjutoren nicht kommen hören. Doch wunderte es ihn, dass der Squid die Kuppelverblendung eingeschaltet hatte. Immerhin hatte er die Stimme erkannt. *»Oh, Oberst Taka ... Wollen wir hoffen, dass es funktioniert.«*

»Ich denke, es wird«, sagte der Adjutor und hob den Waffenarm.

Jake trat instinktiv einen Schritt zurück. *»Was soll das?«*

»In den Serviceraum!«, befahl Taka.

Jake hob die Hände. *»Sind Sie verrückt geworden?«*

»Lauf!«

Jake starrte auf die Mündung der Waffe. Ein Strahler. Er drehte sich langsam um und ging. Seine Rückenmuskeln spannten sich, als ob jemand eine Messerspitze hineindrückte. *»Was wollen Sie von mir?«*

»Einen dreckigen Homidenverbrecher exekutieren. Aber das ist Nebensache. Klabu'teranuster wird sich über die neue Bombe viel mehr freuen. Stell dir einmal vor, welche Macht es bedeutet, ganze Sonnensysteme eliminieren zu können!«

Jake lief es eiskalt über den Rücken. *»Damit kommen Sie nicht durch. Wate! Hörst du mich?«*

Taka blubberte vor Vergnügen. *»Sie hören nichts, sie sehen nichts. Du musst wissen, ich habe ein paar besondere Fähigkeiten.«*

Jake blieb betroffen stehen. *»Sie haben die Bordwaffen sabotiert und Positionsangaben durchgefunkt!«*

»Geh weiter! Ihr seid eine Bande Verrückter, die die nationale Sicherheit gefährdet.«

Jake konnte es nicht fassen. So dumm konnte der Squid doch gar nicht sein. *»Haben Sie nicht begriffen, was wir hier tun? Sie haben doch auch die Hyperschockwelle gesehen!«*

»Da draußen ist nichts weiter als eine Zone temporärer Lymelleninterferenz. Und solche Bilder, wie ihr sie gezeigt habt, hat mein Sohn schon als Voredukatianer auf seinem Datcom kreiert. Dreh dich um!«

Jakes Herz pochte. Seine Augen fixierten den angelegten Strahler, der auf seine Stirn gerichtet war. Ein wahnsinniger Fanatiker! Schweiß trat ihm auf die Stirn.

Ohne den Waffenarm von seinem Ziel zu nehmen, schob der Adjutor den Progammierfinger in den Port der Hangarkontrolle im Serviceraum. Langsam schloss sich das Schleusentor. Taka wandte sich Jake zu. *»Zum Schutz vor illegalem Klonen deiner pervertierten Gene werde ich deine Genitalien einschmelzen müssen.«*

Jake sog die Luft ein. Seine Gedanken schwirrten, Szenen und Bilder gingen in seinem Kopf herum. Eins trat hervor: als damals Glita bewegungslos hinter der Scheibe heruntersank. Der Squid hatte ihn derzeit unter mentale Kontrolle bringen wollen und war mit seinen Gedanken in Jakes Geist eingedrungen. Vielleicht ginge das auch umgekehrt.

Jake konzentrierte sich und suchte Takas Bewusstsein. Wie eine Kugel aus feinem Nebel erschien es vor seinem inneren Auge. Jake fasste mit unsichtbaren Fingern danach und drang mit seiner Aufmerksamkeit hinein. Plötzlich kam es ihm vor, als hielte er selbst den Strahler, der auf ihn gerichtet war. *Herunternehmen!*, suggerierte er. *Herunternehmen!*

Die Waffe zitterte.

Herunternehmen!

Plötzlich fühlte Jake einen Stich in seinem Gehirn und die garstige Stimme von Taka schnitt schmerzhaft in seinen Geist: *»Habe ich nicht gesagt, dass ich besondere Fähigkeiten besitze?«*

Jake fühlte, wie sich eine unsichtbare Faust unaufhaltsam um sein Gehirn legte. Gleichzeitig sah er, wie Taka den Strahler auf seinen Schritt richtete. Jake wollte ausweichen, wegspringen, aber sein Körper gehorchte ihm nicht. Entsetzt starrte er auf die Strahlermündung.

Sein Atem stockte.

Dann geschah alles auf einmal: Bewegung im Augenwinkel und das Geräusch brechenden Glases; der Adjutor, der mit eingeschlagener Kuppel unter dröhnendem Scheppern zu Boden fiel ... Pedro, der einen Gravitationshammer schwang.

Er grinste breit. »Sah aus, als wollte dir der Fisch die Eier abschneiden! Myriam hätte das sicher gar nicht gemocht.«

Jake fühlte sich wie bei einer Achterbahnfahrt. Eben noch war er ungebremst in die Tiefe geschossen, jetzt katapultierte es ihn steil nach oben. Er nahm einen tiefen Atemzug. »Danke.« Mehr wusste er in diesem Moment nicht zu sagen.

»Claro.« Pedro bückte sich und zog den zappelnden Taka aus dem Adjutor. »Soll ich ihn zerquetschen?«

Jake musterte den Squid nachdenklich. »Nein, wir bringen ihn zum Commander.«

»Au!« Pedro schrie auf und ließ Taka fallen. Er starrte auf seine blutende Hand. »Der verdammte Fisch hat mich gebissen.«

Schneller als Jake zufassen konnte, glitschte Taka über den Boden und verschwand in einem Gulli.

»Mierda!«, entfuhr es Pedro. »Ich hätte ihn doch zu Mus drücken sollen.«

103

Auf der Brücke bereitete Wate den Start von Beiboot eins vor. Das würde der bisher wichtigste Testflug werden. Er hoffte inständig, dass sich Jakes Idee mit dem schwarzen Loch als richtig erweisen würde. Im Moment war es der einzig brauchbare Vorschlag.

Die Kontrollen für Hangar eins zeigten grün. Aber der mentale Kontakt zu Jake war abgerissen. Warum schirmte er sich ab? Wate wurde bewusst, dass er, wenn er an Jake dachte, nicht mehr einen Homiden vor Augen hatte. Immer mehr verschwamm das Bild. Fast könnte er glauben, Jake sei ein Oktoftewiltabine. *»Wo steckst du?«*

Keine Antwort.

Ein Flackern in der Beleuchtung schreckte Wate auf. *»Was ist da los?«*

Maski ließ seinen Blick über die Maschinenarmaturen gleiten. *»Die Instrumente zeigen alles im normalen Bereich«*, antwortete er, doch flimmerte seine Haut in argwöhnisch rötlichen Tönen.

»Ich kann auch nichts Außergewöhnliches feststellen«, meldete Lame.

»Vielleicht schlägt unser Freund wieder zu«, unkte Deste vom Kampfstand herüber.

»Beschwören sie nicht die Muränen! Jetzt, wo wir in so einer sensiblen Phase unserer Aktion stecken.«

»Eben!«

Wate überlegte nicht lange. *»Geben Sie Alarm!«*

Der Navitroniker löste aus.
Es blieb still.
»Lame?«
»Nichts. Tinte! Ich kann keinen Fehler feststellen!«
»Jake an Brücke«, tönte es aus dem Interkom. »Taka ist der Spion!«
Wate zuckte zusammen. Instinktiv versuchte er, mentalen Kontakt zu Jake herzustellen, fand ihn aber nicht. »Wo bist du?«, rief er in das Interkom. »Wie kannst du so eine schwere Beschuldigung gegen ein Mitglied des engsten Führungsrates erheben?«
»Ich habe sein Gedankenmuster erkannt.«
»Das heißt überhaupt nichts. Wir können es verstellen.«
»Scheißegal, ob du mir glaubst, Wate, er will das Beiboot mit der Bombe Klabu'teranuster in die Hände spielen.«
Wate reagierte sofort. *»Lame, blockieren Sie die Hangartore!«*
»Zu spät, Commander!« Deste deutete auf den Hauptmonitor. *»Beiboot eins verlässt gerade das Schiff.«*
»Nach meinen Anzeigen ist es immer noch im Hangar!« Wate drehte verärgert an seinen Kontrollen. *»Wie hat er das gemacht?«*
Deste richtete die Geschütze aus. *»Soll ich ihn abschießen?«*
»Mit der Bombe an Bord? Sind Sie wahnsinnig?«
Der Sicherheitsoffizier fluchte.
»Maski. Nehmen Sie die Verfolgung auf.«
»Aye, Commander. Taka fliegt auf die Kante zu.«
»Tinte! Mit der Sonderausstattung kommt er näher heran als wir. Das weiß der Fisch. Bleiben Sie an ihm dran, so dicht es geht.«
»Commander!«, meldete Lame aufgeregt. *»Taka setzt eine Lymellennachricht an Klabu'teranuster ab. Grumpfalg! Er berichtet ihm, dass er uns auffinden kann und eine neuartige Ultimativwaffe mitbringt – und er sagt, er hätte Tenka entführt!«*
Wate fiel in einen Strudel. *»Was? Unmöglich!«* Er begann zu zittern. Und wenn doch? *»Lame, sehen Sie in meinem Quartier nach!«* Er blies hart durch die Kiemen. *»Deste! Ferntaster an.«*
»Commander, dann leuchten wir bis Nitsituaan auf den Ortungsschirmen auf!«
»Das ist mir Qualle!«, schrie Wate. *»Mit dem LdG-Taster kann uns Taka sowieso orten. Halten Sie nach Schiffen Ausschau und schießen Sie alles ab, was sich dem Beiboot nähert.«*
»Aye, Commander. Da haben wir schon den Schlamm! Drei Großkampfschiffe nähern sich. Sie drehen auf uns zu. Denen sind wir nicht gewachsen.«
»Wie weit sind sie noch weg?«
»Ein paar Minuten, dann sind wir in ihrer Schussweite.«
Wate verlor keine Zeit. *»Taster aus. Maski, Positionswechsel!«*
Lame schoss in den Kommandoraum. *»Tenka ist fort ... ebenso Takas Weibling.«*
Wate entfuhr ein fürchterlicher Fluch. *»Und die Kinder?«*

»Sie waren in der Schlafgrotte eingesperrt. Zuklas Weibling kümmert sich jetzt um sie.«

»Tinte, Tinte, Tinte!« Wate fuhr von seinem Sitz auf. *»Warum, beim Grumpfalg, haben sie keinen Hilferuf ausgesandt?«*

Fanli flitzte vor Wut rot blitzend auf die Brücke. *»Weil der Fisch ganze Sektionen gedanklich abschirmen kann.«*

»Schwimm zurück zu deinen Geschwistern!«

»Wir müssen Mama zurückholen!«

Wate fühlte sich wie in eine heiße Quelle geworfen, seine Gedanken wirbelten im Kopf herum. Er zwang sich zur Ruhe. Konzentration! *»Deste, eröffnen Sie das Feuer auf die Schiffe! Maski, Ausweichmanöver nach jedem Schuss.«*

Der Sicherheitsoffizier gehorchte sogleich, begann aber Augenblicke später purpurrot zu schillern. *»Ihre Schirme sind zu stark. Ich komme nicht durch!«*

»Schießen Sie weiter.«

Eine Salve nach der anderen verließ das Schiff und prallte an den Schutzschirmen der Feinde ab. Von dort fingerten Strahlen und Torpedos nach ihnen. Maski schlug Haken und vollführte wahre Bocksprünge, die die Squids hart in ihre energetische Sicherheitsgurte pressten.

Dann löste sich eins der Schiffe aus dem Verband und steuerte auf das Beiboot zu.

»Verdammt, wenn ihnen der LdG-Taster in die Tentakel fällt, ist unser Unsichtbarkeitsschirm wertlos«, fluchte Lame.

»Und die Bombe«, stöhnte Maski.

Vor Wate Augen verschwamm die Welt. Ihm wurde klar, was er zu tun hatte. Schmerz, schlimmer als er es für möglich gehalten hatte, versengte sein Inneres. Gab es denn keinen anderen Weg? Gab es zum Grumpfalgkot wirklich keinen anderen Weg? Wie betäubt ließ er sich auf seinen Kommandohocker sinken, starrte mit leeren Augen auf den Monitor, wo sich das Kampfschiff dem Beiboot näherte. Alle Farbe verließ seine Haut. Er hatte keine andere Wahl. *»Vernichten Sie Beiboot eins«*, ordnete er tonlos an.

Alle erstarrten.

»Mama!«, schrie Fanli auf und blickte ihren Vater entsetzt an. *»Das kannst du nicht tun!«*

Wate schloss die Augen. Er sah keinen Ausweg. Zumindest musste sie so Klabu'teranusters Tortouren nicht erleiden. *»Feuer!«*, befahl er mit schwacher Stimme.

Deste funkelte in wilden, konträren Farbtönen. *»Aber Tenka ...«* Seine Tentakelspitze zuckte am Auslöser. Dann zog er sie zurück. *»Commander, wenn Sie das Beiboot abschießen wollen, müssen Sie es selbst tun!«*

Wate starrte wie hypnotisiert auf das Auslöserfeld. Seine Gedanken und Gefühle verschmolzen zu feurigen Flammen, die sein Inneres ausfüllten, verbrannten. Die Tentakelspitze, die sich unendlich langsam dem Auslöser näherte, schien nicht seine zu sein. Er selbst schien sich nicht mehr zu gehören, denn mit dem Druck auf die Taste würde er zerstören, was ihm wichtiger war, als alles auf der Welt. Aber wenn es bald keine Welt mehr gab ...

»Mama!«, schrie Fanli.

Mit einer hakeligen Bewegung drückte Wate den Auslöser des schweren Geschützes und brach zusammen. Der Lymellenimpulsstrahl verließ die *FREDDY* und raste mit vielfacher Lichtgeschwindigkeit auf das Beiboot zu.

Plötzlich zerstrahlte das tödliche Energiebündel in einer Fontaine aus Feuer an dem erweiterten Schutzschirm des feindlichen Kampfschiffs. Freude und Sorge zerrissen Wates Herz: Tenka lebte, aber was würde Klabu'teranuster mit ihr anstellen?

Wate riss sich mit Gewalt aus dem Strudel verzweifelter Gefühle. Er durfte ihr nicht folgen. Er konnte ihr nicht helfen. Sie hatten noch eine Mission zu erfüllen. Für alle: Oktoftewiltabinen und Homiden. *»Fluchtgeschwindigkeit«*, befahl er hart. *»Kurs auf vier Sim39, acht Del50, acht Sig69.«*

Jetzt war ihm klar, was Jake erlitten haben musste, als er sich entschied, Myriam nicht zu Hilfe zu eilen.

104

In aller Eile war eine zweite Bombe gebaut worden. Nun raste sie im Inneren eines Torpedos auf die Kante zu.

Im Kontrollraum der *FREDDY* herrschte angespanntes Schweigen. Nur das Summen der Aggregate und das leise Gluckern des Wassers waren zu hören. Alle starrten auf das riesige Hologrammfeld.

Der Timer zuckte im Sekundentakt. 60 ... 59 ... 58 ...

Auf der anderen Seite der Scheibe vergaß Jake fast zu atmen. Hätte Taka nicht das Beiboot gekapert, wäre er jetzt mit der Bombe an Bord unterwegs. Ein Schauer lief über seinen Rücken. Irgendwie spürte er Erleichterung. Aber gleichzeitig hasste er das Gefühl, nun tatenlos zum Zuschauen verdonnert zu sein.

Plötzlich zerbarst das Geschoss wie eine Supernova. Im Zentrum der Explosion formte sich ein kleiner schwarzer Fleck, der schnell wuchs und alles Licht in sich hineinzusaugen begann.

Ein Aufschrei vom Kontrollpult ließ alle zusammenfahren. Lame, vor Angst wie eine Feuerqualle glühend, schaltete zitternd den LdG-Taster vom Hauptmonitor auf das Hologrammfeld. Nun konnte jeder sehen, wie sich die Hyperschockwelle aufbäumte. *»Das darf nicht wahr sein! Die Bombe verstärkt die Kraft Kante!«*

Wate reagierte augenblicklich. *»Maski, machen Sie, dass wir hier wegkommen«*, brüllte er und saugte sich fest.

Der Steuermann wendete das Schiff in einem halsbrecherischen Manöver und ging auf Fluchtgeschwindigkeit.

Jake lief an der Scheibe zum Sitzungssaal auf und ab. Das Ergebnis des Experiments war erschütternd. Obendrein war der Sprengkörper von allein losgegangen.

Viel zu früh.

Über die Haut des ballonköpfigen Wissenschaftlers Femto blitzten rote Punkte. »Die Hyperschockwelle baut sich mit der Energie des schwarzen Lochs noch weiter auf. Wir hätten nicht auf die idiotische Idee eines Homiden hören sollen!«

Pedro sah den Squid mit finsterer Miene an. Jake lief weiter im Kreis. Die Angriffe des Squids auf seine Intelligenz ließen ihn inzwischen kalt. Dem fiel ja schließlich überhaupt nichts mehr ein, so als hätte die Angst sein Forscherhirn vollständig paralysiert.

»Vielleicht liegt es an der Polarität«, spekulierte Jake. »Wenn wir die Bombe jenseits der Kante zünden, könnte sie eventuell den gewünschten Effekt erzielen.«

Der Squid schillerte in überheblichen Türkistönen: »Da wir derzeit, bis ein neues Beiboot für dich umgebaut ist, sowieso nichts Besseres tun können, steht es uns frei, zum Amüsement die Zeit auch mit phantastischen Überlegungen zu überbrücken.« Femto schwamm vor Jakes Gesicht und glotzte ihm in die Augen. »Gesetzt den Fall, du hättest Recht, was sich in der Vergangenheit als unwahrscheinlich herausgestellt hat, bliebe doch die Winzigkeit zu klären, wie wir das Ding auf die andere Seite bekommen sollen. Wie du sicher bemerkt hast, zerstört die Hyperschockwelle jegliche Materie!«

»Ein Tauchboot«, sagte Pedro.

Die Squids glotzten ihn wie einen Irren an, aber über Jakes Gesicht ging ein Leuchten. Begeistert schlug er Pedro auf die Schulter: »Klasse, Mann!« An die Squids gewandt, fuhr er fort: »Könnt ihr den Schirm, der das Schiff beim überlichtschnellen Flug umhüllt, soweit verstärken oder modifizieren, dass er der Hyperschockwelle standhält?«

Femto wechselte die Farbe zu verblüfftem Hellblau. Sinnierend wedelte er mit den Tentakeln. »Man müsste darüber nachdenken. Eine konkrete Lösung kann ich nicht anbieten, denn es gibt schier endlose Möglichkeiten der Variation. Modifikation ... hmm ... ja, das wäre denkbar.« Er sah Jake an und kleine rosa Flecken auf seiner Haut zeigten, dass diese Idee auch etwas Peinliches für ihn hatte. »Manchmal bist du doch schlauer, als ich erwartet habe ...«

Von Erfolg allerdings konnte keine Rede sein. Die Torpedos explodierten weiterhin. Alle. Mittlerweile war Beiboot zwei vollständig umgerüstet, und immer noch zeigte sich kein Fortschritt mit dem Schutzschirm.

Torpedo 1539 verließ das Schiff. Die Squids im Sitzungsraum sahen schon gar nicht mehr zum Hologrammfeld hin.

»*Vielleicht sollten wir uns wirklich an den Rand der Galaxis absetzen*«, sagte der dicke Jota müde. »*Noch haben wir genügend Energiereserven, um dorthin zu kommen und eine Weile zu überleben.*«

»*Sie irren sich, hochgeehrter Minister*«, erwiderte Wate. »*Wir können dem Zerstörungsbereich der Kante langfristig nicht mehr entkommen. Sicher könnten wir noch ein paar Jahre gewinnen, aber dann würde uns das Ende unabwendbar überrollen. Unsere einzige Chance ist es, jetzt eine Lösung zu finden.*«

»*Ich verstehe.*«

»*Noch sind wir nicht am Ende*«, mischte sich Maski in die Unterhaltung. »*Ich bevorzuge es, mit der Hoffnung zu leben, und seien es nur noch wenige Tage, als ein langes Jahr oder zwei in Hoffnungslosigkeit meinem Tod entgegenzusehen. Das wäre grausam.*«

»*Wann sollte Torpedo 1539 einschlagen?*«, fragte Jake aus dem Laboratorium.

»*Vor drei Minuten.*«

»*Warum hast du mir keinen Bericht gesendet?*«

Lame überprüfte seine Geräte. »*Weil es nichts zu berichten gibt, Jake. Keine Explosion!*«

Nach einer Pause der allgemeinen Verblüffung brach lauter Jubel aus.

Aber die Freude währte nicht lange. Sobald ein Torpedo mit der Megagravitationsbombe bestückt wurde, explodierte er trotz des Schutzschirms beim Erreichen der kritischen Distanz zur Kante. Jake raufte sich die Haare. Es gab nur eine Erklärung. Die Bombe selbst präsentierte ihnen ein neues Problem. Sie wurde von der Kante gezündet. Und diesmal hatte er das Gefühl, mit seinem Latein endgültig am Ende zu sein – von Sprengkörpern verstand er nichts.

Femto versuchte, das Prinzip der Bombenzündung zu erklären: »*Ein stabiles Zytulonenplasma wird durch eine Zylazokiumzerfallsreaktion in einen angeregten Zustand versetzt, der in einem kontrolliertem Lymellenfeld die Fusion zu reinen Gravitonen einleitet, dessen freigegebene Energie den Prozess hyperexponentiell verstärkt.*«

Jake schüttelte verwirrt den Kopf.

»*Vielleicht bekommst du wieder eine von deinen rustikalen Ideen*«, fügte Femto hinzu. Diesmal zeigten sich keine grünen Flecken auf seiner Haut. Dafür leuchteten vereinzelt hellblaue Pünktchen. Zeichen zarter Hoffnung.

Jake wusste, dass das mehr als ein Kompliment war. Femto hatte sich in letzter Zeit verändert. Und Jake genoss es, seine Anerkennung zu spüren. Allerdings fragte er sich, was er diesmal zur Lösung des Problems überhaupt beisteuern konnte. Er war kein Raketentechniker. Sicher konnte er die nuklearen Zerfälle in den Sprengköpfen der riesigen Langstreckenraketen seiner Heimat bis in den Pica-Bereich hinein berechnen.

Aber vielleicht kam es auf Ablauf und Natur der Reaktion gar nicht an. *»Wir könnten versuchsweise Ladung und Zünder einzeln hochschießen.«*

»Jake, das ist nicht so einfach. Beide stehen durch ein reziprokes Konvolussionsfeld in interaktiver Superpositionierung.«

»Und das könnt ihr nicht trennen?«

Nach mehreren missglückten Versuchen gelang es ihnen. Nur führte das zu einem neuen Problem: Die beiden Teile mussten jenseits der Kante wieder zusammengefügt werden. Jemand musste hindurch.

Jake lag auf seinem Bett und konnte nicht schlafen. An die Kante heranfliegen, war eine Sache. Aber hindurch?

Ein Todeskommando.

Nicht ganz. Die Torpedos hatten es ja auch überstanden.

Hatten sie das?

Es waren lediglich keine Explosionen nachzuweisen gewesen. Das war alles. Was jenseits der Kante passierte, konnten die Instrumente nicht messen. Ob es nun ein Torpedo oder eine ganze Sonne war, es verschwand von den Tasterschirmen und war nicht mehr zu sehen, einfach fort.

Jake stand auf und zog sich langsam an. Beiboot zwei war ausgerüstet und fertig. Jungfernflug ins Nichts. Reise ohne Wiederkehr.

Die Bombe war zusammen mit einem Abschussmechanismus im Laderaum des Beiboots installiert worden. Der Zünder lagerte separat in einer Kabine.

Vielleicht kam er ja durch ... vielleicht konnte er tatsächlich den Zünder anbringen ... vielleicht konnte er auch die Bombe zünden ... vielleicht würde die Kante danach ihre Kraft verlieren.

Er würde es möglicherweise nicht mehr erleben.

Aber andere.

Myriam.

Jake tastete nach ihrem Ohrring in seiner Hemdtasche. Das glatte Material fühlte sich warm an. Er sah ihn im Geiste an ihrem Ohr in der Sonne blitzen, wenn die Seebrise durch ihre Haare fuhr. Er atmete tief. Myriam. Er hätte sie so gerne noch einmal in die Arme genommen, ihr in die Augen gesehen, ihre Hände gehalten. Obwohl sie so weit fort war, gab ihm der Gedanke an sie Kraft. Auch jetzt, wo er die schwerste Entscheidung seines Lebens getroffen hatte. Es war die einzig Richtige, denn nur so würde sie leben, würde sein Kind leben. Er wünschte, er könnte sehen, wie es aufwuchs. Aber das wichtige war, dass es aufwuchs. Jake wischte eine Träne auf seiner Wange beiseite. Dann zog er die Stiefel an und schnürte sie.

Im Hangar traf er Pedro. Blass, aber entschieden.

Jake seufzte, als er ihm gegenübertrat. Pedro war mit ihm gemeinsam auf diesen Planeten gekommen. Er war sein bester Freund. Jake massierte mit Daumen und Mittelfinger seine Schläfen. Es reichte, wenn einer sein

Leben riskierte. Er gab sich einen Ruck. »Du brauchst nicht mitzukommen, Pedro. Ich schaffe das allein.«

Pedro brachte ein schiefes Lächeln zustande. »Ich habe Angst.«

»Ich auch«, gestand Jake und blickte auf seine zitternden Hände. »Aber du bist trotzdem kein Feigling, wenn du hier bleibst.«

Pedro presste die Lippen zusammen, langsam schüttelte er den Kopf. »Ich muss.«

Jake musterte seinen Freund für einen Moment. Er verstand. Pedro wollte nicht mehr weglaufen. Er wollte helfen – so gut er konnte. Jake räusperte sich. »Dann steig ein.«

»Fertig?« Wates Stimme klang gepresst.

»Kümmere dich um Myriam, falls ich nicht zurückkomme, und um mein Kind.«

»Ich werde sie in meine Familie aufnehmen.«

»Doch nicht etwa ins Vivarium?«

»Nein, Jake. Im Freiland. Ich werde die beiden versorgen und ihr Status wird über dem der Leithomiden sein.«

»Versprochen?«

»Versprochen!«

Jake nahm einen tiefen Atemzug. *»Falls ich dort wieder rauskomme, helfe ich dir, Tenka aus den Tentakeln Klabu'teranusters zu befreien.«*

»Ich danke dir. Ich schätze das sehr.«

Es war der Unterton in Wates Stimme, der Jake berührte. *»Bei aller Verschiedenheit – letztlich sind wir doch gleich. Und das ist ein verdammt gutes Gefühl«*, murmelte er. *»Ich danke dir, Wate, für alles!«*, sagte er dann laut.

»Viel Glück, Doktor'jakedexterforrester!«

105

Klabu'teranuster mochte die schüchterne, unterwürfige Art, mit der ihn seine Sekretärin ansprach. Sie hatte etwas Unschuldiges an sich.

»Die Schiffe sind eingetroffen, Eure Exzilenz.«

Klabu'teranuster blähte sich auf. Das waren gute Nachrichten. Darauf hatte er lange gewartet. *»Sorgen Sie dafür, dass die Gefangene in der Queensuite einquartiert wird.«*

Gitti knickste.

»Unter mentaler Isolation«, fügte er hinzu. Das würde sie gefügiger machen, wenn er später zu ihr ginge. Und darauf sollte sie nicht allzu lange warten müssen. Klabu'teranuster hielt es kaum aus, sie zu sehen, jetzt wo sie praktisch sein war. *»Und verschärfen Sie die Sicherheitsvorkehrungen. Ich möchte nicht, dass ihr etwas passiert!«*

Gitti knickste wieder.

Klabu'teranuster schaute an ihr herunter. Er könnte sie als Appetizer vor Tenka'kulinassa nehmen. Aber sie wirkte wieder verspannt. Ein bisschen Dankbarkeit würde sie sicher lockern. *»Sie dürfen nachher Ihren Vater besuchen. Sie werden sehen, er ist in bester Verfassung. Sind Sie jetzt nicht doch froh, dass er in den erdbebensicheren Kerkern des Palastes Zuflucht gefunden hat? Da ist nicht so ein heilloses Chaos wie in Wellubimarulles.«*

Gitti knickste erneut. Ihr fiel es schwer, das Farbspiel ihrer Haut zu unterdrücken. In den bläulichen Schimmer der Erleichterung mischten sich olivgrüne Lichter der Abscheu. Das erregte Klabu'teranuster noch mehr. Dennoch riss er sich los. Sie war nur ein kleiner Fisch. *»Schicken Sie mir die Schiffsbesatzung.«*

Unter ihnen befand sich Nuttur, der das Kommando über die drei Schiffe hatte. Klabu'teranuster beachtete ihn nicht. *»Mein lieber Oberst Taka'zulablewis. Das war eine absolute Meisterleistung von Ihnen.«*

»Vielen Dank, Eure Exzilenz. Es war nicht einfach«, antwortete dieser und verneigte sich gerade so weit, dass er noch aus dem Augenwinkel beobachten konnte, wie sich Kommandant Nuttur neben ihm wichtigtuerisch aufblähte und den Obersten Primisten ansprach: *»Mit den erbeuteten Geräten, wie ich bemerken möchte, Eure ehrwürdige Exzilenz, können wir die Deserteure endlich unschädlich machen.«*

»Und warum haben Sie das nicht gleich getan?«, entgegnete Klabu'teranuster, ohne Nuttur eines Blickes zu würdigen.

»Die Subjekte sind entkommen, aber wir werden sie finden.«

»Das ist es, was ich von Ihnen die ganze Zeit höre: Wir ›werden‹. Und dann passiert nichts. Ich bin es leid, mir Ihre Entschuldigungen und Versprechen anhören zu müssen.«

»Aber diesmal wird es geschehen«, versprach Nuttur selbstsicher.

Klabu'teranuster schwamm nahe an den Offizier heran und blickte ihm kalt in die Augen. *»Da bin ich mir ganz sicher, denn Oberst Taka'zulablewis wird Ihre Position übernehmen. Sie sind ein Versager«*, sagte er mit harter Stimme und legte einen Tentakel um Nutturs Kiemen. Der langte instinktiv nach seiner Waffe. Sofort richteten die Wachen ihre Strahler auf ihn.

Klabu'teranuster verstärkte seinen Griff und drückte Nuttur das Wasser ab. Dessen Augen wurden größer und größer. Klabu'teranuster ergötzte sich an der Panik seines Opfers. Und an dessen Dilemma: Sollte er die Waffe ziehen und von den Wachen erschossen werden, oder sich von seinem Regenten erwürgen lassen?

106

Bis zur Kante verlief der Flug mit dem Beiboot normal. Mit Ausnahme von Jakes Magen, der sich in seiner eigenen Säure aufzulösen schien.

Jake überlegte.

Wie sollte er den Durchbruch am besten angehen?

»Den Bug auf die Kante gerichtet und volle Kraft voraus«, riet Pedro.

Jake war sich nicht sicher. Er wollte der Kraft der Kante nicht noch mehr Energie zuführen. Er entschied, sich im relativen Stillstand hineinsaugen zu lassen. Er brachte das Beiboot in Warteposition.

Zwei Minuten bis Kontakt.

Jake legte alle Energie auf den neuen Schutzschild.

Eine Minute bis Kontakt.

Jake spürte den Sog. Es gab Leute, die hatten den Sturz über die Kante der Niagarafälle in einem Eichenfass überlebt.

Jake schaltete alle unnötigen Geräte ab.

Dreißig Sekunden.

Wie eine sich aufbäumende dunkle Monsterwelle stellte der LdG-Monitor die Kante zum Nichts dar – und sie rollte unaufhaltsam herbei. Jake aktivierte die Gravitationspuffer. Augenblicklich fühlte er sich wie in Gummi eingegossen.

Fünfzehn Sekunden bis Kontakt.

Jake spürte, wie sich der Sog verstärkte. Die Geschwindigkeitsmessgeräte standen weiterhin auf null, nur der LdG-Taster zeigte Bewegung an. Schneller und schneller.

Zehn Sekunden bis Kontakt.

Tausend feurige Schlangen schienen sich durch Jakes Magenwand zu brennen.

Fünf Sekunden.

Schwärze überzog den gesamten Monitor, dazwischen einzelne Flämmchen. Rauschen.

Zwei Sekunden.

Jake drückte den Rücken in die Polsterung, hielt instinktiv den Atem an. Sein und Pedros Blick trafen sich, die Augen weit aufgerissen.

Dann schien das Beiboot unter ihnen wegzusacken.

Auf dem großen Hauptmonitor der *FREDDY* sah Wate Jakes Beiboot kleiner und kleiner werden. Ein Zittern durchlief ihn: Jake flog geradewegs auf die Kante zu. Das war reiner Wahnsinn! Würde er selbst den Mut dazu aufbringen? Sein Blick schweifte zu Fanli, die neben Lame am Navigationspult hockte und mit graziler Tentakelbewegung den Monitor auf das sich entfernende Beiboot einstellte. Sie glich so sehr ihrer Mutter. Wate unterdrückte das aufquellende Gefühl schmerzender Leere und Hoffnungslosigkeit.

»Dieser Doktor'jakedexterforrester hat sich nach anfänglichen Schwierigkeiten als ein sehr brauchbares Exemplar erwiesen«, sagte Jota, der sich neben Zukla auf der Gästebank ausbreitete. *»Allein wären wir nicht so weit gekommen.«*

»Warten wir es erst einmal ab, geschätzter Minister«, erwiderte Zukla. *»Noch hat all die Aufregung zu keinem Ergebnis geführt, außer dass sich die Homiden mehr herausnehmen, als es je in der Geschichte unseres Volkes geschehen ist.«*

»Sie beurteilen das zu negativ, lieber Zukla'medikulles. Wenn ich richtig verstanden habe, dann ist es der heutige Flug, der über Gedeih und Verderben von Nitsituaan entscheiden wird.«

»Sehen Sie, Jota! Das Beiboot nähert sich der Kante.«

Wate spürte die wachsende Anspannung. Sein Blick klebte am Lymellentaster.

Dort verschwand das Signal.

Ohne Explosion.

Wate blies einen Strom Wasser durch die Kiemen. Er vergewisserte sich, dass das Schiff gleichmäßig in konstanter Entfernung vor der Kante herflog. Jetzt begann die Zeit des Wartens.

»Irgendwelche Resonanzen?«, fragte er.

Lame gab Fanli einen sanften Stups.

Sie erblaute verlegen: *»Negativ, Commander.«*

Wate schaute seine Tochter verstohlen an. Es war schon merkwürdig, von ihr anders als mit Vater angesprochen zu werden.

»Wie lange wird die Operation dauern?«, fragte Zukla.

Wate überlegte. Was würde Jake auf der anderen Seite vorfinden? War er überhaupt noch am Leben? *»Wir haben besprochen, den Zeitzünder auf dreißig Minuten zu setzen. Mit Vorbereitung, Einbau, und so weiter, denke ich, dass wir mindestens sechzig Minuten warten müssen.«*

Die Zeit wurde lang.

»Und wenn er drüben verunglückt ist?«

»Wie soll ich das feststellen?« Ein brennendes Gefühl der Sorge stieg in Wate auf. *»Es gibt keine Signale von jenseits! Wir können nur warten.«*

Das Beiboot mit Jake und Pedro an Bord fiel, schüttelte, trudelte, rollte. Die Hülle knirschte wie eine Nussschale zwischen den Zangen des Nussknackers.

Jake wurde in das Gravitationskissen gedrückt wie in einen Gelpack. Seine Hand schien eine Tonne zu wiegen, die Rippen knackten im Brustkorb. Vor seinen Augen drehten sich die Instrumente flackernd im Kreis. Er versuchte, sich auf sie zu konzentrieren, aber sie schwammen immer wieder davon. Mit einem Schlag wurde er nach vorne geschleudert, als ob er mit tausendfacher Lichtgeschwindigkeit in einen Planeten gekracht wäre. Das Beiboot überschlug sich zwanzig, dreißig Mal.

Dann wurde es still.

Wie viel Zeit war vergangen? Eine Minute? Eine Stunde? Ein Jahr? Jake hing in den Gravitationskissen und versuchte seine Sinne zu sammeln. Das Schwindelgefühl und das Pfeifen in den Ohren ließen nach, seine Sicht wurde langsam klar.

»Ich denke, wir sind durch«, sagte er mit einer Stimme, die ihm hohl und fremd vorkam. Er räusperte sich.

»Wir leben noch«, stellte Pedro lakonisch fest.

Jake deaktivierte die Gravitationspolster.

Pedro streckte Arme und Beine. »Eine Monsterwelle ist ein Dreck dagegen. Wo sind wir?«

Das war eine gute Frage. Jake hoffte, in keine andere Dimension geschleudert worden zu sein. Er ließ den Blick über Taster und Monitore schweifen: keine elektromagnetischen Signale, keine Lymellensignale, keine Materie, kein Leben. Alles Schwarz. Nur der LdG-Sensor brachte ein Rauschen hervor. »Wo, zum Teufel, ist vorne und hinten?«

»Ein Leuchtturm wäre jetzt praktisch«, seufzte Pedro.

»Du bist absolut genial«, murmelte Jake sarkastisch, während er abwesend auf den LdG Monitor starrte. Das statische Rauschen ergab keinen Sinn.

Jake riss sich davon los. Er atmete tief durch. »Lass uns erledigen, wozu wir hergekommen sind.« Mit wackeligen Beinen erhob er sich aus dem Pilotensitz.

Pedro brachte den Zünder in den Laderaum. Gemeinsam führten sie ihn in die Bombe ein. Pedro schnaufte vor Konzentration, bis die Verschlüsse mit einem metallischen Klicken einschnappten. Er stieß lautstark die Luft aus den Lungen.

Jake warf ihm einen ermunternden Blick zu. »Jetzt kommt erst der richtig kitzlige Teil.« Er öffnete die kleine Klappe im Gehäuse und betrachtete die blinkenden Kontrollanzeigen. Sachte nahm er den kalten Konduktionsnippel zwischen Daumen und Zeigefinger. Dann schob er das Verbindungsteil in die Buchse. Mit einem leichten Ruck schnappte es ein, Lichtchen blitzten auf. Grüne. Die Erleichterung war Jake anzusehen.

Nun musste er nur noch das reziproke Konvolussionsfeld aufbauen. Langsam erhöhte er die Oszillationsfrequenz. Schweißperlen rollten über seine Stirn. Plötzlich flackerte das rote Warnlicht. Hastig riss Jake die Verbindung heraus.

Pedro ließ ein nervöses Zischen hören.

Jake atmete tief durch. Er probierte es wieder. Beim dritten Anlauf schließlich bekam er Grün. Die Bombe war fertig zum Ausschleusen.

»Und nun?«, fragte Pedro leise.

Jake presste die Lippen aufeinander. Die Gesichter seiner Eltern, Bilder seiner Kindheit, seinem Leben stiegen aus seiner Erinnerung auf. Lilja, Myriam. Er seufzte. »Wir werden das Ei legen und uns aus dem Staub machen. Irgendwohin.«

»Irgendwohin«, wiederholte Pedro. Dann lief ein breites Grinsen über sein Gesicht. »Das ist besser als tot! Lass uns aufbrechen.«

»Unendliche Weiten. Gehen, wohin nie ein Mensch zuvor gegangen ist.« Jake musste unvermittelt lachen. Wieder so ein Kindertraum. Er verriegelte alle Schleusen und Sicherheitsschotts und entließ die Luft aus dem Laderaum. Er startete den Reaktor und gab vorsichtig Schub. Jake beobachtete die Instrumente. Sie zeigten nichts. Jake brach der Schweiß aus. Er konnte nicht sagen, ob sich das Beiboot tatsächlich in Bewegung setzte. Es gab keinerlei Referenzpunkte. Er stellte den Zeitzünder auf dreißig Minuten. Das sollte reichen. Wofür? Um genügend Distanz zwischen sich und die Detonation zu bekommen? Konnte er auf dieser Seite der Kante überhaupt fliegen? Mit Überlichtgeschwindigkeit? Er würde es herausfinden. Entschlossen öffnete er das Laderaumtor, aktivierte den Zeitzünder und katapultierte das Fette Baby, wie Pedro die Bombe nannte, aus dem Beiboot.

Dreißig Sekunden dauerte es, bis sich das Tor wieder geschlossen hatte. Dann gab Jake Vollgas. Mangels Orientierung flog er einfach geradeaus. Elektromagnetische und Lymellentaster erwachten plötzlich zum Leben. Jake starrte völlig verblüfft auf die Monitore: Sie zeigten ein Objekt achtern. Die Bombe. Sie entfernte sich. Jake schlug sich vor Freude auf die Schenkel. Sie flogen. Sie bewegten sich tatsächlich von der Bombe weg und mit ihr als Referenzpunkt konnte er zumindest einen Kurs plotten: Fort von ihr.

Die Transition zur Überlichtgeschwindigkeit verlief normal. Jake beschleunigte bis zum Maximalwert: 10.000 LG.

»Jake! Da tut sich was.«

In der Tat. Auf dem LdG-Monitor lief das Rauschen zu einem diffusen Band zusammen. »Wenn wir Glück haben, ist das die Kante!«, rief Jake, legte das Beiboot in eine flache Kurve und steuerte auf das Band zu. Die Minuten zur Detonation schwanden dahin, wurden zu Sekunden und dann ... verschwand das Signal der Bombe von den Tastern.

Sonst nichts.

Pedro jubelte.

Aber Jake zog es die Nackenhaut zusammen. Seine Instinkte rieten ihm, alle Energie auf die Antriebe zu legen. Schon fuhr seine Hand zu den Gashebeln.

Denk nach!

Die Addition der Geschwindigkeiten! Es würde den Schirm und das Boot zerreißen, wenn sie mit vollem Karacho auf der anderen Seite der Kante herausschossen.

Jake drosselte die Fahrt auf 0,5 LG und legte alle Energie auf die Schirme. Langsam waren sie hereingekommen, langsam würden sie herauskommen.

Hoffentlich.

Vor ihnen zeichnete sich auf dem Bildschirm eine vage Linie ab. Jake flog darauf zu. Er hoffte innbrünstig, dass sich dort auch wirklich die Kante befand. Doch plötzlich war der Raum nicht mehr leer: Am Ort der Detonation bildete sich ein feuriger Ball und breitete sich über den

Schirm des LdG-Tasters aus. Seine Ausläufer näherten sich mit rasender Geschwindigkeit der Position des Beiboots.

»Halt dich fest!«, schrie Jake und aktivierte die Gravitationspolster.

Dann brach die Hölle los.

Wate sah seine Tochter rosa schimmern. Sie mochte Jake und sorgte sich um ihn. Zuhause hätte sie das lautstark geäußert, aber die Anwesenheit der hohen Oktomajesten in der für sie ungewohnten technisch-kalten Umgebung hatte ihre freche Natur offensichtlich etwas gedämpft. Sie starrte unbeweglich auf ihren Monitor, als wollte sie ihn hypnotisieren. Hin und wieder blitzten kleine Fünkchen auf ihrer Haut auf. Hoffnung und Angst. Ansonsten hatte sie ihre Emotionen im Griff. Das waren gute Voraussetzungen für eine Raumkarriere, dachte Wate stolz. Falls sie überleben sollten.

»Passiert schon etwas?«

»Nein, Hoher Minister«, antwortete Lame. *»Nichts.«*

»Die Zeit ist um«, bemerkte Zukla steif.

»Es war ja auch nur eine grobe Schätzung«, räumte Wate ein. *»Wer weiß, was alles dazwischengekommen ist.«*

»Der Tod der Testhomiden«, statuierte Zukla kalt.

Wate wollte es nicht hören. Immer wieder ließ er seinen Blick über die Instrumente gleiten. Keines gab auch nur den geringsten Hinweis, der auf eine Veränderung der Kante oder auf ein Zeichen des Beiboots schließen ließ.

Wie lange sollte er warten?

Es war gleichgültig. Wenn Jake keinen Erfolg erzielte, war sowieso alles verloren. Vor der Kante herfliegen, bis die Schiffsenergie zur Neige ging, war eine genauso legitime Option, wie alle anderen auch. Zum Beispiel Klabu'teranuster mitsamt seinem Palast mit dem Lymellenshocklaser zu Brei zu kochen!

»Wir sollten langsam ans Evakuieren denken«, sagte Jota. Seine Haut schimmerte fahl. *»Vielleicht können wir noch einige Oktoftewiltabinen von Nitsituaan retten.«*

Wate dachte sofort an Tenka.

»Und uns dafür von Klabu'teranuster abschießen lassen?«, fauchte Zukla.

»Inzwischen sollte auch der begriffen haben, dass es aus ist«, sagte Jota langsam und erhob sich schwerfällig, um die Brücke zu verlassen. *»Wir haben versagt.«*

107

Klabu'teranusters Privatgemächer waren vom Feinsten, insbesondere die Queensuite. Das Wasser darin hatte das Aroma von Tangblüten und der irisierende Perlmuttboden schillerte in sanften Farben, die bei jeder Bewegung ihre Tönung änderten. Tenka hatte keinen Sinn dafür. Sie schwamm von einem Fenster zum anderen. Die im Osten erlaubten eine majestätische Sicht über Wellubimarulles und die im Süden über die akkurat angelegten Anemonen- und Tanggärten. Aber sie ließen sich nicht öffnen. Sie waren fest in die eierschalenweißen Wände aus natürlichem Korallenstein eingesetzt. Die Türen, die Tenka öffnen konnte, führten in immer neue Räume, mit Wänden aus Muschelschalen, dunklem Erzstein, in dem goldene Einschlüsse funkelten, und glattem, rotgeädertem Marmor aus den antiken Steinbrüchen der Homiden. Aber die einzige Tür, die sie interessierte, war verschlossen.

Dahinter hörte sie die Bewegung der Wachen.

Nur die Bewegung. Und nur über ihre akustischen Sensoren. In ihrem mentalen Wahrnehmungsbereich herrschte dagegen absolute Stille. Kein Gedanke von Artgenossen, noch nicht einmal das Summen ferner Gespräche. Als ob auf ganz Nitsituaan niemand mehr lebte. Nur sie allein. Abgeschirmt! Ohne die gewohnten geistigen Geräusche fühlte sie sich wie in einem Vakuum, hilflos, alleingelassen.

Tenka huschte über die mit buntschimmernden Teppichen aus erlesenen Fischschuppen bedeckten Böden. In den großen Räumen fühlte sie sich unsäglich verloren. Selbst die Schlafhöhle war so groß, dass sie sich darin mit zwanzig Männlingen hätte tummeln können. Der Gedanke drehte ihr die Eingeweide um. Sie wollte raus. Zurück zu ihren Kindern und zu Wate. Die unfertige Kapitänssuite im Schiff kam ihr jetzt wie der schönste Palast vor.

Denn die Gemächer, in denen sie sich jetzt befand, waren nur ein prunkvolles Gefängnis über das Klabu'teranuster befahl.

Trotz ihrer Angst spürte sie eine kochende Wut auf den wabbeligen Emporkömmling.

»Ich sehe, du denkst an mich.«

Klabu'teranusters mentale Stimme traf sie wie ein Schlag.

»Willst du mich nicht im Atrium empfangen?«, sülzte er.

Atrium! Dieser miese Spritzer. Ich werde ihn erwürgen! Wütend schoss sie in die Eingangshalle.

Dort hing der selbsternannte Regierungschef, in überheblichem Gelb leuchtend, einen Bodyguard mit gezückter Waffe an jeder Seite.

Tenka stoppte.

»So temperamentvoll wie eh und je«, begrüßte er sie und ließ seinen Blick genießerisch über sie gleiten.

»Lass mich sofort hier raus!«

»Aber, aber. Du bist doch gerade erst angekommen und du hast meine Gastfreundschaft noch gar nicht genossen.«

Tenka zog es die Rückenhaut zusammen, aber sie hatte nicht die Absicht, sich von der Drohung einschüchtern zu lassen. *»Darauf bin ich auch nicht scharf!«*, zischte sie.

»Ich denke, du wirst es dir noch überlegen«, antwortete Klabu'teranuster aalglatt. *»Ich weiß, wo sich euer Schiff aufhält. Für Wate'medaludes werde ich nichts tun können. Aber für deine Kinder ...«*

Tenka zitterte bis zu ihren Tentakelspitzen. Mit Mühe unterdrückte sie eine entsetzte Farbreaktion. Den Triumph würde sie ihm nicht gönnen. *»Du bist nichts weiter als ein stinkiger Grumpfalg, Klabu'teranuster! Du wirst Wate'medaludes nie erwischen. Ganz im Gegenteil! Er wird dich und deinen schäbigen Schwarm Putzerfische aus dem Palast jagen!«*

Auf Klabu'teranusters Haut blitzten hellgrüne Pünktchen des Spotts. *»Ich bezweifle, dass er irgendetwas gegen mich unternehmen wird, solange ich dich als Gast in meinen Gemächern halte.«*

Tenka spürte Zweifel in sich aufsteigen. Sie blies einen Strom Wasser durch die Kiemen. *»Da irrst du dich! Er wird mich befreien.«*

»Falls er so töricht sein sollte, wird er von dir nur noch kleine Scheibchen vorfinden. Aber soweit wird es nicht kommen. Bisher hat noch jede mit mir ... kooperiert. Ich habe da so meine Mittel. Denk drüber nach, bis ich wiederkomme.«

108

»Da ist etwas!« Fanli schaltete die neuesten Daten des LdG-Tasters auf den Hauptmonitor des Schiffs: An einer Stelle der Kante zeigte sich eine kleine Delle, vertiefte sich, breitete sich aus.

»Es ebbt ab!«, schrie Zukla begeistert.

Vom Ruf angelockt, schoss Jota wieder zur Tür herein. Er starrte ungläubig auf den Monitor, dann brach er in Jubel aus: *»Wir haben es geschafft!«*

Fanli vollführte übermütig einen Looping. *»Und ich habe es zuerst gesehen!«*, quietschte sie.

Lame zwinkerte Wate vergnügt zu. Maski blitzte in hellen Tönen auf. *»Der Grumpfalg dort draußen stirbt!«*, brüllte er begeistert.

»Aber wo ist Jake?«, fragte Wate bestürzt. Er fühlte sich trotz des Erfolgs leer. Schon oft hatte er im Einsatz Mannschaftsmitglieder verloren und jedes Mal schien er ein Stück von sich selbst eingebüßt zu haben. Aber diesmal wollte es ihm das Herz zerreißen.

Fanli wurde lila, klemmte sich verbissen hinter ihr Pult und wischte an den Inputfeldern: LdG- und Lymellentaster. Selbst die elektromagnetischen Sensoren checkte sie, obwohl sie wusste, von dort keine Antwort erhalten zu können. *»Vielleicht sendet er einen Funkspruch? Oder ein Notsignal?«*

Lame ließ betrübt die Tentakel sinken.

»Ich werde näher heranfliegen«, entschied Wate.

»Sind Sie wahnsinnig?« Zukla katapultierte sich von seinem Hocker. *»Sie wollen in dieses Chaos hineinfliegen?«*

»Es müsste gehen. Die Kante bricht zusammen.«

»Denken Sie nach! Wer weiß, in was für Strudel wir da geraten.«

»Jake ist Teil meiner Besatzung und die habe ich noch nie im Stich gelassen.«

»Ein Homide ist es!«

Wate überging den Einwand. *»Maski, nehmen Sie Kurs auf den Punkt niedrigster Zerstörungskraft!«*

Es wurde rau. Ein Lymellemsturm schien gegen die Kräfte der Kante eine sanfte Strömung zu sein. Mit einem scharfen Knall brannte die Hauptsteuereinheit durch. Hilflos stampfte das Schiff, bis der Maski die Steuerung mit der Noteinheit wieder unter Kontrolle brachte.

»Drehen Sie ab!« Jota saugte sich verzweifelt an seinem Sitzelement fest.

»Irgendwelche Signale vom Beiboot?«, rief Wate gegen das Getöse.

»Ich habe ihn«, schrie Fanli plötzlich.

Lame blitzte bejahend: *»Ein Signal. 0,5 LG.«*

»Das Beiboot?«

»Auf die Entfernung zeigen die Taster lediglich ein Objekt.«

Kleine helle Wellen der Hoffnung pulsten über Wates Haut. *»Maski, gehen Sie näher heran.«*

Jota ließ ein verzerrtes Gluckern hören. *»Will denn hier niemand Verstand annehmen?«*

»Es ist das Beiboot! Aber es trudelt antriebslos durch den Raum.«

»Noch näher«, brüllte Wate, *»bis wir es hereinholen können. Vielleicht sind die beiden noch am Leben.«*

109

Am Abend saßen Jake und Pedro an einem kleinen Tischchen am Rand des neuen Gemeinschaftspools, in dem sich Menschen und Squids ausgelassen tummelten. Jake prostete mit seinem Whisky Pedro zu. »Cheers, alter Fischer!«

Pedro hob sein Glas mit Tequila und stieß fröhlich klirrend an. »Salud, Doktor!«, antwortete er mit schwerer Zunge. »Nichts gegen Omlukula, aber das alte Zeug ist immer noch unschlagbar.«

Jake lachte. »Wie fühlst du dich nun als Held?«

Pedro leerte sein Glas und unterdrückte einen Rülpser. »Tschuldigung!« Sein Blick schweifte in die Ferne. »Durch die Kante will ich nie wieder durch. Verdammter Rückweg! Mann, oh Mann! Jeden Moment hätte es das Boot auseinanderreißen können. Dann hab ich geglaubt, ich würde zu Mus gequetscht.« Pedro blies die Luft aus seinen Lungen. »Hätte nicht gedacht, dass ich noch mal zu mir komme.« Er richtete seinen Blick wieder auf Jake und setzte ein breites Grinsen auf. »Aber weißt du was? Ich glaube, ich könnte jetzt mit Rodhana reden, ohne zu stottern.«

Jake klopfte ihm auf die Schulter. »Auch ein Grund zum Feiern.«

Zwei kaum bekleidete Damen stellten neue Gläser auf den Tisch. Jake warf ihnen einen unsteten Blick zu. »Ich denke, jetzt wo die Arbeit getan ist, hole ich Myriam aus den Höhlen.« Jake lächelte in sich hinein. Er würde sie wiedersehen und auch sein Kind, sobald es geboren sein würde.

»Und dann?«

Jake sah Pedro in die Augen. »Zurück zur Erde. Wate hat versprochen, mich zurückzubringen.«

»Das ist schön für dich. Wirklich schön!«

»Willst du nicht mitkommen?«

Pedro schaute betreten drein. »Ich gehöre nicht hierher und auch nicht mehr auf die Erde. Ich denke, wenn mich Rodhana will, helfe ich in der Untergrundbewegung.«

Das kam nicht ganz unerwartet. Der alte Casanova hatte sich tatsächlich verliebt. Aber es war nicht leicht, Pedro ziehen zu lassen, nach allem, was sie zusammen erlebt hatten. Jake ließ sich seine Traurigkeit nicht anmerken. Er boxte dem Freund auf die Brust. »Ich werde dich vermissen.«

»Ich dich auch.«

»Jake! Was machst du denn da draußen?«

»Fanli! Du bist auch hier? Tja, ich mache das, was Landbewohner so machen.«

»Komm rein. Schließlich habe ich das Beiboot gefunden. Wusel und die anderen sind auch hier.«

»Na schön.« Jake erhob sich etwas unsicher und ließ sich in das laue Wasser gleiten. Sofort fühlte er seine Wade von Tentakeln umwickelt. Fanli. Das war ein ... gewöhnungsbedürftiges Gefühl.

»Schade, dass ich keinen Homiden heiraten darf.«

Jake verschlug es die Sprache. Das hatte gerade noch gefehlt.

»Vielleicht ändern sie einmal die Gesetze«, antwortete er nachsichtig. Teenagerträume!

»Glaubst du wirklich?«

»Schau dich doch um! Hast du jemals gesehen, dass Homiden mit Oktoftewiltabinen gemeinsam baden?«

»Ist das nicht herrlich!«, schwärmte sie und krabbelte an Jakes Schenkel empor.

Jake erstarrte. Wie sollte er ihr sagen, dass sie gleich sensitive Teile erreichte? Aber vielleicht wusste das kleine Biest es schon.

»Jake!« Wate schwärmte, gefolgt von einigen Squids, herbei. Fanli ließ Jake augenblicklich los und versteckte sich hinter einem Menschenpaar, das sich leidenschaftlich umschlungen im seichten Wasser bewegte.

»Hab ich dir schon gesagt, dass das Führungsgremium einstimmig die Homiden auf den Status intelligenter Lebewesen angehoben hat?« Wates Stimme klang müde.

Jota schwamm schlingernd näher. *»Hätte nicht gedacht, dass ihr es schafft!«* Er reichte Jake ein Ding, das aussah wie ein praller, grüner Kugelfisch. *»Hast du schon einmal Annelysirak probiert?«*

»Danke, Minister. Ich denke, ich bleibe lieber bei meinem Whisky.« Jake schnipste mit dem Finger und bekam so schnell ein Glas in die Hand gedrückt, als hätte die Dame bereits darauf gewartet. Er würde sie trotzdem enttäuschen müssen. Er würde allein in seine Kabine gehen.

»Cheers, Minister!«

»Glumpers, Doktor'jakedexterforrester!«, antwortete dieser und saugte an der grünen Blase.

Zukla näherte sich, zurückhaltend lila schimmernd. *»Wir haben Sie, Jake, als gleichwertiges Mitglied ins Führungsgremium gewählt.«* Seine Stimme wirkte kühl und war in keiner Weise durch Annelysirak-Genuss beeinträchtigt. Er war konservativ, nur schwer zu bewegen und nahm seine Position sehr wichtig. Allein, dass er den Beschluss vorbrachte, bedeutete für ihn ein großes Zugeständnis.

»Ich danke Ihnen im Namen der Menschen von ganzem Herzen für Ihr entgegengebrachtes Vertrauen und die erfolgreiche Zusammenarbeit, geschätzter Zukla'medikulles«, erwiderte Jake höflich.

Der andere knickste.

Minister Jota wedelte fröhlich mit einem Tentakel. *»Und nun kommt das Beste!«*, kündigte er an und ließ seine Stimme über den Audiokonverter erschallen: »Liebe Hom... Menschen! Mit eurer Leistung habt ihr euch den Platz in unserem Geheimbund verdient.« Er hob die Stimme: »Wir begrüßen euch in den Reihen der Mantarokateere!«

Daraufhin brach lauter Jubel unter den Menschen und Oktoftewiltabinen aus. Femto und ein Schwarm Wissenschaftler stoben, wie Clownfische schillernd, in den Pool. Sie ließen farbig phosphoreszierende Bläschen platzen, die Wasser und Luft mit exotischen Düften füllten und den Kopf leicht machten. Jake beobachtete sie amüsiert. Die Gelehrten benahmen sich schlimmer, als eine Horde Studenten auf einer Halloween-Party. Wieso auch nicht? Der Hydra dort draußen war der Kopf abgeschlagen und die beiden Spezies hatten eine Basis zu gegenseitigem Vertrauen geschaffen.

»Das ist eine bemerkenswerte Premiere!« Jota saugte erneut an seinem Annelysirak. »Noch nie in der Geschichte Nitsituaans haben Oktoftewiltabinen mit ... Menschen gemeinsam gefeiert.« Seine Worte drangen etwas verzerrt aus den Lautsprechern des Audiokonverters. »Glumpers, Homiden! Glumpers, Oktoftewiltabinen. Glumpers, Menschen! Glumpers, Squids!«

Die Menschen hoben die Gläser. »Cheers!«, riefen die einen, »Mantarokateere!«, die anderen.

Zu Dienstbeginn fand Wate lediglich die Minimalbesatzung auf der Brücke, nämlich Lame'linulatus.

»Sie sehen ja noch ganz munter aus«, grüßte er.

»Keine stimulierenden Substanzen während und acht Stunden vor der Wache«, zitierte Lame aus der Bordverordnung. *»Ich hole es später mit Maski nach. Wollen Sie uns dabei Gesellschaft leisten?«*

»Gerne. Wenn Sie jemanden finden, der die Wache für mich übernimmt.«

»Wie wäre es mit Arte'makutiges?«, schlug Lame vor und blubberte vor Vergnügen.

»Irgendwelche Vorkommnisse?«

Auf die Routinefrage erwartete Wate keine überraschenden Antworten. Wenn etwas Auffälliges gewesen wäre, hätte ihn Lame mit Sicherheit aus der Schlafhöhle gezerrt.

»Draußen alles unverändert«, meldete der.

Wate horchte auf. Irgendetwas gefiel ihm an der Aussage nicht. *»Bevor Sie gehen, schalten Sie mir doch die LdG-Tasterwerte auf den Hauptmonitor.«*

Wate starrte darauf.

Lames Hautfarbe verdunkelte sich. *»Ist etwas nicht in Ordnung?«*

»Sehen Sie zu, dass Sie ein wenig Schlaf bekommen«, sagte Wate nachdenklich. *»Ich habe das dumpfe Gefühl, dass ich Sie sehr bald wieder brauchen werde. Wecken Sie auf dem Weg Femto'ligumales und schicken Sie ihn hierher. Kommandantenorder.«*

Lame knickste verdattert und entfernte sich.

Zwei Stunden später bestätigte sich Wates Verdacht.

Er ordnete eine Notstandssitzung an. Kleiner Kreis. Zukla wirkte wach und determiniert wie immer. Jota und Deste konnten kaum aus den Augen gucken und Femto sah aus, als hätte er sich durch ein Muränenloch gezwängt. Auch Jake hing wie eine angeschlagene Qualle auf seinem Stuhl hinter der Scheibe und schien gleich hinunterzurutschen.

Wate verschwendete keinen Gedanken daran, sich für die Ungelegenheit der Sitzung zu entschuldigen. Er sah die Anwesenden der Reihe nach mit seinen dunklen Augen an. Auf Femto ließ er sie einen Moment ruhen. *»Lassen Sie die Blase platzen«*, wies er ihn an.

Der richtete den Kopf auf. *»Um es kurz zu machen, verehrte Oktomajesten, lieber Jake. Die Bresche in der Kante beginnt, sich wieder von den Seiten her zu schließen. Unser Erfolg war nur temporärer Natur.«*

Wate blickte in die ungläubigen Gesichter von Oktoftewiltabinen und Jake.

»Dann war alles umsonst?«, fragte Jota mit schwerer Stimme.

Femto schimmerte unsicher. *»Nicht ganz, meine ich. Unsere Hochrechnungen haben eine 0,1-prozentige Verminderung der erwarteten Stärke und eine 0,2-prozentige Reduktion der Vormarschgeschwindigkeit ergeben.«*

Zukla straffte die Tentakel. *»Wenn wir die Operation mehrmals wiederholen, bekommen wir dann einen kumulativen Effekt?«*

»Unser Modell besagt, dass die Zerstörungskraft der Kante mit einer Wahrscheinlichkeit von sechzig Prozent gestoppt werden könnte, wenn wir über eine Entfernung von tausend Lichtjahren Bomben im Abstand von 0,1 Lichtjahren setzen.«

»Das wären ja mindestens zehntausend!«

»Unmöglich!«, entfuhr es Jota.

»Nicht, wenn wir zehntausend Schiffe einsetzen«, presste Jake hervor. Er zeigte wieder diesen trotzigen Gesichtsausdruck und erinnerte Wate auf eine seltsame Art an seine Tochter Fanli.

»Und wo sollen wir die hernehmen?«, brauste Zukla auf.

»Unsere gesamte Raumflotte umfasst nicht so viele Einheiten«, fügte Jota schleppend hinzu. *»Außerdem bräuchten wir eine Unzahl Homiden ... und Bomben ... und umgebaute Beiboote ... und Homidenpiloten. Wie viel Zeit bleibt uns noch? Einige Lanlo? Und selbst dann, wenn ich unseren geschätzten Femto'ligumales verstanden habe, ist es fraglich, ob sich die Kante nicht doch wieder aufbaut.«*

Dieser knickste verlegen.

»Es ist unmöglich«, wiederholte Jota resigniert.

»Nicht ganz«, warf Jake ein. *»Ihr müsst eure Regierung zum Handeln veranlassen.«*

»Klabu'teranuster!«, stöhnte Jota und winkte mit einem Tentakel mutlos ab. *»Du kennst ihn nicht, Jake.«*

»Meine sehr geschätzten Oktomajesten!« Zukla richtete sich entschlossen auf. *»Jetzt gilt es, harte Entscheidungen zu treffen.«* Seine Haut bekam den Farbton von Stahlbeton. *»Unsere Chancen sind gering, aber es gilt, die Welt, wie wir sie kennen, zu retten. Von uns hängt es ab. Ich habe einen Plan.«* Er blickte mit kalten Augen in der Runde umher.

Der Funke des Verstehens traf Wate. *»Sie meinen ...?*

»Genau!«

Wate dachte kurz nach. *»Dazu brauchen wir Homiden – viele Homiden.«*

»Darum werde ich mich kümmern«, antwortete Jake.

Wate sah ihn erstaunt an. Jake hatte offensichtlich genau so schnell begriffen wie er. Da kam ihm eine neue Idee: *»Die Weiblinge! Deste könnte ...«*

»Aber geschätzter Commander!«, entfuhr es Zukla.

»Können wir uns Skrupel noch leisten?«

Zukla richtete sich entschlossen auf. *»Sie haben Recht. Veranlassen Sie das Nötige!«*

»Alles zu seiner Zeit.« Wate blies noch einmal Wasser durch seine Kiemen. *»Maski! Kurs: Nitsituaan.*

110

Die Erdbeben auf Nitsituaan wurden heftiger. Myriam lehnte sich an die kalte Felswand der Höhle. Sie zog den Kopf in den Nacken und ließ den Blick unsicher über die Decke schweifen. Überall konnte sie einbrechen.

Ein ohrenbetäubender Knall ließ Myriam zusammenfahren. Im vorderen Teil der Höhle donnerten Felsen zu Boden. Kies rieselte, Staub hing in der Luft und stach in den Lungen. Die Schreie der Menschen konnte sie kaum ertragen. Sie presste die Fäuste auf ihren Mund. Tränen schossen ihr in die Augen. Fürchterlich war die Vorstellung von zerquetschten Gliedmaßen, die sie und Marjella später amputieren mussten. Sie drückte ihren Rücken enger an die Wand und versuchte krampfhaft, an etwas anderes zu denken, an die Sonnen, den frischen Wind, das weite Meer. Es gelang ihr nicht.

Mit einem verzweifelten Aufschrei stieß sie sich von der Felswand ab und sprang nach vorn. Ihr Herz raste. »Wir müssen hier weg!«

Rodhana betrachtete mit zusammengepressten Lippen das Trümmerfeld. »Ich verliere hier mehr Leute als im Kampf gegen die Kleristen.« Sie warf einen Blick auf das klaffende Loch in der Decke. Ihr Gesichtsausdruck verhärtete sich. »Wir werden gehen!«

»Nach Xabiläin?«, fragte Myriam hoffnungsvoll.

»Nicht ganz.« In Rodhanas Augen flackerte ein Feuer auf. »Ja, wir werden nach draußen gehen. Wir werden die Kleristen angreifen. Wir werden uns das Recht auf ein freies Leben erkämpfen! Mach Marschrationen fertig.«

Myriam wurde übel. Wenn nun die Kleristen gewannen? Wohin sollten sie dann fliehen? Wieder zurück in die Höhlen? Dann könnten sie doch auch gleich hierbleiben. Rodhana schien niemals nachzudenken. Immer vorwärts, vorwärts, vorwärts. Myriam seufzte resigniert. Sicher, aus der kleinen Schar Insurgenten war während der letzten Wochen eine richtige Armee geworden. Und jeden Tag wurde sie durch neue Flüchtlinge verstärkt, die zu Tausenden aus Nelantis flohen. Gut, dass sie die Kantina hatten. An Nahrung sollte es jedenfalls nicht mangeln. Myriam rief ihre Gehilfen und ging zur Grotte, in der die Adjutoren das Gerät installiert hatten.

Als sie die letzte Ecke umrundete, blieb sie wie angewurzelt stehen. Kein Display leuchtete, kein Lichtchen blinkte. Alles dunkel, alles tot. Ihre Knie wurden weich.

»Vielleicht hat ein Erdrutsch das Energiekabel zerstört«, mutmaßte ein Helfer.

»Und wer sollte es reparieren? Du vielleicht?«

Der zuckte mit den Achseln. »Warum nicht? Ich habe auf der Werft gearbeitet.«

Myriam warf dem hageren Mann einen hoffnungsvollen Blick zu. Viele von den Flüchtlingen waren Spezialisten. Solche, wie Jake sie gesucht hatte ... damals ... Es kam ihr wie eine Ewigkeit vor. Ob er das Schiff repariert hatte? Ob er sie bald holen würde? Myriam seufzte und versuchte, den Gedanken an Jake beiseitezuschieben. Sie musste sich um ihre Aufgabe kümmern.

Sie machten sich mit einem kleinen Trupp Spezialisten auf und folgten der Energieleitung bis zur Höhle der Göttin. Doch mit dem, was sie dort erwartete, hatte keiner von ihnen gerechnet.

Gura Limka verfluchte die Meduse. Der morgendliche Test hatte es bestätigt: Sie war schwanger. Wenigstens brauchte sie sich nicht mehr zu dem nach Urin stinkenden alten Mann zu legen. Ein Wunder, dass er noch genügend Kraft in den Lenden besaß. Lieber hätte sie sein welkes Gekröse abgeschnitten, als es mit Mühe aufzurichten und in sich eindringen zu lassen. Aber der Meduse widersprach man nicht. Immerhin war er der Oberpriester und nicht irgend so ein Unterling. Das brachte ihr zwar Status und beste Karrieremöglichkeiten, aber er war verdammt noch mal nicht Jake. Letztendes hatte sie dem die ganze Misere zu verdanken. Hätte *er* sie geschwängert, damals ... Nun war er verschwunden. Und der einzige Ort auf Nitsituaan, wo Menschen untertauchen konnten, waren die Stollen und Höhlen der Berge. Er musste einfach dort sein. Aber mit aller Macht und Kampfeskraft war es den Kleristen nicht gelungen, die Ausreißer auszuräuchern. Wütend stampfte sie mit dem Fuß. Wahrscheinlich hatte er dort inzwischen ein Dutzend Bastarde gezeugt! Sie ballte die Fäuste.

Und alles, was sie tun konnte, war die Ausgänge und Schlupflöcher zu belagern.

Ein Zittern lief durch das Kathedom und ließ die Scheiben klirren. Sie trat ans Fenster. Das Angst- und Schmerzensgeschrei der Menschen tief unten in der Stadt ließ sie kalt. Sie betrachtete den Hakulakaloa, der dunkle Rauchwolken meilenweit in den Himmel spuckte. Zahlreiche Tunnel in den Tiefen der Berge würden jetzt wieder kollabieren. Die Meduse selbst vernichtete ihre Feinde und bald würden die Ausreißer verängstigt aus ihren Löchern fliehen! Gura Limka lächelte kalt. Genau darauf wartete sie.

Wo einst die Höhle der Göttin im wabernden Licht erstrahlte, klaffte ein bodenloser Abgrund. Myriam stand fassungslos davor. Zitternd ließ sie sich auf die Knie sinken und leuchtete mit ihrem Glimmerstein so weit sie konnte über die Kante. Schwarze Leere breitete sich vor ihr aus. Nur ein Stück des Energiekabels baumelte über der Tiefe – der Rest war abgerissen. »Heilige Meduse«, stöhnte sie. »Es wird kein Essen mehr geben.«

Die Nachricht erschütterte die Insurgenten. »Das ist ein Omen«, hauchte Marjella und fiel in Trance. Rodhana bekam einen steinernen Gesichtsausdruck. »Das ändert die Pläne.« Sie wandte sich an Kotlack und Jenslow: »Zieht die Leute von sämtlichen Eingängen ab. Wir sammeln uns in der Kulpatterhöhle. In drei Tagen schlagen wir los.«

Myriam presste die Hand auf ihren Mund. Der Krieg begann. So bald schon. Alle Kraft schien sie zu verlassen.

111

Der junge Klerist beugte ehrfürchtig das Haupt, als er Gura Limkas Amtsraum betrat. »Die Ausreißer ziehen sich von den Mieneneingängen zurück, Geweihte. Sollen wir vorrücken?«

Gura Limka zog ihren Mund zu einem ausdruckslosen Lächeln. Die *Geweihte* war sie nun! Nur weil sie den Balg vom Oberpriester wie eine Geschwulst in ihrem Schoß trug. Aber ihr Einfluss war gestiegen ... beträchtlich.

Gura Limka schritt zum Fenster. Sie ließ den Blick über die Bergkette im Osten schweifen. War das der Augenblick, auf den sie gewartet hatte? Würden die Ausreißer aus ihren Löchern kommen? Ein Gefühl sagte ihr, dass es so weit war. Sie grinste in sich hinein. Egal, wo sie sich sehen ließen, sie würden ihr blaues Wunder erleben! Das allsehende Auge der Meduse würde sie finden. Mit einem Ruck wandte sie sich an ihren Assistenten: »Mobilisieren Sie unsere gesamten Kräfte und warten Sie auf meinen Einsatzbefehl. Medusen-Order. Diesmal erwischen wir sie!«

Dicht gedrängt lagerten die Insurgenten in der dämmrigen Kulpatterhöhle. Kalte Luft drang durch einen hohen Spalt ins Innere. Im oberen Teil konnte Myriam ein Stück des lila Himmels sehen. Sie ruhte mit dem Hinterkopf auf ihren gefalteten Händen und atmete das Licht mit den Augen ein – Lundsiel und das Meer, ihre Eltern, Geschwister, Neffen und Nichten schienen darauf hereinzusegeln.

Myriam war nicht die Einzige, die ihre Blicke sehnsuchtsvoll auf das Fleckchen Himmel heftete. Es herrschte andächtige Stille. Nur der Ruf eines Vogels und das ferne Rascheln der Blätter drangen von draußen in die Unterwelt. Marjella traten Tränen in die Augen. »Ich hatte fast vergessen, wie es ist.«

Sie warteten voller Ungeduld auf den Aufbruchsbefehl. Schon bald würden ihnen das Licht und die frische Luft wieder gehören.

Eine Gruppe Nachzügler riss Myriam aus den Träumen. Grimpers Bass dröhnte durch die Höhle. Sekunden später folgte Rodhanas Ruf zur Beratung. Myriam erhob sich. Sie hätte das Stückchen Himmel gerne noch länger genossen, aber Grimper brachte immer Neuigkeiten. Meistens schlechte. Mit einem flauen Gefühl im Magen gesellte sie sich zu der Gruppe um Rodhana. Gerade zum richtigen Zeitpunkt, wie es schien.

Rodhanas Augen blitzten gierig.

»Aber vielleicht ist es eine Falle«, gab Jenslow zu bedenken.

Grimper wiegte den Kopf.

Rodhana starrte einen Moment vor sich hin. Dann straffte sie die Schultern. »Wir werden es riskieren. Packt zusammen.«

Als die Leute das Ziel erfuhren, murrten sie. Sie hatten sich auf das Tageslicht gefreut, sie wollten die lang entbehrten Sonnenstrahlen auf ihrer Haut spüren. Nun mussten sie wieder in die Tiefe der Berge zurück. Rodhana trieb sie an und wie ein endloser Wurm wand sich die Armee der Insurgenten durch die Unterwelt, Grimper an der Spitze.

Nach etlichen Tagen erreichten sie einen Tunnel aus grob gehauenen Steinen. »Feste Mauern«, bemerkte Kotlack. »Hier haben die Beben noch nicht einmal ein Steinchen herausschütteln können.«

Am Ende des Tunnels änderte sich das Bild. In den Katakomben war an vielen Stellen die Decke eingefallen. Schutt und zerbrochene Säulen blockierten den Weg, aber Grimper schlängelte sich unbeirrt durch das Gewirr der Gänge. »Ich wurde hier geboren«, sagte er mit belegter Stimme.

Jenslow blieb stehen. »Davon hast du nie etwas erzählt.«

»Geht keinen was an«, brummte Grimper schroff und es war ihm anzusehen, dass er keine guten Erinnerungen mit diesem Ort verband. Er wandte sich einem Gang zu, dessen Seiten in regelmäßigen Abständen von eisernen Türen unterbrochen waren.

Myriam legte die Arme eng um ihre Schultern. Wie magisch angezogen, glitten ihre Blicke über jede der rostigen Kerkertüren mit den massiven Riegeln. Sie glaubte, die kalte Klinge wieder an ihrer Kehle zu spüren. Warum hatte die Kleristina damals nicht zugestoßen? »Hier irgendwo war ich gefangen.«

»Das sollen sie nicht noch einmal versuchen«, knurrte Kotlack und hob seine Waffe.

Myriam drückte dem Bullen still die Hand. Solange er in der Nähe war, würde ihr nichts geschehen.

Ein Stück weiter vorne ging der Stein in eine glatte, glänzende Wand über, so als hätte sich blanker Stahl in eine vergessene Vergangenheit gebohrt.

Grimper hielt an und breitete die Arme aus. »Wenn wir auch nur einen Schritt weitergehen, ist es vorbei mit unserer Heimlichkeit.«

Rodhana zog ihren Strahler und nickte entschlossen.

»Ich sehe keine Tür.« Jenslow streckte die Hand nach der Wand aus, doch Grimper packte ihm energisch am Handgelenk. »Nicht! Die Wand bildet kein Hindernis. Zumindest nicht hinein. Sie ist wie eine Haut aus Nebel: einer der wenigen intakten Zugänge von den Katakomben ins Kathedom.«

Rodhana winkte ihre Gruppenführer herbei und Grimper gab einen vollständigen Bericht über die Lage der Räumlichkeiten jenseits der Wand.

Die Anführerin legte die Stirn in Falten. »Du bist dir sicher?«

Grimper grinste. »Ich bin hier oft genug zum Beten gewesen.«

Rodhana nickte. Sie stieg auf eine umgestürzte Säule. Dort stand sie einen Moment, aufrecht, unbeugsam, und ließ ihren Blick über die Insurgenten schweifen.

Die sahen sie erwartungsvoll an.

Langsam hob sie die Arme. »Leute!«

Sie machte eine Pause und die Menschen rückten näher.

»Wir haben uns belügen lassen, wir haben uns unterdrücken lassen, wir haben uns verurteilen lassen. Wir haben uns verkrochen und wir haben gelitten.«

Die Zuhörer scharrten unruhig mit den Füßen und Zorn zeigte sich in ihren Gesichtern.

Rodhana stieß ihre geballte Faust in die Luft. »Aber dann sind wir wieder aufgestanden. Und wir haben uns stark gemacht.« Ihre Augen funkelten im Licht der Glimmersteine und ein zustimmendes Murmeln ging durch die Versammlung.

»Heute ist der Tag, an dem wir es ihnen zurückzahlen! Heute ist der Tag, an dem wir zuschlagen und unsere Freiheit einfordern. Heute ist der Tag, an dem wir die Kleristen besiegen! Njamingloh soll frei sein! Nieder mit den Kleristen!«

Ihre Entschlossenheit sprang auf die Insurgenten über. Sie schüttelten die Fäuste über ihren Köpfen. »Nieder mit den Kleristen!«, echote es aus Tausenden von Kehlen.

»Hinter dieser Wand befindet sich die Basis eines Antigravitationslifts. Wir müssen bis zum Erdgeschoss hoch, dann über den Gang und durch die Flügeltüren gegenüber.«

Myriam spürte einen unerträglichen Druck in ihrer Magengegend. Ihr Herz klopfte und das Blut rauschte in ihren Ohren. Sie suchte ihren Platz zwischen den Insurgenten, die sich mit gezogenen Waffen vor der Wand aufbauten. In ihren Gesichtern standen Angst und Aufregung, aber auch Wut und Entschlossenheit. Kleristen waren es, die sie in diese Lage gebracht hatten. Jetzt sollten sie für all die Entbehrungen und das Leid bezahlen, das sie gebracht hatten. Selbst Myriam spürte die kalte Wut, als sie ihren Strahler in die Hand nahm. Nie wieder sollte ihr ein Klerist ein Messer an den Hals legen!

Auf Rodhanas Zeichen stürmten sie los. Myriam blieb in dem Gedränge dicht hinter der Anführerin. Die silbrigglänzende Wand fühlte sich an wie ein Vorhang aus Nieselregen. Dann blendete Lampenlicht, Antigravitation zog sie in die Höhe. Alarmsirenen kreischten. Der Ausstieg, ein Spurt über den Gang. Ihr folgte ein Lindwurm aus Leibern, mit blitzenden Strahlern, kampfbereit. Rodhana feuerte auf die großen Flügeltüren. Mit donnerndem Krachen sprangen sie auf. Durch bunte Kathedralenfenster fiel Sonnenlicht in den Sakralsaal und unter der Decke schwebte das Hologrammbild der Meduse, weiß, rein. »Hier setzen wir uns fest«, befahl Rodhana. »Sichert die Eingänge! Jenslow, mir nach!«

An unzähligen Bankreihen vorbei rannte sie zum Altar mit dem schwarzen Opferstein. Die Pforte dahinter splitterte unter Rodhanas

Beschuss in Stücke. Sie stürmte in den metallischglänzenden Gang. Nasskalte Luft, durchzogen von Tang- und Fischgeruch, schlug ihnen entgegen. Nach hundert Schritten erreichten sie eine Halle mit soliden Metallwänden.

Rodhana ließ beim Laufen die Blicke schweifen und hielt dann rechts auf das gepanzerte Tor zu. Sie kam schlitternd zum Stehen und richtete den Strahler auf das Tor. Wo das Energiebündel traf, zischte das Material und troff dampfend zu Boden. »Helft mir aufschieben!«

Myriam sprang herbei. Sie zog die Jackenärmel über ihre Hände und drückte gegen die heiße Oberfläche. Rodhana keuchte neben ihr. Langsam schwang das schwere Tor auf. Myriam blickte in den Saal und riss die Augen auf. »Heilige Meduse«, stöhnte sie.

112

Die See über Wellubimarulles bebte wieder und das Wasser floss nur noch zäh durch die Kiemen. Klabu'teranuster fühlte sich kraftlos. Er hasste einen schwachen Körper.

Er würde sich mehr ertüchtigen müssen. Spontan fiel ihm Tenka'kulinassa ein. Da könnte er das Nützliche mit dem Angenehmen verbinden. Sie hatte sich nun lange genug gegen seine freundlichen Bemühungen gesträubt. Es wurde Zeit, härtere Saiten aufzuziehen ... Aber ihren Körper wollte er dabei nicht verunstalten. Um sie gefügig zu machen, hätte er Wate'medaludes und die Kinder vor ihren Augen zerstückeln können. Dass die unerreichbar blieben, ärgerte ihn maßlos.

»Wo sind diese fischigen Wissenschaftler, wenn ich sie brauche?«, brüllte er. *»Haben sie den neuen Taster immer noch nicht nachbauen können?«*

»Die meisten von ihnen haben Sie eliminieren lassen, Zir. Wegen Hochverrats.«

War da ein vorwurfsvoller Unterton in der Stimme des Offiziers? Klabu'teranuster musterte ihn misstrauisch, fand aber keinen verräterischen Farbton, kein Zucken an dem Untergebenen. *»Schicken Sie mir Barta'luzewickus und Oberst Taka'zulablewis«*, wies er ihn mürrisch an.

Die beiden beäugten sich misstrauisch, als sie vor Klabu'teranuster erschienen.

Oberst Taka ergriff zuerst das Wort. *»Ich könnte sofort losfliegen, Zir, wenn Sie mir den erbeuteten Taster überlassen würden.«*

Barta leuchtete in angenervtem Rot. *»Wie sollen wir Wissenschaftler die Wirkungsweise der Apparatur erforschen und duplizieren, wenn sie uns nicht uneingeschränkt zur Verfügung gestellt wird?«*

Klabu'teranuster schwamm eine Spanne näher und blickte den Wissenschaftler abschätzend an. Barta erinnerte ihn mehr und mehr an diesen Nuttur. Er hasste Versager und unterdrückte mit Mühe den Impuls, auch ihn zu erwürgen. *»Sie geben das Gerät unverzüglich an Oberst Taka'zulablewis!«*

»Und Sie!«, Klabu'teranuster wandte sich an den höhnisch blitzenden Taka. *»Sie bringen mir umgehend die Deserteure!«*

Der salutierte, indem er den Primärtentakel hob und die Spitze zusammenrollte. *»Geben Sie mir drei Großraumschiffe, Zir.«*

»Drei?«

»Ich kann die gemessenen Koordinaten den anderen simultan zufunken. So können wir sie in die Zange nehmen.«

Das war ein Oktoftewiltabine nach Klabu'teranusters Geschmack. *»Nehmen Sie fünf Schiffe!«*

»Exzilenz!« Gitti huschte aufgeregt in die Grotte der Macht. *»Im Freilandgehege attackieren die Ausreißer die Leithomiden!«*

Klabu'teranuster leuchtete in freudigem Blau. *»Diese Bestien sind aus ihren Löchern gekommen? Sehr gut! Benachrichtigen Sie die Dresseure, sie sollen alle Leithomiden mobilisieren. Und stellen Sie ihnen unsere besten Strategen zur Seite. Ich möchte nicht, dass auch nur einer dieser abscheulichen Missgeburten entkommt.«*

113

Alarm aus dem Inneren des Kathedoms hatte Gura Limka nicht erwartet. Intuitiv fütterte sie die biometrischen Daten der bekannten Ausreißer in das System.

Treffer.

Unter ihnen befand sich Myriam. Wo sie war, konnte auch Jake nicht weit sein. Für ihn zeigte der Rechner zwar keine Übereinstimmung an, aber Gura Limka ließ sich nicht beirren. Er musste dabei sein. Der Kerl war einfach zu schlau. Selbst sie hatte er vor wenigen Wochen mit seinem billigen Trick mit dem Datcom in die Irre geführt, als er die Katakomben ausspionierte. Und von dort waren die Angreifer eindeutig gekommen. Er musste bei ihnen sein.

Noch bevor sie ihre Streitkräfte rufen konnte, spürte sie den bekannten Druck im Kopf: der Ruf der Meduse. Sie machte sich leer und wartete. Da kam der Befehl: *»Alle Diener haben den sakralen Bereich abzuriegeln.«*

Gura Limka grinste. Sie war mit der Entscheidung der Göttin zufrieden. Genauso hätte sie auch gehandelt. Willig gab sie sich der Führung hin. Ihre Sache war heilig.

Im Erdgeschoss des Kathedoms starrte Myriam ungläubig in die Lagerhalle. Regale voller Waffen im heiligen Bezirk! Ihre Knie wurden weich. Hatten die Kleristen vorgehabt, sie alle umzubringen? Und das unter den Augen der Göttin?

Eine Stimme in ihrem Kopf ließ sie zusammenfahren. Myriam schaute sich verdattert um. Kein anderer schien etwas vernommen zu haben. Hatte etwa die Göttin gesprochen? Myriams Herz klopfte. Zu ihr? Sie schüttelte den Kopf. Nein. Nicht zu ihr, sondern zu den Kleristen. Aber warum konnte sie es hören? Ihr blieb keine Zeit, darüber nachzudenken. »Die Meduse verrät den Kleristen, wo wir sind!«, rief sie entsetzt. »Sie kommen!«

Myriam fing einen irritierten Blick von Rodhana ein. »Du hörst sie?«

Ja, sie, Myriam. Das kam ihr sonderbar vor, gab ihr aber gleichzeitig das Gefühl ... so ... auserwählt zu sein. Sie atmete tief.

Rodhana zuckte mit den Achseln und deutete auf die Waffen. »Damit werden wir ihnen eine feurige Überraschung bereiten!« Sie sah Myriam in die Augen. In ihrem Gesichtsausdruck lagen Kraft und Entschlossenheit. »Kotlack soll mit seinen Leuten die Aufmerksamkeit auf den Sakralsaal ziehen. Wir überfallen währenddessen den Verwaltungstower. Das bringt uns in den Rücken der Kleristen.«

Myriam brachte die Befehle zur Sakralhalle. Dort verteidigten Insurgenten die Türen gegen kahlköpfige, starräugige Kleristen. Sie feuerten unablässig in die Gänge.

Kotlack war abseits. Er kauerte hinter einem Fenstersims und spähte nach draußen. »Es sind gar nicht so viele da.«

Myriam wagte einen Blick. Der große Platz vor dem Kathedom wirkte menschenleer. »Ich befürchte, es wird nicht so bleiben«, sagte sie mit zitternder Stimme.

Ein Schuss fiel. Buntes Glas splitterte. Scherben stürzten wie buntblitzende Messer herab. Menschen schrien.

»Schießt die verdammten Scheiben aus den Fenstern!«, brüllte Kotlack.

In einem Feuerwerk aus den Strahlern der Insurgenten barst das restliche Glas zu winzigen Scherben und rauschte zu Boden. Nur noch einzelne Reste hingen wie spitze Grumpfalgzähne in den Rahmen. Myriam schaute sie entsetzt an. Jetzt wirkten die Fenster wie gefräßige Mäuler und der Sakralsaal wie der Schlund eines Ungeheuers, aus dem es kein Entrinnen gab – und Kotlack musste mit seinen Männern hier drinnen zurückbleiben und die Flut der Kleristen aufhalten. Myriam fröstelte. Sie blickte den ungeschlachten Mann an. Tränen traten ihr in die Augen. Sie nahm seine Hand und drückte sie mit einem Gefühl der Verzweiflung. »Viel Glück, Kotlack.«

Er grunzte.

Myriam wandte sich mit einem Ruck ab. »Grimper! Marwalski!«, rief sie in den Saal. »Rodhana verlangt euren Einheiten.

Rodhana nannte ihn den Priestertunnel, eine unterirdische Verbindung zwischen dem sakralen Teil und der Verwaltungseinheit des Kathedoms. Er erinnerte Myriam an die Katakomben. Dunkel und aus rauem Stein gemauert, war er hoch und breit genug, dass zwei Matros bequem nebeneinander fahren konnten. In voller Breite marschierten die Insurgenten in die Finsternis, die Waffe in der Rechten, den Glimmerstein in der Linken.

Plötzlich flammte weißes Licht vor ihnen auf. Strahlerschüsse mähten die erste Reihe der Kämpfer nieder.

Myriam blieb entsetzt stehen.

»Deckung!«, schrie Rodhana.

Aber es gab keine Deckung.

Auch kein sichtbares Ziel. Das Licht blendete.

Die Insurgenten duckten sich und schossen blindlings in den Tunnel.

»Zurück!«, bellte Rodhana. »Zum Sakralsaal!«

Myriam machte kehrt und rannte. Hinter ihr zischten unablässig Schüsse. Schreie gellten durch den Tunnel und der Geruch verbrannten Fleisches biss in der Nase. Myriams Herz raste. Wo sollte sie hin? Sämtliche Ausgänge waren von Kleristen blockiert. Leiber pressten sich gegen sie, schoben sie weiter, Ellbogen bohrten sich in ihre Rippen. Jemand trat ihr in die Ferse. Sie schrie auf und stolperte, hielt sich an irgendeiner Jacke fest und rappelte sich wieder hoch. Nur raus! Raus! Myriam trat auf etwas Weiches – die Hand eines Gestürzten. Sie wollte sich bücken, helfen, doch die Menschen trampelten in ihrer Panik weiter, schoben sie unaufhaltsam mit sich fort.

Endlich sah sie Tageslicht: die hohe Decke des Sakralsaals. Strahlenbündel rissen ganze Stücke heraus, die Sekunden später auf dem Boden zerkrachten. Die Menge stob auseinander. Staub hing in der Luft und legte sich beißend auf Myriams Schleimhäute. Sie suchte Kotlack und fanden ihn an einem Fenster. Er feuerte unablässig nach draußen. Sie fand Schutz hinter seinem breiten Rücken. Sie zitterte. Das war das Ende. Hier kamen sie nie wieder heraus.

Über den Kampfeslärm dröhnte Rodhanas Stimme: »Jeder auf seinen Platz. Jenslow! Lass die Kleristen nicht aus dem Tunnel!«

»Rodhana«, brüllte Kotlack. »Draußen formieren sie sich zur Attacke!«

Myriam wagte einen Blick über seine Schulter. Quer über den Platz spannte sich eine endlose Reihe aus Kleristen. Wie silberne Kugeln unterbrachen zahllose Adjutoren die Kette roter Figuren. Myriams Knie gaben nach. Adjutoren! Was immer an Hoffnung noch übrig war, sog ein Strudel panischer Angst aus ihr heraus. Gleichzeitig erfasste sie bodenlose Enttäuschung. Die galt nicht den Kleristen, sondern den Schaulustigen, die sich in sicherer Entfernung sammelten. Tausende! Als wäre der verzweifelte Kampf ein Spektakel der Spiele! Myriam drehte es den Magen um. Am Ende würde die Meute wohl auch noch klatschen – wenn keiner der Insurgenten mehr lebte!

Aber Rodhana schien keine Furcht zu kennen. Sie rannte zu einem der Fenster. »Adjutoren lassen sich genau so abschießen wie Kleristen!«, rief sie ihren Leuten zu, zielte und drückte ab. Auf dem Platz explodierte die getroffene Maschine in einem Feuerball.

Die Insurgenten schrien triumphierend. Zuversicht verdrängte die Angst aus ihren Gesichtern. Sie drängten zu den Fenstern und schossen. Ein weiterer Adjutor explodierte und löste bei den Insurgenten ein Freudengeheul aus.

»Da!«, rief Marwalski erschrocken und deutete nach draußen. Vor den Maschinen bildeten sich blauschimmernde Wände, weiteten sich seitlich aus und legten sich vor die Reihe der Kleristen.

»Schießt!«, schrie Rodhana verbissen. »Bei der Göttin, schießt!«

Aber die Schüsse prallten wirkungslos von dem flimmernden Schirm ab.

»Nehmt die großen Waffen vom Lager!«, befahl sie.

Aber auch die brachen nicht durch die Energiebarriere der Adjutoren.

»Dauerfeuer! Alle gleichzeitig!«, ordnete Rodhana an.

Im selben Moment vernahm Myriam eine körperlose Stimme: *»Vorwärts, marsch!«*

Augenblicklich rückte die Reihe der Kleristen und Adjutoren vor. Sie schossen nicht, sie marschierten. Meter um Meter kamen sie näher. Das Feuer der Insurgenten zerstob wirkungslos an ihrem Schutzschirm.

Der Anblick schnürte Myriam die Brust zusammen. Sie wandte sich ab und schaute sich im Raum um. An allen Ausgängen wurde gekämpft. Das Hauptportal hing zerschossen in den Angeln. Vom Platz her näherten sich die Kleristen. Unaufhaltsam.

Myriam blickte wieder aus dem Fenster über die Stadt hinweg in die Ferne. Dort irgendwo musste Lundsiel liegen. Ihre Familie, ihr Zuhause.

Bewegung hinter der Reihe der Kleristen brachte Myriams Magen zum Krampfen. Die Schaulustigen schlossen auf. Sie wollten wohl nichts verpassen. Im Schutz der Energieschilde fühlten sie sich sicher. Wie konnte der Pöbel nur so unmenschlich sein und sich an ihren Leiden ergötzen? Herzlose Städter, die auf ein perverses Vergnügen auswaren! Die Kleristen ignorierten die Leute und marschierten unbeirrt auf das Kathedom zu.

»Verdammt noch mal! Helft uns lieber, anstatt zu glotzen!«, schrie Myriam verzweifelt zum Fenster hinaus.

Dafür erntete sie von Rodhana einen zornigen Blick. »Hör auf zu lamentieren! Nimm deinen Strahler und schieß!«

Dann passierte es. Die Schaulustigen stürmten plötzlich vorwärts. Myriam konnte kaum glauben, was sie sah: Die Städter fielen den Kleristen in den Rücken! Mit Knüppeln und Steinen schlugen sie zu. Kleristen stürzten. Einige Adjutoren wendeten sich um und schossen in die Meute.

»Vorsicht!«, schrie Myriam und biss sich auf die Faust. Menschen wurden von Strahlen zerschnitten, doch die Überlebenden warfen sich wütend auf die Kleristen und brachen durch ihre Reihen. Adjutoren verließen ihre Positionen, strebten auf die Angreifer zu. In dem Durcheinander öffneten sich Lücken im Schutzschirm. Myriam hörte Rodhanas unbändigen Jubel und sah, wie ihr Strahler ungeschützte Kleristen niedermähte.

»Pass auf!«, schrie Myriam, denn sie sorgte sich um die unerwarteten Helfer. Aber das Feuer der Insurgenten kam punktgenau, traf keinen von ihnen. Myriam atmete auf, bis sie einen mentalen Befehl auffing: *»Leithomiden Gruppe eins: Angriff fortsetzen! Gruppe zwei: Kehrt marsch und Angreifer eliminieren.«* Augenblicklich formierten sich die Kleristen um. Die Schutzschilde legten sich wieder um die Adjutoren. Nur um die Adjutoren. Das kam Myriam merkwürdig vor. Dann begriff sie: »Rodhana! Nicht auf die Kleristen schießen!«

Rodhana wirkte für einen Moment überrascht. Sie musterte Myriam und ihre Augen verengten sich, aber dann änderte sie ihre Taktik. »Fokussiert auf die Adjutoren!«

Sofort begannen die Schutzschirme der Maschinen im Strahlenfeuer blau zu leuchten.

»Alle auf meinen!«, rief Rodhana.

Jenslow und Grimper richteten ihre Waffen augenblicklich auf den ausgesuchten Adjutor. Sein Schirm flammte auf. Marwalski fügte seine Feuerkraft hinzu, und als Kotlack auch in das Kreuzfeuer einfiel, zerplatzte der Schutzschirm und die Maschine explodierte in einer gigantischen Stichflamme.

Die Insurgenten stießen die Fäuste in die Luft und brüllten vor Freude.

»Den Nächsten!«, befahl Rodhana.

Mit vereinter Kraft schossen die Insurgenten einen Adjutor nach dem anderen ab. Ihr Siegesgeschrei hallte über den Platz. Dort geschah etwas Merkwürdiges: Kleristen fielen aus der Formation, einige liefen starräugig weiter geradeaus, andere standen herum und blickten verwirrt um sich.

»Ausfall!«, brüllte Rodhana. »Ausfall!«

Kotlack gab dem zersplitterten Haupttor einen gewaltigen Tritt, dass die Flügel gegen die Außenmauer donnerten. Myriam sah ihn auf den Platz hinausstürmen. Geführt von Jenslow folgte Rodhanas Armee mit blitzenden Waffen. Sie schlugen im Donner explodierender Adjutoren eine Bresche in die Reihe der Kleristen und vereinten sich mit den Städtern. Gemeinsam drängten sie in feurigen Kampf Kleristen und Adjutoren zurück bis zum Rand des Platzes.

»Sieg!«, brüllte Rodhana begeistert von ihrem Posten am Fenster. »Diese Schlacht ist unser!«

Myriam konnte es noch gar nicht glauben. Der Kampf war zu Ende. Die Kleristen flohen und die Adjutoren zogen sich in die angrenzenden Straßen zurück! Draußen auf dem Platz formierten sich Tausende von Insurgenten schnell und zielstrebig. Sie bezogen neue Stellungen am Rand, bildeten Verteidigungsnester und bestückten sie mit Waffen. In der Mitte des Geschehens standen Kotlack und Jenslow. Sie dirigierten die Aktionen. Dazwischen liefen die unerwarteten Helfer herum und legten Hand an, so gut sie konnten. Eine kleine Gruppe der Städter näherte sich Kotlack. Allen voran ein älterer Mann mit schütterem Haarkranz. Myriam blieb das Herz stehen. Sie musste noch einmal hinsehen. Dann begann ihr Blut in den Adern zu pochen. Sie sprang auf, rannte aus dem Sakralsaal hinaus auf den Platz. Tränen verschleierten ihren Blick: »Paps! Paps!«

Er schaute sie an wie einen Geist. Dann leuchtete sein Gesicht und er öffnete die Arme.

Sie warf sich hinein.

»Myri!«, schluchzte er und weinte vor Glück.

»Dich habe ich hier am wenigsten erwartet!« Sie drückte ihn fest an sich. »Wo ist Mama?«

Sein Körper spannte sich.

Myriam erschrak. Eine dunkle Ahnung stieg in ihr auf. Sie sah ihren Vater an. Er war kalkweis. Er atmete schwer. »Die Kleristen haben sie geholt.«

Er schluckte und sein Adamsapfel sprang auf und nieder.

»Nein!«, entfuhr es Myriam.

Björn ließ die Schultern hängen und schaute zu Boden.

»Zuerst versagten die Kantinas in Lundsiel. Fast der ganze Ort ging Beeren und Früchte sammeln. Roslina blieb bei den Kindern. Als wir zurückkamen, waren sie verschwunden. Ich habe sie gesucht. Du kannst dir das Elend in der Stadt nicht vorstellen – und die Wut. Dann kam das Erdbeben. Häuser brachen zusammen – aber auch die Überwachung.« Ein schiefes Lächeln spielte um seine Mundwinkel. »Da haben wir angefangen, uns zu organisieren.« Er warf einen leeren Blick über den Platz. »Aber Roslina habe ich nicht gefunden.«

»Diese verdammten Kleristen!« Unbändige Wut stieg in Myriam hoch. Sie straffte sich. »Wir haben gesiegt. Wir werden sie finden.«

Björn blickte sie überrascht an, doch blieb die Traurigkeit in seinen Augen.

Wieder bebte die Erde. Die Stöße ließen das Kathedom krachen und stöhnen. Es schien zu schwanken, Scheiben platzten und Splitter regneten herab.

»Verlasst die Gebäude!«, brüllte Rodhana über den Tumult hinweg. Die Insurgenten hetzten ins Freie, weg vom Kathedom, weg von den Häusern. Der Platz füllte sich wie an einem Richttag. In der Ferne spuckte der Hakulakaloa Feuer und Asche. Bestürzt beobachtete Myriam den schwarzen Qualm, der in die Höhe schoss, sich ausbreitete und wie eine undurchdringliche Decke über den Himmel zog. Schließlich schob sich der Rauch vor die Sonnen. Es wurde stockfinster und kalt. Myriam machte das Zeichen der Meduse, eine kreisförmige Handbewegung vor der Brust. Die Hölle schien sich aufzutun, um Njamingloh zu verschlingen. Jemand schrie etwas Unverständliches. Arme flogen zum Himmel. Myriam sah sie jetzt auch. Kleine, blauschimmernde Kugeln. Hunderte. Sie regneten aus den Wolken und wurden größer. Myriam riss den Mund auf. Sie rieb sich die Augen. Nein, sie hatte sich nicht getäuscht. Im Inneren der Kugeln befanden sich merkwürdige Gleiter. Und jetzt fielen sie auch nicht mehr. Sie flogen, rasten schneller als der Wind auf das Kathedom zu. An den Vordersten blitzten Lichter auf, dann schoss Feuer auf den Platz zu. Tödliches Feuer. Es traf Menschen und schmolz sie zu schwarzen Klumpen. Myriam starrte fassungslos auf das Geschehen, unfähig, sich zu bewegen.

»Deckung!«, schrie Rodhana. »Geht in Deckung!« Sie feuerte auf das nächste Fluggerät, doch ihr Strahl prallte wirkungslos an dem Schutzschild ab.

Panik brach unter den Insurgenten aus und erfasste auch Myriam. Sie konnte nicht mehr denken. Sie konnte nicht mehr atmen. Aber etwas in ihr trieb sie an. Instinktiv suchte sie einen Schutz vor dem himmlischen Feuer. Das offene Portal des Kathedoms lag in erreichbarer Nähe. Sie jagte los und spürte in ihrer Panik die Leiber der anderen Menschen nicht, die auf die gleiche Hoffnung zustrebten. Feurige Finger frästen breite Spuren in die panisch fliehende Menge. Jenslow rannte einige Schritte vor ihr. Dann verschwand er in einem Feuerstrahl. Instinktiv sprang Myriam über den vor Hitze brodelnden Streifen, den der Strahl in den Boden gebrannt hatte. Dahinter liefen ihre Füße wie von allein.

Erst als die Luft des Sakralsaals ihren Schweiß auf der Stirne kühlte, nahm sie sich selbst wieder wahr.

Überall in den Fenstern und Türen drängten sich Insurgenten und schossen. Rodhana stand breitbeinig auf dem Opferstein und spornte die Kämpfer an.

Draußen strömten unzählige Adjutoren mit schimmernden Schutzschirmen aus den angrenzenden Straßen und formierten sich auf dem Platz – Tausende. Darüber schwebten Hunderte von fliegenden Gleitern. Ihre Schüsse rissen riesige Löcher in die Wände. Der Sakralsaal fing Feuer. Auch am Rande des Platzes schmolzen Gebäude unter dem Beschuss. Wer sich dort verschanzt hatte, war verloren.

Myriam schaute verzweifelt zu Rodhana. Die stand ungebrochen zwischen den Flammen, aber Myriam wusste, dass es endgültig aus war: Der Rückweg in die Katakomben war versperrt, das Kathedom von Adjutoren umzingelt und am Himmel hingen feuerspeiende Gleiter.

Sie suchte ihren Vater. Er stand am Portal, dessen Rahmen zu einer glühende Masse geschmolzen war. In jeder Hand hielt er einen Strahler und feuerte unablässig auf die nahenden Feinde. Hin und wieder explodierte ein Adjutor und die Männer grölten. Aber die Übermacht der Maschinen war erdrückend. Myriam trat hinter ihren Vater und lehnte sich gegen seinen Rücken. Er schien es gar nicht zu spüren, feuerte einen Schuss nach dem anderen. Myriam schloss die Augen. Sie würde Jake nie wiedersehen und ihr Kind würde nie geboren werden. Aber wenigstens würde sie nicht einsam und allein sterben.

114

In der Kommandozentrale der *FREDDY* warf Wate einen Blick zum Navigationspult. Fanli machte sich prächtig als Navitroniker. Im Sitz neben ihr schillerte Lame zufrieden. *»Du wirst mich noch arbeitslos machen!«*, raunte er ihr zu.

»Beschwer dich nur!«, antwortete sie. *»Seit ich dich vertrete, hast du wenigstens Zeit in der Schlafgrotte von ... wie heißt sie doch diese Woche?«*

»Jetzt halt mal die Kiemen dicht, vorlauter Laich!« Lame leuchtete in indigniertem Gelbgrün auf.

»Ich erwarte von der Mannschaft Respekt und Disziplin auf der Brücke«, zischte Wate.

Fanli zuckte zusammen, doch der Navitroniker plusterte sich auf. *»Den haben wir doch, werter Commander. Glauben Sie denn, ich würde mir solche Frechheiten von Arte'makutiges bieten lassen?«*

»Eure Art es auszudrücken, erinnert mich stark an das Verhalten von Homiden.«

»Aus Ihrem Mund, Commander, klingt das wie ein Kompliment!«, konterte Lame.

»Legen Sie lieber die Kursberechnung zu mir rüber!«

»Aye! Noch fünf Tage bis Nitsituaan.«

Nur fünf. Die kosmische Störung war erschreckend weit vorgedrungen. Wates Haut juckte. Er hatte eine Katastrophe im Rücken, eine andere vor sich. Klabu'teranuster! Wenn dieser Grumpfalg Tenka etwas angetan hatte ... Einen Moment lang blitzten auf seinem Körper kleine rote Fünkchen auf, aber er brachte sich rasch unter Kontrolle. Langsam blies er Wasser durch die Kiemen. Persönliche Gefühle durften sein Handeln nicht beeinflussen. Disziplin. Trotzdem kochte sein Inneres. Mit diesem schwammigen Fisch konnte man nicht verhandeln. Aber sie mussten ihn, der immer noch die unumschränkte Macht besaß, wohl oder übel auf ihre Seite bekommen, sonst war alles verloren.

Wate blickte zu Fanli hinüber. So eine unbeschwerte Freude am Raumflug hätte er auch gerne wieder einmal erlebt. Oder täuschte er sich in ihr? Verdrängte sie so die Sorge um ihre Mutter?

Als sie sich endlich der Bahn des äußersten Planeten näherten, ließ Wate auf Unterlichtgeschwindigkeit abbremsen und tauchte in das heimatliche Sonnensystem ein. In seinen Saugnäpfen machte sich ein Kribbeln breit. Die Zeit war gekommen, dem Grumpfalg vors Maul zu schwimmen. Er atmete noch einmal tief durch. *»Lame, stellen Sie mir eine Verbindung mit Klabu'teranuster her.«*

Klabu'teranuster fiel aus allen Wolken, als Gitti die Nachricht brachte: *»Wate'medaludes möchte Sie sprechen, Exzilenz. Per Lymellenfunk.«*

»Jetzt habe ich ihn an den Kiemen! Stellen Sie mir die Sendung rein.«

Der Interkom flackerte auf. Klabu'teranuster schwamm so dicht an die Projektionsfläche, dass er seine Tentakel um Wate'medaludes' Kopf hätte legen können. Leider war es nur ein Hologramm. »Wollt ihr euch endlich ergeben?«

»Hören Sie ... Exzilenz.«

Klabu'teranuster entging die kleine Pause in Wate'medaludes' Anrede nicht. Es erfüllte ihn mit Genugtuung, dass er den Homidenstreichler praktisch schon im Würgegriff hatte. »Übergeben Sie mir das Schiff. Dann können wir über Ihre Bestrafung sprechen.«

Wate unterdrückte mit Mühe seine angenervte Farbreaktion. So ein bornierter Spritzer! »Ich schlage vor, wir legen unsere Meinungsverschiedenheiten für eine Weile beiseite und bekämpfen gemeinsam die nahende Katastrophe, deren Existenz Ihnen mittlerweile klar geworden sein dürfte. Wir haben eine Gegenmaßnahme gefunden, aber dafür brauchen wir Ihre Hilfe.«

Klabu'teranuster schillerte in überheblichem Gelb. »Ich weiß, warum Sie gekommen sind, Wate'medaludes. Aber Tenka'kulinassa hat sich inzwischen für mich entschieden. Im Vergleich zu mir sind Sie doch nur ein ganz kleines Fischchen. Das Einzige, was ich Ihnen und Ihren Deserteuren jetzt noch anbieten kann, ist eine saubere Exekution.« Während er ins Funkgerät sprach, rief er mental nach Gitti. *»Verständigen Sie Oberst Taka'zulablewis: Fertigmachen zum Angriff!«*

Im Kommandoraum der *FREDDY* schaltete Wate das Interkom ab und warf einen fragenden Blick auf Zukla.

Der schillerte in selbstsicherem Blau. *»Es bleibt nur eine Möglichkeit: Wir müssen Klabu'teranuster beseitigen.«*

Wate ließ sich in den Kontrollsessel sinken.

Ein Putsch, also!

Als ob es so einfach wäre, in den Palast zu schwimmen und Klabu'teranuster das Wasser abzudrehen! Außerdem war da noch Tenka. Wate glaubte Klabu'teranuster kein Wort. Ganz im Gegenteil. Er kannte seine Frau. Sie würde sich niemals auf diesen herrschsüchtigen, kaltschnäuzigen Fisch einlassen. Tenka war viel zu intelligent, als dass sie sich das bieten ließe. Zudem hatte sie den Hang, unverblümte Wahrheiten auszusprechen. Seine Frau würde in Schwierigkeiten geraten, böse Schwierigkeiten – falls sie nicht schon bis zu den Kiemen drinsteckte. Angst fuhr heiß durch Wate, gleichzeitig wollte ihm ein Anflug von Einsamkeit die Seele aus dem Körper reißen. Er stemmte sich gegen den Gefühlssturm, blies einen scharfen Strahl Wasser durch die Kiemen und zwang seine Konzentration auf die Instrumente. Er durfte den Kopf nicht verlieren.

Lames Stimme erreichte sein Bewusstsein. *»Commander, Fanli hat mich gerade auf die hohe tektonische Aktivität auf Nitsituaan aufmerksam gemacht und aus den Funksprüchen geht hervor, dass Klabu'teranusters Einheiten gegen die Homiden vorgehen ... mit Befehl zur Ausrottung!«*

Die Wut, die Wate überkam, war grenzenlos. Die Homiden waren fühlende, intelligente Wesen! Er dachte an Jake, der sein Freund geworden war. Mit welchem Recht erlaubte sich dieser Emporkömmling, sie einfach auszulöschen? Wate richtete sich zu voller Größe auf. *»Das reicht, Klabu'teranuster! Wir kommen!«*

Lame begann rot zu schillern. *»Commander, der blasierte Hohe Primist wird noch etwas warten müssen. Da kommen Schiffe auf uns zu! Sie rufen uns.«*

»Oberst Taka'zulablewis an Wate'medaludes«, plärrte es aus dem Funkgerät. »Ergeben Sie sich, dann wird den Weiblingen und Kindern nichts geschehen!«

»Haben Sie immer noch nichts begriffen?«, schrie Wate wütend zurück.

»Keine Faxen«, antwortete Taka kühl. »Sie haben keine Chance.«

»Das werden wir ja sehen!«, rief Wate. *»Fanli, gib Alarm und dann halt dich fest. Maski, Ausweichmanöver. Deste, lassen Sie alle Geschütze besetzen.«*

Die ersten Treffer schüttelten *FREDDY*.

»Commander«, rief Deste. *»Sie haben anscheinend LdG-Taster. Sie können uns orten. Sie umzingeln uns!«*

Maski machte sich flach. *»Commander, gegen fünf können wir es nicht aufnehmen! Lassen Sie uns verschwinden.«* Er schlug mit dem Schiff einen Haken, dass die Gravitationskompensatoren kreischten.

»Verlieren Sie nicht die Nerven! In der kurzen Zeit können sie das Gerät nicht nachgebaut haben.« Wate beobachtete die Manöver der feindlichen Schiffe. *»Das ist irgendein Trick!«*

»Und wenn es keiner ist?«, schrie Deste, dessen Monitor unter einem weiteren Treffer aufflackerte.

»Reißen Sie sich zusammen! Und achten Sie auf alles Ungewöhnliche!«

»Ich bekomme ein sonderbares Signal«, rief Lame.

Obwohl das Schiff unter dem Beschuss wie eine riesige Glocke dröhnte, hörte Wate die mentale Stimme klar und deutlich. *»Analysieren!«*

Der Primärtentakel des Navitronikers schlängelte sich blitzschnell über die Eingabefelder. *»Es gibt laufend unsere Position durch.«*

Wate verengte die Augen. *»Lokalisieren Sie den Ausgangsort!«*

Über Lames Haut blitzen rote Punkte. *»Dazu bräuchte ich eine Dreipunktpeilung.«*

»Maski«, bellte Wate. *»Drei kleine Sprünge!«*

»Einen berechenbaren Kurs einzuschlagen, ist Selbstmord!«, schrie Zukla.

»Wir werden es riskieren!«, entschied der Commander.

»Aye!«, antwortete Maski und riss das Schiff herum, dass der Antrieb heulte.

»Volle Energie auf die Schirme«, befahl Wate. *»Los!«*

Die feindlichen Rechner stellten sich Sekunden später auf das Manöver ein und nahmen die *FREDDY* unter Kreuzfeuer. Plötzlich zischte aus der Steuerkonsole ein Lichtblitz. Dampfblasen brodelten. Maski schrie. Blut quoll aus einem Tentakel und verteilte sich wie Nebel. Warnsirenen heulten. *»Der Zytulonenfusionsmeiler geht gleich hoch!«*, brüllte Maski. Lame arbeitete fieberhaft an seinen Instrumenten. *»Ich hab's!«*, schrie er.

Sofort griff Maski in die Steuerung. Das Schiff schlug einen Haken, der die Gravitationsabsorber überlastete. Wate fühlte sich von den durchschlagenden Kräften zusammengedrückt wie ein Plattfisch.

»Ich brauche die Koordinaten und dynamische Flugbahnberechnungen!«, brüllte Deste.

Lame saugte sich mit sechs Tentakeln krampfhaft an seinem Navigationspult fest und arbeitete hektisch mit den beiden anderen. *»Unterwegs!«*, rief er.

»Angekommen und – fertig!«, meldete Deste vom Kampfstand.

»Repetitives Impulsfeuer!«, befahl Wate.

Deste löste aus.

Lame fluchte. *»Ihr verdammter Schirm hält!«*

»Aber unserer wird gleich zusammenbrechen!«, schrie Maski und machte sich flach.

Die *FREDDY* vibrierte. Wate saugte sich an seinen Kontrollen fest. Leuchtend orange Farbbänder pulsten über seine Haut. Seine Tentakelspitzen zuckten.

Jetzt blieb nur noch ein Weg.

Ein riskantes Spiel.

Für einen winzigen Moment wären sie schutz- und antriebslos.

Der Schnellere würde siegen.

Wate kniff die Kiemen zusammen: *»Anemonenmanöver!«*

Zukla verlor alle Hautfarbe.

»Bereit«, brüllte Maski.

»Synchronisation!«

»Etabliert«, meldete Lame.

»Geben Sie ihnen volles Volley!«, befahl Wate hart. *»Jetzt!«*

Die Mannschaft funktionierte wie ein Uhrwerk. 0,0027 Sekunden nach dem Öffnen des Schirms bekam Deste die zusätzliche Energie auf den Kampfstand und entlud sie über alle Geschütze. Noch während die geballte Ladung durch das All raste, kam Gegenfeuer. Ein gewaltiger Stoß riss die *FREDDY* aus der Bahn. Zukla wurde von seinem Sessel gerissen und gegen die Wand geschleudert. Alarmsirenen heulten, Sicherheitsschotts schlugen dröhnend zu.

Auf dem Hauptmonitor flammte der Schutzschirm des feindlichen Schiffs auf, waberte in blauem Licht und brach in sich zusammen, gefolgt von einer Explosion, die einer kleinen Supernova glich.

»Das verräterische Signal ist verschwunden«, meldete Lame, während Zukla halb benommen zu seinem Platz zurückkroch.

Wate bestätigte mit einem kurzen Blick. *»Schadensmeldung!«*, forderte er.

»Zwei Triebwerke ausgefallen, Reaktoren eins und vier durchgebrannt, Sektionen AD15 bis FW8 ohne Druck und abgeschottet. Weit werden wir die

Flunder nicht mehr bringen«, antwortete Maski und hielt seinen blutenden Tentakel. *»Mehr als 0,7 LG ist nicht mehr drin.«*

Draußen stocherten die Impulsstrahlen der Feinde ziellos ins Leere.

Wate ließ langsam einen Strom Wasser durch die Kiemen fließen. *»Das hätte schlimmer kommen können!«* Er wandte sich seiner Tochter zu. *»Na, wie fandest du deine Feuertaufe?«*

»Endlich mal was los«, sagte sie frech, doch ihre Farbe verriet, dass sie sich bei weitem nicht so mutig fühlte, wie sie tat. Trotzdem hatte sie keine Tinte verloren. Wate war stolz auf sie.

Zwei Heiler eilten auf die Brücke und kümmerten sich um die Verletzten.

»Ein Funkspruch kommt rein«, übermittelte Lame. *»Der Hohe Primist.«* Den Titel unterstrich der Navitroniker mit einem spöttischen Grün auf seiner Haut und legte die Übertragung auf den Hauptmonitor.

Ärgerliche rote Lichter blitzten über Klabu'teranusters Haut. »Das werden Sie mir büßen, Wate'medaludes. Wenn Sie sich nicht sofort ergeben, bringe ich Tenka'kulinassa um!«

Wate unterdrückte seine Angst. In blauer Kühle schimmernd, gab er seine Antwort: »Wenn Sie Tenka nicht augenblicklich freilassen, komme ich runter und schmelze den Palast zu einem hässlichen Klumpen zusammen. Maski, nehmen Sie Kurs auf Wellubimarulles.«

»Das werden Sie nicht wagen!«, entgegnete Klabu'teranuster und leuchtete in überheblichem Gelb.

»Nichts wird mich und die Mantarokateere aufhalten. Sie sind bereits ein toter Fisch.«

»Mantarokateere? Blasen Sie sich nicht so auf, Wate'medaludes! Ich weiß ganz genau, dass Sie nur bluffen. Sie sind doch nur ein sentimentaler Feigling ohne Mumm in den Knorpeln. Sie erregen Tenka'kulinassas Brutinstinkt, Sie Weichqualle, sonst hätte sie sich schon längst eine starke Muräne wie mich gesucht! Aber sie ist störrisch, daher muss sie sterben.« Im Hologramm wandte sich Klabu'teranusters Kopf zu einem Oktoftewiltabinen außerhalb des Projektionsbereichs. »Hol Tenka'kulinassa. Er soll zusehen, wie ich sie erwürge!«

Fanli quiekte vor Schreck, doch Wate konnte sich jetzt nicht ablenken lassen. »Lame«, sagte er mit der härtesten Stimme, die er aufbringen konnte. »Schalten Sie die Übertragung ab!

Auf der Brücke wurde es still. Betroffene Oktoftewiltabinen starrten Wate bewegungslos an. Der blies einen Strahl Wasser durch die Kiemen. *»Volle Kraft voraus!«*, befahl er. Von den Rändern her oszillierte ein kaum wahrnehmbarer lila Schimmer über seine Tentakel. *»Ich hoffe, wir kommen nicht zu spät.«*

115

Endlich hatte die Untätigkeit ein Ende. Jake machte in aller Eile Beiboot zwei einsatzbereit. Seinen Funkempfänger stellte er auf die Frequenz der Squidgeneräle von Nitsituaan ein und verfolgte die Befehle und strategischen Unterweisungen. Sie schossen die Insurgenten in Grund und Boden. Jake wagte nicht, sich vorzustellen, wie es da unten jetzt aussah. Er versuchte sich einzureden, dass Myriam nicht bei den Kämpfen dabei war und sich an einem sicheren Ort befand. Aber tief in seinem Inneren spürte er die Gefahr, in der sie schwebte. Flieg schneller, Wate, flieg schneller! Noch einmal überprüfte er die Instrumente im Cockpit. Er war startbereit.

Er wandte sich an Pedro im Copilotensitz neben ihm. »Alles okay?«

Pedro nickte mit steinernem Gesichtsausdruck. Er dachte sicher an Rodhana.

Jake lehnte sich zurück. Das Warten zerrte an seinen Nerven. Hoffentlich war es noch nicht zu spät für seine Mission.

Endlich spürte er das Rütteln des Schiffs beim Eintauchen in die Atmosphäre.

»Es ist soweit«, meldete Wate.

Jake legte die Hände aufs Steuerhorn. *»Auf ins Gefecht, Mantarokateere! Möge die Meduse, oder an was ihr sonst glaubt, mit euch sein«*, übermittelte er. Und mit uns, dachte er im Stillen. Er checkte noch einmal Energieversorgung und die Schutzschirme. Auf dem Hauptmonitor wurde im wachsenden Spalt des Hangartors der gekrümmte Horizont Nitsituaans sichtbar. Jake schob den Gashebel vor und verließ den Hangar. Er ließ das Beiboot vornüber kippen und stürzte auf die Planetenoberfläche zu.

Eine schwarze Rauchschicht verbarg Njamingloh. Jake schaltete den Schutzschirm auf volle Leistung und tauchte ein. Asche und Rußpartikel verglühten am Schirm. Dann stieß er durch. Unter ihm breitete sich die Stadt im düsteren Licht aus, die stolzen Türme des Kathedoms waren krumm wie schmelzende Wachskerzen. Strahlen aus kleinen Kampffluggeräten fingerten danach, aus den Fenstern blitzten Strahlenbündel und prallten an den Schirmen der Angreifer ab. Auf dem großen Platz im Süden des Kathedoms stürmten Adjutoren auf das Gebäude zu.

Jakes Funkgerät begann zu plärren: »Beibootklasse, identifizieren Sie sich!«

Jake öffnete alle Frequenzen und schaltete zusätzlich die Außenlautsprecher ein: »Hier spricht Jake Forrester. Stellen Sie sofort das Feuer ein!«

»Da ist einer durchgedreht. Holt ihn runter!«, bellte eine Stimme aus dem Funkgerät.

Unverzüglich schwenkten fünf Kampfraumer auf Jakes Beiboot ein.

Jake rief die Squids noch einmal an und schaltete diesmal die Bildübertragung dazu: »Ich fordere Sie auf, das Feuer einzustellen, sonst zünde ich eine Gravitationsbombe!«

»Ein Homide?« Die überraschte Stimme im Lautsprecher wurde hart: »Eliminiert ihn!«

Gebündeltes Feuer ließ Jakes Schutzschirm wie eine Glühbirne erstrahlen. Pedro fingerte nervös an den Geschützkontrollen.

»Halt!«, rief Jake ihm zu. »Ich will keinen umbringen. Wir brauchen jeden Mann und Squid.« Jake dachte fieberhaft nach.

»Beeil dich!«, drängte Pedro. »Die Anzeige des Schutzschirms flackert bereits!«

Jake pochte das Blut in den Adern, seine Gedanken rasten: Abschreckung – eine Machtdemonstration ... Irgendetwas!

Da zeigten die Taster, dass Marlo über das Gebirge stieg. Jake blickte auf den Monitor und ballte die Faust.

Pedro erstarrte. »Willst du wirklich?«

Jake nickte entschlossen. Es war keine Zeit mehr für Firlefanz.

Als der Fusionstorpedo das Beiboot verließ, drang schallendes Lachen aus den Lautsprechern. »Der Homide kann noch nicht einmal zielen. Er will wohl den Mond abschießen!«

Einige Minuten später explodierte das Geschoss auf Marlo wie eine Feuerwerksrakete und riss einen riesigen Krater in die Oberfläche. Augenblicklich erstarb der Funkverkehr.

Als die herausgeschlagenen Brocken des Mondes als glühende Meteoriten auf Nitsituaan niedergingen, starrte General Hala'maweluba in der Oberkommandozentrale der Squids in Wellubimarulles fassungslos auf seinen Monitor. Der Homide war nicht klar im Kopf, tollwütig – und skrupellos! »Augenblicklich das Feuer einstellen«, befahl er seinen Truppen. Er musste nur etwas Zeit gewinnen, denn es gab noch ein anderes, effektives Mittel, um das lästige Beiboot zu beseitigen: den ferngesteuerten Selbstzerstörungsmechanismus.

General Hala überlegte, ob er dafür eine Autorisierung des Hohen Primisten benötigte. Eigentlich nicht, aber im Zweifelsfall war es besser, sie einzuholen, denn Klabu'teranusters Temperament war unberechenbar. Die eigenen Überlebenschancen stiegen, wenn er fragte. Trotzdem fühlte sich der General im Zwiespalt, denn selbst harmlose Fragen zum falschen Zeitpunkt konnten unangenehme Folgen haben. Hala schwamm unentschlossen zum Interkom, drückte aber doch die Ruftaste.

Im Palast meldete sich niemand. Der General ärgerte sich darüber. Seit Klabu'teranuster regierte, funktionierte überhaupt nichts mehr! Da eine Zündung aber nicht ausdrücklich gegen seine Order verstieß, sondern eher dem generellen Befehl entgegenkam, überlegte er nicht länger. Er aktivierte die Selbstzerstörungssequenz. Mit zwei Stunden Verzögerung. Das sollte genügen, um die Truppen in Sicherheit zu bringen, denn die

Explosion des Beiboots über der Stadt würde darin alles Leben vernichten. Damit wäre auch das Homidenproblem ein für alle Mal gelöst.

»Rückzug!«, ordnete er an. Vielleicht veranlasste dieser strategische Zug sogar den Homiden zum Landen. Hala staunte immer wieder über seinen eigenen Scharfsinn. Bei einer Explosion am Boden bliebe von der Stadt nur noch ein Krater übrig. Hala blähte die Kiemen. Seine Haut strahlte im sonnigsten Gelb der Selbstzufriedenheit. Klabu'teranuster würde ihn befördern ... Vielleicht würde er sogar selbst einmal Hoher Primist werden. Er konnte es kaum erwarten.

Der amtierende Hohe Primist war anderweitig beschäftigt. Das Warnsystem meldete das Eintauchen eines unsichtbaren Schiffes in die Wasser über Wellubimarulles. Klabu'teranusters Haut erblasste. Ihm blieben nur noch wenige Minuten, bis dieser verrückte Wate'medaludes über dem Palast erscheinen würde. Ein gewaltiger Schlag bestätigte seine Vermutung: Das Schiff war schon auf Schussweite herangekommen. »Knallen Sie es ab!«, schrie er in den Interkom.

»Wir können es nicht lokalisieren«, schallte es blechern zurück.

Hirnlose Mikroben! Blindfische! »Rufen Sie meine Flotte her! Schicken Sie mir die Generäle! Verteidigen Sie den Palast! Sofort!«

»Ich werde die Wachen mobilisieren, Zir, aber die Funkverbindung nach draußen ist abgerissen. Ein Schuss hat das Kommunikationszentrum zerstört.«

Rote Funken blitzten auf Klabu'teranusters Haut. Gitti flitzte aus dem Vorzimmer herein und stellte einen Miniaturempfänger auf die Arbeitspaneele. *»Das müssen Sie sich anhören, Zir, Hoher Primist!«* Zum ersten Mal, seit sie für ihn arbeitete, leuchtete sie in fröhlichem Orange.

Aus dem kleinen Gerät tönte eine nur allzu bekannte Stimme: »Hier spricht Jota'kumulkappur, ehemaliger Minister des Großen Rates. Eine gewaltige Katastrophe rast aus dem All auf Nitsituaan zu. Die Seebeben, die euch in den letzten Tagen und Wochen heimgesucht haben, sind nur der Anfang. Wir haben einen Weg gefunden, das Inferno aufzuhalten, aber dazu brauchen wir die Hilfe aller Oktoftewiltabinen: Wissenschaftler, Techniker, Militärs und der Raumflotte. Wir können es schaffen. Gemeinsam. Aber es bleiben uns nur noch wenige Lanlo. Wir müssen handeln. Heute! Oktoftewiltabinen, Oktomajesten, vereint euch und stürzt den verlogenen Despoten!«

»Deserteure! Elende Deserteure«, schrie Klabu'teranuster.

Gitti knickste fröhlich. Klabu'teranuster spürte eine unsägliche Wut in sich aufsteigen. *»Schnappt sie euch«*, brüllte er seinen Bodyguards zu, die sich im Hintergrund hielten. *»Tut ihr Gewalt an! Hier vor meinen Augen!«*

Bevor sie reagieren konnten, flitzte Gitti wie ein Torpedo an den Palastwachen an der Tür vorbei. *»Ich kündige!«*, rief sie aus dem Korridor. *»Mit sofortiger Wirkung!«*

Die Türwachen rührten sich nicht. Klabu'teranuster leuchtete vor Wut rot auf. *»Hinterher!«*, schrie er sie an.

Da erschütterte ein erneuter Schuss die Grundfeste des Palastes. Aus dem Gang drang das Zischen von Schockwellenharpunen. Klabu'teranuster duckte sich instinktiv. *»Halt!«*, schrie er den Palastwachen hinterher. *»Lasst sie ziehen und verteidigt die Grotte der Macht!«*

Gehorsam kamen sie zurück und bauten sich vor der Tür auf. Klabu'teranuster vermisste den sonstigen Eifer in ihren Bewegungen. Das roch nach Meuterei! Er wandte sich an seine Bodyguards: *»Erschießt die Söldner, wenn auch nur einer von ihnen kneift!«*

Die Palastwachen versteiften sich und blickten starr in den Korridor hinaus. Sie sahen ihn nicht an, sie ignorierten ihn. Sie rückten auch noch etwas von der Tür ab. Das war Insubordination! Klabu'teranuster war wütend, aber lila Flecken aufkommender Furcht huschten über seine Haut. Wenn er sie jetzt eliminierte, hatte er gar keine Rückendeckung – und der Kampfeslärm in den Gängen schwoll an. Der Feind kam näher. Klabu'teranuster verlor Tinte. Aber einen Trumpf hatte er noch. Tenka'kulinassa!

Er öffnete den geheimen Fluchtweg im hinteren Teil des Raumes, gab seinen Bodyguards einen Wink und flutschte mit ihnen hinaus. Beim Schließen passte sich die Tür für einen Nichtwissenden unsichtbar in die Wanddekoration ein.

116

Im Sakralsaal des Kathedoms dröhnte Kampfeslärm. Zischen, Krachen, Dröhnen, Schreien. Beißender Geruch verdampften Kunststoffs vermischte sich mit dem von verbranntem Fleisch und Blut. Selbst durch Myriams geschlossenen Lider drangen die Lichtblitze der Geschütze. Sie schmiegte sich enger an den Rücken ihres Vaters und erwartete das Ende. Vor ihrem geistigen Auge sah sie ihr Kind, wie es sich strecken musste, um an Jakes Hand am Strand entlangzulaufen, wie er sich bückte und es auf den Arm nahm, die Seebrise in den schwarzen Haaren und das Funkeln der Sonnen in seinen blauen Augen. Sie ging neben den Beiden, mit einem Picknickkorb voller kühler Getränke und Leckereien in der Hand. Sie sah die Wellen sich brechen und schäumend den Sand hinauflaufen, hörte das Geschnatter spielender Kinder, das sich mit dem Rauschen des Meeres vermischte – und darüber die Stimme von Jake.

Sie fuhr auf und blickte verwirrt um sich. Am Himmel stand ein in tiefem Blau pulsierendes Licht und daraus ertönte Jakes Stimme. Plötzlich war alles still und ihr war, als ob sich ein großer Tunnel öffnete, in den sie hineinschwebte. Ich werde wahnsinnig, dachte sie und wischte sich über die Augen.

Sie spürte, wie sich Björns Rücken versteifte. Ihr Vater sah es wohl auch. Myriam starrte zum Himmel, wo sich das blaue Licht auflöste und den Blick auf ein kleines Schiff freigab, das bewegungslos in der Luft stand. Myriam wunderte sich, wie ein Boot aus dem Meer in die Lüfte kommen konnte, da sank es herab und landete auf dem Platz vor dem Sakralsaal.

Neben sich bemerkte Myriam Rodhana, die, mit einem Strahler schussbereit in der Hand, verblüfft auf das Schiff starrte. Dort öffnete sich eine Luke. Ein Mann streckte den Kopf heraus, sah sich um und sprang auf den Boden. Jake! Eine heiße Welle des Glücks durchströmte Myriam. Sie rannte los, die Stufen hinab, die Hunderte von Metern über den leichenübersäten Platz. Er lebte. Er schien unverletzt. Jakes Augen weiteten sich, als er sie bemerkte. Dann lief er ihr entgegen und Myriam warf sich in seine Arme. Die hielten sie: fest, sicher, leidenschaftlich.

Pedro verließ das Schiff wenige Augenblicke nach Jake. Rodhana ließ verblüfft ihren Strahler sinken und ging ihm mit ungläubigem Gesichtsausdruck entgegen. Sie machte eine schweifende Handbewegung über den Platz bis zum Himmel: »Was habt ihr gemacht? Habt ihr sie vertrieben?«

Pedro nickte und sah ihr in die Augen.

Rodhanas Blick glitt über ihn, als sähe sie ihn zum ersten Mal. Sie lächelte und Pedros Gesichtszüge entspannten sich.

Aus allen Türen und Öffnungen des Kathedoms strömten Insurgenten und Menschen herbei. Erst zaghaft, dann immer beherzter. Allen voran liefen Kotlack und Björn. Lauter Jubel brach los und hallte über den Platz. »Wir haben gewonnen! Wir haben gewonnen!«

Jake reichte Rodhana die Hand. »Ich bin froh, dich wiederzusehen.«

Die Anführerin schlug ein und grinste: »Das kann ich mir denken!«

Im strategischen Zentrum von Wellubimarulles schaute General Hala auf die Zeitanemone. Die Lufteinheiten waren bereits in Sicherheit und die Bodeneinheiten zogen sich eilends aus dem Gefahrenbereich zurück.

Der Stabschef schwamm herbei und überreichte eine Nachricht. *»Wir haben eine neue Regierung, Zir. Neuer Befehl: augenblicklicher Waffenstillstand.«*

General Hala zischte indigniert. *»Wer ist der neue Hohe Primist?«*

»Eine Interimsregierung. Vorerst Jota'kumulkappur, Zir.«

Hala'maweluba blähte sich auf. *»Vorläufig?«* Er brauchte nicht lange nachzudenken, um seinen Vorteil zu erkennen. Die Homidenfrage würde sich in wenigen Minuten von selbst regeln und hier taten sich ungeahnte Möglichkeiten auf. Seine Haut begann, in einem satten Gelb zu leuchten. Seine Tentakelspitzen zuckten erwartungsvoll. *»Sammeln Sie die Streitkräfte und ziehen Sie sie um Wellubimarulles zusammen. Alle!«*

»Aber Zir, es soll ein kosmisches Unheil auf uns zurollen!«

General Hala blubberte befriedigt. *»Zu unserem Nutzen. Und nun führen Sie meine Befehle aus!«*

117

Wate hielt es auf der Brücke nicht mehr aus. Während die Mantarokateere, und zu der gehörte ja auch die ganze Besatzung, unter Leitung von Zukla und Deste den Palast durchkämmten, war er dazu verdammt zu warten. Aber von Klabu'teranuster fehlte jede Spur. Und auch von Tenka. Wate schwamm im Kreis herum.

»Sie werden sie schon finden«, übermittelte er Fanli, die sich ganz still an ihrem Assistentenplatz am Navigationspult hielt und ihm mit bangen Augen folgte.

Das Geplänkel zwischen dem Navitroniker und dem Steuermann zog seine Aufmerksamkeit.

»Herzschwäche hat der Arme«, hörte er Lame flöten.

»Und Saugnapfentzündung der Andere«, blubberte Maski. Beide schillerten belustigt in bunten Farben.

Das erinnerte Wate an die zwei Drückeberger. »Arte'makutiges und Glita'waschkemutu auf die Brücke!«, rief er in das Intercom.

»Nein!«, stöhnte Lame und schillerte in angestrengtem Hellblau. *»Commander, ersparen Sie uns diese Spritzer. Bitte!«*

»Ich fühle mich wohler, sie im Auge zu behalten«, statuierte Wate. *»Es sind ja sonst nur noch Passagiere an Bord, Weiblinge und Homiden.«*

Augenblicke später schwammen die beiden Gerufenen herein. *»Sie wünschen, werter Commander? Haben Sie Neuigkeiten vom Palast?«*

»Machen Sie es sich bequem«, erwiderte Wate und deutete auf die Gästesessel.

»Wurde Ihre hochgeehrte Frau inzwischen gefunden?«, erkundigte sich Glita und ließ ein empathisches Grün über seine Haut pulsen.

»Wir sollten sie auf eigene Faust suchen«, unkte Lame.

Wate schwamm wieder Kreise. Zum Nichtstun verdammt. Aber auf wichtigem Posten. Die *FREDDY* war schließlich sein Schiff und die Operation könnte sein Eingreifen benötigen. Nur ... brauchte ihn Tenka nicht noch viel nötiger?

»Ich kann das Schiff auf Alarmparken schalten«, schlug Maski vor. *»Dann kann keiner rein oder raus, der den Code nicht kennt.«*

Wate ließ seinen Blick zwischen dem Steuermann und Lame pendeln. Er spürte, wie es ihn hinauszog. Seine Haut schillerte in allen Regenbogenfarben. Eine innere Stimme des Pflichtgefühls rief ihn zur Ordnung und instinktiv schlang er seine Tentakel um seinen Sitz. Aber die Versuchung war einfach zu stark. *»Wo sollten wir denn suchen? Kennt sich vielleicht einer von euch im Palast aus?«* Die Frage kam so leise und steckte voll solcher Hoffnung, dass sich Lame und Maski nur betroffen ansahen.

»Vielleicht könnte ich von Nutzen sein«, mischte sich der wabbelige Glita ein. Seine Art hatte etwas Öliges, aber kleine weiße Fünkchen auf

seiner Haut verrieten, dass er seine Erregung kaum im Zaum halten konnte.

»Wie sollte ein Tintenspritzer wie du helfen können?«, fuhr ihn Maski an.

Der ignorierte die Beleidigung und streckte sich stolz. *»Weil ich zyklenlang Kämmerer unseres geschätzten und geliebten Hohen Primisten war, den Klabu'teranuster ohne jedes Recht in den ewigen Urlaub geschickt hat.«* Er machte eine dramatische Pause, um die Wirkung seiner Worte noch zu erhöhen. Alle starrten ihn an. *»Ich kann von mir behaupten, dass ich die geheimsten Winkel des Palastes in- und auswendig kenne, verehrter Commander«*, fügte er betont gelassen hinzu.

Hunderttausend widersprüchliche Gefühle wallten in Wate auf. Er rührte sich nicht von der Stelle.

Glita knickste ostentativ. *»Ich habe mich Ihnen angeschlossen, weil Klabu'teranuster gewisses Wissen auslöschen wollte. Auf ganz Nitsituaan gab es keinen sicheren Platz mehr für mich. Ich bin kein Held, Commander.«*

Wate musterte ihn abschätzend. *»Sie würden uns also führen?«*

Glita knickste erneut.

»Und ich könnte in eurer Abwesenheit die Führung des Schiffs übernehmen«, schlug Arte vor.

»Ich traue den beiden nicht!«, warf der Navitroniker ein.

Wate überlegte nur kurz. *»Glita, Maski und ich werden dem Palast einen Besuch abstatten. Lame nimmt an Bord den Platz des Steuermanns ein und Fanli besetzt die Navigation. Arte übernimmt das Schiff … aber nur pro forma.«* Er nickte zu Lame hinüber. *»Faktisch«*, er legte eine besondere Betonung auf das Wort, *»wird aber Lame'linulatus das Kommando tragen. Sollte der«*, Wate warf einen vielsagenden Seitenblick auf Arte, *»versagen, dann eliminieren Sie ihn.«*

Lame leuchtete in verschmitztem Olivgrün. *»Darauf können Sie sich verlassen, Commander!«*

Wenig später verließen die Drei das Schiff. Maski steuerte den Scooter. Glita schaute fasziniert durch das Rückfenster. Wate folgte seinem Blick auf die Masse an Stahlstrukturen, die das gesamte Gesichtsfeld einnahmen. Langsam rückten sie weg, doch noch immer war die Form des Schiffs nicht auszumachen. Glita quiekte erschrocken, als plötzlich alles verschwand. Maski blubberte vergnügt. *»Die Wirkung unseres Unsichtbarkeitsschirms ist schon beeindruckend.«*

»In der Tat, aber sehen Sie sich Wellubimarulles an.« Glita ließ seinen Blick gequält über die Stadt schweifen. *»Das sieht ja aus wie nach den Kaartegunizzer-Kriegen! Der Riffleturm ist auch eingestürzt. Dort haben so viele Oktoftewiltabinen gewohnt. Und selbst der Korallenpalast ist beschädigt.«* Glita schillerte in ratlosem Violett. *»Der sollte doch absolut erdbebensicher sein.«*

Maski blubberte erneut. *»Ist er wahrscheinlich auch, aber die Zerstörung, die Sie dort sehen, ist das Ergebnis eines sauberen Blattschusses auf* *das Kommunikationszentrum.«* Er wandte sich an Wate. *»Wir sollten Deste fest anheuern, Commander. Er ist ein guter Fisch.«*

Wate hörte nicht hin. Seine Blicke flogen über die Gebäude. Tenka war irgendwo dort unten. Aber er sah nur kämpfende Oktoftewiltabinen. Seine Eingeweide krampften.

Am Hauptportal empfingen sie schwerbewaffnete Mantarokateere, allesamt aus den Reihen der Schiffsbesatzung. *»Alles im Griff, Commander«*, grüßte der Ranghöchste. *»Die Bediensteten und ein Großteil der Wachen haben sich uns angeschlossen. Von Klabu'teranuster fehlt immer noch jede Tintenspur.«*

Wate zuckte innerlich zusammen. *»Saubere Arbeit«*, lobte er und bemühte sich um ein entspanntes Dunkelblau. Aber das waren keine guten Nachrichten. Wenn sie Klabu'teranuster nicht fanden, standen auch die Chancen, Tenka aufzuspüren, schlecht.

Glita drängte sich vor. *»Keine Sorge, Commander. In der Grotte der Macht gibt es eine Geheimtür. Ich werde Sie hinführen.«* Und schon flitzte er voraus. Wate schöpfte Hoffnung. Der schwabbelige Oktoftewiltabine schien mehr drauf zu haben, als er in der Vergangenheit gezeigt hatte. Bedienstete im Gewirr der Gänge grüßten ihn ehrerbietig: *»Schön, Sie wiederzusehen, hochgeschätzter Kämmerer.«* Wate fragte sich, ob er ihm vielleicht Abbitte leisten müsste.

Beim Zischen von Schockwellenharpunen schlug Glita blitzschnell einen Haken und wählte einen Umweg. *»Es scheint, einige von Klabu'teranusters Anhängern leisten noch Widerstand.«*

In der Grotte der Macht trafen sie auf Zukla, dessen Haut vor Zorn rot anlief. *»Was fällt Ihnen ein, Ihren Posten auf dem Schiff zu verlassen!«*, schnauzte er den Commander an.

»Haben Sie meine Frau gefunden?«, bellte Wate zurück.

Zukla erblasste eine Nuance. *»Wir sind dabei.«*

»Mit dieser Antwort kann ich mich nicht zufriedengeben. Lassen Sie mich vorbei!«

»Nichts da! Sie werden sich für die Vernachlässigung ihres Dienstes verantworten müssen, Commander!«

»Dienst und Pflicht sind nicht immer dasselbe.«

»Hier ist die Pforte, bester Commander«, unterbrach Glita die Auseinandersetzung. Zukla erschlaffte beim Anblick der geöffneten Geheimtür. Auf seiner Haut oszillierte ein verblüfftes Pink. *»Wie zum Grumpfalg ...«*

Wate wandte sich von Zukla ab und schoss zusammen mit Maski hinter Glita her. Wie kleine Torpedos sausten die Drei durch spärlich beleuchtete Tunnel in die Tiefe des Palastes. Seine Wurzeln streckten sich tief in den Felsen des Meeresgrundes. *»Klabu hat Tenka bestimmt in eins seiner speziellen Verliese gesperrt«*, stieß Glita hervor. Wie zur Bestätigung fanden sie an einem offenen Absperrgitter zwei tote Wachen.

»Schneller!«, rief Wate und machte sich noch stromlinienförmiger. Das Wasser roch mit jeder zurückgelegten Spanne fader und fauler. Der Tunnel weitete sich. Zu beiden Seiten tauchten überfüllte, gitterversperrte

Zellen auf. Oktoftewiltabinen streckten flehend ihre Tentakel heraus. An einer der Gittertüren zerrte ein bewaffneter Weibling an den Stäben. Mit einem Ruck fuhr sie herum und richtete die Waffe auf Wate.

»Nicht schießen!«, rief er und bremste ab. *»Wir sind Freunde.«*

Sie musterte ihn mit misstrauischem Blick und rollte ihren Primärtentakel fester um den Auslöser. *»Mich täuschst du nicht.«*

»Ruhig, verehrte Oktoftewiltabine. Ich bin Wate'medaludes und ...«

Sie machte große Augen und ließ den Strahler sinken. *»Der Deserteur?«*

Das klang wie eine Ehrenbezeichnung. Wate knickste.

Sie deutete auf die Zelle hinter ihr. *»Papa ... und ich kann das Schloss nicht aufschmelzen.«*

»Da gibt es eine Schaltung in der Wachgrotte«, sagte Glita, machte aber keine Anstalten, sich zu bewegen.

»Na, los!« Maski stieß ihn an.

Der Kämmerer erschauderte. *»Wenn Sie vielleicht vorausschwimmen wollten«*, sagte er betreten. *»Am Ende sind da noch welche von Klabus Wachen.«*

Maski schwenkte ungeduldig den Strahler. *»Wo ist es?«*

Glita deutete in die entsprechende Richtung und folgte dem Steuermann in sicherem Abstand.

Wate wandte sich an den Weibling. *»Wissen Sie vielleicht, wo meine Frau eingesperrt ist?«*

»Woher denn? Es sind doch so viele hier.«

»Sie heißt Tenka'kulinassa. Sie wurde wohl erst vor wenigen Tagen zu Klabu'teranuster gebracht.«

»Ach, die! Die ist in der Queensuite einquartiert worden.«

Wate glaubte, nicht richtig gehört zu haben. Sein Herz setzte einen Moment aus. Tenka und ... Nein. *»Sie müssen sich täuschen!«*

»Ich war Klabu'teranusters Sekretärin«, sagte sie mit einer mit Leiden belegten Stimme.

In dem Moment sprangen die Schlösser aller Zellen auf. Ein alter Oktoftewiltabine schwamm schwerfällig aus der Nächstgelegenen und legte seine Tentakel um den Weibling. *»Gitti!«*, schluchzte er.

Wate sah sich nach dem Kämmerer und Maski um. Kaum kamen sie um die Ecke geschwommen, schoss er ihnen entgegen. *»Schnell! Tenka ist in der Queensuite!«*

»War«, verbesserte Glita und bremste abrupt ab. *»Dort hätte Zukla sie schon längst gefunden.«*

Wate sah ihn entsetzt an.

118

Tenka konnte sich nicht bewegen. Lange Leinen aus reißfesten Tangfasern banden ihre Tentakel. Eine andere schlang sich eng um ihren Hals. Daran zog einer von Klabu'teranusters Bodyguards. Es war dunkel. Nur der dürftige Strahl einer Lumineszenzlampe schnitt weit vor ihr durch das trübe, abgestandene Wasser. Wo das Licht die steinernen Wände des engen Tunnels traf, schillerten schleimige Bakterienkulturen, die einen widerlichen Geruch ausströmten. Tenka würgte und hielt die Kiemen geschlossen. Ihr wurde schwindelig.

»Hilfe!«, rief sie.

Aber ihre Stimme blieb an der mentalen Sperre hängen, die die Entführer um sie gelegt hatten. Wenigstens konnte sie wieder Gedanken empfangen und schwebte nicht mehr in diesem fürchterlichen Kommunikationsvakuum. Aber was sie hörte, war alles andere als beruhigend: Zukla griff den Palast an. Also war das Schiff gekommen – und Wate. Sicher suchte er sie. Und Klabu'teranuster flüchtete. Mit ihr im Schlepptau. Hätte dieser miese Fisch sie nicht einfach zurücklassen können? Was hatte er mit ihr vor? Sie zerrte an ihren Fesseln.

Als Tenka das bläulich schimmernde Energiefeld bemerkte, das, dünn wie ein feiner Nebelschleier, den Weg vor ihnen versperrte, keimte Hoffnung in ihr auf. Das würde Klabu'teranuster aufhalten. Der aber deaktivierte die Barriere mit einem mitgebrachten Mikrocodegeber und ließ sie hinter ihnen wieder entstehen. Enttäuschung durchfuhr sie wie ein spitzer Stachel. Kein Retter würde ihr folgen können. *»Wate!«* Sie projizierte ihren Hilferuf so intensiv sie konnte. Keine Antwort.

Weit vorne, wenn die dunklen Körper der Entführer für einen Moment den Blick freigaben, sah sie ein Fleckchen Tageslicht. So sehr sie sich wünschte, aus der Dunkelheit herauszukommen, legte sich doch eine lähmende Furcht auf sie. Sie spreizte mit aller Kraft ihre Tentakel gegen die Fesseln. Doch diese schnitten ihr nur tiefer in die Haut.

Allmählich gingen die Wände in hellen, porösen Stein über und das Wasser trug das Aroma von Seeanemonen herbei. Das brachte Tenka allerdings keine Erleichterung. Sie fürchtete sich vor dem, was sie da draußen erwarten würde.

Der Tunnel endete an einem anemonenüberwucherten Loch. Dahinter ließ sich eine gewaltige Korallenhöhle erahnen. Tenka saugte gierig das frische Wasser durch ihre Kiemen, das in einer sanften Drift durch die schmale Öffnung in den Tunnel strömte.

Klabu'teranuster schob den Kopf vorsichtig hinaus und blickte um sich.

Möge eine Muräne seinen Kopf abbeißen!, dachte Tenka.

»Freie Wasser«, flüsterte Klabu'teranuster und quetschte sich nach draußen. Vier, fünf Bodyguards folgten ihm. Die anderen zogen und

schoben Tenka mit groben Tentakelbewegungen hinterher. Ihr Schreien blieb in der mentalen Abschirmung hängen, die wie ein Knebel ihren Geist umgab.

Klabu'teranuster schwamm im Schatten des Korallenriffs weiter, als sich über ihnen ein kreisförmiger Bereich wellte, so, als sei ein Stück Wasseroberfläche in die Tiefe gesunken. Sofort drückten die Häscher Tenka tief in die Anemonen und versteckten sich. Wie aus dem Nichts brach ein Scooter aus der Erscheinung hervor. Klabu'teranuster schaute dem Gefährt perplex hinterher, wie es Richtung Palast davonjagte.

»Ich fange an, durchzudrehen«, stöhnte einer der Bodyguards.

»Nein.« Gelbe Lichtpünktchen liefen fröhlich über Klabu'teranusters Haut. *»Eine optische Tarnung! Und wenn ich mich nicht irre, versteckt sich dahinter mehr als nur ein Scooter.«* Mit kraftvollen Tentakelstößen strebte er aufwärts.

Tenka ließ ihren Blick bangend durch die leere See schweifen. Wohin, zur Muräne, wurde sie gebracht?

Je weiter sie schwammen, desto deutlicher vernahm sie mentale Stimmen. Sie erschrak. War dort über ihnen vielleicht das Schiff? *»Wate, pass auf!«*

Er konnte sie nicht hören, aber gewiss würde er sie vom Kommandostand aus sehen.

Es geschah nichts.

In Tenka stiegen böse Ahnungen auf.

Einer der Bodyguards schillerte verwundert in Hellblau. *»Das sind die Stimmen von Weiblingen. Hunderte!«*

Tenka fuhr es siedend heiß durch den Körper: Die Männlinge kämpften wahrscheinlich im Palast. Alle. Das Schiff war unbemannt. Sie stemmte sich mit aller Gewalt gegen den mentalen Knebel. *»Wate!«*

Ein Bodyguard zischte missmutig und riss an der Leine. Tenka schrie vor Schmerz. Sie wurde weitergezogen. Das Wasser vor ihr flimmerte plötzlich und dann tauchte eine riesige Silhouette auf, die die helle Meeresoberfläche verdunkelte – schwarz und mit tentakelartigen Fortsätzen: die *FREDDY*. Darunter kam sich Tenka wie ein Sandkorn vor. Klein, unsichtbar, unhörbar. Sie zitterte.

Klabu'teranuster hielt auf das Heck des Schiffs zu. *»Irgendwo muss die Frischwasserzufuhr sein«*, flüsterte er und schwamm an der Schiffshülle entlang.

Ein Bodyguard deutete nach oben. Dort klafften dunkle Löcher in der glatten Oberfläche.

»Wate'medaludes ist eine taube Muschel, wenn er sie jetzt schon geöffnet hat«, mokierte sich einer leise.

»Er ist ein arroganter, überheblicher Spritzer!«, knurrte Klabu'teranuster zufrieden.

Heißer Zorn stieg in Tenka auf.

Klabu'teranusters Haut überzog sich mit einem braunen Farbton. *»Bereiten wir meinem lieben Freund eine hübsche Überraschung – Waffen raus!«*

Tenkas Wut schlug in Furcht um, als sie in der Nähe einer Einlassöffnung von einem Sog erfasst wurden.

Lila Lichter blitzten auch auf der Haut eines erschrockenen Bodyguards. *»Verdammt, wir werden am Abfangfeld hängen bleiben und Alarm auslösen!«*

Klabu'teranuster schillerte Orange und schwenkte eine kleine Fernbedienung. *»Mitnichten. Hohe Primisten haben Zugang zu nützlicher Ausrüstung. Mir nach!«*

Er ließ sich einfach hineinsaugen.

Tenkas Muskeln spannten sich. Schon wieder tauchte sie in Dunkelheit. Sie stieß an die Decke, dann schleiften ihre gebundenen Tentakeln an einer Wand entlang. Sie ließ ihre Saugnäpfe darüberkratzen. Irgendjemand musste es doch hören!

Ein brutaler Ruck an der Leine schleuderte sie zur anderen Seite, wo sie mit dem Hinterkopf hart aufprallte. Schmerz schoss durch ihren Körper. Sie verfluchte die Schergen, Klabu'teranuster und die Dunkelheit.

Endlich drang Licht durch ein Gitter vor ihnen. Tenka hörte ihre Tochter und Lame.

»Aufpassen!«, rief sie akustisch. Die Warnung ging im Schussgeräusch der Bodyguards unter, die mentalen Stimmen hinter dem Gitter verstummten schlagartig. »Fanli!«, schrie Tenka. Ein Stoß ins Gesicht nahm ihr fast die Besinnung. Wie durch trübes Wasser sah sie Klabu'teranuster die Abdeckung wegschießen, dann wurde sie in den Kommandoraum gestoßen.

Dort lag Fanli schlaff auf dem Boden. Wie der Stachel eines Rochen fuhr Schmerz in Tenkas Eingeweide und verdrängte den Nebel aus ihren Gedanken. Hitze schoss durch ihren ganzen Körper. Wunden konnte sie an ihrer Tochter nicht entdecken. Hoffentlich war sie nur gestunnt worden. Tenka starrte Klabu'teranuster vor Wut zitternd an. Wenn sie doch ihre Tentakel frei hätte! Würgen würde sie diesen Fisch, bis er grün anlief! Alle Extremitäten würde sie ihm abreißen!

Klabu'teranuster schien es nicht zu bemerken. Er sah sich misstrauisch schillernd auf der Brücke um. *»Wo ist denn dieser Wate'medaludes?«*

»Vielleicht schläft er?«, schlug ein Bodyguard vor.

Klabu'teranuster warf ihm einen herablassenden Blick zu. *»Nein, du hirnlose Muschel! Der Hering ist draußen und sucht die da!«* Er deutete in schadenfrohem Zyan leuchtend auf Tenka. *»Pech gehabt. Jetzt wird er seinen geliebten Weibling niemals wiederfinden. Entwaffnet die Quallen dort und weckt sie auf! Genug geschlafen. Sie werden uns nach Jolatubaga fliegen. Da gibt es eine Kolonie mit ein paar Freunden von mir.«*

»Rulusten?«, entfuhr es Tenka entsetzt.

»Ganz genau!«, antwortete Klabu'teranuster kalt.

»Das kannst du nicht tun!«, stöhnte sie.

»Ich kann noch viel mehr«, sagte er hart und wandte sich wieder seinen Leuten zu. *»Ersäuft die Homiden. Die Weiblinge behalten wir vorerst zu unserem Vergnügen. Es wird eine lange Reise und später werden wir sie für unsere Freunde brauchen.«*

Die Bodyguards blubberten vor Vorfreude.

Klabu'teranuster band Tenka an einer Wandstrebe fest. Sie konnte ihre Blicke nicht von Fanli nehmen. Die Schergen spritzten ihrer Tochter Tinte ins Gesicht und stießen sie mit ihren Tentakeln, bis sie entsetzt die Augen öffnete. Tenka zerrte an ihren Fesseln. *»Fanli«*, dachte sie verzweifelt.

Die Feinde beherrschten die Brücke.

»Fliegen Sie los!«, herrschte Klabu'teranuster Arte an, der in ängstlichem Lila schillerte.

»Ich brauche den Kurs«, wimmerte der und blickte zu Fanli. Die leuchtete in ihrem trotzigsten Grün und bewegte keine Tentakelspitze.

»Ich werde deine Mutter erschießen!« Rote Flecken pulsten über Klabu'teranusters Haut und er schwamm drohend auf Tenka zu.

Fanli verlor alle Farbe auf ihrer Haut, rührte sich aber keine Spanne.

»Ich kann auch anders«, zischte Klabu'teranuster. *»Holt die Kinder!«*

Fünf Bodyguards trieben die Kleinen in die Kommandozentrale. Wusel und Bleme wurden getragen. Sie wehrten sich wie verrückt. Wusel biss seinem Peiniger in die Tentakelspitze und versuchte, zu seiner Mutter zu gelangen, aber Klabu'teranuster erwischte ihn an den Tentakeln und richtete ihm den Strahler auf den Kopf. *»Mit dem fangen wir an. Wenn ihr nicht gehorcht, werden wir zu jeder vollen Stunde einen eliminieren.«*

»Nein!«, schrie Tenka. *»Ich tue alles, was du willst!«*

Klabu'teranuster blähte sich auf. *»Na also, Süße. Ich wusste doch, dass du irgendwann zur Vernunft kommen wirst. Bindet sie los!«* Er winkte einem Bodyguard, der mit einem schnellen Schnitt ihre Fesseln trennte.

Sie schoss augenblicklich auf ihre Kinder zu, aber eine gezückte Waffe, die sich in ihren Körper bohrte, stoppte sie. *»Schön brav bleiben!«* blubberte der Scherge höhnisch. Tenka sank zu Boden.

Klabu'teranuster wandte sich mit kalten Augen an die Besatzung. Arte zitterte sichtbar. Fanli zeigte eine widerwillige Braunfärbung, legte aber dann die Kursdaten auf den Leitstand. Lame startete die Aggregate, wobei er missmutig vor sich hinzischte.

Das Schiff setzte sich schwerfällig in Bewegung.

Klabu'teranuster schillerte selbstgefällig. *»Na, also! Warum nicht gleich so? Ich denke, Tenka'kulinassa wird mir in der Kapitänssuite die Zeit der Reise etwas verkürzen.«* Er winkte sie gebieterisch zu sich.

Ein Bodyguard richtete seinen Strahler auf Wusel, der ganz stillsaß und große, ängstliche Augen machte. Die anderen Kinder kauerten dicht gedrängt in einer Ecke. Tenka konnte ihre Angst förmlich schmecken. Was sollte sie tun?

»Ich hoffe, die Tour wird nicht zu holprig werden«, sagte Lame.

»Oh. Ich wünsche mir aber genau das!«, erwiderte Klabu'teranuster in anzüglichem Tonfall und zog Tenka zur Tür hinaus.

119

Im Palast raste Wate durch die Räume der Primistensuite. *»Hier gibt es bestimmt noch einen Geheimtunnel. Es muss ihn geben!«*

Glita betastete jeden Millimeter Wand der Schlafgrotte, die in der Art einer Kalzithöhle mit bläulichen Schnörkeln und schneckenhausförmigen Ornamenten dekoriert war. *»Ich habe Ihnen jeden gezeigt, den ich kenne«*, antwortete er, während kleine Irrlichter der Ratlosigkeit über seine Haut huschten.

Wate flitzte ins Solar, wo große Südfenster das Sonnenlicht hereintanzen ließen. »Dann kennen Sie eben doch nicht alle!«

»Mit einem Hohlraumresonator würde ich jedes Loch finden«, murrte Maski.

»Grumpfalg, warum haben Sie keinen mitgebracht?«

»Ich kann einen vom Schiff bringen lassen«, erwiderte der Steuermann und zückte seinen Kommunikator.

»Und bis der hier ist, hat Klabu'teranuster Tenka wer weiß wohin geschleppt!«

Maski verlor jegliche Hautfarbe. Er starrte auf sein Kommunikationsgerät. *»Das Schiff meldet sich nicht!«*

Wate spreizte die Tentakel und hielt abrupt an. Ihm wurde siedend heiß.

Auf dem Schiff lungerten einige Weiblinge vor der Tür zur Brücke herum. Tenka konnte sich denken, was sie wollten. Manch eine würde für ihr Leben und das ihrer Kinder alles tun.

»Was wollt ihr hier?«, blaffte Klabu'teranuster barsch.

Eine Schlanke mit langen, graziösen Tentakeln drängte sich vor. *»Es sollen wieder Männlinge an Bord sein, haben wir gehört.«* Sie zwinkerte Klabu'teranuster zu. *»Ich sehe, du hast schon eine gewählt.«*

»Schert euch fort! Meine Leute sollen arbeiten.«

»Aber danach ...«

»Sie werden schon von allein kommen!«

Dessen war sich Tenka sicher. Klabu'teranuster packte sie und zog sie hinter sich her. Unvermittelt ging ein leichtes Schlingern durch das Schiff und warf sie zur Seite. Das war ungewöhnlich. Gravitationsstöße gingen gewöhnlicherweise nach unten, es sei denn ... Tenka spannte sich. Klabu'teranuster zerrte sie näher an sich heran. Auf seiner Haut pulsierten leuchtend orange Wellen.

Dann passierte es: Eine gewaltige Kraft riss Tenka auf die Wand zu. Augenblicklich begann ihr Puls zu rasen und eine Übung aus der Raumflugeinweisung schoss ihr in den Sinn: Impaktstellung einnehmen. Blitzschnell legte sie ihre Tentakel um den Kopf. Der Aufschlag war mörderisch, ihr Kopf schien an der Wand zerplatzen zu wollen, Schmerz explodierte hinter ihren Augen. Ihr Körper wurde mit dem Vielfachen seines Gewichts an die Wand gedrückt. *»Genug!«*, stöhnte sie gequält und plötzlich war es vorbei.

»Auf sie!«, rief eine Oktoftewiltabinenstimme und hundert bewaffnete Weiblinge stürmten durch den Korridor zur Brücke. Sie fielen wie Grumpfalgs über Klabu'teranusters überraschte Bodyguards her. Tenka schaute ihnen fassungslos nach. Kämpfende Weiblinge. Das hatte es noch nie gegeben!

Schüsse fielen in der Kommandozentrale ... die Kinder! Tenka flitzte los. Klabu'teranuster schien das gleiche Ziel zu haben und katapultierte sich an ihr vorbei. Ihre Muskeln stachen, als sie verzweifelt versuchte, mit ihm mitzuhalten. Warum hatte sie bloß gezögert? Hätte sie doch den Überraschungsmoment genutzt und sich gleich auf ihn gestürzt ... Tenka schwamm aus Leibeskräften, konnte ihn aber nicht einholen. Er schoss vor ihr auf die Brücke, strebte auf das verwirrte Häuflein Kinder zu, packte Wusel bei den Kiemen und richtete die Waffe auf seinen Kopf.

Tenka spürte gar nichts mehr, die Zeit schien stehenzubleiben. Sie machte sich schmal, das Wasser rauschte um ihre Kiemendeckel. Mit voller Wucht prallte sie in Klabu'teranuster und schleuderte ihn von Wusel fort. Klabu'teranuster taumelte in den Schuss eines Bodyguards, der Tenka galt. Der Strahl trennte ihm einen Tentakel ab. Blut breitete sich wie eine Wolke im Wasser aus. Klabu'teranuster brüllte vor Schmerz und Wut und schoss seinen eigenen Mann nieder. Sogleich wandte er sich den Kindern zu und hob die Waffe. Instinktiv warf sich Tenka dazwischen, aber bevor Klabu'teranuster abdrücken konnte, schoss eine Salve gleißender Strahlen von den Weiblingen auf ihn zu. Klabu'teranusters Primärtentakelspitze fiel mitsamt der Waffe zu Boden. Die Weiblinge jubelten, aber Klabu'teranuster klaubte seinen Strahler mit seinem Sekundärtentakel auf und schoss um sich.

Vor Tenka lief alles wie in Zeitlupe ab. Klabu'teranusters verkniffenes Gesicht, der Strahler, und die blitzenden Lichtstrahlen, die unter Zischen in die Wände der Kommandozentrale einschlugen. Kinder, deren ängstliches Quieken in ein Schreien überging. Weiblinge, die verzweifelt versuchten, die Kinder in Sicherheit zu bringen.

Tenka entwand einem toten Bodyguard den Strahler und richtete ihn auf Klabu'teranuster. *»Waffe weg!«*

Er lachte. *»Willst du mich erschießen? Pass lieber auf, dass du dich nicht selbst verletzt!«*

Tenka hielt den Strahler mit zwei Tentakeln zitternd auf Klabu'teranuster gerichtet. Würde sie wirklich abdrücken können?, fragte sie sich. Die Waffe fühlte sich ungewohnt und fremd an. Den Auslöser kannte sie. Wieder schrie ein Kind auf. Grimmig blickte sie auf ihren Gegner. Sie würde abdrücken. Und so nahe, wie er war, konnte sie ihn nicht verfehlen. Bestimmt nicht. *»Ergib dich!«*

Klabu'teranuster sah sie spöttisch schillernd an. *»Na gut. Wenn du es so willst.«* Langsam senkte er den Strahler.

Tenka sog erleichtert Wasser durch die Kiemen.

»Und was willst du nun mit mir anstellen? Einsperren?«

»Nehmt ihn fest!«

»Aber, aber Süße!«, mit diesen Worten riss Klabu'teranuster seinen Strahler hoch und zielte wutblitzend auf die Kinder.

Etwas zerriss in Tenka. Sie hielt ihre Waffe immer noch fest umklammert, aber sie fühlte sich wie vollständig gelähmt.

»Legt alle die Waffen nieder, sonst töte ich sie alle«, bellte Klabu'teranuster. *»Sofort!«*

Er konnte doch nicht ... Mehr konnte Tenka nicht denken. Dann traf sie die eiskalte Wahrheit: Er konnte nicht nur, er würde!

Sie stieß einen verzweifelten Schrei aus. Langsam ließ sie ihren Strahler sinken. Was blieb ihr anderes übrig? Sie sah Klabu'teranuster direkt in die Augen. Der blähte sich selbstgefällig auf und schaute triumphierend in die Runde. *»Du da!«* Er deutete auf die grazile Schlanke. *»Sammle die Waffen ein!«*

Die warf einen fragenden Blick zu Tenka.

Die nickte. Sie verspürte eine quälende Mischung aus Angst, Wut und Trauer.

Langsam, schleppend begann der grazile Weibling mit dem Einsammeln der Waffen. Klabu'teranuster wedelte ungeduldig mit den Tentakeln, der Stumpf des abgeschnittenen zuckte grotesk. *»Beeil dich gefälligst! Meine Jungs warten schon auf dich!«* Er näherte sich Tenka und forderte ihren Strahler. Die ließ die Waffe kraftlos auf den Boden fallen. Klabu'teranuster griff danach, da packte sie den Tyrannen mit einer blitzschnellen Bewegung und riss ihn an sich.

Tenka hörte den Schuss nicht, spürte das Brennen in ihrem Kopf nicht. Das Einzige, das sie wahrnahm, waren Klabu'teranusters Kiemen. Sie umschlang ihn und drückte zu. Doch warum fehlte ihr die Kraft? Rotes Wasser driftete um sie herum. Es schmeckte nach Blut. Nach ihrem eigenen. Aber sie ließ nicht los ... ließ nicht los ... bis sich alles in rotem Nebel auflöste. Sie trieb, frei, schwerelos.

120

An einem wandgroßen Monitor brütete Zukla über den Plänen des Palastes. Er fluchte. In keinem waren die Geheimgänge eingezeichnet. Es musste sich ein ganzes Labyrinth hinter den Mauern befinden. Wie sollte er Klabu'teranusters Brut ausräuchern, wenn ihm die nötigen Informationen fehlten? Wate hatte zwar einen versteckten Eingang freigelegt, aber da gab es sicherlich noch mehr. Und noch viel mehr Schlupflöcher.

An der Tür salutierten die Wachen. Deste schoss schwer atmend in die Grotte der Macht. *»Neuigkeiten vom Schiff, Zir. Wollen Sie die gute oder die schlechte Nachricht zuerst hören?«*

Zukla ließ ein ungehaltenes Brummen hören. *»Lassen Sie Ihre Witze!«*

»Zir – Klabu'teranuster ist tot. Er hat sich auf das Schiff geschlichen, aber die Besatzung hat ihn überwältigt.«

Zukla knurrte. *»Weiblinge.«* Er mochte es nicht, wenn sie sich wie Männlinge aufführten. Aber den Erfolg musste er notgedrungen anerkennen. *»Ich nehme an, das war die gute Nachricht.«*

Deste Tentakelspitze zuckte. *»Richtig. Nun die andere: Um ganz Wellubimarulles werden Truppenbewegungen gemeldet, Zir. Zielpunkte sind politische Zentren.«*

Zukla blickte alarmiert leuchtend auf. *»Grumpfalg! Halten Sie hier die Stellung«*, bellte er und schoss davon.

Ein Scooter brachte Zukla und vier seiner Leute zum Sitz des Militärs, einem seesternförmigen Gebäude inmitten eines runden, schmucklosen Platzes. Das Hauptportal blieb beim Annähern verschlossen. Zukla versteifte sich. Der Mentalscanner hatte ihn schon hunderte von Spannen vor dem Eingang identifiziert. Dass sich das Tor nicht öffnete, war ein schlechtes Zeichen. Er gab seinen Begleitern einen Wink und sie fächerten hinter ihm aus.

»Ich möchte zum leitenden General«, rief er Richtung Tür.

»Haben Sie einen Termin?«, fragte eine körperlose Stimme.

»Lassen Sie mich rein!«

»Möchten Sie einen Termin ausmachen?«

»Ich will auf der Stelle mit dem General sprechen!«

»Es tut mir leid, er ist in einer wichtigen Sitzung.«

»Beim Grumpfalg, dann holen Sie ihn da raus! Es ist dringlich.«

»Das wird der General wohl selbst zu entscheiden haben.«

»Wie soll er das, wenn er nicht weiß, worum es geht!«

»Wenn er es nicht weiß, wird es auch nicht so bedeutsam sein. Wollen Sie einen Termin ausmachen?«

»Machen Sie sofort die Tür auf!«

»Ohne Termin darf ich Sie nicht hereinlassen.«

Zukla verlor die Geduld. Er schickte seine Begleiter vor. Unter ihrer Salve barst die Tür in tausend Stücke und in der gleichen Sekunde gellte der Alarm. Wachen schossen aus dem Gebäude.

»Ich möchte den leitenden General sprechen!«, forderte Zukla mit fester Stimme.

Die Wachen umzingelten die Gruppe. Ein jüngerer Oktoftewiltabine mit der Tätowierung eines Feldwebels schwamm diensteifrig vor. *»Legen Sie die Waffen nieder, Zukla'medikulles. Im Namen des Hohen Primisten, Klabu'teranuster, Sie sind verhaftet!«*

»Ihre Informationen sind nicht ganz auf dem neuesten Stand, mein Bester. Klabu'teranuster ist tot. Wir haben eine neue Regierung und ich bin ihr militärischer Vertreter. Wenn Sie keinen Ärger wollen, pfeifen Sie ihre Kugelfische zurück und bringen mich zu – wer ist im Moment der Leiter?«

Der Jüngling schimmerte verunsichert. *»General Hala'maweluba ..., Zir. Aber bewaffnet darf ich Sie nicht einlassen.«*

»Einen Vertreter der Regierung schon.«

Der junge Offizier leuchtete verwirrt *»Aber wenn ... Ich kann doch nicht ...«*

»Ich mache Ihnen einen Vorschlag: Ich lege meine Waffe ab, aber meine Leute begleiten mich bis zur Tür des Generals.«

»Nein, Zir. Das geht nicht.«

»Na, schön!« Zukla streckte sich zu voller Größe. *»Als Regierungsbevollmächtigter befehle ich Ihnen, mich zu General Hala'maweluba zu bringen. Sollten Sie das nicht tun, werde ich das als Befehlsverweigerung werten – mit allen Konsequenzen!«*

Der Jüngling wurde blass und zuckte nervös mit den Tentakeln. Er sah nicht sehr glücklich aus. *»Klabu'teranuster ist tot?«*, erkundigte er sich noch einmal unsicher.

»So tot wie eine hohle Muschel.« Rote Funken auf seiner Haut zeigten, dass Zukla Geduld am Ende war. Der andere nickte betreten. Dann sah er auf. *»Ja, gut. Bitte, folgen Sie mir.«*

General Hala'maweluba erwartete ihn bereits – mit vierzig bewaffneten Leuten. Zukla hatte keine Chance.

General Hala schillerte selbstzufrieden. *»Deserteuren gebührt die Todesstrafe.«*

»Lassen Sie die alten politischen Strömungen hinter sich und hören Sie mir zu! Da draußen geschehen ungewöhnliche Truppenbewegungen. Jemand versucht, die neue Regierung anzugreifen.«

Der General schwamm langsam um Zukla herum und betrachtete ihn interessiert. *»Sie sind ein guter Mann. Aber leider mit einer etwas eigenwilligen Einstellung. Das macht Sie unbrauchbar.«*

Mit einem wütenden Tentakelschlag brachte sich Zukla über die Augenhöhe des Generals. Hatte denn keiner auf Nitsituaan begriffen, was wirklich auf sie zukam? *»Wenn wir nicht zusammenarbeiten, sind wir alle verloren!«*

Hala winkte gelangweilt ab. *»Das Märchen habe ich mir schon wochenlang angehört.«*

»Wie können Sie diese Katastrophe ignorieren? Sind die dauernden Erdbeben nicht Beweis genug?«

»Sie sind gekommen, sie werden gehen.« Der General wandte sich gleichmütig an seine Leute: *»Führt die Deserteure zur Exekutionsgrotte!«*

121

Hinter einer zerbrochenen Mauerfassade am anderen Ende des großen Platzes spähte Gura Limka zum zerschossenen Kathedom. Sie verstand die Welt nicht mehr. Erst hatte die Meduse ihre feurige Kraft am Himmel gezeigt und die Adjutoren siegreich gegen die Insurgenten geführt und dann ... dann verdrehte sich alles: Ein Schiff konnte nicht fliegen, und doch tauchte eins in einem feurigen Ball aus den Wolken und rief mit Jakes Stimme.

Gewiss, Jake hatte ungewöhnlich starke PSI-Kräfte. Aber wie konnte er so etwas fertigbringen?

War Jake etwa mächtiger als die Meduse geworden?

Es schien so, denn die Göttin zog sich aus Gura Limkas Geist zurück. Eine ungewohnte Leere machte sich darin breit, sie fühlte sich verloren, so wie damals, als ihre Mutter gestorben war.

Aber in der Verlassenheit spürte sie ihre ureigene Kraft, die sie nun nicht mehr zu verstecken brauchte. Sie ahnte, dass für sie eine neue Epoche angebrochen war: Aus der Dienerin wurde eine Herrin! Sie hob den Kopf und atmete tief ein.

Dann verfinsterte sich ihr Gesicht. Warum hatte der verdammte Oberpriester die Adjutoren zurückgerufen? Gerade jetzt, wo sie sie so gut gebrauchen konnte. Der Mann war senil und musste beseitigt werden. Gura Limka machte einen gedanklichen Vermerk. Der Mann war so gut wie tot.

Ihr Interesse galt jetzt einzig Jake, denn er war es, der aus dem Schiff stieg. Sie erkannte seine Haltung, die geschmeidige Art, wie er ging. Sie brauchte seine mentalen Kräfte, seine Macht, sein Kind – das des Oberpriesters würde sie sehr schnell verlieren ...

Aber noch gab ihr das Ungeborene Geltung. Als *die Gesegnete* hatte sie beträchtliche Befehlsgewalt, und die brauchte sie im Moment, um den verwirrten Haufen Kleristen in den gewohnten Gehorsam zu zwingen. »Fertigmachen zum Angriff!«

Die Kleristen nahmen ihre Waffen in Anschlag und setzten sich in Bewegung.

122

Auf dem Boden aufgespannt wie Seesterne warteten Zukla und seine vier Untergebenen in der Exekutionsgrotte auf ihr Ende.

»Wollt ihr Augenbinden wie Feiglinge?«, fragte Hala herablassend.

»Die kannst du dir selbst umbinden! Dein Tod wird jedenfalls nicht so rasch eintreten: Zuerst wird die Erdkruste aufbrechen, dann alles Wasser verdampfen ...«

»Genug! Verschone mich mit deinem Geblubber!« Hala hob ein Tentakel. *»Exekutionskommando: Platzieren!«*

Vier Gardisten pro Delinquent positionierten sich in einer Reihe schwebend, sechzehn Spannen vor den Verurteilten.

»Entsichern!«

Synchron, wie es nur ein gut eingeübtes Exekutionskommando beherrschte, wechselten sie die Hyperschockharpunen in die Sekundärtentakel. Mit den Primärtentakeln entsperrten sie mit ausladender Bewegung die Auslösesicherung und in einem eleganten Wirbel landeten die Waffen wieder in den Primärtentakeln. Dann nahmen die Gardisten Haltung und eine uniforme dunkelblaue Farbe an.

»Anlegen!«

Keiner der Gardisten blinzelte, als sie traditionell über Kimme und Korn den Kopf des Verurteilten anvisierten.

Zukla hörte die Pause, in der der General das nächste Kommando formte. Ob er die letzte Silbe des Schießbefehls überhaupt noch wahrnehmen würde? Seine Muskeln zuckten, doch wandte er seinen Blick nicht ab.

Plötzlich dröhnte ein schneidender Befehl ins Bewusstsein aller Anwesenden: *»Halt! Im Namen der Regierung!«* Gleichzeitig schwärmten Oktoftewiltabinen der Palastwache schwer bewaffnet in die Grotte und legten an. Zu guter Letzt schwamm Wate durch den Grotteneingang, gefolgt von Jota.

»Wenn auch nur einer von euch mit einer Tentakelspitze zuckt, findet er sich bei der Mutter des Alls wieder!« Jota baute sich vor dem General auf. *»Kraft meines Amtes als Hoher Primist Interim enthebe ich Sie Ihrer Befugnisse.«*

General Halas Haut leuchtete olivgrün, und rote Punkte blitzten darüber hinweg. *»Damit kommen Sie nicht durch, Minister!«*, bellte er.

Jota ließ sich nicht beeindrucken. *»Bevor Sie auf närrische Ideen kommen, sollten Sie wissen, dass Oberst Swallu'ketallantes von den Raumverbänden jedes verfügbare Geschütz auf dieses Gebäude richtet.«*

Hala lief lila an. Ein Tentakel zuckte nach der Waffe, doch dann streckte er sie alle von sich.

»Nehmt ihn in Sicherheitsverwahrung und bindet die Verurteilten los!«, befahl Jota. *»Und seien Sie besonders respektvoll zu ›General‹ Zukla'medikulles. Er ist Ihr neuer Vorgesetzter.«*

Zukla schlenkerte die Krämpfe aus seinen Muskeln. *»Verbindlichsten Dank, hochverehrter Minister, ich hatte mich schon bei der Mutter des Alls gesehen.«*

»Danken Sie Wate'medaludes. Er hat mich förmlich aus der Sitzung genötigt!«

Wate winkte ab. *»Deste hat mich über Ihr Vorhaben informiert, Zukla..., Verzeihung, General. Nun, einem Militär ohne rechtmäßige Führung habe ich noch nie getraut.«*

»Für einen, der ohne Befehl seinen Posten verlässt, sind Sie ganz brauchbar, Commander«, knurrte Zukla. Kleine Wellen der Erleichterung pulsten über seine Haut. *»Meine Leute und ich verdanken Ihnen unser Leben.«* Er nickte Wate zu. *»Ihr beherztes Eingreifen kam im rechten Moment.«* Dann wandte er sich den Militärs in der Grotte zu. *»Schicken Sie mir den Stabschef«*, brüllte er.

»Hier, Zir«, meldete sich der Gerufene.

»Veranlassen Sie, dass alle laufenden Operationen abgebrochen werden.«

Der knickste. *»Jawohl, Zir. Doch möchte ich darauf aufmerksam machen, dass die eingeleitete Selbstzerstörungssequenz des im Freilandgehege befindlichen Beiboots FRE-D0Y94X-72a-B2 nicht mehr gestoppt werden kann und in einundzwanzig Minuten und zwölf Sekunden zünden wird.«*

Wate erblasste. *»Zum Grumpfalg!«*, fluchte er. *»Der Countdown kann nur auf unserer Seite des Cockpits ausgeschaltet werden!«* Er riss Maski den Kommunikator aus den Tentakeln. *»Commander an Beiboot zwei.«*

Keine Antwort.

Zukla leuchtete alarmiert.

»Wate'medaludes an Beiboot zwei. Melden Sie sich«, rief er lauter.

Stille.

»Jake! Hier ist Wate. Wo steckst du?«

Nur Rauschen drang aus dem Lautsprecher.

Furcht fraß sich durch Wates Körper. Mit jeder Sekunde verringerte sich die Chance, die Homiden noch evakuieren zu können.

Jake war noch nie im Sakralsaal des Kathedoms gewesen. Von der Architektur und Aufbau erinnerte er an das Schiff einer gotischen Kathedrale. Statt Stein und Verputz war allerdings ein glattes, glänzendes Material verwendet worden, das sich nahtlos zusammenfügte. Strahlenschüsse hatten es geschmolzen und an vielen Stellen hing es wie erstarrtes Wachs von Decke und Wänden.

Dort wo der Boden nicht von Schutt und zerschossenen Kirchenbänken übersät war, lagen die Verletzten. Ihr Stöhnen ging Jake durch Mark und Bein. Jetzt, wo der Feind abgezogen war, konnten sich Marjella und Myriam um sie kümmern, helfen, so gut es die Umstände zuließen.

Aber Jake traute dem Frieden nicht. So wie er die Mentalität der Squids einschätzte, war sie von der menschlichen nicht allzu verschieden. Sie wären auf sein Ultimatum hin nicht so einfach abgehauen! Das musste einen anderen Grund haben. Vielleicht waren sie zu einem Einsatz nach Wellubimarulles abgezogen worden? Hitze schoss durch seinen Körper. Wate. Verdammt! Und er hatte das Funkgerät im Beiboot liegen lassen. In seiner Aufregung hatte er die einfachsten Sicherheitsregeln missachtet. Verdammt. Verdammt! Jake rannte los, um das Versäumte nachzuholen, da kam ein Warnruf von einem der Wachtposten an den Fenstern.

Rodhana sprang Jake in den Weg. »Es ist besser, du bleibst in Deckung.«

Ein Blick zur Tür hinaus sagte ihm, dass sie Recht hatte. Tausende von Kleristen marschierten heran und schlossen sich wie ein roter Ring um den Sakralbereich des Kathedoms.

Das war heute absolut nicht sein Tag. Er nahm seinen Strahler und duckte sich neben den Posten an der Tür. Hinter ihm dröhnten Hunderte von Stiefelschritten durch den Sakralsaal. Im Handumdrehen besetzten die Insurgenten Fenster und Ausgänge, aber nach den erlittenen Verlusten waren sie hoffnungslos in der Minderzahl. Dafür konnten sie aber aus der Deckung heraus auf die ungeschützten Kleristen schießen. Jake wurde übel. Es würde ein Massaker werden. Er atmete bewusst tief und gleichmäßig, bis das Würgegefühl nachließ. Er wollte keine Toten mehr! Entschlossen stand er auf und trat vor die Tür. »Kleristen! Ich will keinen Krieg. Ich will verhandeln.«

Augenblicklich fühlte er sich am Arm herumgerissen. Rodhana spie Feuer. »Bist du verrückt geworden! Wir müssen sie schlagen, bevor sie wieder ihre Adjutoren rufen!«

Jake legte ihr die Hand auf die Schulter. »Die werden nicht mehr kommen.«

»Woher willst du das wissen?«, fauchte sie.

Ja, woher wollte er es wissen? Er hoffte es. Er hoffte auf Wate, er hoffte auf die Vernunft der Squids. »Wir haben einen größeren Feind und den können wir nur gemeinsam besiegen.«

»Du bist von Sinnen! Auf eine Chance wie diese habe ich mein halbes Leben lang gewartet«, schrie Rodhana. »Ich werde sie fertigmachen! Außerdem ...« Rodhana setzte ein überlegenes Grinsen auf, »... zum Verhandeln gehören zwei Parteien.« Sie streckte energisch den Arm gegen die Kleristen. »*Die* haben immer nur befohlen!«

»Ruhig! Es kommt jemand.«

Es war Gura Limka, die sich aus der Reihe der Kleristen löste und mit geöffneten Armen langsam auf Jake zukam. Zwanzig Schritte vor dem Gebäude blieb sie stehen. »Du stehst auf der falschen Seite, Jake Forrester.«

Beim Anblick der Frau, die ihm und Myriam so viel Leid zugefügt hatte, lief Jake ein kalter Schauer über den Rücken. »Gura Limka ...«, rief er. »Ausgerechnet du ...« Sie setzte ein einschmeichelndes Lächeln auf und ging weiter auf ihn zu. Ihre Hüften wiegten sich bei jedem Schritt. Ihre Augen suchten seine. Wut kochte in Jake hoch. »Ich denke, ich stehe genau da, wo ich hingehöre!«

Sie blieb stehen. »Dinge haben sich verändert, Jake. Ich will dir ein Angebot machen: Wir nehmen dich in die Reihen der Kleristen auf, in den Rat der Zehn.«

Jake lachte bitter. »Weißt du eigentlich, was hier los ist? Weißt du, dass du eine willenlose Marionette der dominierenden Spezies dieses Planeten bist? Und da stehst du, eine Sklavin, und willst mir Angebote machen?«

Rodhana warf Gura Limka einen verächtlichen Blick zu, dann packte sie Jake am Arm. »Was redest du da für einen Unsinn?«

Er riss sich los und blickte ihr hart in die Augen. »Eure ganze Kultur ist eine Lüge, eure Göttin ein Phantasiegebilde, um euch zu manipulieren.« Jake deutete auf die Kleristen auf dem Platz. »Sie folgen lediglich hypnotischen Befehlen. Sie haben keinen eigenen Willen! Willst du sie deshalb umbringen?«

Rodhanas altes Misstrauen schlich sich in ihren Gesichtsausdruck. »Du hast keine Beweise für das, was du sagst.«

»Schau dir mein fliegendes Schiff an, denk an die Fluggeräte, die uns vorhin angegriffen haben. Wo ist das alles hergekommen?«

»Die hat uns die Meduse geschenkt«, fuhr Gura Limka dazwischen.

»Eine Göttin aus Fleisch und Blut!«, widersprach Jake. »Du, Gura Limka, hast für einen Kleristen erstaunlich viel Eigeninitiative entwickelt. Kannst du dem Hypnosebann widerstehen?«

Gura Limka starrte in die Leere. Sie fühlte sich in den Saal der Göttin zurückversetzt. Wie viele Jahre war es hergewesen? Eine große Ruhe hatte sie damals erfasst und wollte ihre Gedanken zur Seite drängen. Wie gewohnt zog sie sich in den kleinen Teil ihres Bewusstseins zurück, aus dem sie alles beobachten konnte, ihr Refugium. Die Meduse hatte es nie gefunden.

Jake sah Gura Limkas abwesendes Gesicht und wusste, dass er ins Schwarze getroffen hatte. Sie war in der Lage, ihre eigenen Interessen unerkannt einzuweben, ohne dass die Squids aufmerksam geworden waren. Sie war eine ungewöhnliche Frau ... eine gefährliche Frau. Er presste die Lippen zusammen. Sein ganzer Körper fühlte sich an wie unter Strom. Jetzt durfte er keinen Fehler machen.

Gura Limka hob den Kopf und blickte Jake einen Moment lang in die Augen. Dann nickte sie. »Ich kann dem Willen der Meduse widerstehen.«

Rodhana folgte dem offensichtlichen Stimmungswandel der Kleristina und ließ ihre Waffe sinken. »Sie wurden gezwungen?«, fragte sie fassungslos.

Jake bestätigte, wandte aber seinen Blick nicht von Gura Limka ab. »Seid ihr jetzt frei vom Bann der Göttin?«

Sie nickte noch einmal. »Die meisten von uns.«

»Aber es könnte sein, dass sie euch wieder übernehmen, dann seid ihr gefährlich.«

Gura Limka richtete sich auf und ihre Augen blitzten. »Wenn es nicht die Meduse ist – wer sind sie dann? Wie können wir uns gegen sie wehren?«

»Indem wir zusammenarbeiten. Wir müssen uns verbünden!«

Gura Limka trat einen Schritt näher. Ihre Stimme klang samtig. »Verhandlungen also!«

Von hinten schob sich auf einmal Myriam neben Jake und fixierte die Kleristina. »Du kannst ihr nicht trauen!«, raunte sie Jake zu.

»Wir haben gar keine andere Wahl, Liebes.« Jake legte einen Arm um ihre Schultern. Mit der Berührung drang eine mentale Stimme in seinen Kopf. Sie rief wie aus weiter Ferne, aber es schien, als käme sie aus Myriams Körper. Verdutzt schaute er an ihr herunter auf die leichte Wölbung ihres Bauches.

»Was hast du?«, fragte Myriam erstaunt.

Jake runzelte die Stirn. »Ich glaube, Wate ruft mich.« Ungläubig schaute er noch einmal an Myriam herunter. Aber es war eindeutig. Er konnte die Stimme in ihrem Inneren vernehmen, auch wenn die Botschaft nur bruchstückhaft zu verstehen war: »*... Jake ... Funkg ... eiboot ... ombe ...*« Wate musste sehr weit weg sein. Er schaute auf. »Ich muss ans Funkgerät. Zum Beiboot.«

»An all den Kleristen vorbei?« Myriam starrte ihn entsetzt an.

Er nahm einen tiefen Atemzug. »Das wird wohl der erste Vertrauensbeweis werden.«

Myriam schossen Tränen in die Augen. »Jake, du weißt, was Gura Limka uns angetan hat, sie ist bösartig!«

Rodhana zog einen Mundwinkel hoch, legte Jake die Hand auf den Arm, und grinste ihn verschwörerisch an. »Gute Idee«, flüsterte sie. »Wenn du dich hinter ihnen verschanzt, können wir sie in die Zange nehmen.«

Jake schüttelte den Kopf. Er wusste, alter Hass starb langsam.

»Gura Limka«, wandte er sich wieder nach draußen, »ich muss zum Beiboot. Dort wartet eine Nachricht auf mich.«

»Willst du dich etwa aus dem Staub machen?«

»Du hast mein Wort, dass ich hierbleiben werde.«

»Lass die Waffe zurück, Jake Forrester, ich begleite dich dorthin.« Myriam zuckte zusammen. Jake streichelte ihr beruhigend über den Handrücken, bevor er sich von ihr löste und auf Gura Limka zuschritt.

»So weit kommt es noch!«, knurrte Rodhana und reichte Kotlack ihren Strahler. »Mit der werde ich auch so fertig. Wenn sich jemand rührt, schießt du sie über den Haufen!«, befahl sie und lief hinter Jake her.

Die beiden Frauen musterten sich gegenseitig mit giftigen Blicken. Breitbeinig standen sie da – die eine im wallenden Gewand der Kleristen, die andere in robuster Bergmannskleidung. Aber beide verkniffen sich jeglichen Kommentar. Als sich Jake Richtung Beiboot in Bewegung setzte, flankierten sie ihn, wobei jede darauf achtete, ihm so nah wie möglich zu bleiben.

Die Reihe der Kleristen teilte sich stumm. Jake bemerkte, dass ihre Augen den starren Blick verloren hatten, aber sie wirkten verwirrt, als wären sie aus einem bösen Traum erwacht und fanden nicht in die Wirklichkeit zurück.

Auch Rodhana bemerkte es und sah sie befremdet an.

Schon beim Einsteigen hörte Jake Wates Stimme aus dem Lautsprecher im Cockpit: »Beiboot zwei, melden Sie sich ... Wate an Jake ...«

Gura Limka blickte sich suchend im Beiboot um. »Wer ist das?«

»Ein Freund.« Jake setzte sich an die Kontrollen. Die Kleristina ließ sich von der technischen Umgebung nicht beeindrucken und nutzte Rodhanas Zögern, um neben Jake in den Copilotensitz zu schlüpfen. Rodhanas Kiefermuskeln spannten sich. Sie baute sich in der Cockpittür auf, die Unterarme in Kopfhöhe an die Rahmen gestützt. »Er klingt wie ein Adjutor«, stellte sie mit einem misstrauischen Blick auf Jake fest.

Damit hatte sie ja gar nicht mal so unrecht. »Ich werde den Kommunikationskanal öffnen«, sagte Jake mit ruhiger Stimme und stellte am Funkgerät die Sendefrequenz ein. »Jake an Wate, was gibt's?«

»Na, endlich!« Wate klang heiser. »Jake, du musst sofort handeln. Siehst du auf meiner Seite unter der Kontrolle des Fusionsmeilers einen Zähler?«

Jake presste das Gesicht an die Trennscheibe. »Ich kann da schlecht hinsehen.« Er verdrehte sich fast in seinem Sitz, um einen besseren Blickwinkel zu bekommen. »Positiv. Vier Minuten, dreizehn Sekunden ... vier Minuten zwölf Sekunden ... vier Minuten elf Sekunden.«

»Wenn er bei Null angekommen ist, geht der Reaktor hoch.«

Jake stieß den Atem zwischen den Zähnen hervor. »Auch das noch! Wie schalte ich das Ding ab?«

»Gar nicht, Jake. Das geht nur von meiner Seite aus und da kommst du mit deinem großen Körper nicht hinein.«

»Scheiße! Wo steckst du?«

»Ich bin bereits auf dem Weg. Aber es gibt ein Problem: Ich komme auch nicht an die Kontrollen heran, weil sie trocken liegen.«

»Verdammt!« Jake starrte durch die Scheibe auf Wates Armaturen, wo der Zähler unaufhaltsam lief. »Wenn wir das Beiboot mit Wasser füllen?«

»Dazu ist es zu spät. Du musst es starten und in den Raum fliegen.«

Hitze schwemmte Jakes Körper und ließ seine Haut brennen. Er sah vor seinem geistigen Auge das Beiboot jenseits der Atmosphäre wie eine Feuerwerksrakete zerplatzen – das war sein Todesurteil. Ein Blick auf den Zähler brachte einen erneuten Hitzeschub. Zwei Minuten achtundvierzig Sekunden.

»Raus hier!«, brüllte er die Frauen an.

Rodhana warf einen bitteren Blick auf Gura Limka. »Aber ...«

Alle Hitze sammelte sich in Jakes Kopf. »Habt ihr nicht gehört?«, schrie er. »Das Ding geht gleich in die Luft! Verschwindet, wenn ihr nicht verrecken wollt!«

Gura Limkas Augen blitzten vor Wut. »Falls das wieder einer deiner Tricks ist ...«

»Du kannst ja hier bleiben!«, fuhr er sie an. »Ich mache in zwei Sekunden die Außentür zu.«

Gura Limka warf ihm einen kalten Blick zu. »Ich werde dich finden!«, drohte sie und sprang auf.

Rodhana drückte sich zur Seite und ließ die Kleristina vorbei. Der hoffnungsvolle Funke in ihren Augen erlosch, als Jake ihr hart ins Gesicht sah. »Geht im Kathedom in Deckung. Alle!« Zögernd wandte sich Rodhana ab und verließ das Beiboot.

Jakes Hände arbeiteten wie von selbst. Reaktor hochfahren, Aggregate anwerfen, Energie auf die Systeme. Ein Kontrolllichtchen nach dem anderen sprang auf Grün. Warum dauerte es heute so lange? Jede Sekunde streckte sich, floss zäh dahin. Auf dem Außenmonitor sah er Rodhana zur Sakralhalle rennen. Im Torbogen erkannte er Myriam, neben ihr Björn. Jake atmete durch, nahm das Steuerhorn in die Hand und schob die Gashebel vor. Er wollte sie weit genug fort wissen, wenn ...

Das Beiboot hob langsam vom Boden ab und stieg zu den schwarzen Wolken empor, aschgrauer Auswurf des Vulkans, der nicht mehr zur Ruhe kam. Jake schaltete den Schutzschirm ein und vermehrte den Schub. Mit einem Knall brach das Boot durch die Schallmauer. Jake konzentrierte sich auf die Kursprogrammierung. Im Augenwinkel nahm er das rhythmische Zucken des Zeitzählers wahr. Seine Kehle wurde trocken. Er merkte nicht, dass er die Luft anhielt, bis ihm schwindelig wurde. Das Atmen machte ihm Mühe, blieb flach. Als er den Autopiloten einschaltete, stieß das Beiboot durch die Schicht aus Rauch und Wolken. Sonnenlicht flutete die Monitore und das Lila des Himmels wölbte sich über Jake. Vierundfünfzig Sekunden. Wenn er jetzt einen Fallschirm hätte, könnte er abspringen. Aber so etwas gab es auf ganz Nitsituaan nicht. Er lehnte sich zurück und atmete schwer. Wenigstens war Myriam in Sicherheit. Und sein Kind. Würde es ein Junge oder ein Mädchen werden? Was für eine absurde Frage in diesem Moment. Jake lachte auf. Dann hatte er plötzlich das Gefühl, dass sich ein Stahlseil um seine Kehle legte.

123

Als Myriam Gura Limka und Rodhana aus dem Boot rennen sah, zog es ihr die Eingeweide zusammen. Was war mit Jake? Die Luke schloss sich, das Schiff stieg und hob sich immer schneller in die Luft. Wohin will er? Ein Nachbeben lief durch den Boden. Oder waren es ihre Knie, die zitterten? Sie starrte auf den Fleck in der dunklen Wolkendecke, in dem das Schiff verschwunden war.

Drei Stufen auf einmal nehmend, stürmte Rodhana die Treppe zum Eingang des Sakralsaals empor. »Geht in Deckung!«, rief sie atemlos.

Myriam sah sich erschrocken nach den Kleristen um. Die rannten zum Metrodom. Kein Angriff. Myriam entspannte sich. »Was ist los?«

»Warum ist Jake ohne mich gestartet?«, knurrte Pedro.

»Geht hinein«, drängte Rodhana. »Irgendetwas wird gleich explodieren.«

»Da!« Kotlack deutete in den Himmel. Für einen Moment brach gleißendes Licht durch die Lücken in den schwarzen Wolken.

124

Jake starrte auf den Zeitgeber. Vierunddreißig Sekunden. Nichts fühlte sich real an. Selbst der Countdown schien sich zu verlangsamen, streckte die letzten Sekunden seines Lebens – dreiunddreißig.

»Wate an Jake.«

Jake schaltete das Funkgerät ab. Er wollte die letzten Augenblicke bei Myriam sein ... wenn auch nur in Gedanken.

»Jake! Warum meldest du dich nicht? Spring aus dem Beiboot, bevor es zu spät ist!«

Der mentale Ruf warf Jake aus seiner Starre. *»Wie denn, ohne Fallschirm?«*

»Los, spring, ich fange dich auf!«

Auffangen! Von plötzlicher Energie gepackt, schoss Jake in die Höhe. Er stieß sich den Kopf am Funkgerät, zuckte zusammen und hielt sich die Hand auf die blutende Stelle. Verdammt. Tür öffnen. Der Alarm kreischte. Ging nicht! Sicherheitsschaltung überschreiben. Hangartor aufmachen. Der Druck entwich schlagartig und riss Jake in den Gang hinaus. Ihm wurde schwindelig. Sauerstoff! Zusammenreißen. Er zog sein Bündel unter dem Pilotensitz hervor. Wie viel Zeit blieb überhaupt noch? Während er durch den Gang rannte, wickelte er seine Ersatzkleidung um Hände und Gesicht. In seinen Ohren rauschte das Blut. Seine Füße wurden schwer. Der Hangar lag vor ihm, am anderen Ende das offene Tor, in der Tiefe Nitsituaan. Ein eisiger Wind blies ihm entgegen. Alles drehte sich. Jake konnte nur noch kriechen. Er erreichte die Schwelle, zog sich über die Kante. Dann ließ er sich fallen.

Wate konnte nicht schwitzen wie Homiden. Aber seine Haut erhitzte das Wasser um ihn herum wie ein Tauchsieder. Mit einem kleinen Aufklärer jagte er hinter Beiboot zwei in die Stratosphäre. Noch zehn Sekunden.

Plötzlich tauchte eine Gestalt auf. Sie trudelte, drehte sich, stürzte in rasendem Fall. Wate lenkte sein Schiff in die Sturzbahn und hielt sich unterhalb. Er ließ Jake fallen, denn je mehr Abstand Jake zu der Explosion gewinnen konnte, desto größer wären seine Überlebenschancen. In aller Eile loggte Wate den Traktorstrahl auf Jake ein und erweiterte den Schutzschirm seines Aufklärers. Wie ein Kokon legte sich feines, blaues Licht um den stürzenden Körper.

Die Zeit lief ab, das Alarmsignal begann zu schrillen. Wate blendete die Monitore ab und saugte sich fester an seinen Pilotenhocker.

Dann drückte sich die Wolkendecke wie von einem Faustschlag getroffen ein, zerriss, und öffnete ein kreisrundes Loch, das sich mit rasender Geschwindigkeit vergrößerte.

Myriam starrte hinauf zum Himmel. Sie hielt sich entsetzt die Hand vor den Mund. *Jake!*

Dann kam die Druckwelle.

Begleitet von einem markerschütternden Knall fegte eine gewaltige Schockwelle über Nelantis. Wie benommen spürte Myriam das Zittern des Bodens. Staub wirbelte über den Platz, brandete gegen das Kathedom, wo er durch Türen und Fensteröffnungen in den Sakralraum getrieben wurde. Myriams Augen brannten und tränten. Vor ihr verschwamm alles, die Geräusche schienen nur noch aus weiter Ferne zu kommen und selbst der Staub, der ihre Schleimhäute austrocknete, hatte keinen Geschmack mehr. »Jake«, hauchte sie.

Der durchbrennende Reaktor von Beiboot zwei ließ eine gleißende Sonne am Himmel entstehen. Dann traf die Druckwelle donnernd den Schirm von Wates Aufklärer. Hitze, Strahlung und Splitter, die wie Granaten durch die Luft schossen, prallten am Schutzschirm ab. Aber was Wate Sorge bereitete, war die dünne Luft. Er jagte auf die Planetenoberfläche zu und bremste erst über dem Loch ab, das die Druckwelle in die Wolkendecke gerissen hatte. Hier ließ er Jake mit dem Traktorstrahl wie an einem Kran in die Tiefe sinken.

»Zentrale!«, bellte er ins Funkgerät. »Schicken Sie sofort ein Team Homidenheiler!«

125

Myriam starrte wie betäubt vor sich hin. Sie nahm sich und ihre Umgebung nicht mehr wahr. In sich spürte sie eine abgrundtiefe Leere, ein Nichts, das sie immer weiter herunterzog.

»Madre Mia!«

Pedros Stimme erreichte ihr Bewusstsein, leise, als ob er sie aus einer Entfernung von einer Meile anrief. Dann fühlte sie sich von starken Händen an den Schultern gepackt und geschüttelt.

»Sieh dir das an!« Pedro deutete zum Himmel.

Myriam erwachte aus ihrer Starre und folgte Pedros erstauntem Blick. Helles Sonnenlicht flutete durch ein Loch in den Wolken und ließ die Luft über der Stadt flirren. Sie wischte sich die Tränen aus den Augen und erkannte einen kleinen, dunklen Punkt im gleißenden Gegenlicht, der langsam vom Himmel sank. Noch einmal fuhr sie sich mit der Hand über die Augen. Tatsächlich. Jemand schwebte herab, aber mehr als eine menschliche Gestalt war nicht zu erkennen.

Die Kleristen kehrten zögernd auf den Platz zurück, ihre Blicke zum Himmel gewandt. Einige ließen sich auf die Knie nieder und beugten die Köpfe.

»Der Auserwählte«, rief Marjella verzückt.

»Der Auserwählte«, ging es von Mund zu Mund.

Myriam wurde in einem Strom ehrfürchtiger Insurgenten nach draußen gespült. Sie erkannte die Gestalt und lief los. Panisch schob sie sich durch die Menge. Ihr Herz klopfte wild. »Jake!«, rief sie und drängte sich vor. »Jake!«

Da bemerkte sie, dass sein Kopf schlaff auf der Brust hing. Myriam stockte der Atem.

Totenstille breitete sich über dem Platz aus.

»Die Meduse bringt ihn für das Totenritual«, sagte ein Klerist mit dumpfer Stimme.

»Nein!«, schrie Myriam und stolperte weiter. Sie hatte keinen Blick für die gleitergroße Maschine, die weit über Jake schwebte. Sie sah auch nicht das feine Netz, dessen Fäden nicht viel mehr waren, als flimmernde Luft über sonnenheißem Sand. Der Energiestrahl setzte Jakes Körper sachte auf dem Boden ab und löste sich auf. Myriam rannte zu ihm.

Als Jake zu sich kam, hatte er noch das Gefühl des Fallens im Magen und das Rauschen in den Ohren. Aber er spürte harten Boden unter sich. Wate!, war sein erster Gedanke. Dankbar atmete er ein. Er schlug die Augen auf. Myriams Gesicht erschien über ihm. Ihr langes Haar fiel wie ein Schleier über ihn, ihre tränennassen Augen leuchteten.

Jake versuchte, die Arme zu heben. Sie schienen Tonnen zu wiegen. Dennoch strebten seine Hände zu Myriams weichen Wangen. Er spürte ihre warme Haut. Er streichelte mit den Daumen über ihr Kinn, ihre Lippen, ihre Nase, so als berührte er sie zum ersten Mal.

Da ließ ein Erdstoß den Boden erzittern.

Jake fuhr hoch. Ihm schwindelte. Rodhana und Gura Limka standen zu beiden Seiten Myriams und blickten ihn mit ehrfurchtsvollem Gesichtsausdruck an. Fast schien es Jake, als wollten sie vor ihm auf die Knie fallen. Jake wischte sich über die Augen. »Wo ist Wate?«, fragte er mit schwerer Zunge.

»Keine Ahnung.« Pedro drängte sich an den Frauen vorbei und beugte sich zu Jake herab. »Bist du okay? Du zitterst ja am ganzen Körper.« Er zog seine Jake aus und legte sie über Jakes Oberkörper. »Warum hast du mich nicht mitgenommen? Cool, wie du da runtergekommen bist! Wieder ein Trick von den Squids?«

Jake blinzelte ein-, zweimal, bis er klar sehen konnte. »Sorry, Amigo«, stammelte er. »Es ging alles ein bisschen schnell«

Gura Limka und Rodhana blickten verständnislos von Jake zu Pedro. Myriams Gesichtsausdruck hellte sich auf. »Du meinst die niedlichen Tintenfische, richtig?«

Rodhana und Gura Limka sahen sich einen Moment lang perplex an. Jede erkannte in der anderen die Ahnungslosigkeit, die sie selbst verspürte und beide bekamen das Gefühl, von etwas Wichtigem ausgeschlossen zu sein. »Was geht hier eigentlich vor?«, fuhr Rodhana auf.

Jake stöhnte. »Das versuche ich dir schon die ganze Zeit zu erklären: Wir sind nicht allein auf diesem Planeten«, presste er hervor.

Die Beiden starrten ihn an wie einen Irren.

»Ich weiß, es ist schwer zu glauben ...«

»Macht Platz!« Marjella drängte sich zwischen ihnen hindurch und kniete neben Jake nieder. Sie löste ihre Wasserflasche vom Gürtel und hielt sie Jake an die Lippen. Der nahm einen tiefen Zug.

»Danke«, hauchte er und ließ den Kopf zurücksinken. »Wir müssen jetzt alle zusammenhalten.« Er schaute zum Himmel hinauf. *»Wate, wo bist du?«*

»Direkt über dir. Ich habe nach Heilern geschickt. Aber die befürchten, dass ihr auf sie schießt.«

»Ich regele das!«, übermittelte Jake. Dann wandte er sich an Rodhana und Gura Limka. »Hört mir zu! Ich rufe jetzt die Adjutoren, damit sie sich um die Verletzten kümmern.«

Gura Limka blickte ihn über ihre Nasenspitze hinweg an. »Das kann nur der Oberpriester.«

Rodhana richtete sich auf und grinste überlegen. »Da wirst du dich aber gleich wundern, Kleristina!«

126

Der Alarm der Zeitanemone weckte Wate. Es war dunkel in der kuscheligen Schlafhöhle. Die Tentakel innig mit denen von Tenka verwoben, schielte er verschlafen auf den Zeitgeber. Noch fünf Minuten, dachte er und schmiegte sich enger an seinen Weibling.

Ihre Tentakel bewegten sich sanft. Die Wunde an ihrem Kopf war kaum noch zu sehen – dank der Heiler. Und endlich hatte er sie wieder. Sie war nur wenige Tage in Klabu'teranusters Gefangenschaft gewesen, doch die waren ihm so lang wie ein Jahr erschienen. Sicher war er auch schon vorher länger von ihr getrennt gewesen, monatelang im All auf irgendwelchen Flügen an den Rand der Galaxis, aber das war etwas anderes gewesen. Da hatte er sie zuhause in Sicherheit gewusst.

In Tenkas Tentakel kam Bewegung. Sie blubberte vergnügt. Ein zarter rötlicher Schimmer schillerte auf ihrer Haut. *»Wollen wir noch einmal?«*, fragte sie lasziv.

Wate sah in ihre großen, dunklen Augen. Sie waren so schön, so verträumt. Ihre Haut war so ...

Nein, er war schließlich der Commander und die Pflicht ...

Er seufzte in sich hinein. Sein Blick glitt über ihre delikaten Saugnäpfe.

Seine Gedanken fuhren Achterbahn. Wenn er zu spät zum Dienst käme, setzte das kein gutes Beispiel.

Ihre geschmeidigen Tentakelspitzen ...

Nach so einem erfolgreichen Einsatz war doch bestimmt einmal eine Ausnahme erlaubt.

Ihre Farbexplosion am Ende ...

Ausnahmen hatten die Eigenschaft, sich exponentiell zu vermehren – bei der Besatzung!

Er blies langsam Wasser durch seine Kiemen. Dann straffte er sich. *»Heute Abend, Liebes.«*

Tenka wand ihre Tentakel enger um seine. *»Wate, ich werde bald wieder ein Ei legen.«*

Ein Gefühl inniger Wärme stieg in ihm auf. Sachte zog er sie näher an sich. Zeit spielte auf einmal keine Rolle mehr ... und er kam viel zu spät zum Dienst.

Auf der Brücke fand Wate die Minimalbesatzung vor: Lame. Der schillerte in verschmitztem Orange, sagte aber nichts.

»Irgendwelche Besonderheiten?«, fragte der Commander routinemäßig.

»In Wellubimarulles hat sich ein Graben aufgetan und in der Homidenstadt haben Beben einige Bauwerke zerstört, darunter Großteile des Leithomidengebäudes.«

»Verletzte?«

»Es hielt sich in Grenzen. Auf beiden Seiten. Die Heiler haben sich um alle gekümmert. Keine Verluste.«

Wate nickte zufrieden. *»Gut, dass wir gestern noch evakuiert haben. Hat sich Jota schon gemeldet?«*

»Nein, Commander. Die Abordnung wird aber wohl pünktlich eintreffen.« Lame schlenkerte die Tentakel und schaute genervt: *»Ausgerechnet auf unserem Schiff!«*

»Wo sonst sollten sich Oktoftewiltabinen mit Homiden treffen als in dem Gemeinschaftsraum? Ein Vivarium wäre unwürdig. Ich denke dabei weniger an die Befindlichkeit der Homiden, als an die Arroganz unserer Minister. Wenn sich die Homiden in einem Stall präsentieren, werden sie sie nicht ernst nehmen.« Wate machte es sich auf seinem Pilotensitz bequem und ließ die aktuellen Nachrichten durchlaufen. *»Es wird wohl noch eine Zeitlang dauern, bis wir von Gleichstellung reden können.«*

»Es gibt eine Reihe Oktoftewiltabinen, die finden die Homiden ganz putzig.« Lame ließ hellgelbe Punkte über seine Haut blitzen. *»Manch ein Weibling würde sogar einen heiraten!«*

Fanli! Wates Hautfarbe wechselte zu einem genervten Grün, nur um dann in besorgtes Lila umzuschlagen. *»Leider gibt es viel mehr, die sich vor ihnen fürchten. Klabu'teranusters Propaganda hat ganze Arbeit geleistet!«*

»Hoffen wir, dass sich die gewichtigen Oktomajesten nicht gegenseitig erwürgen«, murmelte Lame.

»Sie werden sich zusammennehmen, denn sie haben endlich begriffen, in welcher Gefahr wir uns befinden.« Wate schwenkte die Außenkamera. Von den Abordnungen noch keine Spur. Auf seiner Haut pulsten kleine rötliche Wellen der Ungeduld.

Lame ließ ein leises Zischen hören. *»In Anbetracht der Zusammensetzung der erwarteten Homidendelegation habe ich da so meine Bedenken, wenn ich das anmerken darf, Commander.«*

»Die vorteilhaften Eigenschaften von Jake wurden den Oktomajesten eindringlich nahegelegt«, erwiderte Wate.

»Das schon, aber sehen sie sich die anderen an!« Lame winkelte eine Tentakelspitze an. *»Da wäre zunächst dieser Pedro'antoniogonzales ... wie soll ich es höflich ausdrücken ... einer, der Fische jagt!«* Dann begann er, die Homiden an seinen Tentakeln abzuzählen. *»Rodhana'elenirapaulheidenreich, die gemeingefährliche Leiterin der Ausreißer; Grimper'mahil, ein subversives Element zweifelhafter Herkunft. Er hat noch nicht einmal einen vollständigen Zuchtnamen, geschweige denn ein Pedigree; Myriam'roslinabjörnsvenkerson mit einem anomalen Fötus im Bauch und zuletzt Estelle'ballettabjörnsvenkerson, die gesuchte Sicherheitslücke unter den Leithomiden.«*

Verdutzt schaute Wate seinen Navitroniker an. *»Gura Limka?«*

»Eben diese! Jeder einzelne von ihnen würde unter normalen Umständen auf der Stelle euthanasiert werden! Und, bei allem Respekt, Commander, Sie erwarten ernsthaft, dass unsere Oktomajesten mit denen zusammenarbeiten?«

Sie schritten zielstrebig durch die Korridore des Kathedoms. Jake hoffte, dass Wates Plan aufgehen würde. Wie sollten sich Menschen und Squids vereinigen, wenn es die Menschen noch nicht einmal untereinander schafften? Der Hass und die Furcht der Leute vor den Kleristen ließen sich nicht so einfach abstreifen. Gura Limka trug den Kopf hoch. Das passte in den Augen der anderen nicht in das Bild eines Opfers mentaler Manipulation. Und wer sollte es getan haben? Jake blieb in seinen Beschreibungen vage. Würde er den Leuten sagen, dass sie über Generationen von Tintenfischen ausgetrickst und ausgebeutet worden waren – er würde auf der Stelle für geistesgestört erklärt. Besser, sie würden die Wahrheit mit eigenen Augen sehen. Er konnte sie nur auf eine große Überraschung vorbereiten. »Sie sind ganz anders als wir«, erklärte er.

Gura Limka führte sie. Nur sie kannte den Weg zum Saal der Meduse, dem Treffpunkt, zu dem Wate sie bestellt hatte. Rodhana und Grimper griffen nervös an ihre Gürtel, aber die Waffen hatten sie alle zurücklassen müssen. Pedro hielt sich neben Rodhana. »Sie sind gar nicht so übel, die Squids«, raunte er ihr zu.

Myriam tastete nach Jakes Hand. »Wird Wate auch dabei sein?«, flüsterte sie.

Jake nickte.

»Dann habe ich auch keine Angst.«

Ihre Schritte hallten in dem hellerleuchteten Gang in den Tiefen des Kathedoms, der keinerlei Spuren der Erdbeben zeigte. Steinerne Büsten auf schulterhohen Sockeln starrten aus leeren Augen die stuckverzierten Wände an. Jakes Nackenhaare stellten sich. Er war schon einmal hiergewesen.

Als Gura Limka das Portal am Ende aufstieß und in den kuppelförmigen Saal aus Glas trat, sog Jake den Atem scharf ein. Hier hatte er zum ersten Mal die mentalen Stimmen der Squids vernommen und hier war er zum Tode verurteilt worden. Es kam ihm vor, als wäre es hundert Jahren her und doch waren seine Erinnerungen so frisch, als wäre es gestern gewesen. Er hatte damals geglaubt, Myriam sei tot. Er zog sie sachte an sich heran.

Gura Limka breitete die Arme aus. »Der Saal der Meduse.«

Die Besucher wurden still, und andächtiges Staunen legte sich auf ihre Gesichter. Sie blickten verzückt in die Unterwasserwelt jenseits der Scheibe, wo gefiltertes Licht in wabernden Streifen auf ein Korallenriff fiel. Ein Schwarm bunter Fische zog darüber hinweg.

In der überwältigenden Pracht fielen die zwei Tintenfische gar nicht auf, die nahe der Scheibe schwebten und hereinglotzten. *»Na, endlich da?«*, fragte Fanli mit ihrer mentalen Stimme, die nur Jake hören konnte. Dabei musterte sie Myriam an seiner Seite mit kaltem Blick.

»Ich hoffe, ihr habt nicht zu lange warten müssen«, entgegnete Jake.

»Nicht der Rede wert. Wir werden euch in einer Energieblase rüberbringen«, antwortete der andere, es war Maski. Er richtete ein winziges Gerät auf das Fenster, worauf sich ein Teil der Scheibe nach außen wölbte und

wie eine Seifenblase aufblähte. Mit großen Augen beobachteten die Menschen den Vorgang. Grimper wurde blass. Er machte das Zeichen der Meduse. »Und ich hatte nie geglaubt, dass es sie wirklich gibt«, stöhnte er.

»Das ist kein göttlicher Akt«, erklärte Jake. »Unsere Gastgeber bitten uns, zu ihnen zu kommen.«

Er führte Myriam durch das mannsgroße Loch auf den transparenten Boden im Inneren der Blase. Die anderen folgten zaghaft.

Kaum waren sie drin, schloss sich die Kugel und löste sich von der Scheibe ab. Noch nie hatte Jake auf diese Weise einen Raum verlassen. Die anderen auch nicht, wie er an ihren erstaunten und entsetzten Gesichtern sehen konnte. Wie in einem gläsernen Tauchboot schwebten sie anschließend zwischen Fischschwärmen über das anemonenübersäte Riff den Tiefen des Meeres zu.

Rodhanas Kiefermuskeln spannten sich. »Wo bringen Sie uns hin?«

»Nach Wellubimarulles«, antwortete Jake. Er warf einen Blick zurück und nickte den beiden Squids zu, die die Energieblase aus einiger Entfernung steuerten.

In Gura Limkas Gesicht kämpften zwei Seelen. »Ins Reich der Meduse?«, fragte sie verwirrt.

Jake musste grinsen. »Ja und nein. Sie nennen sich Oktoftewiltabinen. Sie bringen uns in ihre Stadt. Sie sind es, die zu euch, den Kleristen, gesprochen haben. Aber sie sind keine Götter, sie sind ... ihr werdet sehen.«

Gura Limka und Rodhana blickten sich ratlos an. Jake sah ihnen an, dass sie jetzt gerne ihre Waffen bei sich gehabt hätten. Aber zum ersten Mal, so schien es, nicht, um sich gegenseitig umzubringen.

Jake entdeckte einen gezackten Riss, der wie eine klaffende Wunde quer über den Meeresboden verlief. Er spürte ein Ziehen im Magen, als er in die schwarze Kluft schaute, die endlos in die Tiefe zu führen schien.

Vor ihnen begann die Meerestiefe zu leuchten. Erst blass Lila, dann immer kräftiger. Als sie näher kamen, löste sich das Licht in hunderttausend einzelne Punkte und Flecken auf, bis sie unter sich eine riesige Stadt mit grottenförmigen Häusern, Algenparks und Korallentürmen erkannten. Am Rande dominierte ein gewaltiges Gebäude mit geschwungener Architektur, protzigen Zugängen und bunten Lichtspielen. Myriam presste sich die Nase an der Scheibe platt und blickte fasziniert auf die farbenfrohen Luftblasenfontänen, Luftbrunnen und Sprudelquellen. »Es ist wunderschön«, seufzte sie.

Da bemerkte Jake das Zittern des Wassers.

»Seebeben!«, warnte Maski.

Die Insassen suchten Halt gegen das Schütteln, fanden aber nur die Körper der anderen. Pedro fand Rodhana in seinen Armen. Er lächelte selig und schien sonst nichts mehr wahrzunehmen. Grimper krallte eine Hand in dessen Gürtel, während er mit der anderen Gura Limka stützte, die sich wiederum an Myriam und Jake festhielt.

Jake versuchte, ruhig zu atmen. Er fühlte sich wie in einer Seifenblase, die gleich platzen würde.

»In dem Energiefeld seid ihr sicher«, beruhigte ihn Maski. *»Auch wenn es rüttelt und schüttelt.«*

»Da!« Grimper riss entsetzt die Augen auf und deutete auf einen Riss im Meeresboden, der wie ein schwarzer Blitz auf die Unterwasserstadt zuschoss. Blasen siedenden Wassers brodelten daraus empor, die ersten Gebäude stürzten. Das Licht der Stadt flackerte und erlosch. »Heilige Meduse!«, schrie Myriam.

Dann kam mit dröhnendem Krachen die Druckwelle und schleuderte ihre Energieblase wie einen Spielball umher. Jake wusste nicht mehr, was oben und unten war. Seine Hände trafen auf weiche Körperteile. Er spürte einen harten Schlag am Kopf. Beine, Arme und Leiber verhedderten sich. Die Menschen flogen in der Energiekugel umher wie in einer abgerissenen Achterbahngondel.

Endlich stabilisierte sich die Bewegung und die Insassen suchten benommen ihre Gliedmaßen zusammen. Dank des nachgiebigen Materials waren sie bis auf ein paar Prellungen unverletzt davongekommen. Draußen zeigte sich ein Bild der Verwüstung: Gebäude waren in sich zusammengestürzt. Blasen quollen daraus hervor.

»Was war denn das?«, stöhnte Grimper entsetzt und starrte auf den breiten Spalt, der unter ihnen im Meeresboden klaffte, und die ganze Unterwasserstadt durchzog.

»Das ist unser eigentlicher Feind«, antwortete Jake mit schwerer Stimme. »Eine gigantische Naturkatastrophe rollt auf uns zu. Sie wird den ganzen Planeten vernichten. Unseren und ihren.« Ein Blick nach hinten bestätigte ihm, dass Fanli und Maski nichts passiert war. Sie hatten die Energiekugel wieder im Griff.

Über ihnen wurde ein dunkler Schatten im Wasser sichtbar, dessen vertraute Form Jakes Herz klopfen ließ: die *FREDDY*.

Die Blase schwebte darauf zu und tauchte durch das äußere Tor in Hangar eins, wo in der Mitte eine Wand aus Energie das Wasser von einem luftgefüllten Teil trennte. Daran dockte ihr Gefährt an. An der Schmelzstelle entstand ein Ausstieg. Mit wackeligen Beinen stiegen sie aus, froh, den harten Hangarboden unter ihren Füßen zu spüren. Mit großen Augen blickten sie umher.

Jake fühlte sich wie zuhause angekommen, doch vermisste er das gewohnte Lärmen der Menschen in den Gängen. Er konnte es ihnen nicht verdenken, das Schiff verlassen zu haben. Sie hatten sich so sehr nach der Oberfläche gesehnt, obwohl dort schwarzer Ruß die Sonnen verhüllte und die Luft nach den schwefeligen Auswürfen des Vulkans stank. Das war immer noch besser, als in dunklen Höhlen oder hermetisch abgeschlossenen Räumen leben zu müssen.

Jake beschleunigte seinen Schritt und führte die Gruppe durch die Eingeweide des Schiffs. Schon von weitem vernahm er die mentalen Stimmen der Squids.

Sie stritten.

Jake nahm einen tiefen Atemzug und stieß die Tür zum Gemeinschaftssaal auf. Sechs Stühle bildeten einen Halbkreis vor der Scheibe zum wassergefüllten Teil des Saals.

Gura Limka sah sich verwundert im Raum um. »Wo sind nun unsere Gastgeber?«, fragte sie eisig.

Jake trat an die Scheibe und deutete auf die Squids, die beim Eintreten der Menschen still geworden waren. Sie schillerten und leuchteten in intensiven Farben. Ihre Diskussion musste emotional stark geladen gewesen sein. Einige schwammen näher an die Scheibe heran und musterten die Menschen eindringlich. Jake erkannte in der Menge Wate, der in freundlichem Dunkelblau leuchtete und ihm zunickte.

Rodhana, Grimper und Gura Limka blieben wie angewurzelt stehen.

Gura Limka fasste sich als Erste: »Soll das ein Scherz sein?«

Sie warf einen abfälligen Blick auf die kleinen Tiere. »*Das* sind also die Herren des Planeten?« Sie lachte hell auf. »Jake, du kannst nicht erwarten, dass ich das hier ernst nehme!«

Jake musste zugeben, dass die Oktoftewiltabinen ohne Auftauchzellen wenig imposant aussahen. »Sie sind es in der Tat, die euch unter mentaler Kontrolle gehalten haben.«

Ein schiefes Lächeln spielte um Gura Limkas Lippen. Ohne ein weiteres Wort setzte sie sich auf den nächstbesten Stuhl.

Jake musterte sie mit einem flauen Gefühl im Magen. Sie hatte verstanden und er konnte ihr ansehen, dass sie bereits wieder Pläne schmiedete.

Jota schwamm mit einem lässigen Tentakelschlag bis dicht an die Scheibe heran. »Sehr verehrte Menschen«, klang es höflich aus den Lautsprechern des Audiokonverters. »Ungewöhnliche Situationen verlangen ungewöhnliche Bündnisse. Ich bin Jota'kumulkappur, Hoher Primist der Oktoftewiltabinen, und möchte Sie herzlichst begrüßen. Nehmen Sie doch bitte erst einmal Platz, dann kann ich Ihnen unsere Delegation vorstellen.«

Sie bestand aus einem umfangreichen Konsortium aus Politikern, Militärs, Raumfahrtoffizieren, Wissenschaftlern und Ingenieuren. Die meisten zeigten ablehnende Hautschattierungen. Freundlichere Farbtöne fand Jake nur bei den Mantarokateeren. Die waren aber in hoffnungsloser Minderzahl.

»... und wegen der Dringlichkeit der Sache müssen wir alle zusammenarbeiten«, schloss Jota seine Ausführungen.

Rodhana und Grimper sahen aus, als hätten sie immer noch nichts begriffen. Gura Limka zeigte ihr Pokergesicht. »Sie haben uns also unter Hypnose gehalten?«, fragte sie mit neutraler Stimme. Jake konnte keinerlei emotionale Schwingungen darin bemerken, weder Vorwurf noch Ärger. Genau das machte ihn nervös.

Gura Limka stand auf und ging dicht an die Scheibe heran. »Beweisen Sie es mir!«

Jota schillerte unsicher. »Das können nur die Homidenbändiger.«

Gura Limka setzte ein überlegenes Grinsen auf. »Wir werden nicht kooperieren«, sagte sie kalt, wandte sich mit einem Ruck ab und nahm wieder Platz.

Jake biss verärgert die Zähne zusammen. Es war ein Fehler gewesen, Gura Limka mitzubringen. Aber wer sonst hätte die Kleristen vertreten sollen? Die meisten von ihnen waren sich noch nicht einmal bewusst, was mit ihnen geschehen war. Sie funktionierten wie Rädchen im Getriebe und hatten keinen Überblick über das Ganze. Vielleicht der Oberpriester, aber der war seit kurzem schwer erkrankt.

Glita hob einen Tentakel. »Ich könnte es tun.«

»Sie haben ungeahnte Talente, verehrter Kämmerer.« Jota leuchtete in fröhlichem Orange auf und wedelte auffordernd mit seinem Primärtentakel.

Glita entspannte seinen Körper, der einen satten Schwarzton annahm, und bekam starre Augen. Gleichzeitig machte Gura Limka ein erstauntes Gesicht.

Jakes Blick pendelte zwischen Gura Limka und Glita hin und her. Er konnte sich genau vorstellen, wie die fadenähnlichen Gedanken des Squids in das Gehirn der Kleristina eindrangen. Jake schauderte. Er konnte sich dagegen wehren. Andere nicht. Plötzlich schien ihn seine Körperkraft zu verlassen, auch die Gedanken rückten in weite Ferne. Mit Mühe hielt er sich in seinem Stuhl aufrecht. Was war denn auf einmal los mit ihm? War er krank? Er fuhr sich fahrig über die Augen. Oder übermüdet? Dabei hatte er heute Nacht gut geschlafen – vielleicht hätte er nicht so lange mit Myriam ...

Glita begann plötzlich, intensiv zu schillern, gleichzeitig zog ein Ausdruck des Schreckens über Gura Limkas Gesicht.

Glita leuchtete wie eine Glühbirne. Er deutete mit einem Tentakel auf Gura Limka. »Sie versucht, Doktor'jakedexterforresters PSI-Kräfte anzuzapfen«, erläuterte er, »und fast wäre es ihr gelungen, wenn ich sie nicht geblockt hätte.«

Er entließ Gura Limka aus seiner Mentalkontrolle.

Die Kleristina fiel in sich zusammen. »Ihr seid wahrhaftig die Meduse«, stöhnte sie. Nach einigen tiefen Atemzügen straffte sie wieder die Schultern. Ihre Augen flogen hin und her. Dann legte sich ein entschlossener Zug über ihr Gesicht. »Ich werde nur dann mit euch zusammenarbeiten, wenn ihr alle Kleristen aus der Hypnose entlasst.« Sie schob das Kinn vor. »Ein für alle Mal!«

Das mentale Protestgeschrei der Oktoftewiltabinen traf Jake gleichzeitig mit Rodhanas Forderung: »Die Kleristen müssen ganz weg!« Sie ließ ihren Blick über die Squids gleiten und deutete mit ihrem ausgestreckten Finger auf Gura Limka. »Wenn ihr *sie* entmachtet, könnt ihr mit *meiner* Unterstützung rechnen.«

Grimper sprang auf. »Und auch mit der der Sympathisanten!«

»Was erdreistet sich das Viehzeug?«, drang es aus den Reihen der Squids. *»Ersäuft das Pack!«*

Jake klatschte die Hände zusammen. »Ruhe! ... Leute ... Oktoftewiltabinen ... Ruhe, bitte!«

»Was spielst *du* dich so auf?«, fauchte Gura Limka. »*Du* machst mit *denen* gemeinsame Sache!« Sie deutete ärgerlich auf die Squids. »Glaubst du, ich habe es nicht bemerkt?«

Bevor Jake den Mund aufmachen konnte, fuhr ihn Rodhana an. »*Deshalb* gehorchen dir also die Adjutoren. Die gehören gar nicht den Kleristen, sondern *denen*!«

Jake hob abwehrend die Hände, da sprang Grimper auf und brüllte mit wutverzerrtem Gesicht: »Du Verräter! Verkaufst uns Menschen an diese Fische!«

Pedro schoss das Blut in den Kopf. Er sprang von seinem Stuhl auf und baute sich vor dem Bergmann auf. »Noch ein Wort und ich schlage dir die Fresse ein!«

»Du willst dich wohl auch zu unserem Herrscher aufspielen?«, brüllte Grimper zurück.

Petro holte aus und landete seine Faust mit solcher Wucht auf der Nase seines ehemaligen Vorarbeiters, dass der Mann rücklings über seinen Stuhl fiel. Gura Limka riss Pedro am Arm zurück. »Lass ihn in Ruhe. Es ist Jake, der einen Keil zwischen uns treiben will.«

Pedro schnaubte wie ein wütender Stier. »Du hast Myriam gefangen und gefoltert, du hast Jake zum Tode verurteilt! Beide sind meine Freunde!« Pedro ballte die Fäuste, doch als Rodhana ihre Hand auf seinen Unterarm legte, ließ er sie sinken. »Sie hat Recht, Pedro. Erst seit er aufgetaucht ist, haben uns die Kleristen aufs Korn genommen.«

»Das ist nicht wahr!« Pedros Blicke pendelten aufgebracht zwischen Rodhana und Jake hin und her.

Bei den Oktoftewiltabinen jenseits der Scheibe sah die Situation nicht besser aus: *»Mit solchen Kreaturen können wir nicht zusammenarbeiten.« »Die haben keinen Verstand.« »Sie sind gewalttätig und gefährlich.«*

»Aber wir brauchen sie!«, betonte Jota.

»Die dort jedenfalls nicht! Es gibt bessere Exemplare, solche, die wir kontrollieren können. Ich fordere eine Abstimmung! Ich bin dafür, wir eliminieren die dort und holen uns andere«, sagte ein rundlicher Oktoftewiltabine, seines Zeichens Vorsitzender des Großen Rates, und hob seinen Primärtentakel.

Die Mehrheit der Oktomajesten folgten seinem Beispiel.

Eliminieren.

Myriam stellte sich an Jakes Seite. Sie fühlte sich elend. Das hier lief völlig aus dem Ruder und sie gaben Jake die Schuld, obwohl er wohl der Einzige war, der die Tragweite der Situation wirklich begriff. »Ich glaube ihm«, rief sie in die hitzige Debatte hinein, doch keiner hörte hin.

Myriam blickte von einem zum anderen. Sie mussten etwas unternehmen! Eine globale Katastrophe raste auf sie zu und sowohl den Menschen als auch den Squids fiel nichts Besseres ein, als sich gegenseitig die Köpfe einzuschlagen.

Im Lautsprecher verschwammen die Squidstimmen zu einem unverständlichen Gedröhne. Myriam trat an die Scheibe. Die Tintenfische wirkten zornig und ignorierten sie völlig, aber Myriam fühlte sich zu ihnen hingezogen. Sie erinnerte sich, wie viel Spaß sie mit den Kindern von Wate'medaludes gehabt hatte. Sie vermisste sie, so wie sie auch ihre Geschwister und die anderen Kinder ihrer Heimat vermisste. In den Höhlen hatte es kaum Kinder gegeben und sie hatte keine Zeit gefunden, sich mit ihnen anzufreunden. Die Letzten waren die kleinen Tintenfische gewesen. Myriam nahm sich ein Herz und klopfte an die Scheibe.

»Hallo«, rief sie. »Ist Wate'medaludes bei euch?«

Augenblicklich wurde es still im Lautsprecher. Alle Squids sahen sie verblüfft an. Einer kam herbeigeschwommen. Er sah aus wie alle Anderen, aber Myriam wusste sofort, dass er der Gerufene war.

»Hallo!«, sagte sie schüchtern. »Es ist schön, Sie wiederzusehen. Es ist schon eine ganze Weile her, dass ich bei Ihnen gewohnt habe.«

»Ich habe dich nicht vergessen, Myriam'roslinabjörnsvenkerson.«

»Ich wollte mich nur einmal erkundigen, wie es Ihrer Frau geht, Tenkaku... ku...«

»Tenka'kulinassa.«

»Ja! Und den Kindern. Was macht Fanli'belzurili? Und Wusel'poppelates? Ist er schon etwas gewachsen? Verpetzt Hima'susulina immer noch alle?«

Wate blubberte, was der Audiokonverter als Lachen übersetzte. »Sicher tut sie das noch immer. Wir können ihr das einfach nicht abgewöhnen. Fanli hat ihre erste Anstellung als Navitronikeranwärter und Wusel hat an jedem Tentakel zwei neue Saugnäpfe bekommen.« Orangefarbene Funken blitzten auf seiner Haut auf und er saugte sich mit einem Tentakel an der Scheibe fest.

»Das ist aber schön!« Myriam lächelte ihn an und fuhr sich mit der Hand durchs Haar. »Ich würde die Kinder gerne einmal wiedersehen. Vielleicht nach der Sitzung? Ich hoffe, wir verstehen bald alle, dass unserer aller Leben in Gefahr ist.«

»In der Tat, das ist es. Du bist eine bemerkenswerte Homidin.« Wate warf ihr einen ernsten Blick zu.

Erst jetzt bemerkte Myriam, wie still es geworden war. Die Squids leuchteten nicht mehr so aggressiv und Grimper stand mit blutender Nase schweigend hinter seinem umgefallenen Stuhl. Auch Gura Limka und Rodhana starrten mit offenem Mund abwechselnd auf den Lautsprecher unter der Decke und auf den Tintenfisch jenseits der Scheibe.

»Na, dann will ich nicht weiter stören«, sagte Myriam leise und zog sich zurück. Jake trat neben sie und legte ihr lächelnd den Arm um die Schultern. »Das hast du gut gemacht«, flüsterte er ihr ins Ohr.

»Mit denen kann man ja reden, wie mit Menschen!«, stellte Rodhana erstaunt fest.

Jake wandte sich ihr zu und sah sie mit ernstem Gesichtsausdruck an. »Sie waren es, die dir ein neues Bein geschenkt haben.«

»*Die?*« Rodhana bekam große Augen. »Ich dachte, es wären die Adjutoren gewesen!«

Jake schüttelte bedächtig den Kopf. »Die *sind* die Adjutoren. Was aussieht wie Roboter, sind ihre Gefährte, mit denen sie sich an Land bewegen.«

Die Anführerin der Insurgenten starrte einen Moment auf die Squids hinter der Scheibe. Dann stellte sie sich aufrecht hin. »Weil sie mich geheilt haben, werde ich mit ihnen zusammenarbeiten, aber nur so lange, bis die Gefahr vorüber ist. Danach sprechen wir weiter!«

Jake blickte auf Gura Limka.

Die verzog keine Miene. »Solange sie aus meinem Kopf draußen bleiben, werde ich kooperieren.«

Jota erhob sich von seinem Hocker und schillerte in imposantem Purpur. »Kraft meines Amtes als Regierungschef mache ich von dem Notfallrecht Gebrauch und versammle alle Oktoftewiltabinen und Menschen unter mein Kommando. Rettet Nitsituaan!«

127

Im Sitzungssaal des Kleinen Rates spürte Wate die entsetzten Blicke der anwesenden Raumpiloten, Wissenschaftler und Militärs wie brennende Stacheln auf seiner Haut.

»Wenn ich Sie richtig verstehe, geschätzter Wate'medaludes, dann wollen Sie etliche schwarze Löcher nur wenige Lichtjahre vor Nitsituaan erzeugen?« Die Farben auf der Haut des Leiters der Raumverbände, Swallu'ketallantes, oszillierten zwischen Fassungslosigkeit und Unglauben. *»Nicht nur, dass sie eine unmittelbare Gefahr für unseren Raumverkehr darstellen, sie werden uns langfristig vernichten!«*

Einer der Wissenschaftler wedelte erregt mit seinen Tentakeln. *»Wir können schwarze Löcher weder aufhalten noch ihre Bahn beeinflussen!«*

»Nitsituaan und die umliegenden Sonnensysteme werden langsam in ihren Sog geraten und verschluckt werden. Wie wollen Sie das verantworten?«, sagte ein anderer.

Wenn Wate eins auf die Nerven ging, dann waren es diese kraftraubenden Ringkämpfe um das bessere Argument, in die ihn die Wissenschaftler immer wieder hineinziehen wollten. Die Zeit drängte und diese Fachidioten ergingen sich in intellektueller Selbstdarstellung. Es fiel ihm zunehmend schwer, sachlich zu bleiben. Er fächelte sich mit seinen Kiemendeckeln Kühlung zu und zwang sich zu einem entspannt wirkenden, dunkelblauen Farbton, bevor er antwortete. *»Meine geschätzten Oktomajesten. Ich gebe Ihnen vollkommen Recht. Aber sie werden uns Zeit verschaffen.«*

»Zeit! Zeit!« Der imposante Oktoftewiltabine des Koordinationsstabs blähte sich auf wie ein Kugelfisch. *»Wie lange bleibt uns noch?«*

»Nach unseren Berechnungen noch 152 Tage, drei Stunden, elf Minuten und dreiundzwanzig Sekunden«, antwortete der Vorsitzende des Wissenschaftlichen Rates.

»Theoretisch.« Wate erhob sich von seinem Sitz. *»Aber die Vorboten werden Nitsituaan bis dahin längst zu einem unbewohnbaren Lavabrocken verwüstet haben. Wir müssen handeln. Umgehend!«*

Swallu'ketallantes lehnte sich zurück und ließ seine Tentakel dirigistisch auf- und abschwingen. *»Bester Wate'medaludes. Ich halte Ihr Engagement in löblichen Ehren, muss aber ausdrücklich betonen, dass Ihr unmäßiger Nachdruck fehl am Platz ist: Weder Homiden noch Schiffe sind einsatzbereit, und Bomben müssen auch noch in ausreichender Zahl hergestellt werden.«*

Jetzt verlor Wate endgültig die Geduld. Sein Körper erstrahlte in einem roten Blitzlichtgewitter. *»Wir kämen, beim Grumpfalg, sehr viel schneller voran, wenn von hier aus klare Vorgaben gemacht und entsprechender Druck auf die Entscheidungsträger ausgeübt würden!«*, fauchte er.

Der Wissenschaftler begann, fast unmerklich auf seinem Hocker hin- und herzurutschen. *»Wir warten auf die Entscheidung der Regierung. Unsere Aufgabe ist es, die Tatsachen zu analysieren und beratend Vorschläge zu unterbreiten. Da es, wie Sie selbst wissen, um die Existenz unserer Spezies geht, können, ja, dürfen wir uns keine Fehler erlauben!«*

Wate blies Wasser durch seine Kiemen. Ruhe bewahren und die kleine Unsicherheit seines Gegenübers nutzen. *»Ich verstehe, dass die Aussicht, in der Nachbarschaft schwarzer Löcher zu leben, von einem unangenehmen Gefühl begleitet wird. Wie lange wird es dauern, bis sie Nitsituaan vernichten werden? Hundert Zyklen? Tausend? Große Katastrophen erfordern große Lösungen und mutiges Handeln. Wie diese jetzt. Eine Herausforderung, die wir bestehen können, das haben wir schon bewiesen. Wir werden auch eine Lösung finden, um die Gefahr abzuwenden, die durch die schwarzen Löcher entsteht.«* Es war beinah andächtig still geworden im Raum und Wate spürte ein warmes Gefühl in sich aufsteigen, in das sich doch bald die Befürchtung einschlich, sich etwas zu weit vorgewagt zu haben.

Swallu'ketallantes' kalte Dusche folgte umgehend. *»Große Worte, bester Wate'medaludes, aber bloß Worte.«*

Wates Haut funkelte. *»Besser als 152 Tage, drei Stunden, elf Minuten und soundso viel Sekunden tatenlos herumzutreiben!«*

»152 Tage, drei Stunden, sechs Minuten, vier Sekunden«, verbesserte der Wissenschaftler kühl und nahm dann den Blick von der Zeitanemone.

128

Jake erwachte mit einem brennenden Gefühl im Magen, als ob sich ein bösartiges Geschwür hineinfraß. 1743 Raumschiffe standen zur Verfügung. Zu wenige, um das Ausbreiten der Kante mit einem Schlag stoppen zu können.

Jake warf die Decke beiseite und richtete sich auf seinem Feldbett auf. Er fuhr sich mit den Fingern durch die Haare. Drei Stunden Schlaf war besser als gar keiner. Er schlüpfte in die Stiefel und schlich im Schein matter Orientierungslichter an zahllosen Reihen schlafender Menschen vorbei Richtung Kantine, deren Eingang sich durch scharfe Linien hellen Lichts in der dunklen Wand abzeichnete.

Der erste Schluck Kaffee rollte heiß die Speiseröhre hinunter und breitete sich im Magen wie Salpetersäure aus. Jake schüttete den Rest des Tasseninhalts angewidert in den Ausguss und warf einen Blick zur überdimensionalen Uhr an der hinteren Wand. Noch eine viertel Stunde bis zum Beginn des Trainings. Jake schnürte die Stiefel und wandte sich dem Ausgang zu.

Draußen war der Himmel dunkel. Nur über der gezackten Silhouette der Berge zeigte sich ein dünner, dunkelroter Streifen. Davor hoben sich die verbleibenden Türme des Kathedoms schwarz gegen das Feuer der Lavaströme ab. Drei, die noch standen. Aber wie viele Erdstöße würden sie noch überstehen? Die Squids hätten auch diese Gebäude mit Energiefeldern stabilisieren können, aber es gab Wichtigeres zu tun.

Die Werftanlagen lagen im gleißenden Scheinwerferlicht. Blinzelnd bahnte sich Jake einen Weg durch das hektische Gewühle aus Arbeitern, Kleristen und Adjutoren. Die Luft roch nach Schweiß und Stress. Im Hintergrund glänzten massige Schiffskörper in den Flutlichtern der überfüllten Docks. Unzählige mehr warteten auf See, die Jake als kleine Lichtpunkte bis weit hinaus aufs dunkle Meer sehen konnte. Sie alle mussten für den Einsatz umgerüstet und mit LdG-Tastern versehen werden.

Über den Arbeitslärm hörte Jake die mechanische Stimme eines Adjutoren. »Wenn ihr dummen Homiden immer so lange braucht, werden wir alle verrecken!«

Das hatte ihm gerade noch gefehlt! Jake rannte alarmiert auf die wachsende Ansammlung zorniger Menschen zu.

»Ich lasse mich doch von so einem Fisch wie dir nicht beleidigen!«, schrie ein stämmiger Mann und gab dem Adjutor einen heftigen Tritt.

Der Waffenarm des Adjutors hob sich.

Die Menschen brausten auf.

»Halt!«, schrie Jake und arbeitete sich mit den Ellenbogen durch die Menge. Seit die Waffen der Auftauchzellen deaktiviert worden waren, hatten die Menschen keine Angst mehr vor den Maschinen. Es kam häufig zu Auseinandersetzungen. Der Squid in seiner Auftauchzelle fluchte.

Mit Jake erreichte eine Gruppe Ordnungshüter in grünen Uniformen die Szene. Wie ein Keil schoben sich die bulligen Männer und zwei Squids in ebenfalls grün gestrichenen Auftauchzellen zwischen die Streitenden. Jake entspannte sich.

»Ruhe, Leute!«, donnerte Grimper mit mächtiger Stimme. Ohne seine gewohnte Bergmannskleidung kam er Jake fremd vor, doch ließ die enganliegende Uniform seine gewaltigen Muskeln beeindruckend zur Geltung kommen.

»Verdammter Aufpasser!«, brüllte der Stämmige, wich aber einen Schritt zurück.

»Nun mach aber halblang!«, knurrte Grimper und baute sich vor ihm auf. »Wenn du die Kleristen zurückhaben willst, brauchst du es bloß zu sagen. Ich bin einer von euch! Hast du das vergessen?«

»Aber der da hat uns schon wieder wie Dreck behandelt!« Der Mann warf einen verachtungsvollen Blick auf den Adjutor, der von seinen Kollegen in Grün fortgeschoben wurde.

»Nun beruhige dich erst einmal. Auch denen gehen gelegentlich die Nerven durch.« Grimper wandte sich an die umstehenden Leute. »Habt ihr gehört? Kehrt zurück zu eurer Arbeit. Ihr wisst doch alle, was auf dem Spiel steht!«

Als Jake das Foyer der Trainingshalle erreicht hatte, lief ihm Pedro entgegen. »Gab es wieder Krawall?«

Jake nickte. »Sie sind wie Feuer und Wasser, wenn sie aufeinandertreffen.«

Pedro machte ein ernstes Gesicht. »Etwas Dampf könnten wir schon gebrauchen. Dani sagt, wir sind mit der Produktion hinter dem Zeitplan.«

Jake beschleunigte den Schritt. »Können wir die Schichten verstärken?«

»Mit wem denn? Selbst das Kontingent an Frauen ist ausgeschöpft.«

»Ich dachte da an Kleristen.«

Pedro pfiff durch die Zähne. »Dann viel Spaß! Seit der Ordnungs- und Schutzdienst den Sympathisanten übertragen wurde, steht Gura Limka unter Druck wie ein alter Kessel. Und dann ist da noch die Sache mit dem heutigen Training ...«

»Das ist ihr Problem!« Jake stieß die Tür zur Übungshalle auf und trat in das Stimmengewirr.

Augenblicklich wurde es still. Kleristen, Adjutoren und die sorgsam ausgesuchten Trainees richteten ihre Blicke auf Jake. Gura Limka, Rodhana und ein Adjutor lösten sich aus der Meute und schossen auf ihn zu.

»Das ist eine Verletzung unseres Abkommens!«, riefen Gura Limka und Rodhana wie aus einem Mund. Sie warfen sich gegenseitig vernichtende Blicke zu. Gura Limka holte Atem, als ob sie Jake an die Wand blasen wollte, doch Rodhana kam ihr zuvor: »Wir lassen uns von den Kleristen nicht herumkommandieren!«

Gura Limka schob sich mit hochrotem Kopf dazwischen und fuchtelte mit dem Zeigefinger in Richtung des Adjutors. »*Die* wollen uns wieder übernehmen!«, schnaubte sie.

Aus dem Lautsprecher des Gefährts drang ein Zischen, das Jake an eine Espressomaschine kurz vor dem Explodieren erinnerte. Durch die unverblendete Kuppel erkannte er Jota, der vor Wut rot blitzte.

»Ruhe!«, gebot Jake mit schneidender Stimme. Er hatte diese ewigen Zankereien satt. Er ging langsam auf Gura Limka zu.

Sie wich einen Schritt zurück.

»Hast du eine bessere Idee, um uns das Wissen der Squids in der noch verbleibenden Zeit zu vermitteln?«

Sie öffnete den Mund, sagte aber nichts. Dann schüttelte sie langsam den Kopf.

Bestimmt hatte sie an Lernmaschinen gedacht, aber davon geb es bei weitem nicht genug. Jake wandte sich Rodhana zu und bohrte seinen Blick in ihre Augen. »Wie sollen die Squids den Leuten den Zusammenbau der Bombe demonstrieren? Dazu braucht es menschliche Gliedmaßen, Hände und Finger. Was soll daran *Herumkommandieren* sein, wenn sie es mithilfe der Körper der Kleristen tun?«

Rodhanas Kiefermuskeln spannten sich.

»Schick die Leute an ihre Plätze.« Jake atmete durch und bemühte sich um einen ruhigen Tonfall. »Wir haben schon viel zu viel Zeit verloren. Pedro wird dir helfen.«

Rodhanas Nasenflügel bebten, aber dann nickte sie steif.

Pedro schaute sie besorgt an. Sie schüttelte kaum merklich den Kopf und zog den Mund zu einem schiefen Grinsen. »Das muss der Stress sein«, sagte sie. »Nimmt manchem den Verstand.« Dabei warf sie Gura Limka einen giftigen Blick zu. Die wollte auffahren, doch Jake fasste die Kleristina hart ins Auge. »Noch ein Wort: Wir brauchen mehr Arbeiter auf der Werft. Kräftige Hände, geführt von dem Wissen der Squids, wenn du weißt, was ich meine!«

Gura Limka nahm die Haltung einer Königin ein. »Ich stelle dir und den Squids ausnahmsweise meine Leute zur Verfügung«, sagte sie huldvoll, wandte sich ab und ging erhobenen Hauptes zu den wartenden Kleristen.

»Mann, ist die angepisst«, bemerkte Pedro und verschränkte die Arme. »Die würde ich im Auge behalten.«

129

Nur noch vierzig Tage Zeit. Wahrscheinlich weniger. Unter dem rauchverhangenen Himmel sah die Skyline der Stadt wie ein riesiger Schutthaufen aus. Seit Tagen hatte kein Sonnenstrahl den Weg bis zum Erdboden gefunden. Dauernde Dunkelheit und Kälte kontrastierten mit dem roten Licht in den Bergen, wo Nitsituaan in einer Art Todeskampf immer neue Vulkane aufwarf. Die gesamte menschliche Bevölkerung drängte sich in den Werft- und Hafenanlagen, die die Squids mit Energieschildern sicherten.

Heute war es so weit.

Ein kalter Wind blies schwarzen Staub über die Rampe des Hafengebäudes.

Jake gab Myriam einen Kuss und löste sich aus ihrer Umarmung. Er strich ihr über den runden Bauch. »Pass auf ihn auf.«

Myriam sah ihm entschlossen in die Augen. »Du wirst es schaffen.«

Björn legte einen Arm um Myriam, mit dem anderen drückte er Roslina an sich. Wie alle Gefangenen war sie nach dem Inkrafttreten des neuen Einvernehmens entlassen worden. Björn sah Jake mit ernster Miene an. »Viel Glück, mein Junge!«

Jake nickte.

Es gab kein Zurück mehr.

Er spürte das Zittern unter seinen Füßen. Bald würde das nächste Beben Nitsituaan erschüttern. Jake wandte sich der Rampe zu, Myriam, Björn und Roslina eilten zurück in die Sicherheit der Gebäude. Jake sah sich noch einmal nach ihnen um. Myriams Gestalt, ihre grazilen Bewegungen, ihr langes Haar, das wie ein Banner flatterte – er saugte das Bild förmlich in sich auf, so als ob er verhindern wollte, es je zu vergessen.

Wie aus dem Nichts tauchte Gura Limka auf und stellte sich den Dreien in den Weg. Jake schoss das Adrenalin in die Adern. Wenn die nicht wieder eine Gemeinheit plante. Ich sollte bei Myriam bleiben, fuhr es ihm in den Sinn. Jede Faser seines Körpers wollte zu ihr.

Ein Schlag auf die Schulter riss ihn aus seinen Gedanken. »Na? Heute ist unser großer Tag, Amigo!« Pedro grinste. »Bist du bereit, die Welt zu retten?«

Jake biss die Zähne zusammen. Er suchte nach Rodhana und fand sie im Gespräch mit Kotlack und Marjella nicht weit von Björn entfernt. Sie würden Gura Limka in Schach halten können. Jake nahm einen tiefen Atemzug. »Es ist an der Zeit.«

Er hob den Arm. Gura Limka und Rodhana kamen herbei. Flankiert von den beiden Anführerinnen ging er bis zum Ende der Rampe. Unter ihm standen Menschen auf dem von Flutlichtern beleuchten Hafenplatz in Reih und Glied. Viertausendzweihundertundfünf. Die Auserwählten für die Mission. Arbeiter und Kleristen gleichsam. Dahinter standen die

Auftauchkapseln, besetzt mit den Commandern der Raumschiffe, und am Rande des Feldes parkten Beiboote jeder Größe und Gestalt, bereit, die Menschen aufzunehmen. Im Hintergrund rauschte die Brandung und auf dem Meer lagen Tausende von Schiffen.

Kalter Wind fuhr Jake in die Haare, als er sich nach Regierungschef Jota und General Zukla umsah. Die beiden schwebten mit ihren Auftauchzellen die Rampe herauf.

»Das ist das imposanteste Aufgebot, das ich je gesehen habe«, sagte Zukla.

»Etwas ungewohnt, die Flotte nicht von der Raumbasis starten zu lassen«, bemerkte Jota.

»Na, wir müssen ja die ganzen Homiden verladen«, erwiderte der General. *»Wenn Sie bereit sind, Hoher Primist, gebe ich das Zeichen zum Beginn des Einsatzes.«*

»Einen Moment, bitte.« Jake wandte sich Zukla zu. *»Ich würde gerne ein paar Worte an die Leute richten.«*

Der schillerte erstaunt. *»Sie haben doch bereits alle Anweisungen erhalten.«*

»Ich will ihnen einen Pep-Talk geben.«

»Nie davon gehört. Na gut. Aber machen Sie kurz.«

»Vielen Dank, General.« Jake trat vor und breitete die Arme aus. »Menschen und Oktoftewiltabinen«, rief er. Lautsprecher verstärkten seine Stimme über den ganzen Platz. Er hob die Hand und deutete zum Himmel. »Die Natur hat sich aufgebäumt und schickt eine gewaltige Welle der Vernichtung durch die Milchstraße. In wenigen Wochen wird sie uns erreichen und jegliches Leben auslöschen. Einige glauben, es sei die Strafe der Meduse. Sie wollte uns zeigen, wie klein wir sind. Und da ist etwas Wahres dran: Wir sind klein und unbedeutend, solange wir wie einzelne Sandkörner im Meer treiben. Doch vereinen wir uns, so werden wir wie Felsen die Wogen brechen. Heute ist ein historischer Tag. Zum ersten Mal in der Geschichte unserer Galaxis stehen zwei grundverschiedene Spezies zueinander und bieten der Natur die Stirn. Unser gegenseitiger Respekt schmiedet uns zusammen und unsere verschiedenen und jetzt vereinten Fähigkeiten machen uns stark. Heute ziehen wir aber auch gemeinsam gegen einen Feind, der in uns selbst liegt: Verachtung, Ausbeutung und Dünkel. Die letzten Monate haben uns gezeigt, dass wir die Probleme meistern können. Wir haben zusammengearbeitet, haben die Werkzeuge geschaffen, um die Katastrophe zu bekämpfen. Ich kann nicht versprechen, dass alle von uns zurückkehren werden. Aber wir werden uns dem Inferno entgegenwerfen, wir werden es aufhalten!« Jake spürte eine unbändige Kraft, die ihn aus der Mitte seines Körpers heraus wie Feuer erfüllte. Er hob die Arme und stieß sie mit geballten Fäusten in die Luft. Seine Stimme tönte wie Donnerhall über den Platz: »Für unsere Kinder und Kindeskinder!«

Der Funke sprang auf die Menschen über. »Für unsere Kinder und Kindeskinder!«, wiederholten sie.

»Für Oktoftewiltabinen und Menschen!«, rief Jake.

»Für Oktoftewiltabinen und Menschen!«, brüllte die Menge.

Jake wies auf das Meer. »Geht nun zu euren Schiffen. Es wird verdammt rau werden. Angst wird unseren Mut auf eine harte Probe stellen. Aber Tod und Teufel sollen uns nicht bekommen. Möge die Kraft des Lebens mit euch sein! Hukku Araka Thoh!«

Die Menschen griffen den Schlachtruf auf. »Hukku Araka Thoh!« Sie tobten, wie es Jake nur auf den Stadionrängen im Finale der Football League erlebt hatte, und stampften im Takt mit den Füßen, dass der Boden zitterte. »Hukku Araka Thoh!« Jake spürte ihre wilde Kraft und Entschlossenheit. Die Squids hatten sie nicht herauszüchten, und die Kleristen hatten sie nicht brechen können. Hukku Araka Thoh!

»Ihr seid eine kriegerische Spezies«, übermittelte Zukla. Jake sah, dass er vor Furcht lila leuchtete.

»Es ist das Leben selbst, das aus ihnen herausschreit, General. Es wird sich durch nichts zerstören lassen. Weder durch Feind noch durch Naturgewalten.«

»Dann möchte ich nicht euer Feind sein.«

»Im Moment sind wir durch die gemeinsame Gefahr vereint. Wenn sie gebannt ist, müssen wir …«

»Wir werden die Verhandlungen aufrechterhalten«, fiel ihm Jota ins Wort. *»Wir sind auf dem richtigen Weg und wir werden ihn weiter verfolgen.«* Seine Haut schillerte in zuversichtlichem Blau.

Gura Limka ließ ihre Blicke zwischen Jake und den aufgewühlten Menschen pendeln. Ihre Miene verriet nicht, was sie dachte. Rodhana hingegen sah Jake bewundernd an. »Du hast Talent, Doktor«, sagte sie, drehte sich mit einem eleganten Hüftschwung um und ging die Rampe hinunter, wo sie sich unter den Ausgewählten einreihte.

Jake sah ihr verständnislos nach. »Aber …«

»Sie ist für Einheit GLBW3904D eingeteilt«, erläuterte Zukla.

»Ich dachte, sie bliebe hier!«

»Sie hat darauf bestanden. Und nachdem sie alle Voraussetzungen erfüllt …«

Jake starrte Zukla wie einen Alien an. All die Kraft, die er gerade noch gespürt hatte, schien in den Boden zu sinken. Wer sollte dann Gura Limka in Schach halten?

»Jake!« Pedro eilte mit besorgtem Gesichtsausdruck herbei. Sein Blick wich nicht von Rodhana, die sich mit den anderen zum Boarden bereitmachte.

Jake ließ die Luft aus den Lungen und zuckte mit den Achseln. »Sie hat schon immer getan, was sie wollte.«

»Aber dort draußen ist es lebensgefährlich!«

»Würde dich das abhalten?«

Pedro presste die Kiefer zusammen. Bedächtig schüttelte er den Kopf. »Aber gefallen tut es mir nicht.«

»Mir gefällt vieles nicht«, murmelte Jake und ließ seinen Blick erst über den schwarzen Himmel schweifen, und dann über die Zuschauer, die sich in den Straßen und auf Gebäudedächern drängten. »Hukku Araka Thoh!«, feuerten sie die Auserwählten an, die langsam in den wartenden Beibooten verschwanden.

Jake wandte sich an Jota. »Wir sollten sehen, dass wir die Schiffe so schnell wie möglich in die Luft bekommen, damit Sie den Schutzschirm vor dem nächsten Beben wieder über die Hafenanlagen legen können.«

Kaum hatte er geendet, warf ihn ein Erdstoß aus der Balance. Alarmsirenen setzten ein. Leute rannten hektisch auf dem Gelände herum. Adjutoren flitzten umher und kontrollierten die Stabilisierungsfelder der Gebäude.

Auf einmal wurde Pedro blass und deutete entsetzt aufs Meer, das sich am Horizont wie eine Wand aufbäumte. »Tsunami«, schrie er.

Jake rannte los. Die Sohlen seiner Stiefel trommelten im Stakkato die Rampe hinunter und über den Platz, wo die Auserwählten zu ihren Beibooten hetzten. Die Ersten waren bereits in der Luft, andere starteten. In Jakes Ohren rauschte das Blut. Er fixierte seinen Blick auf das winzig erscheinende Boot am Rand des Platzes, das er so gut kannte: FRED0Y94X-72a-B4, umgebaut wie die beiden vorherigen. Dahinter stieg das Meer und trieb eine dichte Woge startender Schiffe wie einen Schwarm aufgeschreckter Möwen vor sich her. Erst in sicherer Höhe nahmen die Raumschiffe ihre Wartepositionen ein.

Obwohl Jake dem Beiboot näher kam, schien es vor der wachsenden Welle immer kleiner zu werden. Jetzt wünschte er sich einen Squidpiloten am Steuer seines Boots. Der könnte ihm die Zeit für die Startvorbereitung sparen. Der Platz vor ihm leerte sich. Menschen kletterten in Beiboote, Beiboote starteten und schossen ihren Mutterschiffen zu.

Jake fixierte seinen Blick auf die offene Luke, die aus der Entfernung zunächst wie ein kleiner Schatten an der Außenwand wirkte, zu einem dunklen Loch anwuchs, bis sich darin Konturen abzeichneten: Metallwände, Konduitverschalungen, Kontrollpaneele. Jake stürzte in den Gang. Hinter sich hörte er Pedro schnaufen wie ein Walross. Im Zentralgang nach links, durchs Schott geduckt. Noch während er sich in den Pilotensessel zwängte, aktivierte er die Notstartsequenz. Im Zischen der sich schließenden Luken schwoll das Summen des hochfahrenden Reaktors an. Jakes Finger tanzten über die Kontrollen. Anzeigen flackerten zum Leben, auf dem Hauptmonitor türmte sich das Meer auf. Jake riss das Steuerhorn zurück und schob die Antriebshebel nach vorne. Der schäumende Wellenkamm auf dem Monitor sank nach unten weg und machte dunklen Wolken Platz.

»Madre Mia«, keuchte Pedro und ließ sich schwer in den Copilotensitz sinken.

Jake nahm den Blick nicht vom Radarschirm, auf dem Flugobjekte wie ein Mückenschwarm wimmelten. Mit heftiger Steuerbewegung wich er einem anderen Beiboot aus. »Kannst du nicht aufpassen, verdammter

Krake!« Er stieß geräuschvoll die Luft aus den Lungen. »Pedro, wie sieht's unten aus?«

Der ließ den Blick nicht von den Monitoren. »Land unter. Der Tsunami hat die gesamte Küste überrollt und rast auf die Stadt zu«, antwortete er gepresst.

Jake flog ein weiteres Ausweichmanöver. »Die Schirme der Squids sind dick wie Panzerglas. Irgendwelche Notsignale?«

»Nur Rauschen. Jake, hoffentlich sind sie nicht ertrunken!«

Jake spürte ein Zucken im Augenlid. »Unsere Freunde werden sich darum kümmern.« Er schalte auf die Frequenz vom Schiff. »Wate, was ist in Njamingloh los?«

»Wähle dich in den Verkehrscomputer ein und geh auf automatische Steuerung. Du störst den Flugbetrieb.«

»Ich hasse Autopiloten, und wenn ich nichts zu tun bekomme, platze ich!«

»Ich schicke dir einen Leitstrahl. Der Computer wird dann den restlichen Verkehr darauf abstimmen.«

»Was ist mit Myriam und den anderen?«

»Es gab Probleme, aber ich habe keine Einzelheiten.«

Jake klammerte die Hände um das Steuerhorn. »Wie schlimm?«

»Unsere Hilfstruppen können erst rein, wenn sich das Meer beruhigt hat.«

Jake unterdrückte einen Fluch. »Sag Bescheid, sobald du etwas erfährst.«

Nur mit eisernem Willen gelang es ihm, sich auf die Anzeigen des Leitstrahls zu konzentrieren und das Beiboot durch den Luftverkehr zu steuern. Seine Hände schwitzten wie bei seinem ersten Instrumentenanflug auf den New Yorker JFK-Airport zur Rushhour.

Kaum hatte er das Beiboot im Hangar von der *FREDDY* aufgesetzt, kontaktierte er Wate. *»Gibt es Neuigkeiten?«*

»Nein.«

Jake fluchte. Für eine Hilfsaktion blieb keine Zeit.

130

An Bord der *FREDDY* befand sich der strategische Stab, darunter General Zukla und Oberst Swallu'ketallantes, seines Zeichens Befehlshaber der Raumverbände. Daneben beherbergten die ausgedehnten Lufträume im Bauch des Schiffs ein Kontingent qualifizierter Ersatzhomiden. Ein Umstand, der Wate Sorgen bereitete: Es gab nicht genug von ihnen für alle Raumschiffe. Bei Ausfällen, und die würde es geben, musste er den Ersatz liefern – und das über eine Fläche mit einem Radius von fünftausend Lichtjahren!

Im Versammlungsraum herrschte bereits aufgeregte Betriebsamkeit. General Zukla lenkte mit einem Tentakelschlag die Aufmerksamkeit auf sich. *»Geschätzter Swallu'ketallantes, haben Ihre Schiffe die Koordinaten ihrer Einsatzquadranten?«*

»Sie glauben nicht, bester General, wie froh ich bin, überhaupt alle in die Luft bekommen zu haben. Und ich rede jetzt nicht von dem Seebeben – einige der hohen Regierungsmitglieder haben mir für die diskrete Nutzung einiger der schnelleren Raumkreuzer ... ahem ... lukrative Angebote unterbreitet. Andere drohten.«

»Haben Sie Jota davon in Kenntnis gesetzt?«, fragte Zukla streng.

»Ich kenne meine Pflicht, werter General! Doch muss ich unter den gegenwärtigen Umständen beobachten, dass so manchem Tinte entfleucht.«

»Das ist keine Entschuldigung! Was halten Sie von den Homiden?«

»Es ist ein Fehler, sie nicht, wie gehabt, zu konditionieren!« Er leuchtete in skeptischem Gelbgrün. *»Freier Wille! Sie werden kneifen und uns im Stich lassen!«*

»Die Homiden wissen, worum es geht. Wenn sie versagen, sterben sie genau wie wir.«

»Bauen Sie etwa auf ihre animalischen Instinkte?«

»Ganz im Gegenteil«, schaltete sich Wate in die Unterhaltung ein, *»darauf, dass sie sie überwinden.«*

»Sie sind ein Philosoph, verehrter Commander.«

Der winkte ab. *»Ich bin bereit zum Start ins All.«*

»Worauf warten wir noch?« Zukla wandte sich zum Kommunikationsmonitor, blies noch einmal Wasser durch die Kiemen und sprach in die Funkanlage: »An alle Schiffe: Aufbruch minus acht Sekunden. Countdown läuft.«

Wie eiserne Kraken hingen sie in tausend Meter Höhe über dem Meer: 1743 Schiffe aller Klassen und Größen. Alles, was Überlichtantrieb besaß, war dabei, um sich der vernichtenden Katastrophe entgegenzuwerfen.

Langsam und präzise, wie die Rädchen einer Uhr, drehten sie gleichzeitig ihre Nasen in den Himmel, begannen zu steigen und durchbrachen die schwarzen Wolken. In den Herzen der Besatzungen nagte die Ungewissheit. Würden sie jemals wieder zurückkehren?

131

Jake wanderte durch die kalten Gänge des Schiffs, bis endlich Nachrichten von Nitsituaan eintrafen: Die Energieschirme der Squids hatten die meisten Menschen vor dem Tsunami schützen können. Myriam war unter den Überlebenden. Er ließ sich aufs Bett seiner Kabine fallen und starrte zur Decke. Eine Sorge weniger. Aber vor ihm tat sich ein dunkler Abgrund auf: die Kante, eine multidimensionale Hyperschockwelle.

Nach einem Flug von nur drei Tagen erreichten die Schiffe ihre Einsatzposition. Jake begab sich zum Versammlungsraum, der zur Zentrale des Oberkommandos umfunktioniert worden war, und nahm an der Scheibe Platz. Wandhohe Hologrammfelder zeigten die Positionen der Raumschiffe, laufende Messergebnisse und simultane Auswertungen. Jake starrte auf die dreidimensionale Darstellung des Lymellenmediums, das aus den Daten der LdG-Taster sämtlicher Schiffe errechnet wurde. Es endete an der Kante, die rasend schnell auf sie zukam. Jake spürte das gleiche Grauen wie vor wenigen Monaten, als er zum ersten Mal mit dieser elementaren Urkraft konfrontiert worden war, die alles fraß, was in ihrer Bahn lag. Dahinter nichts. Zumindest nichts, was selbst die Squids mit ihrer fortschrittlichen Technologie messen konnten. Keine Materie, keine Energie.

Ursuppe. Präplasma. Gott.

Jake schüttelte gedankenverloren den Kopf.

Aber die Physik, der Raum und die Zeit waren nicht zerstört worden. Sonst hätte er damals nicht von der anderen Seite zurückkehren können. Eine Hyperschockwelle – ein Phänomen infinitesimaler Physik.

Jake spannte entschlossen die Rückenmuskeln. Sie würden das Ding stoppen. Verdammt, sie würden es aufhalten!

Und doch drückte die Ungeheuerlichkeit des Unterfangens wie ein Granitblock auf Jake.

Auf der anderen Seite der Scheibe wimmelten die Squids in emsiger Geschäftigkeit umher. Sie schimmerten und blinkten in leuchtenden Farben, jeder von ihnen ein kleines Feuerwerk biolumineszenter Gefühlsäußerungen.

»Schiffe in Position und bereit«, meldete Lame.

»Beiboote und Homiden fertig zum Abschuss?«

»Positiv.«

Oberst Swallu wandte sich hellorange blitzend Zukla zu.

Der breitete majestätisch seine Tentakel aus. *»Dann lassen Sie uns den großen Schlag beginnen. Wate'medaludes, öffnen Sie alle Kommunikationskanäle!«*

Jake zog es den Magen zusammen. Er sprang auf. *»Halt!«*

Swallu und Zuklas Hautfarbe wechselte augenblicklich zu ärgerlichem Rot. *»Was?«*

Langsam schüttelte Jake den Kopf. *»Eine Ahnung. Etwas stimmt nicht.«*

»Was ist Deiner Meinung nach nicht in Ordnung?«

»Ich kann den Finger nicht drauflegen.« Jake lief an der Scheibe auf und ab.

»Du hast Angst«, statuierte Zukla.

Swallu wedelte mit einem Tentakel. *»Gebt ihm einen Tranquilizer und lasst uns fortfahren. Wir haben keine Zeit zu verschwenden!«*

Jake blickte nachdenklich in die Ferne. *»Nicht die Nerven. Ein Gefühl. Etwas warnt mich zur Vorsicht.«*

Zuklas Haut nahm einen stahlblauen Farbton an. *»Gefühle verderben jede Strategie. Wer sich ihnen hingibt, hat schon verloren!«*

Jake ließ sich nicht beirren. *»Strategien sollten neu überdacht werden, wenn sie fehlerhaft erscheinen.«*

Zukla lief wieder rot an. *»Und wo sollte der Fehler liegen?«*, fragte er barsch.

Jake lief im Kreis. *»Wir legen alle Eier in ein Nest.«*

Zuklas Tentakel zuckten. *»Kann mir jemand verraten, was der Homide damit sagen will?«*

»Doktor'jakedexterforrester meint, wir gehen ein zu großes Risiko ein, wenn wir alle Beiboote auf einmal losschicken«, erläuterte Wate.

Oberst Swallu fuhr von seinem Hocker hoch. *»Unser Plan basiert auf seinen Erkenntnissen! Haben Homiden denn überhaupt kein Hirn?«*

Wate wedelte beschwichtigend mit den Tentakeln.

Zukla sah ihn herausfordernd an.

Jake fuhr dazwischen. *»Schicken Sie eine Vorhut aus. Zehn Beiboote sollten genügen.«*

Wate blickte überrascht zu Jake. *»Du hast recht. Das würde Gewissheit verschaffen und uns nur wenige Minuten zurückwerfen.«*

»Unnötige Maßnahmen«, erwiderte Swallu. *»Wir haben alles genauestens geplant, haben die Geräte getestet und die neuesten wissenschaftlichen Grundlagen berücksichtigt.«*

Zukla ließ sich nachdenklich auf seinen Hocker sinken. *»Alles hängt von uns ab, meine Oktomajesten. Wir können uns keine Fehler leisten.«* Er blickte auf. *»Also gut. Zehn Beiboote. Maximale Streuung.«*

Gebannt beobachteten der Führunsstab das Geschehen auf den Hologrammfeldern und Monitoren. Zahlen spulten. Die Zeit lief gegen sie.

Während der Verband in sicherer Entfernung vor der Kante herflog, ließen sich zehn Schiffe zurückfallen. Auf den Bildschirmen näherten sie sich der eingeblendeten roten Linie, der errechneten kritischen Distanz von 0,05 LJ. Grüne Punkte lösten sich von den als graue Kugeln dargestellten Schiffen und trieben wie Holzenten steuerlos auf die Kante zu. Die Beiboote, trojanischen Pferden gleich, trugen in ihren Laderäumen je zwei Menschen, die mehr oder weniger angstvoll ihrem Schicksal entgegensahen. Vielleicht krallten sie ihre Hände krampfhaft um den Zünder, mit dem sie die Bombe aktivieren sollten, womöglich beteten sie zur Meduse oder was sie sonst als höhere Macht empfanden.

Im Versammlungsraum der *FREDDY* herrschte atemlose Stille. Jake sog den Atem ein, als die Kante die grünen Punkte verschluckte. Er erinnerte sich an seinen Durchflug, das unvorstellbare, kaum auszuhaltende Rütteln, als wäre sein Beiboot in einem gigantischen Cocktailshaker gefangen, die Schmerzen, die Angst. Unwillkürlich sah er zur Uhr. Dreißig Minuten, dann müssten die Bomben hochgehen.

Von den Squids vernahm Jake ein erleichtertes Blubbern. *»Das geht doch alles, wie geplant! Die Boote sind durch.«*

»Was sollte jetzt noch schief gehen?«

»Die Homiden«, übermittelte Oberst Swallu düster.

Jake sah jede Minute zehnmal auf die Uhr. Er wischte die Handflächen an seinen Hosenbeinen ab, warf unruhige Blicke auf die Squids, auf deren Haut das Leuchten zunehmend verblasste. Wenn es doch wenigstens Funkkontakt zu den Beibooten gäbe. Swallu funkte die Einsatzschiffe an: »Was passiert bei euch?«

»Die Atmosphäre im Inneren ist wie heiße Gelatine. Wir können kaum atmen.«

»Die Beiboote!«, rief Swallu ungeduldig.

»Nichts.«

»Nichts! Nichts! Das war beim Eintauchen gut. Inzwischen müsste etwas geschehen sein!«

»Ist aber nicht, Oberst. Keine Veränderung ... Moment ...«

Jake sah es auch. An den Eintauchpunkten der Beiboote weichte die Linie der Kante auf. Jake zoomte hinein und bemerkte das Nachlassen der Zerstörungskraft, dargestellt als wachsende Eindellung. Das Schwarz ging in graue Töne über. Ein kleiner Teil der Kante brach. Die Lymellentaster bekamen Resonanz, unscharf und unter starkem Rauschen bildeten sie Objekte ab. Zehn. Die Beiboote. Swallu quiekte vor Freude. »Homiden! Wer hätte das gedacht! Homiden!«

»So war also unsere Sorge unbegründet«, statuierte Zukla und warf Jake einen vorwurfsvollen Blick zu. *»Panikmache und gegenstandslose Ängste.«* Er blies einen mächtigen Strahl Wasser durch die Kiemen. *»Oberst, veranlassen Sie den Beginn der Großaktion!«*

»General!« Swallu leuchtete Lila und deutete mit seinem Primärtentakel auf das Hologrammfeld. *»Da sind nur noch neun Beiboote.«*

»Störungen und Interferenz! Was erwarten Sie von einem Ereignis dieser Kategorie anderes?«

Lame zoomte in den Bereich. *»Ich messe Energie ... aber keine Masse.«*

Jake stockte der Atem. *»Es ist explodiert!«*

»Möglich«, brummte Zukla. *»Vielleicht technisches Versagen.«*

»Die Homiden in dem Boot waren zu dumm«, mutmaßte Swallu.

»Was ist denn das für eine absurde Annahme«, fuhr Wate auf. Ärgerliche rote Wellenmuster liefen über seinen Körper. *»Die Homiden steuern nicht. Sie können nichts tun außer warten, bis sich der Bereich genügend beruhigt hat, um wieder eingesammelt zu werden.«*

»Wie dem auch sei, einen Ausfall von einem aus zehn können wir verkraften«, sagte Zukla hart. *»Geben Sie meine Befehle weiter!«*

»Können wir auch drei aus zehn hinnehmen?«, fragte Lame hinter seinem Terminal.

»Was soll denn das heißen?«

»Es sind zwei weitere explodiert.«

Zukla schaltete schnell. *»Holen Sie sofort die anderen Beiboote zurück!«*, brüllte er in das Funkgerät.

»Der Traktorstrahl reicht nicht so weit«, meldete einer der Commander. »Ich fliege hinein!«

»Sind Sie verrückt geworden?« Zukla lief rot an.

»Sollen wir unsere Homiden verrecken lassen?«

»Nein, natürlich nicht. Aber drehen Sie um, sobald es zu rau wird.«

Jake hörte die Funksprüche nur am Rand seines Bewusstseins. Was ging hinter der Kante vor? Was zerstörte die Beiboote? Er starrte auf das Hologrammfeld, wo sieben der Raumschiffe ihre Warteposition verließen und auf die Lücken in der Kante zusteuerten. Da blitzte das vorderste Schiff auf und verschwand.

»Umkehren!«, schrie Zukla ins Mikrophon. »Umkehren!«

»Und die Homiden?« Die Frage aus dem Funkgerät hing wie ein Phantom im Raum.

Wate schaltete sofort: »Leiten Sie alle Energie auf die Traktorstrahlen und fangen Sie die Beiboote ein!«

»Wir werden es versuchen!«

Erwartungsvolle Stille breitete sich im Versammlungsraum aus. Nur ein leises Rauschen drang aus den Lautsprechern der Funkanlage, während die Sekunden und Minuten verstrichen. Jake rutschte auf seinem Stuhl hin und her.

Endlich kam der erste Rapport. »Es geht nicht. Zu weit entfernt. Störungen im Feld.«

»Verdammt! Können wir denn gar nichts tun?«

Der Satz hallte dumpf in Jakes Kopf wieder. Können wir den gar nichts tun? Er fühlte sich leer, dachte an die Menschen in ihren Beibooten, eingesperrt, hilflos dem Verderben ausgeliefert.

Das Warten wurde unerträglich. Jake hielt es nicht mehr auf seinem Stuhl. Er marschierte auf und ab, ohne den Blick vom Hologrammfeld zu nehmen, wo jeden Augenblick das Unvermeidliche passieren musste.

Und dann verschwand ein Beiboot nach dem anderen von den Monitoren, bis keins mehr übrig blieb. Jake schnürte es die Kehle zu. Alle zerstört. Was hatte er da draußen übersehen? Jake ballte die Hände zu Fäusten, dass die Knöchel weiß heraustraten.

»Wir brauchen eine andere Strategie«, entschied Zukla.

»Wir müssen die Homiden opfern«, sagte Oberst Swallu mit harter Stimme.

»Das werden Sie nicht tun!«, empörte sich Wate.

»In einer Situation wie dieser, bleibt für Sentimentalitäten kein Raum. Die Bombe hat sich als effektiv erwiesen. Wir müssen handeln. Ein paar Opfer müssen wir bringen, wenn alles Leben auf dem Spiel steht!«

»Ihr Streit ist müßig«, schaltete sich Femto mit resignierter Stimme ein. *»Um die Zerstörungskraft der Kante nachhaltig zu brechen, muss jeder Homide durchschnittlich 5,73 Einsätze erfolgreich vollenden.«* Seine graublauer Hautton wechselte zu einem sarkastischen Hellgrün. *»Und das können sie nicht, wenn sie tot sind.«*

Swallu ließ sich mit schlaffen Tentakeln auf seinen Hocker sinken. »*Wir können uns doch nicht einfach so überrollen lassen.*«

»*Das werden wir auch nicht!*« Zukla begann, stahlblau zu schillern. »*Konzentrieren Sie alle Abschüsse auf den zentralen Bereich. Vielleicht können wir wenigstens für Nitsituaan eine Bresche schlagen.*«

»*Halt!*«, rief Jake und sprang auf.

132

General Zukla'medikulles wirkte unentschlossen. »*Was halten Sie vom Vorschlag des Homiden?*«

Wate ließ den Blick über die Reihe nachdenklicher Oktoftewiltabinen schweifen. Er saugte sich an seinem Hocker fest. »*Schicken Sie ihn los!*«

»*Seine Chancen stehen Null zu Zehn*«, winkte Femto ab.

Oberst Swallu machte eine wegwerfende Bewegung mit seinem Primärtentakel. »*Eine Verschwendung ist es! Wir sollten ihn besser und überlegter einsetzen.*«

»*Da gebe ich Ihnen Recht, verehrter Oberst*«, nickte Zukla. »*Anstatt unsere Ressourcen zu verschleudern, sollten wir sie bündeln und gezielt anwenden. Eine konzertierte Aktion. Das brauchen wir. Solche Einzelunterfangen enden im Nichts.*«

»*Wir warten auf Ihre Empfehlungen!*«, blaffte Oberst Swallu und sah den General durchdringend an.

»*Die Einzige, die wir haben, wurde von dem geschätzten Gremium ja schon für nichtig erklärt!*« Wate straffte sich.

»*Eine Hyperschockwelle ist kein Kriegsgegner, den man militärstrategisch knacken kann. Wir können nur spekulieren.*« Zukla blähte sich auf. »*Definieren Sie den Streitkräften ein klares Ziel und sie vernichten es.*«

»*Mit Verlaub, Sie haben leicht reden, verehrter General! Was da draußen geschieht, übersteigt unser Wissen. Keiner kann sich auch nur eine vage Vorstellung davon machen, was hinter der Kante passiert und was für Gefahren dort lauern.*«

Zuklas Haut verlor die Farbe. »*Dann sind wir am Ende, meine Oktomajesten. Am Ende.*«

Wate ließ ein unbeugsames, königsblaues Schillern über seinen Körper laufen. »*Noch nicht ganz. Wenn es einer schafft, dann ist es Doktor'jakedexterforrester.*«

133

Jake schloss die Hände fest um das Steuer des Beibootes und beobachtete angespannt den Monitor des LdG-Tasters. Die Schwärze der Kante füllte schon fast den gesamten Bildschirm.

Pedro bewegte sich im Copilotensessel.

Jake warf ihm einen Blick zu. »Danke, dass du mitgekommen bist.«

»Ich kann dich doch nicht mit irgend so einem Nitsituaan-Fuzzi als Begleitung fliegen lassen!«

»Nie wieder kneifen, was?«

Pedro knurrte etwas Unverständliches und versuchte dann ein ironisches Grinsen. »Jemand muss auf dich aufpassen.«

Jake spielte den Gekränkten. »Vielen Dank für dein unerschütterliches Vertrauen!«

Pedro lachte laut auf und schlug Jake so herzhaft auf die Schulter, dass der die Steuerung verriss.

»Uups.«

Sofort tönte Wates Stimme aus dem Lautsprecher des Funkgeräts. »Ist bei euch alles in Ordnung?«

»Bis jetzt verläuft alles normal.«

»Und das Uups?«

»Das gehört dazu.«

»Homiden!«

»Die Verbindung wird abreißen, sobald wir eintauchen.«

»Ich weiß, Jake. Passt auf euch auf – und wenn es zu gefährlich wird, kehrt um!«

»Du hast versprochen, mich zurück zur Erde zu bringen. Das geht nur dann, wenn noch eine Erde vorhanden ist.«

»Und ein gewisser Doktor'jakedexterforrester.« Statisches Rauschen übertönte die folgenden Worte. Mit Mühe konnte Jake noch so etwas Ähnliches wie »Viel Glück« verstehen. Dann begann das Beiboot zu schlingern und zu bocken.

»Hast du Angst?«

Pedro nickte.

»Ich auch!«, stieß Jake zwischen zusammengebissenen Zähnen hervor, nahm die Fahrt aus dem Beiboot und ließ es über die Kante treiben. Fallen. Taumeln. Die Gravitationspolster legten sich um ihn. Er wurde hineingepresst, dass er nicht mehr atmen konnte. Oben und unten, links und rechts verschwammen im Strudel der Wahrnehmungen. In den Ohren rauschte das Blut. Die Zeit dehnte sich. Mit jedem Herzschlag wurde sie länger und dünner. Alles normal! Alles normal!

Hoffentlich!

Ein letzter Stoß zog sich zur Ewigkeit. Dann legte sich die Stille des Nichts um das Beiboot – die Gravitationspolster gaben die zwei Passagiere wieder frei.

Jake atmete tief durch, streckte den Nacken.

»Bist du okay?«

»Wie ein Fisch im Wasser«, ächzte Pedro.

Jake justierte die Taster. Nur Rauschen auf dem LdG-Monitor. Keine Resonanz oder Ortung auf dem Lymellenmonitor. Alles schwarz. Kein Orientierungspunkt. Er wusste noch nicht einmal, ob das Boot stillstand oder sich bewegte. Und wenn, wohin und wie schnell?

»Wo soll ich in dieser Leere anfangen?«, murmelte er vor sich hin. »*Was* soll ich suchen?«

Pedro sah sich unwillkürlich um. »Vielleicht kommt es von ganz alleine.«

Jake schüttelte den Kopf. »Bis zur Zündung der Bomben verlief bei den zehn Beibooten offensichtlich alles normal. Aber was zum Teufel ist nachher passiert?«

»Woher sollen wir das wissen?« Pedro kratzte sich am Kopf. »Wir sind ja weggeflogen.«

Jake blickte zu ihm hinüber. »Genial!«, stieß er hervor. »Wir werden zünden und warten, was passiert.«

»Madre Mia! Den Köder spielen.« Pedros Blick zuckte über die Monitore. »Da kommt es schon!« Er deutete auf den Bildschirm des Lymellentasterts, auf dem sich ein kleiner Punkt vom Rand hereinschlich.

Sofort fuhr Jake die Energie für das Geschütz hoch.

Pedro rüttelte ungeduldig an der Zieleinrichtung. »Ich bekomme keine Entfernungsanzeige!«

»Mist, wir brauchen zusätzliche Referenzpunkte zur Berechnung.« Jake schaltete den Taster auf maximale Empfindlichkeit und weitete den Anzeigenradius. »Ich werd verrückt. Da sind noch mehr! Sieben ... zehn.«

Pedro fingerte nervös an der Abschussvorrichtung. »Aliens.«

Jake schüttelte den Kopf. »Wenn mich nicht alles täuscht, sind das die Überreste unserer Beiboote.«

»Jemand hat sie abgeschossen. Da!« Pedro schaute entsetzt auf den Monitor. Das tauchte eine elfte Resonanz auf. Das Signal war sehr schwach und schien weit entfernt zu sein. Jake nagte an der Unterlippe. Elf Resonanzen in einem riesigen Nichts, die es beim ersten Mal nicht gegeben hatte. Zehn rührten von den Beibooten. Aber die Elfte?

»Das sind sie!«, rief Pedro. »Die Aliens. Lass uns hinfliegen und sie abknallen!

Jake wog den Kopf hin und her. Feinde der Squids? Am Ende Kaartegunizzer? Er fütterte die bekannten Abstände zwischen den zehn zerstörten Beibooten in den Bordcomputer und ließ die Entfernung zu dem unbekannten Objekt berechnen: fast fünfhundert Lichtjahre.

Pedro ließ die Schultern sinken. »Zu weit weg!«

»Für uns.« Jake atmete schwer. Aber nicht für ein Großraumkriegsschiff. »Noch scheinen sie uns nicht entdeckt zu haben.«

Pedro nickte. »Das Zünden der Bomben hat die Positionen unserer Beiboote verraten.«

Jake fuhr sich nachdenklich mit der Hand übers Kinn. Die Feinde waren schneller als er. Aber wenn er jetzt umkehrte und flüchtete, würden sie alle nachfolgenden Boote abschießen. Die waren wehrlos. Jake richtete sich in seinem Sessel auf. Es gab nur eins, das sie tun konnten. »Wir bauen die Bombe zusammen!«

Pedro knirschte mit den Zähnen und schlug mit der Faust auf die Armlehne. »Und wenn sie dann kommen, werde ich sie mit einem Höllenfeuer aus Strahlen und Bosonentorpedos empfangen!«

»Okay. Dann an die Arbeit!«

Die neue Generation der Gravitationsbomben war in überlichtschnellen Torpedos installiert worden, um die nötige Sicherheitsdistanz zu gewährleisten. Einbau und Aktivierung des Zünders waren immer noch der schwierigste Teil, aber Jake und Pedro schafften es in Rekordzeit.

Wieder im Cockpit legte Jake den Finger auf die Abschussvorrichtung. »Jetzt wird es ernst!«

Er warf einen Blick zu Pedro. Der nahm die Joysticks der Bordkanone in seine mächtigen Fäuste. »Sollen sie kommen!«

Jake drückte ab.

Mit feurigem Schweif verließ der Torpedo das Beiboot und durchbrach mit grellem Blitz die Lichtmauer. Auf dem Lymellentaster verfolgten sie ihn weiter, bis er in einer Entfernung von 0,5 LJ von der Anzeige verschwand, die Megagravitationsbombe war explodiert.

Jetzt hieß es warten. Jake ließ den Blick unablässig über die Monitore des Lymellen- und LdG-Tasters gleiten. Das Schiff der Feinde bewegte sich nicht. Er korrigierte nervös die Einstellung, bis der dunkle Hintergrund des Displays in einem mittleren Grauton erschien. An der Einschlagstelle der Bombe verdichtete sich das Grau. Jake hielt den Atem an. Aus dem Grau löste sich ein winzig kleiner schwarzer Fleck, der immer mehr anwuchs und sich mit annähernder Lichtgeschwindigkeit ausbreitete. Spätestens jetzt musste der Feind sie entdecken. Aber er bewegte sich nicht. Jake nahm kein Auge von der Anzeige. Die ferne Resonanz nahm immer noch keinen Kurs auf sie zu. Jake bekam Zweifel. Wenn es doch kein feindliches Schiff war? Was hatte dann die Beiboote zerstört? Hitze schoss durch seinen Körper. »Pass auf!«, rief er Pedro zu.

»Worauf?«, fragte der alarmiert.

»Verdammt, ich weiß es nicht. Halt einfach die Augen offen!«

Pedro zuckte mit den Achseln und scannte seine Instrumente. »Da ist nichts.«

Dann erreichte sie die übermediale Druckwelle. Das Beiboot schüttelte. Wie beim ersten Mal. Doch Jake spürte, dass draußen irgendetwas lauerte. Sein Blick sprang von einer Anzeige zu nächsten. Da entdeckte er einen roten Punkt im Innern des von der Bombe erzeugten schwarzen

Lochs, der in feurige Farben explodierte und sich rasch über den Monitor des Lymellentasters ausbreitete. Mit Überlichtgeschwindigkeit. Jakes Hände krallten sich um das Steuerhorn. Seine Instinkte schrien nach Flucht. »Auswertung!«, rief er Pedro zu.

Der schaute verzückt auf das Spektakel und konnte sein Auge nicht von dem Feuerwerk losreißen. Kein Sonnenuntergang kam ihm gleich, kein Maler hatte je solche Farben und Formen hervorgebracht. Sie tanzten im Reigen, fielen wie in einem Kaleidoskop zusammen, um sich in phantastischen Gebilden neu zu ordnen. Pastell, lila, sonnengelb, purpurfarben. In Pedros Gesicht kämpften Angst und Bewunderung. »Was ist das?« Er starrte mit offenem Mund auf das Spiel der Farben und filigranen Formen. Licht, Weite, Unendlichkeit. Seine Züge wurden weich, sein Blick fern. »Ist das der Himmel?«

Jakes Finger rasten über die Tasten: Aufzeichnung ein, Lymellenspektralanalyse ein, Resonanzemulation ein, Daten an den Bordcomputer leiten ... Jake las fassungslos die Auswertung: Dort draußen entstanden reine Energie, Gravitation, Spuren von Materie und Licht aus dem – Nichts. Nein! Aus Bestandteilen eines anderen Mediums. Sie formten sich im Rausch unbekannter Urkräfte ... und die rasten mit irrer Geschwindigkeit auf sie zu – wenn sie sie einholten, würden sie das Beiboot atomisieren.

»Die Hand Gottes!«, seufzte Pedro verzückt. »Er ruft.«

Und wie er ruft! Jake verlor keine Sekunde mehr. Er fuhr die Reaktoren hoch. »Volle Kraft!«

Pedro schreckte hoch, als erwachte er aus einem Traum. »Greift das feindliche Schiff an?«, fragte er verwirrt.

Jake legte das Beiboot in eine enge Kurve und beschleunigte. »Nein, Mann! Unsere Bomben starten irgendeine Kettenreaktion.«

Pedro starrte entsetzt auf den Monitor des Lymellentasters. »Mierda! Das Ding holt uns rasend schnell ein. Jake! Und unser schwarzes Loch hat es auch gefressen.«

Jake trat Schweiß auf die Stirn. Er schaltete die Notaggregate dazu.

Pedro krallte seine Finger um die Armlehnen. »Gib Gas, Jake!«

Jake drückte die Antriebshebel bis zum Anschlag nach vorne. Augenblicklich schwoll ein schrilles Kreischen im Reaktorraum an. »Verdammter Mist!«

Pedro ließ sich in den Sessel zurückfallen. »Dann ist alles verloren!«

»Für uns vielleicht«, knurrte Jake. Er ließ den Monitor nicht aus den Augen, auf dem sich der Rand der farbigen Erscheinung rasch dem Beiboot näherte. Sein Herz klopfte wild und eine Schlinge schien sich um seinen Hals zu legen. »Wir müssen irgendwie eine Nachricht an Wate durchbekommen, bevor es uns erwischt.«

Pedro richtete sich in seinem Sitz kerzengerade auf und machte große Augen. »Du meinst ...«

»Wenn die anderen hier ihre Bomben aussetzen, müssen sie wieder raus, bevor diese Kettenreaktion losgeht«, sagte er gepresst.

Pedro warf einen nervösen Blick zum Monitor. »Im Gegensatz zu uns können die nicht steuern!«

»Das Steuern nützt mir gerade auch nichts!«, brüllte Jake. Er nahm einen tiefen Atemzug und fuhr in ruhigerem Tonfall fort. »Wenn die Squids die Autopiloten anhand der von uns gefundenen Referenzpunkten programmieren, können die Beiboote aus ihrem jeweiligen Zielgebiet wieder rechtzeitig herausfliegen.«

Pedro stöhnte. »Und die haben wir, weil hier noch die Überreste der Beiboote treiben ...«, er schluckte, »... in denen die Menschen gestorben sind.«

Jake nickte knapp. »Ja, aber ihre Opfer waren nicht umsonst! Wir können jetzt die Katastrophe besiegen!«

»Aber auch nur dann, wenn wir die Koordinaten zu den Squids bekommen. Und der Funk geht nicht!« Pedro schaute zum Monitor und stöhnte auf. Er ballte die Fäuste und ließ seine Blicke auf der Suche nach einer Idee wild im Cockpit herumspringen. »Flaschenpost!« Er richtete sich in seinem Sitz auf. »Wir könnten die Nachricht in einem Torpedo auf die andere Seite schießen.«

Jake krallte die Hände fester um das Steuerhorn. »Wir hatten nur einen an Bord.«

Pedro knirschte mit den Zähnen. »Wenn uns nicht ganz schnell etwas einfällt, ist sowieso alles verloren. Das Ding hat uns gleich.«

Jake traten Schweißperlen auf die Stirn. »Es geht auch anders! Wenn ich nur den Schirm aufrechterhalte und alle verbleibende Energie auf den Antrieb lege ... auch die der Überlebenssysteme ...«

Pedro riss den Blick vom Monitor und sah Jake hoffnungsvoll an. »Glaubst du, das Boot könnte es schaffen?«

Jake verzog das Gesicht. »Das Boot schon.«

Pedro wurde blass und blickte auf seine Hände. Seine Augen bekamen einen feuchten Schimmer. Er atmete tief ein und wieder aus. »Für Rodhana«, murmelte er dann.

Jake biss die Zähne zusammen. Sein Tod, Pedros Tod, die waren von Anfang an der Einsatz gewesen, das Risiko. Aber Myriam würde leben, sein Kind, die Menschen und die Squids. Jake nahm die neuen Einstellungen vor. Jetzt musste er sie nur noch aktivieren. Woran würde er sterben? Wenn der Saft zu den Gravitationskompensatoren unterbrochen wurde, würde sein Körper von den Beschleunigungskräften in Bruchteilen einer Sekunde zu Brei gedrückt werden. Jake legte den Finger auf das Schaltelement und warf Pedro einen letzten Blick zu. »Bist du bereit?«

Pedro antwortete nicht. Er deutete mit zitterndem Finger auf den Monitor. »Es wird langsamer.«

Jake verlor keine Sekunde. Analysen starten. Auswertung. Ungläubig starrte er auf die Anzeige. Es war eine Tatsache. Jake jubelte: »Pedro! Die Kräfte der Kante und die der Kettenreaktion zerstören sich gegenseitig!«

Der deutete auf den LdG-Taster. »Da, schau! Ein Stück bricht zusammen!«

Jake riss das Steuer herum. »Dann nichts wie raus hier!«

Der Durchbruch zur anderen Seite war hart. Kaum ließ das Gerüttel nach, begann es in den Lautsprechern der Funkanlage zu krachen und zu rauschen. Schwach und kratzig wurde eine Stimme hörbar: »Wate an Jake. Wate an Jake.«

Jake deaktivierte die Gravitationspolster und stieß erleichtert die Luft aus den Lungen: »Beiboot vier an Wate. Ich ...«

Weiter kam er nicht. Lauter Jubel dröhnte aus dem Lautsprecher: »Sie leben. Sie leben!«

Im Kommandoraum der *FREDDY* hatten sich die führenden Squids versammelt. Trotz ihrer Müdigkeit wollten auch Jake und Pedro den Großeinsatz live mitverfolgen. In bequemen Sesseln saßen sie an der Scheibe und ließen keinen Blick von dem zentralen Hologrammfeld. Darauf näherte sich bereits die fünfte Welle Beiboote, 1708 waren noch einsatzfähig, auf breiter Front der Kante und verschwanden darin. General Zukla startete die Stoppuhr. *»Vierzehn bis fünfzehn Minuten«*, sagte er in einem Tonfall, als wollte er eine Wette abschließen.

»Lagebericht«, bellte Wate.

Femto überprüfte seine Geräte. *»Die Kante zeigt weitere Instabilitäten und verlangsamt sich zusehends.«*

»Da kommen die Beiboote zurück!«, jubelte Jota.

»Haben Sie etwas anderes erwartet, Hoher Primist?«, sagte Oberst Swallu und leuchtete in stolzem Zyan. *»Wie viele fehlen?«*

»Diesmal keins«, antwortete Lame vom Navigationspult.

»Sehen Sie!«, schrie Jota. Orange Blitze liefen über seine Haut. Er deutete mit einem Tentakel auf das Hologrammfeld. Im Abbild der Kante formten sich tiefe Täler, die mit gleißend-buntem Licht gefüllt schienen. Es sah aus, als ob eine strahlende Sonne hinter einem schwarzen Gebirge aufging.

Zukla zeigte ein Spiel widersprüchlicher Farben. *»Ist das gut oder schlecht?«*

Oberst Swallu straffte sich. »An alle Schiffe«, rief er in die Funkanlage. »Positionieren sie die sechste Staffel und schicken Sie die Beiboote rein!«

Alle Augen waren gebannt auf das Hologrammfeld gerichtet, das immer noch den Lichtschimmer über der Kante zeigte.

Die Zeit schien sich zur Ewigkeit zu strecken.

Endlich schossen die Boote wieder aus der Kante heraus und wurden von den Schiffen an Bord geholt. Sekunden später explodierte das gesamte Licht über der Kante in einem Feuerwerk an Farben und Formen.

Erschrockene Stille legte sich über den Kommandoraum.

Jake trat näher an die Scheibe. Dort draußen war der kritische Punkt überschritten worden. Jetzt setzte die Kettenreaktion den gesamten Raum hinter der Kante in Flammen. Angst und Hoffnung legten sich wie ein Band aus Stahl um seine Brust. Er starrte auf die tödliche Schönheit des Phänomens.

Und dann, mit dem Fallen der Funken, brach die Zerstörungskraft der Kante in sich zusammen, rauschte in das Raum-Zeit-Gefüge und lief aus.

Das Feuer erlosch.

Jake fasste sich als Erster, sprang auf und umarmte Pedro. Tränen standen in seinen Augen. »Wir haben es geschafft!«, schrie er. »Wir haben es, verdammt nochmal, geschafft!«

Über die Haut der Squids begannen helle Farben zu blitzen. Sie flitzten aufgeregt im Kommandoraum umher und der dicke Jota schlug Loopings.

»Hukku Araka Thoh!«, schrien die Squids ausgelassen.

»Hukku Araka Thoh!«, dröhnte es auch aus den Lautsprechern der Funkanlage, die alle Einsatzschiffe verband. »Hukku Araka Thoh!« Der Begeisterungssturm wollte kein Ende nehmen. *»Diese Homiden sind doch erstaunliche Kreaturen«*, glaubte Jake im Getöse der Stimmen gehört zu haben.

Lame versuchte vergeblich, das Freudengeschrei zu übertönen. *»Ich bekomme Resonanzen im Katastrophengebiet.«*

Nur Jake und Wate schienen ihn zu hören. Sie blickten zum Hologrammfeld.

»Ich vermute, das ist die Energie und Materie, die durch diese merkwürdige Kettenreaktion entstanden sind.« Ein versonnenes Lächeln breitete sich auf Jakes Gesicht aus. *»Während wir die Hyperschockwelle zerstörten, legten wir gleichzeitig den Samen für neue Sonnen und Sterne. Das Loch im Himmel wird nicht leer bleiben.«*

Drei Tage blieben sie zur Beoachtung und zu Vermessungen vor Ort. Ein Großteil des Sternenarms war zerstört, das Kartenmaterial wurde aktualisiert. Hinweise, wie es zu dieser Katastrophe kommen konnte, fanden sie keine. Aber mit den gewonnenen Messdaten sollte eine neue Forschungsrichtung beschritten werden: sublymelluläre Medienphysik wurde sie benannt, die sie in Zukunft gegen solcherlei Gefahren rüsten sollte.

Epilog

Die gelbe Sonne brannte erbarmungslos vom wolkenlosen Sommerhimmel. Am Kai schrien die Möwen und balgten sich um eine Fritte. Jake wandte sich vom Yachthafen ab, über den die Hochhäuser von Boston ragten, und schritt auf den mit einer dunkelgrünen Markise überdachten Eingang eines zweistöckigen Backsteingebäudes zu. Aus dem Dunkel trat ihm eine junge Frau mit enganliegendem Rock entgegen, zwei in dunkles Leder geschlagene Speisekarten an ihren Busen gedrückt. »Möchten Sie auf der Terrasse oder drinnen sitzen?«

»Draußen«, entschied Myriam und rückte die winzige Kappe auf dem Köpfchen des Babys zurecht, das in einem Tuch mit bunten Wellenmustern an ihrer Brust ruhte.

»Oh, wie süß!«, entfuhr es der Empfangsdame. »Ist es ein Junge oder ein Mädchen?«

»Sven ist jetzt neunundzwanzig Tage alt.«

»Sie sind nicht von hier«, stellte die Frau mit einem diskreten Blick auf Myriams Wickelgewand fest, »hoffentlich nicht aus Kalifornien – oder das, was davon noch übrig ist. Dieses schreckliche Erdbeben!«

»Nein, glücklicherweise nicht«, lächelte Jake, »wo wir herkommen, ist es deutlich ruhiger.« Er zwinkerte Myriam zu.

Wenn Sie mir folgen wollen!« Die Empfangsdame schlängelte sich an einer Reihe besetzter Tische vorbei und führte sie zu einem Platz in der Ecke unter einem dunkelgrünen Sonnenschirm. Jake setzte die Einkaufstüten auf einem Stuhl ab, nahm das Goldfischglas aus dem Netz und stellte es auf die Tischplatte. Die Empfangsdame bekam große Augen. »Sie waren wohl in der Tierhandlung?«

»Das ist ein Oktoftewiltabine«, erklärte Jake.

»Oh, mit Kraken kenne ich mich nicht aus. Ich habe einen Hyazinth-Ara. Wenn Sie sich schon einmal Getränke aussuchen wollen. Ich werde Ihnen gleich die Kellnerin schicken.«

Wate blubberte vergnügt in seinem Aquarium. *»Wenn die Frau wüsste, dass du Aliens spazieren trägst … Was sagen sie zu unserem Beiboot im Hafen?«*

Jake reckte den Kopf und schaute zum Anlegeplatz. Es war leicht auszumachen, denn eine Traube Neugieriger drängte sich laut schnatternd am Ufer: »Das ist bestimmt ein Rennboot. Muss eine Sonderanfertigung sein.«

Jake grinste. *»Ich glaube, sie halten es für die Yacht eines exzentrischen Milliardärs.«*

»Damit kann ich leben. Wie gefällt es Myriam auf der Erde?«

Jake verdrehte die Augen. *»Shoppen! Ich glaube das liegt in den weiblichen Genen. Kleider, Schuhe, Krimskrams!«*

»Du hast aber auch etwas gekauft.« Wate drückte sich ans Glas, um besser sehen zu können.

»Ja.« Jake öffnete eine kleine Schatulle.

Als der goldene Ring im Sonnenlicht funkelte, spielte ein heimliches Lächeln um Myriams Lippen.

Jake räusperte sich. In so etwas war er nicht gut. Absolut nicht. Und dann flüchteten auch noch alle Gedanken und ließen seinen Kopf leer zurück. »Willst du ihn haben?«, hörte er sich sagen. Dann wurde ihm heiß. Blöder ging es wirklich nicht.

Myriam sah ihm tief in die Augen. »Er ist wunderschön!«

»Du meinst ...«, stotterte Jake.

Sie nickte, beugte sich vor und hauchte ihm einen Kuss auf die Lippen.

Jake ließ erleichtert die Schultern fallen. Dann nahm er ihre Hand und schob den Ring sachte auf ihren Finger, den sie ihm entgegenstreckte. Myriam drehte und wendete ihre Hand, betrachtete den Ring von allen Seiten und dann wandte sie sich Jake zu, mit dem strahlendsten Lächeln, das er je an ihr gesehen hatte. Sie rückte ihren Stuhl ganz nah und schmiegte sich an.

Wate schillerte in zufriedenen Blautönen und streckte sich in seinem Glas. *»Dann ist bei euch ja alles geregelt.«*

Jake schloss die Augen. Jetzt, mit etwas Abstand, kam ihm das ganze Weltraumabenteuer wie ein verblassender Traum vor.

Wate folgte seinen Gedanken. *»Ja, alter Homide, wir haben die Katastrophe tatsächlich aufgehalten.«* Er ließ ein paar Blasen aus seinen Kiemen steigen. *»Ohne dich hätten wir das nie geschafft!«*

Jake atmete hörbar aus. *»Nun übertreibe mal nicht, geschätzter Squid. Da waren auch Pedro und die Menschen in den Beibooten und die mutigen Oktoftewiltabinen auf den Schiffen beteiligt. Genug des Lobs!«*

Jake öffnete die Karte, die vor ihm auf dem Tisch lag, und warf einen flüchtigen Blick darauf. »Weißt du schon, was du essen willst?«, fragte er Myriam. Sie schüttelte den Kopf und las aufmerksam die Beschreibungen eines jeden einzelnen Menüs.

»Deine Bescheidenheit ehrt dich.« Wate blubberte vergnügt. Er streckte seine Tentakel. *»Aber ich werde bald aufbrechen. Tenka und die Kinder warten auf mich.«*

Jake legte seinen Arm wieder um Myriam und blickte nachdenklich auf den Oktoftewiltabinen. Zwei Tage waren sie bereits auf der Erde. Er hatte sich so sehr gefreut, als sie in die Atmosphäre des Blauen Planeten eingetaucht waren, hatte es kaum erwarten können, wieder zuhause zu sein. Und dann war der Schock gekommen: Alles, was einmal sein Leben gewesen war, war weg, ausradiert, sein Haus verkauft, seine Arbeitsstelle neu besetzt, seine Forschungsergebnisse diskreditiert und als utopische Phantastereien abgestempelt. Für die Erde war er tot. Jake fühlte sich wie sein eigener Geist, ein Phantom, das niemand wollte und niemand brauchte. Er seufzte. *»Ich habe bereits mit Myriam gesprochen. Ich denke, wenn es dir recht ist, fliegen wir wieder mit dir zurück nach Nitsituaan.«*

Wate tat überrascht.

»Weißt du«, fuhr Jake fort, *»nachdem ihr die Kontrolle über die Kleristen aufgegeben habt, bieten sich für mich, für uns, ganz neue Möglichkeiten auf Nitsituaan: Aufbau, Wissen, zwei intelligente Spezies, die lernen müssen, miteinander zu leben und sich zu respektieren. Das reizt mich mehr, als hier zu versuchen, von den Toten aufzuerstehen.«*

»Es wird nicht ganz einfach für dich sein, besonders mit dieser durchtriebenen Gura Limka.«

»Das schon. Aber zum Ausgleich habe ich Freunde. Pedro und Rodhana. Sie werden wohl auch bald ein Kind bekommen. Björn und Roslina, Marjella, Kotlack, Grimper ... Dich und deine Familie.«

Wate schillerte in einem Goldton, den Jake noch nie an ihm gesehen hatte.

»Ist der aber nett!« Die Kellnerin trat an den Tisch, deutete auf das Goldfischglas und zückte dann geschäftsmäßig ihren Notizblock. »Haben Sie schon gewählt?«

Myriam zuckte die Achseln. »Hier gibt es eine so riesige Auswahl und vieles davon kenne ich nicht – ich kann mich nicht entscheiden!«

Die Kellnerin legte den Kopf schräg. »Darf ich den Herrschaften das Menü des Tages empfehlen? Es ist die Spezialität unseres Hauses.«

Erwartungsvoll sahen Jake und Myriam sie an.

Sie lächelte. »Wir sind berühmt für unsere Calamari Fritti!«

Worterklärungen

1. Lanlo = Als ein Lanlo bezeichnen die Squids 35 Nitsituaan-Tage. In dieser Zeit durchläuft der blauschimmernde Mond Lanlo eine Phase.
2. Divergenz = Abweichung
3. Redundanz = kommt aus dem Flugverkehr und bedeutet, dass Instrumente aus Sicherheitsgründen mehrfach vorhanden sind. Falls eins ausfällt, gibt es ein zeites oder drittes.
4. Akolythen = Helfer von Mönchen
5. Excaver = eine Wortschöpfung von mir. Ist ein Schneid- und Grabwerkzeug für Bergleute in Njamingloh.
6. Liberanten = Freiheitskämpfer
7. Insurgenten = Widerstandskämpfer
8. Glidienbecken = eine Unterwasserlandschaft auf Nitsituaan
9. Lymellentaster = eigene Wortschöpfung für ein Gerät, mit dem überlichtschnelle Wellen (die Lymellen) gemessen werden können.
10. Proximität = unmittelbare Nähe
11. Mainframe = kommt aus der Computertechnik und bezeichnet in einem Computernetzwerk den Hauptcomputer.
12. Fender = kommt aus der Schifffahrt und bezeichnet die dicken Puffer, die am Schiff runterhängen, damit sie im Hafen nicht an den Hafenmauern scheuern.
13. Interrogation = wenn jemand vom Geheimdienst unangenehm ausgerfragt wird.
14. indigniert = ein Gefühl zwischen verärgert und beleidigt
15. sinister = hinterhältig, gefährlich
16. Triangulation = Dreieckspeilung. Wird z.B. beim Landvermessen gebraucht.
17. in seinen Teens = kommt von Teenager und bezeichnet die Jahre zwischen dem 10. und 19. Lebensjahr.
18. Parallaxenkrümmung = eine eigene Wortschöpfung mit »wissenschaftlichem Klang«.
19. Postulate = das sind Behauptungen, die Wissenschaftler aufstellen, um die Berechnung eines mathematischen Problems zu vereinfachen.
20. Voredukatianer = eigene Wortschöpfung für Vorschüler (Edukatia ist die Schule).
21. Mollusken = biologische Bezeichnung für Weichtiere, unter die auch die Tintenfische fallen.
22. resiprokes Konvolussionsfeld = eine eigene Wortschöpfung mit »wissenschaftlichem Klang«.
23. Oszillationsfeld = eine eigene Wortschöpfung mit »wissenschaftlichem Klang«.
24. Rulusten = eine fremde Rasse auf noch einem anderen Planeten.

Printed in Poland
by Amazon Fulfillment
Poland Sp. z o.o., Wrocław

49601257R00296